ADAM SILVERA

DER ERSTE, DER AM ENDE STIRBT

Aus dem amerikanischen Englisch
von Katharina Diestelmeier
und Barbara König

Arctis

Die Originalausgabe erschien 2022 unter dem Titel *The First to Die at the End* bei Quill Tree Books, ein Imprint von HarperCollins Publishers, New York

MIX
Papier | Fördert gute Waldnutzung
FSC® C083411

Deutsche Erstausgabe
1. Auflage 2022

Dieses Werk wurde vermittelt durch die Literarische Agentur
Thomas Schlück GmbH, 30161 Hannover
Übersetzung: Katharina Diestelmeier und Barbara König
Lektorat: Petra Deistler-Kaufmann
Umschlagillustration: Simon Prades
Umschlagüberarbeitung: Svenja Sund
Satz: Dörlemann Satz, Lemförde
Druck und Bindung: CPI books GmbH, Leck
Printed in Germany 2022
ISBN 978-3-03880-067-5

www.arctis-verlag.de
Folgt uns auf Instagram unter
@arctis_verlag

Für alle, die mich bereits von Anfang an begleiten.

Ein herzlicher Gruß an Nicola und David Yoon,
meine Lieblingsnachbarn mit den allergrößten Herzen.
Sie zeigen mir immer und immer wieder,
wie Liebe aussehen sollte.

Erster Teil

DIE PREMIERE

Alle wollen wissen, wie wir den Tod voraussagen können. Dann sagt mir mal: Bevor ihr in ein Flugzeug steigt, bittet ihr da auch den Piloten, euch die Gesetze der Aerodynamik zu erklären? Oder fliegt ihr einfach mit zu eurem Bestimmungsort? Ich möchte euch dringend raten, euch nicht damit zu befassen, wie wir euren Tod vorhersagen können. Konzentriert euch lieber darauf, wie ihr euer Leben lebt. Das Ende ist näher, als ihr denkt.

Joaquin Rosa, Schöpfer des Todesboten

30. Juli 2010
ORION PAGAN
22:10 Uhr

Vielleicht ruft mich der Todesbote ja um Mitternacht an. Das wäre allerdings nicht das erste Mal, dass mir jemand sagt, dass ich sterben werde.

Ich kämpfe schon seit einigen Jahren um mein Leben, da ich schwer herzkrank bin. Und jedes Mal, wenn ich mich zu sehr auslebe, muss ich Angst haben, plötzlich tot umzufallen. Irgendwann ist dann aus dem Nichts diese Organisation aufgetaucht, die sich der Todesbote nennt. Und hat behauptet, sie könne nicht nur voraussagen, ob, sondern wann jemand stirbt. Klingt eigentlich eher nach der Art von Kurzgeschichte, die ich gern schreiben würde. Nur beschert mir das echte Leben so einen Erfolg leider nie. Das Ganze wurde dann sehr schnell sehr echt, als vom Präsidenten der Vereinigten Staaten eine Pressekonferenz einberufen wurde, in der er den Schöpfer des Todesboten vorstellte und bestätigte, dass diese Leute unser Schicksal tatsächlich vorhersagen können.

Noch am selben Abend habe ich mich beim Todesboten angemeldet.

Und nun hoffe ich einfach, nicht einer der Ersten zu sein, der quasi zeitgleich zum Startschuss der Mission den Anruf bekommt, der meinen Abschiedstag einläuten wird.

Wenn doch, dann weiß ich wenigstens, dass das Spiel aus ist.

Bis dahin aber werde ich leben.

Und dazu gehört, dass ich an einer einmaligen Veranstaltung teilnehmen werde: der Premiere des Todesboten.

Der Todesbote veranstaltet im gesamten Land unglaublich viele Partys, wahrscheinlich um die allgemeine Stimmung zu heben und die Werbetrommel für eine Organisation zu rühren, die unseren bisherigen Blick auf Leben und Tod völlig verändern wird. Sie sind schon an ganz vielen Orten unterwegs, beispielsweise auf dem Santa Monica Pier in Kalifornien oder im Millennium Park in Chicago oder im National Museum of the United States Air Force in Ohio oder auf der Sixth Street in Austin, um nur ein paar der Locations zu nennen. Ich werde natürlich am besten Ort überhaupt sein, nämlich am Times Square, im Herzen von New York, wo die ersten Büroräume des Todesboten ihren Hauptsitz haben. Ich liebe meine Stadt, aber an Silvester würdet ihr mich nie am Times Square erwischen – da ist es viel zu kalt. An einem heißen Sommerabend für so ein historisches Ereignis hier zu sein, finde ich wiederum sehr cool.

Es ist echt krass, was der Todesbote im ganzen Land so auf die Beine stellt. Oder allein am Times Square. Die Großbildschirme werben ja immer für Millionen Sachen gleichzeitig; da ist wirklich alles dabei, von Limonade über Serienhypes bis hin zu irgendwelchen neuen Websites. Aber nicht heute Abend. Heute siehst du auf jedem Bildschirm nichts außer einem digitalen schwarzen Stundenglas vor einem grellweißen Hintergrund. Das Stundenglas ist fast voll, was bedeutet, dass die Anrufe des Todesboten um Mitternacht losgehen werden. Doch das ist längst nicht alles. Es kommt einem fast so vor, als wäre das Produkt, das uns der Todesbote verkaufen will, die Zeit an sich. Und das Marketing funktioniert. Überall sammeln sich Menschen um die Info-Stände, als könnte man dort für ein neues iPhone anstehen, und nicht, um mit dem Kundendienst des Todesboten zu sprechen.

»Stell dir vor, wir würden für den Todesboten arbeiten«, sage ich.

Meine beste Freundin Dalma sieht von ihrem Handy auf. »Nie im Leben.«

»Aber mal ehrlich. Irgendwie rettet jeder dieser Anrufe jemandem das Leben, und dann eben doch nicht. Ich frage mich, wie die nachts schlafen können, wenn jeder, den sie während ihrer Arbeitszeit angerufen haben, dann tot ist?«

»Ich weiß ja, dass du ständig den Tod im Kopf hast, Orion, aber du machst mich echt fertig.«

»Na ja, eigentlich habe ich den Tod im Herzen.«

»O Mann, ich hasse dich. Ich werde mir einen Job beim Todesboten besorgen, nur damit ich dich persönlich anrufen kann.«

»Nö, machst du nicht, weil du ohne mich nicht leben kannst.«

Ich sage ihr nicht, dass sie das irgendwann ohnehin wird tun müssen. Keiner rechnet damit, dass ich noch weitere achtzehn Jahre lang lebe. Nicht mal Dalma, selbst wenn sie das nie zugeben würde und immer Pläne schmiedet, was wir beide in unserem Leben noch alles zusammen anstellen können. Wie ihr Traum von meiner ersten öffentlichen Lesung, von dem sie jedes Mal spricht, wenn ich mich mal wieder dahinterklemme, einen Verlag für meine superkurzen Kurzgeschichten zu finden oder für den Roman, den ich zu gerne schreiben würde, wenn ich nur daran glauben könnte, dass ich ihn noch zu Lebzeiten abschließen kann. Oder wie ich Dalma anfeuern werde, wenn sie die Tech-Welt im Sturm erobert. Oder wie wir über unsere Dates lästern, woran ich, ehrlich gesagt, nicht glaube, weil wir uns eh nie trauen, irgendeinen Typen anzusprechen, den wir süß und/oder interessant finden. Hätte ich nicht dieses bescheuerte Herz, könnten wir all das wirklich zusammen machen, und noch so vieles mehr.

Doch ich muss mich ans Hier und Jetzt halten. Vielleicht

werde ich die Zukunft nie erleben, aber noch existiere ich in der Gegenwart.

Allerdings ist es schwierig, den Tod aus dem Kopf zu kriegen – ja, diesmal aus dem Kopf und nicht aus dem Herzen –, während so ein vierzigjähriger Typ an uns vorbeigeht, mit einem Schild in den Händen, auf dem steht: *Der Todesbote läutet den Weltuntergang ein.* Okay, schon klar, er ist kein Fan des Todesboten, aber zu behaupten, die würden für den Weltuntergang sorgen? Das ist ganz schön heftig. Aber der Typ ist nicht allein. Seit der Todesbote Anfang des Monats vorgestellt wurde, schwafeln die Untergangspropheten von siedenden Ozeanen und verheerenden Stürmen und brennenden Städten, von Niedergang und Zerfall. Ich habe schon kapiert, dass apokalyptische und dystopische Romane momentan total angesagt sind, aber vielleicht sollten alle einmal tief Luft holen und ein wenig runterkommen.

Sich in Sachen Tod ständig verrückt zu machen, beschert einem nicht gerade ein gutes Leben. Trotzdem tun alle zurzeit genau das.

Als hätte das Ende der Welt schon angefangen.

In den letzten Tagen haben Einbrüche in Supermärkten neue Rekordzahlen erreicht: Die Plünderer haben sich mit Konserven und Klopapier und literweise Wasser eingedeckt. Und weil lebenslängliche Freiheitsstrafen keine Rolle mehr spielen, wenn der Weltuntergang wie prophezeit kurz bevorsteht, laufen viel zu viele buchstäblich Amok. Aber nichts trifft mich härter als die Geschichten über Menschen, die sich das Leben nehmen, weil wir einer Zukunft mit zu vielen Unbekannten entgegenrasen.

Ich war echt sauer, als ich von diesen Toten gehört habe.

Wie konnte der Todesbote Zugang zu den entscheidenden Informationen haben und diese Morde und Selbstmorde dann nicht verhindern? Aber anscheinend war das nie Thema. Der

Todesbote behauptet, nicht zu wissen, warum jemand stirbt, nur wann. Und bedauerlicherweise ist es wohl so, dass, sobald dein Name in ihrem geheimnisvollen System auftaucht, dein Schicksal in Stein gemeißelt ist – und danach auf deinem Grabstein.

Der Todesbote ist vielleicht nicht allwissend, aber was meine Ängste angeht, wird er Wunder vollbringen. Bekomme ich keinen Abschiedsanruf, kann ich viel mutiger leben; anstatt ständig und immerzu und andauernd alles anzuzweifeln, was ich tue, aus Angst, mein Herz anzupissen und einen Herzstillstand zu verursachen. Und nie wieder wird mich der Tod von geliebten Menschen kalt erwischen. So wie als Neunjähriger, als meine Eltern zu einer Besprechung in die Stadt gefahren sind und getötet wurden, weil ein Flugzeug in den Südturm des World Trade Centers geflogen ist. Natürlich gab es den Todesboten damals noch nicht, aber die Vorstellung, wie ihnen irgendwann klar gewesen sein muss, dass sie gleich sterben werden, wird mich für immer verfolgen.

Ich schiebe diese herzzerreißenden Gedanken ganz weit von mir weg.

Der Todesbote wird dafür sorgen, dass mir nie wieder ein Abschied versagt bleibt.

Na ja, die Möglichkeit, mich zu verabschieden.

Ich weiß, dass ich nicht alle Zeit der Welt habe, ich spüre es in meinem Herzen.

Doch ich möchte noch ganz viele erste Male erleben, auch wenn es vielleicht meine letzten sein werden. Solange ich das noch kann.

VALENTINO PRINCE
22:22 Uhr

Der Todesbote kann mich nicht anrufen, weil ich mich für den Dienst nicht angemeldet habe. Er würde es allerdings sowieso nicht tun, da ich mit meinem Leben gerade erst so richtig durchstarte.

Wenn überhaupt, habe ich das Gefühl, heute wiedergeboren zu sein.

Für jemanden wie mich, der in Phoenix, Arizona, geboren und aufgewachsen ist, fühlen sich Wiedergeburten ganz passend an. Jetzt wird es Zeit, mit meinem Leben an keinem geringeren Ort als New York neu anzufangen. Vom Valley of the Sun zum Big Apple. Ich träume schon so lange von dieser Stadt, dass ich in Tränen ausgebrochen bin, als ich am Flughafen meine Bordkarte ausgedruckt habe und da stand: PHX→LGA. Dieses One-Way-Ticket bedeutet, dass ich meine Eltern nie wiedersehen muss. Dass ich mir zusammen mit meiner Zwillingsschwester ein neues Zuhause aufbauen kann.

Wahrscheinlich hätte ich nicht den Fensterplatz buchen sollen. Ich gab mein Bestes, mich zusammenzureißen, als das Flugzeug über die Startbahn schoss und dann abhob. Aber es stellte sich heraus, dass mein Bestes nicht viel taugt. Als all die Gebäude, Straßen und Berge immer kleiner wurden und schließlich verschwanden, weinte ich in den Wolken. Mein Sitznachbar fand das kein bisschen cool. Und ich wünschte mir sofort noch viel dringender meine Schwester auf den Platz neben mir, so wie es eigentlich geplant gewesen war, bevor sich im letzten Moment noch eine Jobmöglichkeit für sie ergeben hat. Zum Glück nimmt Scarlett den ersten Nachtflug, um zu mir in unsere neue Wohnung zu kommen.

Fünf Stunden später, als New York unter mir auftauchte, fühlte sich alles genau richtig an, obwohl ich noch nie einen Fuß zwischen diese Wolkenkratzer und Parks gesetzt hatte. Dann landeten wir, und ich rollte meine Koffer direkt zur Taxischlange, über die sich alle anderen offensichtlich ärgerten. Aber ich war einfach nur unglaublich aufgeregt, dass ich endlich in einem dieser legendären gelben Taxis fahren würde, die ich aus dem Fernsehen und als Requisite aus der Zeitschriftenwerbung kannte. Der Fahrer kapierte gleich, dass ich zum ersten Mal hier war, weil ich ununterbrochen nach draußen auf die Straße glotzte. Mein erster Schritt auf den Bürgersteig fühlte sich an wie ein Filmmoment, als müssten gleich überall die Kameras klicken. Aber das hat noch Zeit.

Jetzt erst mal, heute, kann ich mich als New Yorker bezeichnen.

Oder vielleicht muss ich auch noch warten, bis mein Vermieter mir meine Wohnungsschlüssel überreicht, damit ich sicher sein kann, keinem Betrug aufgesessen zu sein, als ich dieses Apartment im Internet gefunden habe. Während ich warte, sehe ich mich in meiner kleinen Ecke der Upper East Side um. Direkt nebenan gibt es eine winzige Pizzeria, die mich mit dem Duft von Knoblauchbrot anzulocken versucht. Hupende Autos richten meine Aufmerksamkeit wieder auf die Straße, wo jemand, der mein Großvater sein könnte, in sein Handy schreit, damit man ihn über die Musik hinweg hören kann, die aus der Bar an der Ecke dröhnt.

Die Stadt ist laut, und das finde ich genial.

Ob ich wohl je die Ruhe meiner alten Wohngegend vermissen werde?

Die Tür hinter mir geht auf, und da steht ein Mann, der nichts weiter anhat als ein weißes Unterhemd, Basketball-Shorts und Schlappen. Er hat einen dicken Schnurrbart und dünner werdende schwarze Haare und funkelt mich an.

»Kommst du rein?«, fragt er.

»Hallo, ich bin Valentino. Ich bin ein neuer Mieter.«

Der Mann zeigt auf meine Koffer. »Das sehe ich.«

»Ich warte auf den Vermieter.«

Er nickt, geht aber nicht weiter. Als wollte er mich reinlassen.

»Sind Sie Frankie?«

Er nickt erneut.

»Freut mich, Sie kennenzulernen«, sage ich.

Widerstrebend schüttelt er mir die Hand. »Ziehst du jetzt ein, oder was?«

Man hat mich schon vorgewarnt, dass nicht alle New Yorker nett zu mir sein werden, aber vielleicht ist Frankie einfach müde. Immerhin ist es schon ziemlich spät. Ich nehme meine Koffer und folge ihm ins Haus. Es ist ein warmer Abend, doch sobald ich eingetreten bin, verstehe ich, warum Frankie gekleidet ist, als würde er in Arizona morgens die Zeitung reinholen. Hier drin ist es ungefähr so heiß wie im Pizzaofen von nebenan. Der Flur ist schmal und in diesem Senfgelb gestrichen, das den Augen nicht gerade schmeichelt, aber was soll's, ich respektiere die Wahl. In die Wand eingelassen sind stählerne Briefkästen, und auf dem Fußboden stehen Pakete, die darauf warten, abgeholt zu werden, sowie ein Papierkorb, der von Werbung überquillt, darunter auch Flyer des Todesboten. Offensichtlich haben sich nicht viele Leute in diesem Haus für die Abschiedsanrufe angemeldet. Ich übrigens auch nicht, weil meine Eltern der Sache total skeptisch gegenüberstehen, aber diese Paranoia ist ein weiterer Teil meines Erbes, von dem ich mich trennen muss.

Frankie bleibt auf der ersten Treppe stehen. »Und wo ist die andere?«

»Die andere?«

»Deine Zwillingsschwester.«

»Oh, sie kommt morgen früh nach.«

Frankie steigt weiter die Treppe hinauf. »Wenn noch mehr große Kisten kommen, sorgt dafür, dass ihr euch zügig darum kümmert. Deine ganzen Lieferungen diese Treppe raufzuschleppen, ist meinem Rücken nicht gut bekommen.«

»Das tut mir leid.« Ich musste ein paar Sachen vorab schicken, wie eine Luftmatratze, Handtücher, Töpfe und Pfannen. Obwohl ich annehme, dass der Hauptgrund für Frankies Rückenschmerzen die fünf Kisten mit Kleidern, Schuhen und Accessoires waren, die für mich genauso wichtig sind wie ein Provisorium für die Nacht, bevor meine richtige Matratze am Dienstag ankommt. »Ist der Aufzug kaputt?«

»Der ist kaputt, seit mein Vater hier das Sagen hatte«, erklärt Frankie.

Verstehe. Ich weiß zwar nicht, ob es legal ist, in der Wohnungsanzeige zu schreiben, das Haus habe einen Aufzug, wenn dessen Funktion rein dekorativer Natur ist, aber ich werde das Beste daraus machen. Die vielen Jahre, die ich zu Hause in unserem kleinen Fitnessraum verbracht habe, haben mich auf dieses Leben vorbereitet. Ich zerre meine beiden Koffer, über deren Gewicht von jeweils fast fünfundzwanzig Kilo mich die Waage beim Check-in aufgeklärt hat, hinter mir her. Frankie bietet mir keine Hilfe an, aber das ist okay. Nach der dritten Treppe fällt mir wieder ein, dass meine neue Wohnung im sechsten Stock liegt. Auf meinem unteren Rücken bildet sich Schweiß, und ich bin mir schon jetzt sicher, dass ich mir bei allen künftigen Work-outs das Beinmuskeltraining sparen kann. Oben bin ich außer Atem, aber – eigentlich gibt es kein Aber. Das gehört alles zu meiner Initiation in dieser

Stadt. Nichts gibt mir *mehr* das Gefühl, ein echter New Yorker zu sein, als sagen zu können, dass ich in der Upper East Side im sechsten Stock ohne Aufzug wohne.

Ohne viel Aufhebens führt Frankie mich zu Wohnung 6G. Er heißt mich nicht im Haus willkommen, gratuliert mir nicht zu meiner ersten eigenen Bleibe, sondern schließt einfach die Tür auf. Ich folge ihm hinein und stelle meine Koffer in dem engen Vorraum ab. Gleich links von mir ist das Badezimmer, und obwohl ich weiß, dass ich dort jede Woche mehrere Stunden für meine ausgiebige Gesichtspflege verbringen werde, interessiert mich vor allem der Raum, in dem ich mich hauptsächlich aufhalten werde. Der Holzboden knarrt unter meinen Schuhen, als ich das einzige Zimmer der Wohnung betrete. Die gelieferten Kisten stehen links an der Wand, wo ich mein Bett hinstellen möchte. Zwei Fenster gehen zur Straße raus und ein drittes über der Küchenspüle bietet einen Blick in die Nachbarwohnung. Kein Problem, diese Woche besorge ich noch Vorhänge.

Das größte Problem ist dagegen, wie klein die Wohnung ist. Scarlett und ich verwenden das Geld, das unsere Eltern für unser College gespart haben, um unsere Träume zu verwirklichen – Modeln und Fotografie –, und wir hoffen, es reicht so lange wie möglich, deshalb auch das Ein-Zimmer-Apartment.

»Auf den Fotos im Netz wirkte es größer«, sage ich.

»Die habe ich gemacht«, erklärt Frankie.

»Die waren auch wirklich gut. Aber sind Sie sicher, die richtigen Bilder für diese Anzeige hochgeladen zu haben? Wir hatten eigentlich mit mehr Platz gerechnet.«

Frankie starrt mich an. »Du hättest die Wohnung besichtigen können, bevor du sie gemietet hast.«

»Leider unmöglich. Ich bin gerade erst angekommen.«

»Nicht mein Problem. Deine Schwester und du, ihr habt

euch schließlich auch einen Bauch geteilt. Das kriegt ihr schon hin.«

Dann hoffen wir mal, dass sich dieses Ein-Zimmer-Apartment unseren Bedürfnissen entsprechend ausdehnt wie der Uterus unserer Mutter.

Zum Glück für Frankie gehe ich nicht gern auf Konfrontationskurs. Bei Scarlett ist das allerdings anders, aber diese Lektion wird er schon noch lernen, sobald sie hier ist. Am besten betrachte ich es positiv: Ich bin gerade erst in New York angekommen und habe schon eine typische Fehde mit meinem Vermieter angefangen. Der Mietvertrag läuft über ein Jahr, und ich bin sicher, danach werde ich all meinen neuen Freunden eine Menge Geschichten über diese Zeit in meinem Leben zu erzählen haben.

Es klopft an der Tür und ein kleiner Junge kommt rein. Ich bin nicht gut darin, das Alter anderer zu schätzen. Ist er fünf und groß für sein Alter, oder zehn und echt klein? Er kommt mir irgendwie bekannt vor, aber ich weiß nicht, woher.

Der Junge trägt einen Schlafanzug und winkt mir freundlich zu. »Bist du unser neuer Nachbar?«

»Das bin ich. Ich heiße Valentino.«

»Ich bin Paz.«

»Cooler Name, Paz.«

»Es ist die Kurzform von Pazito, aber so nennt mich nur meine Mom. Dein Name gefällt mir auch.«

Das ist mit Abstand das herzlichste Willkommen seit meiner Ankunft.

Bevor ich dem Jungen danken kann, bemerke ich, dass Frankie ihn anfunkelt.

»Warum bist du nicht im Bett?«

»Ich habe Angst wegen dem Todesboten.«

Frankie reibt sich die Augen. »Den Todesboten gibt es nicht. Geh schlafen.«

Paz fängt an zu weinen. »Ist gut, Daddy.« Er schlurft zur Tür und wirft dabei einen Blick über die Schulter, als hoffte er, sein Vater könnte es sich noch anders überlegen. Nichts. Ohne ein weiteres Wort geht er durch den Flur davon.

Ich würde Paz wirklich gerne aufhalten und ihn wegen des Todesboten trösten, aber vermutlich sollte ich Frankies Autorität nicht in seiner Anwesenheit untergraben. Es ergibt sich sicher noch mal eine andere Gelegenheit.

»Netter Junge«, sage ich.

Frankie erwähnt Paz nicht mehr. Er legt bloß zwei Schlüsselbunde auf die Küchen-Arbeitsplatte. »Der große Schlüssel ist für eure Wohnung, der mittlere für unten, der kleine für den Briefkasten. Ich wohne gleich nebenan, aber klopft nicht vor neun oder nach fünf.«

»Alles klar, vielen ...«

Frankie geht und macht die Tür hinter sich zu.

»... Dank, Frankie«, sage ich zu niemandem.

Das Apartment wirkt ohne meinen Vermieter zwar kein bisschen größer, aber zum Glück nicht mehr so beklemmend.

Ich schaue auf die Uhr – 22:31 – und will Scarlett über FaceTime anrufen. New York ist Arizona drei Stunden voraus, deshalb rufe ich jetzt an, in der Hoffnung, sie noch zu erwischen, bevor sie die große Todesboten-Feier in Phoenix fotografieren geht. Dieser Job bringt ihr eine Monatsmiete ein, und zusätzlich noch ein bisschen Kleingeld für Fahrkarten und bescheidene Mittagessen. Ich sitze auf der Arbeitsplatte, während ich darauf warte, dass Scarlett sich meldet, und entdecke Frankie durch das Küchenfenster. Natürlich ist das direkt nebenan seine Wohnung. Frankie holt sich ein Bier aus dem Kühlschrank. Hoffentlich ist er ein schläfriger Betrunkener, denn ich finde ihn nüchtern schon ziemlich unerträglich.

Scarlett nimmt den Anruf an. Ihr Gesicht heitert mich sofort auf.

»Val!« Sie stellt ihr Handy auf dem Waschbecken ab, während sie sich schminkt. »Bist du in unserem neuen Zuhause?«

»Allerdings.«

»Zeig mal, zeig mal!«

Ich drehe die Kamera um, um ihr unser Zimmer zu zeigen. Es dauert nicht lange.

»Kommt es mir nur so vor oder ...«

»Es kommt dir nicht nur so vor. Es ist wirklich kleiner als angekündigt.«

»Ist die Miete auch geschrumpft?«

»Der Vermieter hat wörtlich gesagt, dass wir das schon hinkriegen werden, da wir uns schließlich auch einen Bauch geteilt haben.«

»Wenn ich Zeit hätte, das Auftragen meines Mascara zu unterbrechen, um die Augen zu verdrehen, würde ich es tun. Aber ich muss gleich los. Bitte sag mir, dass du zum Times Square gehst.«

Scarletts Job heute und die fette Modelkampagne, für die ich gebucht wurde, sind ein Traum für uns, aber sie haben leider auch verhindert, dass wir zusammen die Premiere des Todesboten feiern können. Was Scarlett allerdings nicht davon abhält, mich andauernd zu drängen, die Party auf dem Times Square unbedingt mitzunehmen.

»Ich weiß nicht, Scar. Der Jetlag ...«

Scarlett macht das Geräusch eines Buzzers nach. »Falsche Antwort. Du hast drei Stunden verloren, aber du bist nicht müde. Nächster Versuch.«

»Ich sollte mich trotzdem für das Shooting morgen ausruhen.«

»Du bist doch sowieso viel zu aufgedreht, um schlafen zu können, Val. Also, statt dich auf dieser billigen Luftmatratze hin und her zu wälzen, geh da raus, um mitzuerleben, was entweder ein historisches Ereignis sein wird oder die größte Verarsche aller Zeiten.«

»Ich würde wirklich gern Moms und Dads Gesicht sehen, wenn sich der Todesbote als real herausstellt.«

»Ich auch, aber ich werde nicht da sein, um sie zu fotografieren.«

»Du reist direkt nach der Feier ab?«

»Auf jeden Fall. Vor allem, nachdem sie dich heute so behandelt haben.«

Ich bin immer noch ein wenig schockiert. Das Gefühl erinnert mich an das anhaltende Brennen meiner aufgeschürften Ellbogen und Knie, wenn ich beim Laufen gestürzt bin. »Danke für deine Solidarität.«

»Ich wäre ein schrecklicher Zwilling – und ein schrecklicher Mensch –, wenn ich nicht auf deiner Seite stünde. Aber wir sollten ihnen nicht so viel Macht verleihen, indem wir heute Abend oder überhaupt je wieder an sie denken. Schon ganz bald werden Mom und Dad dich nicht länger ignorieren können, wenn dein Gesicht im ganzen Land zu sehen ist, selbst in ihren Zeitschriften.«

»Ich wette, sie kündigen ihre Abos.«

»Klare Bestätigung dafür, dass du gewonnen hast. Und jetzt raus mit dir zum Times Square, bevor du den auch übernimmst.«

Ich hole tief Luft, weiß, dass sie recht hat. »Ich wünschte, du wärst schon hier.«

»Ich auch, aber mit dem Geld, das ich heute Abend verdiene, können wir uns die besten Plätze bei unserer ersten Broadway-Show leisten.«

»Meinst du nicht eher eine Monatsmiete?«

»Wir müssen das Leben schließlich auch ein bisschen genießen.«

»Das klingt aber nach ziemlich großem Genuss.«

»Du hörst dich an, als wäre genießen was Schlechtes, Val.«

»Du hast ja recht.«

Ich bin umgezogen, weil das Leben mit meinen Eltern seit meinem Coming-out unerträglich geworden ist. Sie haben mir das Gefühl gegeben, ein Fremder im eigenen Haus zu sein. Ich dachte, das würde sich ändern, sobald ich meine Koffer durchs Wohnzimmer schob. Aber sie haben kein Wort gesagt, noch nicht mal, als Scarlett anmerkte, es sei ihre letzte Chance, bevor wir uns auf den Weg zum Flughafen machen würden. Mom und Dad schwiegen, als hätten sie nur ein Kind. Ich starrte das Kruzifix über unserer Haustür an und betete, dass es runterfallen möge, und zwar genau in dem Moment, in dem ich die Tür zuknallte und dieses Leben hinter mir zurückließ.

Freiheit sollte befreiend sein, aber das heißt nicht, dass sie einem nicht auch das Herz brechen kann.

Jetzt werde ich meinen eigenen Weg gehen.

»Schreib mir von deiner Feier«, sage ich zu Scarlett.

Sie greift nach ihrer Jacke und macht das Licht aus. »Wo wir gerade dabei sind, ich muss schon seit fünf Minuten weg sein. Hab dich lieb.«

»Hab dich genauso lieb«, entgegne ich, unser Lieblingsspruch als Zwillinge. »Fahr vorsichtig.«

»Wie immer!«

Sie fährt wirklich immer vorsichtig. Was leider nicht für jeden gilt.

Im Mai hat ein rücksichtsloser Fahrer Scarlett beinahe getötet. Ich war gezwungen, mir diese albtraumhafte Welt ohne ihren Glanz vorzustellen – etwas, das ich nicht mehr erlebt habe, seit ich zwei Minuten vor ihr geboren wurde. Es gibt für mich kein Leben ohne sie. Selbst der heutige Abend fühlt sich seltsam an, weil sie nicht in New York ist, aber da ich weiß, dass es ihr in Phönix bestens geht, ist es okay für mich.

Solange sie am anderen Ende der Galaxie noch atmet, bin ich gerne bereit, planetenweit von ihr entfernt zu sein.

Eine OP hat meiner Schwester das Leben gerettet, obwohl unsere Eltern behaupten, es sei Gott allein gewesen. Damals habe ich den Ärzten und Gott gedankt, aber zurzeit habe ich so meine Schwierigkeiten mit geheimnisvollen Mächten. Das schließt auch den Todesboten mit ein – eine Organisation, die erwartet, dass wir ihr ohne echten Beweis trauen. Ein Teil von mir wäre gern gläubig, aber die andere Hälfte hat aus erster Hand miterlebt, was Glaube anrichten kann. Im Unterschied zu meinen Eltern bin ich allerdings durchaus in der Lage, mich von einer anderen Meinung überzeugen zu lassen, erst recht wenn ich dann nie wieder Angst haben muss, meine Schwester ganz plötzlich zu verlieren. Vielleicht wissen wir alle in ein paar Tagen schon mehr.

Gott segne all jene …

Ich halte inne, muss immer noch alles in meinem Kopf und Herzen neu sortieren.

Viel Glück für all jene, die im Grunde Versuchsobjekte für den Todesboten sind.

Was mich angeht, bin ich gerade wiedergeboren und habe noch ganz schön viel Leben vor mir.

ORION
22:34 Uhr

Der Weltuntergang mag ja bevorstehen, doch verkauft wird immer noch.

Eigentlich geht mir das Zeug, das die Händler am Times Square den Touristen anbieten, total am Arsch vorbei. Weder brauche ich Magneten mit dem Empire State Building drauf noch Taxi-Schlüsselanhänger mit meinem Namen. (Nicht dass sich jemand je die Mühe macht, etwas für die Orions dieser Welt herzustellen.) Aber obwohl es gerade mal einen Monat her ist, dass sich der Todesbote angekündigt hat, haben die Höker längst ihr Hirn eingeschaltet und passende Andenken zum Thema produziert: ein Feuerzeug, auf dem steht *Nur zu, rauch sie ruhig!*; Schnapsgläser mit Totenköpfen, Sonnenbrillen mit einem roten *X* darauf; und eine Menge Klamotten, wie T-Shirts und Basecaps. Fast bin ich versucht, eine verdammt süße Beanie zu kaufen, aber ich trage bereits das Yankee-Basecap, das meinem Dad gehört hat und jetzt immer auf meinen Locken sitzt, wenn ich unterwegs bin. Dieses Basecap würde ich für nichts in der Welt eintauschen. Okay, das ist vielleicht ein wenig übertrieben, für ein gesundes Herz würde ich nicht eine Millisekunde lang darüber nachdenken, aber ihr wisst schon, was ich meine.

»Nicht besonders intelligent«, sagt Dalma und guckt sich ein T-Shirt an, auf dem steht: *Der Todesbote ruft dich todsicher an!*

Dieser Spruch ist so platt, dass ich das Teil am liebsten verbrennen würde.

»Oh Mann, das kaufe ich garantiert nicht.«

Aber dann springt mir ein anderes T-Shirt ins Auge. Es ist weiß und in Schreibmaschinenschrift steht auf der Brust: *Fröhlicher Abschiedstag!* Das hat irgendwie Stil, selbst wenn ich nicht glaube, dass ein Abschiedstag fröhlich sein kann. Was soll am Sterben schon schön sein? Aber sie haben sich zumindest Gedanken gemacht, und das kann ich nicht schlecht finden. Auf jeden Fall hat man dann ein geiles Andenken und kann etwas vorweisen, wenn die Leute einen irgendwann fragen: *Wo warst du, als der Todesbote angefangen hat?* So wie man auch immer gefragt wird: *Wo warst du am 11. September?*

Hoffentlich passiert heute Abend nichts Schlimmes.

Mir reicht es auch so schon.

Ich kaufe mir das T-Shirt und ziehe es über mein dunkelblaues, das perfekt zu meinen Skinny Jeans passt. Aber so funktioniert der Look auch.

»Hast du auch was?«, frage ich Dalma.

»Kopfschmerzen«, sagt Dalma, wieder am Handy. »Mom meldet sich dauernd.«

Unsere Familie – also eigentlich Dalmas Familie – besucht gerade für eine Woche die Eltern von ihrem Stiefvater Floyd in Dayton, Ohio. Es ist das erste Mal, dass wir uns selbst überlassen sind. Dalmas Mutter Dayana nimmt ihre Verantwortung als mein gesetzlicher Vormund sehr ernst, besonders in Gedenken an meine Mom, ihre beste Freundin aus Kindertagen.

»Sie will nur, dass wir am Leben bleiben«, sage ich. »Und immerhin mussten wir nicht mitfahren.«

»Eine Schweigeminute für Dahlia«, sagte Dalma und schließt die Augen.

Wir denken an ihre Halbschwester, denn die hatte keine andere Wahl, als in den Ferien ihre Großeltern zu besuchen, die langsam so alt werden, dass sie wahrscheinlich die Ersten sein werden, die der Todesbote anruft. Meine Abuelita und mein Abuelito leben in Puerto Rico, und wir skypen immer dann, wenn meine Cousins bei ihnen sind, um ihnen mit der Technik zu helfen. Ich habe sie erst ein paar Mal getroffen, aber es bedeutet ihnen viel, mit mir zu sprechen, da ich meinem Dad wie aus dem Gesicht geschnitten bin, von den haselnussbraunen Augen meiner Mom mal abgesehen. Wenn meine Abuelita und mein Abuelito mich manchmal aus Versehen Ernesto nennen, sage ich nichts. Dieser Name tröstet all die Herzen, die damals gebrochen sind, als meine Eltern starben.

Dalma bricht unser Schweigen mit einem tiefen Seufzer. »Jetzt geht's mir viel besser. Gracias.«

»Kein fucking Ding.«

»Komm, wir schicken Mom ein Foto, damit sie weiß, dass wir noch am Leben sind.«

Mit der neuen iPhone-4-Selfie-Kamera in der Hand dreht sich Dalma um die eigene Achse und versucht unter den strahlenden Lichtern des Broadways die richtige Beleuchtung zu finden. Als sie den besten Blickwinkel ausgemacht hat, bleibt sie stehen. Im Hintergrund ragt das Stundenglas auf.

Wir quetschen uns für das Foto zusammen und lächeln, als würden wir an diesem Abend so richtig einen draufmachen. Dann kommen wir zum für mich weniger spaßigen Teil, nämlich, uns das Foto genau anzugucken, bzw. in meinem Fall, jedes Detail, das ich an mir hasse, genau zu studieren. Dalma ist umwerfend schön, zweifellos zehn von zehn Punkten mit ihren braunen Augen, der silbernen Wimperntusche, die zu ihrem Lippenstift passt, ihrer leuchtend dunkelbraunen Haut und ihrem geflochtenen schwarzen Haar, das sie hochgesteckt hat. Für mich spricht nur, dass ich mit meinen fast zwei Metern über ihr aufrage, aber ansonsten bin ich eine einzige Katastrophe. Ich liebe die Farbe meiner Augen, aber ich verstehe nicht, warum das linke Auge so anders aussieht, so, als würde es gleich einschlafen. Die braunen Locken unter meinem Basecap sind zusammengeklumpt und werden in dieser Hitze immer krisseliger. Nicht gerade süß. Meine Nase und meine Wangen sind noch immer rot von dem Sonnenbrand, den ich mir letzte Woche beim Chillen auf dem Dach unseres Hauses geholt habe. Als ich sehe, wie rau meine Unterlippe aussieht, hole ich gleich meinen Lippenpflegestift raus. Und egal wie viele Komplimente ich ständig für meine markanten Wangenknochen bekomme, bin ich der Meinung, dass ich immer viel zu hager wirke, dem Tode nah, was ja auch irgendwie passend ist.

»Du findest es schrecklich«, sagt Dalma. Das ist noch nicht einmal eine Frage.

»Egal. Es ist sowieso nur für uns«, sage ich.

»Wir können ja noch eins machen.«

»Nö, alles gut.«

Wir gehen ein paar Schritte und bleiben zehn Sekunden später wieder stehen, um bei einer Verlosung zuzusehen: Ein Vertreter des Todesboten vergibt freie Mitgliedschaften. Wenn die Schlange nicht so lang wäre, würde ich mich auch anstellen, denn sich beim Todesboten zu registrieren ist nicht gerade billig. Eine Frau gewinnt einen freien Monat und spart damit 275 Dollar. Man kann nur 20 Dollar für einen Tag bezahlen oder 3000 Dollar für ein ganzes Jahr. Meine Arztrechnungen sind schon krass genug, aber meine Erziehungsberechtigten haben trotzdem ein Jahresabo für mich abgeschlossen, da mein krankes Herz schließlich auch keinen Tag freinimmt. Es muss schön sein, wenn man es nicht nötig hat, so viel zu investieren, und sich nur anmeldet, kurz bevor man etwas total Abenteuerliches vorhat wie Fallschirmspringen oder eine Wildwasserfahrt. (Wenn man rausfindet, dass man bald sterben wird, dann verzichtet man bestimmt gerne darauf, aus einem Flugzeug zu springen oder einen wilden Fluss hinunterzujagen.)

Wie so vieles, wird leider auch der Todesbote nicht von der Krankenversicherung abgedeckt. Was natürlich keine Rolle spielt, wenn man Tausende und Abertausende in der Tasche hat.

»Hast du den Artikel über diese Leute gelesen, die eine Platin-Mitgliedschaft fordern?«, frage ich Dalma.

»Nö. Aber will ich das wirklich wissen?«

»Wenn du *wirklich* jemandem in die Fresse hauen willst, dann ja.«

»Hab ich nicht vor. Aber sag schon.«

»Ein paar reiche Arschlöcher setzen sich dafür ein, dass der Todesbote einen Platin-Rang anbieten soll, der dann als Allererstes angerufen wird.«

Dalma bleibt wie angewurzelt stehen. »Die Reichen sind schuld daran, dass wir keine schönen Sachen haben können.«

Dayana und Floyd haben fünfzehn Riesen ihrer gesamten Ersparnisse investiert, um allen im Haus ein Jahresabo zu besorgen; nicht dass wir mit angehaltenem Atem auf einen Anruf des Todesboten warten, solange er nur rechtzeitig genug kommt, bevor jemand von uns stirbt.

Ich wende mich von der Verlosung ab, nachdem ich in das enttäuschte Gesicht von einem Mann geguckt habe, der eine Mitgliedschaft für nur einen Tag gewonnen hat. Der Typ hat ganz klar auf mehr gehofft, kann sich die höheren Gebühren sicher nicht leisten. Es gibt vieles auf der Welt, was ich gerne gratis hätte, und der Todesbote gehört mit auf die Liste. Schließlich stehen Menschenleben auf dem Spiel.

Dalma und ich gehen weiter und bleiben vor den noch fast neuen roten Glasstufen stehen, die wie eine Treppe nach oben führen und dem Times Square die Atmosphäre eines urbanen Amphitheaters verleihen. Ein guter Platz für alle, die in dem ganzen Trubel mal chillen wollen. Der Saal ist quasi voll und auf der kleinen Bühne steht eine Frau. Erst denke ich, es ist eine Vertreterin des Todesboten, weil sie darüber spricht, wie sehr sich alles verändern wird. Ich entdecke eine aufklappbare Reklametafel, die mich an die vor meinem Friseur erinnert. Nur wirbt die hier nicht für einen Haarschnitt, der dein Ego boostern soll. Stattdessen lese ich: *Erzähl deine Todesboten-Geschichte*. Die Frau ist keine Vertreterin. Sie gibt zum Besten, warum sie sich beim Todesboten angemeldet hat. Als sie mit der Geschichte über ihre Sichelzellenkrankheit zum Ende gekommen ist, zieht eine tatsächliche Vertreterin des Todesboten hinter einem Tisch einen Zettel aus einer Glasschüssel und lädt ein Mädchen namens Mercedes auf die Bühne ein, damit die ihre Story vortragen kann.

Seit Jahren träume ich davon, wie es sein würde, eine Lesung in einer Buchhandlung zu halten, vor lauter fremden Menschen, die alle meine Geschichte hören wollen. Natürlich will ich meine Freunde auch dabeihaben, aber die müssen ja quasi kommen. Die Vorstellung, Menschen durch meine Worte an einen Ort zu locken, hat etwas Magisches. Ich glaube nicht, dass ich lange genug leben werde, um wirklich ein eigenes Buch auf den Markt zu bringen – Roman, Kurzgeschichte, die kürzeste Autobiografie der Welt. Egal was! Aber das heißt nicht, dass ich heute Abend nicht die Chance habe, dem hier anwesenden Publikum meine Geschichte zu erzählen.

Ich mache mich auf den Weg zu der Vertreterin des Todesboten, schreibe meinen Namen auf einen Zettel und werfe ihn in die Glasschüssel.

Eins von diesen ersten Malen, die auch meine letzten sein können.

VALENTINO
23:09 Uhr

Google Maps hat fast gelacht, als ich nach dem schnellsten Weg zum Times Square gefragt habe.

New York ist für seinen guten öffentlichen Nahverkehr bekannt, aber die Premiere des Todesboten sorgt für totales Chaos. Vor allem in Manhattan. Ich hätte die 6 nehmen und dann in irgendeinen Shuttle-Bus umsteigen können, aber die Fahrt hätte ungefähr eine Stunde gedauert. Busse, die in die Innenstadt fahren, konnte ich nicht finden, also hielt ich es für das Beste, wieder ein Taxi zu nehmen. Ich ging in die grobe Richtung los und winkte Autos zu, genau wie es mir zahllose Schauspieler in zahllosen New-York-Filmen gezeigt haben, aber irgendwas machte ich falsch, denn es hielt kein einziges an. Dann, als ich schon halb da war – so wie bei meinem gerade absolvierten häuslichen Aufstieg –, fand ich mich damit ab, dass ich wohl den ganzen Weg zu Fuß würde gehen müssen, um mein Ziel zu erreichen.

Also tat ich das, und versteht mich nicht falsch, ich will unbedingt auch mal U-Bahn fahren, aber wenn ich unterirdisch unterwegs gewesen wäre, hätte ich diese ganze Sightseeing-Tour verpasst. Ich ging die Fifth Avenue entlang, kam am Eingang zum Zoo im Central Park vorbei, sah das berühmte Plaza Hotel und das Rockefeller Center, wo ich im Dezember auf jeden Fall hingehen werde, um diesen riesigen Weihnachtsbaum zu bewundern. Es war total aufregend, so viele berühmte Gebäude in echt zu sehen, aber auch einsam. Ich freue mich schon darauf, das alles mit Scarlett zu erleben und mit all den neuen Freunden, die wir hier finden werden. Ich bin sicher, dass ich die Dinge dann noch mal mit anderen Augen sehen werde.

Die Perspektive ist das Entscheidende. Beim Modeln bin ich, wer ich bin, aber wie ich wirke, hängt davon ab, wer hinter der Kamera steht. Manche Fotografen entdecken meine starken und schmeichelhaften Seiten. Andere nicht. Welche Bilder ich persönlich dann am besten finde, hängt von meiner Perspektive ab. Aber Perspektiven verändern sich auch mit der Zeit – über die Jahre, Monate, Wochen, Tage, Stunden, sogar Minuten. Heute Nachmittag – oder streng genommen wohl schon heute Abend, da ich jetzt in einer anderen Zeitzone bin – war ich mir sicher, dass nichts schöner sein könne, als in diesem Flugzeug zu sitzen und New York vor mir auftauchen zu sehen. Ich habe mich geirrt. Nichts ist schöner als mein erster Blick auf den Times Square.

Vom Himmel aus sieht alles unter einem aus wie eine Welt für Insekten.

Auf der Straße bin ich das Insekt.

Die Gebäude ragen hoch auf, und ich stelle fest, dass ich den Kopf in den Nacken lege wie beim Modeln, weil es mir gefällt, wenn mein Adamsapfel vorsteht und mein langer Hals sich reckt. Aber jetzt geht es mir nicht darum, gut auszusehen. Sondern darum, die Schönheit um mich herum in mich aufzusaugen.

Schon mehrere Häuserblocks zuvor habe ich aufgehört, Fotos zu machen, weil diese Handykameras der Stadt nicht gerecht werden. Morgen kommt Scarlett, und dann können wir unser neues Leben mit ihrer richtigen Kamera festhalten. Heute Abend bleibe ich im Hier und Jetzt.

Der erste Schritt auf den Times Square ist zugegebenermaßen überwältigend, weil in jeder Ecke so viel passiert. Jemand versucht mir DVDs mit Raubkopien von Filmen zu verkaufen, die noch im Kino laufen. Läden und Restaurants drängen sich so dicht aneinander, dass ich gar nicht wüsste, wo ich zuerst hingehen soll. Ich mache für Scarlett ein kurzes Video der Todesboten-Sanduhr auf dem größten Bildschirm, auch wenn wir bei YouTube später sicher bessere Aufnahmen finden werden. Zwei Männer, die sich gegenseitig schubsen, lenken mich ab. Einer von ihnen sagt, sie sollten ihre Schulden tilgen, bevor morgen das Ende der Welt beginnt; er gehört also zu denen. Ich kann kaum glauben, dass ich all diesen Verschwörungstheoretikern zu Hause entkommen bin, um dann direkt am Times Square einem zu begegnen, aber das ist schließlich der Reiz dieser Stadt, stimmt's? New York ist Anknüpfungspunkt für alle auf dieser Welt. Sogar für Models aus Arizona, die ihr Leben neu ausrichten wollen und davon träumen, dass bald alle ihr Gesicht auf Reklametafeln sehen werden.

Ich rücke weiter auf den Platz vor. (Sagen die New Yorker so dazu? Das muss ich schnell herausfinden.) Dabei komme ich an jemandem in einem Iron-Man-Kostüm vorbei, der mit einer weitgehend als Elmo verkleideten Frau spricht. Nur der Riesenkopf steht neben ihr auf dem Boden, als hätte man ihn abgeschlagen, während sie eine Zigarette raucht. Ich liebe diese Stadt bereits von ganzem Herzen. Auch von dieser Szene muss ich unbedingt heimlich ein Foto für Scarlett machen, weil das einfach ein einmaliger Anblick ist.

Ich gehe weiter. Ein Teenager fällt mir auf, der auf einer Art Bühne steht. Erst rechne ich damit, dass er gleich ins Mikro singen wird, aber dann spricht er mit dieser tiefen Traurigkeit über die zerebralen Aneurysmen in seiner Familie und die Angst davor, selbst an einem zu sterben. Es ist bedrückender als erwartet auf einem Fest, das als Feier des Lebens angekündigt war, aber dann sehe ich das Schild, auf dem steht: *Erzähl deine Todesboten-Geschichte*, und alles ergibt Sinn. Auf dieser Bühne können Leute erzählen, wie dieser Dienst ihr Leben verändern wird.

Es kann nicht schaden, ein wenig zuzuhören, warum Leute bereit sind, an den Todesboten zu glauben.

Auf der roten Glastribüne gibt es keine freien Plätze mehr, aber es macht mir nichts aus, nach einem Stehplatz zu suchen. Direkt neben dieser schönen Schwarzen mit dem unglaublichen Style und dem süßen Weißen, dessen Locken unter dem Basecap hervorgucken, ist noch Platz. Der Junge sieht aus, als ginge ihm das alles ganz schön nah, denn er wischt sich Tränen von den Wangen.

Offenbar hat er ein großes Herz.

ORION
23:17 Uhr

Diese Geschichten brechen mir einfach das Herz.

(Jetzt ist es noch kaputter.)

Aber ich kann nicht anders als zuzuhören, selbst wenn sich das anfühlt, als würde ich in Stücke gerissen: Der Bräutigam einer Frau ist auf dem Weg zur Hochzeit bei einem Unfall ums Leben gekommen; ein Kind ist in der Badewanne ertrunken, während der große Bruder gerade den Müll rausbrachte und sich dabei ausgeschlossen hatte; die beste Freundin eines Mädchens wurde an ihrem Geburtstag erstochen, was diesen Tag für immer prägen wird; Frau und Kind eines älteren Mannes starben während der schwierigen Geburt, und obwohl der Todesbote nicht das Schicksal eines Fötus voraussagen kann, hätte der Mann sich trotzdem auf das große Loch in seinem Herzen vorbereiten können; und dann ist da noch ein Mädchen, das wie ich beide Eltern verloren hat, während eines Tornados.

»Wir haben noch Zeit für eine Geschichte«, sagt die Vertreterin des Todesboten. Anfang zwanzig, sieht sie aus wie eine junge Lehrerin, die gerade den nächsten Schüler für das letzte Referat des Tages aufrufen will. Sie greift in die Glasschüssel, bereit, einen Namen herauszuziehen.

Es soll bitte meiner sein.

Es muss meiner sein, das ist meine einzige Gelegenheit, meine Geschichte zu erzählen und ...

»Lincoln«, ruft die Vertreterin.

Ein Junge steigt die roten Stufen herab, sehr behutsam, als hätte er Angst zu stolpern, zu fallen und zu sterben, bevor er seine Geschichte erzählen kann.

Bevor sie, wie meine, ungehört bleibt.

Lincoln schafft es wohlbehalten bis zum Mikrofon und erzählt uns von seiner Krebsdiagnose, zeigt auf seine Mutter und seine Schwester im Publikum und erklärt, wie der Todesbote ihnen die Möglichkeit bietet, das Unvermeidliche anzunehmen, das da auf sie zukommt.

Mir geht es nicht so schlecht wie ihm, aber ich kann gut verstehen, was es heißt, die Waffen zu strecken.

Dann ist er fertig mit seiner Geschichte. Die Vertreterin des Todesboten dankt der Menge für ihre Zeit und ein Sicherheitsbeamter begleitet sie von der Bühne. Und binnen Sekunden gehen alle wieder ihrem täglichen Leben nach – ihrem wirklich schwierigen, komplizierten Leben.

»Tut mir leid«, sagt Dalma.

»Was denn?«

»Dass dein Name nicht aufgerufen wurde.«

Ich habe nie direkt gesagt, wie sehr ich mir das gewünscht habe, aber meine beste Freundin durchschaut mich eben.

»Alles gut«, lüge ich.

Ich richte meinen Blick auf die Großbildschirme und sehe, wie der Sand bzw. winzige schwarze Blöcke in den Stundengläsern nach unten fallen. Bis ein großer Typ in meinem Alter (so was schätze ich immer ziemlich gut ein) an mir vorbeigeht und mich ablenkt. Mich wirklich ablenkt, denn er ist wunderschön; ich kann nicht anders, als ihm hinterherzugucken, während er sich auf eine Ecke der Treppe setzt und zu den Stundengläsern hochschaut, als wären es die Sterne.

Ich brenne darauf, seine Geschichte zu hören, genau wie ich darauf brenne, meine zu erzählen.

Mein Herz macht einen Sprung; wie krass es ist, dass es sich so aufregend und zugleich gefährlich anfühlt, wenn man jemanden anziehend findet; als könnte er alles, was gut ist, und alles, was schlecht ist, für einen bedeuten.

Seine Augenfarbe kann ich nicht erkennen, aber, Mann, würde mich das interessieren.

Er ist blass, aber kann sein, dass er so wie ich einfach nur als weiß durchgeht.

Wenn man sein verwuscheltes dunkles Haar mal außer Acht lässt und auch die Absätze seiner Timberlands, dann ist er wohl so groß wie ich.

Er hat breite Schultern, einen kräftigen Nacken und Arme, die garantiert dafür sorgen, dass er jedes Armdrücken gewinnt. Dazu noch Muckis, die unter seinem hautengen schwarzen V-Shirt geradezu ersticken müssen.

»Erde an Orion«, sagt Dalma und schnipst mit den Fingern.

»Was ... oh.«

»Ja. Ich wette, er ist ein Model.«

»Du hältst alle süßen Typen immer gleich für Models.«

»Und jedes Mal, wenn ich mich irre, ist das eine Zumutung für die gesamte Gesellschaft.«

Ich reiße meinen Blick los, obwohl ich ihn wirklich, wirklich, wirklich, wirklich, wirklich weiter anstarren will. Scheiße, bin ich schwach. Ich halte es nicht mal eine Sekunde lang aus, und schon riskiere ich wieder einen Blick auf ihn, und halb hoffe ich, dass er mich nicht dabei erwischt, und halb, dass doch. Aber warum sollte er – vielleicht steht er gar nicht auf Jungs, dabei hätte ich auch gegen eine weitere Freundschaft nichts einzuwenden, besonders wenn Dalma diesen Herbst am Hunter College anfängt und wie eine Irre wird arbeiten müssen. Doch ich weiß gar nicht, ob ich es aushalte, um so eine Schönheit wie ihn zu kreisen, ohne mich zu verlieben, zu lieben, liebend zu sterben.

Bestimmt ist er ein heterosexueller Tourist, den ich niemals wiedersehen werde – das wäre typisch für mich.

Aber vielleicht auch nicht. Ich kann nicht hellsehen; ich kann nichts ausschließen.

»Ich sollte mal hingehen und Hey sagen.«

»Gute Einstellung, O-Bro, aber kann es sein, dass du gerade mit dem Schwanz denkst?«

»Ich glaube, ich denke mit dem Herzen?«

»Auch nicht besonders verlässlich.«

»Er hat auf jeden Fall eine positive Ausstrahlung. Er sieht nicht so aus, als würde er sich zum letzten Mal die Stadt angucken, bevor er für den Rest seines Lebens in einem unterirdischen Bunker verschwindet, oder als würde er, einfach so, Amok laufen.«

»Du findest aber auch jeden toll.«

»Und du solltest mich eigentlich unterstützen.«

»Auch wieder wahr. Wenn es denn so ist, dann carpe diem, pflück ihn dir.«

Ich gehe zwei Schritte auf ihn zu und bleibe schon wieder stehen.

Wie oft habe ich mich über die Jahre in dieser Stadt verknallt – bei *Dave & Busters*, im Central Park, bei *Barnes & Nobles*, in der U-Bahn –, aber ich kriege es nie hin, aus meiner Fantasie in die Realität zu springen. Und selbst wenn ich jemanden dann persönlich kennenlerne, wie ein paar Typen auf der Highschool, kann ich dann irgendwie nicht weitergehen, weil ich mich, außer vor Dalma, nie geoutet habe.

Das hat sich geändert, seit wir letzten Monat mit der Schule fertig waren.

Und obwohl ich diesen Schritt inzwischen gemacht habe, weiß ich immer noch nicht, wie der nächste aussehen soll.

»Verdammt, was soll ich denn sagen?«, frage ich.

»Lass dein Herz sprechen«, sagt Dalma. »Und nicht deinen Schwanz.«

»Herz, nicht Schwanz; Herz, nicht Schwanz«, murmele ich wie ein Mantra vor mich hin.

Ich möchte mir die Chance nicht entgehen lassen, diesen

Typen kennenzulernen, denn die Wahrscheinlichkeit, ihn in einer Stadt wie New York wiederzutreffen, steht eins zu ... keine Ahnung, irgendeine verdammt lange Zahl, für die man tagelang zählen müsste.

»Ich schaff das«, sage ich mit null Selbstvertrauen.

»Aber klar«, sagt Dalma mit null Glaubwürdigkeit.

Ich lege einen Zahn zu und überlege mir dabei, was ich ihn fragen könnte.

Wo kommst du her?

Du bist allein hier?

Du siehst aus wie Clark Kent. Verkleidest du dich manchmal als Superman?

Spielst du auch in meiner Mannschaft, sprich stehst du auch auf Jungs?

Oh, du bist hetero? Du hast nicht zufällig einen eineiigen Zwilling, der auf Jungs fliegt?

Dann stehe ich plötzlich vor ihm. Seine Augen – von so eisigem Blau, dass ich nach Luft schnappen muss – werden weit. Zunächst denke ich, dass er gleich ausflippt, so wie ich das einmal gemacht habe, als ich aus meiner Lieblingsbar raus bin und so ein weißer Typ mir ins Gesicht gesprungen ist und gedroht hat, mir die Fresse zu polieren, wenn ich ihm nicht Bargeld und Bonbons aushändige. (Ich bin ohne Bargeld und Bonbons nach Hause gegangen.) Aber er sieht nicht so aus, als hätte er Angst vor mir. Seine herzförmigen Lippen verziehen sich sogar zu einem Lächeln, und ich leuchte auf wie ein Stück Papier, an das man ein Streichholz hält.

»Hi«, sagt er.

»Hi«, wiederhole ich, als würde er mir eine neue Sprache beibringen.

»Wie geht's denn so?«

Er soll das Gespräch nicht führen, schließlich habe *ich* ihn doch angesprochen.

»Es läuft gut, na ja, soweit man das behaupten kann, wenn die Welt gerade untergeht«, sage ich. Dann wird mir etwas bewusst. Wenn ich jetzt nicht sofort klarstelle, dass ich nicht an einen Weltuntergang pünktlich um Mitternacht glaube, werde ich das Ganze hier geradewegs im Keim ersticken. »Also, ich persönlich denke ja nicht, dass wir alle kurz davor sind zu sterben. Natürlich werden Menschen sterben, leider, tragischerweise ... ja, tragisch ... aber ich glaube nicht, dass jetzt der gesamte Planet in Flammen aufgeht oder überschwemmt wird oder in sich zusammenfällt oder so was.« Ich versuche Luft zu holen, aber ich habe das Gefühl, dass mein Körper jeglichen Sauerstoff ablehnt, damit ich wenigstens für eine Sekunde mal die verdammte Klappe halte. Aus unerfindlichen Gründen hat der Typ noch nicht das Weite gesucht. »Jedenfalls, ich bin zu dir rübergekommen, weil du das Stundenglas angestarrt hast, und ich habe mich gefragt, ob du dir auch Gedanken über diesen ganzen Irrsinn mit dem Todesboten machst.«

Er sieht wieder zu den Großbildschirmen auf und ich habe eine weitere Minute geschafft, obwohl es mir vorkommt, als hätte ich tausend Jahre verplempert, um auf den Punkt zu kommen.

»Ich denke tatsächlich gerade über den Todesboten nach. Und über das Leben.«

»Irgendwie gerade ein und dasselbe, oder nicht?«

»Ja, irgendwie schon.« Er steht auf und sein Blick trifft wieder auf meinen. »Ich bin übrigens Valentino.«

Scheiße, das passt. Ich weiß zwar gar nicht richtig, wie ich das meine, aber ich habe absolut recht, und wer was anderes behauptet, kriegt von mir eine reingehauen. Na ja, den Kampf würde ich natürlich ganz sicher verlieren, da ich in solchen Situationen eine totale Null bin, aber ich würde diesen Kampf trotzdem kämpfen und kämpfen und kämpfen.

»Ich bin Orion.«

»Das ist ja lustig, ich kenne inzwischen schon fünf Orions.«

»Wirklich?«

Valentino lächelt. »Nein, nicht wirklich.«

Mann, bin ich blöd. »Ich bin zu leichtgläubig, so was kannst du nicht mit mir machen.«

»Haha, tut mir leid! Du bist der erste Orion, dem ich je begegnet bin«, sagt Valentino. »Versprochen.«

Echt jetzt, wenn er meinen Namen ausspricht, ist es, als würde er mir Flammen ins Gesicht hauchen, die einen extra Sonnenbrand hinterlassen. Und so nah bei ihm zu stehen, macht mich innen drinnen ganz angespannt, als würden meine Herzvenen mein Herz im Würgegriff halten, nur weil es ihnen Geld schuldet. Aber Valentino wirkt total cool, ich glaube nicht, dass ich ihn auch nur das kleinste bisschen durcheinanderbringe. Ein Blick auf seine volle Unterlippe erinnert mich daran, dass meine eigene ganz rau ist, also hole ich meinen Pflegestift raus. Er sieht zu, wie ich ihn über meine Lippen ziehe, und bestimmt denkt er, dass ich mich auf einen Kuss vorbereite, doch das mache ich nicht, auch wenn ich natürlich nichts dagegen hätte.

Verdammt, vielleicht denke ich doch mit dem Schwanz.

Auf jeden Fall mache ich mich gerade mal wieder zum Deppen.

Im Moment kann man mich mit Valentino nicht allein lassen.

»Dalma!« Ich winke sie zu uns rüber und sie eilt mir asap zu Hilfe. »Dalma, das hier ist Valentino.«

»Hey«, sagt Dalma und schüttelt ihm die Hand; ich kam nicht einmal in die Nähe seiner Hand, geschweige denn dazu, sie zu schütteln.

»Nett, dich kennenzulernen«, sagt Valentino. »Dein Freund hier ...«

»Nein, nein, nein, nein, nein, nein, nein«, sagt Dalma. Tiefer Atemzug, dann weiter: »Nein, nein, nein, nein.«

Ich starre sie an, etwas – nein, total – beleidigt, wie sehr sie in diesen Neins aufgeht. »Okay, komm mal runter, ich will ja auch nichts von dir.«

»Er ist sozusagen mein kleiner Bruder«, sagt Dalma.

»Nur zwei Monate jünger«, sage ich.

»Und die Welt hätte in den zwei Monaten nicht untergehen können?«

»Das sagst du immer, als wolltest du mich am liebsten direkt ins Nirwana befördern.«

Ich fasse es nicht. Ziehen wir wegen Valentino diese Show ab? Wir sind achtzehn, nicht acht, aber egal: Ich habe ihn zuerst gesehen, ihn zuerst begrüßt, mich zuerst zum Deppen gemacht. Ich darf zuerst sehen, wo das Ganze hinführt.

Zum Glück scheint Valentino unser Geplänkel nicht groß zu stören.

»Na ja, Geschwisterzoff beherrscht ihr jedenfalls perfekt«, sagt er, ohne jegliche Wertung in der Stimme. »Mit meinem Zwilling mache ich das genauso.«

Ach, du heilige Scheiße, es gibt zwei von ihm.

Echt, ich frage mich in diesem Moment, ob ich vielleicht schon gestorben bin und mich im Jenseits befinde, wo es zwei Valentinos gibt. Vielleicht muss ich gar nicht mit Dalma konkurrieren – wir können beide einen Valentino mit nach Hause nehmen und ein glückliches Leben führen.

Aber Moment mal, ich bin wohl etwas voreilig.

»Zwillingsbruder oder Zwillingsschwester?«

»Schwester«, sagt Valentino. Der Kampf um sein Herz ist also noch nicht ausgestanden.

»Und wo ist sie?«

»Scarlett ist zu Hause in Arizona.«

Zu Hause. Klartext: Er lebt nicht in New York.

Deswegen muss ich aufhören, dauernd so voreilig zu sein.

Wenn ich schreibe, erzähle ich immer Geschichten, bevor ich überhaupt weiß, um was es geht, lasse mich forttragen und verwandele Wörter in Sätze, Sätze in Absätze, Absätze in Kapitel, Kapitel in Liebesgeschichten. Vielleicht funktioniert das so im Roman, aber im wahren Leben kann dir deine Vorstellungskraft ein herzzerreißend jähes Ende bereiten.

»Das ist ja doof, dass sie heute die große Party verpasst«, sage ich und versuche, nicht allzu deprimiert zu sein. Ich muss wirklich aufhören, mich immer so schnell in was reinzuhängen.

»Na ja, dafür fotografiert sie die heutige Feier in Phoenix. Und morgen früh fliegt sie hierher, um New York unsicher zu machen.«

»Wie lange werdet ihr hier sein?«

»Ich bin gerade erst hergezogen«, sagt Valentino und sieht sich am Times Square um.

Seine Worte lassen mein Herz schneller schlagen.

Und sein Lächeln auch.

Valentino leuchtet geradezu vor Glück, während er sich als frischgebackener New Yorker umsieht. Wer weiß, wie lange er darauf gewartet hat, hierherzuziehen? Vielleicht einen Monat, ein Jahr, ein Jahrzehnt, sein ganzes Leben lang. War das Leben in Arizona nicht gut? Brauchten Valentino und Scarlett eine Veränderung? Wie läuft es mit seinen Eltern – oder Erziehungsberechtigten? Ziehen sie auch hierher? Ich habe so viele Fragen, und es dauert vielleicht ein bisschen, bis ich auf alles eine Antwort bekomme, aber immerhin weiß ich jetzt, dass ich Zeit habe.

»Willkommen in New York!«, sagt Dalma. »Bist du heute Abend ganz allein hier?«

»Ja. Ich bin erst vor ein paar Stunden angekommen und dann gleich hierher.«

»Du kannst gerne mit uns abhängen«, biete ich ihm an.

»Ein bisschen Gesellschaft wäre nett. Wenn es euch nichts ausmacht.«

»Ach was. Außerdem kennst du hier ja sowieso niemand.«

»Eigentlich bin ich sehr beliebt. Mein bester Freund ist wahrscheinlich mein Vermieter.«

»Ich kann es kaum erwarten, ihm zu begegnen«, sage ich. (Verdammt mutig von mir.)

»Er ist eigentlich ein Arsch, aber du musst trotzdem bald mal vorbeikommen«, sagt Valentino mit diesem unglaublichen Lächeln.

Okay, okay, okay – wenn hier nicht gerade was läuft, mache ich nie wieder den ersten Schritt. Ich brauche einen Freund, der auf das Grab meiner Eltern schwört, dass er mich liebt, und ich werde ihm auf keinen Fall sagen, dass ihre Gräber leer sind, damit er nicht auf die Idee kommt zu lügen.

Aber da ich Valentino gegenüber sowieso machtlos bin, brauche ich das alles gar nicht.

Sein Lächeln allein reicht schon.

VALENTINO
23:32 Uhr

Es ist mein erster Abend hier, und ich habe schon Freunde gefunden.

Freunde mit schönen Namen. Und schönen Gesichtern.

Ich starre Orion an, dessen Wangenknochen es verdient hätten, auf einem Zeitschriftencover zu landen, genau wie seine haselnussbraunen Augen, die für einen so jungen Typen vermutlich schon viel gesehen haben. Als er rot wird, merke ich, dass ich ihn schon zu lange anstarre. Ich bin mir ziemlich sicher, dass Orion schwul ist. Vielleicht ist er auch bi, aber er mag auf jeden Fall Jungs. Dass ich das erkenne, ist schon mal nicht schlecht. Ich beneide ihn, dass er so offen wirkt und wahrscheinlich die Möglichkeit hatte, genau so zu sein. Jetzt muss ich irgendwie rüberbringen, dass ich auch auf Jungs stehe.

»Was gefällt dir bisher an New York?«, fragt Orion.

Ich könnte die ganze Nacht damit verbringen, diese Frage zu beantworten. »Ich will einfach alles machen. Leben wie ein Tourist, damit ich keinen Tag für selbstverständlich halte.«

»Das ist schlau«, sagt Dalma. »Ich liebe diese Stadt, aber es gibt so viel, wovon ich die Nase voll habe.«

»Was denn zum Beispiel?«

»U-Bahn-Auftritte. Die ersten paar sind super, aber dann hat man diese Shows irgendwann satt und konzentriert sich auf das, was man gemacht hat, bevor die Tänzer aufgetaucht sind.«

»Und betet, dass man keinen Fuß ins Gesicht kriegt«, fügt Orion hinzu.

»Ich hoffe, dass ich nie aufhören werde, das alles magisch zu finden«, sage ich bloß.

Orion bemerkt offenbar, dass ein wenig Enthusiasmus aus meinen Augen verschwunden ist. »Lass dir von uns nicht den Spaß verderben, wir sind beide hier geboren und aufgewachsen. Du wirst die ganze Zeit voll dabei sein.«

»Das habe ich vor.«

»Das Großartige an New York ist, dass man es nie schaffen wird, alles zu machen.«

»Und das ist großartig?«

»Ja, klar. Es bedeutet, dass es immer irgendwas zu tun gibt. Neue Viertel zu erforschen, in denen einem jede Straße ihre Geschichte erzählt. Ich mache gern den Stadtführer für dich, wenn du willst.«

Ich lächele und freue mich schon auf Orions eigene Geschichten, wenn er mich durch die Stadt führt. »Das klingt gut. Vielen Dank.«

»Gerne.«

Eine große Gruppe in lindgrünen T-Shirts und Stirnbändern geht an uns vorbei. Sie sehen aus, als wären sie von einer St.-Patrick's-Day-Feier durch die Zeit hierhergereist, aber ich weiß, dass das nicht stimmt. Es sind Alien-Gläubige, die überzeugt sind, dass um Mitternacht UFOs auftauchen und sie gen Himmel beamen werden; in Arizona gibt's eine ganze Menge von denen. Diese Leute sind weitgehend harmlos – ein schwarzes Schaf gibt's natürlich in jeder Gruppe –, aber sie werden wohl schon bald von der Realität eingeholt werden, wenn sie morgen immer noch hier auf der Erde sind, mit ihren Fulltime-Jobs und Steuern, die ihr Gehalt auffressen.

Ich will gerade ein Foto für Scarlett machen, als Dalma mich etwas fragt.

»Wechselst du im Herbst das College?«

»Nein, ich hab das Studium erst mal zurückgestellt. Ich will stattdessen meine Träume verfolgen.«

»Und die sind …?«, fragt Orion.

Ich bin immer noch jedes Mal leicht nervös, wenn ich anderen erzähle, was ich mache, weil viele Leute voreingenommen sind, aber wenn das auch für Orion und Dalma gilt, ist es besser, es gleich zu erfahren, bevor ich mich zu sehr auf sie einlasse. Ich kann mich nicht mehr mit Leuten umgeben, die mich nicht ich sein lassen. »Ich bin Model.«

Orions Augen leuchten auf, als er sich zu Dalma umdreht. »Ich hab's dir gesagt!«

»Hättest du mich nicht für ein Model gehalten?«, frage ich sie.

»Du siehst natürlich gut aus, aber Orion sagt das über jeden süßen Typen.«

»Mmh. Jetzt weiß ich nicht, ob ich mich geehrt fühlen soll oder nicht.«

»Fühl dich geehrt«, wirft Orion ein. Dann wird er rot. »Ich meine, na ja, natürlich sollte dein Gesicht überall sein.«

»Danke, dass du an mich und mein Gesicht glaubst.«

»Jederzeit. Hätten wir dich schon irgendwo sehen können?«

Nur die echt berühmten Models haben eine schnelle Antwort auf diese Frage, und das gilt sicher nicht für mich.

Mein erster Auftrag war letztes Jahr für einen Produzenten von Namensanhängern – und damit man mich auf keinen Fall erkennt, haben sie mir eine Kette mit *Leo* umgehängt. Dann war ich in einem Prospekt für das Prescott College – und das wird definitv auch das einzige Mal sein, dass mich irgendjemand auf diesem Campus sieht, denn die Studiengebühren dort sind für meinesgleichen unerschwinglich. Seitdem habe ich ein paar lokale Anzeigen gemacht, wo ich als großer Bruder, als Baseballspieler, als Fahrschüler und als Angestellter der Fledermaushöhle in Paradise Valley, einem Vorort von Phoenix, abgelichtet wurde.

Aber schon bald, wenn Leute mich fragen, ob sie mich irgendwo gesehen haben, kann ich auf genau diese Ecke von New York verweisen.

»Noch nicht, aber …« Ich deute auf den Times Square um mich herum und stelle mir mein Gesicht ganz weit oben auf diesen Großbildschirmen und Reklametafeln vor und ganz weit unten auf den Anzeigen in der U-Bahn. »Morgen Vormittag habe ich mein erstes Shooting für eine landesweite Kampagne. Für diese queere Kleidermarke von queeren Designern, die das ganze Jahr über besondere Teile rausbringen und nicht nur zum Christopher Street Day. Mir als Schwulem, der in seiner Jugend niemals solche Sachen hätte anziehen können, bedeutet das besonders viel.« Ich sehe, wie sich ein Lächeln in Orions Gesicht stiehlt, als wäre er genauso froh darüber, die Bestätigung zu bekommen, dass ich schwul bin, wie ich, es losgeworden zu sein. Ich werde das nicht mehr verschweigen, ganz egal ob jemand ein Problem damit hat. »Hoffentlich bringt mich diese Kampagne weiter.«

Orion klatscht, was total süß ist. »Gratuliere, Valentino! Das ist echt cool.«

»Dann können wir sagen, dass wir dich gekannt haben«, sagt Dalma.

»Allerdings. Und was ist mit euch? Was sind eure Träume?«

Ich frage andere Leute nicht mehr, wo sie studieren oder was sie arbeiten, denn ich weiß, wie schlecht ich mich immer gefühlt habe, wenn die Leute auf mich herabsahen, weil ich nicht aufs College gehe oder weil das Modeln nicht als anständiger Beruf anerkannt wird, solange man nicht Millionen damit verdient, in die Kamera zu lächeln. Das wird bei mir irgendwann so sein, aber man muss ja erst mal anfangen.

»Ich schreibe Kurzgeschichten«, sagt Orion.

»Das ist ja genial! Was denn so?«

»Welches Genre? Vor allem durchgeknalltes Fantasyzeug. Ein bisschen Sci-Fi. Ein Märchen.«

»Kann ich irgendwann mal was lesen?«

Dalma lacht. »Viel Glück!«

Orion wirkt plötzlich total schüchtern. »Irgendwann vielleicht. Ich behalte das eher für mich.«

Vermutlich steckt noch mehr dahinter, aber ich will ihn nicht drängen. »Kein Problem, Orion. Wenn du es dir je anders überlegst, würde ich liebend gerne etwas von deinen Sachen lesen.« Ich wende mich an Dalma. »Also, unter uns dreien haben wir ein Model, einen Schriftsteller und ...«

»Ich bin Programmiererin«, sagt Dalma.

Ehrlich gesagt hätte ich sie auch für ein Model gehalten. Man sollte eben nie nur nach Äußerlichkeiten gehen.

»Ich würde mich echt gerne näher mit Apps beschäftigen, aber diesen Code habe ich noch nicht geknackt.«

»Ist Coden schwer zu lernen?«

»O nein, ich meinte das eher metaphorisch, nicht das eigentlich Coden. Das ist einfach.«

»Dalma weiß noch nicht, *was* für eine App sie programmieren will«, sagt Orion.

Es ist witzig. Obwohl sie keine Zwillinge sind – noch nicht mal Geschwister –, erinnert mich die Beziehung zwischen Dalma und Orion an Scarlett und mich. Es gibt Streitereien, klar, aber sie sprechen auch für den anderen, als bestünde eine Art magische, telepathische Verbindung zwischen ihnen.

»Wie wär's mit einem neuen Spiel?«, schlage ich vor. Früher auf meinem Nokia habe ich dauernd *Snake* gespielt, aber seit ich ein iPhone habe, hat mich noch nichts im App Store angesprochen.

»Spiele sind witzig, aber ich möchte irgendetwas Bahnbrechendes entwickeln«, sagt Dalma. »Ehrlich gesagt versuche ich mir irgendwas im Zusammenhang mit dem Todesboten auszudenken. Irgendwas, das aktuell, aber auch langlebig wäre.«

Sie gehört also nicht zu den Leuten im lindgrünen T-Shirt. Registriert.

»Oh-oh«, sagt Dalma.

Ich sehe mich nervös um. »Oh-oh was?«

»Du bist verstummt, als sie den Todesboten erwähnt hat«, sagt Orion.

»Glaubst du nicht an den Todesboten?«, fragt Dalma.

»Sagen wir's mal so: Ich glaube nicht, dass ich um Mitternacht von Außerirdischen entführt werde.«

Orion lacht, wobei er sich den Mund zuhält und sich leicht vorbeugt. Warum er wohl sein Lächeln versteckt? Ich tippe mal auf seinen abgebrochenen Zahn. Es fällt kaum auf, aber durch meine Arbeit habe ich einen Blick für solche Dinge entwickelt. Nachdem ich bei der Modelagentur *Future Star* unterschrieben hatte, habe ich meinen eigenen abgebrochenen Zahn im Unterkiefer in Ordnung bringen lassen, damit ich verkäuflicher bin. Mit einer guten Zahnversicherung könnte Orion das auch machen.

»Aber du glaubst nicht an den Todesboten«, sagt Dalma.

»Es gibt nichts, woran man glauben könnte. Der Entwickler hat keinerlei Beweise vorgelegt.«

»Eine Menge Theorien, aber keine Antworten«, stimmt Dalma mir zu.

»Ich glaube, es ist eine Art Magie – was sonst?«, sagt Orion.

»Ja, wirklich, unheimlich genau zutreffende Wissenschaft«, erklärt Dalma.

»Der Teufel, meinen Eltern zufolge«, sage ich.

Magie, Wissenschaft und der Teufel. Aber immerhin keine UFOs.

»Okay, also, es gibt keine Beweise«, sagt Orion. »Aber gibt

es irgendwelche Gründe, die dich zu einer Anmeldung bewegen könnten? Ziemlich persönliche Frage, sorry. Du musst auch nicht antworten, wenn du nicht so viel von dir preisgeben willst. Ich weiß, wir sind Fremde.«

»Ich würde uns ›werdende Freunde‹ nennen«, sage ich.

»Das gefällt mir«, sagt er.

»Verrätst du werdenden Freunden so was?«, fragt Dalma.

Ich nicke. »Die Kurzversion ist, dass meine Schwester Scarlett im Mai einen echt üblen Autounfall hatte. Diesen Anruf zu bekommen, dass sie gerade ins Krankenhaus gebracht wurde, war total schräg. Sie ist meine Schwester, mein Zwilling. Sie ist außerdem eine fabelhafte Autofahrerin. Ich habe beim Fahren schon mal SMS geschrieben, aber Scarlett nie. Ihr Handy ist aus und ihr Blick auf die Straße gerichtet. Aber dieser abgelenkte Fahrer ist voll in sie reingerauscht.«

Es ist so ungerecht, dass man alles richtig machen kann und trotzdem verletzt wird, weil jemand anders nur *einen* Fehler macht.

»O Mann!«, sagt Orion.

»Ich wusste nicht, wie ich ohne sie weiterleben sollte. Jeder Gedanke in diese Richtung war so entsetzlich, sogar die ganz einfachen Sachen. Auf keinen Fall hätte ich Geburtstagskuchen essen können, der für uns beide gedacht war. Oder so tun, als wäre die rechte Seite des Sofas nicht automatisch für sie reserviert.«

»Ich bin so froh, dass es ihr gut geht«, sagt Orion.

»Es klingt, als wäre sie unbesiegbar«, fügt Dalma hinzu.

»Obwohl ich wette, dass du inzwischen lieber mit dem Zug fährst«, sagt Orion.

»Das ist das Komische an Scarlett«, erkläre ich. »Sobald sie sich von der OP erholt hatte, setzte sie sich sofort wieder ans Steuer. Sie ließ nicht zu, dass diese Nahtoderfahrung sie davon abhielt, ihr Leben zu leben.«

Ich werde nie vergessen, wie nervös wir waren, als Scarlett zum ersten Mal wieder gefahren ist. Ich kam mit, was ihr vielleicht nicht unbedingt die Anspannung nahm, aber ich wollte auf jeden Fall für sie da sein. Scarlett war großartig – sie ließ den Motor an, sah in den Rückspiegel, setzte aus der Einfahrt zurück und fuhr eine Proberunde um unsere bewachte Wohnsiedlung, bevor sie auf den Highway einbog und mit mir eine Einkaufstour startete, um ihre gesamte Kamera-Ausrüstung zu ersetzen, die bei dem Unfall kaputtgegangen war.

Wie ein Phönix war sie wiederauferstanden.

»Das ist auf jeden Fall der Grund, weshalb ich mir vorstellen könnte, mich beim Todesboten anzumelden. Ich möchte keinen Tag mehr versehentlich als normal betrachten.« Ich sehe mich um und frage mich, wer von den Leuten hier den Dienst beauftragt hat und wer nicht. »Ich weiß, dass derjenige, der den Anruf des Todesboten bekommt, nicht der Einzige ist, der stirbt. Wenn man jemanden wirklich in sein Herz geschlossen hat, stirbt man selbst auch.«

Ich atme tief ein in dem Wissen, mitten im Leben zu stehen.

»Ich habe das Gefühl, mir fehlt ein Kapitel deiner Geschichte«, sagt Orion. »Du hast gerade diesen Unfall hinter dir. Ich hätte gedacht, du würdest jetzt erst recht die Gelegenheit nutzen, dich beim Todesboten anzumelden. Allein zu deiner Beruhigung.«

»Ich bin auf jeden Fall hin- und hergerissen. Ich erkenne den Wert des Todesboten, aber ich bin mir nicht sicher, ob ich bereit dazu bin, noch mal an eine Macht zu glauben, die mir viel zu geheimnisvoll vorkommt. Nicht, nachdem meine Eltern sich auf die Religion berufen haben, um sich von mir abzuwenden.«

»Das tut mir leid«, sagt Dalma. »Wie schrecklich!«

»Das ist echt total Scheiße«, pflichtet Orion ihr bei.

Beinahe sage ich »Schon okay«, lasse es dann aber, weil es nicht okay ist. Seit meinem Coming-out habe ich für mich noch nicht ganz klar, wie ich zu meinem Glauben stehe, aber dass meine Eltern Gott als Waffe gegen mich eingesetzt haben, ist nicht in Ordnung. »Danke, dass ihr euch auf meine Seite schlagt.« Es ist wirklich schön, Unterstützung zu haben. Zu Hause konnte ich davon nicht genug finden, aber jetzt finde ich sie hier in einer neuen Stadt.

Orion sieht zu den Großbildschirmen mit der Sanduhr auf. »Ich kann verstehen, dass du unentschieden bist.«

»Vielleicht kannst du den Ausschlag für mich geben. Warum hast du dich beim Todesboten angemeldet?«

ORION
23:44 Uhr

Warum sich jemand beim Todesboten anmeldet, sagt eine Menge über die Person aus.

Hier ist Valentino – erst ein Unbekannter, jetzt ein werdender Freund –, der sich wegen einer Nahtoderfahrung für einen Anruf am Abschiedstag eingetragen hat, aber nicht weil er dem Tod selbst begegnet ist.

Das ist natürlich ein gewaltiger Unterschied.

Ich bin nicht tot, aber ich fühle mich dem Tod oft sehr nahe. Ich weiß, dass dieser verfluchte Sensenmann Zentimeter für Zentimeter näher an mich ranrückt, quasi so, als wäre er inzwischen bei uns zu Hause eingezogen. Erst hat er sich wohlig auf der Couch gelümmelt, dann fühlte er sich einsam und hat es sich in meinem Zimmer auf einer Luftmatratze bequem gemacht, aber seine Sense hat sie durchlöchert, sodass alle Luft entwichen ist und ihm nichts anderes übrig blieb, als sich neben mich ins Bett zu kuscheln. Gevatter Tod mag vielleicht direkt neben mir liegen, aber ich bin trotzdem noch da.

Was den Tod und den Nahtod angeht, kenne ich beide Seiten der Medaille.

Und das geht nicht nur mir so.

Auch Dalma hat das alles durchgemacht, und wir wechseln einen Blick, als wollten wir gucken, wer von uns beiden zuerst verrät, warum wir uns beim Todesboten angemeldet haben.

»Du wolltest doch deine Geschichte erzählen«, sagt Dalma. »Also los.«

Jetzt werde ich nervös, fühle den Druck, Valentino von den Vorteilen dieses Dienstes zu überzeugen.

»Okay, dann fang ich an«, sagt Dalma ruhig und verschafft mir ein wenig Zeit. »Also, mein Vater ist an Nierenkrebs gestorben. Ich war drei Jahre alt, deshalb kann ich mich nicht genau erinnern, nur an Kleinigkeiten, zum Beispiel wie unglaublich dünn er geworden ist, obwohl er die ganze Zeit nur geschlafen hat. Meine Mutter hat mir gesagt, dass er krank ist, also habe ich ihm immer Ginger Ale und Cracker gebracht, aber ich konnte ihm nicht helfen.« Ihre Stimme bricht nicht, ist nicht voller Trauer, das alles ist Vergangenheit. »Dann war er eines Tages nicht mehr da, und ich habe nicht verstanden, warum, aber er kam einfach nicht wieder und irgendwann habe ich es dann kapiert.«

Ich kenne Dalma schon mein ganzes Leben lang, aber noch nie habe ich sie auf diese Weise von ihrer Trauer erzählen hören. Es klingt so, als würde man auf einem Fahrrad mit einem winzigen Loch im Reifen fahren, das gerade so viel Luft verliert, dass man immer langsamer wird, aber es dauert eine Weile, bis man versteht, was das Problem ist. Obwohl, nein, das trifft es nicht, denn einen kaputten Reifen kann man ersetzen oder reparieren, aber niemand konnte mehr Luft in ihren Dad pumpen und ihn wieder zum Leben erwecken. Und wer sagt, dass ihr Stiefvater doch ein Ersatz ist, wird von Dalma schnell zum Schweigen gebracht, egal wie sehr sie Floyd auch liebt.

Mann, fast will ich ihr mein Beileid aussprechen, als wäre das alles gerade passiert, aber Valentino kommt mir zuvor.

»Das tut mir wirklich leid. Es ist echt ungerecht, dass du ihn so früh verloren hast.«

»Solche Dinge passieren«, sagt Dalma mit einem Achselzucken. »Und leider ist es mir passiert.«

Ich stoße sie mit der Schulter an, obwohl ich weiß, dass sie gerne in den Arm genommen wird, aber vor einem Fremden wird sie ihre Verletzlichkeit lieber nicht zeigen wollen – und vor einem werdenden Freund auch nicht. Zu Hause tauschen wir uns immer darüber aus, was es für uns bedeutet, unsere Väter und meine Mutter nicht mehr bei uns zu haben. Zum Beispiel nach der Abschlussfeier in der Schule, als wir wieder zu zweit waren und darüber geredet haben, wie gerne wir ihren Vater und meine Eltern unter den applaudierenden Zuschauern im Saal gesehen hätten. So was würden wir allerdings nie vor Dayana oder Floyd sagen, damit sie sich nicht schlecht fühlen. Irre, wie sehr wir die Erwachsenen immer schützen wollen. Aber dann irgendwie doch nicht.

Dem Leben ist es egal, wie jung du bist. Es zwingt dich trotzdem, erwachsen zu werden.

»Das ist meine lustige kleine Geschichte, wie ich beim Todesboten gelandet bin«, sagt Dalma. »Du bist dran, O-Bro.«

Ihre Geschichte ist nicht lustig und meine auch nicht. Überall im Land gibt es sicher viele Menschen, die sich einfach so beim Todesboten anmelden, ohne bestimmten Grund, ohne ein Trauma im Hintergrund. Muss schön sein.

»Ich habe was mit dem Herzen«, sage ich, und Valentino guckt geschockt, als hätte ihn gerade die erste Ohrfeige des Winters getroffen, die zuschlägt, wenn man hinaus in die Kälte tritt.

»Im Ernst?«, fragt er. »Aber du siehst gar nicht krank aus.«

»Hey, die inneren Werte zählen, stimmt's?« Den Spruch bringe ich oft, ich geb's zu. Aber ein Lächeln entlocke ich Valentino damit nicht. »Vor ein paar Jahren wurde bei mir eine virale Kardiomyopathie diagnostiziert, was dramatisch übersetzt nichts anderes heißt, als dass mein Herz versucht, mich umzubringen. Wenn du die langweiligen medizinischen Details wissen willst, dann bekommst du die Königserläuterung beim NetDoktor.«

»Das sind zwei verschiedene Websites«, sagt Dalma.

»Egal. Der Punkt ist, dass es, wann auch immer, wo auch immer, passieren kann.«

»Nur dass dir jetzt der Todesbote erlaubt, etwas ruhiger zu atmen«, sagt Valentino. »Orion, es tut mir so leid, dass du dir ständig Sorgen machen musst. Ich bewundere dich total.«

Ich sollte ihm wohl nicht sagen, dass seine netten Worte mein Herz schneller schlagen lassen. Ich versuche ja, nicht zu sterben, aber Tod durch Komplimente klingt irgendwie gut.

»Wenn das nur alles wäre«, sage ich.

Eigentlich will ich aufhören und fühle mich auch irgendwie mies, weil wir Valentino mit all dem Gerede über den Tod belasten und er doch heute Abend zum Times Square gekommen ist, um sein Leben zu leben. Aber so, wie er besorgt die Augenbrauen hebt, mir mit seinen blauen Augen in die Seele guckt, habe ich den Eindruck, er wartet nur darauf, dass ich für ihn das nächste Kapitel meiner Lebensgeschichte aufschlage.

»Also, ich habe meine Eltern bei 9/11 verloren«, sage ich und halte – wie immer – kurz inne, damit er das verdauen kann. Aber ich habe auch gelernt, dass man nicht zu lange warten sollte, denn wenn man nicht weiterredet, wird jemand anders dir seine Geschichte vom 11. September erzählen.

So läuft das, wenn du in einer Stadt lebst, die durch so eine traumatische Katastrophe gegangen ist.

Jeder in der ganzen Stadt verbindet ein Gefühl damit, jeder im ganzen Land, auf der ganzen Welt. Aber alles zu seiner Zeit und ich weiß nicht, wie oft ich schon irgendjemandem davon erzählt habe, wie ich meine Eltern verloren habe, nur um dann zu erleben, wie die Leute die Gelegenheit beim Schopf ergreifen, um mir ihre Geschichte von 9/11 zu erzählen: wie sie den Bus nach Hause nicht nehmen konnten, wie sie eine Woche lang nicht draußen spielen durften. Was soll ich darauf sagen? Ich weiß schon, was – *Ist mir egal* und *Dein Leben ging weiter; das meiner Eltern nicht* und *Du hast dein altes Leben zurückbekommen, aber ich nicht*.

Da sind Außenstehende wie Valentino ein Segen.

Er ist still, entweder zu bestürzt, um ein Wort rauszukriegen, oder das richtige, das es nicht gibt, weil es sowieso nichts ändern wird. Jedenfalls platzt er nicht damit heraus, wie er diesen Tag erlebt hat. Seine Lippen sind geschlossen, seine Augen glänzen.

Heute Abend, mehr denn je, fühle ich mich wieder so, als wäre ich neun Jahre alt, während ich diesen Tag noch einmal durchlebe.

Es war ein Dienstag. Vierte Klasse, zwei Tage nach Schulbeginn. Ich war schon zum Schülerlotsen ausgewählt worden, weil ich ein unglaublicher Arschkriecher war. Obwohl das eigentlich nur hieß, dass ich so einen grünen reflektierenden Gürtel tragen konnte und sicherstellen musste, dass alle rechtzeitig für die morgendlichen Ankündigungen in ihren Klassenräumen waren. Ich weiß noch, wie gut ich mich fühlte, als ich in meinem blauen FUBU-Jumpsuit und meinen leuchtend weißen Turnschuhen durch die Flure ging, ein cooles neues Outfit, das meine Eltern mir in den Sommerferien gekauft hatten.

»Es war ein ganz normaler Tag«, sage ich.

Und ich brauchte mehr als nur einen Augenblick, um zu merken, dass es nicht so war.

Meine Pflichten als Schülerlotse waren getan, also brachte ich den Gürtel zurück ins Sekretariat, wo der Wachmann und der stellvertretende Schulleiter gerade die Nachrichten in einem dieser riesigen Fernseher guckten, die immer von Klassenzimmer zu Klassenzimmer geschoben wurden, je nachdem welcher Lehrer zuerst die Hand drauf hatte.

»Die Bilder sahen aus wie aus einem Action-Film, aber es war so ... so real. Erst sah ich die Türme brennen und dann fielen sie in sich zusammen.« In meinen Ohren summt es und mein Magen fühlt sich leer an. »Wenn du wissen willst, wie blöd ich war: Zu dem Zeitpunkt habe ich gar nicht kapiert, dass das in New York passierte. Der stellvertretende Schulleiter hatte von den Türmen als World Trade Center gesprochen, aber ich bin damit aufgewachsen, dass man sie die Zwillingstürme nennt. Also habe ich gedacht, das geschieht sonst irgendwo, in einem anderen Land, und war erleichtert, dass es nicht hier passierte, weil es so schrecklich war, und ich bin zurück in mein Klassenzimmer gegangen und habe keinen weiteren Gedanken darauf verschwendet.«

Ich weiß auch nicht, warum ich gerade jetzt mit jedem noch so kleinen Detail aufwarte, aber vielleicht steckt doch mehr ein Roman in mir, als ich mir zutraue, denn ich schildere es in all seinen dramatischen Farben.

Dann erzähle ich, was mich am meisten verfolgt.

»Ich hatte keine Ahnung, dass meine Eltern zu dem Zeitpunkt schon tot waren.«

Ich wische mir ein paar hinterhältige Tränen weg und starre auf den Boden, kann weder Valentino noch Dalma ansehen.

Dann versuche ich zum Ende zu kommen, aber die Erinnerungen überfluten mich, als würde vor meinem inneren Auge ein verrückt schneller Film ablaufen. Was mich daran denken lässt, wie immer alle sagen, dass dein Leben an dir vorbeizieht, bevor du stirbst. Vielleicht weiß mein Körper irgendwie, dass ich nur Stunden oder vielleicht sogar nur Minuten davon entfernt bin, einen Anruf vom Todesboten zu bekommen.

Wenn jetzt tatsächlich das letzte Mal sein soll, dass ich diese Geschichte erzähle, dann will ich es auch gut machen.

Der Unterricht verlief wie immer, aber um die Mittagspause herum hatte sich etwas verändert. Die Lehrer hielten sich nicht mehr an den Lehrplan, forderten uns auf, uns selbst zu beschäftigen, zu lesen oder uns leise zu unterhalten, während sie in den Flur gingen, um selber miteinander zu sprechen. Keiner hat uns gesagt, was los ist. Dann kamen immer mehr Eltern und holten ihre Kinder ab. Noch immer sagte uns niemand, warum. Aber wir machten uns ein Spiel daraus, tippten, wer als Nächstes abgeholt werden würde.

»Dann hörte ich plötzlich jemand sagen, die Zwillingstürme seien angegriffen worden.«

Es gibt so vieles von diesem Tag, an das ich mich exakt erinnere, aber es gibt auch kleine Lücken, so wie ich beispielsweise nicht weiß, wer diese Worte gesagt hat, die einschlugen wie eine Bombe, oder wie lange ich auf meinem Stuhl sitzen geblieben bin, während ich versuchte zu begreifen, was dieser Satz für mich bedeutete. Aber irgendwann stand ich auf, ging wie ein Zombie auf meine Lehrerin Mrs Williams zu und sagte ihr, dass meine Eltern heute Morgen nach Manhattan zur Arbeit gefahren waren. Sie war ganz behutsam, benutzte diese Stimme, mit der sie immer sprach, wenn ich fragte, ob ich auf die Toilette könnte, oder wenn sie etwas wiederholen musste, was ich nicht verstanden hatte. Da wurde mir klar, dass ich es ihr genauer erklären musste.

»Meine Eltern sind zu einer Besprechung in die Zwillingstürme gegangen«, sagte ich zu ihr, und diese Worte habe ich seither hundert Mal, tausend Mal, eine Millionen Mal gesagt, denn alle wollen immer wissen, was meine Eltern dort zu suchen hatten. Dabei war es ja nicht so, als wären sie spätnachts in einer schlechten Gegend unterwegs gewesen. Sie machten Geschäfte in einem Geschäftsgebäude zu Geschäftszeiten.

Meine Lehrerin, eine Frau, die ihren Shakespeare in- und auswendig kannte, die meinen Wortschatz andauernd erweiterte und mir ständig neuen Lesestoff gab, hatte keine Worte für mich, als ich ihr sagte, wo meine Eltern hingegangen waren.

Trotzdem hoffte ich noch. Meine Mom war ständig unpünktlich, oft schminkte sie sich noch, wenn sie seit fünf Minuten schon hätte zur Tür rausgehen sollen. Also dachte ich, dass meine Eltern ihretwegen vielleicht zu spät dran gewesen waren, ich sie wegen dieser Marotte noch viele Jahre lang würde necken können, aber an diesem einen Tag nur Dankbarkeit für ihre unpünktliche Ader empfinden würde.

»Es gab viele solcher Geschichten – über Leute, die eigentlich an dem Morgen in den Türmen hätten sein sollen, aber verschlafen oder die falsche U-Bahn genommen hatten oder im Stau standen oder sich krank fühlten und zu Hause blieben.« Ich hole tief Luft. Ich kann nicht fassen, dass ich so viel geredet habe, und ich kann erst recht nicht fassen, dass mich niemand davon abgehalten hat. »Aber so ein Glück hatten meine Eltern nicht, und deswegen war ich irgendwann das letzte Kind in der Schule.«

Und dann kann ich nicht mehr und fange hemmungslos an zu weinen.

Ich muss nicht noch darauf eingehen, wie Dayana als mein Notfallkontakt angerufen wurde oder wie ich mich daran gewöhnen musste, nun bei Dalma und ihrer Familie zu leben, oder wie oft ich Albträume hatte und immer noch habe und was sich verändert hat und was nicht. Selbst wenn ich es versuchen würde, könnte ich wohl kein Wort mehr rausbekommen. Ich bin so in die Erinnerungen eingetaucht, dass der Todesbote bestimmt schon vor Stunden losgelegt hat, während ich zu sehr damit beschäftigt war, mir vorzustellen, wie die Türme in sich zusammengebrochen sind, als meine Eltern da drin waren.

»Darf ich dich in den Arm nehmen?«

Valentinos Worte überraschen mich, schneiden durch die Luft, als gäbe es kein anderes Geräusch um uns herum – kein Autohupen, keine Vertreterinnen des Todesboten mit ihren Mikrofonen, keine Schluchzer aus meinem Mund.

Ich nicke, noch immer laufen mir die Tränen übers Gesicht,

als wäre ich ein kleines Kind, das immer wieder getröstet werden muss, weil es so allein auf der Welt ist.

Mein Herz schlägt wie verrückt, als er seine Arme um mich schlingt. Er drückt mich fest an sich, ich spüre seine Muskeln an meiner flachen Brust.

»Wie schrecklich, dass du das durchmachen musstest«, sagt Valentino. »Tut mir leid, dass ich gefragt habe.«

Ich schüttle den Kopf, mein Kinn schabt an seiner Schulter entlang. »Nee, wir haben damit angefangen.«

Dalma räuspert sich. »Ich habe zwar ein bisschen gestichelt, aber du hast ihm als Erster einen Antrag gemacht.« Sie blinzelt mir zu, findet die Anspielung lustig, und obwohl es ja stimmt, ist mir das total peinlich, wo ich doch gerade diesen Typen umarme, der zwar auf Jungs steht, aber damit nicht automatisch mich meint.

Ich löse mich aus der Umarmung, bin plötzlich viel zu befangen.

»Noch eine Sache«, sage ich und wische mir die Tränen weg.

»Echt jetzt?«, fragt Dalma und lächelt mich dann an. »Nee, schon okay, aber es ist nur gleich Mitternacht.«

Ich wende mich den Großbildschirmen zu. Sie hat recht: Das Stundenglas ist unten fast voll.

»Ich mach schnell«, sage ich.

»Musst du nicht«, sagt Valentino.

Ich lege meine Hand auf seine Schulter, dieselbe Schulter, auf der gerade mein Kinn geruht hat. »Hör zu, vielleicht sehen wir uns ja nach heute Abend nie wieder, aber ich würde mich freuen, wenn du aus unserer Begegnung eine Sache mitnimmst.«

Er lehnt sich nach vorne, ganz aufmerksam.

»Du hast gesagt, wenn jemand stirbt, den du ins Herz geschlossen hast, dann stirbst du auch. Ich liebe meine Eltern so verdammt sehr, und jedes Mal, wenn ich von ihnen in der Vergangenheit sprechen muss, als wären sie jetzt nur noch Geister anstatt der lebendigen, echten Menschen, die sie einmal waren, macht mich das fertig.« Es sind nur noch ein paar Minuten bis Mitternacht. »Was aber nie jemand zugeben will, wenn der Tod am Horizont auftaucht oder wenn du voller Trauer bist – solange du noch da bist, wirst du weiteratmen, und solange du noch atmest, wirst du eines Tages auch wieder leben.«

Ich weiß, es ist bescheuert, aber ich sehe an dem Ausdruck in seinen Augen, dass er mich versteht, dass er sich meine Worte einprägt für diesen tragischen Augenblick, wenn er jemanden verlieren wird, dass er sie sich wirklich zu Herzen nimmt.

»Aber egal wie lebendig du bist, Valentino, es wird dich immer verfolgen, wenn du dich nicht von jemanden verabschieden konntest, den du liebst. Besonders wenn du die Möglichkeit gehabt hättest.«

Valentino guckt auf das Stundenglas. »Ich sollte mich anmelden, bevor es zu spät ist.«

VALENTINO
23:52 Uhr

Ich melde mich beim Todesboten an.

Zum Glück muss ich mich nicht anstellen, da ich ein Smartphone habe. Ich gehe auf Todesbote.com und lege einen Account an, überfliege die Nutzungsbedingungen und springe gleich zum Formular, in das ich meinen Namen, meine Sozialversicherungsnummer, das Geburtsdatum, die Telefonnummer und Scarlett als meinen Notfallkontakt angebe. Auf der nächsten Seite steht, dass sich der Klingelton des Todesboten nicht verändern lässt, genau wie bei anderen behördlichen Warnmeldungen. Dann geht es ans Bezahlen. Ich will nicht gleich für ein ganzes Jahr investieren, und selbst ein Monat ist zu teuer neben all den Kosten hier in der neuen Stadt, also entscheide ich mir für den Tagestarif, um mal auszuprobieren, wie es sich anfühlt, sich auf den Todesboten einzulassen. Ich bestätige meine Auswahl und werde von einer letzten Nachricht begrüßt:

Nachricht des Gründers

Willkommen beim Todesboten, wo Sie Ihr Leben – und Ihren Tod – selbst in die Hand nehmen.

Wir möchten alle Todgeweihten daran erinnern, dass sie Kapitäne an Deck ihres eigenen Schiffes sind, die die Segel für ihre ganz individuelle Reise setzen.

Bleiben Sie in Bewegung, oder einfacher gesagt, leben Sie Ihr Leben.

Warten Sie nicht, bis der Horizont Ihnen zu nahe kommt.

`Aber wenn er das tut, ist der Todesbote für Sie da.`

`Joaquin Rosa`

»Erledigt«, sage ich und stecke mein Handy ein.

»Wie fühlst du dich?«, fragt Orion.

»Okay? Ich habe nur für einen Tag bezahlt, für den Fall, dass es sich nicht richtig anfühlt.«

»Gut gemacht«, sagt Dalma.

»Ich hoffe, du brauchst es nie«, sagt Orion.

Wir sollten nicht *nie* sagen, denn ich glaube nicht, dass irgendjemand mich noch mit zweihundert modeln sehen will, aber ich verstehe, was er meint. Es ist total übel, dass Orion sich schon so viel mit dem Tod beschäftigen musste. Aber alles andere als übel ist es, dass er jetzt eine wichtige Rolle in meinem Leben spielen wird.

Ich frage mich langsam, ob es wirklich so was wie Schicksal gibt.

Das, was Orion von den Leuten erzählt hat, die wegen eines Versäumnisses nicht in den Zwillingstürmen waren – war das Schicksal oder einfach bloß verdammtes Glück? Und dass ich heute Abend Orion und Dalma kennengelernt habe? War das Schicksal? Wäre das auch passiert, wenn ich die Wohnung früher oder erst später verlassen hätte? Was, wenn ich stattdessen versucht hätte, mit der U-Bahn zu kommen? Wer weiß, ob sich unsere Wege dann je gekreuzt hätten. Aber was ich sicher weiß, ist, dass ich sie getroffen habe und sie beide unglaublich starke Menschen sind. Ich bin ehrlich beeindruckt, dass sie ihren Kopf noch so selbstverständlich oben halten können.

Vor allem Orion.

Er trägt sein Herz stärker auf der Zunge als Dalma, vielleicht ist das ja eine Nebenwirkung seiner viralen Kardiomyopathie. Jedenfalls total liebenswert. Wer die New Yorker pauschal als schroff bezeichnet, hat den verletzlichen Orion noch nicht getroffen.

Dalma wirft einen Blick auf ihr Handy. »Noch ein paar Minuten, bis das Leben, wie wir es kannten, sich verändern wird. Heben wir doch ein bisschen unsere Laune. Was wollt ihr in Zukunft alles unternehmen, um weiterzukommen? Ich will eine gute App-Idee haben, die ich dann selbst entwickeln kann.«

Ich habe eine lange Liste von Dingen, die ich erreichen möchte. Zeitschriftencover, Auftritte bei der Met Gala, über einen Laufsteg der Fashion Week schreiten. Aber das wird nicht alles dieses Jahr klappen. Um das zu erreichen, muss ich Zeit und Arbeit investieren. Und das werde ich. Ich werde zusehen, dass ich weitere Aufträge bekomme und immer präsenter werde, damit mehr Agenten mich ernst nehmen. Aber nach allem, was ich heute verspürt habe, während ich durch diese neue Stadt gelaufen und neuen Menschen begegnet bin, kommt meine Antwort direkt aus dem Herzen: »Ich will unvergessliche Momente erleben, auf die ich zurückblicken kann, wenn das Leben mal hart ist.«

Orion grinst und nickt. »Das gefällt mir.«

Aber ich kann sehen, dass sich hinter seinem Grinsen Schmerz verbirgt. »Und was ist mit dir?«

»Mach schnell«, sagt Dalma.

Ich hätte nichts dagegen, wenn Orion noch eine Geschichte erzählen würde.

»Ich will nicht sterben«, platzt er heraus.

»Ich hab doch gesagt, wir sollen unsere Laune heben.«

»Okay, ich will am Leben bleiben.«

Die Wendung ist gelungen, aber er selbst scheint sie nicht so lustig zu finden wie ich.

Wir alle richten unsere Aufmerksamkeit auf die riesigen Bildschirme. Aber Orion hat die Augen geschlossen, als wollte er die Sanduhr nicht ansehen. Er schaudert, obwohl es abgesehen von einer leichten Brise ziemlich warm ist. Nein, er bebt. Seine Unterlippe zittert. Ich glaube, er hat Angst davor zu sterben, als würde der Todesbote ihn wirklich in der nächsten Minute anrufen. Ich spreche seinen Namen aus und Orion sieht mich kurz an, aber dann schließt er die Augen wieder. Er muss gegen weitere Tränen ankämpfen. Dabei ist es nicht nötig, sich das Weinen zu verkneifen, ich war auch schon nah dran – sogar mehrmals heute.

Ich beuge mich zu ihm. »Alles wird gut.«

Es ist ein Versprechen, das ich nicht geben kann, aber ich werde jeden Tag hoffen, dass es wahr ist.

ORION
23:59 Uhr

Ich schreibe Kurzgeschichten, weil ich selbst eine bin.

Ich wünschte, ich wäre ein Roman.

Ein paar Atemzüge von Mitternacht entfernt, weiß ich, dass mir mein letztes Kapitel bevorsteht.

Ich sehe zu Valentino auf und frage mich, was das Leben mir wohl geboten hätte, wenn ich mehr Seiten gehabt hätte.

Zweiter Teil

DER TODESBOTE

Der Todesbote sagt den Menschen nicht nur, wann sie sterben werden. Er sorgt auch dafür, dass ihr Leben nicht ungelebt bleibt.

Joaquin Rosa, Schöpfer des Todesboten

31. Juli 2010
JOAQUIN ROSA
00:00 Uhr

Vielleicht ruft der Todesbote bei Joaquin Rosa an, um ihm zu sagen, dass er sterben wird. Doch wenn der Gründer dieser Firma nicht lange genug leben würde, um zu sehen, wie das, was er erschaffen hat, unser Leben vollkommen verändern wird, wäre das eine Schande.

Ehrlich gesagt, gibt es viele Menschen, die Joaquin gerne tot sehen würden.

Die Menschen mögen Veränderungen nicht, und seit der Einführung des Internets ist der Todesbote die größte Veränderung, die die Welt je gesehen hat. Und dass Joaquin der Öffentlichkeit nicht erklären will, wie sie den Tod eines Menschen voraussagen können, hilft nicht gerade. Die allgemeine Neugier auf diesen lebensverändernden Dienst kann er durchaus nachvollziehen. Die haarsträubenden Theorien, die im Umlauf sind, amüsieren ihn aber eher: Hellseher mit futuristischen Kristallkugeln oder eine Schar von Meuchelmördern, die Menschen umbringen, um die überbevölkerte Erde wieder ins Gleichgewicht zu bringen, oder – seine persönliche Lieblingstheorie – Zeitreisende, die in die Zukunft springen und mit den Todesanzeigen vom nächsten Tag zurückkehren. Über Letzteres amüsiert er sich mit Abstand am meisten. Dennoch hält sich Joaquin bedeckt, denn er glaubt nicht, dass die Welt bereit für die Wahrheit ist.

Wenn diese Tür erst einmal geöffnet ist, lässt sie sich nicht wieder schließen.

Kurz nach der sehr diskreten Gründung des Todesboten

vor vielen Jahren hat Joaquin alles der CIA offenbart. Und mit *alles* meint er auch wirklich alles. Der Todesbote ist Joaquins Lebenswerk – eine Aufgabe, die ihm sogar noch wichtiger ist, als Vater zu sein –, und ohne die Unterstützung der Regierung wäre es gut möglich, dass er seine Arbeit gar nicht machen könnte. Das Ganze war ein so unglaublicher Kraftakt, dass er fast versucht war aufzugeben, bevor er überhaupt angefangen hatte. Aber die Dienstleistung, die der Todesbote bereitstellen wird, ist für jede Menschenseele auf diesem Planeten, die bereits ohne Vorankündigung vom Sensenmann beraubt wurde, viel zu wichtig. Klar, ein paar von Joaquins Plänen wurden von der Regierung ausgebremst, und er fürchtet den Tag, an dem jemand die Macht des Todesboten missbrauchen könnte, aber jetzt erst einmal darf er mit seiner Arbeit beginnen.

Endlich ist es so weit.

Mitten im Hauptquartier in New York, im Flaggschiff seiner Firma, steht Joaquin Rosa und ist bereit, die Welt zu verändern.

Er wird Geschichte schreiben, wenn er nun den ersten Todgeweihten anruft – so sollen seine Mitarbeiter ganz offiziell diejenigen bezeichnen, die kurz davor sind zu sterben. Er ist überzeugt davon, dass jeder Todgeweihte so behandelt werden soll, als würde er an Deck seines eigenen Schiffes stehen, Kapitän seines Schicksals, seinen endgültigen Bestimmungsort vor sich am Horizont.

Joaquin muss oft an ein Zitat des Autors John A. Shedd denken: »Ein Schiff im Hafen ist sicher, aber dazu sind Schiffe nicht gemacht.«

Er möchte gern glauben, dass er den Menschen die Gelegenheit zu einer letzten Fahrt schenkt.

Früher an diesem Abend, in der Sondersendung von CNN, wurde Joaquin gefragt, ob die Möglichkeit, an seinem Abschiedstag angerufen zu werden, nicht doch eher ein Bärendienst wäre, ob man sein Leben nicht leben sollte, ohne gewarnt zu werden, dass es gleich vorbei sein wird.

»Wenn die Leute gerne rätseln, dann sollen sie lieber einen Krimi lesen«, hat Joaquin mit einem schiefen Lächeln geantwortet. »Wenn wir wirklich nur dieses eine Leben haben sollten, dann leben wir besser, ohne zu rätseln, wann es denn alles vorbei sein soll. Wissen Sie, was man nicht mehr tun kann, wenn man einmal tot ist? Man kann seine Finanzen nicht ordnen, damit die Familie versorgt ist. Man kann nicht endlich diese eine Sache machen, vor der man immer schon Angst hatte. Man kann niemandem sagen, dass es einem leidtut. Man kann niemandem sagen, dass man ihn liebt.« Joaquin, der mit überschlagenen Beinen dagesessen hatte, richtete sich auf und lehnte sich nach vorne, rückte näher an den Journalisten ran, als wolle er ihm das größte Geheimnis des Universums verraten. »Der Todesbote wird den Menschen nicht nur sagen, wann sie sterben werden. Wir werden vielmehr dafür sorgen, dass ihr Leben nicht ungelebt bleibt.«

Joaquin weiß selbst, wie verheerend es ist, plötzlich jemanden zu verlieren.

Es ist Mitternacht, aber nach Feiern ist niemandem zumute.

Alle Blicke sind auf ihn gerichtet, wie er im Herzen des Hauptquartiers am Computer sitzt.

Das Callcenter hat bunte Wände, glückliche und gesunde Pflanzen und steinerne weiße Brunnen, in denen Wasser plätschert. Ein wunderschöner Hintergrund für ein Fotoshooting, ja, aber seine Ehefrau hat sich das gut überlegt, damit die Todesboten, während sie ihre grauenvolle Arbeit verrichten, dies in einer wohltuenden Atmosphäre machen können. So ein Job kann einen psychisch fertigmachen, das weiß Joaquin. Und deswegen werden keine Hellseher oder Auftragsmörder oder

Zeitreisende die Telefone bedienen, sondern Therapeuten und Krisenmanager und Sozialarbeiter, um den Todgeweihten Trost zuzusprechen und gleichzeitig auf einen gesunden Selbstschutz zu achten.

Er wirft seiner Frau Naya einen kurzen Blick zu und seinem neunjährigen Sohn Alano, die, wie alle anderen auch, mit angehaltenem Atem warten. Seine Familie hat, seit der Todesbote am 1. Juli angekündigt wurde, ganz schön viel ausgehalten, aber nun werden sie endlich die Früchte seiner Arbeit zu sehen bekommen.

Eines Tages wird er es wiedergutmachen.

Joaquin nimmt den Hörer in die Hand.

Das Klicken der Kameras übertönt den beruhigenden Klang der Springbrunnen. Das wird das einzige Mal sein, dass Joaquin Kameras innerhalb des Gebäudes zulassen wird. Sie sind alle hier, um aufzuzeichnen, wie Geschichte geschrieben wird. Er fragt sich jetzt schon, welches Foto wohl später auf jeder Titelseite erscheint und ob es genug Kultstatus haben wird, um auch auf dem Umschlag seiner unweigerlichen Memoiren zu prangen.

Noch mehr Fotos werden gemacht, als Joaquin den Computer einschaltet. Der Monitor ist so ausgerichtet, dass nur er ihn sehen kann. Eins von den vielen Versprechen, die Joaquin der Öffentlichkeit gemacht hat, ist, dass ihre Privatsphäre immer geschützt sein wird, und dieses Vertrauen wird er nie missbrauchen.

Er liest den Namen oben auf der Liste und wählt die Nummer.

Es ist an der Zeit, den ersten Todgeweihten anzurufen, um ihm zu sagen, dass er heute sterben wird.

ORION
00:01 Uhr

Der Todesbote ruft an.

Das war's also, dieses Arschloch von Sensenmann kommt endlich, um mich zu holen. Ich werde nie wissen, wie sich das erste Jahr mit dem Todesboten entwickelt und das Jahr danach und so weiter und so weiter und so weiter und so weiter. Vielleicht schaffe ich es noch nicht einmal durch die nächste Stunde, bevor ich Vergangenheit bin. Ich bekomme kaum Luft und habe das Gefühl, dass ich jetzt sofort tot umfallen werde. Mein Herz schlägt, hämmert, trommelt in meiner Brust, schneller noch als der Klingelton des Todesboten, der wie eine Kirchenglocke klingt, die von einem Kind geläutet wird. Der Alarmton wird lauter, lauter, lauter, so wie das bereits in den Demo-Videos angekündigt wurde, damit bloß niemand diesen Anruf verpasst. Und obwohl dieser Anruf mir gilt, steht das Leben um mich herum plötzlich still – alle greifen nach ihrem Handy, bevor sie kapieren, dass es um meinen Abschiedstag geht, nicht um ihren, denn sie haben alle Zeit der Welt.

Da stehe ich zusammen mit Dalma und Valentino, aber ich kann sie nicht ansehen, will nicht in ihren Augen sehen, wie real das hier ist.

Vor einer Minute hat die Arbeit des Todesboten begonnen, und jetzt werde ich sterben, etwas, worauf ich mich in den letzten Jahren meines Lebens vorbereitet habe, und trotzdem bin ich noch nicht bereit zu gehen – ich bin nicht bereit, ich will nicht gehen; ich will bleiben, bleiben, bleiben.

Ich greife nach meinem Handy, obwohl ich den Anruf

nicht entgegennehmen will. Aber dann sehe ich, dass der Bildschirm schwarz ist, still und stumm. Die Rufnummer des Todesboten ist nicht zu sehen, das Handy vibriert nicht, klingelt nicht.

Ich bin es nicht, den sie anrufen.

Mein Herz wird nicht langsamer, hämmert immer noch in meiner Brust, als ich nach oben schaue und sehe, wie Valentino sein Handy fassungslos anstarrt, während er den wichtigsten Anruf seines Lebens bekommt.

VALENTINO
00:02 Uhr

Der Todesbote ruft an, um mir zu sagen, dass ich heute sterben werde, aber mein Leben fängt doch gerade erst an.

Das muss ein Irrtum sein.

Orion und Dalma sowie ein paar Fremde sehen erschrocken aus. Das müssen sie aber nicht. Es kann nicht sein, dass ich sterbe. Der Todesbote ist neu und zu Anfang passieren bestimmt Fehler. Sobald ich das geklärt habe, können wir alle weiterfeiern.

»Keine Sorge«, sage ich zu Orion und Dalma. »Ich bin sicher, ein paar Leute haben gerade Anrufe gekriegt, die eigentlich gar nicht für sie gedacht sind.«

»Du meinst, wie wenn man beim Handy aus Versehen auf eine falsche Taste drückt?«, fragt Dalma. »Ich glaube nicht, dass die Todesboten ...«

»Tut mir leid, wenn ich dich unterbreche, aber die Boten sind doch auch nur Menschen.« Ich mache eine Kopfbewegung hin zu den Aliengläubigen, die die Augen gen Himmel gerichtet haben und darauf warten, entführt zu werden. »Also, wenn die Todesboten nicht doch Außerirdische sind und wir das alles falsch verstanden haben, sollten wir die Möglichkeit menschlichen Versagens in Betracht ziehen.«

»Auf jeden Fall«, sagt Orion, aber ich glaube nicht, dass er mir glaubt.

»Ich habe mich schließlich gerade eben erst angemeldet. Das muss ein Irrtum sein.«

So viele Blicke ruhen auf mir, aber so soll die Welt mich nicht sehen.

Es wird Zeit, allen zu beweisen, dass sie sich irren, damit wir weitermachen können.

Ich wische mit dem Daumen über mein Handydisplay, um diesen fehlgeleiteten Abschiedsanruf entgegenzunehmen.

»Hallo?«, frage ich.

»Hallo, hier spricht der Todesbote«, sagt eine vertraute tiefe Stimme, die wir alle gut kennen, seit dem Tag, an dem ihr Besitzer neben dem Präsidenten stand und seinen Dienst angekündigt hat. »Mein Name ist Joaquin Rosa. Spreche ich mit Valentino Prince?«

Joaquin Rosa – Mr Todesbote selbst – meinen Namen aussprechen zu hören, trifft mich unvorbereitet. Es fühlt sich an wie der kalte Windstoß, der mich jedes Mal erwischt, wenn ich um fünf Uhr morgens das Haus verlasse, um joggen zu gehen. Ich bin immer versucht, wieder reinzugehen, wo es warm und gemütlich ist und ich mich ausruhen kann. Aber ich bin jemand, der in Bewegung bleibt, denn nur so kommt man im Leben voran. Sogar jetzt verspüre ich den Drang, einfach aufzulegen und so zu tun, als passierte das hier nicht, aber dann wird diese Wolke über meinem Kopf hängen bleiben. Ich bin sicher, dass Joaquin anruft, weil jemand vom Kundendienst einen Fehler bei meiner Anmeldung bemerkt hat, und da heute Nacht alle sehr beschäftigt sind, kümmert sich Joaquin persönlich darum, dass nichts schiefgeht, wenn der Todesbote mich in ein paar Jahrzehnten wirklich wegen meines Abschiedstags anruft. Es ist wahnsinnig nett von ihm, dass er sich an diesem großen Tag die Zeit dafür nimmt.

»Hallo, Mr Rosa. Hier ist Valentino. Alles in Ordnung?«

Am anderen Ende der Leitung herrscht Schweigen. Ich bin kurz davor nachzusehen, ob er aufgelegt hat. »Leider nicht, Valentino.«

»Was gibt's denn?«, frage ich. »Habe ich irgendwas bei der Anmeldung falsch gemacht?«

»Valentino, es tut mir leid, Ihnen mitteilen zu müssen, dass Sie innerhalb der nächsten vierundzwanzig Stunden einen vorzeitigen Tod erleiden werden«, sagt Joaquin. »Obwohl es bedauerlicherweise nicht in unserer Macht steht, daran etwas zu ändern, sollten Sie wissen, dass Sie trotzdem noch die Gelegenheit haben zu leben.«

Ich schüttele den Kopf, als könnte er mich sehen. Aber Orion, Dalma und der Kreis aus Fremden sehen mich. Bei Orion und Dalma macht mir das nichts aus, aber alle anderen drängen sich um mich, als warteten sie darauf, dass ich mit Breakdance anfange, irgendeine Show hinlege. Ich wünschte, der Times Square würde genau jetzt dunkel, so wie all die Weltuntergangspropheten es vorhergesagt haben. Allerdings will ich nicht, dass die Welt für irgendjemanden untergeht, mich selbst eingeschlossen.

»Sind Sie sicher, dass Sie den Richtigen haben?«, frage ich. »Das muss ein Irrtum sein. Ich bin ...« Ich will sagen, ich bin gesund, aber dann fällt mein Blick auf Orion, der Tränen in den Augen hat und nicht daran erinnert werden muss, dass er von uns beiden derjenige ist, bei dem die Leute es für wahrscheinlicher halten würden, dass er einen Abschiedsanruf erhält. Dann fällt mir ein, dass gesund zu sein keine Rolle spielt, wenn dich ein Auto anfährt. Meine Schwester hat wegen eines Unfalls beinahe ihr Leben verloren, und jetzt soll ich meins verlieren?

»Ich habe mich erst kurz vor Mitternacht angemeldet. Das muss ein Irrtum sein«, wiederhole ich ohne Beweise für das Gegenteil.

»Ich fürchte nicht«, sagt Joaquin.

»Aber woher weiß ich das? Woher wissen *Sie* das? Sie können sich irren.«

»Ich irre mich nicht, auch wenn ich wünschte, es wäre so.«

»Vielleicht schon, Mr Rosa. Vielleicht haben Sie mich mit einem anderen Valentino Prince verwechselt.«

Es gibt noch andere, das weiß ich. Je mehr ich gemodelt habe, desto häufiger habe ich meinen Namen in die Bildersuche bei Google eingegeben, und meine Fotos haben die anderen Valentino Princes im Land nach und nach verdrängt. Ich hatte ein wenig das Gefühl, einen Beliebtheitswettbewerb zu gewinnen. Es sollten ... es *werden* noch jahrelang immer mehr Bilder von mir erscheinen.

»Ich kann verstehen, dass es nicht leicht ist, diese Nachricht zu akzeptieren«, sagt Joaquin. »Es bricht mir das Herz, ihr Überbringer zu sein.«

»Ich wusste gar nicht, dass Sie selbst auch telefonieren würden.«

»Werde ich auch nicht, aber nachdem das hier der erste offizielle Abschiedsanruf ist, sehe ich das als meine Aufgabe an.«

Der erste.

Dies ist der erste Abschiedsanruf.

Das erste Mal, dass der Todesbote jemanden anruft, um ihm zu sagen, dass er sterben wird.

So will ich nicht in die Geschichte eingehen.

»Ich will nicht als Erster gehen«, sage ich. Ich höre mich bestimmt wieder an wie das Kleinkind, das meine Eltern anbettelt, Scarlett zuerst ins Bad oder auf den Zahnarztstuhl zu schicken.

Ich glaube, ich falle gleich in Ohnmacht.

Ich telefoniere tatsächlich mit Joaquin Rosa, nur Minuten nachdem sein Todesbotendienst im ganzen Land gestartet wurde, und er ist vollkommen überzeugt, dass ich – Valentino Prince, der erste bekannte Todgeweihte – heute sterben werde. Aber er weiß nicht, wie oder wann. Zumindest behauptet er das, und irgendetwas sagt mir, dass ein Flehen um die Wahrheit – schließlich würde ich das Geheimnis ja sowieso mit ins Grab nehmen – nicht sehr weit führen wird.

»Valentino, wie kann ich Ihnen helfen? Sind Sie allein?«

Niemand, der am Times Square steht, ist allein, aber es fühlt sich trotzdem so an. Ich bin der Einzige, der das hier jetzt durchmacht. Dann begegnet mein Blick wie magnetisch angezogen wieder Orions, dem diese Angst vor dem Tod mehr als vertraut ist.

»Ich bin nicht allein«, sage ich.

»Das freut mich zu hören«, entgegnet Joaquin Rosa.

Wenn ich stärker auf Konfrontation aus wäre, würde ich ihn herausfordern. Ich bin zwar nicht allein, aber die richtigen Leute sind nicht hier. Scarlett kommt erst morgen an, obwohl ich sie vielleicht noch aufhalten und einen Flug für mich zurück nach Hause buchen sollte, damit ich alle noch mal sehe. Scarlett, meine Schulfreunde, nette Nachbarn. Vielleicht würden mir jetzt sogar meine Eltern ein wenig Beachtung schenken. Aber die Zeit ist so begrenzt. Stunden, die ich am Flughafen und im Flugzeug verbringe, könnte ich auch zum Leben nutzen.

All diese Gedanken sind dermaßen surreal.

Ich bin nach New York gekommen, um mein Leben zu ändern, und stattdessen werde ich hier sterben.

Ich konzentriere mich wieder auf das Telefonat, bereit weiterzumachen. »Wenn Sie nicht noch konkretere Informationen für mich haben, war's das dann wohl.«

»Bevor Sie auflegen, Valentino, sollten Sie wissen, dass es auf Todesbote.com diverse von renommierten Trauerbegleitern erstellte Infomaterialien darüber gibt, wie Sie mit Ihren Lieben über Ihren Abschiedstag sprechen können. Außerdem werden im Laufe des Tages verschiedene Aktivitäten stattfinden, an denen es sich lohnen könnte teilzunehmen«, sagt Joaquin.

Glaubt der Todesbote wirklich, die Todgeweihten werden einfach rumsitzen und nichts tun?

Ich jedenfalls habe bereits Pläne. Ich werde in meiner neuen Wohnung übernachten, bevor ich morgen früh zu meinem Fotoshooting gehe. Dann werden Scarlett und ich die Stadt erkunden, unser neues Zuhause einrichten und wahrscheinlich alles mit einem Abendessen auf dem Dielenboden zwischen unseren Umzugskisten feiern. Und irgendwann danach – oder auch viele Stunden vorher – werde ich offensichtlich sterben.

»Ich habe schon was vor«, sage ich nur.

»Sehr gut. Dann will ich Sie nicht aufhalten«, erwidert Joaquin. »Im Namen aller Mitarbeiter des Todesboten möchte ich Ihnen sagen, wie leid es uns tut, Sie zu verlieren. Genießen Sie diesen Tag in vollen Zügen.«

Niemand wird mich verlieren. Ich werde nicht verloren gehen.

Ich werde leben.

Gerade als ich auflegen will, knallt ein Schuss über den Times Square.

ORION
00:06 Uhr

Gerade als ich denke, dass es in dieser Nacht nichts Furchteinflößenderes mehr geben kann als den Klingelton des Todesboten, höre ich Schüsse.

Schüsse aus einer Waffe.

Alle, die Valentino umringt haben, fangen an, in unterschiedliche Richtungen zu fliehen, wie Kakerlaken, wenn das Licht angeht. Dann taucht ein weißer Mann mit einer Totenkopfmaske aus dem Nichts auf und schießt um sich. Dalma zieht mich am Arm, damit wir hier so schnell wie möglich wegkommen, aber ich bremse ab, als ich sehe, dass Valentino unbeweglich dasteht, wie eine dieser lebenden Statuen. Ich frage mich, ob er unter Schock steht, weil der Totenkopf-Mann seine Waffe auf ihn richtet, oder ob er sich einfach seinem Schicksal ergeben hat.

Ich aber nicht.

Ich renne auf Valentino zu, in ihn hinein, sodass er genau in dem Moment, als der Typ erneut abdrückt, auf den Boden stürzt. Wieder ein Schuss, diesmal von einem der Polizisten, die den Totenkopf-Mann jagen; der rennt davon, an Dalma vorbei, die sich hinter einem überquellenden Mülleimer versteckt hat. Sie ist außer sich vor Angst, ich muss sie da rausholen, wir müssen hier weg.

Aber ich kann mich nicht bewegen.

Es fühlt sich so an, als würde jemand meinen Brustkorb mit Hochdruck voller Luft pumpen, bis er gleich explodieren und mit voller Wucht all meine Knochen zermalmen wird. Zwischen meinen Schulterblättern brennt ein Schmerz, und ich weiß nicht, ob ich von einer Kugel getroffen worden bin oder nicht. Vielleicht stehe ich derart unter Adrenalin, dass ich es nicht mitbekommen habe, so schnell, wie sich das Leben seit Mitternacht verändert und verabschiedet hat. Ich will meinen Körper abtasten, um zu sehen, ob ich getroffen wurde, aber ein scharfer Schmerz läuft mir die Arme entlang, als würde jemand sie mit Messern aufritzen – hoch und runter, hoch und runter, hoch und runter. Gleich bleibt mein Herz stehen. Das ist genau die Art von Herzinfarkt, die ich immer seismisch genannt habe. Ich versuche mir die Brust zu massieren, mich aufzusetzen, um den Schmerz zu lindern, aber ich bin zu schwach, falle wieder auf den Rücken, mein Gesicht neben dem des verstörten Valentino.

Habe ich ihn gerade gerettet?

Wenn ja, habe ich dann, weil ich seinem Schicksal einen anderen Lauf gegeben habe, auch meines verändert?

Werde ich nun an seiner Stelle sterben?

Oder werden wir beide am Ende dieses Tages tot sein?

JOAQUIN ROSA
00:07 Uhr

»Auf diese Art geht die Welt zugrund / Nicht mit einem Knall: mit Gewimmer.«

Dieses berühmte Zitat des Dichters T. S. Eliot ist das erste, das Joaquin Rosa in den Sinn kommt, als er den Anruf mit Valentino Prince beendet. Und er hat gleich eine Idee, wie er diesen Moment in seinen Memoiren darstellen wird.

So endete der erste Anruf des Todesboten, nicht mit einem Knall, sondern mit Gewimmer.

Gewimmer hat Joaquin sowieso erwartet, wenn er dem ersten Todgeweihten sagt, dass er heute sterben muss, aber dann gab es stattdessen einen Knall – einen Schuss. Viele Schüsse, um genau zu sein, und bei jedem einzelnen zuckte er zusammen, als würden ihn selbst die Kugeln treffen. Zum Glück ist er in Sicherheit, aber für die heutigen Todgeweihten lässt sich das nicht sagen, vielleicht werden sie Opfer dieses Amoklaufs.

Ist Valentino Prince ein Opfer oder ist er der Schütze?

Das zu enträtseln ist nicht Joaquins Aufgabe.

Den Tod zu enträtseln allerdings schon.

Joaquin springt von seinem Sitz auf und wendet sich an die Heerscharen der Todesboten, die in den Kulissen auf sein Kommando warten. »Ruft die Todgeweihten an«, sagt er und versucht die Fassung zu bewahren. Der Anruf eben war vertraulich, insofern hat niemand außer ihm die Schüsse gehört. Aber es wird nicht lange dauern, bis jemand darauf kommt, dass dieser Gewaltakt nur einen Augenblick nach dem ersten Anruf bei einem Todgeweihten stattgefunden hat. Kein Zweifel, dass man dem Todesboten die Schuld daran geben wird und zahlreiche Investoren, die er braucht, um seine Dienstleistung auf der ganzen Welt einzuführen, sich abwenden werden.

Wie Geister schwebt die Gruppe der Boten durch den Raum, in ihren weißen Hemden und hellgrauen Hosen und Krawatten. Joaquin hat dafür gesorgt, dass sie einen ruhigen und gefassten Eindruck machen, genau das Bild, das die Welt sehen muss, um zu verstehen, wie souverän und professionell man auf der anderen Seite dieser Telefone und Computer agiert. Als die Todesboten ihre Plätze einnehmen, ihre Monitore einschalten und sich an die Arbeit machen, stößt er einen tiefen Seufzer aus.

Einen Blick auf Naya, und Joaquin weiß, sie spürt, dass etwas nicht stimmt. Gleich, wenn die Medien wieder weg sind, wird er sie informieren, aber er wird schnell sein müssen, denn sobald diese Reporter ihre Handys zurückbekommen haben, werden sie über den Amoklauf Bescheid wissen, und alle werden dem Todesboten die Schuld geben.

Er darf das nicht laut aussprechen, doch er weiß, dass das Ende eines Menschenlebens nur der Anfang dieser Firma ist und nicht die Ursache dafür, dass sie existiert. Egal, was alle sagen werden.

Während Joaquins Blick zwischen den Todesboten und den Fotografen hin- und herspringt, steht ein Gedanke für ihn im Vordergrund: Für den Umschlag seiner Memoiren gibt es bereits jetzt einen Favoriten. Schließlich sorgt nichts so sehr dafür, dass das Leben an einem vorbeizieht, wie der Klang eines Schusses; nun hofft er, dass die Kameras in diesem Moment sein Gesicht festgehalten haben.

Ansonsten wäre ein tragischer Augenblick verschwendet worden.

VALENTINO
00:12 Uhr

Alle rennen um ihr Leben außer mir.

Ich habe kein Leben mehr, um das ich rennen könnte.

Ich habe mich immer bemüht, nach vorn zu schauen, wenn das Leben es mir schwer gemacht hat – beim morgendlichen Joggen, beim Gewichtestemmen oder wenn all die Absagen nach Castings kamen, die mich an mir selbst haben zweifeln lassen –, aber was soll ich tun, wenn mein Leben zu Ende geht? Es einfach akzeptieren?

Als ich den Schuss gehört habe, bin ich erstarrt.

Ich hätte nie damit gerechnet, in dieser Nacht Kugeln herumfliegen zu sehen. Werde ich so sterben?

Der Gedanke ist so entsetzlich, dass ich meinen Körper nicht dazu bringen kann, etwas anderes zu tun, als einfach auf dem Boden liegen zu bleiben und zu zittern wie ein in der Kälte ausgesetztes Tier. Das Getrampel um mich herum geht weiter. Beine rennen an mir vorbei, andere springen über mich hinweg. Ich bekomme sogar einen Tritt ins Kreuz. Gerade noch lag Orion neben mir, da taucht Dalma wie aus dem Nichts auf. Sie hilft ihm, sich aufzusetzen, während sie um Hilfe ruft – während sie *mich* um Hilfe ruft.

»Er hat einen Herzinfarkt, Valentino, bitte hilf mir!« Dalma drückt Orion an ihre Brust, schiebt ihm eine Tablette in den Mund und sagt ihm, er solle schlucken. »Halt durch, O-Bro, ich hole Hilfe.«

Es ist seltsam, dass man jemandem, der im Sterben liegt, sagt, er solle durchhalten, als hätte er eine Wahl.

Habe ich eine Wahl? Kann ich der Welt einfach sagen: *Nein, ich werde heute nicht sterben. Versucht es später noch mal.*

»Wir brauchen einen Arzt!«, ruft Dalma.

Kein einziger Mensch bleibt stehen. Wie viele von ihnen nehmen an, dass Orion wohl schon tot ist? Tja, sie sind dumm. Ich auch. Orion hätte wegrennen können, aber das hat er nicht getan. Er ist bei mir geblieben. Mehr noch, er hat mir das Leben gerettet, obwohl er weiß, dass ich sterben werde.

Es war ein Fehler zu glauben, ich hätte kein Leben mehr, um das ich rennen kann. Das habe ich sehr wohl. Es ist nur nicht mein eigenes.

Wenn ich irgendetwas tun kann, um sicherzugehen, dass der Todesbote nicht auch noch Orion anruft, ist jetzt der richtige Moment dafür.

Ich denke nicht an meine eigene Situation. Stattdessen konzentriere ich mich voll und ganz auf meinen Körper – nehme all meine Kraft zusammen, um mich aufzusetzen, mich mit den Händen vom Boden abzudrücken und fest auf beiden Beinen zu landen. »Komm, ich nehme ihn.«

Dalma macht mir Platz, hebt Orions Basecap auf, das ihm vom Kopf gefallen ist und einen braunen Lockenwald enthüllt hat. Ich hebe Orion hoch und trage ihn, als wäre ich Superman, der einen Zivilisten aufgefangen hat. Wenn ich alles richtig mache, werde ich vielleicht zum Helden.

»Wohin?«

»Hier entlang.« Dalma führt uns von den Menschenmassen weg die 47th Street entlang.

»Sollen wir einen Krankenwagen rufen?«

»Ich will nicht riskieren, dass sie Orion wegen jemand anderem, der angeschossen wurde, nicht behandeln.«

Wie lange wird es wohl dauern, bis sich Ärzte nicht mehr die Mühe machen werden, jemanden zu behandeln, wenn sie wissen, dass er todgeweiht ist? Eine Woche, einen Monat, ein Jahr?

»Also, was machen wir dann?«

»Ich suche die nächstgelegenen Krankenhäuser«, sagt Dalma und scrollt durch Google Maps. »Es gibt eine Uniklinik in der 31st Street, aber da ist Orion mal an einen schlechten Arzt geraten, also gehen wir besser Richtung Norden ins Lenox Hill Hospital in der 77th Street.«

»Ich wohne in der 77th Street«, sage ich.

Dalma wirft einen Blick über die Schulter, als erwartete sie eine Erklärung von mir, warum dieser Zufall eine Rolle spielt. Tut er nicht. »Halt ihn aufrecht«, sagt sie.

Ich verstehe nicht, warum es nötig ist, Orion aufrecht zu halten, aber ich tue, was sie mir sagt. Ich drehe seinen Kopf, bis sein Gesicht an meiner Schulter ruht. Er hat die Augen geschlossen und drückt immer wieder mit der Hand auf sein Herz, als verpasste er sich selbst eine Herzdruckmassage. Wahrscheinlich macht er das auch. Ich weiß nicht, wie viel das bringt, weil er gleichzeitig versucht, tief Luft zu holen, was ihm überhaupt nicht gelingt. So sieht es also aus, wenn jemand um sein Leben kämpft.

Dalma entdeckt ein Taxi und liefert sich ein Wettrennen mit jemand anderem darum. Sie gewinnt und verteidigt die Tür zum Rücksitz mit ihrem Leben. Ich gebe mir Mühe, so schnell wie möglich hinterherzukommen, ohne zu stürzen, und als ich das Auto erreiche, setze ich Orion in die Mitte und spanne den Sicherheitsgurt über seine Taille.

»Ist alles in Ordnung mit ihm?«, fragt der Fahrer.

»Nein«, sagt Dalma. »Bitte bringen Sie uns zum Lenox Hill Hospital.«

»Ihr solltet einen Krankenwagen rufen«, entgegnet der Fahrer.

»Mein Bruder stirbt gleich in Ihrem Wagen, wenn Sie sich nicht ranhalten!«

»Genau davor habe ich Angst.«

Der Fahrer fährt los und beobachtet Orion mit gerunzelter Stirn im Rückspiegel. Und zwar nicht nur, wenn er an einer roten Ampel steht, sondern die ganze Zeit. Wegen solcher Typen am Steuer ist meine Schwester beinahe ums Leben gekommen.

»Können Sie bitte auf die Straße gucken?«

Das *bitte* verbirgt zwar nicht den Unmut in meiner Stimme, aber es erfüllt seinen Zweck.

Während der Fahrt frage ich mich unwillkürlich, ob ich Orion und Dalma in Gefahr bringe, weil ich mit ihnen im Auto sitze. Wenn ich fürs Sterben vorgesehen bin, ziehe ich den Tod dann womöglich magisch an? Ich weiß es nicht, aber wenn es so wäre, bliebe mir ja nur die Einsamkeit. Und ist nicht der Sinn der Abschiedsanrufe, dass die Todgeweihten die Chance haben, ihre Angelegenheiten zu ordnen und ein letztes Mal ihre Familien und Freunde zu umarmen? Doch vermutlich spielt das für mich sowieso keine Rolle, da meine Familie sich am anderen Ende des Landes befindet.

Ich will mein Handy hervorholen und Scarlett anrufen, um ihr die Neuigkeit mitzuteilen. Aber es ist weg. Ich durchsuche dreimal alle meine Hosentaschen, als würde es dann auftauchen, weil aller guten Dinge drei sind. Nichts, natürlich. Wo könnte ich ...

Verdammt.

Ich habe das Handy nicht wieder eingesteckt. Dazu bin ich gar nicht gekommen. Ich war gerade dabei, nach meinem Gespräch mit Joaquin Rosa aufzulegen, als ich den ersten Schuss hörte und erstarrte. Dann hat Orion mich umgerissen und das Telefon muss mir aus der Hand gefallen sein. Schlimmer hätte mein letzter Tag auf diesem Planeten wirklich nicht anfangen können. Es wäre natürlich total dämlich, zum Times Square zurückzukehren, um nach dem Handy zu suchen. Schande über dich, New York, dass du mir diese üble Erfahrung dort zugemutet hast. Aber wenn ich da jetzt noch mal hingehe und mein Leben riskiere, ist das allein meine Schuld, nur weil ich meine Schwester anrufen will und die Hoffnung habe, der Todesbote könnte sich noch mal melden, um mir seinen Irrtum zu gestehen.

Das Handy ist weg. Das muss ich akzeptieren, genau wie mein Schicksal.

Außerdem hat es seinen Hauptzweck bereits erfüllt.

Kein anderer Anruf wird mein Leben derart verändern wie der, der dieses ganze Chaos ausgelöst hat.

JOAQUIN ROSA
00:21 Uhr

So hat sich Joaquin den Start des Todesboten nicht vorgestellt.

Er hätte gedacht, die Anrufe würden einfacher sein.

Rein statistisch betrachtet steigt die Todesrate an Feiertagen stark an. Mehr Autos auf den Straßen bedeuten auch mehr Unfälle. Eine Zigarette mit einem Familienmitglied zu teilen, kann dazu führen, dass deine Lunge sich gegen dich wendet, und da die Notaufnahmen an Feiertagen nicht gut besetzt sind, wird dieser Tag immer mit Verlust besudelt sein. Ganz zu schweigen von den Selbstmorden in dieser gnadenlosen Welt. Das alles ist sehr schmerzlich, aber nicht ungewöhnlich. Doch heute ist kein Feiertag.

Vielleicht ist es dafür noch zu früh, aber Joaquin hätte inzwischen schon etwas Lob erwartet. Wie viele Menschen leben ihr Leben nun ganz anders, machen sich mehr Gedanken, seit sie festgestellt haben, dass dies kein normaler Samstag ist, sondern ihr letzter, ihr einziger und alleiniger Abschiedstag?

Aber anstatt Joaquin wie einen Engel zu behandeln, bezeichnen sie ihn nun als Teufel.

»Sie reden über mich, als wäre ich ein Verbrecher«, sagt Joaquin zu seiner Frau. Er sitzt in der Firmen-Suite und scrollt auf seinem Laptop durch Twitter, während Naya ihm über die Schulter guckt. Das alles bricht einem das Herz. Und ist so eine Ohrfeige. Niemand ahnt, welche Opfer er gebracht hat, um der Welt diese Prognosen zu bescheren. »Die wissen schon, dass ich den Tod nicht erfunden habe, oder?«

»Du hast den Tod neu erfunden«, sagt Naya.

»Ich habe neu erfunden, wie wir mit dem Tod leben«, entgegnet Joaquin.

»Die Leitsätze des Todesboten sind mir bekannt, Schatz.« Naya setzt sich neben Joaquin, eist seine Finger von der Tastatur los und nimmt sie in ihre Hände. »Aber der Rest der Welt braucht noch ein bisschen. Ich habe dich ja gewarnt. Wenn du als Einzelner deinen Kopf dafür hinhältst, wirst du eben auch als das Gesicht des Todes gesehen, bis die Menschen verstehen lernen, dass dem nicht so ist.«

Wäre Joaquin doch bloß ein außerirdischer Herrscher mit übernatürlichen Kräften, dann könnte er rasch in die Zukunft gucken und wissen, wann diese Beleidigungen ein Ende finden werden. Aber so muss er weiter Kommentare scannen, um vielleicht irgendwo eine laute Stimme zu finden, die die Welt dazu ermuntert, die aktuelle Situation aus einem anderen Blickwinkel zu betrachten, sie daran erinnert, dass er, Joaquin, auch nur ein Sterblicher auf diesem Planeten ist, ein Mensch, der das Leben liebt.

»Ich will doch nur helfen«, sagt er und fragt sich, ob alles ein großer Fehler war.

Vielleicht hätte der Todesbote gar nicht erst in Erscheinung treten sollen.

»Aber das tust du doch«, sagt Naya. »Und bis auch all die anderen an dich glauben, vergiss nicht die vielen, die das bereits tun.«

Joaquin sieht seine brillante, wunderschöne Frau an und hofft, dass der Todesbote keinen von ihnen anruft, bis sie beide mindestens einhundert Jahre alt sind. Bei ihrer Hochzeit hat er gelobt, Naya auch dann noch zu lieben, wenn sie mehr Falten hat als seine Hemden, die er manchmal am Ende des Tages zusammenballt und in die Ecke wirft. Sie findet ihn immer witzig, und genau wie beim ersten Mal, als er ihr Lachen in einem Café gehört hat, will er diese Melodie auch heute noch immer und immer wieder hören, für den Rest seines Lebens.

Zusammen wenden sich Joaquin und Naya um und sehen ihren Sohn an. Alano ist neun Jahre alt und genauso lange hat es auch gedauert, ihn zu empfangen. Die Rosas haben es versucht und wieder versucht, aufgegeben und dann erneut versucht, ohne Erfolg. Immer wieder hat Joaquin sich die Schuld gegeben, war wütend auf sein Sperma, das durch die Gegend trödelte, anstatt endlich die Ziellinie zu überqueren. Allen Gesprächen über Adoption ist er aus dem Weg gegangen, denn er wollte unbedingt ein Kind mit seiner DNA, mit Nayas.

Und dann ist ein Wunder geschehen und hier ist er, Alano Angel Rosa.

Er schläft tief und fest auf der Couch mit seinem neuen Schäferhund-Welpen; dass heute der Beginn eines neuen, goldenen Zeitalters ist, bekommt er nicht mit.

Doch wenn man bedenkt, wie dieses Zeitalter sich gerade entfaltet, ist es vielleicht ein Segen, dass der Junge diesen Schrecken verschläft.

Joaquin mag nicht der Teufel höchstselbst sein, aber er lässt die Leute in diesem Glauben.

Bald schon werden sie erkennen, wer die wirklichen Monster sind, und dann werden sie begreifen, dass er von Anfang an ihrer aller Held war.

VALENTINO
00:29 Uhr

Auf dem Weg ins Krankenhaus geht mir unentwegt eine Frage durch den Kopf: Was wird mich umbringen?

Hätte Orion den Abschiedsanruf erhalten, hätte er allen Grund anzunehmen, dass sein Herz verantwortlich für seinen Abgang sein würde.

Aber ich?

Es könnte alles sein.

Vielleicht ein Autounfall? Es wäre ein grausames Schicksal, der Zwilling zu Scarletts Unfall, nur diesmal wirklich tödlich. Ich könnte in einen dieser dampfenden Gullys fallen und in der Kanalisation verbluten. Oder ich kann einem Feuer entkommen, um dann von der Feuerleiter zu stürzen. Diese Ironie wäre furchtbar.

Den Möglichkeiten für schräge Unfälle sind keine Grenzen gesetzt. Aber die größte tatsächliche Bedrohung bisher war ein Bewaffneter mit einer Totenkopfmaske. Er ist nicht lange genug geblieben, um die Sache zu Ende zu bringen, weshalb ich denke, dass er es nicht wirklich auf mich abgesehen hatte. Aber was, wenn jemand mich sehr wohl ins Visier nimmt? Wen könnte ich dermaßen verärgert haben? Ich war nett zu der Flughafenangestellten, die mir geholfen hat, meine Koffer am Gepäckband zu finden. Ich habe dem Taxifahrer Trinkgeld gegeben. Mein Vermieter scheint nicht gerade begeistert von mir zu sein, aber wenn er mich umbringt, kriegt er auch meine Miete nicht mehr. Die einzigen anderen, die ich in dieser Stadt persönlich kenne, sind ...

Die einzigen anderen, die ich in dieser Stadt kenne, sitzen mit mir auf der Rückbank dieses Taxis.

Das ist ein alberner Gedanke. Orion und Dalma sind liebenswürdige, freundliche New Yorker, die schon unheimlich viel durchgemacht haben. Einen solchen Verlust würden sie niemandem zumuten wollen. Außerdem ist es schwer vorstellbar, dass Orion überhaupt in der Lage wäre, jemanden zu töten. Er ist schließlich der Verletzlichste hier im Wagen. Andererseits muss es ja kein Mord sein. Was, wenn mich die Nähe zu Orion – jemandem, der dem Tod so nahesteht – in Schwierigkeiten bringt? Möglicherweise tötet mich genau diese Fahrt ins Krankenhaus, ein Auto könnte jederzeit auf meiner Seite in uns reinfahren und ...

Ich muss damit aufhören.

Das hilft mir nicht weiter.

Orion und Dalma stellen keine Gefahr für mich dar. Wenn mich jemand umbringen will, dann wahrscheinlich irgendein anderes Model, das es auf meinen Auftrag abgesehen hat.

Nein. Schluss damit.

Ich habe jetzt lange genug darüber nachgegrübelt, wer mich wohl umbringen will.

Soweit ich weiß, bin ich kein Wahrsager, der ein paar Karten legen und darin sein Schicksal lesen kann. Man hat mir alles gesagt, was bekannt ist: Ich werde heute Nacht sterben, oder auch erst später am Tag, wenn ich Glück habe. Obwohl sich hier gerade überhaupt nichts nach Glück anfühlt.

Wir erreichen das Lenox Hill Hospital und ich trage Orion hinter Dalma her durch die Flure zur Notaufnahme. Alles geht irrsinnig schnell, sobald die Pfleger um die Ecke kommen und sofort beginnen, Orion zu untersuchen, während Dalma ihnen erklärt, in welchem Zustand er ist. Als ich Orion auf eine Liege lege, sage ich ihm noch, dass alles gut werden wird.

Eine Krankenschwester schiebt Orion hinter einen Vorhang. »Nur für Familienangehörige«, sagt sie zu Dalma, die ihr folgen will.

»Ich bin eine Angehörige«, sagt Dalma.

Die Schwester wirkt skeptisch. »Ihr seid blutsverwandt?«

»Wir sind per Gesetz verwandt.«

Die Schwester nickt und zieht den Vorhang hinter ihnen zu.

»Hat der Todesbote bei Orion angerufen?«, höre ich sie fragen.

»Nein. Und wir sollten ihm auch keinen Grund geben, es noch zu tun«, sagt Dalma.

Die Frage der Krankenschwester ist unwirklich. Seit der Todesbote vorgestellt wurde, hat es intensive Debatten darüber gegeben, wie das medizinische Personal reagieren wird, wenn es darum geht, Todgeweihte zu versorgen. Ist es vertretbar, Ressourcen auf einen Patienten zu verwenden, der sowieso nicht überleben wird? Sollten Ärzte alle Patienten behandeln, ohne ihren Abschiedstagsstatus zu kennen? Die Vorstellung, dass sich niemand um Orion kümmern würde, wenn er vom Todesboten angerufen worden wäre, ist entsetzlich.

Das wird meine Realität sein.

Ich werde bestimmt vor Mitternacht in einen schrecklichen Autounfall verwickelt.

Neunzehnjährige sterben schließlich normalerweise nicht an Altersschwäche oder einfach so im Schlaf.

Wenn ich dann ins Krankenhaus gebracht werde, werden sich die Ärzte überhaupt die Mühe machen, mir das Leben zu retten?

Oder werden sie einfach nur dastehen und mir beim Sterben zusehen?

ORION
00:36 Uhr

Warmes Licht scheint mir ins Gesicht, als wäre ich auf dem Weg ins Jenseits oder sonst wohin.

Aber ich weiß, dass das nicht so ist.

Die Krankenschwester hebt meine Augenlider, studiert meine Pupillen, während sie mich fragt, wie ich heiße. Bevor ich antworten kann, kommt Dalma mir zuvor.

»Orion heißt er. Orion Pagan.«

»Wir wollen sehen, ob er das weiß«, sagt die Krankenschwester.

»Stimmt, klar. Tut mir leid.«

Ich kann Dalma nicht sehen, aber ich weiß, dass sie in Panik ist. »Alles gut, Dalma«, presse ich heraus.

»Er weiß, wer ich bin«, sagt Dalma. »Das ist doch ein gutes Zeichen, oder?«

Nur weil ich nicht mehr auf dem Times Square liege, heißt das noch lange nicht, dass ich aus dem Schneider bin. Eine Menge Leute wissen gar nicht, dass ein Herzinfarkt Stunden dauern kann. Solltet ihr mal im Fernsehen sehen, wie sich jemand an die Brust fasst und dann sofort zusammenbricht, schenkt dem bloß keine Beachtung. So ist es nicht, auch wenn es um einiges barmherziger wäre.

Aber wirklich jetzt: Dalma und Valentino verdienen verflucht noch mal all mein Dank dafür, dass sie mich so schnell hierhergeschafft haben. Obwohl ich qualvolle Schmerzen habe und es mir gutgetan hätte, schon im Krankenwagen behandelt zu werden, weiß ich, was es kostet, so stilvoll befördert zu werden. Alle reden immer davon, dass mein Leben von unschätzbarem Wert ist, was im Klartext aber bedeutet, dass wir ordentlich zur Kasse gebeten werden, damit ich es überhaupt leben kann. Trotzdem gehen Dayana und Floyd oft tagelang nicht an den Briefkasten, wenn wir auf die nächste Rechnung warten. Immer wieder denke ich, was Dalmas Familie alles mit dem vielen Geld anfangen könnte, würde ich nur endlich sterben.

Es bricht mir das Herz, wie viel es kostet, am Leben zu bleiben, wenn man ständig stirbt.

JOAQUIN ROSA
00:40 Uhr

Joaquin ist im Callcenter und macht sich ein Bild davon, wie seine Mitarbeiter mit den Anrufen in dieser ersten Nacht umgehen.

Es sind insgesamt zwanzig Todesboten. Seit Juli ist alles sehr schnell gegangen. Musste es auch, weil die Firma im Prinzip über Nacht an die Öffentlichkeit trat. In weniger als achtundvierzig Stunden hatte Joaquin sein Kernteam zusammengestellt, ausnahmslos Leute, die er seit Jahren kennt und denen er sein Leben anvertrauen würde. Dann war es an der Zeit, die ersten Todesboten zu suchen. Gründliche Personenrecherchen wurden angestellt; die Kandidaten mussten drei Prüfungen über sich ergehen lassen, bevor sie überhaupt unter Vertrag genommen werden konnten.

Die erste Prüfung war ein Telefonat mit dem Personalleiter, der jeden Bewerber von der Liste strich, der sich nach dem Geheimnis der Firma erkundigte; für ihn war das ein Zeichen, dass diese Kandidaten mehr daran interessiert waren, das Rätsel zu lösen, als ihren eigentlichen Job zu machen. Die zweite Prüfung war ein zehnminütiges Treffen mit Naya, bei dem sie den Kandidaten Fragen über ihr Leben stellte, um sie anschließend anhand ihrer empathischen Kompetenz einzustufen. Nur weil jemand zu einem Berufsstand gehört, der das Wohlbefinden der Menschen zum Ziel hat, muss der nicht unbedingt ein mitfühlender Mensch sein. Da Naya selbst über die Jahre viele schwierige Erfahrungen mit Ärzten gemacht hat, ist ihr das bewusst. Die letzte Prüfung bestand in einer Reihe von Übungsanrufen, bei denen Joaquin persönlich anwesend war, um zu beobachten, ob die Kandidaten sich behutsam und geduldig verhalten konnten, ohne dabei Gefahr zu laufen, dass der nächste Todgeweihte seinen Anruf nicht erhält, weil die Leitung zu lange besetzt ist.

Und nun sieht Joaquin seinen Mitarbeitern bei der Arbeit zu, bewegt sich durch das Callcenter wie ein Lehrer in seinem Klassenzimmer, während die Schüler eine Klausur schreiben. Wie diese Todesboten heute ihre Aufgabe ausführen, wird ihre Zukunft in der Firma bestimmen.

Es steht zu viel auf dem Spiel, um hier einen schlechten Job zu machen.

Der Star unter den Todesboten ist ohne Frage Roah Wetherholt, dier vorher bei der Krisenhotline für Suizidgefährdete gearbeitet hat und nun mit derselben Sorgfalt, mit der xier früher Menschenleben gerettet hat, ihnen sagt, dass sie sterben werden. Es hatte den Anschein, als hätte die frühere Krisenintervention zu schwer auf xiem gelastet, da Roah nicht immer wissen konnte, ob der Mensch, den xier beraten hat, wirklich weiterleben würde. Wenigstens kennt Roah nun das Schicksal am anderen Ende der Leitung. Joaquin geht davon aus, dass er Roah befördern und durchs ganze Land schicken wird, sollte xier weiter so gute Arbeit leisten und die Firma expandieren und zukünftige Todesboten einstellen müssen. Von allen Bewerbungen hat ihn Andrea Donahue am meisten überrascht. Ihr etwas zu ausführlicher Lebenslauf sprach zunächst eher gegen eine Einstellung, aber ihre leidenschaftliche Liebe zu ihrer Tochter hat etwas in Naya angesprochen, und die taktvolle Art, mit der Andrea ihre Anrufe erledigte, hat Joaquin beeindruckt; mit größter Effizienz arbeitet sie auch heute ihre Liste ab. Das kann man von Rolando Rubio nicht behaupten, einem früheren Beratungslehrer in einer Grundschule, der bei den Prüfungen bemerkenswertes Mitgefühl gezeigt hat, besonders in der gestellten Situation, als er mit einem Elternteil über dessen sterbendes Kind sprechen musste. Aber heute ist er zu langsam, ist immer noch bei seinem ersten Anruf, als wäre es seine Aufgabe, zusammen mit dem Todgeweihten jede Stunde des Abschiedstages zu planen. Vielleicht wäre er besser in einem Bestattungsunternehmen aufgehoben, wo sein Mitgefühl mehr Wertschätzung erfahren würde und auch viel wichtiger wäre, da dort Zeit keine Rolle spielt.

Joaquin weicht Rolando nicht von der Seite, tippt auf seine Uhr, übt Druck auf ihn aus, damit er den Anruf endlich beendet.

»Ich kann nicht«, sagt Rolando lautlos, Tränen in den Augen, und spricht weiter mit dem Todgeweihten.

Rolandos Hingabe stößt bei Joaquin natürlich auch auf Bewunderung. Schließlich ist jeder Todgeweihte ein menschliches Wesen und jeder Mensch verdient Respekt. Viel zu viele Menschen, die im Lauf der Zeiten auf dem Sterbebett lagen, wurden nicht mit Würde behandelt. Aber was Joaquin seinen Mitarbeitern unbedingt vermitteln muss, ist, dass es auch hier einen Mittelweg gibt.

Ein paar Minuten später lässt Rolando endlich den standardisierten Abschiedsgruß hören und scrollt dann direkt zum nächsten Namen auf seiner Liste von Todgeweihten.

»Einen Moment noch«, sagt Joaquin direkt hinter ihm.

Rolando sieht zu seinem Chef auf. »Weil ich nicht schnell genug bin?«

»Ich weiß Ihre Arbeit wirklich zu schätzen«, sagt Joaquin, in der Hoffnung, Rolando zu beruhigen, der eindeutig sehr mitgenommen ist. »Ihre Fürsorge wird den Todgeweihten sicher viel bedeuten und wird sie in ihren letzten Stunden begleiten, da bin ich mir sicher. Aber Sie werden bis zum Ende Ihrer Schicht noch andere Todgeweihte begleiten müssen.«

»Es ist viel schwerer, als es aussieht«, sagt Rolando.

Hat Rolando nicht aufgepasst, als Joaquin den ersten Anruf um Mitternacht getätigt hat? Ist ihm nicht bewusst, dass Joaquin der Schöpfer des Todesboten ist und vielleicht doch das eine oder andere darüber weiß, wie hart dieser Job ist? Ahnt er nicht, dass Joaquin sehr gut einschätzen kann, was es bedeutet jemandem zu sagen, er muss sterben? Offensichtlich nicht.

Dabei mag das für dieses Land etwas Neues sein, aber nicht für Joaquin.

»Ich verstehe, dass diese Gespräche schwierig sind, vielleicht sogar unmöglich«, sagt Joaquin. »Aber wir tragen eine Verantwortung gegenüber *allen*, die sich für unseren Dienst angemeldet haben.«

»Der alte Mann wollte ja nicht von mir wissen, warum sein WLAN nicht funktioniert. Er war ganz allein. Da konnte ich nicht einfach auflegen.«

Joaquin hatte mit der Idee gespielt, Zeitschalter zu installieren, die den Anruf nach fünf Minuten automatisch beenden würden, damit die Todesboten genau solche Situationen vermeiden können. Vielleicht sollte er darüber am Ende des ersten Monats noch einmal nachdenken, um dann zu gucken, wie lange ein durchschnittlicher Anruf dauert, und darauf basierend die richtige Zeitspanne zu bestimmen.

»Während Sie sich die Zeit nehmen, mit einem Todgeweihten seine letzten Stunden durchzugehen, denken Sie bitte immer gleichzeitig auch an all die anderen, die sterben, ohne vorher gewusst zu haben, dass ihre Zeit vorbei ist«, ermahnt ihn Joaquin, in dem Wissen, dass er genau das während der Trainingsstunden ständig wiederholt hat. Aber nun, da die Todesboten echte Menschen in der Leitung haben, ist es umso dringlicher, dass dieser Grundsatz noch mehr Gewicht bekommt.

Rolando sieht vollkommen fertig aus und reibt sich die Augen. »Ich gebe mein Bestes.«

»Heute Nacht ist das nicht so wichtig«, sagt Joaquin sanft. »Das kommt mit zunehmender Erfahrung. Sehen Sie einfach zu, dass Sie sich Mühe geben, möglichst viele Leute zu erreichen, die Sie alle gleichermaßen brauchen.«

Joaquin lässt Rolando zurück an die Arbeit gehen, in der Hoffnung, dass er die verlorene Zeit wieder einholt.

Wenn nicht, ist ein Bestattungsunternehmen tatsächlich der passendere Arbeitgeber.

Wenn man sich nicht darauf verlassen kann, dass jemand die anruft, die bald tot sein werden, dann ist dieser Jemand vielleicht am besten bei den Toten selbst aufgehoben.

ROLANDO RUBIO
01:04 Uhr

Bei Rolando Rubio hat der Todesbote nicht angerufen, weil er heute nicht sterben wird. Doch sein Chef ist offenbar der Ansicht, es wäre allein Rolandos Schuld, wenn heute jemand stirbt, ohne vorher Bescheid zu wissen. Nur weil er zu viel Zeit am Telefon mit einem Todgeweihten verbracht hat. Tut ihm ja echt leid, dass er einem fremden Menschen so viel Fürsorge und Mitgefühl entgegengebracht hat.

Es wird immer klarer, dass Rolando für diesen Job als Todesbote nicht gemacht ist. Mal sehen, wie er sich am Ende seiner Schicht fühlen wird, aber falls das hier nichts wird, kann er immer noch zurück zu seinem alten Job; Kindern in den öffentlichen Schulen dabei helfen herauszufinden, warum ihre Noten plötzlich schlechter geworden sind, warum sie sich plötzlich auffällig verhalten. Manchmal war Trauer der Grund, und Rolando irritierte es immer wieder, dass die Eltern ihn oder die Lehrkraft davon nicht in Kenntnis gesetzt hatten, damit sie auf Verhaltensänderungen achten konnten. Für die Schülerinnen und Schüler da zu sein, das konnte Rolando hervorragend. Er sorgte dafür, dass sie Raum zum Weinen hatten. Dass sie beim Sport Dampf ablassen konnten. Er schenkte ihnen Zeit, um ihre Trauer zu verarbeiten. Dieser Luxus wird den Todgeweihten nicht gewährt. Sie müssen ihren bevorstehenden Tod innerhalb eines Augenblicks verarbeiten, damit die Todesboten mit ihrem Job weitermachen können.

Er hatte gedacht, dass es von Vorteil für diese Arbeit sein würde, ein Herz zu haben, aber vielleicht wäre es für alle besser, auch für ihn selbst, wenn er es sich aus der Brust reißen würde. Wenn er kein Herz hat, dann kann es auch nicht brechen.

Er ist erst eine Stunde dabei und schon ist er am Ende.

Wie sollte es auch anders sein?

Rolandos erster Anruf ging an einen älteren Mann, der verwirrt und ängstlich das Gespräch entgegennahm, im Glauben, das sei alles nur ein Traum. Als dem Todgeweihten Clint Suarez allmählich die Wirklichkeit dämmerte, machte das Rolando fertig. Clint war so einsam, dass er einfach jemandem seine Lebensgeschichte erzählen wollte, sogar demjenigen, der ihm gesagt hatte, dass er sterben würde. Also hörte Rolando zu, lauschte der Geschichte von Clints Tanz-Karriere, in allen gelebten und unausgelebten Teilen, und riet ihm noch ein letztes Mal zu seinem Lieblingslied zu tanzen, bevor sie aufgelegt hatten. Warum war es so schwer, einen Siebenundachtzigjährigen anzurufen? Rolando geht davon aus, dass Clint an Altersschwäche sterben wird, aber was ist, wenn er beim Tanzen einen Herzinfarkt bekommt? Ist Rolando dann schuld? Oder die Firma? Oder war es immer Clints Schicksal, so zu sterben?

Rolando hat keine Antworten und keine Zeit, nach ihnen zu suchen.

Nachdem er von seinem Chef vor zwanzig Minuten abgemahnt wurde, versucht er schneller zu werden. Aber wie einen Anruf mit einem neunzehnjährigen Mädchen beenden, die eigentlich ihr ganzes Leben noch vor sich haben sollte? Und wieder und wieder die Telefonnummer eines Mannes zu wählen, der nicht an sein Handy geht, immer noch hoffend, dass der Todgeweihte nicht stirbt, bevor er ihn erreichen kann?

In Wahrheit ginge der einzige Anruf, den Rolando gerade gerne machen würde, an eine Frau, die ihm entwischt ist: Gloria Dario, obwohl er sie lieber unter ihrem Mädchennamen Medina abspeichert. Eine lustige Geschichte über ihren Sohn

Paz würde ihn daran erinnern, dass es im Leben nicht nur um den Tod geht. Doch leider liegt sein Handy in seinem Schließfach, damit er sich auf seine eigentliche Aufgabe konzentrieren kann, aber egal, es wäre sowieso zu spät, um Gloria noch anzurufen. Ihr Ehemann Frankie würde sich aufregen, wenn Rolando alle wecken würde; der Mann hat sich erschreckend schlecht im Griff, und dann würde Gloria dafür büßen müssen.

Eine weitere Wahrheit ist nämlich, dass Rolando nichts dagegen hätte, wenn Frankies Name auf seiner Liste auftauchen würde, aber leider hat Frankie sich nicht angemeldet. Aber wenn doch, wäre das Grund genug für Rolando, weiter beim Todesboten zu arbeiten.

Das wäre ein Anruf, den Rolando mit einem Lächeln auf den Lippen machen würde.

ANDREA DONAHUE
01:07 Uhr

Bei Andrea Donahue hat der Todesbote nicht angerufen, weil sie heute nicht sterben wird, aber das gilt nicht für die neunzehn Todgeweihten, die sie in der letzten Stunde angerufen hat.

Oder vielleicht gilt das doch für sie.

Wer sagt, dass es den Todesboten überhaupt gibt?

Andrea nicht. Sie muss das große Geheimnis des Unternehmens nicht kennen. (Wenn ihr allerdings jemand ein Angebot machen würde, das es wert wäre, dafür ihr festes Gehalt und die ironischerweise fantastische Lebensversicherung aufs Spiel zu setzen, würde sie sich möglicherweise überreden lassen, ein paar Nachforschungen anzustellen. Die Privatschule, auf die sie ihre Tochter schicken will, wird nicht gerade billig sein.) Andrea kümmert sich um ihre eigenen Angelegenheiten – meistens. Aber sie kommt nicht umhin zu bemerken, dass ihr Kollege Rolando diesen Job überhaupt nicht beherrscht. Wie konnte er vierzig Minuten auf einen einzigen Anruf verschwenden? Andrea hält viel von Freundlichkeit, aber irgendwann reicht es auch. Sich mit jemandem anzufreunden, der im Sterben liegt, bringt doch nichts; das ist, wie Bargeld das Klo runterzuspülen. Dieser Mensch wird kein lebenslanger Freund, der zu deiner Hochzeit oder deiner Beerdigung kommt. Er wird nicht deine Erfolge mit dir feiern oder dich bei deinen Misserfolgen trösten. Er wird noch nicht mal den nächsten Tag zusammen mit dir erleben.

Was soll das also?

Nachdem Rolando sein aktuelles Telefonat beendet hat,

das auf jeden Fall kürzer war als sein erstes, aber nicht so zügig, wie es hätte sein können, weiß Andrea, dass sie eingreifen muss.

»Rolando«, flüstert sie. »Darf ich dir einen Rat geben?«

Er nickt mit tränenverhangenen Augen.

»Tu dir selbst einen Gefallen und betrachte diese Todgeweihten nicht länger als Menschen«, sagt sie, dann wendet sie sich wieder ihrem Computer zu und wählt die nächste Nummer, denn Zeit ist Geld – noch eine Lektion, die ihr rückgratloser Kollege lernen muss. »Werd einfach deine Warnung los und mach weiter. Die Lebensgeschichte, die dir jemand erzählt, ist nichts, was du nach der Arbeit mit nach Hause nehmen solltest.«

Rolando starrt sie an und ihr ist klar, dass ihre Worte zu einem Ohr rein- und zum anderen wieder rausgegangen sind, genau wie wenn sie ihrer Tochter wertvolle Ratschläge gibt. Aber sie hat gesagt, was sie sagen wollte, und wird ihn nicht weiter belästigen.

Andrea macht sich wieder an die Arbeit, als ihr zwanzigster Todgeweihter der Nacht ans Telefon geht.

»Hallo, hier spricht der Todesbote ...«

Die Todgeweihten mögen keine Zukunft mehr haben, Andrea dagegen ist überzeugt, noch eine lange Zukunft hier beim Todesboten vor sich zu haben.

VALENTINO
01:11 Uhr

Ich hasse Wartezimmer.

Die acht Stunden, die Scarlett im OP verbrachte, konnte ich nicht still sitzen – ich konnte einfach nicht *warten*. Wahrscheinlich fehlt mir das dafür nötige Organ. Also beschäftigte ich mich. Wenn Mom Hunger hatte, ging ich in die Cafeteria und kaufte ihr was zu essen. Wenn Dad müde war, aber die Augen nicht zumachen wollte, holte ich ihm einen starken, schwarzen Kaffee aus diesem kleinen Diner gegenüber vom Krankenhaus. Wenn die Parkuhr gefüttert werden musste, stand ich zu jeder vollen Stunde mit dem Kleingeld aus meiner Hosentasche bereit. In allen anderen ruhigen Momenten ging ich im Flur auf und ab, wusch mir auf der Toilette Gesicht, Hände und Haare, schloss Bekanntschaft mit den Pflegerinnen und Pflegern oder blätterte in Zeitschriften auf der Suche nach witzigem Klatsch, über den ich mit Scarlett reden wollte, sobald ihre OP vorbei war. Sobald es ihr wieder gut ging.

Darauf zu warten, ob ein geliebter Mensch überleben wird, ist eine Qual.

Darauf zu warten, dass man sterben wird, ist auch ziemlich grässlich.

Ich wünschte, ich wäre eine Parkuhr, bei der man mit einer eingeworfenen Münze mehr Zeit kaufen kann. Vor allem, da Scarlett nicht auf meine Anrufe reagiert, weil sie entweder zu beschäftigt ist oder die Nummer nicht erkennt. Eine der Krankenschwestern hat mich schon zweimal das Festnetztelefon benutzen lassen, und wahrscheinlich würde sie auch einen dritten Versuch abnicken. Mir sind hier die Hände gebunden. Scarlett muss wissen, was los ist, erst recht bevor sie in ein paar Stunden ins Flugzeug steigt. Wenn die Krankenschwester mir erneut einen missbilligenden Blick zuwirft, muss ich vielleicht den Todgeweihten raushängen lassen. Dann wird sie entweder superteilnahmsvoll und holt mir einen Stuhl, damit ich meine Schwester mit Anrufen überschütten kann, bis sie endlich rangeht, oder sie schmeißt mich raus, aus Angst, ich könnte andere Patienten in Gefahr bringen. Ich weiß nicht, was ich tun werde, wenn man mich wie eine tickende Zeitbombe auf die Straße setzt. Vielleicht liegt es gerade an dieser Unberechenbarkeit, dass keiner gerne einen Todgeweihten bei sich aufnehmen würde.

Aber jetzt sitze ich erst mal hier im Wartezimmer. Es gibt niemanden, um den ich mich kümmern kann, also tue ich, wofür dieser Raum gedacht ist.

Ich warte.

Ich warte darauf, dass Dalma aus der Notaufnahme kommt.

Ich warte darauf, dass Orions Herz sich beruhigt.

Ich warte auf einen vorzeitigen Tod, der ab sofort in jedem Moment um die Ecke biegen könnte, selbst in dieser Sekunde …

Nichts.

Alles ist unheimlich still. Es ist, als wäre ich bereits gestorben und befände mich im Fegefeuer, dem allerletzten Wartezimmer des Lebens.

Ich vermute allerdings, dass ich noch am Leben bin, denn ich kann mir nicht vorstellen, dass es im Fegefeuer einen Snackautomaten gibt wie den, der mir gegenüber steht. Er brummt, als wollte er mich wissen lassen, dass er da ist. Damit ich das Geld, mit dem ich mir nicht mehr Zeit kaufen kann, stattdessen für Pringles oder Pepsi ausgebe. Seit ein paar Jahren esse und trinke ich nichts Süßes mehr, weil mein Lächeln und mein Körper mein Kapital sind. Ich stehe von dem unbequemen Stuhl auf und nehme das Automaten-Sortiment an Limo, Chips, Schokolade und Süßigkeiten in Augenschein. Dabei schweifen meine Gedanken ab, ich erinnere mich daran, wie oft ich die Dessertkarte, ein Stück Kuchen, einen Slush im Kino oder sonst was abgelehnt habe, das ich genossen hätte, wenn ich nicht geglaubt hätte, es könnte meinen Körper ruinieren.

Ich habe mich so sehr um meinen Lebensunterhalt gekümmert, dass ich darüber das Leben vernachlässigt habe.

Und jetzt komme ich mir unglaublich blöd vor.

Ich greife nach meinem Portemonnaie, bereit, jeden Dollar, den ich habe, für mir entgangene Snacks auszugeben, als ich meinen Namen höre.

»Valentino«, sagt Dalma, die plötzlich wie aus dem Nichts auftaucht. »Du bist ja noch da.«

»Hätte ich gehen sollen?«, frage ich.

»Nein, natürlich nicht. Ich bin nur überrascht, dass du gewartet hast, wo es doch ... du weißt schon.«

Ich sitze hier fest. In meine neue Wohnung zurückzugehen, ist sinnlos. Dasselbe gilt für den Kauf eines Tickets zurück nach Arizona. Ich würde allein auf der Reise viel zu viel wertvolle Zeit verlieren. Außerdem kann ich hier nicht weg, bevor ich Scarlett erreicht habe, damit sie nicht ins Flugzeug steigt und wir womöglich Schiffe – Flugzeuge – sind, die in der Nacht aneinander vorbeiziehen. Ehrlich gesagt weiß ich nicht, was das Beste für mich ist. Ich bin schlicht überfordert, noch geradeaus zu denken.

»Ich bleibe erst mal hier. Wie geht es Orion?«

Dalma lässt sich auf einen Stuhl sinken und lehnt den Kopf an die Wand. »Sie haben ihn stabilisiert. Er wird wieder.«

»Muss er über Nacht bleiben?«

Dalma zuckt die Achseln. »Vielleicht. Meine Familie wartet erst mal ab, was Sache ist, bevor sie aus Ohio zurückkommen.«

»Deine Familie?« Dann fällt mir wieder ein, was mit seinen Eltern passiert ist. »Ach so. Er wohnt also bei euch?«

»Wir wohnen zusammen. Es ist auch sein Zuhause.« Dalma richtet sich auf. »Entschuldige, ich will dir nicht über den Mund fahren. Ich reagiere nur immer superempfindlich, wenn ich das Gefühl habe, Orion könnte sich irgendwie ausgeschlossen fühlen.«

»Schon klar. Als Zwilling bewege ich mich da manchmal auch auf dünnem Eis.«

»Weiß deine Schwester schon Bescheid?«

»Ich habe sie bisher nicht erreicht. Ich habe mein Handy am Times Square verloren und ...«

»O Gott, echt?«

»Ich hab's im Auto gemerkt, aber ich wollte euch nicht damit belästigen.«

Dalma hat schon ihr Telefon in der Hand, als sie aufsteht. »Nimm meins. Kennst du ihre Nummer auswendig?«

Ich nicke. Scarletts Nummer ist die einzige, die ich aus dem Stegreif kann. Der Anfang ist gleich wie meine Nummer, aber die letzten vier Ziffern unterscheiden sich. Wir haben unsere Telefonnummern auch immer als zweieiige Zwillinge gesehen.

»Vielen Dank.«

Ich tippe Scarletts Nummer ein und hoffe inständig, dass sie rangeht, obwohl ich keine Ahnung habe, wie ich ihr sagen soll, dass eben mein Abschiedstag begonnen hat. Dass sie in den nächsten dreiundzwanzig Stunden zum Einzelkind werden wird. Außer ihr stößt auch noch etwas Schreckliches zu. Dann werden wir diese Welt zusammen betreten und verlassen haben. Aber das wünsche ich ihr genauso wenig wie mir. Wenn ich die Wahl hätte, wäre es mir lieber, Scarlett würde am Leben bleiben und ich sterben. Ich weiß, dass das stimmt, denn als sie im Krankenhaus war, nervte ich jede Ärztin und jeden Pfleger damit, dass sie mir alle Organe entnehmen könnten, die sie bräuchten, um Scarlett zu retten. Und obwohl ich nicht so religiös bin wie meine stolzen, streng katholischen Eltern, bestärkte es mich sehr in meinem Glauben, als ich in die Kapelle ging und betete, Gott möge mich nehmen statt meiner Schwester. Offenbar hat er meinen Anruf erhört.

Im Unterschied zu Scarlett.

Schon okay. Dann habe ich mehr Zeit, mir zu überlegen, wie ich ihr die Nachricht beibringe.

Zumindest hoffe ich das.

01:28 Uhr

Die Abschiedsanrufe richten sich nach der Zeitzone der Stadt, die der oder die Todgeweihte bei der Anmeldung angegeben hat. Das heißt, wenn ich nur zu Besuch in New York gewesen wäre, hätte mich der Todesbote noch nicht angerufen. Dann wäre ich nicht der allererste Todgeweihte. Wenn ich nicht hierhergezogen wäre, wäre ich vielleicht überhaupt kein Todgeweihter.

Solche Gedankenspiele bringen mich nicht weiter.

Stattdessen mache ich mir Sorgen um Scarlett. Sie lebt noch immer in der Vergangenheit, in der Zeit ohne den Todesboten. Dasselbe gilt für alle anderen in Arizona. Sie haben keinen Grund, vorsichtiger zu fahren. Was, wenn Scarlett wieder in einen Unfall verwickelt wurde und deshalb nicht rangeht?

Ich habe das Gefühl, nicht frei atmen zu können, bevor ich nicht weiß, dass es ihr gut geht.

Nach Scarletts Unfall hat mich ein Freund gefragt, ob ich gespürt habe, dass ihr etwas zustoßen würde. Aber Zwillinge haben keinen konkreten sechsten Sinn, um alles mitzukriegen, was mit dem anderen los ist, selbst wenn sie sich so nahestehen wie wir. Ich war an jenem Nachmittag gerade dabei, mir neuen Concealer zu kaufen, um meine dunklen Augenringe besser zu kaschieren. Schon seit längerer Zeit schlief ich nicht gut, weil ich Nacht für Nacht meine Pläne, in Vollzeit als Model zu arbeiten, hinterfragte. Jedenfalls ließ ich an jenem Tag nicht mitten im Drogeriemarkt plötzlich meinen Einkaufskorb fallen, als hätte mich wie aus dem Nichts panische Angst gepackt. Das alles verspürte ich erst, als ich den Anruf meiner Eltern bekam. Dennoch wünsche ich mir jetzt mehr denn je, ich könnte die Augen schließen und mich konzentrieren und würde dann den Herzschlag meiner Schwester hören und wissen, dass es ihr gut geht.

Aber alles, was ich höre, ist das Brummen des Snackautomaten und Schritte, die sich Dalma und mir nähern. Die Schwester von vorhin, die gefragt hat, ob Orion vom Todesboten angerufen worden wäre, bleibt vor uns stehen.

»Orion ist noch schläfrig, aber Sie können jetzt zu ihm«, sagt sie.

»Danke, Mary Jo.« Dalma steht auf. »Komm mit, Valentino.«

»Wirklich?«, frage ich. Ich bin erleichtert, dass es ihm gut geht. Aber ich weiß, dass ich nicht zur Familie gehöre.

»Du kannst auch hierbleiben, wenn dir das lieber ist, aber wenn du möchtest, kannst du gerne mit reinkommen.«

Ich folge Dalma, heilfroh, endlich diesem Wartezimmer zu entfliehen, in dem die Zeit stillsteht, während wertvolle Minuten ungenutzt verstreichen. Ich behalte Dalmas Telefon in der Hand und werfe noch einen Blick auf die Balken des Empfangssignals. Es sind immer noch drei von vier. Dalma führt das auf die Verbindung hier im Krankenhausgebäude zurück.

Wir betreten die Notaufnahme und stehen vor dem Vorhang, der Orions Bett umgibt.

»Klopf, klopf«, sagt Dalma.

»Herein«, sagt Orion.

Ich ziehe den Vorhang auf. Orion sieht schlimmer aus als erwartet. Auf seiner verschwitzten Stirn kleben Locken und seine Augen sind gerötet, als hätte er eine fiese Virusinfektion. Obwohl er in eine Decke gewickelt ist, zittert er. Eins dieser Armbänder mit Klettverschluss – keine Ahnung, wie der medizinische Fachbegriff dafür lautet – verbindet ihn mit einem Monitor, der noch älter aussieht als der Computer im Büro meiner Mutter.

Er nickt schwach. »Hey.«

»Blöde Frage, aber wie geht es dir?«, frage ich.

»Ein Tag wie jeder andere auch«, sagt Orion. Dann bekommt er große Augen, als wäre sein Herz erneut ins Stolpern geraten. »Scheiße, tut mir leid. Das alles ist ätzend, aber ich bin inzwischen so daran gewöhnt und ...«

»Es geht dir gut«, unterbreche ich seine Erklärungen, damit er sich nicht aufregt. »Ich bin froh, dass du am Leben bist. Und ich will mir gar nicht vorstellen, dass du immerzu so leben musst.«

»Ja, leider«, sagt Orion.

»Mom und Floyd überlegen zurückzukommen«, wirft Dalma ein.

»Sag ihnen, sie sollen noch bleiben. Mir geht es gut.«

»Du weißt, dass sie das nicht machen werden.«

»Werden sie dich hierbehalten?«, frage ich.

»Wahrscheinlich«, sagt Orion. »Ich glaube nicht, dass ich schon über den Berg bin.«

Ich schaue auf die Uhr. »Enden die Anrufe des Todesboten an der Ostküste nicht bald?«

»Um zwei«, erklärt Dalma.

In einer halben Stunde kann sich noch viel ändern.

In einer Minute kann sich alles ändern.

»Du wirst schon wieder«, sage ich.

Orion schaudert. »Ich hoffe, du kommst auch davon. Schließlich sind wir buchstäblich einer Kugel ausgewichen, nachdem der Todesbote dich angerufen hat. Vielleicht haben wir damit deinem Schicksal ein Schnippchen geschlagen.«

Der Gedanke gibt mir Hoffnung. Vielleicht bin ich doch nicht dazu verdammt, meinen letzten Tag wie ein Zombie zu durchleben. »Vielleicht.«

»Ich sollte mal nachsehen, ob überhaupt irgendwelche Todgeweihten gestorben sind.« Dalma nimmt mir ihr Handy wieder ab. »Vielleicht hat ja das ganze System versagt.«

Heute ist schließlich die Premiere des Todesboten. Selbst wenn man davon ausgeht, dass die Vorhersagen im Prinzip zutreffen, gibt es trotzdem Raum für Fehler. Es kann gar nicht sein, dass sie alles gleich richtig hinkriegen. Ich könnte ein Irrtum sein.

Jetzt bin ich ein Zombie, der ins Leben zurücktritt.

Mein Augapfel gleitet in seine Höhle zurück.

Mein ausgerenkter Kiefer kehrt an seinen Platz zurück.

Meine Knochen heilen und meine Haut wächst wieder zusammen.

Ich sollte den Kundenservice des Todesboten anrufen, um mich zu vergewissern, dass mein Name nicht mehr auf ihrer Sterbeliste oder ihrem Sterbeserver steht, oder wie auch immer sie den Überblick über die Todgeweihten behalten.

Mit unheilvollem Blick sieht Dalma von ihrem Handy auf. »Tut mir leid. Joaquin Rosa hat vor ein paar Minuten einen ersten Bericht veröffentlicht. Natürlich kann der Todesbote nicht verfolgen, wer gestorben ist oder nicht, da wir schließlich keine Mikrochips implantiert haben, aber drei Todgeweihte sind nachweislich inzwischen tot.«

Und damit springt mein Augapfel wieder heraus, mein Kiefer löst sich, meine Knochen brechen und durchbohren meine Haut.

Ich bin ein wandelnder Toter.

»Danke fürs Nachschauen«, sage ich.

»Du solltest die Hoffnung nicht aufgeben«, sagt Orion.

Ich schüttele den Kopf. »Es ist wahrscheinlich das Beste, wenn ich diesen Tag behandle, als wäre es mein letzter.«

Orion und Dalma verschwenden keinen Augenblick darauf, mich vom Gegenteil zu überzeugen.

Alle Hoffnung ist erloschen.

»Trotzdem danke, dass du mir das Leben gerettet hast«, sage ich zu Orion. »Egal, wie lange mir noch bleibt.«

ORION
01:40 Uhr

Durch diese letzte Nahtoderfahrung ist mir etwas ganz Wichtiges klar geworden: Ich bin verdammt reich.

Versteht mich nicht falsch, an den meisten Tagen hätte ich lieber die Tasche voller Bargeld, damit ich die Buchhandlung unsicher machen kann oder mir endlich einen Laptop kaufen, der nicht gleich den Geist aufgibt, sobald ich den Stecker ziehe. Aber an Abenden wie heute, wenn mein Herz am Times Square einfach hätte aufgeben können, da verstehe ich, wie unermesslich reich ich bin. Was hatte ich für ein Glück – ich wünschte, ich könnte Valentino etwas davon abgeben. Denn mit ein bisschen Glück ließe sich sein Leben vielleicht auch retten.

Ich kann noch immer nicht ausschließen, dass mit ihm vielleicht doch alles gut wird.

Der Vorhang wird zur Seite gezogen und die Ärztin kommt rein. Ihr lockiges schwarzes Haar ist zu einem Pferdeschwanz zusammengebunden und mit ihrer braunen Haut und ihrem breiten Lächeln strahlt sie uns alle an. »Hallo, ich bin Dr. Emeterio.« Eingehend betrachtet sie unsere Gesichter, wie um sich klarzumachen, wer wer ist. »Gehört hier irgendjemand zur Familie?«

»Ich bin Orions Schwester«, sagt Dalma und erspart uns die rechtliche Zusammenfassung. Respekt vor dieser Ärztin, die das nicht infrage stellt, obwohl wir alle einen unterschiedlichen Hautton haben.

»Ich gehöre nicht zur Familie«, sagt Valentino. »Ich kann gehen.«

»Bitte, geh nicht«, sage ich. Ich traue der Welt da draußen nicht, und dazu gehört alles jenseits dieses Vorhangs. »Wir alle hatten einen richtig, richtig harten Abend.«

»Das habe ich schon gehört«, sagt Dr. Emeterio, während sie mich und mein EKG, also mein Elektrokardiogramm, also meinen aufgezeichneten Herzschlag, überprüft. »Sieht so aus, als wäre dein Herz nicht darüber informiert worden, dass du heute Abend eigentlich Spaß haben wolltest, Orion. Furchtbar, wenn das passiert, oder?« ergänzt sie mit einem Zwinkern.

Im Vergleich zu den vielen Ärzten, die einem oft die Luft zum Atmen nehmen, ist sie wie eine frische Brise. Allein die Tatsache, dass sie mir nicht die Schuld für meinen Herzinfarkt gibt, spricht meiner Meinung nach total für sie. Mein eigentlicher Arzt, Dr. Luke, scheißt mich jedes Mal zusammen, wenn irgendetwas passiert, während ich dort draußen mein Leben lebe, als hätte ich so eine Art Todessehnsucht.

Eine Sehnsucht habe ich schon: zu sterben, ohne etwas zu bereuen.

»Du bist achtzehn Jahre alt, also können wir, du und ich, gerne alles besprechen, oder sollen wir lieber auf deine Eltern warten?«

»Mein Vormund ist nicht in der Stadt«, sage ich, ohne ihr gleich meine ganze Lebensgeschichte zu erzählen. »Wir können also gerne loslegen.«

Dr. Emeterio nickt. »In Ordnung. Erzählst du mir, was heute Abend vorgefallen ist?«

Ich weiß gar nicht, wo ich anfangen soll oder ob es überhaupt an mir ist, zu antworten. Ich wechsele einen Blick mit Valentino.

»Der Todesbote hat mich angerufen«, sagt Valentino.

Ich hasse es, dass diese Worte aus seinem Mund kommen, genauso sehr, wie ich hasse, was das für ihn bedeutet. »Dann hat jemand am Times Square auf mich geschossen und Orion hat mir das Leben gerettet.«

»Und, äh …« Wieder steigt alles vor meinem inneren Auge auf, dieses Schreckensszenario, der Schuss, wie ich um Atem ringe und in den Nachthimmel starre, als wäre das nun mein Ende. »Und dann ist mein Herz durchgedreht.«

»Ich habe ihm ein Aspirin gegeben, um Zeit zu gewinnen«, sagt Dalma.

Dr. Emeterio ist sprachlos und das Licht in ihren Augen erloschen. Ich bin mir sicher, dass sie hier im Krankenhaus schon alles gesehen hat, bevor sie sich nun an Valentino wendet, einen echten Todgeweihten, den fleischgewordenen, personifizierten, lebenden Beweis für die Vorhersage des Todesboten.

»Es tut mir leid, dass du vom Todesboten angerufen wurdest«, sagt sie.

Valentino ist still, steht einfach dort im grellen Licht der Notaufnahme, das wie in einem Studio auf ihn niederbrennt. Außer, dass jetzt niemand ein Foto von ihm machen sollte, denn die mehr als tausend Worte, die dieses Bild sagen würde, finde ich fürchterlich. Während er auf den Fußboden starrt, die Arme verschränkt, ist er in seiner eigenen Welt versunken – in einer verdammt beschissenen Welt, wo ihn der Todesbote anruft, ein beschissener Unbekannter ihn zu töten versucht und ein beschissenes Schicksal ihn erwartet.

»Können Sie ihn nicht untersuchen oder so?«, frage ich Dr. Emeterio. Nur weil jemand von außen einen gesunden Eindruck macht, heißt das nicht, dass es keine unsichtbare Bedrohung gibt. »Vielleicht zeigt uns ein Röntgenbild, was mit ihm los ist.«

Valentino zieht das in Erwägung, ohne aufzublicken. »Wir wissen, was los ist. Meine Krankheit heißt Tod.«

Ich hasse es, Valentino so niedergeschlagen zu sehen. Da

ich ihm nichts von meinem Glück abgeben kann, will ich ihm wenigstens ein bisschen Hoffnung machen. Das darf nur nicht von mir kommen.

»Dr. Emeterio, es kann doch nicht sein, dass jede einzelne Vorhersage des Todesboten wirklich wahr wird, oder?«

Für eine einzige Sekunde bleibt die Zeit stehen.

Keiner atmet.

Keiner blinzelt.

Keiner stirbt.

Dann löst uns ein einziges Wort aus unserer Erstarrung.

»Nein.«

Herzen schlagen weiter.

Hoffnung steigt auf.

»Es ist unwahrscheinlich, dass der Todesbote gar keine Fehler macht, vor allem in der allerersten Nacht«, sagt Dr. Emeterio.

Das ist wirklich Musik in meinen Ohren und ich glaube, dass auch Valentino ganz genau zuhört, als wäre das sein neues Lieblingslied.

»Es gibt keine bekannte wissenschaftliche Erklärung für die Voraussage des Abschiedstages, soweit der Todesbote überhaupt Wissenschaft ist. Da ich aber nicht die Fantasie meiner Kinder habe, denke ich schon, dass der Todesbote im selben Bereich wie wir arbeitet. Ich werde mich jedenfalls nicht von Außerirdischen oder Zauberei stressen lassen, bevor mir nicht jemand konkret diesen Hokuspokus beweisen kann«, sagt Dr. Emeterio mit einem kleinen Grinsen. »Nur dürfen wie nie vergessen, dass sich das Leben zwar verändert und die Wissenschaft sich weiterentwickelt, aber nichts ohne Fehler abläuft.«

»Das ist ja erfrischend«, sagt Dalma. »Orions Arzt lehnt den Todesboten entschieden ab.«

Dr. Emeterio verdreht die Augen und ist damit ein für alle

Mal meine Lieblingsärztin. »Das ist bedauernswert. Den Todesboten nicht anzunehmen, kann unseren Patienten schaden, besonders jemandem wie dir, Orion, der in naher Zukunft vielleicht eine Herztransplantation brauchen wird, wenn dein Herz sich nicht stabilisiert.«

»Ich stehe auf der Warteliste, aber mein Arzt versucht mich immer wieder von einem Kunstherz zu überzeugen.«

»Das kann durchaus ein Weg sein, wenn es dir nichts ausmacht, wegen der Rekonvaleszenzzeiten auf der Warteliste weiter nach unten zu rutschen«, sagt Dr. Emeterio.

»Nur scheiße, falls gerade dann das passende Herz auftaucht«, sage ich.

Jeder Arzt, bei dem wir waren, ist der Meinung, dass ich ein neues Herz brauche, aber sie sind genauso schnell dabei, mich wissen zu lassen, dass meine Situation nicht so kritisch ist wie die von anderen Patienten. In anderen Worten, ich bin dem Tod noch nicht nah genug, dass jemand im Moment mein Leben retten würde. Ständig spiele ich Tauziehen gegen mich selbst, ein nie enden wollender Kampf. Dabei will ich endlich stark genug sein, um zu gewinnen, damit dieses Spiel bald vorbei ist.

»Es gibt keine einfache Lösung«, sagt Dr. Emeterio.

»Aber irgendetwas muss sich ändern. So kann ich nicht weiterleben.«

Niemand kann auch nur ahnen, welch hohen Tribut dieses Leben von mir fordert.

Wie es ist, im Krankenhaus aufzuwachen, voller Erleichterung, weil ich es entgegen aller Wahrscheinlichkeit mal wieder geschafft habe, und gleichzeitig voller Angst, weil es nächstes Mal anders ausgehen könnte. Und dann dieser Geruch nach Putzmitteln und Essen aus der Krankenhauskantine. Die Blumengrüße, die wir gar nicht mehr mit nach Hause nehmen, weil sie die Fliegen anziehen, stehen mir auch bis hier. Und jedes Mal, wenn Dayanas Temperament mit ihr durchgeht und sie gegen die Ärzte ankämpft, als würden die irgendwo im Pausenraum ein gesundes Herz vor mir verstecken, bringt mich das in Verlegenheit. Ich fühle mich immer schuldig, wenn mein Herz unserem Familienleben in die Quere kommt, besonders weil ich ja nicht wirklich zur Familie gehöre.

Aber nie ändert sich irgendetwas.

Mein Leben wird so weitergehen, bis es das nicht mehr tut.

Meine Angst wird immer größer werden und mein Herz anschwellen wie ein Vulkan kurz vor dem Ausbruch.

Zwischen der Blutdruckmanschette und all den Elektroden fängt mein EEG an zu piepen.

»Atmen, O-Bro, atmen«, sagt Dalma und reibt sanfte Kreise in meine Handfläche.

Leichter gesagt als getan, aber sie will ja nur helfen. Ich halte die Klappe, dabei ist es echt verdammt frustrierend, so behandelt zu werden, als würde ich nach einem Marathon mal eben versuchen, meinen Atem zu beruhigen, wenn ich in Wirklichkeit in einem Krankenhausbett liege und mein Herz schneller schlägt, als sich irgend so ein Läufer überhaupt vorstellen kann. Ich habe inzwischen auch alle denkbaren Hausmittel ausprobiert. Erst haben wir es mit Fisch bei jeder Mahlzeit versucht – Fisch-Tacos, Sardellen-Pizza, Lachs-Eintopf –, damit ich all diese Omega-3-Fettsäuren bekomme, die ich brauche, um die Gefahr eines plötzlichen Herztodes zu verringern. War ich erleichtert, als das nicht funktioniert hat, ehrlich, denn das schmeckte nur eklig, war echt absolut nichts für mich; danach habe ich mich erst mal eine Zeit lang komplett vegetarisch ernährt. Dann haben wir Beta-Blocker ausprobiert, damit meine Herzfrequenz langsamer wird, aber dadurch hat sich ständig meine Lunge verkrampft, und wenn man leben will, ist Ersticken nicht wirklich eine Alternative. In letzter Zeit bin ich mit Dalma ein paarmal mit zum Yoga gegangen, um meine Balance zu stärken, aber so viel innere Ruhe hat auch ne Menge Angstgefühle und Panikattacken ausgelöst, und das, ihr habt es erraten, lässt mein Herz Kapriolen schlagen.

So wie jetzt auch.

Wenn alle Stricke reißen, dann mache ich so kleine Notfallsachen, die man immer und überall einbauen kann, wie mir den Finger in den Hals zu stecken oder mir die Knie gegen die Brust zu drücken. Aber wenn der Anfall schlimm ist, so wie heute Abend am Times Square, dann kriege ich noch nicht einmal so etwas Simples hin.

Jetzt wende ich erstmal meine Lieblingsmethode an, halte mir Mund und Nase zu und versuche dabei auszuatmen. Das ist ein einfacher Trick, damit ich mich entspannen, meinen Herzschlag verlangsamen und am Leben bleiben kann. Ich habe mich immer so was von bescheuert gefühlt, wenn ich das vor Team Young, also meiner neuen Familie, gemacht habe, besonders weil Floyd gesagt hat, dass ich dann aussehe wie ein Streifenhörnchen mit aufgeblasenen Backen. Aber besser ausgelacht werden wie ein Idiot, anstatt als Leiche im Sarg betrauert zu werden.

»Gut gemacht«, sagt Dr. Emeterio.

»Mach weiter«, ermutigt Dalma mich und ergänzt: »Dich meine ich, dein Herz kann ruhig wieder langsamer schlagen.«

Verdammt – jetzt heule ich gleich los. Ich hasse das alles so sehr. In meinen Ohren knackt es – endlich atme ich aus und lasse einen Schluchzer ertönen, den ich nicht wegdrücken konnte.

Valentino starrt mich an, mit einem gequälten Blick, während er wieder mal zusieht, wie ich um mein Leben kämpfe.

Ich schließe die Augen, konzentriere mich auf meinen Atem, sage mir, dass alles gut wird. Der Todesbote wird schon nicht in den nächsten Minuten anrufen, kurz bevor sich das

Zeitfenster für die Abschiedsanrufe schließt. Mein Herz, mein Atem beruhigt sich, und ich versuche an all das Gute zu denken, was mich noch erwartet; wie noch mehr Kurzgeschichten zu schreiben und mich auf unserem Dach zu sonnen und mich selbst zu entdecken und mich zu verlieben, in jemanden, der ein gutes Herz hat.

Dann öffne ich die Augen und Valentino ist nicht mehr da.

»Wie fühlst du dich?«, fragt Dr. Emeterio.

Auf diese Frage gibt es eine Million Antworten. Ich fasse mich kurz. »Gut.«

»Schön. Vielleicht ruhst du dich ein bisschen aus.«

Wie soll ich mich ausruhen, wenn ich alles andere als ruhig bin?

»Wo ist Valentino hingegangen?«, frage ich.

»Ich weiß es nicht«, sagt Dalma.

»Ein kleiner Ratschlag«, sagt Dr. Emeterio freundlich. »Ich weiß zwar nichts Näheres über den Todesboten, aber wenn Valentino angerufen wurde, dann ist es in seinem Interesse, sich so zu verhalten, als würde die Voraussage stimmen. Es ist schrecklich, wenn jemand glaubt, mehr Zeit zu haben, als er wirklich hat.«

So viel dazu, dass Fehler nicht auszuschließen sind.

Aber die Ärztin hat recht, und das kann ich nicht oft behaupten.

Indem ich versuche, Valentino davon zu überzeugen, dass er alle Zeit der Welt hat, tu ich ihm keinen Gefallen. Was, wenn er plötzlich tot umfällt, ohne seinen Abschiedstag richtig gelebt zu haben? Sollte der Todesbote sich aber doch geirrt haben, wird das eine freudige Überraschung sein.

Für uns alle.

»Lasst mich mal einen Moment.«

Ich ziehe die Blutdruckmanschette und die Elektroden ab und verlasse die Notaufnahme, in der Hoffnung, Valentino zu finden, bevor es zu spät ist. Ich bin erleichtert – und überrascht, dass Dalma mir nicht nachgeht, aber ich wette, irgendeine Krankenschwester wird darauf bestehen, mich zu meinem Bett zurückzubegleiten, bevor ich Valentino finden kann. Doch meine Sorge ist überflüssig, denn meine Suche hat ein schnelles Ende.

Valentino ist im Wartezimmer.

Scheiße, bin ich erleichtert. Die Spannung lässt schlagartig nach, und das ist gut für mein Herz.

»Da bist du ja.«

»Warum bist du aufgestanden?«, fragt er.

»Ich habe dich gesucht. Du hast einen kleinen Zaubertrick abgezogen und warst plötzlich verschwunden.«

»Tut mir leid«, sagt er, steht auf und hilft mir zu den Stühlen. Das gibt mir das Gefühl, uralt zu sein, aber so kümmert man sich eben um jemanden, der gerade aus der Notaufnahme geschlichen kommt. »Ich musste ein bisschen nachdenken.«

»Schon gut, ich kann das verstehen. Ich wusste nur nicht, ob du vielleicht losgegangen bist ... um das zu tun, was du als Nächstes machen musst.«

»Darüber habe ich natürlich auch nachgedacht, aber ich glaube, mein Platz ist hier.«

»Wirklich?« Ich frage mich, ob seine Entscheidung was mit mir zu tun hat, aber das ist natürlich mehr als dämlich. Was soll ich mit jemandem anfangen, der keine Zukunft hat? Genauso blöde Frage, noch ist er schließlich am Leben, und sein Leben ist es wert, zu Ende gelebt zu werden; was ich ja gerade selbst bekundet habe, als ich am Times Square die Kugel von ihm abgewendet habe. Aber ich bin nun mal ein Geschichtenerzähler, und das bedeutet, dass ich aus absolut gar nichts eine Geschichte spinnen kann. Ich wette, Valentino ist eigentlich nur noch hier, weil ein Krankenhaus ein ziemlich guter

Ort ist, wenn man kurz davor ist, aus unerfindlichen Gründen zu sterben.

»Hast du dein Handy dabei?«, fragt Valentino.

Ich zerre mir das Handy aus der Tasche meiner Skinny Jeans. »Der Todesbote hat nicht angerufen?«

Ich drücke auf die Seitentaste und der Bildschirm leuchtet auf: Lauter Nachrichten vom Team Young, aber kein verpasster Anruf. »Nein, aber noch ist es nicht zu spät«, sage ich, da ich sehen kann, dass es noch eine Minute dauern wird, bis es 2:00 Uhr ist und die Abschiedsanrufe für den heutigen Tag vorbei sind.

Plötzlich fühlt es sich wieder genauso an wie eine Minute vor Mitternacht, außer dass wir diesmal nicht von unzähligen unbekannten Menschen umringt sind. Es sind nur wir beide, die auf meine Handy-Uhr starren und abwarten, ob er allein sterben wird oder ob wir zusammen mit Glanz und Gloria untergehen werden.

Die Uhr schaltet auf 2:00 Uhr und niemand ruft an.

VALENTINO
02:00 Uhr

Bei Orion ruft der Todesbote nicht an, weil er heute nicht sterben wird, und ich glaube, ich weiß, warum.

Die Nacht entwickelt sich wie ein Fototermin, der nach und nach Gestalt annimmt. Ausnahmsweise stehe ich nicht vor der Kamera, sondern bin selbst der Fotograf, und alles nimmt plötzlich scharfe Konturen an, als hätte ich das Objektiv so oft ausgetauscht, bis ich das beste gefunden habe. Der Hintergrund ist immer noch ein bisschen verschwommen, aber wenn ich die Blende weit genug öffne, dringt Licht ein und beleuchtet das Model dieses Shootings. Den Jungen mit dem Namen eines Sternbildes. Ich habe erst ein paar seiner Sterne in Aktion gesehen, aber seine Schönheit ist unübersehbar. Orion steht im Brennpunkt, also starre ich ihn an, die Intensität seiner haselnussbraunen Augen und seinen zusammengesunkenen Körper, und sobald alles angeordnet ist wie die Sterne in einem Sternbild, wird alles strahlend klar.

»Du wirst leben«, sage ich.

»Bis morgen, schätze ich.«

»Du wirst noch mehr Zeit haben, als du denkst.«

»Hast du etwa irgendeine übernatürliche Todesboten-Macht oder so?«

»Nein, aber ich glaube, das Schicksal hat uns zusammengeführt, damit ich deine Zukunft ändere.«

»Das verstehe ich nicht.«

»Du brauchst keine Warteliste mehr, Orion, du kriegst mein Herz.«

ORION
02:02 Uhr

Es war einmal, vor langer Zeit, da habe ich ein Märchen geschrieben.

Da Märchen ja meistens eher kurz sind, war es leichter, sich darauf einzulassen, als auf einen Roman. Einfach krass, was die sich da so alles erlauben. Schweine, die Häuser bauen, und Wölfe, die sich als Großmütter ausgeben, und mithilfe eines verlorenen Schuhs kann man einfach so seine wahre Insta-Liebe finden.

Und dann ist da mein Märchen. Unterbrecht mich ruhig, falls ihr es schon mal gehört habt.

Es geht um einen jungen Mann, dessen Herz stirbt.

Alle sagen doch immer, man soll über das schreiben, was man kennt, stimmt's?

Ich habe dem Protagonisten den Namen Orionis gegeben, also meinen Namen auf Latein, weil ich originell wie Sau bin. Wenn man ständig gegen die Zeit anrennt, nimmt man eben den nächstbesten Namen.

Jedenfalls, Orionis war immer unterwegs und hat sein Ding gemacht in so einem New-York-mäßigen Königreich, als der Tod aus den Schatten auftauchte und seine knochigen Finger auf Orionis' Herz drückte. Und wo es vorher rot und gesund war, wurde es nun grau und zerschunden.

»Werde ich sterben?«, fragte Orionis. Dass der Tod ihm als Gestalt erschien oder so was, stellte er gar nicht infrage, denn wenn du dich in einem Märchen befindest, machst du den Scheiß halt einfach mit.

»Wenn du mit mir tanzt, dann darfst du weiterleben«, sagte der Tod.

»Verdammt, nein«, antwortete Orionis, das würde er dann doch nicht mitmachen.

Bis sich ein weiteres Stück von seinem Herzen auflöste.

Orionis wollte nicht sterben, also legte er seine Arme um den Tod und tanzte mit ihm von spät bis früh. Irgendwann war er jedoch so entkräftet, dass er innehielt, um Atem zu schöpfen, zulasten seines Herzens, das immer mehr zerfiel. Als er dann weitertanzte, nahm Orionis den Tod in die Mangel, um zu erfahren, warum gerade er auserwählt worden war, ein kerngesunder junger Mann, der nie ein Risiko einging. Doch der Tod gab ihm keine Antwort. Die beiden tanzten den ganzen Tag, die ganze Nacht, die ganze Woche, den ganzen Monat, das ganze Jahr lang. Jedes Mal, wenn sich Orionis von seinem Tanzpartner lösen wollte, um etwas zu tun, was ihm Freude bereitete, verlor er ein weiteres Stück seines Herzens. Und schließlich war davon fast nichts mehr übrig außer einem winzigen Stückchen von der Größe eines Kieselsteins.

Wenn Orionis jetzt noch ein einziges Mal aufhören würde zu tanzen, würde der Tod ihn für alle Ewigkeiten in die Arme schließen.

Eines Tages, als Orionis kurz davor war, den Job an den Nagel zu hängen, also das Handtuch zu werfen, kam ein älterer Mann des Weges, der ein Herz aus reinem Gold besaß, das gleich einer Sonne in seiner Brust strahlte. Sein Leben war unfassbar unbekümmert – er konnte angeln, schauspielern und kochen, ja sogar tanzen wie ein Verrückter, bis ihm schwindlig wurde und er auf den Boden fiel und so lachen musste, dass er ganz rot anlief. Doch als er sah, wie unglücklich Orionis mit dem Tod tanzte, wich ihm alle Farbe jäh aus dem Gesicht.

Und jetzt kommt die Stelle, wo es richtig zur Sache geht und warum mir das Ganze überhaupt einfällt.

»Darf ich dich ablösen?«, fragte der alte Mann.

Geblendet von dem goldenen Herzen, wandte der Tod sich ab. »Nein, das ist mein Tanzpartner.«

»Ich möchte gern mit dir tanzen«, sagte der alte Mann.

»Nein«, beharrte der Tod. »Du strahlst zu viel Leben aus.«

Da seine Träume nahezu alle erfüllt worden waren, griff sich der alte Mann in die Brust und riss sich das Leuchten, also sein Herz, heraus. (In den düsteren Märchen geht es manchmal sehr blutig zu.) Er reichte es Orionis, und weil das Herz so hell leuchtete, musste der Tod sich abermals abwenden und landete in den Armen des älteren Mannes. Zusammen wiegten sich die neuen Tanzpartner hin und her, wie ein Baum, der seine Blätter abschüttelt, und als sie schließlich zu Boden fielen, verschwanden sie im Schatten des Todes.

Allein zurückgelassen, tauschte Orionis sein graues, zerschundenes Herz gegen das strahlende goldene Herz aus und lebte glücklich bis ans Ende seiner Tage.

Dieses Märchen war für mich niemals mehr als eine fantastische Geschichte, vor allem das Versprechen auf ein langes Leben, aber nun wird mir das wirklich angeboten.

Valentino will mir sein Herz schenken.

Ich rede hier nicht von einer verdammten romantischen Karte zum Valentinstag. Er meint es wortwörtlich so.

Ich starre Valentino eine Minute lang an, oder vielleicht auch eine Stunde, ich weiß es nicht. Diese verrückte, wunderschöne und großzügige Geste raubt mir die Sprache. Er kann das nicht ernst meinen. Ich darf mich glücklich schätzen, ja, aber so glücklich dann auch wieder nicht. Valentino hat sich das nicht gut überlegt, was er aber unbedingt tun sollte. Genau das sage ich ihm auch: »Du solltest dir das gut überlegen.«

»Was gibt es da noch zu überlegen?«, entgegnet er. »Wenn der Tag heute zu Ende geht, wirst du ein Herz brauchen und ich werde eins übrig haben.«

»Ja, aber ...«

»Nichts aber, Orion. Du hast mir das Leben gerettet, obwohl du wusstest, dass ich sterbe. Es gibt keinen besseren Weg, dir dafür zu danken, dass du mir ein längeres Leben geschenkt hast, als Gleiches mit Gleichem zu vergelten.«

»Du weißt schon, dass ich dich nicht deswegen gerettet habe, oder?«

»Natürlich weiß ich das. Du bist schließlich kein Aasgeier.«

Im Ernst, ich bin nie auf den Gedanken gekommen, sein Herz mit meinem zu tauschen. Seit Valentino seinen Abschiedsanruf bekommen hat, war ich zu sehr damit beschäftigt, einem Amokläufer auszuweichen, einen schweren Herzinfarkt zu überleben und um einen werdenden Freund zu trauern, während er noch am Leben ist. Da blieb keine Zeit, um selbstsüchtig darüber nachzudenken, was das für mich bedeuten könnte.

»Sag einfach Ja«, sagt Valentino.

»Hör zu, das ist mit Abstand das Netteste, was je jemand für mich tun wollte, aber so einfach ist es nicht. Erst mal müssen wir gucken, ob unsere Blutgruppen überhaupt passen ...«

»Tun sie«, sagt Valentino, als hätte er einen Blick in meine Krankenakte geworfen. »Ich habe Blutgruppe 0.«

Das bedeutet, er ist ein Universalspender, also kann er mit gewissen Einschränkungen für jeden Blut spenden.

»Niemand kennt seine Blutgruppe«, sage ich. Ich wusste noch nicht einmal, dass ich A+ habe, bis ich ständig ins Krankenhaus musste. Wirklich jetzt, ich war so was von ahnungslos. Als ich zum ersten Mal das *A+* auf Papier gesehen habe, habe ich nicht an die Blutgruppe, sondern an die Schulnote gedacht und mich gefreut, dass, wenn mein Herz schon versagt, wenigstens mein Blut geile Noten kriegt. »Woher kennst du deine denn?«

»Nach Scarletts Unfall habe ich mich auf das Schlimmste gefasst gemacht. Ich habe den Ärzten gesagt, ich wäre bereit,

Organe und Blut zu spenden, wenn es ihr das Leben retten würde.«

Dass die Welt diesen wundervollen Menschen verlieren wird, macht mich einfach fertig.

»Okay, dann sagen wir mal, dass die Transplantation tatsächlich möglich ist«, fahre ich fort und versuche ihm klarzumachen, dass das alles nicht so einfach ist. »Wir tauschen nicht einfach Weihnachtsgeschenke aus oder so. Das hier ist eine Operation am Herzen. Ich könnte ...« Fuck – ich halte mitten im Satz inne, denn ich muss jemandem, der kurz davor ist zu sterben, nicht vorjammern, dass ich Angst um mein eigenes Leben habe.

»Der Todesbote hat dich nicht angerufen«, sagt Valentino und tut meine idiotischen Einwände mit einem Achselzucken ab. »Wenn wir ... na ja, oder du und die Ärzte ... das heute noch machen, dann dürfte eigentlich nichts passieren.«

Wenn ein Herzchirurg bestätigt, dass nichts gegen eine Transplantation spricht, dann würde das alles verändern und mein Leben retten.

Dann könnte ich endlich ein Roman sein anstatt eine Kurzgeschichte.

»Das ist einfach nicht gerecht«, sage ich.

»Dass du bisher so leben musstest, auch nicht«, sagt Valentino.

»Das ist nicht dein Problem. Du verdienst es, zu leben ...«

»Aber das werde ich nicht!«, ruft er mit roten Wangen.

Ich kenne Valentino noch nicht sehr lange, aber dass er einen so anschnauzen kann, hätte ich nicht gedacht. Natürlich werde ich ihm keinen Vorwurf machen, schließlich ist er der erste Todgeweihte der Welt.

Er zerrt an seinem T-Shirt und schnappt nach Luft.

»Es tut mir leid. Ich wollte nur ...«

»Du wolltest mir nur helfen«, sagt Valentino und schüttelt

den Kopf, als wäre ihm sein Ausraster peinlich. »Du kannst mich nicht retten, Orion, aber ich kann dich retten. Du bist ein wahrer Überlebenskünstler und du hast es bis hierhin geschafft. Ich will dir das lange Leben schenken, das ich … das ich nicht haben werde.«

Ich wünschte, das hier würde sich mehr wie in meinem Märchen abspielen.

Valentino sollte noch unzählige Jahre auf dem Buckel haben, bevor er in Frieden sein Herz wie einen Staffelstab an einen jungen Menschen weitergibt, der es braucht.

Aber wenn nicht noch ein Wunder geschieht, wird unsere Geschichte nicht glücklich enden.

Sondern in einer Tragödie.

VALENTINO
02:11 Uhr

Wir verschwenden keine Zeit.

Eben noch sind wir alle zusammen in der Notaufnahme, und gleich darauf schickt Dr. Emeterio uns jeweils allein in ein Sprechzimmer, um anhand verschiedener Untersuchungen zu bestimmen, ob Orion und ich zusammenpassen. Dr. Emeterio persönlich sieht sich mein Blutbild, meine Röntgenaufnahmen und andere Werte an, deren Bedeutung ich erst gar nicht zu verstehen versuche, schließlich muss ich nicht befürchten, morgen einen Test zu schreiben, in dem der Unterschied zwischen Elektrokardiogramm und Echokardiografie abgefragt wird.

In der Ecke steht ein kleines Laufband und ich habe echt Lust zu laufen. Aber was, wenn ich wie so ein Comedy-Darsteller von diesem Ding runterfliege und mir den Hals breche? Tod durch Laufband. Was für ein Abgang!

Wenn ich mein Handy dahätte, würde ich wahrscheinlich schwach werden und googeln, wie andere Todgeweihte heute Nacht gestorben sind. Einige der Schüsse am Times Square müssen ihr Ziel getroffen haben. Aber was ist mit den übrigen Betroffenen? Ist jemand mit dem Auto in ein anderes Auto reingefahren oder direkt in einen Todgeweihten, der gerade über die Straße ging? Und was ist mit denen, die sich zum Selbstmord entschlossen haben, weil sie die Ungewissheit, wie sich alles entwickeln wird, nicht ertragen konnten? Diese Gedanken sind total schrecklich und deprimierend und werden mir auch nicht dabei helfen, mein eigenes Schicksal vorherzusehen.

Ich muss mich auf mein Leben konzentrieren, solange ich es noch habe.

Diese ganze Sache für Orion geht bereits ihren Gang, aber ich muss noch mit Scarlett sprechen. Sie braucht eine Kontovollmacht, damit sie meine Ersparnisse behalten und sich ein paar zusätzliche Monate in New York leisten kann. Ich hoffe, sie zieht nicht wieder zu unseren Eltern zurück. Sie waren vor allem übel zu mir, aber auch Scarlett gegenüber waren sie nicht gerade Engel. Ich nehme an, dass Scar mich immer noch nicht auf Dalmas Handy zurückgerufen hat, was langsam echt nervenaufreibend ist. Sie müsste die Todesboten-Feier inzwischen hinter sich gebracht haben und bald auf dem Weg zum Flughafen sein.

»Wenn alles gut geht«, sagt Dr. Emeterio, während sie meine Röntgenbilder betrachtet, »verändert dein Beitrag heute möglicherweise die Zukunft aller Herztransplantationen.«

»Davon kriege ich dann aber nichts mehr mit.«

Das Schweigen ist von kurzer Dauer, genau wie mein Leben. Eine piepende Maschine tönt weiter. Ohne Angst, für immer abgeschaltet oder ausgesteckt zu werden.

»Ich verspreche dir, dich nicht bloß als Versuchsperson zu betrachten.« Dr. Emeterio begegnet meinem Blick. »Ich wollte dich nur trösten, aber es tut mir leid, wenn das unangebracht war.«

»Nein, schon gut. Es ist einfach seltsam, dass ich dann weg sein werde und nicht mehr mitkriege, wie alles ausgeht.«

»Wenn der Todesbote uns diese Infos doch nur auch geben könnte!«, sagt Dr. Emeterio.

Wenn doch nur.

Ich würde gerne noch mal mit Joaquin Rosa telefonieren, damit er mir all meine brennenden Fragen beantwortet. Werde ich die Zukunft der Herztransplantation verändern?

Wird Orion den Eingriff wirklich überleben? Wird Scarlett ein glückliches Leben führen? Und dann ist da die beängstigendste Frage von allen. Nein, es geht nicht um das Leben nach dem Tod. Das kümmert mich nicht. Wenn ich tot bin, bin ich tot. Viel mehr erwarte ich nicht, vor allem nicht, da ich mich im Moment mit meinem Glauben sowieso schwertue. Was mir Sorgen macht, ist das große Wie – wie werde ich heute sterben? Der Todesbote ist nicht wie der Katholizismus, der erwartet, dass ich ohne irgendeinen Beweis an Gott, seine Gründe und seinen Himmel glaube. Für die Fähigkeiten des Todesboten gibt es auf jeden Fall konkrete Beweise, die ihm die Unterstützung des Präsidenten, der Regierung und anderer Kreise eingebracht haben.

Und ich soll glauben, dass der Todesbote weiß, wann ich sterbe, aber nicht, wie?

Das kaufe ich denen nicht ab.

Irgendjemand muss das wissen.

»Hier habe ich jetzt deine Ergebnisse«, sagt Dr. Emeterio.

Tief in meinem Herzen weiß ich bereits, wie sie ausfallen.

ORION
02:17 Uhr

Wie ein hässliches Bild an der Wand starre ich mein Röntgenbild an.

Das Herz eines Achtzehnjährigen sollte nicht so aussehen wie eine verschrumpelte Kartoffel, aber das denke ich jedes Mal, wenn sie mir mein Inneres zeigen. Die Ärzte waren immer schnell dabei, mir vorzuführen, wie ein gesundes Herz aussehen sollte, als wüsste ich das nicht schon längst.

»Ich wette, die Röntgenbilder von Valentino sind genauso schön wie die Fotos von ihm«, sage ich.

Dalma nimmt das Herzmodell aus Plastik in die Hand. »Du hast doch noch nie Fotos von ihm gesehen.«

»Er wurde für eine riesige Kampagne gebucht. Sie müssen gut sein. Und seine Röntgenbilder sehen bestimmt auch aus wie die von einem Model.«

Dann lasse ich den Kopf hängen, weil diese Welt kurz davorsteht, Tausende Fotos von Valentino Prince zu verlieren.

Das Papierlaken raschelt, als Dalma sich neben mich aufs Bett setzt und meine Hand nimmt. »Hey, O-Bro, wir müssen reden. Ich fang langsam an, mir Sorgen zu machen.«

»Hör zu, wenn es mit seinem Herzen nicht klappt, werde ich mich nicht verrückt machen. Dann finden wir ein anderes.«

»Mir geht es nicht um die Transplantation. Ich rede davon, wie du dein Herz sprechen lässt. Wie schnell du dein Herz ausgeschüttet hast über deine Eltern und so. Und vor allem den Herzinfarkt, den du hattest, nachdem du diesen Jungen gerettet hast. Alles lauter Herzenssachen.«

»Du glaubst, ich bin in Valentino verliebt? Bin ich nicht. Ich ... ich will nur ... ich weiß nicht mal, ob er mich auf diese Art überhaupt mag.«

»Es geht nicht darum, ob Valentino dich mag oder nicht«, sagt Dalma ganz langsam, als würde sie mir gerade eine Programmiersprache erklären, und gleichzeitig ganz liebevoll, als würde sie mir gerade eine schlechte Nachricht überbringen. »Valentino wird heute sterben, Orion.«

Ich sehe mich im Krankenzimmer um. Ich weiß verdammt genau, warum wir hier sind. »Worauf willst du hinaus?«

»Häng dich da nicht zu sehr rein. Sonst nimmt das für dich kein gutes Ende.«

»Kein gutes Ende ist, wenn man wie Valentino mit neunzehn Jahren sterben muss«, sage ich und hüpfe vom Bett. Ich sollte hier nicht herumspazieren, sondern mich besser ausruhen. Aber meine Füße lassen sich nicht davon abhalten, mich von der Wand mit meinem leuchtenden Röntgenbild zu der mit den Anatomie-Postern und den Urkunden zu tragen. »Der Todesbote hat die Tür für eine einmalige Chance geöffnet. Die meisten Spender sind nicht nur Unbekannte, sondern bleiben auch für immer anonym. Warum sollte ich den Menschen, der mir sein Herz schenken will, nicht an mich ranlassen?«

Dalma springt auch vom Bett und stellt sich mir in den Weg. »Ich will nicht mit dir streiten. Ich versuche nur, dich zu schützen.«

Ich weiß, dass sie das Herz auf dem rechten Fleck hat – und zwar in jeder Hinsicht. Aber ganz egal wie schweinegroß mein Vorstellungsvermögen auch sein mag, kann ich mir keinesfalls vorstellen, die Chance zu verpassen, Valentino kennenzulernen, solange ich das noch kann.

Und ab morgen kann ich das nicht mehr.

Jemand klopft an die Tür, und Valentino und Dr. Emeterio kommen ins Zimmer.

Jetzt ist es so weit.

Für jemanden in meinem Zustand ist Spannung nicht wirklich gut auszuhalten und jede Sekunde des Schweigens ist einfach nur grausam.

»Wie sieht's aus?«, frage ich und will das endlich hinter mich bringen, so oder so.

»Es ist schön, dass die ganze Sache auch etwas Gutes hat«, sagt Valentino und drückt sich die Hand auf die Brust.

Mein Herz setzt aus, einmal, zweimal, zehnmal, tausendmal, eine Million Mal, und irgendwie falle ich trotzdem nicht auf der Stelle tot um.

Denn ich werde leben.

Ich werde leben, leben, leben, leben, leben, leben, leben, leben, leben, leben, leben, leben.

Doch zuerst muss er sterben.

VALENTINO
02:22 Uhr

Ich hätte mein ganzes Leben damit verbringen können, anderen Menschen zu sagen, dass sie leben werden.

Jetzt muss ein Mensch reichen.

Orion ist erstarrt zu einer Statue – oder eher zu einem Brunnen, angesichts seines Tränenstroms.

»Wow«, sagt Dalma. Mehr bekommt sie nicht heraus, bevor es ihr die Sprache verschlägt. Sie drückt Orions Hand, und es ist, als übte ihre Berührung Zauberkräfte aus, die ihn aus seiner Erstarrung lösen.

Orion wirft sich in meine Arme. »Ich ... ich bin. Ich bin einfach so ... weißt du ...«

»Ich weiß.«

Das erste Mal habe ich Orion umarmt, als er mir vom Verlust seiner Eltern erzählt hat. Jetzt geht es um das Herz, das er von mir bekommen wird. Das ist wirklich schön. Es ist so beruhigend, seine Locken an meinem Kinn zu spüren. Das Gewicht seines Kopfes auf meiner Schulter erdet mich regelrecht, als wäre ich nicht vollkommen aus diesem Planeten herausgerissen worden – obwohl ich der Einzige hier im Zimmer bin, der heute sterben wird. Wirklich unglaublich ist es, wie unsere Herzen direkt an der Brust des anderen klopfen, als verständigten sie sich in ihrer eigenen Sprache darüber, was als Nächstes passieren wird.

Mir wird klar, dass ich selbst nicht alles verstehe.

Ich klopfe Orion auf den Rücken und löse mich von ihm. Dann gebe ich ihm eine Taschentuchbox und er trocknet sich die Augen.

»Ich sollte Mom anrufen«, sagt Dalma und will das Zimmer verlassen.

»Moment, Dalma. Hat meine Schwester angerufen?«

Sie schüttelt den Kopf. »Wir versuchen es auf jeden Fall weiter.«

»Okay«, sage ich, obwohl Dalma schon gar nicht mehr da ist.

Je öfter ich mir sage, dass es Scarlett gut geht, desto stärker fühlt es sich an wie eine Lüge. Nur weil Scarlett und ich gemeinsam auf diese Welt gekommen sind, heißt das nicht, dass es uns vorherbestimmt ist, sie auch gleichzeitig zu verlassen. In etwa einer halben Stunde ist in Arizona Mitternacht. Scarlett hat immer noch Zeit, sich beim Todesboten anzumelden. Ich hoffe inständig, dass sie nicht auch todgeweiht ist.

»Wie läuft das mit der Operation?«, wende ich mich an die Ärztin.

Dr. Emeterio bittet uns mit einer Handbewegung, Platz zu nehmen, als würde das ein längeres Gespräch. Orion und ich setzen uns nebeneinander, unsere Schultern berühren sich, als wir auf diesen unbequemen Stühlen hin und her rutschen. Dr. Emeterio sieht uns an, als traute sie ihren Augen nicht. »Ich bin schon seit vielen Jahren Herzchirurgin, aber das ist eine Premiere für mich, meine Herren. Ein lebender Spender, der nicht in verwandtschaftlicher Beziehung zum Empfänger steht. So was gibt es nur äußerst selten. Und gar nicht, wenn es um eine Herztransplantation geht.«

»Hier sitzen also nicht jeden Tag zwei Fremde, die sich gerade erst am Times Square kennengelernt haben«, sagt Orion.

»Oder sonst wo«, füge ich hinzu.

»Ganz genau. Das ist sehr großzügig von dir«, sagt Dr. Emeterio.

»Habe ich mich eigentlich schon bedankt?«, fragt Orion mich.

»Du musst dich nicht ...«

»Ich glaube nicht. Ich habe dich nur umarmt.«

»Schon okay ...«

»O Mann, Valentino, vielen Dank. Und falls du es dir doch noch anders überlegen solltest, ist das völlig in Ordnung. Du schuldest mir nichts. Wirklich, ich bin bestimmt nicht sauer oder trage dir das nach, ich akzeptiere deine Entscheidung, egal wie sie ausfällt.«

»Lange nachtragen könntest du mir das ja auch nicht«, sage ich im Versuch, einen Witz zu machen, aber er klingt hohl.

Orion wird rot, er findet es auch nicht witzig. »Stimmt.«

Es ist wieder still. Herztransplantationen sollten sich irgendwie dramatischer anfühlen, geräuschvoller sein. Auffliegende Krankenhaustüren. Schnelle Schritte. Pfleger, die Vitalparameter rufen. Hektische OP-Vorbereitungen. Aber heute Nacht herrscht Stille, weil wir Zeit haben. Oder das glauben wir zumindest. Mir könnte gleich die Deckenlampe auf den Kopf fallen, bevor ich es überhaupt auf den OP-Tisch schaffe. Dann würde es doch ganz schön laut werden, wenn sie den Ehrgeiz hätten, mein Herz noch rechtzeitig rauszuholen.

»Werde ich erst sterben?«, frage ich.

Dr. Emeterio schüttelt den Kopf. »Es ist eigentlich eher problematisch, dass du am Leben bist. Wir brauchen dich in vegetativem Zustand.«

»Das heißt, ich werde im Koma liegen?«

»So in etwa. Aber eins der größten Hindernisse ist es, innerhalb dieses kurzen Zeitfensters die richtigen Leute dazu zu bringen, diese Prozedur abzusegnen. Ich fürchte, wir wissen auch nicht mehr über den Todesboten als die Allgemeinheit, und unsere ethische Verpflichtung als Ärzte ist es, zunächst dir beizustehen.«

»So zu handeln, als würde ich nicht sterben«, schlussfolgere ich.

»Genau. Wie schon gesagt: Es ist durchaus möglich, dass sich der Todesbote irrt. Aber das wissen wir nicht, bis ...«

»Bis ich gestorben bin.«

»Oder überlebt hast«, sagt Orion.

Dr. Emeterio nickt. »Entweder ... oder.«

»Das heißt, wenn ich überlebe, kann man dem Todesboten nicht trauen. Aber wenn ich sterbe, heißt das, sie haben recht, doch dann ist es zu spät, um irgendwas dagegen zu tun? Ist das eine Sackgasse? Worum geht es hier eigentlich?«

»Ich kann das mit der Kommission besprechen und versuchen, ein Zeitfenster festzulegen, in dem es möglich ist, die Transplantation mit deiner Zustimmung gefahrlos durchzuführen – unter der Annahme, dass wir dich nicht werden retten können, falls dir etwas zustößt, und dass du diese Entscheidung aufgrund des Todesboten triffst. Sollte es bis heute Nachmittag genügend zutreffende Vorhersagen geben, können wir möglicherweise so vorgehen. Aber ich fürchte, ich kann keinerlei Garantie geben, weil das alles Neuland für uns ist.«

Völlig überfordert greife ich mir an den Nasenrücken. Ich bin müde, aber das Adrenalin meines Abschiedstages hält mich irgendwie aufrecht. Am liebsten wäre ich jetzt zu Hause, selbst auf meiner Luftmatratze, die bestimmt furchtbar unbehaglich ist. Aber nicht so unbehaglich, wie narkotisiert zu werden und zu wissen, dass man nie wieder aufwachen wird.

Auf der Untersuchungsliege liegt ein anatomisches Herzmodell. Neugierig nehme ich es in die Hand. Es ist schwerer als gedacht und faustgroß. So groß ist also ein menschliches Herz? Aber was weiß ich schon? Ich kann ja kaum Dr. Emeterios ethische Konfliktsituation nachvollziehen und habe auch nicht wirklich die Zeit, zum Experten in dieser Angelegenheit zu werden.

Daher komme ich auf den Punkt.

»Was würden Sie also vorschlagen?«, frage ich.

»Wenn du ernsthaft zum Spender werden willst«, sagt Dr. Emeterio, »würde ich an deiner Stelle hier im Krankenhaus bleiben. Sollte dir irgendetwas zustoßen, hätten wir so die besten Voraussetzungen, um dich zu retten. Falls uns das nicht gelingt und du den Hirntod erleidest, hätten wir die besten Voraussetzungen, um die Transplantation durchzuführen.«

»Und sobald ich hintot bin, wird mir das Herz entnommen. Und sobald mir das Herz entnommen wurde, bin ich richtig tot.« Die Worte verlassen meinen Mund und nehmen die ganze Luft aus meiner Lunge mit. Ich habe bisher nicht geweint und will auch jetzt nicht zusammenbrechen, aber ich sehe Dr. Emeterio aus den Winkeln meiner feuchten Augen nicken. »Okay, und sobald Orion in Narkose versetzt wurde, tauschen Sie sein Herz gegen meins aus und er ist wieder gesund.«

»Theoretisch ja. Vorausgesetzt, Orion wehrt sich nicht gegen dein Herz.«

»Das werde ich nicht«, sagt Orion. »Ach, Sie meinen, falls mein Körper sein Herz abstößt.«

Dr. Emeterio antwortet mit einem Nicken, während Orion rot anläuft.

»Aber Orion und ich passen doch zusammen, oder? Müsste es dann nicht funktionieren?«

»Jeder Empfänger ist anders, aber im Durchschnitt kommt es nach einer Transplantation zu zwei bis drei Abstoßungsepisoden. Manche milder, manche schwerwiegender. Manche kurz nach der OP, manche erst später.«

In einer neuen Welt, in der wir wissen, wann jemand sterben wird, wissen wir immer noch nicht, wie lange jemand leben wird.

Ich sollte nicht so darauf herumreiten. Letzten Endes ist das Orions Entscheidung. Ich kann ihn nicht dazu zwingen, mein Herz anzunehmen. Aber ich mache mir einfach Sorgen. Ich will schließlich nicht, dass meine letzte großzügige Tat jemanden umbringt.

Die Tür geht auf und Dalma kommt keuchend hereingerauscht. Als würde sie von einem Axtmörder verfolgt wie in einem Horrorfilm. Ich kriege einen Riesenschreck. Werde ich jetzt so sterben? Ich wappne mich beinahe schon gegen den Tod, bin enttäuscht, dass er früher eintritt als gedacht – *noch* früher, besser gesagt. Aber das ist es nicht. Dalmas Handy klingelt und sie reicht es mir. Auf dem Display steht *Scarlett (Valentinos Schwester)* und ich spüre den größten Schrei meines Lebens in mir aufsteigen.

Während ich rangehe, stürme ich auf den Flur hinaus. »Scarlett!«

»Hallo, Val! Tut mir leid, dass ich deine tausend Anrufe und Nachrichten verpasst habe, ich habe vergessen, nach der Autofahrt die Stummschaltung bei meinem Telefon wieder aufzuheben. Wo ist denn dein Handy abgeblieben? Und was ist los?«

Ich versuche zurück ins Wartezimmer zu gehen, aber dann bleibe ich wie angewurzelt stehen und lasse mich neben den Aufzügen an einer Wand zu Boden gleiten. Ich sage nichts.

»Val?«

Scarlett ist die Einzige im ganzen Universum, die diesen Spitznamen benutzen kann. Viele andere haben es probiert, aber es fühlt sich immer seltsam an. Als versuchte jemand zu zeigen, wie nah wir uns stehen, ohne je viel Zeit darauf verwendet zu haben. Ganz offensichtlich habe ich mit niemandem mehr Zeit verbracht als mit Scarlett, und als wir klein waren, fiel es ihr schwer, *Valentino* auszusprechen, also fing sie an, mich *Valley* zu nennen, was sie später zu *Val* verkürzte.

»Ich bin hier«, sage ich mit schwacher Stimme, als hätte mich der Axtmörder wirklich erwischt. »Du sitzt doch nicht im Auto, oder?«

»Natürlich nicht. Was ist los? Du klingst komisch.«

»Ich rufe dich über FaceTime an.«

»Was ist passiert? Sag's mir.«

»Geh einfach ran, okay?«

Ich klicke auf das Kamera-Icon und es klingelt einmal, bevor Scarletts Gesicht auftaucht. Ihr Blick ist besorgt wie damals, als sie die erste Antwort auf eine ihrer Collegebewerbungen aufmachte und feststellte, dass sie abgelehnt worden war. Sie hatte richtig damit zu kämpfen und zweifelte daran, überhaupt irgendeine Zukunft zu haben, bis ich ihr vorschlug, mit mir nach New York zu ziehen. Aber wie soll ich ihr beibringen, weiterzuleben, nachdem ich gestorben bin? Ich kann ihr noch nicht mal sagen, was los ist, stammele bei jedem Wort. Normalerweise kommen Scarlett und ich, gerade wenn es um Probleme geht, sehr gut ohne Worte aus. Erst kürzlich, als Mom und Dad so übel auf mein Coming-out reagiert haben, musste ich meiner Schwester einfach nur weinend in die Augen sehen und all die Tränen für mich sprechen lassen. Aber jetzt kann sie unmöglich darauf kommen, dass es um meinen Tod geht, da ich selbst eigentlich gar nichts davon wissen kann.

»Ich habe mich beim Todesboten angemeldet und bin angerufen worden.«

Sie schweigt und sitzt so still da, dass ich glaube, ihr Bild ist eingefroren.

»Nein«, sagt Scarlett schließlich.

Ich kenne mich mit der Abfolge einzelner Trauerphasen

nicht wirklich aus, aber ich weiß, dass das erste Stadium Leugnen ist.

»Hör auf zu weinen, Val, an der Sache ist echt nichts dran«, sagt Scarlett. Leider ist ihr Pokerface undurchsichtiger denn je. »Diese Telefonisten beim Todesboten sind doch alles Neulinge. Die wissen nicht, was sie tun.«

»Ich ... ich habe mit Joaquin gesprochen. Joaquin Rosa.«

Es gelingt mir, diese Worte rauszubringen; wir können nicht so tun, als wäre nichts. Wenn Joaquin Rosa die Abschiedsanrufe vermasselt, müssen sie die ganze Firma direkt schließen. Aber vielleicht hat Scarlett noch ein Argument, das ich nicht entkräften kann. Etwas, das mir Hoffnung gibt.

»Tja, und hat Mr Todesbote dir gesagt, wie er glaubt, dass du sterben wirst? Denn wenn nicht, sollten wir seiner kleinen wohlbegründeten Annahme nicht allzu viel Gewicht beimessen. Vielleicht ist sie nämlich gar nicht so wohlbegründet! Schließlich haben wir keine Ahnung, wie der Todesbote eigentlich funktioniert. Deshalb haben wir uns ja auch nicht angemeldet.«

Scarlett versucht stark zu bleiben, aber dann heult sie auch los. Noch etwas, das wir gemeinsam haben, ist, dass wir beide furchtbar aussehen, wenn wir weinen. Ich würde mich zu Tode schämen, wenn mich jemand fotografieren würde, solange ich so rot im Gesicht bin und mir den Rotz abwische, während Scarlett dem Fotografen wahrscheinlich die Augen auskratzen würde. Sogar jetzt, da wir allein sind, hält sie sich die Hand vors Gesicht. Hinter ihr leuchtet der Mond.

»Val, das ergibt doch keinen Sinn. Dir geht es gut! Warum passiert das?«

Ich schüttele den Kopf.

»Hast du es Mom und Dad gesagt?«

»Nein. Ich bin nicht bereit für ein weiteres Gespräch über meine Zukunft in der Hölle.«

»Die sollen mal nicht so selbstgerecht sein, sonst reden wir nie wieder mit ihnen.« Eine ganze Sekunde lang leuchtet dieses Versprechen feurig in Scarletts Blick, bevor ihr klar wird, dass ich es nicht werde erfüllen können. Oder doch, aber nicht so, wie sie es gemeint hat. Die nächste Welle aus Tränen strömt ihr übers Gesicht. »Val, ich muss meinen Flug kriegen. Morgen früh bin ich da.«

»Vielleicht solltest du besser nicht kommen«, sage ich, obwohl es das Gegenteil von dem ist, was ich will. Ich muss mich persönlich von meiner Schwester verabschieden. Aber ich bin auch besorgt. »Das wäre möglicherweise sicherer für dich.«

»Ich werde dich auf keinen Fall allein lassen«, sagt Scarlett, schließt ihr Auto auf und setzt sich auf den Fahrersitz.

Mir fällt der Tag wieder ein, an dem sie beinahe gestorben wäre. »Halt, Scar. In diesem Zustand kannst du nicht fahren. Bleib erst mal sitzen und atme tief durch.«

Sobald sie sich beruhigt hat, atmen wir beide zusammen tief ein, bis ihr heftiges Weinen zu einem leisen Wimmern wird.

»Mach dir um mich keine Sorgen. Ich werde nicht allein sein. Ich habe neue Freunde am Times Square kennengelernt. Das hier ist Dalmas Handy und ...«

Scarlett bekommt große Augen. Sie beugt sich vor, wie wenn wir einen Krimi gucken und sie raushat, wer der Mörder ist. »Aber was, wenn die der Grund dafür sind, dass du ...«

»Sie werden mich nicht umbringen. Sie waren es, die mich überzeugt haben, mich beim Todesboten anzumelden. Es sind wirklich gute Menschen.«

»Das weißt du nicht. Es sind Fremde.«

»Und doch hat Orion mir das Leben gerettet.«

Sie schweigt, als müsste sie erst mal verarbeiten, dass sie

sich mit dem Ausgang der Geschichte geirrt hat. »Was soll das heißen, er hat dir das Leben gerettet?«

Das alles ist verstörend genug. Wenn Scarlett hört, dass auf mich geschossen wurde, wird sie unmöglich in der Lage sein, zum Flughafen zu fahren.

»Ich war nah dran, aber es ist alles okay.«

»Nein, ist es nicht.« Sie schließt die Augen.

Ich frage sie nicht, ob sie betet. Das ist ihre Sache.

»Scar, wenn du nicht bald fährst, verpasst du deinen Flug.«

Scarlett reißt sich zusammen. »Okay. Ich bin so gegen neun deiner Zeit da. Willst du mich vom Flughafen abholen kommen? Nein, bleib einfach, wo du bist. Bist du zu Hause?« Sie kneift die Augen zusammen. »Nein, bist du nicht. Wir haben hässliche beigefarbene Wände, die einen neuen Anstrich gebrauchen könnten, keine weißen. Wo bist du?«

Ich kann ihr jetzt nicht näher erklären, warum ich im Krankenhaus bin. Wenn ich ihr sage, dass ich mein Herz spenden werde und sie an meiner Seite brauche, wenn ich den Hirntod erleide, schafft sie es nie heil zum Flughafen. Darüber können wir später persönlich sprechen. »Ich bin bei Dalma und Orion. Aber ich gehe bald nach Hause.«

Sie will nachhaken, gibt sich dann aber zufrieden. »Bleib, wo du bist. Wir sehen uns.«

»Scarlett, bevor du losfährst ... solltest du dich beim Todesboten anmelden. Okay?«

»Okay.«

»Hab dich lieb, Scar.«

»Hab dich genauso lieb, Val.«

Wir legen nicht auf. Als ob wir uns nicht sicher wären, dass wir uns je wiedersehen. Aber wenn sie ihren Flug verpasst, sehen wir uns ganz sicher nie wieder.

»Fahr vorsichtig, Schwesterherz. Vor allem jetzt in der Nacht, pass gut auf die Straße auf.«

Sie dazu zu bringen, sich auf ihre Reise zu konzentrieren anstatt auf mein bevorstehendes Schicksal, ist die einzige Möglichkeit, sicherzugehen, dass sie diese Welt nicht mit mir verlassen wird.

ORION
02:38 Uhr

Ich lege mir die Hände auf die Brust und spüre meinen regelmäßigen Herzschlag. Als würde sich mein Herz jetzt endlich anständig benehmen, weil es weiß, dass wir es bald vor die Tür setzen werden.

Ich sehe mir mein Röntgenbild noch einmal an. Vielleicht nehme ich es für den Buchumschlag, falls ich jemals über diese Erfahrung schreiben sollte. Aber vielleicht verbrenne ich es auch irgendwann, um nicht an all die Jahre erinnert zu werden, in denen mein Innenleben so hässlich und mörderisch war, eine höllische Bestie. Nee, das kann ich nicht tun. Kehre ich meiner Vergangenheit den Rücken zu, wende ich mich auch von Valentino ab, der alles gegeben hat, um mein Leben zu retten. Scheiße, wenn es überhaupt funktioniert. Keine Ahnung, was wir tun werden, wenn mein Körper sein Herz abstößt, oder wie viel Zeit uns dann überhaupt noch bleiben wird, um einen letzten Rettungsversuch zu starten, bevor ich hinüber bin.

Ich bin in so vielen Geschichten gefangen, seit ich diesen Tag begonnen habe. Keine davon hab ich mir selbst ausgedacht.

Mann, bin ich fertig. Dalma auch. Wir haben uns nebeneinander auf die Untersuchungsliege gequetscht, während Valentino mit Scarlett spricht und die Krankenschwestern mit den Versicherungen reden, im Namen von Dr. Emeterio, die gerade versucht, die Kommission zu erreichen. Anstatt das Bewusstsein zu verlieren, träume ich im Wachzustand. Nicht nur davon, wie sich das Leben für mich verändern wird, sondern vor allem davon, was mein neues Leben für das ganze Team Young bedeutet. Dalma wird meinetwegen nicht eine

Nacht mehr im Krankenhaus verbringen müssen. Ihre Familie wird meinetwegen nie wieder einen Urlaub abbrechen müssen. Keiner muss mehr meinetwegen sein Leben unterbrechen. Ich kann gar nicht sagen, wie sehr mich diese Vorstellung erleichtert.

»Was für eine krasse Nacht«, sage ich, während ich an die hellen Deckenleuchten starre.

»Das kannst du laut sagen«, sagt Dalma.

»Alles hat sich wegen Valentino verändert.«

»Was schenkt man einem Jungen, der für einen stirbt?«

»Streng genommen stirbt er nicht für mich.«

»Natürlich nicht.«

»Warum natürlich? Vielleicht *würde* er für mich sterben.«

»Stehst du auf deiner Seite oder auf meiner?«

»Weder noch und beides.«

Dalma stößt mich mit dem Ellbogen an und plötzlich müssen wir lachen.

Die Tür geht auf und Valentino kommt rein. Sein Gesicht und auch seine Augen sind gerötet.

»Hey«, krächzt er und räuspert sich dann. »Hey.«

Ich hüpfe vom Bett und schäme mich, dass wir gelacht haben. »Alles gut?«

Valentino schüttelt den Kopf, nickt dann und wirkt völlig verstört. Ich kann seine emotionale Achterbahn gut verstehen. Seit ich erfahren habe, dass ich leben werde, weil jemand anders bald sterben wird, beuteln mich die widersprüchlichsten Gefühle.

»Ist Scarlett okay?«, frage ich nervös.

»Sie lebt«, sagt Valentino.

Was Besseres kann er eigentlich gar nicht sagen. Dass seine Schwester sein bevorstehendes Ende nicht gut aufnehmen würde, war ja zu erwarten.

»Sie meldet sich gerade beim Todesboten an und macht

sich dann auf den Weg zum Flughafen. So gegen neun müsste sie hier sein.«

Das klingt nicht mal so schlecht. Dann müssen wir Valentino nur noch für die nächsten sieben bis acht Stunden am Leben erhalten. Und dazu gehört auch, ihn aufzuheitern. »Gibt es irgendetwas, was du gerne tun würdest, während du auf Scarlett wartest? Willst du was essen gehen? Vielleicht dein Lieblingsgericht?«

»Dann fühle ich mich wie in der Todeszelle«, sagt Valentino.

Ich könnte mich ohrfeigen. »So habe ich das nicht gemeint.«

»Nein, ich versteh schon. Außerdem wüsste ich sowieso nicht, wo man um zwei Uhr morgens Linguine auftreiben sollte.«

»Oh, Alter. In New York gibt es etwa eine Million Lokale, die rund um die Uhr aufhaben.«

»Wir können was für dich bestellen oder holen«, sagt Dalma.

Valentino lässt sich ohne jegliche Anmut auf einen Stuhl fallen. Sein Model-Ich ist ihm wohl gerade egal. »Da ziehe ich endlich an einen Ort, wo ich auch nach Mitternacht noch was zu essen finde, und dann ...« Er zuckt mit den Schultern. »Vor der OP darf ich wahrscheinlich sowieso nichts essen.«

Gleich flippe ich aus.

Bei Valentinos Tod sollte es nicht um mich gehen, aber mit jeder Sekunde, die vergeht, fühlt es sich mehr und mehr so an. Soll dieser Junge an seinem Abschiedstag etwa nicht genau das essen, wonach ihm verdammt noch mal ist? Wegen einer Operation, die ihm niemals in den Sinn käme, wenn der Zufall uns nicht zusammengebracht hätte?

»Das ist leider ein fürchterlich überzeugendes Argument«, sagt Dalma.

»Nein, ist es nicht«, rege ich mich weiter auf. »Valentino, wenn du verfluchte Linguine willst, dann bekommst du verfluchte fucking Linguine.«

»Nee, schon okay, ich werd's überleben«, sagt Valentino. Dann hält er inne, seine eigenen Worte hallen in ihm nach, während er merkt, was er da gerade gesagt hat. Einfach krass, wie so eine banale Redewendung eine ganz andere Bedeutung bekommt, wenn man bald sterben wird. Er wischt die Worte rasch beiseite, etwas, was er wohl noch öfter wird machen müssen, um durch diesen Abschiedstag zu kommen. »Ich will nur nach Hause und mich ausruhen. Die Wohnung für Scarlett herrichten. Und dann morgen früh zu meinem Fotoshooting gehen. Meine erste Werbekampagne – eine coole Art, sich zu verewigen.«

»Und die Linguine nehmen wir auch noch mit auf diese Liste«, sage ich. »Und vielleicht noch ein Stück original New Yorker Pizza, wenn du so was magst.«

Dalma hat die Augen geschlossen und atmet in ihre hohlen Handflächen. Das macht sie nicht, weil ihr in diesem kühlen Raum kalt ist; das macht sie, weil sie versucht, den Mund zu halten. Aber dann platzen die Worte doch aus ihr heraus. »Ich will ja nicht herzlos klingen ...«

»Kein guter Anfang«, unterbreche ich sie.

»O Gott, tut mir leid.« Dalma spricht oft mit den Händen und jetzt, da sie innehält und überlegt, was sie als Nächstes sagen soll, hängen ihre Hände wie eingefroren in der Luft und warten darauf, dass sie weiterredet. »Glaub mir, Valentino, mir gefällt es echt nicht, dass ich das sagen muss, weil du Orion das größte Geschenk überhaupt machst. Aber er gehört zu meiner Familie und deswegen beschütze ich ihn, also muss ich sagen ... ich muss dir sagen, ich hab total Angst, dass du die Operation in Gefahr bringst, wenn du das Krankenhaus verlässt. Wenn dir was passiert, dann ...«

Valentino lässt den Kopf hängen, als hätte man ihn getadelt. »Verstehe.«

»Natürlich warten wir, solange wir können, damit du noch Zeit mit deiner Schwester hast, aber es ist ganz sicher das Beste, wenn du die nächsten Stunden hierbleibst.«

Bestimmt hat sich noch nie jemand beim Versuch, mein Leben zu retten, so schrecklich gefühlt.

»Dalma, ich liebe dich, aber ich mach da nicht mit. Valentino bekommt an seinem Abschiedstag von uns nichts vorgeschrieben.«

Valentino unterdrückt ein Gähnen. »Dalma hat recht, Orion. Ich bin müde und kann nicht mehr klar denken. Linguine mitten in der Nacht oder ein Fotoshooting sollten nicht schwerer wiegen als alles, was du einmal mit meinem Herzen machen kannst.«

Ich hocke mich neben Valentino und blicke ihm in die geröteten blauen Augen. »Was du für mich tun willst, ist so jenseits von wunderschön, dass ich jetzt schon in deiner Schuld stehe, selbst wenn nichts weiter passieren würde. Aber ich werde nicht das Leben leben, das du dir für mich vorstellst, wenn das bedeutet, dass du deins nicht lebst, solange du das noch kannst.«

Dalma wirft mir einen bitterbösen Blick zu. »Orion, können wir uns mal kurz zu zweit unterhalten?«

»Nur zu gerne«, sage ich mit scharfem Ton.

Auf dem Weg nach draußen drücke ich Valentino die Schulter und schließe dann die Tür hinter mir.

Dalma presst die Handflächen aufeinander, als wollte sie gleich beten.

»Bitte lass diesen Jungen dein Leben retten.«

»Bitte hör auf, ihn zu ermutigen, so schnell wie möglich tot umzufallen.«

»Du legst es darauf an, dass ihr beide, du und Valentino,

am Ende verliert. Denk doch mal logisch. Wenn Valentino friedlich im Schlaf sterben kann, ist das dann nicht viel gnädiger als die grauenvolle Tragödie, die ihn möglicherweise da draußen erwartet?«

Je länger Valentino lebt, desto näher ist er seinem Tod. Schon kapiert. Aber ich kann mich nicht damit abfinden, dass ich derjenige sein soll, der darüber entscheidet, wann er den Löffel abgibt. »Das muss er entscheiden, Dalma.«

»Ich bin mir sicher, dass er auch auf dich hören wird. Schließlich ist es jetzt *dein* Herz.«

»Nein, es ist immer noch *sein* Herz.«

»Dieses Herz wird gar niemandem gehören, wenn er stirbt.«

»Dann sollte es nicht sein.«

Vielleicht geht unser kleines Märchen doch nicht gut aus.

Wenn der Todesbote uns nur verraten würde, wie jemand sterben wird, damit wir versuchen könnten auszuweichen. Oder wenigstens, wann es genau passieren wird, damit wir wissen, wie viele Stunden wir noch haben – oder Minuten. Es steht zu viel auf dem Spiel.

»Der Todesbote hat mir den Weg zu einem neuen Herzen geebnet. Wer weiß, was sich sonst noch auftut, sollte Valentino auf diesem Weg stolpern.«

Dalma stehen Tränen in den Augen. »Ich bekomme langsam den Eindruck, du willst diese Operation gar nicht.«

»Quatsch. Du weißt, wie sehr.«

»Was soll das dann? Warum setzt du dich nicht genauso für dich ein, wie ich das tue?«

Erst antworte ich nicht und sage dann: »Als wir Valentino getroffen haben, war mein erster Gedanke, dass ich ihn unbedingt besser kennenlernen muss. Ich hab mir vorgestellt, wie wir bei ihm abhängen, wie wir ihn zu uns einladen. Wie ich ihn durch die Stadt führe. Ich will ihn doch nur besser kennenlernen, solange ich das noch kann, besonders wenn ich dann für den Rest meines Lebens sein Herz in meiner Brust trage.«

Es gibt nichts Besseres, als die Wahrheit laut auszusprechen. Darauf schwöre ich.

Das kommt auch bei Dalma an. Sie seufzt. »Was machen wir also? Ich habe nichts dagegen, ihm Gesellschaft zu leisten, aber dann müssen wir ihn wirklich in Watte packen oder so. Und dafür sorgen, dass er nicht noch irgendwas Verrücktes anstellt.«

Ich halte einen Moment lang inne, will nicht gleich den nächsten Streit vom Zaun brechen, wo wir uns doch gerade beruhigt haben. Aber tief in meinem bescheuerten kaputten, mörderischen Herzen weiß ich, dass ich recht habe. »Ich glaube, ich sollte allein mit Valentino abhängen.«

Dalmas Augen werden schmal. »Was?«

»Ich will, dass er einen coolen Abschiedstag hat, und ich denke, dass du ihm nicht genug Raum zum Atmen geben kannst und dass er in deiner Gegenwart superangespannt sein wird.«

»Ich werde ihm nicht die Linguine aus der Hand reißen, falls du das meinst.«

»Aber weiß *er* das?«

»Warum bestrafst du mich dafür, dass ich nur versuche, dich zu beschützen?«

»Das mache ich nicht. Es ist so schön, dass du immer auf mich aufpasst. Aber ich will jetzt auf Valentino aufpassen und dafür sorgen, dass er nicht stirbt, bevor er sein Leben gelebt hat.«

Dalma und ich sind daran gewöhnt, immer alles zusammen zu machen, und wenn wir mal eigene Wege gehen, dann hat sie das meistens so entschieden. Was hier gerade läuft, bringt sie total aus dem Konzept.

»Wenn es das ist, was du willst, okay. Ich habe gesagt, was ich sagen wollte.«

Ich falle ihr so plötzlich um den Hals, dass wir beide fast umfallen. »Danke, D.«

»Was kann ich für dich tun?«

»Kannst du Dr. Emeterio suchen und sie einweihen? Ich will mit Valentino hier weg sein, bevor sie ihm ein schlechtes Gewissen macht und er dann doch hierbleibt.«

Dalma nickt. »Aber dann behalt unbedingt dein Handy bei dir.«

»Werde ich. Nimm ein Taxi nach Hause und schreib mir, wenn du da bist, okay?« Ich küsse Dalma auf die Stirn und wende mich der Tür des Untersuchungszimmers zu.

»Pass wirklich gut auf, Orion«, sagt Dalma.

»Ich werde heute nicht sterben. Das ist das Gute am Todesboten.«

»Ja, aber niemand hat gesagt, dass du dich nicht verletzen kannst ... oder dir nicht das Herz gebrochen wird.«

Inzwischen fühle ich mich emotional so aufgeladen, dass ich in tausend Stücke zerspringen könnte. Ich begebe mich auf eine gefährliche Reise, um jemanden am Leben zu erhalten, der dazu bestimmt ist, zu sterben. Je mehr Zeit ich für ihn gewinne, desto mehr Zeit habe ich, um ihn besser kennenzulernen. Und je besser ich ihn kenne, desto schmerzhafter wird alles andere sein.

Ich kann die Zukunft nicht voraussagen, so wie der Todesbote. Aber ich weiß jetzt schon, dass der Abschied von Valentino mir das Herz brechen wird.

VALENTINO
02:51 Uhr

Orion kehrt allein zurück. Ein Stern in diesem neonbeleuchteten Sprechzimmer.

»Bist du bereit?«, fragt er.

Ich weiß nicht genau, was er meint. Hat Orion seine Meinung darüber, wie viel Zeit ich vor der Transplantation noch haben sollte, geändert? Oder hat Dr. Emeterio eine Entscheidung getroffen? Wenn das der Fall ist, bin ich noch nicht bereit. Scarlett ist endlich auf dem Weg hierher und ich kann noch nicht gehen.

Orion lächelt. Ich muss ihn falsch verstanden haben.

»Bereit wozu?«, frage ich.

»Zu leben.«

»Was meinst du ...?«

»Du willst nach Hause und die Wohnung für Scarlett vorbereiten, oder? Dann machen wir das jetzt.«

»Du kommst mit?«

»Nur als Beistand, aber wenn du das lieber allein durchziehen willst, ist das natürlich auch okay.«

Ich will auf keinen Fall allein sein. Das alles hier ist verstörend genug. Aber ich weiß nicht, ob diese Aktion Orion guttun wird. »Bist du sicher, dass das nicht irgendwie komisch ist? Als würdest du noch was mit dem Schwein unternehmen, bevor du es zum Abendessen schlachtest?«

»Ich esse kein Fleisch und bin auch kein Mörder.«

»Das hoffe ich«, sage ich und stehe schließlich auf.

»Ich glaube nicht, dass irgendjemand auf mich wetten würde, wenn es darum geht, dich im Zweikampf zu besiegen.«

»Aber vielleicht hast du Freunde an verruchten Orten. Schließlich hast du's auf mein Herz abgesehen.«

Orion grinst verblüfft. »Oh, Witze reißen kannst du auch.«

Ich bin selbst überrascht. Dass Orion es geschafft hat, mir etwas Humorvolles zu entlocken, rechne ich ihm hoch an. Wie er gerade versucht, mich bei Laune zu halten, erinnert mich an meine entspanntesten Fotoshootings. Ich habe mit Fotografen zusammengearbeitet, die schnell fertig werden wollten, was immer dazu führte, dass Stress am Set aufkam und ich mich verspannt habe. Meine besten Shootings waren die mit Fotografen, die Faxen machen und lächeln, als stünden sie selbst vor der Kamera. Wenn sie Spaß haben, habe ich den auch.

Orion ist ein guter Begleiter, bis Scarlett kommt.

Ich habe Angst davor, in die Außenwelt zurückzukehren, aber ich bin dankbar, dass ich die Gelegenheit dazu habe. Das ist ein großer Sprung weg von meinem Zustand vor ein paar Minuten, als ich noch bereit war, mich aufzugeben.

»Danke, dass du mir noch etwas Zeit gekauft hast«, sage ich.

»Alles gut. Du bist derjenige, der bezahlen muss«, sagt Orion und setzt sein Basecap auf.

Als ich mich beim Todesboten angemeldet habe, gab es auf der Website diesen Abschnitt von Joaquin Rosa über die Todgeweihten. Offenbar will er sie – *mich* – daran erinnern, dass wir alle Kapitäne an Deck unseres eigenen Schiffes sind, die die Segel für eine letzte Reise setzen.

Es ist schön, einen Co-Kapitän zu haben.

JOAQUIN ROSA
02:57 Uhr

Gerade sieht Joaquin sich die Nachrichten über den Amoklauf am Times Square an, als jemand gegen die Tür hämmert. Sein Herz rast. Wieder überschwemmt ihn die Erinnerung an die Schüsse, die er gehört hat, als er den ersten Abschiedsanruf gemacht hat. Die Störung schreckt Naya auf und weckt auch Alano und den Welpen. Bucky rutscht von der Couch und bellt die geschlossene Tür an, doch sein niedliches Gekläffe macht niemandem Angst. Als Joaquin sich von seinem Stuhl erhebt, klopft es erneut an der Tür.

Wehe, es ist nicht dringend.

Er öffnet und vor ihm steht die leitende Kundenbetreuerin.

»Tut mir leid, dass ich stören muss«, sagt Aster Gomez, die Hand wie eingefroren in ihrem langen schwarzen Haar.

Aster Gomez kann sehr gut mit Menschen umgehen, aber hat kein Interesse daran, ihnen mitzuteilen, dass sie bald sterben werden; also hat sie sich stattdessen für den Kundenservice beworben. Ihr mehr als gesunder Menschenverstand hat Joaquin dazu veranlasst, sie umgehend zur Leiterin der Abteilung zu machen, obwohl sie erst fünfundzwanzig ist.

»Wir haben große Probleme mit dem Server.«

»Was ist da genau los?«

»Ähm ...« Aster wirft einen Blick den Flur hinunter. »Ich glaube, Sie kommen besser mal mit.«

Joaquin folgt ihr, zusammen mit dem Rest seiner Familie.

»Es hat damit angefangen, dass ich vor ein paar Minuten eine Beschwerde bekommen habe«, berichtet Aster, während sie vorauseilt. »Der Freund dieser Frau wurde heute Abend am Times Square erschossen.«

»Das ist bedauernswert«, sagt Joaquin mit großem Ernst. Ein Leben ohne Naya kann er sich nicht vorstellen. Erst recht, wenn er sie auf so gewalttätige Art verlieren würde. »Ich bin neugierig. War es Valentino Prince, der gestorben ist? Er war mein erster Abschiedsanruf.«

»Nein. Sein Name war William Wilde.«

Ach, schade. Das hätte Joaquin gern als kleine Anekdote in seine Memoiren eingebaut. Aber zurück zur Sache. »Versteht die Kundin, dass wir alles tun, was wir tun können?«

»Das haben wir aber nicht.«

»Wie bitte?«

»Wir haben unseren Job nicht gemacht. Der Todgeweihte hat nie seinen Abschiedsanruf erhalten.«

»Na ja, der Amoklauf am Times Square hat nach Mitternacht angefangen, gerade als wir losgelegt haben. Wir haben nie versprochen, alle Todgeweihten sofort zu informieren.«

»Was ich natürlich erklärt habe, aber die Frau hat gesagt, dass Williams Handy gar nicht geklingelt hat. Nicht einmal, als wir mit den Anrufen an der Ostküste fertig waren. Ich bin unsere Unterlagen durchgegangen. Die Telefonnummer dieses Todgeweihten wurde nie von uns angerufen, und auch nicht sein Notfallkontakt.«

Als sie das Callcenter erreichen, kann Joaquin auf einen Blick sehen, dass seine Todesboten alle ihre Arbeit machen. Er nimmt Rolando ins Visier; bestimmt ist er dafür verantwortlich, dass dieser Todgeweihte nicht rechtzeitig angerufen wurde; wahrscheinlich hört er sich gerade die ausufernde Lebensgeschichte eines alten Mannes an. Wegen dieses ungeheuren Versagens wird er ihm mit sofortiger Wirkung kündigen.

»Ist Rolando schuld? Hat er den Todgeweihten nicht rechtzeitig angerufen?«

»Ich habe bei allen Todesboten nachgefragt, und Andrea hat Rolando bei seiner Liste ziemlich unter die Arme greifen müssen, doch alle registrierten Kunden an der Ostküste haben ihren Abschiedsanruf rechtzeitig erhalten.«

»Außer jenem armen Mann«, sagt Naya und trauert mit ihrem großen Herzen um den Unbekannten.

»Es tut mir so leid, Mr Rosa«, sagt Aster. »Aber da dieser Todgeweihte heute nie in unserem System aufgetaucht ist, könnte das heißen ...«

Joaquin hält die Hand hoch und bringt sie zum Schweigen. Er will keine Unruhe auslösen.

Aber dafür ist es bereits zu spät.

»Stimmt was nicht, Papa?«, fragt Alano und schaut mit müden Augen zu seinem Vater auf.

Joaquin will nicht zugeben, dass absolut gar nichts stimmt.

Dass sein Reich am Tag der Entstehung schon wieder zerfällt.

Dass alles verloren sein wird, wenn er nicht die Ursache für diesen Fehler findet.

Dass in diesem Moment Todgeweihte im ganzen Land ihren Abschiedstag erleben und nicht das Geringste davon ahnen.

Dritter Teil

ERSTE MALE

Der Todesbote ist immer für euch da.

Joaquin Rosa, Schöpfer des Todesboten

WILLIAM WILDE
(verstorben)

Der Todesbote hätte William Wilde anrufen sollen, um ihm zu sagen, dass er heute sterben wird.

Heute Abend haben William und seine Freundin Christi, mit der er seit fünf Jahren zusammen ist, ihre Wohnung in Downtown Brooklyn verlassen, um die U-Bahn nach Manhattan zu nehmen und am Times Square die Premiere des Todesboten mitzufeiern. William, ein berühmter Fotograf, wollte dieses historische Ereignis mit seiner Kamera einfangen; die vielen Angebote von diversen Zeitschriften hatte er aber abgelehnt. Da er am nächsten Morgen sowieso mit der nächsten Auftragsarbeit anfangen würde, wollte William etwas für sich machen, für seine private Sammlung. Und dieser Abend würde unvergesslich bleiben, weil Christi mit dabei war.

Unvergesslich, weil er den Selbstauslöser aktivieren und den Moment festhalten wollte, in dem er Christi einen Heiratsantrag macht.

Nicht den Moment, in dem er erschossen wird.

Der Amokläufer trug eine Totenkopfmaske und murmelte etwas vom Ende der Welt, bevor er ohne Sinn und Verstand in die Menge feuerte. Die erste Kugel traf William im Hals.

Sein Traum, seinen Abschiedsanruf zusammen mit Christi zu erhalten, als uraltes Paar, umringt von Kindern, Enkeln und Urenkeln, würde nicht in Erfüllung gehen.

Stattdessen musste er sich damit begnügen, in ihren Armen zu sterben, während ihre Tränen auf sein Gesicht fielen und er an seinem eigenen Blut erstickte.

Es war so unglaublich hell am Times Square, bis es immer dunkler und dunkler wurde …

»Bleib bei mir, Babe«, hatte Christi gesagt. »Alles wird gut. Alles wird gut!«

Man brauchte keinen Todesboten, um zu sehen, dass hier nichts mehr gut werden würde.

Aber der Todesbote hätte trotzdem anrufen sollen.

JOAQUIN ROSA
03:03 Uhr

Joaquin befürchtet, bald all seine Mitarbeiter anrufen zu müssen, um ihnen mitzuteilen, dass die Firma tot ist.

Es ist unklar, ob die Tatsache, dass dieser Todgeweihte nicht angerufen wurde, ein Einzelfall ist oder nicht. Aber so oder so muss Joaquin der Sache auf den Grund gehen, um sein Vermächtnis zu schützen, und auch, um dafür zu sorgen, dass kein weiterer Kunde seinen Abschiedsanruf nicht bekommt.

Zurück in seinem Büro, krempelt Joaquin die Ärmel hoch und nimmt seinen Laptop.

»Ich muss dafür sorgen, dass niemand mit der Presse spricht«, sagt er. »Wir wollen keine Panik auslösen.«

»Na ja, wir wollen nicht, dass die Öffentlichkeit in Panik gerät«, sagt Naya, die nur zu gut weiß, dass die größte Panik gerade in Joaquins Innerem tobt.

Alano sieht von seinem Malheft auf, in das er gerade ein Kleid zeichnet, weil er nicht wieder einschlafen kann. »Wann kommst du zurück, Papa?«

»Ich weiß es nicht, *mi hijo*. Sobald ich alles wieder auf Schiene gesetzt habe.«

Ein Teil von Joaquin weiß, tief in seinem Innern, dass er am liebsten nicht zurückkehren will, um die Konsequenzen zu tragen, falls er dieses Problem tatsächlich nicht lösen kann. Doch er kehrt immer zurück. Auch wenn alles ausweglos erscheint.

»Aber was wirst du machen?«, fragt Alano.

»Du weißt, dass ich darüber nicht sprechen kann«, sagt Joaquin.

»Ich werd nix verraten«, jammert Alano.

»Warte, bis du älter bist.«

»Das dauert noch so lange.«

Dass sein Sohn denkt, er wäre alt genug, um zu erfahren, wie der Todesbote funktioniert, obwohl er gleichzeitig noch an den Weihnachtsmann glaubt, amüsiert Joaquin. Da muss erst noch das eine oder andere Gespräch geführt werden, zum Beispiel darüber, wer eigentlich wirklich die Geschenke unter den Baum legt. Ganz zu schweigen von dem Gespräch über die Bienchen und die Blümchen, wobei Joaquin da den Verdacht hegt, dass es mehr ein Gespräch über die Bienchen mit den Bienchen sein wird. Warum auch nicht? Wie dem auch sei, indem Joaquin seinem Sohn nicht alles über den Todesboten erzählt, sorgt er nicht nur für dessen Sicherheit, sondern beschert ihm auch eine unbeschwerte Kindheit. Wenn Alano dann dreißig ist, können sie sich bei einem Bier über die ganze Geschichte unterhalten.

Joaquin küsst seinen Sohn auf den Kopf, krault den Welpen hinter den großen, braunen Ohren und tritt dann in die Arme seiner Frau.

»Ihr werdet mich jetzt eine Weile nicht erreichen können«, sagt er.

»Wir sehen uns, wenn du so weit bist«, antwortet Naya.

Die beiden trennen sich mit einem Kuss.

Dann geht Joaquin zur Tür hinaus und macht sich auf den Weg zum Tresorraum, wohin ihm niemand folgen wird.

VALENTINO
03:04 Uhr

Ich werde meinen Abschiedstag leben, egal wie lange er dauert.

Bevor Orion und ich das Krankenhaus verlassen, wappne ich mich. Es gibt tausend Möglichkeiten, wie ich in der Stadt sterben kann. Schon die ganze Nacht denke ich darüber nach, aber jetzt, wo ich hier draußen bin, fühlt sich alles so viel wahrscheinlicher an. Erschossen, erdrosselt, erstochen. Von einem Auto, Bus, Taxi, Motorrad überfahren – oder sogar von einer U-Bahn, wenn ich auf die Gleise stürze. Vielleicht fällt irgendwas vom Himmel und erschlägt mich, zum Beispiel ein Gerüst, denn in jedem zweiten Häuserblock, an dem ich heute vorbeigekommen bin, scheint gerade gebaut zu werden. Ich könnte selbst einen Herzinfarkt bekommen, was eine grausame Wendung des Schicksals wäre, allerdings wäre es besser für Orion, eher früher als später zu wissen, dass ich doch nicht derjenige sein werde, der ihm das Leben rettet.

Obwohl meine Wohnung nur acht Minuten Fußweg vom Krankenhaus entfernt ist, bin ich nervös, als wir den Bürgersteig entlanggehen. Möglicherweise verbirgt der Müll auf dem Boden Gullys, durch die ich in die Kanalisation fallen könnte, oder sogar eine Landmine, die mich in die Luft sprengt. Die Optionen sind unerschöpflich. Ich bin versucht, stattdessen auf der Straße zu gehen, aber das könnte zu einer sich selbst erfüllenden Prophezeiung werden, wenn mich ein Auto überfährt und ...

»Guck lebendig«, sagt Orion.

»Lebendig gucken?«, frage ich.

»Guck. Lebendig. Du läufst hier lang wie ein Zombie.«

»Trotzdem. Ziemlich herzlos, so was zu sagen.«

»Hast du etwa irgendwas an meinem Herzen auszusetzen?«

»Nur weil du jemandem, der bald stirbt, gesagt hast, er soll lebendig gucken.«

»Okay, okay.«

Orion schweigt, obwohl ich es lieber mag, wenn er redet.

»Wann hat das mit deinem Herz eigentlich alles angefangen?«, frage ich.

Orion stößt einen Pfiff aus. »O Mann. Das ist ne komische Geschichte. Als ich klein war, musste meine Mutter dauernd ins Krankenhaus. Das ist natürlich erst mal nicht komisch, aber ich war so bescheuert naiv, dass mir nicht ein einziges Mal auch nur der Gedanke gekommen ist, dass ich ihr Herzproblem erben könnte.«

»Das ist doch gut. Dann hast du auch nicht die ganze Zeit Angst davor gehabt.«

So wie ich jetzt Angst vor meinem Tod habe.

»Stimmt schon, ich wünschte nur, ich hätte es ernster genommen. Mir Rat geholt.«

»Du warst ein Kind.«

»Ein Kind, das geschworen hätte, dass seine Mutter wegen ihres Herzens sterben würde. Und dann traf mich diese üble Wendung ... na ja, du kennst die Fortsetzung inzwischen.« Orion steckt die Hände in die Taschen, er läuft leicht gebückt. Als würde er das Gewicht der Welt im wahrsten Sinne des Wortes auf seinen Schultern tragen. »Ein paar Tage nach meinem sechzehnten Geburtstag hatte ich meinen ersten schlimmen Herzinfarkt.«

»Was hat den ausgelöst?«

»Alles? Die Zehnte lief nicht so besonders. Ich schrieb dauernd schlechte Noten, war ständig gestresst und überzeugt, dass ich die Klasse wiederholen müsste. Dann schoss mein Blutdruck während der letzten Geo-Arbeit dermaßen in die Höhe, dass ich zusammengebrochen bin.«

»Das klingt ja schrecklich.«

»War es auch, aber immerhin mochte mich die Lehrerin, sodass sie mir eine Note gab, mit der ich bestanden habe.«

»Wahrscheinlich warst du der erste Schüler, der bei einer Klassenarbeit einen echten Herzinfarkt hatte.«

»Allerdings, Herzinfarkte sind bei Teenagern extrem selten, ich bin wie ein Einhorn – und nicht nur, weil ich schwul bin!«

»Da hast du mir was voraus.«

Orion lacht. Plötzlich brüllen weiter vorne in der Straße ein paar Leute los. Einer schwingt einen Baseballschläger, zertrümmert ein Autofenster und löst dadurch den Alarm aus. Orions Lachen erstirbt, während einer der Angreifer in dröhnendes Gelächter ausbricht. Dann glaube ich, gleich selbst einen Herzinfarkt zu kriegen, als ich sehe, dass die Typen Totenkopfmasken tragen. Ich packe Orion am Arm, ziehe ihn hinter den Jeep, der am Straßenrand parkt, und gehe neben ihm in die Hocke.

»Scheiße, was …«

Ich presse Orion meine Hand auf den Mund.

Möglicherweise ist einer dieser maskierten Männer derselbe, der versucht hat, mich zu erschießen.

Funktioniert das Schicksal in einer Welt des Todesboten so? Ist mein Tod wirklich in Stein gemeißelt und das Einzige, was sich verändern kann, ist der Zeitpunkt? Bin ich dazu bestimmt, von diesem Mann, der mich vorhin verfehlt hat, getötet zu werden?

Ich zucke zusammen, als ich höre, wie noch ein Autofenster zerschmettert wird, noch ein Alarm losgeht. Jetzt muss hier doch eigentlich bald die Polizei auftauchen, um zu helfen, oder?

Orion schlingt seine Arme um meine Schultern und hält mich an sich gedrückt, als wäre er eine schusssichere Weste. Ich schiebe ihn nicht weg. Vielleicht kann er mir das Leben retten. Zumindest für ein klein wenig länger.

Noch ein zerschmettertes Fenster, noch ein Alarm, noch ein Lachen, das durch die Straße hallt.

Die Männer mit den Totenkopfmasken kommen näher.

Worum geht es ihnen eigentlich? Wahrscheinlich gehören sie zu den Leuten, die kein Problem damit haben, Verbrechen zu begehen, weil sie glauben, der Todesbote sei der Anfang vom Ende der Welt. Wenn die Polizei käme und sie verhaften würde, bevor sie uns mit diesem Baseballschläger verprügeln, wäre das wirklich großartig.

Noch ein Fenster, noch ein Alarm, noch ein Lachen.

Sie sind so nah. Nur noch ein Auto entfernt.

Orion wirkt wirklich verängstigt für jemanden, dessen Kopf nicht auf dem Richtblock liegt – zumindest dem Todesboten zufolge. Ein Wimmern entschlüpft seinen Lippen, und ich drücke ihm die Hand auf den Mund, damit er leise ist. Ich glaube nicht, dass einer der Männer Orion gehört hat, aber trotzdem habe ich Angst. Orions haselnussbraune Augen sehen mich entschuldigend an. Dann wird das Fenster des Jeeps eingeschlagen und Glasscherben fallen auf der anderen Seite des Autos zu Boden. Orion bohrt mir die Fingernägel in den Arm, und ich halte die Luft an, als könnte mich jemand über diesen Chor aus Alarmanlagen atmen hören.

Als das nächste Auto angegriffen wird, führe ich Orion zur Vorderseite des Jeeps, wo uns niemand sehen kann.

Endlich höre ich in der Ferne Polizeisirenen und atme langsam aus.

»Wir müssen hier weg«, flüstert Orion.

Ich schüttele den Kopf.

»Doch. Was, wenn sie denken, dass wir das waren?«

Er hat recht. Im besten Fall werden wir in Gewahrsam genommen und ich verliere kostbare Stunden meines Abschiedstags. Im schlimmsten Fall …

Ich werfe einen Blick um den Jeep herum und sehe, wie die Angreifer die Straße entlang in Richtung Krankenhaus flüchten. »Gehen wir.«

Orion und ich stehen auf und rennen, und ich kann nur daran denken, dass mein Herz rast wie bei einem meiner heftigeren Work-outs, und mich gleichzeitig fragen, wie Orions überhaupt mithält. Wir biegen um die Ecke und ich stoße mit dem Schuh gegen den Bordstein und falle nach vorn, und Orion sieht es, und es gibt nichts, was einer von uns gegen die Schwerkraft ausrichten kann.

Kurz bevor mein Kopf auf dem Bürgersteig aufschlägt, weiß ich, dass ich so sterben werde.

ORION
03:10 Uhr

Das kann nicht sein; so kann es einfach nicht zu Ende gehen.

Am liebsten würde ich glauben, dass Valentino mir gerade einen Streich spielt, doch ich habe die Angst in seinen Augen gesehen, als er gefallen ist. Ich stürze an seine Seite, komme kurz ins Stolpern, drehe ihn um und sehe einen großen Schnitt über seiner Augenbraue. Sein Blut befleckt den Boden, sieht aus wie ein Tintenklecksbild beim Rorschachtest, den gut zu bestehen mir gerade am Arsch vorbeigeht, weil ich nur wissen will, ob er lebt oder nicht.

»Valentino, Mann!«

Er stöhnt, und das ist gut, denn nur lebendige Menschen stöhnen. Jetzt kann ich wieder atmen, weil ich weiß, dass er es auch kann. Seine Augen flackern auf, und seine Hand zittert, als er nach seiner Stirn greift.

»Fass sie nicht an«, sage ich. Das Letzte, was er jetzt braucht, ist eine infizierte Wunde. »Komm, wir gehen zurück und lassen das mal angucken.«

»Nein, alles gut. Das kann ich zu Hause machen.«

»Bist du sicher?«, frage ich und helfe ihm auf die Beine.

»Ich bin sicher. Lass uns einfach von hier verschwinden.«

Ich achte darauf, dass ihm nicht schwindlig ist, als wir weitergehen. Aber dafür, dass er gerade auf der Flucht vor maskierten Männern mit dem Gesicht auf den Bürgersteig geknallt ist, wirkt er ziemlich stabil. Diese Nacht ist ja wirklich der absolute fucking Wahnsinn. Er hat recht, wir müssen ihn schnell nach Hause bekommen, wo er in Sicherheit sein wird. In der Upper East Side kenne ich mich nicht so gut aus, aber durch das Straßenraster ist es nicht schwer, die Kreuzung 77th und 2nd Street zu finden.

»Ich dachte, ich würde sterben«, sagt Valentino.

Ich werde ihm nicht verraten, dass ich dasselbe gedacht habe.

»In dem Moment, meine ich«, ergänzt er.

»Jetzt ist alles wieder gut.«

»Bestimmt hätte es mit der Transplantation trotzdem geklappt. Hirnschaden und so nah am Krankenhaus – eindeutig ein Erfolgsrezept.«

Ich kann mich nicht dazu äußern, ohne mich total scheiße zu fühlen, weil ich derjenige war, der ihn dazu ermuntert hat, das Krankenhaus zu verlassen, und somit die Verantwortung dafür trage, dass er fast getötet wurde, wovon ich am Ende auch noch profitiert hätte.

Valentino ist still, und ich weiß nicht, was ich sagen soll. Soll ich mich entschuldigen?

»Zombie«, sagt er schließlich.

»Äh, was? O Scheiße, du hast eine Gehirnerschütterung!«

Valentino schüttelt den Kopf. »Nein, du hast vorhin gesagt, dass ich wie ein Zombie aussehe. Bevor das gerade passiert ist. Ich finde, das klingt besser als ›Todgeweihter‹.«

»Wäre als Begriff aber vielleicht zu krass.« Da ich die Website des Todesboten gefühlte tausend Mal studiert habe, weiß ich auch, was der Todesbote über die Todgeweihten denkt. »Also, Joaquin Rosa betrachtet die Todgeweihten als Kapitäne ihres eigenen Schiffes und ...«

»Das weiß ich doch. Tut mir leid, dass ich dich unterbreche.«

»Nur zu!«

»Uns ›Todgeweihte‹ zu nennen ist einfach so abgehoben. Wir sind Zombies. Lebende Tote.«

»Ist das nicht ein bisschen zu platt?«

»Okay, dann irgendwas dazwischen. Wandelnde Geister.«

»Das ist mir zu makaber.«

Valentino starrt geradeaus. »Zu sterben ist makaber, Orion.«

FRANKIE DARIO
03:15 Uhr

Bei Frankie Dario kann der Todesbote nicht anrufen, aber das hält Frankie nicht davon ab, den Todesboten anzurufen.

Oder zumindest jemanden, der dort arbeitet.

Frankie sitzt in seiner dunklen Küche und trinkt abgestandenen Kaffee aus seiner Thermoskanne, während er darauf wartet, dass der beste Freund seiner Frau ans verdammte Telefon geht. Er hat schon auf die harte Tour gelernt, sich nicht auf Rolando zu verlassen – nachdem der Chaot die Ringe bei ihrer Hochzeit vergessen hatte und das erst bemerkte, als die Zeremonie schon im Gange war. Aber hat Gloria das ihrem besten Freund vorgeworfen, der die Hochzeit wahrscheinlich wegen der Gefühle, die er immer noch für sie empfindet, ruinieren wollte? Natürlich nicht. Frankie wurde zusammengestaucht, weil er nicht vorher bei Rolando nachgefragt hatte, als hätte sie ihm nicht schon tausend andere Aufgaben aufs Auge gedrückt. Aber nun hat Rolando endlich ein Lebensziel gefunden, und zwar als Todesbote zu arbeiten, um Leuten zu sagen, dass sie bald sterben werden.

Bis sich rausstellt, dass das alles nur Betrug ist, natürlich.

Frankies Zweifel gegenüber dem Todesboten sind zu groß, um sich oder seine Familie für den Dienst anzumelden; die Regierung hat sowieso schon viel zu viele Informationen über sie. Dinge, die sie gar nicht wissen sollten. Aber Frankie ist nicht blöd. Er weiß, dass man hier Geld machen kann. Ganz einfach: Diese sogenannten Todgeweihten fotografieren, wenn ihr Stündlein geschlagen hat. Und das Beste daran? Dass er Insider-Infos von Rolando kriegen kann.

Vorausgesetzt, der geht irgendwann ans Telefon.

So eine Fotoserie könnte Frankies Durchbruch sein. Er ist in vielen Dingen nicht besonders gut. Dieser Kaffee zum Beispiel. Eine grauenhafte Brühe. Aber das ist okay, er ist schließlich kein hirnloser Barista, der nur dafür lebt, die Launen der Leute zu befriedigen, die geeiste Cappuccinos mit drei – nicht zwei, nicht zweieinhalb, nicht zweidreiviertel – Pumpstößen Karamellsirup haben wollen. Frankie kann keinen Kaffee kochen, aber er kann gute Fotos machen. Sein neuester Mieter Valentino zum Beispiel wurde von Frankies irreführenden Bildern im Internet dazu verleitet, eine Kaution für die Wohnung zu hinterlegen.

Das ist wahres Talent!

Es wird Zeit für Frankie, seinen Traum vom *Pulitzerpreis für Aktuelle Fotoberichterstattung* zu verwirklichen, und er ist überzeugt, dass er den für seine Arbeit über diesen historischen Abschiedstag gewinnen wird. Entweder wird er die ersten vom Todesboten angekündigten Todesfälle festhalten oder die Erleichterung auf dem Gesicht eines Todgeweihten, nachdem er den Tag überlebt hat.

Frankie wippt mit dem Bein, sein Knie stößt von unten gegen die Tischplatte.

Er kann diese Warterei kaum mehr aushalten, er wäre so gerne schon da draußen, um Fotos zu machen.

Ein Teil von Frankie fände es furchtbar, Joaquin Rosa als Hochstapler zu entlarven, weil er so viel von sich selbst in ihm sieht. Sie sind Männer lateinamerikanischer Herkunft und wurden beide in derselben puerto-ricanischen Stadt geboren. Ihre Zeit in Salinas überschnitt sich ein Jahr. Wirklich schade, dass sie sich damals nicht kennengelernt haben, denn Frankie ist überzeugt, sie wären lebenslange Freunde geworden, vielleicht sogar Trauzeugen bei der Hochzeit des jeweils anderen. Joaquin wäre jemand geworden, dem Frankie gestehen könnte, dass er sich wünschte, Gloria würde sich so sehr um ihr Äußeres kümmern wie Naya. Und noch eine bemerkenswerte Übereinstimmung: Sowohl Frankie als auch Joaquin haben jeweils einen neunjährigen Sohn. Die Freundschaft zwischen diesen Männern könnte über Generationen weitergegeben werden, so wie seine Augen, die so braun sind wie der Kaffee, der ihn aufputscht. Nur von den albernen Klamotten, die er den kleinen Alano hat tragen sehen, will Frankie nicht anfangen; er gibt sich Mühe, nicht über Joaquins Erziehungsmethoden zu urteilen, aber das ist ihm manchmal schon schwergefallen, wenn er ein paar Bier intus hatte. Frankie wird weiterhin dafür sorgen, dass Paz als Mann aufwächst.

Was die beiden Männer in Frankies Augen allerdings wirklich unterscheidet, ist der Erfolg. Er selbst ist eine Spur älter, ein Unterschied, der kaum ins Gewicht fällt, und doch fühlt er sich in seiner Eitelkeit gekränkt, dass er so gar nicht in Joaquins Liga spielt. Sie ernähren beide ihre Familie, wie es jeder puerto-ricanische Mann tun sollte, aber die Rosas besitzen drei Penthouses an verschiedenen Orten im Land, während die Darios in einer beschissenen Dreizimmerwohnung in Manhattan wohnen und sich um alle Probleme ihrer Mieter kümmern müssen.

Er hat es satt, gerade so über die Runden zu kommen – gerne darf sich jetzt ein Geldregen über ihn ergießen!

Mit dem Todesboten fängt es an.

Und mit Rolando, sobald der endlich an sein scheiß Telefon geht.

Also gnade ihm Gott, wenn er nicht tot ist.

VALENTINO
03:17 Uhr

Vor fünf Stunden stand ich zum ersten Mal vor meinem neuen Zuhause und dachte, ich hätte mein ganzes Leben noch vor mir. Jetzt habe ich eine blutende Platzwunde von meiner Nahtoderfahrung. Beim nächsten Mal bleibt es möglicherweise nicht bei *nah*.

»Hier ist es«, sage ich, während ich nach meinem Schlüssel krame.

»Direkt neben einem Pizzaladen.« Orion zeigt auf die geschlossene Pizzeria, bevor er die Hand zurück in die Tasche seiner Skinny Jeans steckt. »Hast du dir schon ein Stück geholt?«

»Nein. Ich hatte es eilig, zum Times Square zu kommen.«

Mehr muss ich nicht sagen. Wir wissen, wie das ausgegangen ist. Hätte ich den Abschiedsanruf erhalten, wenn ich heute Nacht zu Hause geblieben wäre? Wenn ich in die Vergangenheit reisen könnte, wäre das die Sache, die ich anders machen würde. Ich hätte in der Wohnung abgehangen, ausgepackt und geschlafen vor meinem Fotoshooting am Morgen. Dann hätte ich lange genug gelebt, um die Früchte meiner Arbeit zu ernten und meinen Traum verwirklicht zu sehen.

»Ich hätte zu Hause bleiben sollen«, sage ich.

Orion nickt. »Mit einer ganzen Pizza.«

Ich suche noch mal all meine Taschen ab, aber der Schlüssel steckt in keiner davon. »Das darf ja wohl nicht wahr sein.«

»Was ist los?«

»Ich glaube, ich habe meinen Schlüssel verloren.«

»Du glaubst?«

»Ich habe auf jeden Fall meinen Schlüssel verloren.«

»Und dein Handy. Echt, Mann, deine Hose ist cool, aber die Taschen sind scheiße.«

Das wird sicher nicht mein übelster Moment heute sein, aber es fühlt sich trotzdem nicht gut an. Ich bin völlig fertig und möchte mich einfach bloß ein bisschen hinlegen. »Sollen wir zum Krankenhaus zurückgehen?«

»Nein, ruf doch deinen Vermieter an ... oh.« Orion sieht sich die Sprechanlage an. »Weißt du, in welcher Wohnung er wohnt? Klingel einfach.«

»Er hat mir gesagt, ich soll ihn nur während der Geschäftszeiten belästigen. Ich will ihn nicht wütend machen.«

»Er wird nicht mehr lange dein Problem sein. Tu so, als würdest du ausziehen. Du hast nichts zu verlieren.«

Ich habe wirklich nichts zu verlieren. Frankie ist sowieso schon genervt von mir. Warum sollte ich also versuchen, mein Verhältnis zu ihm zu verbessern? Noch nicht mal Scarlett zuliebe, die keinerlei Skrupel haben wird, ihm entgegenzutreten, wenn er sich danebenbenimmt. Mir ist nur unangenehm, dass ich seine Familie störe, aber das hier ist ein Notfall. Mein ganzer Tag ist ein Notfall und als solchen muss ich ihn behandeln.

Ich gehe zur Sprechanlage und halte kurz inne, weil ich meinen eigenen Namen nie hier aufgeführt sehen werde. Dann drücke ich auf die Klingel von Frankies Wohnung. Nachdem eine Minute nichts passiert ist, klingelt Orion und hält den Daumen dreimal so lange drauf.

»Er wird dich umbringen«, sage ich. »Oder wohl eher mich.«

»Einen Scheiß wird er.«

Es rauscht in der Sprechanlage, bevor Frankies Stimme ertönt. »Wer ist da?«

»Hallo, Frankie. Hier ist Valentino Prince. Es tut mir echt leid. Ich komme nicht rein.«

»Wo zum Teufel ist dein Schlüssel?!«, brüllt Frankie.

Hätte ich das mal besser gelassen. »Den habe ich verloren.«

Wir hören, wie er den Hörer aufknallt.

»Okay, vielleicht bringt er dich wirklich um«, murmelt Orion.

Frankies Gesicht nach zu urteilen, als er die Treppe runterkommt, liegen wir vermutlich richtig. Es ist immer noch Zeit abzuhauen. Frankie öffnet die Haustür und starrt auf meine blutige Stirn. Dämlich von mir, zu glauben, das würde mir Sympathiepunkte einbringen. Er funkelt mich und Orion einfach nur an.

»Es tut mir wirklich leid, dass ich Sie geweckt habe«, sage ich.

Frankie blockiert den Türrahmen. »Du hast schon am ersten Abend deinen Schlüssel verloren? Wem passiert denn so was?«

Ich werde ihm nicht erzählen, was ich durchgemacht habe, seit mich der Todesbote angerufen hat. Das geht ihn nichts an, und ich bezweifle, dass ihn das auch nur im Geringsten interessieren würde.

»Tut mir leid«, wiederhole ich.

Frankie zieht seinen Bademantel enger. »Hast du beide Schlüsselbunde verloren?«

»Nein, der andere liegt in der Wohnung. Ich habe nicht beide mitgen …«

»Oh, gut, ein bisschen gesunden Menschenverstand hast du also.«

»Wow«, sagt Orion. »So behandeln Sie Ihre Mieter?«

Frankie mustert Orion von Kopf bis Fuß und dann mich. »Es ist drei Uhr morgens. Du hast Glück, dass ich überhaupt runtergekommen bin.«

»Können Sie uns bitte reinlassen?«, sage ich.

»Nur weil ich deinen Mietscheck schon eingelöst habe.« Frankie tritt zur Seite. »Blute mir nicht die Böden voll.«

Ich will mir nicht vorstellen, was für einen verächtlichen Spruch er raushauen würde, wenn er wüsste, dass ich todgeweiht bin.

Das Haus ist immer noch warm, fühlt sich aber ganz anders an als noch vor ein paar Stunden. Dies wird nicht der Eingangsbereich sein, in dem ich Briefe, Geburtstagskarten und Rechnungen aus dem Briefkasten holen werde. Diese Treppe, die ich hochsteige, wird nicht mein tägliches Bein-Work-out ersetzen. Und als Frankie unsere Wohnungstür aufschließt, wird mir klar, dass das hier das erste Mal ist, das ich hierher zurückkehre, und möglicherweise auch das letzte Mal.

Bevor ich Frankie danken und mich noch mal entschuldigen kann, ist er bereits in seiner Wohnung verschwunden.

»Netter Typ«, sagt Orion und schließt die Tür hinter sich.

Ich schalte das Licht an und bereue es sofort. Es ist alles so kahl hier. »Setz dich einfach auf irgendeine Kiste.«

»Nachdem wir dich gesäubert haben«, sagt Orion und legt sein Basecap auf die Arbeitsplatte. Er lässt das Wasser in die Spüle laufen und hält probeweise die Hand darunter. »Papiertücher?«

Ich wühle in meinem Koffer und werfe Orion die Klopapierrolle zu, die ich eingepackt habe, weil ich nicht wusste, was für Läden in dieser Ecke der Stadt abends noch geöffnet haben würden. Ganz zu schweigen von den Berichten über Leute im ganzen Land, die in Erwartung des Weltuntergangs überall die Klopapierregale leer geräumt haben. Am Vormittag werde ich mit Scarlett einkaufen gehen, um sicherzustellen, dass sie alles Nötige hat.

Ich trete zu Orion an die Spüle.

»Das Wasser ist warm«, sagt er.

Er legt mir eine Hand auf die Schulter und tupft mit der anderen vorsichtig meine Wunde ab. Ich zucke zusammen, entspanne mich dann aber. Mit geschlossenen Augen das Wasser laufen zu hören, hat schon fast was von einer Wellnessbehandlung. Ich bin gefährlich nah dran, im Stehen einzuschlafen, deshalb halte ich mich an der Arbeitsplatte fest.

»Fertig«, sagt Orion.

»Vielen Dank, Doktor ...«

»Pagan.«

»Danke, Dr. Pagan.«

»Ich komme gleich wieder, ich klopfe nur kurz bei Frankie, um ihn um Pflaster zu bitten. Ich bin sicher, er wird begeistert sein, seinem Lieblingsmieter helfen zu können.«

Orion verkneift sich ein Lachen, als er sich zum Gehen wendet, und ich ziehe ihn in eine Umarmung und lache lauter, als ich es an dem Tag, an dem ich sterben werde, für möglich gehalten hätte.

FRANKIE DARIO
03:31 Uhr

Frankie könnte den neuen Mieter umbringen.

Was fällt Valentino ein, ihn mitten in der Nacht zu stören? Noch dazu an seinem ersten Tag hier! Eine Unverschämtheit ...

Es spielt keine Rolle, dass Frankie sowieso wach war. Das geht niemanden etwas an. Was sehr wohl eine Rolle spielt, ist, dass Frankie seine Aufgabe erfüllt und seinem Mieter wie im Mietvertrag vereinbart zwei Schlüsselbunde ausgehändigt hat, und trotzdem hat sich Valentino selbst ausgeschlossen; wahrscheinlich hat er die Schlüssel in irgendeiner dunklen Gasse verloren, wo er diesen Jungen getroffen hat, den er mitgebracht hat. Valentino Prince? Wohl eher Valentino Prinzessin.

Frankie wird Paz von Valentino fernhalten. Es gab schon genug Warnzeichen, dass irgendwas mit Paz nicht stimmt, daher gnade ihm Gott, wenn er je versucht, einen Jungen mit nach Hause zu bringen. Dann wird Frankie sofort zu seinem Schrank gehen und seine ...

Tief durchatmen.

Wenn Frankie ehrlich ist – und das ist er, das könnt ihr glauben –, ist das eigentlich Ärgerliche, dass er immer noch nichts von Rolando gehört hat. Hat der inzwischen nicht genug Leuten das Leben versaut? Nächstes Mal, wenn Rolando ihn um einen Gefallen bittet, wird Frankie sich auch alle Zeit der Welt lassen, um ihm zu helfen, das könnt ihr genauso glauben.

Den Rest des Kaffees kippt Frankie in die Spüle. Er schaut aus dem Küchenfenster und vermisst die Zeit, als er da rüberschauen konnte und jedes Mal diese wahnsinnig geile junge Frau in ihrer Wohnung sah; sie war immer noch spät auf, zusammen mit verschiedenen glücklichen Männern und Frauen. Aber sie ist ausgezogen, und jetzt ist da Valentino und umarmt diesen Jungen. Frankie zieht den Vorhang zu. Ihn interessiert nicht mehr, was innerhalb dieser vier Wände vor sich geht.

Er holt sich ein Bier aus dem Kühlschrank und setzt es an den Mund, in der Hoffnung, seinen ganzen Frust ertränken zu können.

Alles, was er will, ist ein Hinweis auf einen Todgeweihten, dem er folgen kann.

Das kann doch so schwer nicht sein.

ORION
03:33 Uhr

So habe ich mir das nicht vorgestellt, wenn mich ein Junge endlich mal mit zu sich nach Hause nimmt.

Zunächst habe ich gedacht, dass ich seine Eltern oder Erziehungsberechtigten kennenlerne, vielleicht auch seine Geschwister und Freunde. Ich würde mir total treu bleiben, aber trotzdem meine Stärken rauskehren, wie meine Schriftstellerei und dass ich immer weitermache, auch wenn mein Herz mich ständig aufhalten will. Und dann würden wir alle entspannt zusammen essen, Witze reißen, bis ich ihr Vertrauen gewonnen habe und mit meinem Jungen in seinem Zimmer abhängen darf.

Stattdessen verarzte ich einen Todgeweihten in einem leeren Apartment.

Doch von Valentino umarmt zu werden ist wahnsinnig schön. Ich genieße jede einzelne Sekunde, und sosehr ich auch weiter seine blauen Augen und seinen herzförmigen Mund anstarren will, weiche ich dann doch zurück, um ihn nicht durcheinanderzubringen. Ich bin ja hier, um ihm zu helfen, nicht um rumzumachen.

Das sind bloß harmlos unanständige Gedanken, aber ich wette, in Zukunft werden Leute Todgeweihten nachstellen, um sich schnell einen runterzuholen, und dann völlig skrupellos das Weite suchen; ich muss daran denken, Dalma zu sagen, dass sie nie so eine App erfinden darf.

»Wo sollen wir anfangen?«, frage ich.

»Ich glaube, ich packe erst mal die Kisten aus. Da sind sowieso nur Klamotten drin.«

»Dann kannst du dir ja gleich was für das Fotoshooting raussuchen.«

»RainBrand wird mich einkleiden.«

»Ja, aber du willst doch bereits top aussehen, wenn du da in der Tür stehst.«

»Stimmt. Ich will unbedingt einen guten Eindruck machen, damit sie mich sofort wieder buchen.«

Ich höre mit dem Gewische auf der Küchentheke auf. Hoffentlich habe ich ihn jetzt nicht total runtergezogen. »Im Ernst, wenn dich mein Optimismus nervt und du dich deinen Gefühlen hingeben musst, lass es mich wissen. Dann nehme ich meinen Optimismus und schmeiß ihn zum Fenster raus.«

»Ich mag deinen Optimismus. Besser, als so zu tun, als wäre das hier nicht echt. Bitte mach weiter«, sagt er mit einem schnellen Lächeln, bevor er mit Leichtigkeit eine der Kisten aufreißt.

»Der Optimismus stirbt zuletzt.«

Ich gehe in sein winziges Bad, hänge die Klopapierrolle auf und spüle die blutigen Taschentücher weg. Ich werfe einen Blick in den Spiegel, und wenn ich gedacht habe, ich sehe auf dem Foto scheiße aus, das Dalma von uns auf dem Times Square gemacht hat, würde ich doch jetzt gerne in der Zeit zurückreisen und den Vergangenen Orion wissen lassen, was für ein schöner Scheißkerl er doch ist. Meine Lippen sind noch rauer als sowieso schon und meine Locken sind ein einziges Chaos. Ich sehe aus wie der Tod.

Und dennoch.

Ich darf mich jetzt nicht hängen lassen, schließlich ist es meine Aufgabe, Valentino optimistisch zu stimmen.

Also reiße ich mich zusammen, wasche mir das Gesicht, pflege meine Lippen und gehe wieder raus.

Valentino kniet in einem Haufen Klamotten und zieht sich gerade sein Hemd über den Kopf. Dabei präsentiert er der Welt seine definierten Muskeln und ein Eins-a-Sixpack. Er sieht aus wie gemeißelt. So was habe ich im echten Leben nie zuvor gesehen. Ohne Scheiß, es ist der absolute Wahnsinn. Wenn ich gegen seine Brust schlagen würde, dann würde ich mir garantiert sämtliche Fingerknochen brechen.

»Ganz schön krass, das alles«, sage ich mit einer Geste auf seinen Körper.

»Ha. Danke«, sagt Valentino, während er sich ein locker sitzendes weißes Unterhemd überzieht. »Ich wünschte, es wäre nicht quasi Pflicht, so auszusehen, um in meiner Branche was zu erreichen. Wie viele Stunden ich da reingesteckt habe, nur um jetzt eine muskulöse Leiche zu werden!«

»Und dann noch die ganze Rasiererei.«

Valentino lacht in sich hinein. »Ja. Eine haarlose, muskulöse Leiche.« Er faltet seine Hemden und stapelt sie vor der Wand. »Wenn ich jetzt so darüber nachdenke, finde ich es nicht gerade toll, wie viele Leute sich in mein Leben eingemischt haben. Um mich ging es denen gar nicht. Die wollten mich nur klonen.«

»Tja, jetzt wird keiner mehr über dich bestimmen.«

»Wo wir schon dabei sind … ich hoffe, Dalma und du, ihr habt euch nicht meinetwegen gestritten.«

»Ach, alles gut. Dalma denkt immer superlogisch, aber ich wollte nicht, dass sie an deinem Abschiedstag über dich bestimmt, und auch nicht, wann du sterben wirst. Hier geht es nicht um uns. Es geht nur um dich.«

Valentino seufzt, während er ein paar Jacken und Pullover auspackt. »Das weiß ich zu schätzen, aber damit du dich nicht komisch fühlst oder so, ich betrachte sie nicht als Feindin. Ich kann ihren Standpunkt sehr gut verstehen. Wahrscheinlich hätte ich mich genauso verhalten, wenn du das magische Organ hättest, das Scarletts Leben retten könnte.«

Wenn es andersherum wäre, möchte ich gerne glauben,

dass ich genau das für Valentino machen würde, was er für mich tut. Falls Scarlett eines Tages vielleicht mal Hilfe braucht, kann ich dann ihr Held sein. Falls sie je ein Herz braucht und ich Valentinos habe, dann gehört es ihr, das steht außer Frage.

Als ich die Schachtel mit der Luftmatratze aufmache, wird mir erst wirklich klar, was für ein Neuanfang dieser Umzug für Valentino sein muss. Er hat noch nicht mal ein richtiges Bett. Das war bei mir ganz anders, als ich aus der Wohnung meiner Kindheit ausgezogen bin und ins Casa Young. Da konnte ich mich zwischen dem Schlafsofa im Wohnzimmer, den Camping-Liegen von Dayana und Floyd und dem Bett im Gästezimmer entscheiden, das dann mein Zimmer geworden ist. Valentino dagegen hat die lauteste Luftmatratze der Welt. Fast will ich die elektrische Pumpe wieder aus der Steckdose ziehen, weil ich nicht das gesamte Haus mit dem Krach zu dieser späten Stunde wecken will, aber eigentlich ist es mir scheißegal, denn an seinem Abschiedstag verdient Valentino ein Bett, auch wenn es nur ein aufblasbares ist.

In einer Welt, die kein Problem damit hat, dass Menschen auf der Straße schlafen müssen, bekomme ich jetzt schon Angst, wie wohl einmal mit den Todgeweihten umgegangen werden wird.

Wie gut, dass Valentino diesen Wahnsinn dann nicht mehr ertragen muss.

VALENTINO
03:41 Uhr

Die letzte Kiste ist voller Schuhe, die ich niemals in New York tragen werde.

Meine Timberlands haben mir heute Nacht gute Dienste geleistet, aber ich hatte mich schon darauf gefreut, mit meinen Lieblings-Slippern oder den blauen Chucks oder den hellbraunen Mokassins auszugehen. Und ganz oft morgens in meinen Nikes joggend den Central Park zu erkunden. Ich hole zwei Paar weiße Sneaker heraus, von denen eins vom alltäglichen Gebrauch schon ziemlich abgenutzt und das andere für Partys reserviert ist, bei denen ich mich nicht besonders stylen, aber trotzdem schick aussehen will. Meine Eltern fanden es immer albern, dass ich zwei identische Paar Sneaker für unterschiedliche Zwecke habe, aber sie kümmern sich auch nicht so um ihr Aussehen wie ich. Wenn ich gut aussehe, fühle ich mich auch gut. Ich stehe zu meinen Mode-Entscheidungen, sogar jetzt noch, wo es idiotisch scheinen mag, dass ich manche Schuhe so geschont habe, und die jetzt nie das Tageslicht erblicken werden.

Zumindest nicht an mir. Sie werden an den Füßen eines anderen ein neues Zuhause finden.

Bis dahin reihe ich sie neben der Tür auf.

»Fertig«, sage ich. Es ist nicht viel, aber ich habe die Illusion geschaffen, dass hier jemand wohnt.

»Und jetzt?«, fragt Orion gähnend.

Ich schaue auf die Uhr. »Scarlett müsste jeden Moment mit dem Boarding anfangen. Wäre es okay, wenn ich sie kurz anrufe?«

»Du musst nicht fragen«, sagt Orion und schiebt mir sein Handy über den Boden zu. »Mach einfach.«

Ich habe Scarlett schon, kurz bevor wir das Krankenhaus verlassen haben, von seinem Handy aus eine Nachricht geschickt, um ihr zu sagen, wie sie mich am besten erreichen kann, weil Dalma jetzt nicht mehr dabei ist. Sie antwortete schnell, was mich schon wieder nervös machte, weil ich nicht will, dass sie beim Fahren Nachrichten schreibt, aber sie hatte ganz verantwortungsbewusst erst geparkt, bevor sie die Nachricht von einer weiteren unbekannten Nummer geöffnet hat. Selbst unter Stress ist Scarlett vorsichtig, und das ist großartig, denn es bleiben immer noch knapp anderthalb Stunden, bis wir sicher sein können, dass sie heute nicht auch stirbt.

Ich öffne die Anrufliste und klicke Scarletts frisch gespeicherten Namen an. Sie reagiert innerhalb von Sekunden auf meinen FaceTime-Anruf.

Scarletts Gesicht und Augen sehen verheult aus, sie atmet erleichtert auf, als sie mich sieht. »Ich hatte solche Angst, dass es nicht du bist.«

»Ich bin jetzt zu Hause«, sage ich und drehe die Kamera so, dass sie die Wohnung mit den paar Sachen, die ich ausgepackt habe, und Orion in der Ecke sehen kann.

»Gut. Sorg dafür, dass da nichts ist, was dich umbringen kann. Der Herd zum Beispiel, oder scharfe Kanten. Kann man das Fenster abschließen? Schließ das Fenster, damit niemand reinkommen kann.«

Wenn dies ein normaler Anruf wäre, würde ich ihr wahrscheinlich bloß sagen, dass alles in Ordnung ist. Aber ich will sie beruhigen und bin darauf angewiesen, dass sie mich beruhigt, also gehe ich durch die Wohnung und vergewissere mich, dass hier keine tödliche Gefahr lauert.

»Alles erledigt«, sage ich.

»Danke. Leg noch nicht auf.«

»Nein.«

Ich setze mich auf die Luftmatratze, die nun fest genug ist, um mir ein paar Stunden Schlaf zu ermöglichen. Dann sehe ich Scarlett dabei zu, wie sie am Gate eincheckt und immer wieder tief Luft holt. Sie ist in ihrem Leben erst zweimal geflogen und tut das nicht gern. Ich bereue mehr denn je, vor ihr losgeflogen zu sein. Der Empfang wird schlechter, je weiter sie die Gangway entlanggeht, denn trotz all der Berichte darüber, dass man jetzt auch im Flugzeug ins Internet kann, kenne ich niemanden, der schon mal WLAN auf einem Flug hatte.

»Scar«, rufe ich, als sie immer wieder hängen bleibt und ihr Gesicht auf eine Art einfriert, die sie schrecklich fände.

Ich lege auf und schicke ihr eine Nachricht, in der Hoffnung, dass sie sie erreicht: **Mieser Empfang. Gib Bescheid, bevor ihr losfliegt. Hab dich lieb.**

»Sie steigt jetzt ein«, sage ich zu Orion. »Wahrscheinlich sollte ich mich ein wenig hinlegen. Ich will ausgeruht sein, wenn sie kommt.«

Er nickt. »Außerdem brauchst du deinen Schönheitsschlaf vor deinem Fotoshooting.«

»Ich habe genug Concealer, um die Augenringe und die Wunde abzudecken.«

»Hast du auch Bettwäsche?«, fragt Orion.

Ich schüttele den Kopf. »Ich war offenbar zu sehr damit beschäftigt, eine Million Schuhe einzupacken.«

»Ah, ich hab's.« Orion springt auf, bereit, das Problem zu lösen. Er holt ein paar der Klamotten und Jacken, die ich mühsam zusammengelegt habe, und bringt sie zur Luftmatratze. Er bastelt Kissen, indem er Pullis in Baumwoll-T-Shirts stopft, damit uns die Wolle nicht im Gesicht kratzt. Dann legt er ein Badetuch als Laken auf die Luftmatratze und darüber meinen schwarzen Trench als Decke.

»Wenn ich mein Handy hätte, würde ich jetzt ein Foto machen«, sage ich ehrlich beeindruckt.

»Mir gefällt es auch irgendwie.« Orion legt eins der Pullikissen auf den Boden und bastelt sich einen Schlafsack aus einem Pullover und meiner braunen Wildlederjacke.

»Was machst du da?«

»Ich mache mein Bett. Ist das okay? Ich schlafe unter deiner Jacke, damit sie nicht den Boden berührt.«

»Darum geht's mir nicht, das ist doch egal. Du musst nicht auf dem Boden schlafen.«

»Es macht mir echt nichts aus. Ich bin dir sowieso dankbar, dass du einen völlig Fremden bei dir übernachten lässt.«

»Du bist kein völlig Fremder. Wenn wir uns ein Herz teilen, können wir auch ein Bett teilen.«

Orion verzieht das Gesicht. »Na ja, genau genommen gibst du mir dein Herz. Wir teilen es uns nicht. Aber natürlich werde ich mich deinen Argumenten nicht verschließen. Immerhin ist das ...«

»Der Wunsch eines Sterbenden?«, frage ich.

»Das hast du gesagt, nicht ich.«

Orion wirft sein Pullikissen und die Klamottendecken aufs Bett. Wir ziehen unsere Boots aus. Normalerweise schlafe ich in Unterwäsche, aber ich will keine unangenehme Situation schaffen, also ziehe ich mir eine Jogginghose über. Orion stellt den Wecker an seinem Handy, bevor er es an mein Ladegerät anschließt; wir sind ein perfektes Team. Ich schalte das Licht aus und schlüpfe ins Bett, wo Orion es sich bereits gemütlich macht. Auch ohne Jalousien ist es dunkel im Zimmer, wenn auch nicht pechschwarz, wegen der Lichter draußen. Ich überlege, gleich morgen Vorhänge kaufen zu gehen, weil es wichtig ist, dass ich nachts gut schlafe, vor allem an den Tagen, an denen ich arbeite, bevor mir einfällt, dass das nicht mehr mein Problem sein wird.

Wie viele solcher Gedanken werde ich wohl noch haben, bevor ich wirklich akzeptiert habe, dass ich sterben werde?

Hoffentlich eine Menge. Denn jeder dieser Gedanken heißt, dass ich noch am Leben bin.

Es ist das erste Mal, dass ich mit einem anderen Jungen im Bett liege. Wir mogeln auch nicht, indem wir in entgegengesetzte Richtungen liegen und uns gegenseitig die Füße ins Gesicht strecken. Wir liegen Kopf an Kopf, die Augen an die Decke gerichtet. Es ist wirklich schön und genau das Leben, das ich hier in New York führen wollte. Zu Hause ist es mir gelegentlich gelungen, mit ein paar Jungs ins Gespräch zu kommen, aber weiter ging es nie. Es war jedes Mal auch ganz schön kompliziert, weil ich meine Gefühle vor meinen Eltern verbergen wollte und mich auch nicht immer sicher fühlte, in meinem konservativen Staat offen meine Neigungen zu zeigen. So richtig stark zog mich auch kein Junge in seinen Bann; es gab keinen, der all das wert gewesen wäre.

Es ist so still, dass ich das Gefühl habe, mein Herzschlag sei ganz laut, als erwartete ich etwas.

Orion beendet das Schweigen, als er flüstert: »Ich habe eine Frage.«

»Du musst nicht flüstern.«

»Ich wusste nicht, ob du schon schläfst.«

»Das merkst du dann schon. So laut wie ich schnarcht keiner.«

»Und dann teilst du dir eine Einzimmerwohnung?«

»Mein Schnarchen ist in Scarletts Ohren inzwischen wie weißes Rauschen.« Ich drehe mich zu ihm um, aber er starrt weiter an die Decke. »Bitte erstick mich nicht im Schlaf.«

»Nur weil du etwas hast, das ich haben will«, sagt Orion und wirft mir einen kurzen Blick zu, bevor er sich wieder abwendet. »Darüber wollte ich übrigens reden. Weiß Scarlett von unserem Plan mit der Transplantation?«

»Noch nicht. An der Abschiedstag-Sache hat sie erst mal genug zu knabbern. Aber sie hat selbst auch einen Organspendeausweis, daher wird sie das sicher befürworten. Dass mein Herz nicht mehr in meinem Körper steckt, wird nicht den Ausschlag dafür geben, dass sie das Gefühl hat, ihr Leben sei teilamputiert.«

Ich stöhne, weil sich mir plötzlich ein schreckliches Bild aufdrängt.

»Was ist los?«, fragt Orion.

»Jetzt, wo ich an all diese Organ-Geschichten denke ... kam mir gerade in den Sinn, dass Scarlett bei einem Flugzeugabsturz ums Leben kommen könnte in dem Wissen, dass sie nicht wie geplant ihre Organe spenden kann.«

Das kriege ich nicht aus dem Kopf. Die Schreie, das Chaos, das Feuer, den Rauch.

Orion setzt sich auf und legt mir die Hand auf die Schulter. »Mach dir deshalb keine Sorgen. Das Flugzeug startet bald, das heißt, wenn der Todesbote bis dahin nicht alle Passagiere angerufen hat, kann Scarlett nichts passieren.«

SCARLETT PRINCE
00:59 Uhr (Mountain Standard Time)

Bei Scarlett Prince hat der Todesbote nicht angerufen, um ihr zu sagen, ob sie heute sterben wird, aber als die letzte Stunde anbricht, in der diese Möglichkeit noch besteht, umklammert Scarlett ihr Handy so fest, dass ihre Fingerknöchel weiß werden, unsicher, ob sie lieber den Abschiedstag mit ihrem Bruder teilen oder einem Leben ohne ihn entgegensehen will.

Scarlett ist diese Angst nicht fremd, seit sie im Mai beinahe gestorben wäre.

Obwohl sie wundersamerweise kein Autotrauma hat, selbst wenn sie über genau die Schnellstraße fährt, wo der unvorsichtige Mann in sie reingerast ist, begleitet sie seit dem Unfall ein eindeutiger Schmerz. Es war nicht das Blut, das ihr in den Kopf strömte, während sie kopfüber in ihrem überschlagenen MINI Cooper hing, oder der Sicherheitsgurt, der ihr die Brust einschnürte, oder die Glassplitter des zerbrochenen Beifahrerfensters, die sich in ihre Haut bohrten und ein paar leichte Narben auf ihrer Wange, ihrem Hals und Arm hinterließen. Was sie am meisten schmerzte, war die elende Vorstellung, allein sterben zu müssen, obwohl sie ihr Leben nicht allein begonnen hatte.

Allein die Erinnerung an diesen herzzerreißenden Schmerz schnürt ihr bis heute jedes Mal fast die Luft ab. Ein Schmerz, den ihr Bruder nie erfahren wird, weil sie an seiner Seite sein wird – als Zeugin eines schrecklichen Todes, den er nicht verdient.

»Ich hatte einen Gedanken, bevor ich das Bewusstsein verlor«, hatte Scarlett Valentino am Morgen nach ihrem Unfall erzählt. »Dass ich als Zweite auf diese Welt gekommen bin, sie aber als Erste verlassen würde. Als wäre das Leben zu voll geworden und einige Leute müssten daher gefeuert werden.«

»So, wie du das sagst, klingt der Tod poetischer, als er ist«, hatte Valentino mit einem Lachen geantwortet.

»Das ist meine künstlerische Ader. Aber ich bin froh, dass ich mich geirrt habe.«

Scarlett ist nicht mehr froh, dass sie sich geirrt hat.

Valentino ist als Erster auf die Welt gekommen und wird sie als Erster verlassen.

Außer sie gehen gemeinsam, wie ein Flugzeug unterwegs zu seinem Ziel – one-way.

Als Scarlett aufblickt, stellt sie fest, dass alle anderen in ihrer Reihe auch auf ihr Handy starren, als warteten sie darauf zu erfahren, ob heute ihr letzter Tag sein wird. Dann hat sie die entsetzliche Vision eines kollektiven Klingelns im gesamten Flugzeug, das sie alle verdammt, obwohl sie noch nicht mal gestartet sind. Sie will diesem Gedanken nicht zu viel Raum geben, aber das ist gar nicht so leicht, als sie es läuten hört.

Der Klingelton des Todesboten.

Jemand auf diesem Flug wird angerufen.

Scarletts Handy ist still und dunkel und sie hält augenblicklich Ausschau nach dem unglücklichen Todgeweihten. Von ihrem Platz in der siebten Reihe hört Scarlett das Klingeln von weiter vorne, wahrscheinlich jemand aus der ersten Klasse. Aber alle, die dort sitzen, schauen ebenfalls nach vorne und starren das Cockpit an.

Der Pilot dieses Flugzeugs wird heute sterben.

Was bedeutet das für alle anderen an Bord?

FLUGKAPITÄN HARRY E. PEARSON
01:00 Uhr (Mountain Standard Time)

Bei Flugkapitän Harry E. Pearson ruft der Todesbote an, um ihm zu sagen, dass er heute sterben wird, und zwar genau in dem Moment, als er mit dem Startcheck für seinen einhundertsten Flug anfangen will.

Vom ersten Offizier bis hin zu den Flugbegleiterinnen und den Passagieren richten sich alle Blicke auf den Kapitän. Von so einer Aufmerksamkeit kann man bei der Sicherheitsvorführung vor dem Abflug nur träumen, meistens sind die Leute so in ihre Zeitschriften oder Handys vertieft, dass sie kaum aufschauen. Doch nun schenken sie ihm ihre gespannte, höchste Aufmerksamkeit, fragen sich, wann Flugkapitän Pearson seinen Abschiedsanruf entgegennehmen wird. Gerade will er das tun, als ihn ein tiefes Grauen übermannt; genau wie früher, wenn er Horrorfilme geguckt hat, aber dann damit aufhören musste, weil sein alterndes Herz die Anspannung und die Schockmomente nicht mehr ertragen konnte; und plötzlich kommen Flugkapitän Pearson alle an Bord höchst verdächtig vor.

Da der Todesbote ihn angerufen hat, bevor das Flugzeug überhaupt abgehoben hat, könnte das doch bedeuten, dass jemand an Bord dieses Fluges ihn töten wird? Ein Terrorist, der das Flugzeug kapern will? Es kann keine Bombe sein, sonst wären ja alle in dieser Maschine dem Tod geweiht, oder? Aber wer weiß schon, ob nicht alle anderen auch noch einen Abschiedsanruf bekommen? All das ist schließlich für alle Neuland.

Flugkapitän Pearson ist so in Not, dass er eine schnelle Entscheidung trifft, eine Entscheidung, die gegen alle Vorschriften verstößt, die für eine Welt geschrieben wurden, in der es keinen Todesboten gab, in der man sich auf mögliche Gefahren vorbereiten musste, aber nicht auf das Unvermeidliche. Wenn er seine Passagiere davor bewahren will, entführt zu werden, dann darf er niemandem trauen, auch seinem Ersten Offizier nicht, den er kurzerhand in die Erste Klasse schubst. Flugkapitän Pearson möchte nicht sehen, wo der Mann landet. Er schließt sich im Cockpit ein, enttäuscht darüber, dass er diesen hundertsten Flug nicht wird machen können, aber stolz darauf, dass Sicherheit für ihn immer an erster Stelle steht.

Er setzt sich in seinen Pilotensitz, richtet die Augen gen Himmel und nimmt den Anruf des Todesboten in Empfang.

SCARLETT PRINCE
01:02 Uhr (Mountain Standard Time)

Wird der Pilot sie alle umbringen?

Scarlett weiß nur, dass die Hölle losbricht, als der Pilot sich im Cockpit verschanzt. Ganz viele Passagiere drehen durch wie aus dem Käfig befreite Tiere, rennen nach vorne und verlangen, rausgelassen zu werden. Scarlett will das auch, aber sie hat Angst, in dem Tumult totgetrampelt zu werden, also kauert sie sich mit dem Rücken ans Fenster. Hat der Pilot seinen Co-Piloten angegriffen, weil der alle in den Tod fliegen will? Oder ist irgendjemand hier bei ihnen im Flugzeug, der eine noch größere Bedrohung darstellt?

Es ist gar nicht so einfach, den Glauben an den Todesboten zu bewahren, wenn der für eine solche Massenhysterie verantwortlich ist.

Was, wenn er sich heute Nacht vertut?

Scarlett versucht, diesen Orion auf dem Handy anzurufen, um Valentino zu erreichen, aber sie hat keinen Empfang.

Vielleicht geht eine Nachricht durch: **Der Todesbote hat den Piloten angerufen**. Sie tippt schneller und kümmert sich nicht um die richtige Zeichensetzung. **Ich hab keinen Anruf gekriegt aber alle drehen durch**.

Die Nachricht geht nicht raus.

Ich hab Angst, Val, tippt sie trotzdem.

Sie kann sich ruhig schon mal an diese einseitigen Gespräche mit ihrem Bruder gewöhnen.

ORION
04:04 Uhr

Wieder ruft Valentino Scarlett an, aber wieder schaltet der Anruf gleich auf Voicemail.

»Was ist, wenn sie gerade mit dem Todesboten telefoniert?«, fragt er und legt das Handy weg.

Die Sache ist, wenn Scarlett wirklich gerade ihren Abschiedsanruf entgegennimmt, können wir sowieso nichts machen. Dann kann ich lediglich dafür sorgen, dass Valentino hier nicht total durchdreht.

»Wenn der Todesbote sie anruft, dann wirst du garantiert der Erste sein, bei dem sie sich hinterher meldet.« Ich suche in der Dunkelheit Valentinos Blick. Ich glaube, er versteht, was ich meine. »Scarlett hat bestimmt einfach noch immer kein Netz.«

»Du hast natürlich recht. Als ich gestern vor dem Start im Flugzeug saß, hat meine Nachricht auch ewig gebraucht, bis sie durchkam. Sie ist erst rausgegangen, kurz bevor ich auf Flugmodus umschalten musste, und das war ja noch vor dem großen Auftritt des Todesboten.«

»Eben«, sage ich, obwohl ich bezweifle, dass Valentino seinen eigenen Worten Glauben schenkt. Er versucht sich diese Wahrheit einzureden, und allein das verdient Respekt.

Er legt seinen Kopf wieder auf das provisorische Kissen. Nur um eine Sekunde später erneut hochzufahren.

»Was ist, wenn diese Netzstörung verhindert, dass der Todesbote Scarlett erreicht? Oder sonst jemanden auf diesem Flug? Oder überhaupt irgendjemanden? Vielleicht wollen sie gerade losfliegen und sind völlig ahnungslos, dass sie längst dem Untergang geweiht sind? Schließlich kann der Todesbote nicht die Fluggesellschaften anrufen, damit sie den Start verschieben, weil wir nämlich nicht getrackt werden, wie diese ganzen Verschwörungstheoretiker glauben, obwohl es in diesem Fall echt hilfreich wäre zu wissen, ob das Flugzeug voller Todgeweihter ist.«

Ich lasse Valentino sich auskotzen und muss an meine Eltern denken und all die anderen Opfer vom 11. September.

Hätte es den Todesboten damals schon gegeben und die Tausende von Menschen, die in den Türmen und in den Flugzeugen und auf dem Boden gestorben sind, wären angerufen worden, hätten sie dann überlebt? Nach all dem, was Joaquin Rosa sagt, wären sie dann auf eine andere Art ums Leben gekommen. Aber hätte ich meine Eltern an dem Tag noch einmal sprechen können? Hätte ich vielleicht zusehen müssen, wie sie sterben, anstatt stundenlang nichts von ihrem Schicksal zu wissen? Ich könnte eine Million Fragen stellen, genau wie nach einem Film voller widersprüchlicher Zeitreisen, aber da ich nicht in der Lage bin, die Zeit zurückzudrehen, werde ich nie irgendwelche Antworten bekommen.

»In solchen Momenten wünschte ich, ich könnte noch beten«, sagt Valentino. »Dann würde ich jetzt für Scarlett beten.«

Auf Religion habe ich noch nie groß was gegeben, aber solange die Leute mich mein fucking Ding machen lassen, lass ich sie auch. So wie jedes Mal, wenn wir uns zu Hause zum Essen hinsetzen, Team Young sich einen Augenblick lang Zeit nimmt, um Segenswünsche loszuwerden, und ich das friedlich aussitze und wir dann alle gleichzeitig anfangen zu essen. Alles kein Problem.

»Du hast wegen deiner Eltern aufgehört zu beten?«, frage ich.

»Ich bin mir bewusst, dass meine Geschichte so alt ist wie die Bibel, aber als ich mich als schwul geoutet habe, haben mir meine Eltern zu verstehen gegeben, dass ich sündige. Seitdem fühlt es sich so an, als dürfte ich nicht mehr beten.«

Jedes Mal, wenn Valentino das Wort *schwul* sagt, gibt mir das einen totalen Kick. Dann habe ich das Gefühl, dass überall Regenbogen aufleuchten sollten, damit ich sehen kann, wie das Wort aus seinen herzförmigen Lippen fliegt. Aber eigentlich ist es passender, dass es um ihn herum so finster bleibt, so als würde er von einem dunklen Gewittersturm verfolgt, denn Valentino hat Eltern, die ihm nicht die Liebe geben, die er verdient hätte. Den Kampf würde ich zwar nicht gewinnen, aber ich würde trotzdem gerne jemandem zu seiner Verteidigung eine reinhauen.

»Du weißt, dass das absoluter Schwachsinn ist, nicht?«

»Meistens.«

»Hör zu, ich piss ja niemanden ans Bein wegen seiner Religion, aber alle, die was gegen Schwule haben, wegen etwas, was angeblich sowieso nicht in der Bibel steht, können mich mal fucking kreuzweise.«

»Mir gefällt, dass du so unbeschwert fluchen kannst und trotzdem gar nicht wütend wirkst.«

»In dieser Hinsicht bin ich sehr begabt.«

»Danke für diesen ausgeglichen-leidenschaftlichen Auftritt. Ich habe mich so viele Jahre lang auf meinen Glauben verlassen, habe buchstäblich zu Gott gebetet, dass meine Eltern mich trotzdem lieben, und ich habe mich geirrt. Das war ganz schön schwer für mich.« Er legt seine Hände auf die Brust und holt tief Luft. »Einer der Hauptgründe, warum ich ausgezogen bin, war, von ihnen wegzukommen. Es gehört zu meinem Job, dass ich mich in meiner Haut wohlfühle. Mich selbst ganz und gar annehme. Wie soll ich das hinkriegen, wenn ich zu Hause nicht ich selbst sein kann?«

Und hier ist er nun, im Bett mit einem anderen Jungen in seiner ersten Nacht in New York.

»Ich habe meinen Eltern nicht gesagt, dass ich sterben werde.«

Das alles schockt mich ziemlich. Aber am allermeisten, dass ich mal wieder vollkommen vergessen habe: Er wird heute sterben. Ich bin so in seine Geschichte reingezogen worden, war so damit beschäftigt, ihn für seine leuchtende Zukunft anzuspornen, dass ich das Gefühl habe, in ein anderes Universum gerutscht zu sein, in dem Valentino die Chance haben wird, sich genauso selbst zu entdecken, wie er sich das erträumt hat. Aber das wird er nicht, denn er wird heute sterben, und seine Eltern, die ihn vertrieben haben, sind vollkommen ahnungslos.

»Wirst du es ihnen sagen?«, frage ich, obwohl ich nicht davon ausgehe, wenn er es bis jetzt noch nicht getan hat.

»Wozu? Ihr Priester hat sie davon überzeugt, dass nur Gott allwissend ist und der Todesbote ein Werk des Teufels.«

Fast mache ich das Licht wieder an, damit Valentino sich selbst davon überzeugen kann, wie sehr ich die Augen verdrehe.

»Vielleicht gucken sie gerade die Nachrichten und wissen es inzwischen besser«, sage ich.

»Ich bin noch unentschlossen. Wahrscheinlich hältst du mich für ein Monster, wenn ich es nicht tue.«

»Verdammt noch mal, nein. Wie kommst du darauf?«

Er weicht meinem Blick aus. »Keine Ahnung. Aber du hast so unerwartet deine Familie verloren, und ich bin mir sicher, du hättest deinen Eltern eine Menge zu sagen gehabt, wenn du gewusst hättest, dass du sie zum letzten Mal siehst ... Konntest du mit ihnen eigentlich noch über dein Herz sprechen?«

»Das mit meinem Herzen hat erst angefangen, als ich sechzehn war, hab ich doch schon erzählt ...«

»Sorry, da habe ich mich eben nicht klar ausgedrückt. Ich meinte nicht deine Herzkrankheit, sondern wo dein Herz dich hinführt, oder besser gesagt zu wem.«

Das gefällt mir. Obwohl ich es nie ausgesprochen habe, weiß Valentino, dass ich schwul bin. Oder zumindest, dass ich nicht hetero bin. Ja, ich habe am Times Square mit ihm geflirtet und jetzt teile ich mit ihm ein Bett, und ich bin verdammt stolz darauf, wie ich Haltung zeige. Versteht mich nicht falsch, der Scheiß kann einem echt Angst machen. Besonders in der South Bronx, wo ich noch nie zwei Männer habe Händchen halten sehen und wo *schwul* ein Schimpfwort ist. Aber mir war schon früh klar, dass ich nicht alle Zeit der Welt haben werde, um mich zu outen, also habe ich das bei der ersten Gelegenheit in Lichtgeschwindigkeit gemacht.

Und werde mir ewig wünschen, ich hätte es noch früher getan.

»Mit meiner Mom und meinem Dad konnte ich nicht mehr darüber sprechen«, sage ich.

»Glaubst du, sie hätten es okay gefunden?«

»Dass ich schwul bin?«

»Dass du schwul bist«, wiederholt er. »Und nur, weil meine Eltern nicht gerade toll damit umgegangen sind, kannst du trotzdem ehrlich sein.«

»Bist du dir ganz sicher?«

»Ganz sicher.«

»Meine Mom und mein Dad wollten immer nur, dass ich glücklich bin. Ich glaube, sie hatten ständig ein schlechtes Gewissen, dass sie nicht mehr Geld verdient haben, um mir alles kaufen zu können, was ich gerne haben wollte, daher haben sie bei allem anderen dafür gesorgt, dass ich nur das Beste bekomme. Sie haben mir einen Ausweis für die Bibliothek besorgt, wenn ich ein Buch lesen wollte, oder im Büro stapelweise Papier geklaut, damit ich meine Geschichten aufschreiben konnte. Ich glaube, es wäre ihnen scheißegal gewesen, wen ich mit nach Hause bringe, solange mich dieser Mensch glücklich macht.«

Valentino streckt die Faust nach oben. »Gut gemacht, Orions Eltern. Kein Wunder, dass du so ein großartiger Mensch geworden bist.«

In der Dunkelheit werde ich rot. »Dasselbe gilt dann aber auch für Dayana und Floyd. Sie haben echt super auf mich aufgepasst. In das Zuhause der engsten Freundin meiner Mutter zu ziehen, war das Beste, was mir damals passieren konnte. Wir haben unsere Trauer geteilt. Dayana lässt mich immer meine eigenen Wege gehen und meine eigenen Fehler machen, selbst wenn sie mich gerne davon abhalten würde. Wie zum Beispiel die Aktion Times Square gestern Abend.«

»Wollte sie nicht, dass du dahin gehst?«

»Nö. Sie und Floyd wollten, dass wir zu Hause bleiben, aber mir war nach einem kleinen Abenteuer.«

»Wow. Wenn du nicht da gewesen wärst ...«

»Ja, ja, ich habe dein Leben gerettet, ich bin total der Held. Schon kapiert.«

»Ich wollte eigentlich sagen: Wenn du nicht da gewesen wärst und mich zu Boden geworfen hättest, dann hätte ich jetzt noch mein Handy«, sagt Valentino mit einem Lächeln in der Stimme. Verspielt stößt er mir mit dem Ellbogen in die Seite, und ich habe das Gefühl, dass wir gleich anfangen werden, miteinander auf dieser Luftmatratze zu balgen und dabei zu rufen »Wir sind nicht schwul!«, obwohl wir es doch beide sind. »Ich bin echt froh, dass du da warst. Das war nicht gerade meine Sternstunde, aber es hätte viel schlimmer kommen können.«

»Du hättest auch noch dein Portemonnaie verlieren können.«

»Und mein Leben«, sagt er, plötzlich ganz ernst.

Dieser erste Tag mit dem Todesboten ist echt schwindelerregend.

Im einen Moment befindet sich der Todgeweihte, den ich gerettet habe, im Höhenflug, nur um im nächsten Moment wieder in Verzweiflung zu versinken.

Vielleicht war das der größte Vorteil von dem Leben, das wir zuvor gelebt haben – du kamst gar nicht erst dazu, zu trauern, weil du sowieso nicht erwartet hast zu sterben.

»Im Ernst, ich bin froh, dass du am Leben bist. Ich werde dich so oft retten, wie ich nur kann.«

»Froh«, wiederholt er.

Sein *froh* klingt ziemlich unglücklich.

Vielleicht ist er müde. Es ist verdammt spät – vier Uhr früh für mich, ein Uhr für ihn. Aber ich glaube, es ist das schiere Leben, das ihn gerade so erschöpft und niederdrückt.

»Valentino?«

»Ja?«

»Ich bin echt nicht begeistert von deinen Eltern. Ehrlich jetzt. Wenn sie dir nicht dort begegnen können, wo du stehst, dann scheiß auf sie. Ihr Verlust, denn du bist verdammt fantastisch. Wenn du aber das Gefühl hast, es bringt dir was, noch ein letztes Mal mit ihnen zu sprechen, dann würde ich sagen: mach. Aber bitte, bitte, bitte mach es nur für dich selbst. Leuten, die nicht wollen, dass du glücklich bist, schuldest du absolut gar nichts.«

Valentino greift nach mir und drückt meinen Arm. »Ich bin total froh, dass ich dich kennengelernt habe, Orion. Es ist schön zu wissen, dass mein Herz an einen guten Menschen geht.«

»Nur gut? Eben hast du noch gesagt, ich wäre ein großartiger Mensch. Wie kann ich wieder aufsteigen?«

»Lass mich nachdenken«, sagt er.

Würde Valentino mich jetzt bitten, ihn zu küssen, würden meine Lippen so was von schnell auf seinen liegen.

Es ist schwer, so eng neben ihm zu liegen und trotzdem nicht bei ihm zu sein.

Ich spüre die Verbindung zwischen uns, und das bilde ich mir nicht bloß ein. Wenn der Todesbote Valentino nicht angerufen hätte, dann hätte ich ihm meine Nummer gegeben und wir hätten uns verabredet – wären vielleicht sogar gleich auf ein richtiges Date gegangen – und hätten einander schnell und immer besser kennengelernt. Davon bin ich felsenfest überzeugt. Aber für uns gibt es kein Morgen; wir haben ja kaum ein gemeinsames Heute. Bald wird seine Schwester in New York landen, und die beiden werden so viel Zeit miteinander verbringen, wie sie nur können, und wenn alles gut geht, treffen wir uns wieder im Krankenhaus für die Operation, und dann wird es zu spät sein, so zu leben wie jetzt gerade – zwei junge Männer, die mitten in der Nacht ein Bett teilen und einander ihre Herzen öffnen, als hätten sie sich gerade kennengelernt.

Ich will nicht bereuen, etwas nicht gesagt – oder getan – zu haben.

»Valentino?«, flüstere ich.

Ich warte darauf, dass er meinen Namen sagt, aber er antwortet nur mit einem sanften Schnarchen, und dem Gerücht nach wird das bald das ganze Apartment ausfüllen. Ich bleibe so lange wach, wie ich kann, lausche Valentinos Schlaf, bis ich selbst auch einschlafe.

SCARLETT PRINCE
01:09 Uhr (Mountain Standard Time)

Das Flugzeug hätte jetzt eigentlich starten sollen, stattdessen bleibt es am Boden. Der Pilot ist immer noch im Cockpit verschanzt – und draußen stehen bewaffnete Einsatzkräfte. Scarlett nimmt an, dass der Pilot selbst Alarm geschlagen hat. Bevor irgendjemand durch den Notausgang entkommen konnte, haben Sicherheitskräfte und Polizisten das Flugzeug umzingelt und alle angewiesen, drin zu bleiben, während sie die Bedrohung untersuchen.

»Bitte bewahren Sie Ruhe«, hat der Pilot gesagt, nachdem er alle Befürchtungen, dass er sie in den Tod fliegen würde, zerstreut hat.

Aber wie können Leute Ruhe bewahren, wenn sie gar nicht ruhig waren?

Passagiere hämmern gegen die Fenster und bedrohen den Co-Piloten und die Flugbegleiter.

Scarlett hat Angst um ihr Leben, denn es ist gut möglich, dass sie stirbt, noch bevor der Todesbote sie erreichen kann.

NAYA ROSA
4:30 Uhr

Bei Naya Rosa hat der Todesbote nicht angerufen, weil sie heute nicht sterben wird, aber wie kann man da sicher sein, nachdem ein Todgeweihter durch die Lücken ihres Systems gerutscht ist?

Und dann noch einer, noch einer und noch einer.

Vier Leben, die ohne Warnung ausgelöscht wurden. Dies sind die bisher einzigen bekannten Fälle. Wie viele Geschichten werden im Lauf des Tages noch auftauchen? Wie viele Seelen werden verschieden sein, ohne dass ihnen jemand ihr vorzeitiges Ableben angekündigt hat?

Die Geburt des Todesboten sollte doch eigentlich den Tod der Sorge bedeuten.

Aber Sorge ist das Einzige, was Naya im Moment verspürt.

Ist ihr Sohn sicher? Ihr Mann? Sie selbst?

Was ist mit all den engagierten Angestellten, die noch immer am Telefon hängen und diese letzte Stunde mit Anrufen bei den Todgeweihten an der Westküste zu Ende bringen? Naya sorgt sich auch um deren psychisches Wohlergehen. Wie viele von ihnen stehen kurz davor, unter der Last der Trauer zusammenzubrechen?

Ursprünglich hatte die Regierung vorgesehen, beim Todesboten der höheren Effizienz wegen mit automatisierten Anrufen zu arbeiten. Joaquin war kurz davor gewesen, sich auf diese Idee einzulassen, als Naya sich zu Wort gemeldet hatte. Genau wie Ärzte ungünstige Diagnosen persönlich überbringen, brauchte es ihrer Meinung nach auch bei Anrufen, mit denen man einer Person mitteilte, dass sie sterben wird, etwas menschliche Wärme. Durch eine aufgezeichnete Nachricht zu erfahren, dass das eigene Leben zu Ende ging, war zu grausam.

Nachdem sie sich für die Todgeweihten eingesetzt hatte, wusste Naya, dass sie sich auch um die Boten kümmern musste.

Erst entwarf sie ein offenes Großraumbüro, um für das Wohlergehen der Angestellten zu sorgen, damit diese nicht isoliert in Einzelbüros oder voneinander getrennt in Bürozellen saßen. Es gibt vier lange glänzend weiße Tische, an denen jeweils fünf Personen sitzen können. Alle sind aufgefordert, ihren Platz mit fröhlichen Bildern ihrer Lieben, ihrer Haustiere oder mit anderen Dingen zu schmücken, die die Bindung an ihr eigenes Leben stärken, damit sie nie die Hoffnung verlieren. Und während Naya mit der Idee gespielt hatte, kleine Lautsprecher im Callcenter zu verteilen, aus denen beruhigende Musik drang, entschied sie sich schließlich stattdessen dafür, Brunnen installieren zu lassen, damit alle während der Arbeit mit der Natur in Verbindung blieben.

Sobald die Abschiedsanrufe heute Nacht beendet sein werden, haben alle Angestellten – sowohl die Boten als auch die Kundenberater – eine obligatorische Gruppentherapie mit der Möglichkeit, darüber hinaus weitere Einzelstunden zu beantragen. Auch Naya wird bereitstehen, um sich persönliche Vorschläge anzuhören, wie die Firma die Bedürfnisse ihrer Mitarbeiter am besten erfüllen kann.

Hoffentlich wird es nach heute Nacht noch eine Firma geben.

Naya verlässt den inneren Bereich des Callcenters und geht zu Alano und Bucky in eine der Einzelkabinen, die für Boten gedacht sind, die nach einem leidvollen Gespräch einen Moment allein sein wollen. Sie weiß nicht genau, wer im Moment mehr Energie hat, ihr Sohn oder der Welpe, aber sie miteinander spielen zu sehen, zaubert ihr ein breites Lächeln ins Gesicht.

»Du solltest wieder schlafen gehen, Alano«, sagt sie.

Alano schüttelt den Kopf. »Ich bin gern lange auf!«

»Gewöhn dich besser nicht daran. Morgen gilt wieder die übliche Schlafenszeit.«

Auch für Naya. Sie sehnt sich danach, in ihrem eigenen Bett zu schlafen.

Dieses Jahr war unglaublich anstrengend. Die Öffentlichkeit erfuhr erst am ersten Juli vom Todesboten, aber hinter den Kulissen wurde bereits zuvor sehr viel Arbeit in den Dienst gesteckt. Alles musste diskret vonstattengehen. So gingen die Architekten zum Beispiel davon aus, ein Kundendienstcenter für ein neues Handy zu entwerfen, das auf den Markt kommen sollte; was zwar zu den längerfristigen Ideen des Todesboten gehört, aber wohl kaum in den nächsten paar Jahren angegangen werden kann.

Sobald die Nachricht in der Welt war, forderte das Projekt erst recht seinen Tribut von den Rosas. Enge Freunde waren enttäuscht, dass Joaquin und Naya das Geheimnis über die Vorhersagen der Firma nicht mit ihnen teilen wollten, und irritiert, dass sie bereits seit Jahren Zugang dazu hatten und dieses kostbare Gut dennoch für sich behielten. Selbst Nayas Familie hat sich von Joaquin abgewandt. Sie halten ihn für einen schnurrbartzwirbelnden gierigen Superschurken, weil er ihnen den Dienst nicht gratis anbietet. Nachbarn und Fremde haben sie mit Verachtung gestraft, weil sie glauben, dass die Familie einen Schwindel plant, der irgendwann in den kommenden Jahren einen Hollywood-Blockbuster abgeben wird. Aber was Naya am stärksten belastet, ist, wie oft Alano auf dem Spielplatz von Freunden gemobbt und sogar von einigen Eltern verbal angegriffen wurde; dass sie letzte Woche Bucky bekommen haben, wird Alanos Probleme nicht alle lösen, aber der Welpe bietet eine wunderbare Ablenkung und hilft dem Jungen, nachts ruhiger zu schlafen.

Es wird das Vertrauen der Öffentlichkeit nicht gerade befördern, dass sie bei diesen Todgeweihten versagt haben.

Naya würde es nie offen zugeben, aber sollte Joaquin gezwungen sein, die Firma zu schließen, wird sie bedauern, was der Todesbote für die Welt hätte bedeuten können, aber gleichzeitig die Rückkehr ihrer Familie zur Normalität begrüßen.

Das ist ihr Lebenszweck.

Aber leider nicht der ihres Mannes.

JOAQUIN ROSA
05:00 Uhr

Die allerersten Abschiedsanrufe des Todesboten auf dem amerikanischen Festland gehen zu Ende.

Joaquin bedauert, nicht bei seinem Team sein zu können, um diesen Moment angemessen zu begehen, aber noch ist er dabei, das aufgetretene Problem zu untersuchen. Und wenn er es nicht gelöst hat, bevor die Heerscharen von Todesboten aus der Gruppentherapie kommen, um denen, die noch bleiben können, Überstundenausgleich anzubieten, wird er allein im Callcenter arbeiten müssen.

Unter seiner Verantwortung wird heute kein Todgeweihter mehr sterben, ohne vorher gewarnt worden zu sein.

NAYA ROSA
05:11 Uhr

Kaum hat einer der Boten den letzten Abschiedsanruf beendet, liegt Stille in der Luft.

Das war's für heute Nacht.

Naya will gerade alle dazu auffordern, tief durchzuatmen, als die reizende leitende Kundenbetreuerin Aster Gomez wie aus dem Nichts auftaucht und versucht, die Leute zu einer Runde Beifall für ihre gute Arbeit zu animieren. Die Boten bleiben reglos auf ihren Plätzen sitzen. Alle außer einer. Andrea Donahue verliert keine Zeit und geht direkt in den Gemeinschaftsraum. Sie wird auf den Rest der Gruppe warten müssen, denn es geht wirklich um Gruppentherapie, aber Naya baut darauf, dass alle selbst wissen, was gut für sie ist. Für Andrea ist es womöglich das Sich-Entfernen von der Stelle, an der sie gerade fünf Stunden lang Menschen gesagt hat, dass sie sterben werden. Die anderen neunzehn Boten brauchen offenbar noch eine Minute oder zwei oder fünf.

»Diese Arbeit ist nicht einfach, aber es ist eine wichtige Aufgabe«, sagt Naya, die auf einem Stuhl steht, um gesehen zu werden. »Wir danken Ihnen dafür, die Stimme dieses Unternehmens zu sein.«

Immer noch sagt niemand etwas.

Noch nicht mal, als sie schließlich alle in den Gemeinschaftsraum gehen und Naya die Hand schütteln, während sie jedem Einzelnen in die Augen sieht und namentlich dankt. Alle wirken so gequält, als würden sie von den Geistern aller Todgeweihten heimgesucht, die sie heute Nacht angerufen haben. Vielleicht ist es gut, dass sie nichts von den Todgeweihten wissen, die heute ohne Warnung gestorben sind und noch sterben werden.

Sie alle werden die Geister des Todesboten sein.

FRANKIE DARIO
05:16 Uhr

Frankie liegt wieder im Bett und schaut Nachrichten.

Mit einer Hand hält er die Fernbedienung umklammert, mit der anderen sein Telefon. Er hat festgestellt, dass ihn das Festhalten von Gegenständen davon abhält, auf Wände und Leute einzuschlagen, wenn er aufgebracht ist. Und er ist mehr als aufgebracht – er ist stinksauer. Rolando hat seine siebzehn Anrufe alle ignoriert. Wenn er tot ist, wird Frankie nicht um ihn trauern. Er hat den Typen nie gemocht, aber wenn Rolando am Leben ist und sich nicht mal die Mühe gemacht hat, auf eine seiner Nachrichten zu antworten, wird Frankie ihm die Fresse polieren, und zwar ordentlich! Eine Nacht im Knast wäre der Verlust an Vermögen und Ruhm, den Rolando ihm verursacht hat, ganz bestimmt wert.

In den Nachrichten geht es um eine Schießerei, die kurz nach Mitternacht am Times Square stattgefunden hat. Man muss schon ziemlich dämlich sein, um sich in eine solche Menge zu begeben, und auch wenn die Welt jetzt offensichtlich um viele Idioten ärmer ist, wünscht Frankie, er selbst wäre schlau genug gewesen, an den Feierlichkeiten des Todesboten teilzunehmen. Natürlich musste da etwas Explosives passieren! Wenn er dort gewesen wäre, hätte er ein paar brutale, umwerfende Fotos schießen können, die sein Leben verändert hätten.

Gloria regt sich unter der Decke. Ihr Blick huscht zwischen Frankie und dem Fernseher hin und her. »Kannst du das leiser machen?«

»Das könnte ich, wenn Rolando ans Telefon gehen würde.«

»Du rufst ihn um diese Zeit an? Er arbeitet doch jetzt beim Todesboten«, sagt sie verschlafen.

Für wie blöd hält sie ihn eigentlich? »Tatsächlich? Aber ich brauche seine Hilfe.«

»Wobei denn?«

»Mach dir deswegen mal keine Gedanken.«

Er ist nie in Stimmung für eine Standpauke, aber erst recht nicht um fünf Uhr morgens nach einer schlaflosen Nacht. Seine Frau hat ihn nie wirklich unterstützt, wenn es um seine Träume ging. Ihr fehlt eben der künstlerische Blick, die Fähigkeit, die Seele seiner Fotos zu erkennen. Stattdessen verlangt sie von Frankie, praktisch zu denken, als wollte er den Rest seines Lebens Heizkörper reparieren, verstopfte Toiletten in Ordnung bringen und sich mit Mietern rumschlagen, die ihn um drei Uhr morgens nerven.

Und in der Zwischenzeit gibt Gloria die Managerin und karrt Pazito bei jeder Gelegenheit zu irgendeinem Casting. Die Sache ist die: Wenn Pazito wirklich ein guter Schauspieler wäre, würde er viel leichter Rollen kriegen, nachdem er in einem dieser Scorpius-Hawthorne-Filme aufgetreten ist. Eine kleine Rolle in der vermutlich kommerziell erfolgreichsten Fantasy-Filmreihe der letzten Jahre hätte doch inzwischen mal zu weiteren Gelegenheiten führen müssen, aber wenn das nicht gereicht hat, um seinen Stern zum Leuchten zu bringen, fehlt dem Jungen wohl einfach der Glanz.

Vielleicht sollte Gloria ihrem Neunjährigen besser jetzt als nie ein paar praktische Fähigkeiten vermitteln, damit Pazito in seiner Kindheit und Jugend nicht »von großen Träumen abgelenkt wird«, wie sie es Frankie einmal vorgeworfen hat, als er den Jahrestag ihrer lieblosen Hochzeit vergessen hatte.

Frankie regt sich so auf, dass er sich gar nicht mehr auf die Nachrichten konzentrieren kann. Also steht er auf, lässt die Fernbedienung liegen und trägt sein Handy zurück in die Küche, um dort weiter zu versuchen, Rolando zu erreichen, während er sich noch ein Bier gönnt.

Frankie weiß, dass dieser Abschiedstag sein Fahrschein aus den Schulden und – wenn er Glück hat – dieser Familie ist.

GLORIA DARIO
05:19 Uhr

Bei Gloria Dario hat der Todesbote nicht angerufen, weil sie heute nicht sterben wird; auch wenn sie überhaupt nicht erreichbar sein sollte, da ihr Ehemann sich weigert, seine Familie für diesen Dienst einzutragen, aber Gloria hat sie hinter seinem Rücken doch alle angemeldet.

Ihr ganzes Leben lang hat Gloria schon immer alles genau geplant.

Jeden Morgen wacht sie auf und weiß bereits, was sie zum Frühstück, Mittagessen und Abendessen machen wird. Jeden Abend guckt sie in den Wetterbericht und legt sich ihre Kleider für den nächsten Tag raus. In winzigen Spiral-Notizbüchern führt sie To-do-Listen, die sie sich im 99-Cent-Laden besorgt, um auf Kurs zu bleiben, und sie lebt im Grunde für das herrliche Gefühl, ihre Aufgaben abzuhaken, egal wie banal sie auch sein mögen. Zu jedem Termin kommt sie mindestens eine Dreiviertelstunde zu früh, weil die U-Bahn so unberechenbar sein kann. Sie fängt mit Pazitos Halloween-Kostüm im August an, mit Anproben im September und mit der Kostümprobe in der ersten Oktoberwoche. (Zum Glück ändert Pazito nie in letzter Minute seine Meinung, obwohl sie für diesen Fall immer einen Kasten voller Stoffreste und Bastelbedarf im Schrank bereitstehen hat.) Und obwohl das eine grimmige Angelegenheit ist und sie nicht viel hinterlassen wird, hat Gloria im ersten Jahr ihres Mutterseins ihr Testament gemacht und Frankie dazu bewegt dasselbe zu tun, um sicherzugehen, dass Pazito versorgt ist, falls sie mal nicht mehr sind.

Ihr Leben zu planen, hat Gloria immer das Gefühl gegeben,

alles unter Kontrolle zu haben. Aber bisher konnte sie noch nie so genau den Tod planen.

Gloria hat die ganze Zeit geweint, während sie das Anmeldeformular für den Todesboten ausgefüllt hat, war nach jeder Frage versucht, die Seite wegzuklicken, weil sie Angst hat, dass Frankie es mitbekommen und Beschimpfungen auf sie niederprasseln lassen würde – oder Schlimmeres –, weil sie persönliche Informationen weitergibt, die sie bereits freiwillig mit anderen geteilt hat, wie mit den Krankenhäusern und ihrem Kabel-Anbieter. Ganz offensichtlich gibt Frankie Verschwörungstheorien von sich, die er irgendwo aufgeschnappt hat, aber sie hat es schon lange aufgegeben, ihren Ehemann zur Vernunft zu bringen. Immer geht er auf sie los, wenn sie nicht einer Meinung sind. All das hat Gloria zum Weinen gebracht, während sie sich beim Todesboten registriert hat. Ja, jedes Mal, wenn sie sich vorstellt, wie sie ihren Abschiedstag mit Pazito verbringen wird, ist sie ganz verzweifelt; denn sogar jemand, der so genau plant wie sie, wird nicht alles in diesen Tag quetschen können, was sie hofft vor ihrem Tod noch mit ihrem Sohn machen zu können. Aber noch mehr zerreißt es ihr das Herz, dass ihr Ehemann wohl derjenige sein wird, der sie töten wird.

Sie hat das mit Rolando diskutiert – ihrem allerbesten Freund auf der ganzen Welt und ihrem Liebhaber in einer anderen –, der Frankie verständlicherweise hasst und nur gute Miene macht, damit ihr nichts passiert.

»Warum verlässt du ihn nicht einfach?«, hat Rolando über die Jahre eine Million Mal gefragt. Und dann wieder, als sie ihm gestanden hat, sich beim Todesboten angemeldet zu haben. »Ich habe das Gefühl, du hast einfach akzeptiert, dass er dich umbringen wird.«

Würde Gloria sich an die erste Stelle setzen, das redet sie sich zumindest gerne ein, wäre sie schon vor Jahren gegangen.

Hätte ihre Sachen gepackt, während Frankie unterwegs ist, und hätte nichts zurückgelassen außer einem Zettel mit ihrer Unterschrift, auf dem stehen würde, was für ein Ungeheuer er ist. Wer weiß, ob sie das wirklich durchgezogen hätte. Sie kennt viele starke Frauen, einschließlich ihrer Mutter, die in solchen Ehen geblieben sind, aus nur ihnen selbst bekannten Gründen. Für Glorias Mutter war es die finanzielle Sicherheit, die notwendig war, als sie Gloria und ihre Schwestern großgezogen hat. Und Gloria bleibt, weil ihr Sohn seinen Vater nicht als Ungeheuer sieht. Wie kann sie Pazito von Frankie trennen, vor allem da er noch so klein ist?

Über die Jahre hinweg fand sie nie den richtigen Moment, um Frankie zu verlassen.

Erst dachte Gloria, alles würde sich ändern, als sie schwanger wurde.

Sie irrte sich.

Dann dachte Gloria, alles würde sich ändern, als ihr Sohn geboren wurde.

Sie irrte sich.

Dann dachte Gloria, alles würde sich ändern, als ihr Sohn durchschlief.

Sie irrte sich.

Dann dachte Gloria, alles würde sich ändern, als ihr Sohn anfing zu sprechen.

Sie irrte sich.

Dann dachte Gloria, alles würde sich ändern, als ihr Sohn in den Kindergarten kam.

Sie irrte sich.

Gloria dachte, alles würde sich ändern, als ihr Sohn für seinen ersten Film gebucht wurde.

Sie irrte sich.

Gloria denkt immer, alles wird sich ändern.

Sie hofft, dass sie sich nicht irrt.

Aber sie rechnet damit, dem Todesboten sei Dank.

Sekunden nachdem Frankie das gemeinsame Schlafzimmer verlassen hat, weil er aus irgendeinem Grund wütend auf Rolando ist, versucht Gloria verzweifelt, wieder einzuschlafen. Sie schaltet die Nachrichten ein, die noch immer über den nächtlichen Amoklauf am Times Square berichten. Sie war mit Pazito aufgeblieben, um die Feier anzugucken, als die Schüsse fielen. Schnell war sie aufgestanden und hatte den Fernseher ausgemacht, ihm gesagt, dass das ein Feuerwerk sei, und als er darum gebeten hatte, noch ein bisschen weiterschauen zu dürfen – dieses Kind liebt Feuerwerk über alles –, hat sie ihn mit einem bedauernden Lächeln ins Bett geschickt. Sie will, dass ihr Sohn noch so lange wie möglich Kind bleiben kann und nicht zu schnell erwachsen werden muss. Wer weiß, welche Schrecken er zu sehen bekommen hätte, hätte sie den Fernseher nicht ausgemacht?

Jetzt hat sie ihre Antwort. Die Kameras, die diesen Abend einfangen sollten, zeigen nun fürchterliche Momentaufnahmen, unter anderem einen Mann, dem von jemandem in einer Totenkopfmaske in den Hals geschossen wird. Dann sieht man, wie ein junger Mann mutig einen anderen zu Boden wirft und ihm damit das Leben rettet. Was für ein Held. Die Nachrichtensprecher zeigen wieder den Angreifer mit der Totenkopfmaske und berichten, dass er weder identifiziert noch zum jetzigen Zeitpunkt gefasst worden ist.

Gloria zittert und schaltet zu einem anderen Nachrichtensender um. Hier berichten sie gerade über ein Flugzeug in Arizona, das am Boden bleiben muss, weil der Todesbote Minuten vor dem Abflug den Piloten angerufen hat. Die Familie dieses Todgeweihten tut ihr so leid, aber sie ist erleichtert, dass der Todesbote wohl die Leben all dieser Passagiere gerettet hat. Niemand kann sagen, ob noch mehr Menschen gestorben wären, wenn der Pilot dieses Flugzeug geflogen hätte;

wie auch, wenn man nicht weiß, woher der Todesbote weiß, wer sterben wird und wer nicht. Aber Gloria beschließt, es als Wunder zu betrachten.

Als sie sich auf die Seite dreht, um wenigstens noch ein bisschen Schlaf zu finden, bevor sie Pazito später zu einem Vorsprechen für einen Werbespot bringt, wirft sie noch einen kurzen Blick auf ihr Handy, nur um sicherzugehen, dass sie den Klingelton nicht vielleicht verpasst hat; den Klingelton, den angeblich niemand überhört, außer man ist schon tot. Kein Anruf vom Todesboten.

Sie wird heute nicht sterben.

Bedauerlicherweise tröstet sie das gar nicht. Dass sie nicht sterben wird, bedeutet nicht, dass sie nicht verletzt werden kann. Ihre Angst davor ist mehr als lebendig. Vielleicht wird es nicht immer so sein.

Gloria denkt, alles wird sich ändern.

Hoffentlich irrt sie sich nicht.

NAYA ROSA
05:55 Uhr

Naya kann nicht für die anderen sprechen, aber sie persönlich fand die Gruppentherapie sehr tröstlich.

Allerdings musste sie heute Nacht auch keine Abschiedsanrufe führen.

Die Therapeutin leitete mit ihrer beruhigenden Stimme eine Meditation an. Sie reichte Stifte und Papier herum und bat sie, eine schöne Erinnerung zu malen, und obwohl Naya sah, dass sich einige der Boten, vor allem Andrea Donahue, anfangs gegen diese Übung sperrten, ließen sie sich schließlich doch darauf ein, und jetzt scheint selbst Andrea stolz auf das Kunstwerk zu sein, das sie über den ersten Geburtstag ihrer Tochter geschaffen hat. Wenn schon das Zeichnen manche Leute abgeschreckt hat, will sich Naya gar nicht vorstellen, wie es mit der ursprünglich geplanten Party gewesen wäre; das hätte die Boten, die sich jetzt schon überlegen, ob sie morgen überhaupt wiederkommen sollen, endgültig vertrieben.

Naya steht auf, um den letzten Programmpunkt durchzuführen, den Joaquin eigentlich selbst hatte übernehmen wollen.

»Bevor wir Sie nach Hause schicken, würde ich gerne die Namen der ersten Todgeweihten vorlesen, um sie in Erinnerung zu behalten und gleichzeitig Sie dafür zu würdigen, dass Sie diesen Menschen die Gelegenheit gegeben haben, vor ihrem Hinscheiden zu leben.«

Es ist nicht ganz klar, ob das jetzt am Ende jeder Schicht gemacht werden soll, aber zumindest der Ersten zu gedenken, erschien ihnen wichtig, da der Todesbote als Unternehmen ohne sie undenkbar wäre.

»Valentino Prince, Rose Marie Brosnan, Max Foster, Jacqueline Eagle, Chris Van Drew …«

Als Naya geendet hat, bittet sie um eine Schweigeminute, in der sie an die Todgeweihten denkt, die ohne Warnung eines dieser hart arbeitenden Boten gestorben sind.

»Mögen sie alle leben, solange sie können, und dann in Frieden ruhen.«

ROLANDO RUBIO
06:06 Uhr

Rolando wirft sein Bild bei der ersten Gelegenheit in den Müll.

Er weiß, dass die Gruppentherapie gut gemeint war. Er hat nur kein Interesse daran, irgendwelche Andenken an diese Nacht aufzubewahren. Die eindeutig schlimmste Nacht seines Lebens. Ja, bestimmt hat er heute Nacht das Leben von vielen Menschen verändert, aber irgendwie hat er auch das Gefühl, als wäre er für deren Tod verantwortlich, als hätte er ihre Namen aus einem Hut gezogen und beschlossen, dass sie heute sterben werden. Aber hey, nichts lässt die Trauer so verschwinden wie das Bild, das er von dem Tag gemalt hat, als er mit Gloria und Paz zum Strand gefahren ist; das war wirklich eine schöne Erinnerung, weil Frankie nicht mitgekommen war, aber seinem seelischen Befinden hilft es trotzdem nicht.

Gerade geht er den Flur hinunter, um im Pausenraum der Mitarbeiter seine Sachen zusammenzusuchen, als er auf Naya und Aster trifft, die ihre Stimmen sogleich zu einem Flüstern absenken.

»Kann ich mit Ihnen sprechen, Mrs Rosa? Allein?«

Aster wendet sich ab und geht zurück ins Kundencenter.

»Nennen Sie mich ruhig Naya«, sagt sie und sieht über die Schulter auf ihren Sohn, der zusammen mit dem Welpen auf dem Teppich liegt. »Was kann ich für Sie tun, Rolando? Möchten Sie ein Einzelgespräch mit einem Therapeuten?«

»O Gott, nein.«

Naya kann nicht verbergen, dass seine Reaktion sie erschreckt, aber setzt schnell ein professionelles Lächeln auf. »Ich weiß, dass die Gruppentherapie nicht für alle etwas ist.«

»Nein, ist sie nicht. Die ganze Nacht über Menschen zu sagen, dass sie sterben werden, um dann mithilfe von ein bisschen Meditation und einem Kunstprojekt wie im Kindergarten alles abzuschütteln, fühlt sich irgendwie sektenmäßig an.«

»Ich bin offen für jegliches Feedback, wenn Sie eine bessere Idee haben sollten.«

»Ich habe keine Ahnung, Mrs Rosa, Naya. Aber das nicht. Das war fürchterlich.«

Naya nickt, obwohl Rolando nichts Konstruktives beizutragen hat. »So, wie ich das mitbekommen habe, hatten Sie heute Nacht ein paar Schwierigkeiten.«

Er starrt sie unverblümt an. »Ja ... ich fand es schwer, den Menschen zu sagen, dass ihr Leben vorbei ist.« Einen Moment lang ist es still, als würde Naya erwarten, dass Rolando sich entschuldigt oder zurückrudert, sagt, dass er müde ist oder so, doch er wird kein Blatt vor den Mund nehmen. »Wenn die anderen keine Probleme hatten, dann weiß ich nicht, was ich sagen soll. Vielleicht haben sie den Menschen sonst was angedreht, während ich Ärger bekommen habe, weil ich einen einsamen alten Mann getröstet habe.«

»Ihr außerordentliches Mitgefühl ist der Grund, warum wir Sie eingestellt haben. Nur müssen wir die vielen Todgeweihten auch ...«

»Alle erreichen. Wie das junge Mädchen, das morgen auf ihr erstes Date gehen will, nur wird sie bis dahin tot sein. Oder den Ehemann, dessen Frau nächsten Monat von ihrem Einsatz zurückkehrt und der zu tot sein wird, um sie in Empfang zu nehmen. Ich habe niemanden gebeten, mir ihre Geschichte zu erzählen, aber sie tun es trotzdem.«

»Das ist natürlich alles sehr belastend. Wirklich«, sagt Naya mit Tränen in den Augen. »Sind Sie sicher, dass Sie nicht mit einem Therapeuten sprechen wollen?«

»Ich bin mir sicher.«

In seinem Innersten weiß Rolando, dass ihm so ein Gespräch helfen könnte, aber er ist momentan nicht in der Verfassung dafür. Wer könnte das schon sein, nach dieser Schicht? All die Menschen, die ihn in den vergangenen Stunden gebeten haben, ihr Leben zu retten, als würde er nicht bereits alles tun, was er tun kann. Natürlich würde er ihnen am liebsten sagen, dass der Todesbote sich vielleicht irrt, aber dafür hat er keine Beweise. Er kann doch nicht leere Versprechungen auftischen und Todgeweihten falsche Hoffnungen machen, die dann in dem Glauben an eine nicht vorhandene Zukunft sterben werden, nur weil Rolando sie angelogen hat.

»Ich weiß, dass der Todesbote die besten Absichten hat, aber dieser Job ist fürchterlich«, sagt er. »Ich will nicht gegen den Tod von Menschen abstumpfen. Ich kündige.«

Und einfach so spürt Rolando, wie er langsam wieder in seinen Körper zurückkehrt, als wäre er ein schwindender Geist gewesen.

Das war die richtige Entscheidung.

Kein Therapiebildchen der Welt würde ihm das Leben retten.

DALMA YOUNG
06:16 Uhr

Bei Dalma Young hat der Todesbote nicht angerufen, weil sie heute nicht sterben wird, aber sie war Zeugin, als der erste Todgeweihte seinen Abschiedsanruf erhalten hat. Diesen Augenblick wird sie ihr ganzes Leben lang nicht vergessen.

Als der Alarm des Todesboten erklang, hatte sie Angst, ihr bester Kindheitsfreund Orion Pagan würde angerufen. Gott weiß, dass der nur einen üblen Herzinfarkt davon entfernt ist, seinen Eltern und ihrem Vater im Himmel Gesellschaft zu leisten. Aber stattdessen riefen die Boten Valentino Prince an, den schönen Fremden, den sie weniger als eine Stunde zuvor erst kennengelernt hatten, und auch wenn sie Mitleid mit ihm hat, war sie erleichtert, ihren besten Freund nicht zu verlieren. Tatsächlich hat Valentino großzügigerweise sogar angeboten, sein Herz zu spenden, damit Orion am Leben bleiben kann.

Leider wurde die ganze Hoffnung auf diese Transplantation in die Tonne getreten, als wäre das Herz nichts wert.

Dalma wird weiterhin Angst vor Orions Tod haben müssen. Großartig.

Sie ist nicht nachtragend; sie hat eine Menge, worauf sie sich konzentrieren kann, statt lange einen Groll zu hegen. Aber dass Orion seine zweite Chance auf ein leichteres Leben aufgibt, um jemandem einen Gefallen zu tun, dem nicht mehr viel Zeit bleibt? Das ist schlicht verantwortungs- und gedankenlos. Dalma weiß nicht, ob sie ihm das je wird verzeihen können. Ob sie die Schuld daran trägt? In den letzten paar Jahren hat sie ihre Gefühle vor Orion verborgen, um seinem Herzen keinen zusätzlichen Stress zu bescheren. Er weiß nicht, dass kaum eine Stunde vergeht, ohne dass sie befürchtet, er könnte einen Infarkt erleiden, und sich fragt, ob er allein dagegen ankämpfen kann – und ob er gewinnen wird. Er weiß nicht, dass ihre Noten jedes Mal, wenn er im Krankenhaus ist, schlechter werden, weil sie ihm gegenüber immer so tut, als hätte sie alles unter Kontrolle. Er weiß nicht, dass sie nicht weiß, wie sie weiterleben soll, wenn er stirbt.

Dalma ist seine Familie und Valentino ist ein Fremder.

Und doch hat Orion den Fremden seiner Familie vorgezogen.

Sogar sich selbst.

Sie war sprachlos, als Orion, der sie sonst immer liebend gern um sich hat, ihr sagte, sie solle ihn in Ruhe lassen. Dalma könnte so etwas nie sagen, denn wenn sie je jemand anderen – sie selbst eingeschlossen – Orion vorzieht, riskiert sie, das ewig zu bereuen, falls Orion tot umfällt, während sie nicht da ist.

Und jetzt liegt sie hier zu Hause in ihrem Schlafzimmer und ist müde, aber zu aufgewühlt, um schlafen zu können.

Dalma hat Moon Girl an sich gedrückt, ihre Puppe von früher mit den weißen Knopfaugen und der braunen Haut, die ihrem eigenen Hautton ähnelt. Sie war schon immer ein großer Weltall-Fan, hat einen Sternenhimmelprojektor, der nachts ihr Zimmer beleuchtet, und träumt auf Kissen in Form von Sternbildern. Ihre Wände sind weiß, abgesehen von der Tapete mit den verstreuten hellen Sternen hinter dem Bett. Und ihr wertvollster Besitz ist das Teleskop, das sie im Naturwissenschaftsprojekt in der Zwölften gewonnen hat; hier nochmals ein herzliches Dankeschön an die mumifizierte Maus, die ihr den Preis einbrachte. Vielleicht sollte sie mehr Zeit damit verbringen, Sterne zu beobachten, als über Mr Sternbild und seine falschen Entscheidungen nachzugrübeln.

Oder als auf dem Handy die Nachrichten über eine Schießerei zu lesen, die sie aus erster Hand miterlebt hat.

Sie steht auf und legt ihr Handy zum Laden auf den Schreibtisch.

Der Schreibtisch ist ein altes DIY-Projekt mit einem Aufsatz aus Ebenholzschubladen, den ihr Stiefvater Floyd auf einem Garagenflohmarkt entdeckt hat. Er hätte ihr auch gern beim Zusammenbauen geholfen, schon allein um mit ihr ein paar schöne Stunden zu verbringen, aber sie war fest entschlossen, alles allein zu machen. Die Frauen in ihrer Familie sind Handwerkerinnen. Ihre Oma war Näherin in der Upper East Side, und Dalma würde nie behaupten, dass die Leute dort seit ihrem Ruhestand mit mehr Löchern in den Kleidern rumlaufen, aber ein verdammter Zufall ist das schon. Ihre Mutter Dayana hat eine kleine Firma und verdient eine Menge Geld mit der Entwicklung von Websites für größere Firmen. Dalma entdeckte ihre Liebe zum Interfacedesign, während sie ihrer Mutter dabei zusah, wie sie programmierte und das Internet zu einem schöneren Ort machte. Irgendwann wird Dalma eine weltberühmte Programmiererin sein, sobald sie die passende Idee hatte. Dahlia hat bisher keine klare berufliche Vorstellung, aber Dalma ist überzeugt, dass ihre kleine Schwester auch noch ihren Weg finden wird. Ob sie eher was Handwerkliches machen wird wie die anderen Frauen oder eher was Medizinisches wie ihr Vater oder irgendwas ganz anderes, Dalma wird sie in jedem Fall unterstützen.

Denn so macht man das in einer Familie.

Aber nachdem Orion ihre Hilfe ausgeschlagen hat und sonst niemand zu Hause ist, wird Dalma sich jetzt erst einmal um ihren eigenen Kram kümmern.

Sie klappt den Laptop auf, den ihre Mutter und ihr Stiefvater ihr geschenkt haben, als sie einen Platz am Hunter College bekommen hat. Das war wirklich ein super Geschenk, denn

Dalma konnte unmöglich all die Software, die sie brauchte, auf den Desktop-Computer ihrer Familie laden. Und jetzt hat sie ein solides Startpaket fürs Programmieren und um ihre App zu entwickeln, die Sache, auf die sie sich jetzt konzentriert. Sie unterdrückt ein Gähnen, aber es ist ihr nicht fremd, nachts zu arbeiten. Sie wird das durchziehen.

Da der Todesbote gerade so hoch im Kurs steht, will Dalma eine App entwickeln, die in diesen Dienst eingebunden wird, weil sie überzeugt davon ist, dass sie so in Windeseile ihre Arbeit überall publik machen kann. Welche App auch immer dabei herauskommt, sie soll auf jeden Fall kostenlos sein. Dalma will keine Todgeweihten ausbeuten, selbst wenn die mit ihren Ersparnissen plötzlich nichts mehr anfangen können.

Nachdenklich knabbert sie an den Fingernägeln.

Ihre erste Idee war, so eine Art Stream zu entwickeln wie bei Twitter, aber nur für Todgeweihte, die Gedanken über ihren Abschiedstag posten möchten. Sie hielt das für eine schöne Art, Betroffenen ein Forum zu geben, wo sie in ihren letzten Stunden noch einmal ganz Mensch sein könnten. Aber dann fiel ihr ein, dass die sozialen Medien auch sehr toxisch sind, und wer weiß, wie sich manche Leute verhalten, wenn sie sicher sein können, keinerlei Konsequenzen für ihre Posts tragen zu müssen? Dalma glaubt bestimmt, dass irgendjemand anders eine App dieser Art entwickeln und damit Milliarden verdienen wird, aber sie selbst will solchen vernichtenden Stimmen keine Bühne bieten. Erst recht nicht nach allem, was sie als junge Afro-Latina an der Technischen Hochschule ertragen musste.

Sie könnte irgendwas mit einer Spendenkomponente machen. Zum Beispiel, wenn ein Todgeweihter sich ein persönliches Ziel setzt, das er schon immer erreichen wollte, und Leute ihn mit Spenden anfeuern? Ähnlich wie bei einem Charity-Lauf. Und alle Einkünfte könnten an die Familie des Todgeweihten oder eine Hilfsorganisation gehen, die ihm besonders am Herzen liegt. Keine schlechte Idee.

Und wie wäre eine App, die ähnlich funktioniert wie *Craigslist* für Todgeweihte, die noch ihre Möbel loswerden wollen? Aber was sollte *Craigslist* davon abhalten, diese Funktion selbst zu entwickeln? Nichts.

Also weiter.

Der Allgemeinheit könnte helfen, die Orte zu kennen, wo sich Todgeweihte versammeln, um sich genau von diesen Plätzen fernzuhalten und so beispielsweise einer Explosion auszuweichen, bei der sie zwar nicht ums Leben kommen, aber schwer verletzt werden könnten. Uh, nein. Das findet Dalma furchtbar. Erstens würde eine solche App die Todgeweihten tracken und ihnen jede Privatsphäre nehmen, und zweitens würde es sie zu Aussätzigen machen. Dalma findet die Idee so schrecklich, dass sie ihre Notizen dazu sofort komplett löscht. Sie mag sich gar nicht vorstellen, dass sie sterben könnte und ihre Familie dieses Dokument finden und sie deswegen verurteilen würde.

Vielleicht sollte Dalma die App ganz einfach halten, eine kleine To-do-Liste für Todgeweihte anbieten. Aber was unterscheidet sie dann von allen anderen? Klar, es fühlt sich gut an, Sachen abhaken zu können, und das geht Todgeweihten vielleicht noch stärker so, aber originell ist das nicht gerade. So eine Idee könnte jeder haben.

Als Dalma anfängt, darüber nachzudenken, eine Quiz-App zu entwickeln, mit der man rausfinden kann, welcher Scorpius-Hawthorne-Figur man an seinem Abschiedstag am meisten ähnelt, weiß sie, dass es Zeit fürs Bett ist.

Sie sieht aus dem Fenster, wo die Sonne langsam über der Bronx aufgeht.

Ein neuer Tag bricht an – und der Abschiedstag eines Fremden.

VALENTINO
06:30 Uhr

Der Wecker reißt mich aus dem Schlaf; es ist, als würde der Todesbote ein weiteres Mal anrufen.

Es wäre so schön gewesen, aufzuwachen und meinen Abschiedstag mit einem gewöhnlichen Samstag zu verwechseln, und sei es auch nur für einen Augenblick, aber das war mir nicht vergönnt. Wenigstens konnte ich ein paar Stunden schlafen und musste mir in dieser Zeit keine Gedanken ums Sterben machen. Keine komischen Träume oder Albträume. Ich schalte den Wecker aus und drehe mich um. Orion schläft noch, die Lippen leicht geöffnet. Ich lasse ihn noch ein bisschen ausruhen.

Im Aufstehen schnappe ich mir Orions Handy und rechne damit, einige Nachrichten oder verpasste Anrufe von Scarlett vorzufinden, aber dann fällt mir ein, dass sie noch ein paar Stunden in der Luft sein wird. Dalma und Dayana haben Nachrichten geschickt, um Orion zu fragen, ob es ihm gut geht. Die soll er selbst beantworten.

Normalerweise mische ich mir morgens als Erstes Elektrolytpulver in meine Wasserflasche und gehe joggen. Mein Körper ist bereit loszulaufen, aber wegen des Zeitplans für mein Shooting kriege ich das heute nicht unter. Mein Körper verlangt auch nach Essen, und sei es etwas Kleines wie eine Handvoll Mandeln, aber Dalma zufolge sollte ich gar nichts essen, um die OP nicht zu gefährden. Vermutlich ist es gut, dass mein Kühlschrank leer ist und mich nicht in Versuchung führen kann. Ich gehe aufs Klo, putze mir die Zähne und stelle mich unter die kalte Dusche, was gut für den Kreislauf ist, allerdings habe ich es schon immer klar vorgezogen, heiß zu duschen, also sollte ich das auch genießen, solange ich noch kann. Ich drehe den Wasserhahn von kalt auf heiß und bin überrascht, dass das warme Wasser gut fließt. *Ein* Versprechen hält dieses Haus also wenigstens.

Ich steige aus der Dusche und wische den beschlagenen Spiegel ab. Dann fange ich wie immer an, Concealer aufzutragen, um meine Augenringe abzudecken und lebendiger auszusehen. Aber eigentlich ... Aus dem Spiegel blickt mir kein Todgeweihter entgegen. Ich sehe lebendig und gut aus, weil ich lebendig bin und es mir gut geht. Das einzige Anzeichen dafür, dass irgendetwas nicht in Ordnung ist, ist die bereits abheilende Wunde an meiner Stirn, wo ich mir den Kopf angeschlagen habe. Es geht mir gut. Warum stehe ich dann am Anfang eines Tages, an dem meine Schwester auf dem Weg hierher ist, um sich von mir zu verabschieden, und ein Junge in meinem Bett liegt, der auf mein Herz wartet? Wie kommt es, dass ich mich heute Morgen nicht auf all die harte Arbeit besinne, die mir diesen Fototermin eingebracht hat, sondern damit zu kämpfen habe, dass das Leben andere Pläne für mich bereithält? Ich weiß nicht, warum das Leben will, dass ich sterbe.

Das ist keine gute Art, den Tag anzufangen. Zumindest einen gewöhnlichen Tag. An Abschiedstagen gelten keine Regeln, da darf man wütend sein und kann sein Spiegelbild zertrümmern, damit man wirklich aussieht wie zerschlagen. Aber vielleicht irre ich mich auch. Vielleicht sind für den Abschiedstag sehr wohl Regeln vorgesehen, und ich kenne die nur nicht, weil das nun mal der allererste ist. Bald kann das schon ganz anders sein, aber das werde ich nicht mehr mitkriegen.

Ich schlinge mir ein Handtuch um die Taille und gehe tropfend zurück ins Zimmer, um mir was zum Anziehen zu holen. Ich hocke mich neben meine zusammengelegten T-Shirts und

Hosen und überlege, was mein letztes Outfit sein soll, bevor man mich für das Shooting mit RainBrand-Klamotten und für die OP mit einem Krankenhauskittel einkleidet. Dieses einfarbige schwarze Oberteil hatte ich erst einmal an, aber darin wird mir möglicherweise zu heiß. Meine Sportklamotten wären bequem, aber was, wenn ich sterbe und als Geist im Trainingsanzug ende? Nein, so stelle ich mir meinen Abgang nicht vor. Ich habe T-Shirts von Marken wie Supreme und OriginalFake, aber die passen von der Stimmung her nicht so richtig. Schließlich entscheide ich mich für ein schlichtes weißes Shirt, das meine Schultern, Brustmuskeln und Arme super betont, und werde es in meine schwarze Jeans stecken. Dazu ziehe ich die weißen Sneaker an, die praktisch noch nie das Tageslicht erblickt haben; es wird Zeit, sie einzulaufen, solange ich das noch kann.

Als ich ins Bad zurückgehe, um mich anzuziehen, rutsche ich in einer Pfütze aus und knalle voll auf den Rücken.

Der Sturz verschlägt mir den Atem, aber dann atme ich weiter.

Ich bin nicht tot.

Orion ruft meinen Namen, denkt wahrscheinlich, ich sei tot.

»Alles okay?«, fragt er.

»Ich lebe.«

»Das ist schon mal gut. Aber ist alles okay?«

Ich habe noch ein wenig Kopfschmerzen, aber viel peinlicher ist mir, dass ich nur ein Handtuch umhabe. Beim Modeln wurde ich schon einmal mit freiem Oberkörper abgelichtet, aber nie ganz in Unterwäsche. So wenig bekleidet war ich also noch nie vor einem anderen Jungen. Ich richte mich halb auf, wobei sich meine Bauchmuskeln zusammenziehen, als wollte ich Sit-ups machen. O Mann! Glücklicherweise verdeckt das Handtuch mein bestes Stück.

»Willst du den ganzen Tag da liegen bleiben?«, fragt Orion.

»Vielleicht. Heute ist mein Abschiedstag, da mache ich, was ich will.«

»Respekt.« Orion legt sich neben mich auf den Boden, Seite an Seite, als wären wir wieder im Bett. »Wie geht es dir?«

Die Holzdielen fühlen sich an meinem Rücken kalt an, aber je länger ich hier liege, desto weniger stört mich das. »Ich denke, ich bin okay. Gestern Nacht hat mein Kopf viel stärker wehgetan.«

»Gut zu wissen. Und sonst so?«

»Du meinst meinen Abschiedstag?«

»Ja.«

»Das Aufwachen war ziemlich hart. Es hatte etwas so Endgültiges. Gestern Nacht bin ich nicht zu Tode gekommen, aber heute ist es auf jeden Fall so weit. Und dann sterbe ich fast, weil ich zu blöd bin, mich gleich nach dem Duschen abzutrocknen. Stell dir das mal vor! Der erste Todgeweihte wird von einer Pfütze dahingestreckt.«

»Das wäre auf jeden Fall einen Eintrag ins Geschichtsbuch wert, aber entspricht natürlich nicht der Art, wie du gerne abtreten willst.«

Ich finde das Gedankenspiel beinahe witzig. »Irgendwer da draußen wird bestimmt anfangen, eine Rangliste idiotischer Todesarten bei Todgeweihten aufzustellen! ›Törichte Todesfälle‹ oder so.«

Orion dreht sich auf die Seite und schwebt ein Stück über mir. »Wenn du durch einen ›törichten Todesfall‹ ums Leben kommst, erzähle ich allen, du wärst gestorben, als du die Welt gerettet hast.«

»Oder, einen Tick realistischer: dass ich zum Beispiel Kinder aus einem brennenden Schulbus gerettet hätte?«

»Kinder in einem Schulbus am Samstag sind nicht realistisch.«

»Die ganze Welt zu retten auch nicht!«

Orion lacht und springt auf. »Okay, wir können uns noch eine Reihe weiterer großartiger Todesarten für dich ausdenken, während wir da draußen dein Leben leben.«

Ich nehme seine Hand, während ich mir mit der anderen das Handtuch über mein Prachtexemplar halte. Orion zieht mich hoch, unsere Blicke begegnen sich und sein Lächeln entlockt auch mir eins. Er hat mich schon aus meiner dunklen Stimmung gerissen. Ich löse den Blick und starre sein weißes T-Shirt an: *Fröhlicher Abschiedstag!* steht in dicken schwarzen Buchstaben darauf. Dieses Motto brauche ich, um gut durch den Tag zu kommen.

»Wenn du mein Herz kriegst, kann ich dann dein T-Shirt haben?«

Orion sieht auf sein T-Shirt herab, als hätte er vergessen, was es für eins ist. »Wirklich? Du willst als Todgeweihter in einem Abschiedstag-Shirt rumlaufen? Ist das nicht ein bisschen zu makaber?«

»Ich denke, ich sollte mir diese Botschaft zu Herzen nehmen.«

»Buchstäblich?«

»Buchstäblich, ja.«

»Wenn du meinst.« Orion zieht das T-Shirt aus, und gerade, als ich einen verstohlenen Blick auf seinen nackten Oberkörper werfen will, merke ich, dass er noch was drunter anhat.

Schade!

Ich ziehe mich im Bad an und bewundere mein Spiegelbild in dem Abschiedstag-T-Shirt.

Dann gehe ich zurück ins Zimmer, damit Orion ins Bad kann. Ich quäle mich in meine weißen Sneaker, die noch so neu sind, dass das ein kleiner Kraftakt ist. Die Nachbarn unter mir sind bestimmt sauer, dass ich um Viertel vor sieben morgens schon so rumtrampele, aber glühender hassen als unser

Vermieter werden sie mich sicher nicht. Auf die Befindlichkeiten anderer kann ich jetzt keine Rücksicht nehmen. Heute ist mein Abschiedstag, und ich weiß, dass alle ohnehin denken, Models seien selbstbezogen, was in meinem Fall auch zu hundert Prozent zutrifft. Schließlich muss ich mich um mich und meine Lieben kümmern. Auch wenn das bedeutet, dass ich die Nachbarn unter mir störe, weil ich auf und ab marschiere, um die Wohnung für Scarlett aufgeräumt zu hinterlassen. Nur das Bett lasse ich, wie es ist, weil wir nachher sowieso zusammen neue Bettwäsche für sie kaufen werden; und mir persönlich gefällt es, die Erinnerung an meinen letzten Schlaf noch ein wenig lebendig zu halten.

Orion kommt aus dem Bad und klatscht begeistert in die Hände, als er mein Outfit sieht. »Ich hoffe, sie zahlen dir fett Kohle, weil sogar ein Zwanzig-Dollar-Shirt an dir edel aussieht.«

Die Bezahlung für den Auftrag ist super, und ich muss unbedingt sicherstellen, dass sie mir das Geld direkt aufs Konto überweisen, damit Scarlett darauf zugreifen kann. Vielleicht kann ich sogar um Barzahlung bitten.

»Das ist nett von dir, danke.«

»Meine Wetter-App sagt, heute Morgen soll es noch ziemlich kühl sein. Magst du noch eine Schicht drüberziehen?«

»Du dann aber auch.«

»Allerdings, ich klaue mir auf jeden Fall was bei dir, denn ich habe echt keinen Bock auf Frieren.«

Wir schauen meine Oberteile durch. Orion entscheidet sich für einen dunkelblauen Hoodie, und ich ziehe mein graues Hemd über das T-Shirt, knöpfe es aber nicht zu, damit meine Abschiedstagsbotschaft nicht verdeckt wird.

Dann einen Schritt aus der Wohnung.

Sechs Treppen runter.

Und an der Haustür bleibe ich stehen.

Als ich dieses Haus das letzte Mal verlassen habe, dachte ich, ich stünde an einem neuen Anfang. Ich hatte alle Hoffnung der Welt und jahrelange Träume, die ich wahr machen wollte. Als ich jetzt die Tür aufstoße, versuche ich mir Nerven wie Drahtseile zuzulegen, um durch diesen Tag zu kommen, von dem ich nur hoffen kann, dass es der beste Abschiedstag wird, den ein Todgeweihter nur haben kann.

ROLANDO RUBIO
06:56 Uhr

Rolando ist erschöpft, als er aus dem Gebäude tritt und den Todesboten für immer hinter sich lässt.

Er ist sich nicht sicher, welche Arbeit er jetzt annehmen wird. Er könnte um seinen alten Job an der Schule betteln. Und falls die ihn nicht wieder einstellen wollen, kann er auch zurück nach Staten Island ziehen und ein wenig Zeit mit seiner Mutter verbringen. Seit sein Vater gestorben ist, fühlt sie sich einsam und könnte etwas Gesellschaft vertragen. Aber ganz egal wie viel Geld ihm der Todesbote bieten würde, nie wieder wird er in dieses Callcenter zurückkehren, da ist er sich ganz sicher.

Rolando atmet die frische Morgenluft ein und überlegt, wo er als Nächstes hingehen soll. Nach so einer deprimierenden Nacht will er nicht in seine deprimierende Wohnung zurück. Er würde zu gerne Gloria und Paz treffen und mit ihnen das Leben feiern, solange er das noch kann. Wer weiß, wann ihn der Todesbote anruft, so wie er all die Todgeweihten angerufen hat. Ein anderer Teil von ihm möchte diesen alten Mann finden, diesen Clint Suarez. Niemand sollte an seinem Abschiedstag allein sein.

Rolando guckt auf sein Handy und sieht, dass er mehr als zwanzig Anrufe von Frankie verpasst hat. Sofort wird er schrecklich nervös und malt sich das Schlimmste aus. Aber dann fällt ihm ein, dass Gloria und Paz nicht tot sein können, weil ihre Namen bei der Gedenkfeier heute Morgen nicht vorgelesen wurden. Aber der Todesbote ruft nicht an, wenn man beinahe tot ist, und was ist, wenn Frankie Gloria so schlimm verprügelt hat, dass sie jetzt im Krankenhaus liegt? Das wäre nicht das erste Mal, und wann das letzte Mal sein wird, weiß er nicht.

Er ruft Frankie an, um sich nicht länger auf die Folter zu spannen.

»Endlich«, antwortet Frankie. »Warum hat das denn so lange gedauert?«

»Ich war bei der Arbeit. Was ist los? Geht's euch gut?«

»Ich brauche deine Hilfe bei einem Projekt, das für die ganze Familie ein Riesending sein wird, und für mich auch.«

Rolando verdreht die Augen. Das ist bestimmt wieder so eine Nummer wie damals, als Frankie von ihm Geld für ein Auto leihen wollte, »für die Familie« und »damit Gloria und Paz nicht mit dieser schrecklichen U-Bahn fahren müssen« und damit »wir öfters an den Strand können«, nur damit Frankie dann das gesamte Geld in Atlantic City verspielen konnte. Selbst wenn Rolando noch irgendwelche Ersparnisse hätte, würde er sie diesmal bestimmt nicht Frankie überlassen.

»Was denn für ein Projekt?«, fragt er und überlegt schon, welche Gründe er vorschieben kann, um Frankie nicht zu helfen.

»Ich will Fotos von Todgeweihten machen.«

Rolando wartet auf mehr Informationen, aber da kommt nichts. »Als so eine Art Service?« Es würde ihn nicht überraschen, wenn Frankie plant, den Todgeweihten ihr Geld abzuknöpfen, da die sowieso nichts mehr damit anfangen können.

»Nein, dafür würde ich nichts berechnen. Ich will nur dabei sein und ihren letzten Moment einfangen.«

Was für ein absolut grauenvolles Vorhaben. Rolando bleibt wie angewurzelt stehen. »Und wieso hilft das deiner Familie?«

»Na, hör mal, das ist doch wohl offensichtlich. Fotos von einem Todgeweihten am ersten Abschiedstag überhaupt – die kann man für einen Haufen Kohle verscherbeln. Aber die Todgeweihten, von denen ich bis jetzt in den Nachrichten gehört habe, sind schon alle tot. Ich brauche Namen von denen, die noch atmen, damit ich sie finden und ihnen folgen kann.«

»Du willst die Todgeweihten stalken?«

Frankie ist still, so wie immer, kurz bevor er in die Luft geht. Nur wird Rolando nicht derjenige sein, der seinen Wutausbruch zu spüren bekommt. Wenn Gloria die Wahrheit sagt, hat Frankie bis heute nicht ein einziges Mal die Hand gegen Paz erhoben, aber Rolando hat Angst, dass das nur eine Frage der Zeit ist. Anstatt Frankie explodieren zu lassen, sollte er ihn besser an eine Explosion ranführen – zum Exitus eines Todgeweihten, genau wie er das will. Vielleicht wird Frankie dabei irgendwie verletzt und kann Gloria dann nie wieder wehtun.

»Ich helfe dir«, sagt Rolando, und sein Herz hämmert in seiner Brust.

Damit verletzt er die Rechte all der Todgeweihten, die sich nach eigenem Ermessen für den Dienst eingetragen haben. Aber wenn es darum geht, eine Frau und einen kleinen Jungen zu beschützen, die wegen dieses Mannes in ihrem Zuhause nicht sicher sind, dann kennt er nichts. Er will Frankie nicht zu Clint Suarez schicken, dem älteren Todgeweihten, mit dem Rolando fast eine Stunde lang telefoniert hat. Dieser Mann hat nicht so ein langes Leben geführt, um am Ende mit Frankie dazustehen. Rolando besinnt sich auf die Gedenkfeier, die noch frisch in seiner Erinnerung ist. Viele Namen sind ihm aufgefallen, aber keiner so sehr wie der allererste, weil er ihn zu märchenhaft für einen echten Menschen fand.

»Joaquin Rosa hat den ersten Todgeweihten angerufen. Ich weiß nicht, ob er noch lebt, aber sein Name ist Valentino Prince.«

FRANKIE DARIO
07:01 Uhr

Frankie lässt fast das Telefon fallen.

Hat er gerade richtig gehört? Sein neuer Mieter ist todgeweiht? Der erste Todgeweihte? Der von Joaquin Rosa persönlich angerufen wurde? Das wird der beste Tag seines Lebens. Frankies natürlich, nicht Valentinos. Obwohl Frankie Valentino nicht nachtrauern wird, ist er mehr als bereit, seinen Tod auszuschlachten. Der neue Mieter wird sein Freifahrschein aus diesem Haus raus sein.

Fotos, die den ersten Todgeweihten beim Sterben zeigen, werden sich auf jeden Fall für Millionen verkaufen lassen.

Frankie legt auf, geht schnell zum Fenster und reißt den Vorhang auf, um in Valentinos Wohnung zu schauen. Es brennt kein Licht. Wahrscheinlich schläft er noch. Oder möglicherweise wurde er von diesem anderen Kerl, der versucht hat, Frankie dumm zu kommen, ermordet. Das geschieht Valentino recht, wenn er Fremde auf der Straße aufliest. Frankie geht auf den Flur und hämmert an Valentinos Tür.

»Ich bin's, Frankie!«

Immer noch nichts.

Stille ist gut. Stille bedeutet, dass er nicht mehr am Leben ist und daher nicht antworten kann.

Frankie geht zurück in seine Wohnung, um den Schlüssel zu Wohnung 6G zu holen, den er vor wenigen Stunden benutzt hat, als Valentino sich ausgesperrt hatte.

»Was ist los, Daddy?« Paz sitzt am Tisch und isst Cornflakes.

Ohne zu antworten, verlässt Frankie wieder die Wohnung.

Er schließt die Tür nebenan auf, und wenn irgendjemand ihm deswegen Schwierigkeiten macht, wird er es auf Rolando schieben, der ihm den Namen des Todgeweihten verraten hat. Er wird den Behörden erklären, er habe sich große Sorgen um das Wohlergehen seines Mieters gemacht. Obwohl Frankie natürlich, als er die Tür öffnet und eintritt, in Wirklichkeit hofft, den Tatort eines Verbrechens vorzufinden.

Wieder nichts.

Nur eine Luftmatratze, Kleider und Schuhe.

Er flucht leise und geht zurück in seine Wohnung.

Gloria, die endlich auch was merkt, mustert ihn von Kopf bis Fuß. »Was ist los?«

Frankie sucht Valentinos Nummer heraus und ruft ihn an. Aber es klingelt und klingelt. »Warum haben die Leute überhaupt Handys, wenn sie nie rangehen?!«

»Warum denn, Daddy?«, fragt Paz, der nicht verstanden hat, dass es sich um eine rhetorische Frage handelt.

Frankie zieht einen Stuhl vom Tisch weg – die Böden hier sind alle längst zerkratzt, und er wird sowieso nicht mehr lange hier wohnen – und stellt ihn an die Wohnungstür, damit er Valentino auf jeden Fall nach Hause kommen sieht und hört.

Dieser Todgeweihte wird heute Frankies Leben verändern.

VALENTINO
07:06 Uhr

Ich liebe die Morgensonne auf der Haut, aber als wir die U-Bahn betreten, spüre ich eine Lebensenergie, als wäre ich in einer ganz neuen Welt. Orion fasziniert die Vorstellung, dass wir uns plötzlich unter der Erde befinden, natürlich längst nicht so sehr wie mich. Dann müssen wir unsere Fahrkarten kaufen, und ich blicke zwischen dem Kassenhäuschen und dem Fahrkartenautomaten hin und her, als hätte ich nie wieder Gelegenheit dazu.

»Ich bin hin- und hergerissen.«

»Zwischen Mensch und Maschine?«, fragt Orion.

»Die meisten Menschen hier waren seit meiner Ankunft ziemlich unfreundlich.«

»Das spricht für die Maschine«, sagt Orion.

»Gut, dass ich eine mögliche Roboter-Apokalypse nicht mehr miterleben werde.«

Von einem Cyborg zerfetzt zu werden, gehört nicht zu den kreativen Arten, die ich mir für meinen Tod wünsche.

Wir gehen zum Fahrkartenautomaten, der von Einzelfahrten für 2,25 $ bis hin zur Monatskarte für 89,00 $ alles anbietet. »Eine Tageskarte würde mir eigentlich reichen, aber ich nehme eine Monatskarte. Dann kann ich die Scarlett dalassen, damit sie rausgeht und sie benutzt, anstatt nur in der Wohnung zu hocken.«

Ich drücke alle nötigen Knöpfe und bezahle, und schon kommt meine erste MetroCard raus. Sie ist gelb mit blauer Schrift. Ich glaube, es ist dieselbe Schriftart – Helvetica –, die ich über die Jahre für zahllose Schulpräsentationen verwendet habe. Eigentlich hatte ich vorgehabt, mir diese MetroCard zusammen mit anderen New-York-Andenken zu rahmen. Ich hoffe, Scarlett setzt sie gut ein.

Elegant gehe ich durch das Drehkreuz.

Orion grinst mich an. »Du bist ein Naturtalent.«

Auf dem Bahnsteig warten wir neben anderen Fahrgästen. Es gibt Pfeiler, von denen die Farbe abblättert. An den Wänden Plakate, die von einem penisbesessenen Künstler mit Graffiti versehen wurden. Einen überquellenden Mülleimer. Ich bin überrascht, hier keine Ratten zu sehen, die auf den nächsten Zug warten, aber dann fällt mir ein, dass die sich eher unten bei den Gleisen aufhalten. Ich würde gerne einen genaueren Blick auf die Bahngleise werfen, aber ich werde als Todgeweihter sicher nicht den Fehler machen, die gelben Linien am Rand des Bahnsteigs zu missachten, die allen signalisieren, Abstand zu halten. Ich presse mich mit dem Rücken an die Wand, damit mich niemand versehentlich auf die Gleise schubsen kann – oder sogar mit Absicht. Seit jemand auf mich geschossen hat, halte ich alles für möglich.

»Hätte ich besser zu Hause bleiben sollen?«

Orion wirkt nicht mal überrascht. »Wenn du willst, gehen wir zurück.«

»Ich will nicht, aber ich habe das Gefühl, es wäre die klügere Entscheidung.«

»Dann lass uns das machen.«

Ich schleppe mich Richtung Drehkreuz und denke daran, dass ich in fünf Minuten zu Hause sein kann. Am Notausgang bleibe ich stehen. »Ich dreh gleich durch.«

»Das verstehe ich.«

Ich sage beinahe, dass er das nicht tut, aber er versteht es sehr wohl. Orion lebt schon seit Jahren mit meiner Panik. Nein, er wusste nie mit Bestimmtheit, dass er sterben würde. Aber trotzdem hat er jede kleine Entscheidung, die er traf, infrage gestellt. »Was für einen Sinn hat der Anruf des Todesboten, wenn man zu große Angst vor dem Leben hat?«

Orion reagiert nicht mit einem Witz. Als hätte er einen inneren Detektor, der ihm sagt, wann man mich ablenken und wann man mir beistehen muss. »Heute ist dein Abschiedstag, Valentino. Nur du kannst entscheiden, was du tun willst.«

Die U-Bahn fährt rumpelnd in die Station ein.

»Woher weiß ich, ob es das Richtige ist?«, frage ich.

Er tippt auf die Abschiedstag-Nachricht auf meinem T-Shirt. »Stell dir selbst die Frage, ob es dich froh macht, falls du es tust, oder ob es dir das Herz bricht, falls nicht.«

Wenn ich nachher auf dem Totenbett liege und mein Leben Revue passieren lasse – insbesondere meinen Abschiedstag –, will ich das Gefühl haben, dass ich das Beste daraus gemacht habe. Dass ich meinen Traum verwirklicht und die Gelegenheit bekommen habe, ihn zu leben, bevor ich sterbe. Ich sollte meinem Herzen die Ehre erweisen, bevor es mir aus der Brust genommen wird.

Die Türen der U-Bahn gehen auf, und ich drehe mich um, renne direkt auf den Waggon zu, während ich Orion zurufe, mir zu folgen. Gerade als die Türen wieder zugehen, quetschen wir uns noch rein. Wenn ich Platz hätte, hochzuspringen und die Faust zu recken, würde ich es tun. Orions Worte haben mich total gestärkt. Aber bevor ich ihm danken kann, rieche ich etwas Ekliges. Ich blicke mich um, um die Quelle des Geruchs ausfindig zu machen, als mir klar wird, warum es hier so voll ist. Alle drängen sich auf diese Seite des Waggons, weil auf der anderen ein riesiger Haufen Erbrochenes liegt. Wahrscheinlich verdanken wir das jemandem, dem vom vielen Todesboten-Feiern schlecht geworden ist. Mir wird augenblicklich übel und mein Appetit ist ganz weg. Ich halte mir mein Hemd vor die Nase und atme das nach Pflaumen und

Zitrone duftende Hugo-Boss-Parfum ein, das ich noch in Arizona daraufgesprüht habe.

»Willkommen in New York«, sagt Orion lächelnd, bevor er seine Nase in seinem Hoodie versteckt.

Auf diese Erfahrung war ich nicht besonders erpicht.

Leider haben wir einen Expresszug erwischt, der uns über mehrere Stationen ohne Stopp als Geiseln hält. Als die Türen an der 68th Street dann endlich aufgehen, wechseln wir schnell den Waggon. Orion will nicht mit der großen Masse gleich in den nächsten Wagen, also laufen wir den Bahnsteig entlang und springen kurz vor dem Schließen der Türen wieder in den Zug. Diesmal können wir uns hinsetzen, mit dem Rücken zu einem U-Bahn-Plan von New York mit blauen, roten, grünen, orangefarbenen, gelben, lilafarbenen, braunen und grauen Linien, die alle unterschiedliche Strecken darstellen.

»Wir sind in der grünen Linie«, sagt Orion und fährt mit dem Finger von unserem Startbahnhof bis zum Union Square. »Und hier steigen wir aus.«

Ich ziehe in der Luft einen Kreis um den Plan. »Glaubst du, ich könnte all das an einem Tag abfahren?«

»Ich weiß es nicht, aber ehrlich gesagt, warum solltest du? Die U-Bahn ist total eklig. Dieser Höllenschlund, dem wir gerade entkommen sind, ist nichts Außergewöhnliches.«

»Ich habe ursprünglich davon geträumt, jede Ecke von New York zu sehen. Wenn ich mit der Bahn fahre, könnte ich wenigstens sagen, ich wäre überall durchgekommen.«

»Aber die besten Stellen New Yorks sind da draußen auf der Straße.«

»So, wie als auf mich geschossen wurde?«

»So, wie als auf dich geschossen wurde!«

»Erschreckend.«

»Verdammt erschreckend.«

Ich hoffe, sie kriegen den Kerl.

Minuten später hält unser Zug an der 42nd Street, in der Nähe des Times Square. Dort hat sich für mich alles verändert. Die Türen bleiben zu lange offen, und ich schaudere bei dem Gedanken, dass der Mann mit der Totenkopfmaske jeder der Passagiere sein könnte, die hier einsteigen. Er könnte glauben, ich würde seine Augen erkennen und er müsse die Sache zu Ende bringen. Die Entscheidung, solche Risiken einzugehen, indem ich nicht wieder nach Hause gegangen bin, nimmt diesen Gefahren nicht ihren Schrecken, aber ich kann heute einfach nur das Beste hoffen.

Als wir uns dem Union Square nähern, sehe ich mich im Waggon um. Die Leute halten sich an den Stangen fest, während sie die Zeitung oder auf ihrem Handy lesen. Andere dösen und reißen den Kopf wieder hoch, sobald ihr Kinn die Brust berührt. Wieder andere sitzen ruhig da und fahren von A nach B oder auch von B zurück nach A. Dabei hatte ich gehofft, es würde eine Art Show geben, junge Leute, die den Waggon zu einem Klettergerüst machen und zu dröhnender Musik um die Stangen kreisen und herumschwingen. Wir erreichen unseren Halt, und bevor ich auf den Bahnsteig hinaustrete, warte ich noch einen Moment, um zu sehen, ob gleich ein Auftritt beginnt, aber nichts.

»Der erste Gedanke nach deiner ersten Fahrt?«, fragt Orion, als wir die Treppe hinaufsteigen.

»Normaler als gedacht. Wo waren denn die ganzen Tänzer? Ist es noch zu früh?«

»Nee, auf der Fahrt zur Schule habe ich die morgens oft gesehen. Fanden manche ziemlich nervig. Vielleicht waren die meisten Performer gestern Nacht mit ihren Shows unterwegs.« Er drückt meinen Arm, als wir den U-Bahnhof verlassen. »Ich wette, auf der Rückfahrt erwischst du noch eine Nummer.«

»Hoffentlich.«

Ich kann mir nicht vorstellen, dass es mir auf dem Totenbett das Herz brechen wird, wenn ich niemanden in der U-Bahn habe tanzen sehen, aber es ist eine dieser Alltäglichkeiten in New York, die mich schon furchtbar lange beschäftigen. Und deshalb fühlt es sich seltsam an, dass sich dieser Wunsch nicht sofort erfüllt. Vor allem, da die Zeit so knapp ist. Aber das zeigt nur, dass sich die Welt eben nicht nur um dich selbst dreht, ganz egal was in deinem Leben passiert.

Der Union Square sorgt auf jeden Fall für frischen Wind. Schachspieler sitzen auf Kisten und genießen die Sonne. Eine Frau, die mit acht Hunden spazieren geht, strahlt übers ganze Gesicht. Ich beobachte, wie zwei Frauen Händchen haltend und mit jeweils einem Becher Kaffee den kleinen Park betreten. Der wäre bestimmt ein schöner Platz für ein gemütliches herbstliches Fotoshooting. Ich sehe mich schon auf einer Bank posierend, das Revers meines grauen Wollmantels geöffnet, ein weißes T-Shirt darunter und ... ich höre auf, mir das Outfit vorzustellen, das ich diesen Herbst nicht werde tragen können.

Während wir am Zebrastreifen stehen, sehe ich zum Himmel hinauf und betrachte ein Flugzeug, das über uns hinwegfliegt. Ich kann es nicht erwarten, bis Scarlett endlich hier ist.

»Bist du schon mal geflogen?«, frage ich, als wir die Straße überqueren.

»Nö.«

»Warum nicht?«

Dann bleibe ich mitten auf der Straße stehen und schlage mir die Hände vor den Mund. Ich frage Orion, warum er noch nie geflogen ist, nachdem ein entführtes Flugzeug seine Eltern getötet und sein Leben auf den Kopf gestellt hat. Wie dumm und gedankenlos von mir! In dem Moment, als Orion einen Blick über die Schulter wirft und sieht, dass ich zurückbleibe, fällt mir ein, dass ich todgeweiht bin und jeden Augenblick überfahren werden kann. Ich schaue noch nicht mal nach rechts und links, was wahrscheinlich genauso hirnlos ist, wie überhaupt mitten auf der Straße stehen geblieben zu sein. Beim Frogger-Spielen wäre ich die totale Niete, obwohl ich es jetzt wundersamerweise heil bis zum nächsten Häuserblock schaffe.

Orion fasst mich an der Schulter. »Du musst vorsichtig sein!«

»Tut mir leid.«

»Schon okay. Auch wenn die Autos anhalten, du musst immer davon ausgehen, dass irgendwo ein Idiot am Steuer sitzt.«

»Das tue ich auch.« Ich muss an den Idioten denken, der beinahe Scarlett umgebracht hätte. »Aber es tut mir leid, dass ich das mit deinen Eltern vergessen hatte. Ich werde mich auch nicht damit rausreden, dass ich müde bin oder dass heute mein Abschiedstag ist. Ich habe einfach nicht nachgedacht.«

Orion zuckt die Achseln. »Du bist nicht der Erste, dem das passiert. Alles gut.«

Ich schüttele den Kopf. »Nein, ist es nicht. Aber von jetzt an passe ich besser auf. Solange ich noch da bin.«

Orion legt mir erneut die Hände auf die Schultern, diesmal sanfter. »Wenn du es wirklich wiedergutmachen willst, dann mach es den Leuten nicht so leicht, dich umzubringen.«

7:38 Uhr

Wir erreichen das Büro der Modelagentur.

Future Star ist eine junge Firma, die verspricht, hinter den größten Gesichtern in der Modelwelt zu stehen. Ich bin wirklich dankbar, dass sie nach der Durchsicht meines Online-

Portfolios mein Potenzial erkannt haben – die Bilder, die ihnen am besten gefielen, hat Scarlett gemacht –, und nach einem netten Skype-Interview habe ich bei ihnen unterschrieben. Im Moment ist die Agentur in einem unscheinbaren Bürogebäude untergebracht, und der Gedanke, dass sie ihr Versprechen einlösen und Menschen zu Superstars machen werden, gefällt mir.

Obwohl *Future Star* noch neu ist, hätte ich angenommen, sie hätten ein glänzendes Büro mit Zeitschriften auf einem gläsernen Couchtisch. Stattdessen wirkt es, als wäre das Büro seit dem Auszug des Vormieters überhaupt nicht renoviert worden – wer immer dieser Vormieter war; ich würde mich mal aus dem Fenster lehnen und auf eine Zahnarztpraxis tippen, weil es noch immer nach diesem Zahnstaub riecht, an den ich mich wegen meiner eigenen Behandlung gut erinnere, bei der einer meiner Zähne abgeschliffen und an seinen Nachbarn angepasst wurde.

Aber was mich echt fertigmacht, ist, dass ich todsicher war, es gäbe jemanden mit Headset am Empfang, der mich sofort erkennen würde. Der Mann da hat keine Ahnung, wer ich bin. Unter dem Firmenschild an der Wand hängen etwa ein Dutzend Porträts, aber meins ist nicht dabei. Hätte ich eins mitbringen sollen? Nein, ich bin unter Vertrag. Außerdem steht ein riesiger Drucker hier in der Ecke. Schließlich wurde ich für eine Riesenkampagne dieser Firma verpflichtet. Man sollte meinen, mein Gesicht wäre es wert, hervorgehoben zu werden. Ist es aber offensichtlich nicht.

Ich bin hier immer noch ein Niemand und werde auch kein Jemand mehr werden, bevor es zu spät ist, um noch die Starbehandlung zu bekommen.

»Guten Morgen. Heute nur mit Termin«, sagt der Mann am Empfang.

»Ich bin Valentino Prince. Ich bin bei Ihnen als Model unter Vertrag. Laverne hat mir gesagt, ich solle direkt für eine Anprobe herkommen.«

Der Mann nickt ganz langsam. »Verstehe.« Er tippt auf altmodische Art eine Nummer in sein Festnetztelefon. Keine Headsets. Ich höre es zwei Türen weiter klingeln. »Hi, Laverne, ich habe hier einen Valentino Prince für dich.« Man hört eine gedämpfte Stimme. »Mh-mhm. Mh-mhm. Okay.« Er legt auf. »Laverne kommt sofort. Nehmt Platz, wenn ihr mögt.«

Die drei Stühle an der Wand sind definitv Überbleibsel, denn sie wirken viel zu abgenutzt für eine neue Firma. Orion und ich setzen uns trotzdem und er tätschelt mir das Knie.

»Wie aufregend!«, sagt er.

»Allerdings.«

»Mann, du klingst so unaufgeregt.«

»Von wegen. Ich bin aufgeregt. Aber ich versuche mich zusammenzureißen.«

»Warum?«

Ich senke die Stimme, damit der Mann am Empfang mich nicht hört, obwohl er gut zwei Meter entfernt ist. »Immer wenn ich mir diesen Moment vorgestellt habe, habe ich mir vorgenommen, cool zu bleiben, weil es cooler ist, bei einer großen Sache cool zu bleiben. Ich will professionell wirken, damit die mich, ohne zu zögern, noch mal buchen würden.«

Orion nickt. »Okay, das verstehe ich, aber … du weißt schon. Sei ruhig ein bisschen aufgeregt, solange es noch geht.«

»Was würde ich nur ohne dich tun?«

»Wahrscheinlich nichts«, sagt Orion mit einem Lächeln, das eigentlich an die Wand zu den anderen Porträts gehört.

Eine Tür geht auf und meine Agentin tritt auf uns zu. Laverne ist eine ältere Weiße mit einzelnen grauen Strähnen in ihrem schwarzen Haar. Sie trägt einen schlichten fliederfarbenen Pullover zu Jeans – eine ziemlich lässige Samstagskluft für eine Modelagentur.

»Valentino, Valentino. Wie schön, dich auch persönlich kennenzulernen«, sagt sie und nimmt mich in den Arm.

»Ebenso!«, entgegne ich begeistert. »Vielen Dank, dass du es mit mir versuchen willst.«

»Also bitte. Deine Eltern haben die Grundlage für dein Aussehen gelegt und du hast es ausgebaut.«

Nachdem meine Eltern sich von mir losgesagt haben, finde ich es komisch, ihnen das hoch anzurechnen. Aber sie hat nicht unrecht. Von meinem Vater habe ich die Augen und von meiner Mutter die Form meines Gesichts, meiner Nase und meiner Lippen. Sie können nicht leugnen, dass ich ihr Sohn bin. Obwohl ich ihnen nicht meinen Körperbau anrechnen werde. Dass ich heute da bin, wo ich bin, habe ich einzig meiner harten Arbeit zu verdanken.

»Laverne, das ist mein Freund Orion.«

»Schöner Name«, sagt Laverne, während sie seine Locken anstarrt. »Und schöne Locken. Warum versteckst du die unter der Kappe?«

»Die hat meinem Vater gehört«, sagt Orion.

»Bist du auch Model? Ich könnte dich problemlos bei einer Shampoowerbung unterbringen.«

Orion schüttelt den Kopf. »Das ist nichts für mich, trotzdem danke.« Er drückt meine Schulter. »Aber er hier ist bereit für sein Shooting.«

Laverne wirkt verwirrt. »Hast du meine Sprachnachricht nicht bekommen?«

Erfahre ich jetzt etwa, dass ich rausgeflogen bin? An meinem Abschiedstag?

»Ich habe gestern Abend mein Handy verloren.«

»Ah. Tut mir leid, dir das sagen zu müssen, aber das Shooting musste verschoben werden.«

»Wie lange denn? Ein paar Stunden?«

»Etwas länger. Wir brauchen einen neuen Fotografen.«

»Was ist denn mit William?«

Laverne holt tief Luft. »William wurde letzte Nacht am Times Square ermordet.«

Ich sinke auf meinen Stuhl zurück und Orion schlägt die Hände vor den Mund. Ich habe das Gefühl, wieder am Times Square zu sein. Die Schüsse ... ich hätte in einer Million Jahren nicht gedacht, in einer Millionenstadt die Person zu kennen, die gestorben ist. Noch nicht mal flüchtig.

Ob William wohl beim Todesboten angemeldet war?

»Das ist ja schrecklich«, sagt Orion und wendet sich mir zu, genau wie im Krankenhaus. »Wir waren gestern Nacht auch am Times Square.«

Laverne bekommt große Augen. »Wow. Zum Glück geht es euch gut.«

Orion sagt nichts weiter. Genau wie im Krankenhaus erzählt er meine Geschichte nicht für mich.

»So ganz gut geht es mir nicht. Der Todesbote hat mich letzte Nacht angerufen.«

Der Mann von der Rezeption blickt erschrocken auf.

Laverne lacht. »Das wird schon«, sagt sie und wedelt die Bombe, die ich gerade habe platzen lassen, weg, als wäre es nur Zigarrettenrauch. »Du glaubst doch nicht wirklich, dass die Leute von diesem Todesboten ernsthaft wissen können, wann jemand sterben wird.«

»Doch«, sagt Orion. »Und sie haben bereits Treffer gelandet.«

»Es ist noch nicht mal ein Tag vergangen. Es gibt noch viele Gelegenheiten, wo sich ihre Vorhersagen als falsch entpuppen können.«

»Valentino kann es nicht riskieren, darauf zu warten«, sagt Orion. »Können wir irgendetwas tun, damit dieses Shooting heute noch stattfindet?«

Laverne ist nicht länger bezaubert von Orion. Sie wendet

sich an mich. »Wenn du wirklich glaubst, dass der Todesbote recht hat, warum willst du dann dieses Shooting überhaupt noch machen?«

»Auf einen solchen Moment habe ich lange hingearbeitet.«

»Aber du wirst den Erfolg nicht mehr ernten können.«

»Der Gedanke, dass meine Arbeit da draußen sein wird, gefällt mir. Dass ich gesehen werde.«

Laverne nickt langsam. »Das verstehe ich. Zum Glück werde ich am Montag einen neuen Fotografen haben. Spätestens am Dienstag. Dann können wir deine Träume verwirklichen.«

Orion will sich erneut für mich einsetzen, aber ich nehme seine Hand. Wir halten beide inne und wechseln einen Blick.

Ich mach das, gebe ich ihm mit den Augen zu verstehen.

Wenn nicht, tue ich es, scheint Orion mir zu antworten.

Dann sehe ich Laverne an, und sie kann offenbar meine Gedanken nicht lesen, obwohl sie mal gesagt hat, sie könne meine Seele in meinem Blick erkennen. »Am Montag bin ich tot«, sage ich.

Laverne setzt sich neben mich. »Du hast Angst. Das verstehe ich. Unser Präsident hat uns bezüglich des Todesboten belogen und Hysterie erzeugt. Aber ich habe das vor der Jahrtausendwende schon mal erlebt, mit dem Jahr-2000-Problem. Man hat uns gesagt, dass dieser Millennium-Bug alle Computersysteme betreffen und dazu führen würde, dass Banken schließen müssten, Regierungsdokumente öffentlich werden würden, Menschen in Aufzügen stecken bleiben und sich die Technik gegen uns wenden würde. Ich hatte Angst … bis es Mitternacht schlug und alles in Ordnung war. So wird es dir auch ergehen, weil es den Todesboten nicht gibt.«

Ich bin so enttäuscht. Es war eine Sache, die Leute am Times Square zu sehen, die nicht an den Todesboten glauben, aber es ist etwas ganz anderes, wenn das von der Person kommt, der ich meine Karriere – mein Leben – anvertraut habe. »Kurz nachdem ich den Anruf des Todesboten erhalten habe, wurde ich am Times Square beinahe ermordet. Vermutlich von derselben Person, die William getötet hat.«

»Ein fast schon tragischer Zufall«, sagt Laverne. »Ich bin froh, dass du überlebt hast – und dass du überleben *wirst*. Bei deinem Fototermin nächste Woche werden wir Unglaubliches leisten.«

Wir werden uns nicht gegenseitig umstimmen. Die einzige Möglichkeit, Lavernes Argumentation zu widerlegen, ist zu sterben, und das will ich nicht früher tun als sowieso schon, nur um ihr was zu beweisen.

»Gibt es wirklich nichts, was wir heute fotografieren könnten? Meine Schwester kommt bald in New York an. Scarlett ist Fotografin. Ihre Arbeit hat dir gefallen. Genau wie den Leuten von RainBrand.«

Ich weiß nicht, welches Trauerstadium Feilschen ist, aber ich weiß, dass ich das gerade tue. Ich will diesen Job unbedingt machen, egal wie.

»Scarlett hat ein großartiges Auge, aber sie ist nicht hier«, sagt Laverne.

»Ich kann es machen«, sagt Orion. »Das kann ja nicht so schwer sein.«

»Danke für dein außergewöhnliches Angebot, Orion«, entgegnet Laverne. »Aber die RainBrand-Kampagne braucht jemanden mit Erfahrung. Ich freue mich darauf, Valentino in den nächsten Tagen demjenigen vorzustellen, der das dann sein wird.«

Ich kämpfe einen verlorenen Kampf, also werde ich den Ring verlassen.

»Danke für das Treffen«, sage ich. »Tut mir leid, dass das heute nicht geklappt hat.«

»Mir auch. Sollen wir eine neue Nummer von dir notieren, bis du dein Handy ersetzt hast? Scarletts vielleicht?«

»Das wird nicht nötig sein. Danke für deine Zeit.«

Ich werfe einen letzten Blick auf die Wand mit den Porträts und finde mich damit ab, dass mich diese Agentur nie zu einem Star machen wird.

Noch nicht mal, nachdem für mich alles dunkel geworden sein wird wie ein sternenloser Nachthimmel.

SCARLETT PRINCE
05:00 Uhr (Mountain Standard Time)

Scarlett Prince kann das Flugzeug endlich verlassen.

Es laufen immer noch Ermittlungen, aber die Polizei will das Flugzeug leer haben, damit sie alles nach Bomben oder Waffen absuchen und den Piloten an einen sicheren Ort eskortieren können. Was bedeutet, dass Scarlett zwar ohne ihr Gepäck in das Flughafengebäude zurückkehrt, aber wenigstens besseren Handyempfang hat. Mehr als ein Dutzend Nachrichten, die sie in den letzten paar Stunden an Valentino geschrieben hat, werden augenblicklich an Orions Handy geschickt. Die einseitige Konversation mit ihrem Bruder hat Scarlett kein bisschen beruhigt. Unweigerlich hat sie immer wieder die Panik durchlebt, die sie zuletzt verspürte, als sie kurz nach ihrem Unfall kopfüber im Auto hing und Angst hatte, allein zu sterben. Sie befürchtet, dass Valentino genau das heute erlebt hat.

Sobald Scarlett das Flugzeug verlassen hat, reißt sie sich am Riemen, damit sie nicht zusammenklappt.

Die Zeit drängt, und diese Zeit muss sie mit ihrem Bruder verbringen.

VALENTINO
08:00 Uhr

An Abschiedstagen erfüllen sich keine Träume.

Alles da oben hätte anders laufen können, wenn ich eine Agentin gehabt hätte, die überhaupt an den Todesboten glaubt. Dann wären Anrufe getätigt worden, um Himmel und Erde in Bewegung zu setzen, damit ich meinen Lebenstraum verwirklichen kann. Aber ich habe eine erwischt, die nicht mal um mich trauern wird, weil sie glaubt, dass wir uns in ein paar Tagen wiedersehen. Ich wäre froh, wenn sie recht hätte, weiß aber, dass das nicht so ist.

Als wir das Gebäude verlassen, blicke ich nicht zurück. Ich habe keine Ahnung, wo ich hingehen soll, laufe einfach bloß den Bürgersteig entlang, um so weit wie möglich von diesem Ort wegzukommen.

»Nicht so schnell«, höre ich Orion sagen.

Ich beachte ihn nicht.

Ich gehe weiter.

»Warte auf mich!«

Seine Stimme klingt entfernter. Schwächer. Ich drehe mich um und sehe, dass er sich an eine Wand gelehnt hat, die Augen geschlossen, eine Hand auf sein Herz gepresst. Dieser Anblick reißt mich augenblicklich aus meiner jämmerlichen Stimmung und ich gehe zu ihm zurück.

»Alles in Ordnung?«

»Ja, ich muss nur ...« Orion holt tief Luft, dann noch mal und noch mal. »Hoher Blutdruck und dann das schnelle Laufen ... keine gute Kombi.«

»Tut mir leid.«

»Nicht deine Schuld. Zum Großteil. Ich bin sauer über das, was da oben abgegangen ist.«

»Das war allerdings eine Enttäuschung.«

»Ein verdammter fucking Scheiß.«

Ganz in der Nähe steht eine leere Bank an einer Bushaltestelle, aber Orion lässt sich an der Wand zu Boden sinken und geht in die Hocke. Ich hocke mich neben ihn, obwohl meine Beine von meinem gestrigen morgendlichen Joggen und Work-out und den beiden spaßigen Anstiegen über sechs Etagen wehtun. Ich schweige, während Orion nach Luft schnappt und gegen den Sturm in seinem Inneren ankämpft.

Ich will ihm gerade danken, dass er versucht hat, sich bei der Agentur für mich einzusetzen, als sein Handy in meiner Tasche klingelt. Augenblicklich flammt das Todesboten-Trauma in mir auf, aber das ist ein ganz normaler Klingelton, also kann ich mich wieder beruhigen, bevor mein Herz so übel reagiert wie Orions.

»Das ist Scarlett.« Ich nehme ihren FaceTime-Anruf entgegen und höre zunächst nur heftiges Schluchzen. Sofort fange ich auch an zu weinen. Ich sehe, dass sie am Flughafen ist. »Bist du schon gelandet?«

Scarlett bekommt kein Wort heraus. Ihr Weinen wird unterbrochen, als sich eine ganze Reihe Textnachrichten, alle von ihr, brummend ankündigen. Ich wische sie weg, damit ich mit ihr sprechen kann.

»Scar? Was ist los?«

»Ich bin immer noch in Arizona«, sagt sie.

Orion bekommt große Augen.

»Was soll das heißen, du bist immer noch in Arizona?«

»Der Pilot hat seinen Abschiedsanruf erhalten, bevor wir starten konnten.«

Als sie mir alles erzählt – wie die Passagiere im Flugzeug durchgedreht sind und die Polizei die Untersuchung aufgenommen hat –, schaudere ich bei dem Gedanken, was hätte passieren können, wenn der Pilot schon losgeflogen wäre und alle an Bord zu einem frühen Tod verurteilt hätte. Ich weiß nicht, ob das geschehen wäre, aber ich bin sicher, dass Orion sich solche Fragen schon unzählige Male gestellt hat, immer wenn er darüber nachdenkt, wie der 11. September in einer Welt mit dem Todesboten abgelaufen wäre.

»Der Todesbote hat dich aber nicht angerufen, oder?«, frage ich.

Scarlett schüttelt den Kopf. »Nein, aber ich hatte im Flugzeug keinen Empfang und konnte dich nicht eher erreichen und hatte solche Angst, du wärst …«

»Bin ich nicht. Und jetzt? Buchst du einen anderen Flug?«

»Sobald sie zu dem Schluss kommen, dass die Passagiere keine Bedrohung für den Piloten dargestellt haben, ja. Mein Gepäck lasse ich hier. Das ist mir egal.«

»Hast du denen gesagt, dass heute mein Abschiedstag ist?«

»Das interessiert die einen Scheiß. Alles dreht sich nur um diesen Piloten.«

Klar. Der Todesbote revolutioniert auch die Luftfahrt. Flüge dürfen erst starten, wenn gesichert ist, dass die Piloten nicht todgeweiht sind. Und die Passagiere auch nicht. So könnten künftig alle Flugzeugabstürze vermieden werden, oder? Zumindest, wenn sich die Leute alle beim Todesboten anmelden.

»Es tut mir so leid«, sagt Scarlett. »Ich versuche es weiter.«

Wenn sie sich Flügel wachsen lassen und über das Land flattern könnte, würde sie das ohne Zwischenstopp tun. Aber selbst in unserer neuen Wirklichkeit, in der sogar der Tod vorhergesagt werden kann, können die Menschen immer noch nicht fliegen, also hockt sie bis dahin am Flughafen fest. Ich denke an andere Unmöglichkeiten, zum Beispiel dass Scarlett mit dem Auto von Arizona nach New York fahren könnte, obwohl die Fahrt über fünfunddreißig Stunden dauert und sie nicht geschlafen hat. Dass der Todesbote sie nicht angerufen hat, heißt ja nicht, dass sie nicht noch mal in einen Unfall verwickelt werden kann, während sie versucht, auf Teufel komm raus hierherzufahren. Ihre einzige Option ist ein anderer Flug.

Ich möchte einfach nur, dass an meinem Abschiedstag etwas Unmögliches möglich wird.

Ist das zu viel verlangt?

Offenbar.

»Wie geht es dir?«, fragt Scarlett. »Warum bist du draußen?«

Ich erzähle ihr in möglichst wenigen Worten von dem geplatzten Fototermin.

»Und was machst du jetzt?«

»Wahrscheinlich nach Hause gehen. Ich warte auf dich.«

»Nein!«, ruft Scarlett. Dann dreht sie sich entschuldigend zu einer Frau neben sich um. »Du bist nicht nach New York gezogen, um da rumzuhocken und auf mich zu warten. Erkunde vorsichtig die Stadt. Ich bin bald da.«

»Versprochen?«

»Versprochen.«

Als wir auflegen, wissen wir beide, dass sie das nicht versprechen kann, aber trotzdem halte ich mich daran fest. Scarlett wird alles tun, was in ihrer Macht steht, um zu mir zu kommen. Sie könnte jemanden auf dem nächsten Flug bestechen, ihr seinen Platz zu überlassen, damit wir mehr Zeit miteinander haben, oder sich in den Frachtraum schleichen und fünf Stunden lang von Koffern malträtieren lassen. Ich weiß es nicht, aber ich weiß, sie wird eine Lösung finden.

So sicher ich bin, mein Spiegelbild zu sehen, wenn ich

in den Spiegel blicke, so sicher bin ich auch, dass ich meine Schwester noch mal sehen werde, bevor ich sterbe.

Das ist mein allerwichtigster Traum, der in Erfüllung gehen muss.

ORION
08:12 Uhr

Zum ersten Mal überhaupt bin ich mir heute sicher, dass ich leben werde, ganz gleich was passiert. Und nie hätte ich gedacht, dass sich das so scheiße anfühlen würde.

Versteht mich nicht falsch, ich versuche immer noch, nicht zu sterben, aber Zeuge zu sein, wie Valentino seinen Abschiedstag durchlebt, ist echt hart. Was soll man da sagen, außer, dass der Autor dieser Geschichte ein grausamer Arsch ist, der ihm einfach nicht das Geringste gönnt. Er hätte inzwischen auf so viele verschiedene Arten sterben können – durch einen Schuss oder einen Hieb mit einem Baseballschläger oder als sein Kopf gegen den Bürgersteig knallte oder als er in seiner Wohnung hingefallen und als er wenig später mitten auf der Straße stehen geblieben ist. Und dafür hat er das alles überlebt? Um von seiner Agentin abgewiesen zu werden und herauszufinden, dass seine Schwester es nicht hierhergeschafft hat? Ich kann mein Leben nicht feiern, wenn seine letzten Stunden so scheiße für ihn ablaufen.

»Dieser Abschiedstag kann kaum noch schlimmer werden, oder?«, fragt Valentino und starrt in die Luft, während er versucht, die Tränen zurückzuhalten. »Blöde Frage. Natürlich kann er das und wird es auch. Der Todesbote hatte keine Ahnung, als er davon gesprochen hat, dass wir Kapitäne an Deck unseres eigenen Schiffes sind. Alles, was heute passiert, zeigt doch, dass ich nicht selbst durch diesen Abschiedstag steuere, sondern völlig die Kontrolle über das Steuerrad verloren habe, gleich einen Eisberg ramme und dann untergehe.« Valentino bricht zusammen und schluchzt zum Steinerweichen. »Ich sollte einfach tot umfallen.«

Scheiße, das bricht mir das Herz.

Ich versuche ihn in den Arm zu nehmen, aber er schiebt mich weg.

»Du solltest lieber Abstand halten«, sagt er und kommt auf die Beine. »Nur weil du heute nicht sterben wirst, heißt das nicht, dass ich nicht Gift für dich bin. Alles Schlechte breitet sich um mich herum aus. Mein Herz ist bestimmt auch gefährlich. Ich weiß nicht, Orion, aber ich glaube, du solltest eine andere Lösung finden, einen anderen Spender.«

»Okay, scheiß auf dein Herz. Das ist mir doch total egal. Du bist kein Gift und kein Schiff, das gleich untergeht, und was für Vergleiche du sonst noch von dir geben willst, um mich loszuwerden. Ich bin dein Freund, Valentino, und ich lasse dich an deinem Abschiedstag nicht allein.«

Er fährt sich mit den Händen durchs Haar, während er einatmet, ausatmet, einatmet, ausatmet, einatmet, ausatmet. Er starrt die Backsteinmauer an, als wolle er darauf einschlagen, aber weil er zu sehr mit Atmen beschäftigt ist, hält er die Fäuste still. Er ist gerade dabei, auseinanderzufallen, und zwar total, aber wir werden das schon durchstehen.

»Es gibt eine Million Dinge, die du nicht kontrollieren kannst«, sage ich, während er weiter tief atmet. »Aber noch kannst du das Schiff unter deine Kontrolle bekommen und selbst steuern – tut mir leid, ich hör jetzt mal auf mit diesem Vergleich. Sonst bekomme ich langsam das Gefühl, auf hoher See zu sein, verdammt noch mal.« Ich trete auf ihn zu und beweise damit, dass ich keinerlei Angst habe, mit ihm zusammenzuknallen, auch nicht auf die schlimmste Art. »Du kannst den Fotografen nicht wieder zum Leben erwecken oder deine Schwester plötzlich herzaubern. Das ist der Scheiß, den du nicht kontrollieren kannst. Aber viele andere Dinge schon.«

Valentinos Meeraugen sehen mich an. »Was denn zum Beispiel?«

»Sag du es mir. Was wolltest du unbedingt in New York machen?«

»Das Shooting war mir am allerwichtigsten.«

»Dann machen wir es. Ich werde dein Fotograf sein.«

»Die Agentur wird das nicht akzeptieren. Du hast sie ja gehört.«

»Scheiß auf ihr Fotoshooting. Wir erschaffen jetzt deins. Wir machen ein Album von deinem Leben in New York.«

»Klingt nicht nach einem besonders dicken Album.«

»Ich wette, dass wir an einem Tag eine Menge Fotos machen können.«

»Stimmt. Sogar bei einem einstündigen Fototermin machen die manchmal Hunderte Fotos.«

»Hunderte? Ich habe mehr an so zwanzig gedacht, aber okay. Herausforderung angenommen.«

Er wischt sich die letzten Tränen aus den Augen und lächelt. »Vielleicht können wir alles fotografieren, was ich in dieser Stadt zum ersten Mal mache.«

»Ja!« Bin ich froh, dass er sich darauf einlässt; als würde er ganz schnell ins Leben zurückkehren, nachdem er schon kurz davor war, tot umzufallen. »Ich weiß, dass dein schönes Gesicht überall am Times Square zu sehen sein sollte; ich verstehe, dass das nicht dasselbe ist. Aber nur weil die verdammte weite Welt diese Bilder von dir nicht sehen wird, bedeutet das nicht, dass die Menschen aus deiner kleinen Welt sie nicht sehen werden.«

»Das finde ich toll. Dann kann ich Scarlett die Fotos zeigen, wenn sie ankommt.«

Valentino versinkt in Gedanken, und ich bekomme Angst, dass er wieder einen Rückzieher macht. »Unter einer Bedingung.«

»Alles«, sage ich und meine es auch so.

»Wenn du mein Fotograf sein willst, brauchen wir eine anständige Kamera. Keine Handyfotos.«

»Abgemacht. Eine anständige Kamera – kommt sofort.«

Wir werden diesem Abschiedstag eine neue Richtung geben.

Nicht wie ein beschissenes Schiff, sondern wie zwei Jungs, die verdammt entschlossen sind, dafür zu sorgen, dass jeder Augenblick zählt.

»Danke, dass du mich nicht allein lässt, Orion.«

Mein Blick wandert von seinen herzförmigen Lippen, die ich so unbedingt küssen möchte, zu seinen Augen.

»Ich bin bis zum letzten Augenblick dein Freund, Valentino.«

VALENTINO
08:38 Uhr

Am Morgen meines Abschiedstages haben die Läden noch geschlossen.

Dass die Kaufhäuser noch zuhaben, empfinde ich als erneute Beleidigung, obwohl ich weiß, dass es bloß schlechtes Timing ist, an einem Samstag zu sterben. Ich kann es mir nicht erlauben, bis zehn oder elf zu warten, um eine Kamera zu kaufen. Hoffentlich schaffen ein paar Geschäfte bald mehr nächtliche Angebote für die Todgeweihten, die ihre Abschiedstage nicht wie alle anderen erst im Morgengrauen beginnen.

»Ich glaube, ich hab was gefunden«, sagt Orion und liest etwas auf seinem Handy ab. »Einen Pfandleiher, der rund um die Uhr geöffnet hat. Ich weiß nicht, ob es da eine Kamera gibt, aber wir können ja mal nachfragen.«

»Ist das weit?« Ich denke schon daran, noch mal U-Bahn zu fahren. Vielleicht habe ich diesmal ja mehr Glück mit einer Show.

»Drei Blocks zurück.«

Während Orion vorausgeht, lese ich alle Nachrichten von Scarlett, die ihre Zeit im Flugzeug dokumentieren. Sie hatte Panik – Angst, dass der Pilot alle in den Tod fliegen würde, Angst, dass der Todesbote sich doch geirrt hatte und sie den Beweis dafür liefern würde, Angst, dass ich tot wäre, bevor wir uns ein letztes Mal sehen konnten. All ihre Worte und noch das letzte Zeichen, das sie verzweifelt getippt hat, brennen sich mir ein, und ich finde es schrecklich, dass sie eine solche Angst ausstehen musste. Ich möche sie um Verzeihung bitten, als wäre es meine Schuld, dass ich sterbe; wird es vermutlich irgendwie auch sein, wenn es eine Option ist, ungefährdet für die Herztransplantation zu sterben.

Scarlett wird nicht wollen, dass ich das mit der OP durchziehe.

»Du marschierst direkt in dein Grab«, wird sie sagen.

Dann werde ich erwidern: »Ich sterbe sowieso.«

»Und was, wenn der Todesbote sich irrt?«, wird sie fragen.

Das ist die große Lotterie. Aber wenn ich auf dieses Los setze und dann doch sterbe, stirbt Orion möglicherweise auch.

Ich will leben, aber dieses Risiko kann ich nicht eingehen, oder?

Was für ein Pech, dass mein Abschiedstag gleichzeitig der erste Tag des Todesboten ist. Wenn ich Genaueres über die Trefferquote wüsste, könnte ich vielleicht einschätzen, ob mein Anruf doch ein Irrtum war. Aber ich weiß es nicht und werde es auch nicht wissen. Was nur ein weiteres Beispiel für mein schlechtes Timing beim Sterben ist.

NAYA ROSA
08:40 Uhr

Inzwischen gab es elf Berichte über Todgeweihte, die gestorben sind, ohne dass der Todesbote sie angerufen hat.

Naya ist wieder in der Firmensuite und ruht sich auf dem Sofa aus, während Alano ihren Schoß als Kissen nutzt und Bucky zu ihren Füßen schläft. Sie kann sich nicht bewegen, ohne die beiden zu wecken, aber sie weiß auch nicht, wo sie hingehen würde, wenn sie es könnte. Die Zukunft der Firma steht in Flammen und sie wird das Feuer nicht löschen können. Sie sitzt hier verängstigt und fühlt sich genau wie ihr Großvater, der ihr oft davon erzählt hat, wie es war, darauf zu warten, dass Nayas Großmutter aus dem Krieg zurückkehrte. Sie wünscht sich, dass die Tür auffliegt und Joaquin auftaucht, auch wenn er das Problem nicht lösen, den Krieg nicht gewinnen kann. Sie will einfach nur, dass ihr Mann überlebt.

Aber was, wenn Joaquin zu den Todgeweihten gehört, die ohne Warnung gestorben sind?

VALENTINO
08:51 Uhr

Über der Markise des Pfandleihers steht in bunten Glühbirnen: *ITCHY PALM GEMS*.

Der Laden sieht eher aus wie einer dieser Souvenirshops am Broadway, in denen man Magneten mit seinem Namen kaufen kann, und nicht wie ein Geschäft, in dem ich eine Kamera finde. Aber wenn man berücksichtigt, dass der Pfandleiher zwischen einem großen Drogeriemarkt und einer Pizzeria liegt, gelingt es ihm hervorragend, die Blicke auf sich zu ziehen – wie eine Brosche auf einem weißen Outfit. Allerdings fällt er zwischen den Nachbarläden jetzt gerade auch auf, weil vor dem *Itchy Palm Gems* ein Haufen Glassplitter liegt, wo früher die Eingangstür war.

»Da ist auf jeden Fall offen«, sage ich.

»Ob die Besitzer das wollen oder nicht«, fügt Orion hinzu. »Scheiß Plünderer.«

Ich entdecke einen Mann, der im Innenraum fegt. Offenbar arbeitet er dort, denn ich kann mir nicht vorstellen, dass jemand hinter sich aufräumt, nachdem er irgendwo eingebrochen ist.

Orion versucht mich zurückzuschieben, aber ich bleibe stehen. »Du solltest weggehen. Nur für den Fall.«

»Für welchen Fall?«

»Wer weiß, aber du solltest nicht der Erste sein, der das rausfindet.«

»Dann lass uns einfach gehen. Das ist die Kamera nicht wert.«

»Doch!« Orion sieht mich direkt an, und mir wird klar,

dass er es ernst meint. »Hör zu, wir können sicher sein, dass heute nicht mein Abschiedstag ist, also sollte ich diese Garantie wie eine Superkraft einsetzen.«

»Aber du bist nicht unbesiegbar.«

»Nein, aber heute bin ich stärker. Bleib einfach einen Moment da drüben an der Ecke stehen.«

Ich gebe mich geschlagen, weigere mich allerdings, mich hinter der Ecke zu verstecken. Ich warte hier.

Unter Orions Stiefeln knirscht Glas, als er an den Türrahmen klopft. »Hey, guten Morgen.«

Der Mann hört auf zu fegen und kommt zur Tür. »Wir haben heute geschlossen.«

»Ist alles in Ordnung?«, frage ich vom Bürgersteig aus.

Er starrt mich an, als wäre es ja wohl offensichtlich, dass nicht alles in Ordnung ist. Es fällt mir schwer, den Blick nicht abzuwenden, denn er sieht wirklich gut aus für einen nicht mehr ganz jungen Mann. Grau melierter Bart an einem scharf geschnittenen Unterkiefer. Schwarze Haare, die ihm zum Teil über die Stirn fallen, und silberne Strähnen an den Seiten. Starke, muskulöse Arme, unter deren brauner Haut Adern durchscheinen, was im Fitnessstudio gefeiert wird, als wäre es das einzige Zeichen für hartes Training. Unter dem schwarzen T-Shirt mit den hochgerollten Ärmeln zeichnen sich seine Brustmuskeln ab, an seinen Achseln sind Schweißflecken zu sehen. Und als jemand, der selbst kein Tattoo haben kann, weil das die Agenturen verschrecken würde, bewundere ich die Monde, die er auf seinen Bizeps tätowiert hat und die den Gesamteindruck dieses Mannes vervollständigen, der eigentlich auf ein Zeitschriftencover gehört.

»Heute früh wurde bei uns eingebrochen«, sagt er. »Offenbar wollten die Leute eher den Kram anderer Leute klauen als Pizzateig.«

Ich fühle mich sicher genug, um näher ranzugehen, dieser

Pfandleiher wird mich schon nicht mit seinem Besen totschlagen. »Das tut mir leid.«

»Ist ja nicht deine Schuld. Außer ihr wart die Plünderer.«

»Nein, aber scheiß auf die, wer immer es war!«

»Dein Elan gefällt mir«, sagt der Mann und gibt Orion die Faust.

Orion grinst. »Wäre es okay, wenn wir ganz kurz reinkommen? Wir suchen eine Kamera.«

Der Mann seufzt. »Gestern wurde eine Menge gstohlen. Ich weiß gar nicht, was ich im Moment überhaupt dahabe. Kommt gerne morgen vorbei, wenn wir wieder aufgemacht haben. Ich lege euch alle Kameras, die ich finde, zurück.« Er will sich abwenden.

»Moment.« Orion sieht mich an.

Er respektiert absolut immer meine Privatsphäre und erzählt noch nicht mal Fremden, die ich nie wiedersehen werde, was mit mir los ist. Ich werde ihm signalisieren müssen, dass es okay ist, wenn er mich hier unterstützt.

»Morgen bin ich nicht mehr da«, sage ich.

»Du bist nicht von hier?«, fragt der Mann.

»Ich bin todgeweiht.«

Jetzt kommt der entscheidende Moment: Zweifelt er die Realität des Todesboten an, oder geht er fest davon aus, dass ich sterben werde?

Der Mann schüttelt den Kopf. »Das ist tragisch. Tut mir leid, das zu hören. Du bist noch so jung ...«

Ich bin froh, dass er meine Situation ernst nimmt, aber natürlich schmerzt mich meine Wahrheit einmal mehr.

»Kommt rein. Ihr könnt euch umsehen«, sagt der Mann. Er schüttelt uns die Hand. »Ich bin Férnan.«

»Valentino. Und das ist Orion.«

»Schön, euch kennenzulernen. Orion, bitte halt dich mit den Kraftausdrücken zurück, falls mein Sohn nach vorne kommt. Er ist zehn und flucht schon wie ich, wenn die Mets verlieren.«

»Dann wird hier bestimmt verdammt oft geflucht.« Orion tippt sich scherzhaft an sein Yankees-Basecap.

Wir betreten einen Tatort. Der Glastresen wurde zerschmettert und alle Schmuckschatullen geleert. In einer Ecke liegen noch Hanteln, vermutlich waren die Plünderer keine Gewichtestemmer. Zwei Fahrräder an der Wand, eins gelb, das andere stahlgrau. Eine Mikrowelle, die während des Tumults wahrscheinlich runtergefallen ist, liegt kopfüber auf dem Boden. Ich entdecke Regale voller Sneaker mit minimalen Schrammen, was bestimmt super ist für jeden, der so tun will, als seien seine Sneaker eigentlich noch brandneu, aber dann ist eben doch das Leben dazwischen gekommen und hat sie abgenutzt, so wie es auch bei meinen der Fall ist. Der Boden ist übersät mit allem Möglichen: Actionfiguren, Basecaps, Werkzeug, Videospiele, DVDs, ein paar E-Gitarren mit kaputten Saiten, zerbrochene Vinylschallplatten und ein Haufen anderer Sachen, alle mit ihrer eigenen Geschichte. Wie unterschiedlich auch immer die Gründe sein mögen, weshalb diese Dinge hierhergebracht wurden, sie sollten sicher alle jemandem da draußen den Weg zum Erfolg ebnen. Als wäre Diebstahl nicht so schon ein Riesenverbrechen, muss ich an all die gestohlenen Schätze denken, die die Leute jetzt nicht mehr zurückkaufen können. Das ist hier das größte Verbrechen.

»Wie lange haben Sie diesen Laden schon?«, fragt Orion.

»Ein paar Jahre, aber ich denke daran, bald aufzuhören«, sagt Férnan.

»Wieso? Wegen dem hier?«

Férnan schüttelt den Kopf. »Das motiviert natürlich nicht gerade, weiterzumachen, aber ich bin auch einfach nicht der Richtige für dieses Geschäft. Ich hasse es, den unbezahlbaren Besitz der Menschen mit einem Preisschild versehen zu müssen. Ich weiß gar nicht, wie oft Leute schon ihre Eheringe verpfändet haben.«

Wenigstens haben diese Leute geheiratet. Und sie haben sich verliebt.

An einem Abschiedstag ist das nicht vorgesehen.

Ich suche weiter nach einer Kamera, denn das ist immerhin etwas, das ich kontrollieren kann. Dutzende von Büchern liegen aufgeblättert auf dem Boden; vermutlich waren die Plünderer auch keine Leser. Unter den Büchern ist keine Kamera versteckt; ich stapele sie zu einem ordentlichen Haufen, damit Férnan später weniger Arbeit hat. Ich schaue unter Frisbeescheiben und hinter einen kaputten Drucker, aber nichts.

Die Hintertür geht auf und ein Junge kommt rein. Er sieht aus wie eine junge Version von Férnan, ohne graue Haare, Bart und Tätowierungen, und trägt einen blauen Trainingsanzug. Gerade hat er sich den letzten Bissen eines Hash Browns von *McDonald's* in den Mund geschoben und wischt sich den fettigen Mund ab.

»Ich dachte, wir hätten zu, Paps«, sagt er.

Férnan hockt hinter dem kaputten Tresen. »Haben wir auch. Aber diese jungen Männer waren sehr höflich, und ich habe beschlossen, sie reinzulassen. Siehst du, wie man mit gutem Benehmen weiterkommt?«

»Okayyy.«

»Warum hilfst du ihnen nicht dabei, eine Kamera zu finden?«

»Kriege ich dann das Fahrrad, wenn ich das mache?«, fragt der Junge und zeigt auf das stahlgraue Rad an der Wand.

»Das ist immer noch nicht zu verkaufen.«

»Sag doch einfach, es wäre geklaut worden, Paps.«

»Rufus ...«

Der Junge atmet zischend ein. »Was denn?!«

Férnan kommt um den Tresen herum, und der Junge – Rufus – verschränkt die Arme. »Geh nach hinten und warte dort auf mich.«

»Ich habe gar nichts gemacht.«

»Du widersprichst mir, als wäre ich einer deiner Kumpels.«

»Sind wir denn keine Kumpels, Paps?!«

»Sei nicht so ein Klugscheißer.«

»Wenn ich nicht klug sein darf, dann schrei mich aber auch nicht an, wenn ich ein mieses Zeugnis bekomme.«

»Rufus, warte hinten auf mich. Sofort.«

Die beiden starren sich wütend an, bevor Rufus erneut zischend die Luft einsaugt. Um die Sache noch schlimmer zu machen, tritt er gegen eine Kiste, die daraufhin gegen die Wand knallt. Es wird mucksmäuschenstill. Orion und ich rühren uns nicht, als hätten wir gerade entdeckt, dass wir auf einem Minenfeld stehen und ein falscher Schritt dazu führen könnte, dass wir in die Luft fliegen. Aber das einzig Explosive hier im Raum ist Rufus' Laune. Dann, bevor irgendeine Strafaktion erfolgen kann, scheint der Junge sich zu entschärfen und bekommt vor Staunen ganz große Augen.

»Hab eine!«, ruft er und hebt eine Kamera auf. Férnan streckt die Hand aus, aber Rufus weicht ihm aus und kommt direkt auf mich zu. »Hier, bitte.«

Es ist eine Digitalkamera, eine *Canon PowerShot*. Das konkrete Modell kenne ich nicht, aber es sollte seinen Zweck erfüllen.

»Vielen Dank, Rufus.«

»Gern geschehen.« Damit zieht sich der Junge friedlich zurück.

Férnan seufzt, als er hinter den Tresen zurückkehrt. »Schafft euch bloß nie Kinder an.«

»Wird bei mir nicht vorkommen.« Ich gebe ihm die Kamera.

Férnan vergleicht sie mit seinen Unterlagen, dann hält er

plötzlich inne und sieht mich an. »Verzeih, Valentino, das habe ich ganz vergessen.«

»Schon okay.«

»Ich habe es auch gar nicht so gemeint. Ich liebe Rufus, er ist ein toller Junge. Aber manchmal geht sein Temperament mit ihm durch. Als ich so alt war wie er, war ich ganz ähnlich. Er wird da schon noch rauswachsen.« Férnan wischt sich den Schweiß von der Stirn. »Mache ich alles noch schlimmer? Tut mir leid. Das ist neu für mich, und ich weiß nicht ... vor allem bei jemandem, der so jung ist, und ...«

Orion legt mir den Arm auf die Schulter und entspannt damit die Situation. »Wir alle müssen uns erst mal daran gewöhnen, aber echt vielen Dank an Rufus, dass er diese Kamera für uns gefunden hat. Mit der werden wir ein paar denkwürdige Erinnerungen an Valentinos Abschiedstag festhalten.«

Ich sehe Tränen in Férnans Augen, als er mir verstohlene Blicke zuwirft. Er sieht jemanden, der jung ist. In ein paar Jahren wird Rufus in meinem Alter sein, und vielleicht hat Férnan Angst davor, miterleben zu müssen, wie sein Sohn seinen Abschiedstag durchlebt. Das wünsche ich ihnen nicht.

»Wie lange seid ihr schon befreundet?«, fragt er.

Orion zählt leise nach. »So etwa zehn Stunden.«

Férnan hat viele Fragen, stellt aber keine davon. Er vergleicht einfach weiter das Kameramodell mit seinen Unterlagen und sagt: »Das war ein Verkauf, kein Pfand. Also gehört sie euch.«

Ich greife nach meiner Brieftasche, die ich wundersamerweise heute noch nicht verloren habe wie mein Handy oder meinen Hausschlüssel. »Großartig. Wie viel?«

Férnan reicht mir die Kamera. »Die kostet nichts.«

»Wow ... danke, Mann ...«

»Nein.« Ich unterbreche Orion. »Ich will bezahlen. Erst recht nach dem Einbruch heute.«

»Das ist sehr ehrenwert, aber deine hundert Dollar retten den Laden auch nicht. Ich will aus rein egoistischen Gründen, dass du da draußen bist und unvergessliche Erinnerungen sammelst.«

Der Todgeweihtenrabatt gibt mir kein gutes Gefühl. Ich habe den Eindruck, einen Laden zu bestehlen, der mehr als genug verloren hat. »Also gut. Ich nehme die Kamera an, wenn Sie mir erlauben, Ihrem Sohn dieses Fahrrad zu kaufen. Ich kann Ihnen einfach das Geld dalassen, und sobald es zu haben ist …«

»Es ist schon zu haben«, sagt Férnan. »Ich habe Rufus nur etwas anderes erzählt, weil er sich dauernd danebenbenimmt. Aber warum ist es dir so wichtig, dass er dieses Fahrrad bekommt?«

Auch Orion wirkt erst verwirrt, aber dann kapiert er es.

»Meine Eltern waren nicht gerade toll. Es wäre schön zu wissen, dass ein Vater, der seinen Sohn liebt, seinem Sohn auch zeigt, dass er ihn liebt.«

Férnan sieht zu dem Fahrrad auf, als stellte er sich bereits in diesem Moment die Erinnerungen vor, die er mit Rufus teilen könnte. »Abgemacht.«

Wir verhandeln über den Preis. Er versucht mich zu unterbieten; ich versuche ihn zu überbieten. Ein so ungewöhnliches Gefeilsche habe ich noch nie erlebt. Schließlich treffen wir uns irgendwo in der Mitte, womit wir beide mehr oder weniger zufrieden sind, und schlagen ein. Férnan hat einen festen Händedruck, und mir kommt es vor, als wollte er mir wortlos zu verstehen geben, dass ich stark sein soll.

Ich betrachte das Fahrrad und stelle mir vor, wie Rufus darauf sitzt und Férnan ihn anfeuert. Ein wirklich beglückender Gedanke.

»Schönen Tag noch«, sage ich auf dem Weg nach draußen.

»Dir auch«, entgegnet Férnan und zuckt zusammen. Sein

Blick fällt auf mein T-Shirt. »Oder – doch. Ich wünsche dir einen fröhlichen Abschiedstag, Valentino.«

»Danke, Férnan.«

Vor dem Laden schalte ich gleich die Kamera ein. Die Batterie ist nicht voll geladen, aber für den Abschiedstag müsste es reichen. Ich gebe sie Orion. »Wärst du so nett? Ich finde, das erste Bild sollten wir vor *Itchy Palm Gems* machen.«

»Mit Vergnügen«, sagt Orion.

Ich stelle mich in Position und stecke die Hände in die Hosentaschen. Es fühlt sich seltsam an, vor einem geplünderten Pfandleiher zu lächeln, aber so haben wir dieses Kapitel an meinem Abschiedstag beendet und so sollte es auch in Erinnerung bleiben.

Orion macht das Foto.

Hoffentlich das erste von vielen.

FÉRNAN EMETERIO
09:09 Uhr

Bei Férnan Emeterio hat der Todesbote nicht angerufen, weil er heute nicht sterben wird, doch ihn beeindruckt die Großzügigkeit eines jungen Mannes, der tatsächlich bald tot sein wird.

Von allen Läden, die Valentino an diesem Morgen hätte betreten können, ist es ausgerechnet Férnans, Stunden nachdem er von denen geplündert wurde, die den Weltuntergang fürchten. Keine Ahnung, warum es ausgerechnet *Itchy Palm Gems* sein musste, aber er weiß, dass seine Mutter – möge sie in Frieden ruhen – gesagt hätte: Das Glück hat euch zusammengeführt. Sie war immer eine sehr abergläubische Frau gewesen, bis zu ihrem Tod vor ein paar Jahren. Sie konnte keine einzige Wimper liegen lassen, ohne sie wegzupusten, kein Portemonnaie auf dem Boden, ohne um ihr eigenes Geld zu fürchten, auch kein einziges Silvester feiern, ohne um Punkt Mitternacht genau zwölf Glückstrauben zu essen, eine alte kubanische Tradition. Férnan ist überzeugt davon, dass Valentino ihm geschickt wurde, vielleicht mithilfe seiner Mutter im Himmel.

Das Timing hätte nicht besser sein können.

In letzter Zeit streiten Férnan und Rufus dauernd. Mit seiner Ältesten, Olivia, hat Férnan auch so seine Schwierigkeiten, aber sie zieht sich gern zurück, hört klassische Musik in ihrem Zimmer und stört niemanden. Während der zehnjährige Rufus sich zu Hause als Alpha aufspielt, genauso wie in der Schule oder draußen mit seinen Freunden. Vor seiner Mutter scheint der Junge mehr Respekt zu haben; vielleicht auch, weil sie nicht so viel Zeit miteinander verbringen, da Victoria Herzchirurgin ist, eine Achtzig-Stunden-Woche und oft auch Spätschichten hat; heute war sie sogar noch ein paar Stunden länger als sonst im Krankenhaus, weil sie sich wegen einer besonderen Transplantation an die Kommission wenden musste.

Es sind diese Sommerferien, die Rufus den Rest geben. Seine Clique fehlt ihm, und er muss mit Eltern abhängen, die er nicht respektiert, und einer Schwester, die nichts mit ihm zu tun haben will. Férnan betrachtet das Fahrrad – damit könnte Rufus ein bisschen Dampf ablassen.

Ein Gespräch zwischen Vater und Sohn könnte dafür sorgen, dass sie wieder zueinanderfinden. So, wie sich das angehört hat, war das bei Valentino und seinen Eltern nicht der Fall. Férnan würde lieber jeden Tag mit seinem Sohn streiten, als ihm den Rücken zuzukehren. Wissen Valentinos Eltern überhaupt, dass er sterben wird? Oder dass er seinen Abschiedstag mit einem Jungen verbringt, den er gerade mal zehn Stunden kennt? In seinen letzten Stunden sollte man mit seiner Familie zusammen sein. Unvorstellbar, dass Rufus seinen Abschiedstag mit einem Fremden verbringt. Férnan wird dafür sorgen, dass er seinen Sohn nie so einer herzzerreißenden Situation aussetzt.

Férnan nimmt das Geld für das Fahrrad und legt es in das leere Fach seiner Kasse.

Er starrt die Geldscheine an und muss wieder an seine Mutter denken. Was seine berufliche Laufbahn anging, stand Férnan an einem Scheideweg, hin- und hergerissen zwischen seinem eigentlichen Job als Techniker und seinem Wunsch, ein eigenes Geschäft zu gründen. Dann ist seine Mutter verstorben und er sinnierte oft über ihren Aberglauben nach. Auch im Hinblick auf seine ewig juckenden Handflächen – nicht umsonst hat er seinen Laden *Itchy Palm Gems* genannt. Das bedeutet, dass dein Glück sich wenden wird und du einen

Geldsegen erwarten kannst. Mit der Eröffnung eines Pfandleihhauses würde er den Geist seiner Mutter ehren, denn als Pfandleiher könnte er ausschlaggebend dafür sein, dass sich in schweren Zeiten das Blatt für jemanden wendet.

Und nach so vielem, was er für die Allgemeinheit getan hat, hat er nun heute tatsächlich einen Geldsegen abbekommen.

Ein Zeichen, dass er sein Geschäft und seine Beziehungen neu aufbauen soll.

Férnan schließt die Kasse und holt das Fahrrad von der Wand.

Mit der Familie wird er anfangen.

ORION
09:39 Uhr

Valentinos erste Male mit der Kamera einzufangen, macht verdammt Spaß.

Das erste Mal in einem Lokal, um heißen schwarzen Tee zu bestellen, damit er wach bleibt und was Warmes im Bauch hat. Er hat dort sogar mit der Katze gespielt, nachdem ich sichergestellt habe, dass er keine Allergie hat und nicht gleich neben dem Katzenklo tot umfällt.

Das erste Mal, als er eine Telefonzelle gesehen hat, die hier, wie er sagt, ganz anders aussehen als in Arizona. Er hat sich in Pose geworfen, als wäre er bei der Arbeit, den Kopf nach unten geneigt, die blauen Augen auf mich gerichtet. Dieser Blick hat etwas mit meinem Herzen und mit meinem Schwanz angestellt; mehr will ich dazu aber nicht sagen.

Das erste Mal, als er an der Straße ein Sandwich mit Speck, Ei und Käse kauft. Er weigert sich noch immer wegen der Operation zu essen, was mich echt stört, besonders als ich sehe, wie er den Duft einatmet. Am liebsten würde er die Alufolie auseinanderreißen und sich das Sandwich mit einem Happs reinziehen, selbst wenn er sich dann den Mund verbrennt! Aber stattdessen gibt er es an eine Frau weiter, die ihn um Geld für Essen angebettelt hat; das nehmen wir natürlich nicht auf.

Das erste Mal, dass wir am legendären *Strand Bookstore* vorbeigehen und Valentino es sich am liebsten in einer Ecke gemütlich gemacht hätte, um ein letztes Buch zu lesen.

Und jetzt das erste Mal, dass er eine Ausgabe der *New York Times* am Kiosk kauft. Sein Gesichtsausdruck ist düster, und ich frage mich schon, ob er jetzt den Akademiker markiert. Da sehe ich die Schlagzeile: *ABSCHIEDSTAGE*. Darunter ist ein Foto von Joaquin Rosa, der im Callcenter des Todesboten telefoniert.

Mir fällt fast die Kamera aus der Hand, als mir aufgeht, was das bedeutet.

»Da hat er mir gerade mitgeteilt, dass mein Leben vorbei ist«, sagt Valentino.

Das ist so krass, damit muss man erst mal klarkommen.

»Bist du okay?«

»Es ist komisch, meinen Gesprächspartner bei diesem Telefonat auf der Titelseite zu sehen.«

»Dieser Moment ist jetzt wohl Geschichte.«

Valentino wirft die Zeitung in den Müll. »Aber ich bin noch nicht Geschichte, Orion. Ich bin hier.«

Oder doch nicht, denn er geht von mir weg.

»Tut mir leid, so habe ich es nicht gemeint. Es ist nur – mir ist etwas Ähnliches passiert, an dem Tag, als meine Eltern gestorben sind. Die Morgenzeitungen waren schon ausgeliefert, aber dann haben sie irgendwann ein Extrablatt rausgegeben. Ich werde nie die Schlagzeile der *New York Times* vergessen. Da stand, dass die Vereinigten Staaten angegriffen werden und dass entführte Flugzeuge die Zwillingstürme zerstört haben. Und da, mitten auf der Titelseite, das Foto von den brennenden Türmen. Das Feuer und der Rauch … ich weiß noch, wie ich das Foto inspiziert habe, weil ich dachte, ich könnte irgendwo meine Eltern entdecken.«

Valentino bleibt stehen und starrt mich an.

»Ich war erst neun Jahre alt und ein Idiot. Verklag mich halt.«

»Nein, ich verurteile dich gar nicht. Es ist nur einfach so traurig.«

»Tja, nun. So wie mit dir und diesem Foto von Joaquin. Alle

werden denken, was für ein historisches Foto vom Todesboten, dabei betrifft es dich mindestens genauso.«

»Und die Geschichte des 11. September ist auch deine Geschichte.«

»Die großen Einschnitte in unsere Leben, festgehalten auf einer Titelseite.«

»Aber unsere Gesichter wirst du da nicht finden.«

»Das macht nichts. Ich sah an dem Tag scheiße aus. Aber du leuchtest ja geradezu.«

Entweder wird Valentino gerade rot oder die Sonne hat sein Gesicht verbrannt. »Sogar mit einer Narbe?«

»Glaub mir, die macht dich noch interessanter.«

»Danke, Orion.« Er legt den Arm um meine Schulter, und unsere Körper so dicht beieinander – das ist einfach das Beste überhaupt. »Was kommt als Nächstes?«

»Das entscheidest du.«

»Such du was für mich aus. Irgendein Juwel, das nicht ganz so bekannt ist.«

Ich brauche einen Moment, weil ich noch damit beschäftigt bin, wie sich Valentinos Arm um meine Schultern anfühlt und wie viel entspannter es ist, sich hier in Lower Manhattan zu bewegen anstatt in der South Bronx. Aber dann fällt mir etwas ein, wo ich noch nie war, ein Ort, den wir gemeinsam entdecken können.

Für uns beide ein erstes Mal.

ROLANDO RUBIO
09:47 Uhr

Rolando sitzt in einem Café und hofft darauf, seinen ersten Todgeweihten zu treffen.

Das war eigentlich nicht geplant. Tatsächlich steht sogar in den Richtlinien, dass sich Todesboten nicht mit Todgeweihten verabreden sollen. Die Firma hat diese Grenze zwischen Todesboten und Todgeweihten so festgelegt, als wären sie Therapeut und Patient, die sich nicht anfreunden dürfen. Aber Rolando nimmt seinem Ex-Arbeitgeber nicht ab, dass dieser Kontakt rein aus professionellen Gründen nicht erlaubt ist. Er hegt den Verdacht, dass Joaquin verhindern will, dass einer seiner Mitarbeiter von irgendwelchen Todgeweihten und deren Angehörigen in Geiselhaft genommen wird, Menschen, die nichts zu verlieren, aber viel zu gewinnen haben, wenn sie hinter das Geheimnis des Todesboten kommen. Als hätte Rolando auch nur die leiseste Ahnung, woher man weiß, dass jemand dem Tod geweiht ist. Doch wenn die Firma ihr Geheimnis nicht für das Leben eines Angestellten eintauschen würde, wäre das keine gute Öffentlichkeitsarbeit.

Der Todesbote kann von Glück sprechen, dass Rolando nicht länger für ihn arbeitet.

Aber auch Rolando kann von Glück sprechen, denn nun muss er sich nicht mehr an die Vorschriften halten. Vor allem, wenn er an den ersten Todgeweihten denkt, den er in der vergangenen Nacht angerufen hat und mit dem er so lange gesprochen hat – zu lange, wenn es nach Joaquin oder Naya oder Andrea oder allen anderen geht. Ein guter Mensch zu sein, hat aus ihm einen schlechten Angestellten gemacht. Erfreulicherweise hat er bei dem Anruf eine Menge über Clint Suarez erfahren. Er liebt das Tanzen. Er war Kapitalanleger. Er hat mit dem Geburtsdatum seiner Mutter achthunderttausend Dollar im Lotto gewonnen. Und er verbringt jeden Samstagvormittag in *Carolina's Café* am Union Square, wo er Punkt 10:00 Uhr auftaucht, sich ans Fenster setzt und ein spätes Frühstück genießt, während er die Leute beobachtet.

Also sitzt Rolando auch dort am Fenster und genießt ein spätes Frühstück, während er die Leute beobachtet. Eine Weile ist nichts Interessantes passiert. Eine Frau, die eine Gruppe Hunde ausführte, ein Blumenhändler, der den Autofahrern an der Ampel seine Sträuße anbietet. Dann waren da zwei junge Männer, der eine fotografierte den anderen beim Kauf einer Ausgabe der *New York Times*, nicht gerade eine Nachricht wert, dachte Rolando und schmunzelte über sein Wortspiel; interessant wurde es erst, als einer der Jungen Joaquin Rosa auf der Titelseite entdeckte und kurz darauf die Zeitung in den Müll beförderte. Irgendwas musste das Bild in ihm ausgelöst haben. Als die Jungen von dannen ziehen, beobachtet Rolando weiter die Passanten, wartet darauf, dass jemand auftaucht, der Clint sein könnte, besser gesagt hofft darauf, dass jemand auftaucht, der Clint sein könnte. Denn es ist sehr wahrscheinlich, dass Clint sich heute nicht an seine Gewohnheiten halten kann, weil er tot ist.

Dann geht um eine Minute vor 10:00 Uhr die Tür auf und ein älterer Mann mit dunkelgrauen Haaren kommt rein. Unter seinem Arm klemmt eine Zeitung, und Rolando fragt sich, ob das Clint sein könnte, ob es Sinn ergibt, dass jemand, der bald sterben wird, sich noch für die Nachrichten interessiert.

»Guten Morgen«, begrüßt der Mann das Personal.

Anhand dieser zwei Worte erkennt Rolando die Stimme sofort. Er muss nicht einmal hören, wie alle ihn mit »Guten Morgen, Clint« zurückgrüßen.

Er ist tatsächlich ein Stammkunde. Er nimmt die Tische am Fenster ins Auge, aber alle sind besetzt. Ein leichtes Stirnrunzeln ist zu sehen, aber sein faltiges Gesicht zeigt keine wirkliche Enttäuschung.

Rolando steht auf. »Entschuldigen Sie bitte, Sir. Möchten Sie sich hierhinsetzen?«

Er fragt sich, ob Clint seine Stimme erkennen wird, aber es scheint nicht so.

»Oh, das ist schon in Ordnung.«

»Bitte, ich bestehe darauf.«

Clint gibt nach, setzt sich hin und legt die Zeitung ab. »Vielen Dank.«

Rolando fühlt sich irgendwie befangen, als würde er eine rote Linie überschreiten, dabei will er doch nur helfen. »Vielleicht ist das jetzt etwas seltsam ... Ich heiße Rolando Rubio. Ich habe für den Todesboten gearbeitet. In der vergangenen Nacht ...«

Mit Tränen in den Augen sieht Clint zu ihm auf. »Rolando. Rolando! Setz dich, setz dich.«

Rolando ist erleichtert, dass er willkommen ist. Er setzt sich. »Tut mir leid, dass ich einfach so auftauche. Mir hat die Vorstellung nicht gefallen, dass Sie an Ihrem Abschiedstag allein sind, und ich wollte nach Ihnen sehen. Sie hatten dieses Café erwähnt und ...«

Clint nickt anerkennend. »Gutes Gedächtnis.«

Rolando fragt sich, wie es um Clints Gedächtnis bestellt ist, wenn es ihn beeindruckt, dass er sich etwas gemerkt hat, was er vor nicht einmal zwölf Stunden gehört hat. »Kann ich irgendetwas für Sie tun? Brauchen Sie Hilfe?«

»Ist das Teil des Service?«

»Nein, eigentlich ...« Rolando beschließt, Clint nicht zu sagen, dass er gekündigt hat. »Das kommt nur von mir.«

»Das ist ja wirklich ganz rührend. Über eins würde ich mich tatsächlich freuen.«

»Was denn?«

»Wenn Sie mit mir ein spätes Frühstück einnehmen würden.«

Das tut Rolando. Und hofft, dass er, wenn das Schicksal ihm hold ist, genauso lang leben wird wie Clint, und wenn das Schicksal ihm nicht hold ist und er dann allein ist, ihm jemand an seinem Abschiedstag die gleiche Freundlichkeit erweist.

VALENTINO
10:09 Uhr

Wenn ich schon meinen Abschiedstag habe, bin ich froh, ihn zumindest in einer so fußgängerfreundlichen Stadt verbringen zu können. Wie viel Zeit hätte ich zu Hause in Phoenix im Auto gehockt, die Augen auf die Straße gerichtet, und dabei die ganze Schönheit um mich herum verpasst?

Im März habe ich mir eine Fitbit gekauft. Das ist diese Uhr, die Schritte zählen kann. Ich hatte sie mir schon seit Weihnachten gewünscht, und es war großartig, sie bei meinen morgendlichen Läufen zu tragen, da sie mich in der Regel dazu motivierte, meine täglichen Ziele zu steigern. Natürlich habe ich erst, als meine Schwester mich am Flughafen absetzte, gemerkt, dass ich die Fitbit zu Hause im Bad liegen gelassen hatte, aber Scarlett versicherte mir, sie für mich einzupacken. Jetzt kommt sie möglicherweise ganz ohne Gepäck hier an. Klar, ist es nur eine Kleinigkeit, aber es wäre cool gewesen, sehen zu können, wie viele Schritte ich gestern Abend von meiner Wohnung zum Times Square gebraucht habe oder wie viele ich heute Morgen hier in Manhattan gehe, während mir mein persönlicher Stadtführer die Stadt zeigt.

Da fällt mir etwas ein.

»Ich habe eine Idee für eine Erfindung. Die überlasse ich dir.«

»Darf ich mir die dann auch auf die Fahnen schreiben?«, fragt Orion.

»Nur wenn du von mir heimgesucht werden willst.«

»Keine wirklich beängstigende Bedrohung für mich. Tut mir leid. Ich fände es schön, dich in meiner Nähe zu haben.«

»Okay, aber du kannst es dir später nicht noch mal anders überlegen, wenn ich dich jedes Mal, sobald du die Schultern hängen lässt, anstupse.«

»Stimmt, du hast recht. In diesem Fall müsste ich tatsächlich einen Exorzisten rufen.«

Es hat etwas Tröstliches an sich, ein Geist zu werden. Vor allem, da ich nicht glaube, dass Orion mich austreiben lassen würde. Auch über Scarlett könnte ich dann wachen. Und vielleicht sogar sicherstellen, dass meine Eltern nie wieder gut schlafen.

»Und was ist das jetzt für eine Erfindung, Casper?«, fragt Orion.

»Im Prinzip ein Tracker, der alle Wege eines Todgeweihten an seinem Abschiedstag aufzeichnet. Dann können Freunde und Familie deine Schritte verfolgen und sich dir nah fühlen, wenn sie dich nicht begleiten konnten.«

Orion hebt die Kamera und macht ein Foto.

»Was sollte das denn?«

»Ich wollte deine erste dumme Idee festhalten.«

Mir klappt der Mund auf. »Du bist ein Blödmann.«

»Ein Blödmann? Komm schon, nenn mich Arschloch oder Wichser oder Vollpfosten. Du bist doch nicht mehr in der dritten Klasse.«

»Ich fluche eigentlich nicht. Meine katholische Erziehung.«

Orion bleibt wie angewurzelt an der Ecke stehen. »Hier ist es perfekt. Dieses Leben hast du doch hinter dir gelassen, oder? Was wird dein erstes beschissenes Schimpfwort sein? Schrei es hinaus in den Scheißhimmel und weck die ganzen verdammten Hurensöhne, die versuchen auszuschlafen.«

Ich zähle nach. »Vier Schimpfwörter in zehn Sekunden. Nicht übel.«

»Das ist verdammt wenig, praktisch nichts, aber danke. Und jetzt du!«

Auch wenn ich heute so offen durch die Welt gehe, bin ich im Grunde total eingeengt aufgewachsen. Es gab so viele Dinge, die ich nie sagen durfte. Ich durfte nicht fluchen. Ich durfte Gott nicht anzweifeln. Ich durfte nicht über die Jungs reden, in die ich verknallt war. Dann hatte ich mein Coming-out und meine Eltern pfiffen mich direkt zurück.

Aber Orion will nicht, dass ich meine Gedanken oder Gefühle zensiere. Er will, dass ich alles rauslasse.

An einer Straßenecke in New York spüre ich die Worte in mir aufsteigen, breite die Arme gen Himmel aus und schreie: »ICH BIN VERDAMMT FREI!«

Orion macht ein Foto von mir. »Verdammt gute Wahl!«

Bevor ich mich bedanken kann, geht über uns knallend ein Fenster auf und ein Mann steckt den Kopf heraus. »Schnauze, verdammt noch mal!«

Das ist mir so peinlich, dass ich wie erstarrt dastehe.

Orion macht noch ein Foto, bevor er mich lachend wegzieht. »Das erste Mal, dass jemand dir hier sagt, du sollst verdammt noch mal die Schnauze halten. Jetzt bist du ein echter New Yorker.«

Möglicherweise finde ich das Foto lustiger, sobald sich mein Herzschlag wieder ein bisschen beruhigt hat.

Orion hält mich weiterhin am Handgelenk fest, während wir die Straße entlanggehen, und lässt erst wieder los, als wir an einem verlassen wirkenden Ort sind. Es ist verdächtig friedlich hier. Nur leere Autos unter Hochbahngleisen. Orion steigt langsam eine Treppe hinauf und wird mit der Zeit etwas schneller. Ich versuche ihn zurückzuhalten, aber er beachtet mich nicht. Er scheint es zu genießen, eine einfache körperliche Aktivität auszuüben, die nicht gleich lebensbedrohlich wirkt. Aber nur, weil er nicht an einem Herzinfarkt sterben wird, heißt das ja nicht, dass er nicht auf der Treppe ausrutschen und auf mich fallen kann. Meinem Leben zuliebe halte ich mich also besser am Geländer fest. Oben wartet Orion mit einem breiten Lächeln auf mich.

Ich nehme die letzten Stufen und traue meinen Augen kaum.

Dieser Hochbahnhof ist ein Wald. Grüne Sträucher und Blumen leuchten in der Morgensonne. Dort, wo eigentlich die Gleise verlaufen müssten, ist ein ordentlich gepflasterter Weg. Ich sehe mich verwirrt um, als Orion ein Foto von mir macht.

»Wie funktioniert denn dieser Bahnhof?«

»Das ist kein Bahnhof mehr. Sondern ein Park namens High Line.«

»Davon habe ich noch nie gehört.«

»Er wurde letzten Sommer eröffnet. Er ist noch nicht fertig, aber es gibt große Pläne, diesen Park zu bepflanzen. Ich fand, du solltest sehen, was sie bisher gemacht haben.«

Diese Stadt ist so groß, dass sogar jemand wie ich, der es kaum erwarten konnte, hierherzuziehen, nichts von diesem Ort wusste. Was gibt es da draußen noch für Wunder, die ich nie zu Gesicht bekommen werde? Und zwar nicht nur in dieser Stadt, diesem Staat oder diesem Land. Sondern auf der ganzen Welt. Ich wünschte irgendwie, ich könnte ins Weltall reisen und eine Runde um unseren Planeten drehen. Dann könnte ich sagen, ich hätte alles gesehen. Ich kann mir allerdings nicht vorstellen, dass die NASA einen Todgeweihten ins All schicken wird, außer zu einer Selbstmordmission, also werde ich eben dieses kleine Stück Welt genießen, von dem ich gar nicht wusste, dass es existiert.

»Es ist echt toll«, sage ich, während wir den Weg entlanggehen.

»Und auch irgendwie unheimlich, oder? Als wären wir am Filmset für irgendeinen postapokalyptischen Streifen.«

»Wieso wolltest du mich ausgerechnet hierherbringen?«

»Hau mir jetzt keine rein, aber ich dachte, es könnte dich an deinem Abschiedstag inspirieren.«

»Inwiefern?«

»Vor langer Zeit hieß die Gegend hier Death Avenue. Hunderte und Aberhunderte von Leuten wurden hier von den Zügen überfahren, das war echt übel. Es ging irgendwann so weit, dass sie – ich weiß nicht mehr, wer *sie* waren, aber *irgendjemand* – verdammte Cowboys angeheuert haben, um die Leute davon abzuhalten, die Gleise zu überqueren. Also, so richtige Typen auf Pferden.«

»Das denkst du dir aus!«

»Scheiße, nein! Sie – und ich weiß wieder nicht, wer *sie* waren – beschlossen, die Gleise aufzuständern. Den Rest kriege ich nicht mehr richtig zusammen.«

»Verzeih meine Ausdrucksweise, aber du bist ein beschissener Historiker.«

Orion lacht. »Ich habe ja auch nicht den Anspruch, bei irgendeiner Quizshow wie *Jeopardy!* oder so mitzumachen.«

»Alex Trebek würde dich rausschmeißen, weil du jede Frage mit einem Schimpfwort beantwortest.«

»Scheiße, ja!«

Ich stolpere auf die Gleise, die wie in einem Beet zwischen Pflanzen liegen.

Dieser Ort hat wirklich was.

»Du hast mir immer noch nicht gesagt, wie mich das heute inspirieren soll.«

»Das wollte ich gerade, als du mich unterbrochen hast, um an meiner Erzählweise rumzumeckern.«

»Bitte entschuldige, dass ich angenommen hatte, du seist allwissend. Wahrscheinlich braucht jeder irgendeine Schwachstelle.«

»Mein Herz ist eine ziemlich große Schwachstelle«, sagt Orion.

»Nicht mehr lange«, sage ich.

Und dann sind wir einfach nur zwei schweigende Jungs, die weiter diese postapokalyptische stillgelegte Bahnlinie entlanggehen. Sonst ist niemand zu sehen, fast so, als wollte die Welt, dass wir einen Blick in unsere Zukunft werfen. Ich höre auf den Wind und meine Gedanken, die deprimierend und ermutigend zugleich sind. Ich werde zwar nicht mehr viel länger da sein, aber Orion schon, falls alles gut geht. Und es wird gut gehen. Darauf setze ich meinen ganzen Glauben; was immer das in diesen Tagen zu bedeuten hat.

Orion bleibt stehen und schaut die Pflanzen an, die zwischen den Gleisen wachsen. »Ich bin auch zum ersten Mal hier. Eigentlich wollte ich letzten Sommer schon herkommen, als alles noch ganz neu war, aber dann kam mir mein Herz dazwischen. Und ich habe den Tag stattdessen im Krankenhaus verbracht. Das habe ich als Zeichen gesehen, dass ich besser Orte meide, die mal als Death Avenue bekannt waren. Aber vorhin fiel mir ein, dass die High Line eigentlich abgerissen werden sollte. Sie sollte einfach von der Bildfläche verschwinden, bis die Anwohner sich dafür eingesetzt haben, dass sie ein neues Leben erhält, und dann dieser geniale Park entstanden ist.« Orion sieht mich aus seinen haselnussbraunen Augen an. »Ich finde es furchtbar, dass du sterben wirst, Valentino, aber vergiss nicht, dass nicht alles vorbei ist, nur weil du todgeweiht bist. Ich werde mich dafür einsetzen, dass du einen schönen Abschiedstag hast, egal was das Leben heute so für dich vorgesehen hat.«

Ich habe keinerlei Zweifel, dass Orion das genau so meint, wie er es sagt.

Mir ist am Times Square der perfekte Fremde begegnet.

»Es ist fast so, dass ich, wenn ich sterbe und du mein Herz bekommst, in dir weiterlebe«, sage ich. »Ein neues, schönes Leben.«

Meine Brust wird eng, als Orion und ich uns schweigend ansehen.

»Total.« Er wendet den Blick ab und ich schaue auch weg. »Dann bin ich ein wandelnder Park.«

»Was es dir an Geschichtskenntnissen mangelt, Orion, machst du durch Metaphern wett.«

»Ich bin Schriftsteller. Da muss ich mich mit dem Scheiß ja auskennen.«

Wir bleiben stehen und lehnen uns ans Geländer. Von hier aus haben wir einen friedlichen Ausblick auf den Fluss. Ich nehme an, es ist der Hudson, aber selbst wenn ich jetzt ein echter New Yorker bin, habe ich längst nicht auch das gesamte Wissen von einem im Kopf. Ich betrachte einfach das Wasser und das Boot, das langsam da unten entlangtuckert.

»Ich bin noch nie Boot gefahren«, sage ich.

»Das ist scheiße, aber bitte versteif dich nicht darauf, das zu einem deiner ersten Male zu machen.«

»Wirst du dann auf einem Pferd angeritten kommen, um mich aufzuhalten, wie einer dieser Cowboys, die du dir ausgedacht hast?«

»Yeehaw«, sagt Orion trocken. »Aber im Ernst, es ist dein Leben. Ich will nur ganz egoistisch nicht das Risiko eingehen, dich ertrinken zu sehen. Scheißegal, was der Todesbote davon hält, das würde ich garantiert nicht überleben.«

Genauso, wie ich gerne in einem Raumschiff fahren würde, wäre es nett, auf einem Boot über den Fluss zu segeln und eine neue Erfahrung zu machen. Aber Orion hat recht. Ertrinken klingt nach einer schrecklichen Todesart und ich will das Risiko nicht eingehen. Und ich möchte auch nicht, dass irgendjemand das mit ansehen muss. Diese Bilder würden denjenigen nie wieder loslassen.

Es ist gar nicht leicht zu leben, wenn man das Gefühl hat, hinter jeder Ecke lauert der Tod.

»Ich werde meine letzten Stunden damit verbringen, das Leben aus der Distanz zu leben, nicht wahr?«

»Nein. Du wirst es aus der Nähe leben«, sagt Orion.

»Wie denn?«

»Indem wir das Beste aus dem machen, was wir tun können. Wenn du nicht glücklich stirbst, habe ich dich enttäuscht.«

»Keine leichte Aufgabe.«

»Na, dann los.«

Ich rechne fast damit, dass wir uns darauf die Hand geben. Stattdessen sehen wir dem Boot nach, bis es hinter einem Gebäude verschwindet. Ich hoffe, es hat eine sichere Fahrt. Orion tritt einen Schritt zurück, um die Kamera auf mich zu richten.

»Du solltest mit aufs Foto«, sage ich. »Auch für dich ist das ein erstes Mal.«

»Nein, an deinem Abschiedstag geht es nur um dich. Ich habe mich schon viel zu sehr eingemischt mit meinem Herzinfarkt und dieser ganzen Organspendegeschichte.«

»Ohne dich wäre dieser Abschiedstag schon längst vorbei. Du bist Teil meiner Reise.«

Orion gibt sich seufzend geschlagen. Er kommt unter meinen ausgestreckten Arm und wir stellen uns dicht zusammen und lehnen die Köpfen aneinander. Die richtige Position zu finden, ist gar nicht so einfach, wenn man sich nicht auf einem Handydisplay sehen kann.

»Wie zum Teufel haben die Leute denn Selfies gemacht, bevor es Handys gab?«, fragt Orion.

»Mit Glück. Übrigens hasse ich das Wort ›Selfie‹. Glaubst du, das stirbt bald aus?«

»Hoffentlich. Wenn dich dieses Wort überleben sollte, wäre das verdammt ärgerlich.«

»Ganz deiner Meinung.«

Je länger wir versuchen rauszufinden, wie wir ein Selfie mit einer Kamera machen können, desto länger stehen wir dicht an dicht. Das finde ich alles andere als ärgerlich.

»Ich drücke jetzt einfach auf den Auslöser«, sagt Orion. »Wenn ich's versaue, versaue ich's halt.«

Er zählt von drei runter, und anstatt in die Kamera zu schauen, lächele ich Orion an und denke an die tollen Momente, die wir in der Wärme meiner Wohnung miteinander verbracht haben. Aber wenn sich jemand irgendwann dieses Fotoalbum ansieht, wird er oder sie nichts weiter sehen als einen Todgeweihten, dessen Abschiedstag ohne diesen neuen Freund, der ihn gezwungen hat, sein Leben selbst in die Hand zu nehmen, viel schlimmer gewesen wäre.

FLUGKAPITÄN HARRY E. PEARSON
08:05 Uhr (Mountain Standard Time)

Irgendwas stimmt überhaupt nicht.

Alle Passagiere haben das Flugzeug von Flugkapitän Pearson verlassen, warum fühlt er sich dann also noch bedroht? Seit der Todesbote ihn angerufen hat, ist da so ein Knoten in seiner Brust, der ihm mehr und mehr die Luft abdrückt. Bekommt er gleich eine Panikattacke? Er schwitzt stark, aber wer würde das nicht? Die Vorstellung, dass fast dreihundert Leute an Bord waren, die möglicherweise geplant hatten, das Flugzeug zu entführen, hat ihn ganz schön gestresst. Vielleicht tut ihm ein bisschen frische Luft gut.

Aber als er die Cockpittür aufschließt und in die Hauptkabine tritt, wo die Polizeibeamten darauf warten, ihn zu einem Privatzimmer zu begleiten, bricht Flugkapitän Pearson zusammen.

Das ist sein erster Herzinfarkt.

Und sein letzter.

ORION
11:06 Uhr

Bei diesem Abschiedstag geht es nicht um mich, aber ich bin froh, dass ich mit auf die Reise kommen durfte.

Als ich Valentino kennengelernt habe, wusste ich sofort, dass ich Teil seines Lebens sein wollte. Ja, okay, mein Schwanz hatte da auch was mitzureden, weil dieser Junge einfach so wunderschön ist, aber es war mehr als das, es war immer mehr als das. Er war so voller Hoffnung und wollte in dieser Stadt erwachsen werden. All seine Wünsche werden nie in Erfüllung gehen, aber ich bin froh, dass er wenigstens ein paar erste Male erleben konnte.

Unser nächstes erstes Mal: mit dem Bus fahren, weil ein Boot zu gefährlich wäre. Oder zumindest wird das unser erstes Mal im Bus sein, wenn er denn endlich kommen würde. Ich gucke auf mein Handy, um zu sehen, wie lange wir hier schon warten, als mir klar wird, dass in meiner und Valentinos Welt gerade ein historischer Moment stattfindet.

»Jo, wir haben uns vor etwa zwölf Stunden kennengelernt«, sage ich.

Ich wünschte, ich wüsste die Minute genau.

»Wirklich?«, fragt Valentino. »Es fühlt sich an …«

»Wie was?«

»Es fühlt sich an, als wäre es gestern gewesen, wollte ich sagen.«

»Es *war* gestern.«

»Deswegen habe ich nicht weitergeredet.«

»Bitte rede immer weiter. Du hast so eine schöne Stimme und ich höre dir so gerne zu.«

Ich habe mich ja bemüht, das mit seiner Stimme, der ich den ganzen Tag lang lauschen könnte, nicht wie ein Kompliment klingen zu lassen, aber das war wohl nichts. In mir sind all diese Gefühle, und ich sollte sie lieber unterdrücken – denn wohin führt das schon –, aber sie kämpfen sich trotzdem nach oben. Ich sollte eine Geschichte über einen liebestrunkenen Zombie schreiben, der, auf der Suche nach einem Herzen, das er einfach halten und nicht essen will, aus seinem Grab kriecht. Oh, Moment, stimmt ja, Zombies stehen ja auf Gehirne, nicht auf Herzen, obwohl sie wohl alles an einem Leichnam vertilgen, Hauptsache, er ist noch frisch. Fuck, was weiß ich denn schon, ich bin schließlich genauso wenig Ernährungsberater für Zombies wie Historiker.

»Du hörst mir gern zu?«, fragt Valentino. »Was soll ich denn noch mit meiner schönen Stimme sagen?«

»Sei kein Arschloch.«

»Sei kein Arschloch«, wiederholt er mit einem Lächeln.

»Falls er je kommt, schmeiße ich dich vor den Bus.«

Valentino gibt auf. »Ich mach nur Spaß. Was soll ich dir erzählen?«

»Irgendwie alles. Ich weiß noch, dass mir dein Name gleich gefallen hat.«

»Mein Name? Im Vergleich zu Orion ist mein Name nichts Besonderes.«

»Nein, ich liebe deinen Namen. Und daraus lassen sich so viele Spitznamen ableiten. Bei mir geht nur O, und das war's schon. Ach, nee, in der Schule haben sie mich auch manchmal ›Oreo‹ genannt, wie den Keks. Ich habe es gehasst.«

»Übel, aber wenigstens musstest du dir am Valentinstag nicht immer anhören, dass ›Valentinos Tag‹ ist. Ich sollte ständig meine Freunde verkuppeln, als wäre ich Amor selbst.«

»Das tut mir so leid, Amor.«

»Schon okay, Oreo.«

Endlich kommt der Bus und ich schubse Valentino nicht auf die Straße. Stattdessen mache ich ein Foto davon, wie er eine Fahrkarte kauft – der Busfahrer guckt ganz verwirrt, weil er nicht kapiert, was das soll, so was zu dokumentieren –, und ein weiteres, als er sich in der Mitte einen der wenigen freien Plätze aussucht. Wir haben eigentlich kein Ziel, aber wir haben uns gedacht, dass eine kleine Stadtrundfahrt bestimmt Spaß macht. Vielleicht findet er ja irgendwas besonders interessant. Außerdem können wir so eine Pause von der Sonne machen und die Klimaanlage genießen.

»Erzähl mir von Valentino, Valentino. Warum wurdest du so genannt?«

Er starrt aus dem Fenster. »In der Schule habe ich das nie jemandem erzählt, aber meine Mutter wurde am Valentinstag geboren. In ihrer Jugend hat sie diesen Feiertag immer gemocht, weil sie an dem Tag angeblich so viel Liebe abbekommen hat, egal ob sie gerade einen Freund hatte oder nicht. Und dann hat ihr mein wahnsinnig origineller Vater am Valentinstag einen Heiratsantrag gemacht. Meine Mutter wollte, dass unsere Namen einen Bezug zu diesem Tag haben. Warum ich so heiße, ist ja offensichtlich, und Scarlett heißt so, weil Herzen scharlachrot sind.«

»Ich hasse, hasse, hasse es. Was für eine schreckliche Geschichte.«

»Es hätte noch schlimmer kommen können. Beinahe hätten sie Scarlett Valentina genannt.«

»Valentino und Valentina ... was für eine Psycho-Scheiße. Das ist ja fast so schlimm, wie dass sie homophob sind. Ich wette, am Valentinstag war es bei euch zu Hause richtig zum Kotzen.«

»Und wie. Weißt du, wie manche Leute wegen Weihnachten total durchdrehen? So war es bei uns am 14. Februar. Überall hingen Luftschlangen und im ganzen Haus standen massenhaft Schüsseln mit Zuckerherzen rum.«

»Die, die wie Kreide schmecken?«

»Genau die.«

Ich kann nicht fassen, dass dieser wunderschöne Name eine so dunkle, dunkle, dunkle Geschichte hat.

»Warte mal ... Wann ist dein Geburtstag?«

Valentino schüttelt den Kopf. »Will ich nicht sagen.«

»Nein, sag verdammt noch mal, aber sag nicht, der ist am Valentinstag?«

»Nein, am elften November.«

»Was ist so schlimm am ...« Es schüttelt mich, als ich das nachrechne. November kommt neun Monate nach Februar. »Oh, sie haben ...«

Valentino legt mir die Hand auf den Mund. »Sprich es nicht aus.«

Darum geht es zwar gerade nicht, aber ich bin null sauer, dass er seine Handfläche gegen meine Lippen presst. Das hat er ja schon einmal gemacht, als wir uns vor diesen maskierten Typen mit den Baseballschlägern versteckt haben, nur dass diesmal nicht so viel auf dem Spiel steht. Als er dann doch seine Hand wegnimmt, bin ich immer noch zu schockiert darüber, dass seine Eltern ihn und Scarlett am Valentinstag gezeugt haben, um überhaupt ein Wort rauszubekommen. Ich lasse mein Gesicht sprechen.

»Grauenvoll«, sagt Valentino. »Danke, dass du dieses Trauma an meinem Abschiedstag wieder aufleben lässt.«

Ein paar andere Fahrgäste drehen sich zu ihm um und starren ihn an, als wäre er ein Außerirdischer.

»Tut mir leid, das zu hören«, sagt eine Frau und drückt ihr Kind ganz fest an sich.

»Danke«, sagt Valentino, als hätte er gerade geniest und jemand hätte ihm »Gesundheit« gewünscht.

Ich bin mir nicht sicher, welche Umgangsformen die richtigen sind, wenn man erfährt, dass jemand bald sterben wird. Es wird wohl noch einen Moment dauern, bis unsere Gesellschaft da die passenden Worte findet.

Valentino wendet sich wieder mir zu. »Wie bist du zu deinem Namen gekommen? Falls es ebenfalls was mit deiner Zeugung zu tun hat, musst du es an dieser Stelle mit den historischen Fakten auch nicht ganz so genau nehmen.«

Ich stoße ihm den Ellbogen spielerisch in die Seite, weil er mich ständig wegen diesem Geschichtsding aufzieht.

»Also, meine Mom heißt Magdalena, und ihre Mutter hätte es süß gefunden, wenn meine Eltern mich Jesus genannt hätten. Als wäre ich damit der erste Katholik spanischer Herkunft mit diesem Namen gewesen. Also echt, da will ich doch lieber Oreo heißen; solange mich niemand bittet, Wasser in Wein zu verwandeln, oder nicht jedes Mal, wenn ich mich zum Essen hinsetze, vom letzten Abendmahl gesprochen wird. Gott segne meine Eltern, aber sie wollten mir wirklich kein Bein stellen. Dann haben sie mich fast Ernesto Junior genannt, aber das fand mein Vater auch nicht fair.«

»Wieso nicht? Hatte er selbst kein Glück mit seiner Auferstehung?«, fragt Valentino.

»Doch, total. Er hat sich für ein Leben in Puerto Rico entschieden. Am Wochenende skypen wir immer. Jedenfalls, meine Eltern wollten einen Namen aussuchen, der nichts mit der Bibel und nichts mit der Familie zu tun hatte. Eine Zeit lang war Achilles ihr Favorit.«

»Dann hätte es nicht dein Herz, sondern deine Ferse erwischt!«

»Scheiße, ja! Daran habe ich noch gar nicht gedacht!«

Valentinos Lächeln ist so stolz, dass ich ihm am liebsten eine Million Dollar geben würde. Na ja, ich habe natürlich keine Million. Ich habe gerade mal tausend Dollar, und das auch nur, weil Dayana an meinem achtzehnten Geburtstag echt großzügig war. Der Punkt ist, ich bin nicht reich, aber seit ziemlich genau zwölf Stunden will ich alles auf diesen Typen setzen. Egal, ob das Geld ausgegeben wird, bevor oder nachdem er gestorben ist; wenigstens soll er wissen, was er mir wert ist.

»Und wann haben sie sich dann für Orion entschieden?«, fragt Valentino.

»Meine Mom hat angefangen, sich mit Sternbildern zu beschäftigen, und als sie eines Tages Orion am Himmel entdeckt hat, war sie nicht mehr umzustimmen. Auch nicht, als mein Vater ihr gesagt hat, was in den alten griechischen Sagen steht, nämlich dass Orion ein ziemlich skrupelloser Jäger ist. Das war ihr scheißegal. Nicht alles muss immer eine Bedeutung haben. Manchmal kann etwas einfach nur schön sein.«

»Ich wünschte, deine Mutter hätte das mal meiner gesagt.«

»Was soll's, auch wenn die Geschichte dahinter grauenvoll ist – ich liebe deinen Namen.«

»Findest du Valentino Prince nicht irgendwie zu märchenhaft?«

Da muss ich lachen. »O Scheiße, deinen Nachnamen habe ich total vergessen! Ja, nein, das ist wirklich einer zu viel.«

»Ich würde meinen Prinzenstatus sofort ablegen, wenn ich könnte.«

Die Frau, die ihr Beileid ausgesprochen hat, scheint noch immer unserem Gespräch zu lauschen, denn sie guckt sich verwirrt nach uns um. Genauso wie ihre Tochter, die ihre Mutter fragt, warum Valentino keine Krone trägt, wenn er doch ein Prinz ist.

Ich senke meine Stimme, damit wir mehr unter uns sind. »Hast du noch mal darüber nachgedacht, sie anzurufen?«

»Ab und zu«, sagt er. Falls es ihm doch irgendwie wichtig ist, gehört dieses Telefonat definitiv nicht zu den Sachen, die er auf später verschieben kann. »Ein Teil von mir will sie anrufen, nur um zu hören, wie schlecht sie sich dann fühlen, weil sie mich so übel behandelt haben. Aber was, wenn nicht? Die Tatsache, dass ich nicht sicher bin, ob meine Mutter und mein Vater um mich trauern werden, sagt doch schon alles über unsere Beziehung aus. Ich wünschte, meine Eltern wären wie deine.«

»Ich auch.«

Es ist mir nicht verborgen geblieben, wie gut ich es mit meinen Eltern getroffen habe. Ich konnte mich nicht mehr vor ihnen outen, aber zu wissen, dass es ihnen immer nur um mein Glück ging, lässt mich nachts besser schlafen. Sie hätten mich nie aus der Stadt gejagt, so wie Valentinos Eltern.

»Gibt es irgendwo einen Gedenkstein für sie oder so was?«, fragt er.

Meine Brust wird eng. »Ja, sie haben einen Grabstein auf dem Friedhof, aber ich weiß, dass sie da nicht sind. Von ihnen ist …« Ich kann mich nicht dazu überwinden zu sagen, dass es nichts zu beerdigen gab. »Wir haben *nichts* von ihnen.«

»Besuchst du manchmal Ground Zero? Wo es passiert ist?«

»Nein. Ich denke immer, dass es vielleicht heilsam wäre, aber ich habe auch Angst, es nicht zu überleben.«

»Der Todesbote glaubt schon, dass du das überlebst«, sagt Valentino und greift nach meiner Hand. »Und ich auch.«

Ich versuche in das Händchenhalten nicht zu viel reinzulesen – lauter Leute halten sich an den Händen! Dayana hält ständig Dalmas und Dahlias Hand. Okay, sie sind eine Familie. Meine Mom, anders als mein Dad, hat mich auch immer an der Hand genommen, sogar als ich älter wurde. Jetzt tut es mir leid, dass ich sie ihr so oft entzogen habe, weil ich mich mit acht Jahren zu alt fühlte, die Hand meiner Mom zu halten. Das war blöd. Genauso blöd, wie Dalmas oder meine Mom mit Valentino zu vergleichen, der gerade meine Hand in seiner hält und mich auf eine Art mit seinen blauen Augen anstarrt, die ihn vom Rest der Welt abhebt.

»Wenn du dort hinwillst«, sagt er, »komme ich gerne mit.«

»Ich hab's schon mal gesagt: Bei deinem Abschiedstag geht es nicht um mich.«

Er drückt meine Hand, presst sie an meine Brust und dann an seine. »Wir sitzen im selben Boot, Orion. Ich will dir helfen, dein Herz zu heilen, auf jede mögliche Art. Aber nur, wenn du bereit dazu bist.«

Ich glaube, ich könnte hundert Jahre alt werden und wäre noch immer nicht bereit, Ground Zero zu betreten, wo meine Eltern und Tausende andere Menschen gestorben sind. Aber auf seinen Abschiedstag zu warten, um anzufangen zu leben, bedeutet, dass du keine Zeit mehr haben wirst, alles zu tun. Dann zersplittert dein Leben in *erste* und *letzte Male* und in *Nimmermehrs*.

Ich will nicht sterben, ohne vorher dort gestanden zu haben, wo meine Eltern zuletzt waren.

Deshalb wird das heute mein erstes Mal.

CLINT SUAREZ
11:12 Uhr

Bei Clint Suarez hat der Todesbote angerufen, um ihm zu sagen, dass er heute sterben wird, oder um genauer zu sein, der Mann, der ihm in seinem Lieblingscafé gegenübersitzt, ist derjenige, der ihm mitgeteilt hat, dass sein Leben vorbei ist. Und genau wie mitten in der Nacht lauscht Clints Todesbote Rolando Rubio auch jetzt aufmerksam seiner Lebensgeschichte.

Und die ist ganz schön lang.

Damals, als Clint ein kleiner Junge war – elf Jahre war er alt, wenn er sich richtig erinnert –, hat er zusammen mit seiner Mutter seinen ersten Flug angetreten. Er konnte nicht fassen, in welchem Tempo die Flugzeuge die Startbahn entlangrasten. So eine irgendwie unmögliche Geschwindigkeit kannte er bisher nur aus den damals ziemlich neuen Superman-Comics. Clint freute sich riesig über das Abenteuer, in die Staaten zu fliegen, und verstand gar nicht richtig, dass er Argentinien verlassen musste, damit seine Mutter vor seinem Vater fliehen konnte. Als Clint älter wurde, half seine liebevolle Mutter ihm, besser zu verstehen, warum sie diesen monströsen Vater hinter sich lassen mussten; falls Clint je wieder zurück zu seinem Geburtsort gereist wäre, hätte er sicherlich auf dem Grab seines Vaters getanzt.

Die Geschichte trifft bei Rolando einen Nerv.

»Warum hat sie ihn verlassen?«, fragt er.

»Sie wollte nicht riskieren, dass er mich großzieht ... sollte ihr etwas zustoßen.«

»Sie meinen, wenn ihr durch ihren Mann, also Ihren Vater, etwas zugestoßen wäre?«

So viele Jahrzehnte sind vergangen, und dennoch ist Clint noch immer rasend vor Wut, dass seine wunderbare Mutter so viel ertragen musste. Er greift nach einer Serviette und wischt sich die Tränen weg.

»Ich liebe eine Frau«, sagt Rolando.

»Liebt sie Sie auch?«

»Sie ist verheiratet.«

»Das habe ich nicht gefragt.«

Rolando trinkt einen Schluck von seinem Kaffee. »Ich hoffe es. Ich glaube es. Aber wegen ihrem Sohn will sie ihren Ehemann nicht verlassen, obwohl er sie misshandelt. Ich wünschte, Gloria hätte auch so viel gesunden Menschenverstand wie Ihre Mutter und würde das Weite suchen. Ich habe Angst, dass ihr Mann sie eines Tages umbringen wird.«

»Haben Sie ihr das so gesagt?«

»Ich weiß nicht, ob ich das Recht dazu habe.«

»Wann wollen Sie es ihr sagen? Auf ihrer Beerdigung?«

Rolando steigen Tränen in die Augen.

Clint muss wieder an seinen ersten Flug denken. »Ich glaube, es wird Zeit, dass Sie gehen, mein Freund.«

»Habe ich was Falsches gesagt?«

»Es geht darum, dem Menschen, der Ihnen am meisten bedeutet, etwas Richtiges zu sagen. Solange Sie es noch können.«

Rolando will bezahlen, aber Clint winkt ab.

»Das mach ich schon«, sagt er und wedelt Rolandos Geldscheine weg. Clint hat eine Menge Geld gemacht und viel investiert, auch in einen Tanzklub. »Gehen Sie und helfen Sie Gloria.«

»Sind Sie sicher, dass ich nichts mehr für Sie tun kann?«

»Seien Sie Glorias außergewöhnlichem Sohn ein gutes Vorbild. Zeigen Sie ihm, wie ein Vater sein kann.«

Clint hatte selber nie Kinder. Aber diese Geschichte wird er Rolando nicht mehr erzählen.

»Viel Glück mit Ihrem restlichen Tag, Clint. Es tut mir leid, dass wir Sie verlieren werden.«

»Ich wünsche Ihnen ein langes Leben, Rolando.«

Die zwei umarmen sich, und Rolando rennt auf die Straße und bleibt dann direkt vor dem Fenster des Cafés stehen, um zu telefonieren.

In all den Jahren, in denen Clint von diesem Fenster aus die Leute beobachtet hat, hat er sich noch nie mit jemandem so verbunden gefühlt wie mit diesem Menschen.

Da zeigt sich doch, dass, selbst wenn man auf dem Weg nach draußen ist, man trotzdem noch jemanden reinlassen kann.

GLORIA DARIO
11:22 Uhr

Gloria will nur das Beste für ihren Sohn – das war schon immer so und wird auch immer so bleiben. Aber manchmal sorgt sie sich um den beruflichen Weg, den Pazito eingeschlagen hat. Solange sie zurückdenken kann, hat sie Horrorgeschichten über Kinderschauspieler gehört, denen eine glänzende Zukunft prophezeit wurde, die dann aber unglückliche Erwachsene wurden. Horrorgeschichten auch über die Art und Weise, wie diese Erwachsenen mit ihrem Unglück umgegangen sind.

Als Pazito seine erste Rolle als Larkin Cano im letzten Scorpius-Hawthorne-Film bekommen hat, war sie nicht besorgt, dass ihr Sohn keine richtige Kindheit haben könnte; denn Pazito trat nur in einer kurzen Rückblende auf, als der junge Howie Maldonado. Und obwohl Howie den erbitterten Rivalen von Scorpius Hawthorne spielt, war er auf dem Set so was von nett, sowohl ihr als auch Pazito gegenüber; und wenn man bedenkt, dass er im Licht der Öffentlichkeit aufgewachsen ist, hat das Gloria hoffen lassen, dass mit Pazito auch alles gut gehen wird. Danach gab es noch ein paar Gelegenheiten, wo Pazito für eine Rolle in der einen oder anderen Serie in Betracht gezogen wurde, und obwohl Gloria das nie zugeben würde, war sie jedes Mal froh, dass ihr Sohn am Ende nicht genommen wurde, auch wenn es ihr das Herz zerrissen hat, ihm das zu sagen.

Ist es denn falsch, wenn eine Mutter sich wünscht, dass ihr Kind so lange wie möglich Kind bleiben kann?

Gloria will darauf eine Antwort haben.

Sie kann sich mit dieser Frage nicht auseinandersetzen,

ohne an die vielen Male zu denken, die sie ihren Sohn im Stich gelassen hat, weil er immer wieder dem Grauen zu Hause ausgesetzt ist.

Kein Kind sollte miterleben müssen, wie seine Eltern sich streiten.

Aber kann man das überhaupt Streit nennen, wenn ein Elternteil nicht zurückschlägt?

Nein, das ist kein Streit. Das ist ein einseitiger Angriff.

Gloria reißt sich zusammen, weil sie nicht vor den anderen Erwachsenen und Kindern im Wartezimmer weinen will. Immer wenn sie nicht bei Frankie ist, versucht sie nicht an ihn zu denken. Abstand bedeutet, dass er sie nicht verletzen kann. Es bedeutet, dass sie die Angst wegschieben kann.

Nie war sie so von Frieden erfüllt, seit sie in dieser Beziehung ist, wie damals, als sie mit Pazito für die Scorpius-Hawthorne-Verfilmung nach Brasilien geflogen ist. Alle waren so unglaublich freundlich. Die anderen Schauspieler haben Pazito alle Räume im Schloss gezeigt, Sets, die er sonst nie zu Gesicht bekommen hätte, weil seine einzige Szene in der Bibliothek war. Howie hat Pazito mit Tipps und aufmunterndem Lob nur so überschüttet. Und die Crew hat dafür gesorgt, dass Pazito gesundes Essen bekam. Dann ist, zu Pazitos Überraschung, auch noch Poppy Iglesias, eine queere Transfrau und Autorin der Originalserie, aufgetaucht, mit einer signierten Ausgabe des ersten Buches, dem Buch, von dem Gloria glaubt, dass es Pazito entscheidend dabei geholfen hat, sich selbst besser zu verstehen, auch wenn er das noch nicht in Worte fassen kann. Mitzubekommen wie ihr Sohn geliebt wurde, war eine seltene Wohltat, die Gloria wie ein erfrischendes Glas Wasser runterstürzte. Es nährte ihre Seele. Sie war sehr versucht, einfach in Brasilien zu bleiben, aber als Pazito immer wieder davon anfing, wie sehr er sich schon darauf freue, seinem Vater das signierte Buch zu zeigen und all die Fotos von seinen neuen Freunden in dem Schloss, stieg Gloria mit ihrem Sohn wieder ins Flugzeug. Den ganzen langen Rückflug über fühlte sie nichts außer großer Angst.

Die Tür geht auf, und Pazito kommt mit einem Betreuer raus, der Gloria zunickt, bevor er das nächste Kind in den Raum führt.

»Wie fühlst du dich?«, fragt Gloria.

Sie möchte Pazito nicht fragen, wie das Vorsprechen gelaufen ist. Denn jedes Mal, wenn er glaubt, dass er sein Bestes gegeben hat und die Rolle dann nicht bekommt, macht ihn das traurig. Ihn aber stattdessen zu fragen, wie es sich angefühlt hat vorzusprechen, führt in der Regel zu weniger Enttäuschungen.

»Es hat echt Spaß gemacht!«

»Gut. Hast du dich dafür bedankt, dass sie sich die Zeit genommen haben?«

»Ja klar! Und sie haben sich auch bei mir bedankt!«

»Wunderbar. Gehen wir was essen?«

»Okay.«

Gloria nimmt ihre Handtasche, aber gerade als sie aufstehen will, vibriert ihr Handy. Sofort fühlt sie sich unwohl, fast als würde jemand in ihr Herz kneifen, aber es ist nicht Frankie. Es ist Rolando, und Gloria kann aufatmen.

»Hallo?«

»Gloria, hey. Wie geht's?«

»Gut, alles gut. Pazito und ich waren gerade bei einem Casting.«

»Er ist ein Star.«

Gloria spielt mit Pazitos Haaren. »Das ist er wirklich. Wie geht es dir?«

»Es geht so«, gibt Rolando zu. Es tut ihr weh zu hören, wie bedrückt er klingt. »Du und Pazito, seid ihr bereits auf dem Weg nach Hause?«

»Wir wollten erst mal was essen gehen. Wo wir schon in der Stadt sind.«

»Hast du was dagegen, wenn ich mitkomme? Ich würde dich zu gerne sehen.«

Gloria erstarrt. »Aber natürlich. Pazito wird sich freuen.«

Rolando ist so lange still, dass Gloria sich schon fragt, ob sie etwas Falsches gesagt hat. Bevor sie ihn fragen kann, sagt Rolando: »Wisst ihr schon, wo ihr hinwollt?«

»Wir wollten zu *McDonald's* oder *Burger King*.«

»Wir wäre es, wenn wir ins *Desiderata* gehen?«

Das *Desiderata* ist das Restaurant, wo Rolando Gloria das erste Mal gesagt hat, dass er sie liebt, damals, als sie noch Babys auf dem College waren. Gloria weiß, dass sie das eigentlich unpassend finden sollte oder einfach harmlos, denn nicht nur weiß Rolando, dass sie verheiratet ist – schließlich war er sogar Trauzeuge auf ihrer Hochzeit, weil Frankie nicht gerade viele Freunde hat –, sondern auch, dass sie eine Mutter ist, die nie ihre Familie zerstören würde.

Nicht mal, wenn ihr Herz ihr einen anderen Weg aufzeigt.

Aber was wäre, wenn sie ihm folgen würde?

Oder was wäre, wenn sie, anstatt ihrem Herzen nur zu folgen, es einfach selbst in die Hand nehmen würde und es dorthin tragen, wo sie hinwill?

»Das *Desiderata* klingt wunderbar«, sagt Gloria zu Rolando. Und bevor sie auflegt, schiebt sie noch hinterher: »Ich freue mich auch darauf, dich zu sehen.«

ORION
11:33 Uhr

Ich bin auf dem Weg zu Ground Zero.

Ich schicke die Nachricht an Dalma und sie ruft mich sofort an. Das überrascht mich nicht. Bisher habe ich immer gedacht, dass ich dort zum ersten Mal mit Team Young hingehen würde, vor allem mit Dalma, die ja auch den Schmerz kennt, einen Elternteil zu verlieren. Ich wette, sie hat sich das auch so vorgestellt.

»Hey«, sage ich ins Telefon und gebe Valentino zu verstehen, dass ich ein Stück die Straße hochgehe, um in Ruhe zu sprechen. Ich behalte ihn aber gut im Auge, als er sich gegen eine Mauer lehnt, nur falls es Ärger geben sollte.

»Wow«, sagt Dalma. »Du gehst da wirklich hin?«

»Ich glaub schon ... Wir sind auch gleich da. Ich könnte wieder umkehren, aber ich glaube, das will ich nicht.«

Es bleibt still in der Leitung, aber wir sind noch immer miteinander verbunden. Ich bin irgendwie froh, dass das ein normales Telefongespräch ist und wir nicht auf FaceTime sind, denn ich will ungern Dalmas Gesichtsausdruck sehen, falls sie sich verraten fühlt. Ich habe echt Schuldgefühle, als würde ich sie betrügen oder so. Dazu muss ich jetzt wohl einfach stehen. »Ich wünschte, du wärst hier. Es ging alles so schnell, und ich versuche mit dem Strom zu schwimmen, genauso wie ich Valentino antreibe.«

»Schon okay, O-Bro. Aber du weißt, dass ich immer bereit bin, alles für dich stehen und liegen zu lassen, ja?«

»Daran habe ich keinerlei Zweifel.«

»Dann ist alles gut. Erzähl mir nachher, warum du es dir anders überlegt hast, okay?«

»Mit allen ›Ähs‹ und ›Hms‹ und ›Ohs‹ und den übrigen Orionismen.«

Ich höre ein leises Lachen und dann einen Seufzer. »Wie geht es euch beiden denn?«

Valentino hat sich gegen die Mauer gedrückt, als würde er hoch oben auf einem Dach stehen.

»Kein Tag ist vollkommen, aber wir geben unser Bestes«, sage ich. Darauf, dass wir beinahe gestorben sind und dass das Fotoshooting abgesagt wurde, gehe ich nicht ein. Das hebe ich mir auf, für später … wenn dieser Tag einmal vorbei ist. »Dalma, er hat ein gutes Herz.«

»Das will ich hoffen. Er ist schließlich dein Organspender.«

»Du weißt, wie ich das meine.«

»Bist du auch vorsichtig?«

»Ja, schon. Wir ziehen durch die Gegend, und ich lasse ihn nicht auf Boote hüpfen oder so ein Scheiß, aber es ist sein Leben.«

»Das hört sich gut an, da halte ich mich auch ganz raus. Eigentlich habe ich gemeint, ob du vorsichtig bist und dich nicht zu sehr auf ihn einlässt.«

»Keine Sorge, mein Herz benutzt ein Kondom.«

»Ich meine es ernst, Orion.«

Mein Blick ruht auf Valentino, und nichts würde ich lieber tun, als ihn wie wild zu küssen. Meine Gefühle so zu unterdrücken ist, wie im Treibsand zu versinken; je tiefer und tiefer ich mich eingrabe, desto mehr ringe ich nach Luft. »Ich meine es auch ernst. Es wird nur immer schwieriger, so zu tun, als würde ich ihn nicht mögen. Mit jeder Minute, die vergeht, wird er mir wichtiger.«

»Glaubst du, das ist alles noch viel intensiver, weil heute sein Abschiedstag ist?«

»Ich hatte schon Gefühle für ihn, bevor ich wusste, dass er dem Tod geweiht ist. Mein Herz weiß Bescheid.«

»Dann geh jetzt besser zu ihm zurück«, sagt Dalma und meint das auch so. »Grüß schön.«

»Das mache ich. Ich liebe dich, D.«

»Ich liebe dich auch, O.«

Wir legen auf, und ich fühle mich leichter, als würde eine Hand weniger nach meinem Herzen greifen, während ich mich für Ground Zero bereit mache.

Ich geselle mich wieder zu Valentino. »Dalma lässt dich grüßen.«

»Grüß sie zurück, wenn du sie das nächste Mal siehst. Geht's ihr gut?«

»Alles okay.« Ich blicke die Straße hinunter und weiß, dass sich nach der nächsten Ecke alles, dem ich seit Jahren aus dem Weg gehe, vor mir ausbreiten wird. »Willst du das immer noch? Echt kein Problem, wenn du lieber woanders hinwillst.«

»Ich bin dabei. Du auch?«

»Ja«, sage ich.

Halb Wahrheit, halb Lüge.

Ich mache den ersten Schritt, also den wichtigsten. Die anderen folgen. Ich wende mich nicht in letzter Sekunde ab. Ich bewege mich weiter in dieser seltsam schaurigen Geisterstadt. Eigentlich ist das doch die Stadt, die niemals schläft. Doch es ist fast Mittag und hier ist es still und dunkel, die Sonne wird von den Hochhäusern verdeckt. Sofort überlege ich, eine Geschichte zu schreiben, in der ein Junge dem Klang der Fußstapfen folgt, die unsichtbare Geister hinterlassen haben; als sie ins Sonnenlicht treten, stellt sich heraus, dass die Geister seine Eltern sind, und das gibt ihm die Möglichkeit, sich endlich von ihnen zu verabschieden. Ein kleines, blödes Neidgefühl überkommt mich angesichts dieses fiktiven Jungen, der nun endgültig abschließen kann.

Je tiefer ich in die Dunkelheit vordringe, desto unheimlicher wirkt sie auf mich.

»Ich bekomme langsam das Gefühl, dass du nicht hier sein solltest«, sage ich.

»Ich gehe nirgendwohin«, sagt Valentino.

Wenn er jetzt hier stirbt, dann werde ich nie wieder zurückkehren, dann werde ich für immer aus dieser verdammten Stadt wegziehen.

Eine Minute später fühlt es sich nicht mehr ganz so an wie auf einem Friedhof, aber beunruhigend ist es trotzdem. Vor uns liegt die Baustelle, wo sie seit ein paar Jahren an der Gedenkstätte bauen. Ich sehe Stahlbarrikaden und blaue Absperrungen aus Holz und Maschendrahtzäune und Betonblöcke und Polizisten, die neben ihren Autos stehen. Hier kommt keiner durch. Der Ort ist so schwer bewacht, als würde die Stelle gleich angegriffen, während das Mahnmal noch errichtet wird; das lässt mich daran denken, wie man am Strand immer einen Graben buddelt, wenn man eine Sandburg baut, um zu verhindern, dass die Wellen alles zerstören, was man errichtet hat. Noch ist von der Gedenkstätte, die dort entsteht, nichts zu sehen, da müsste ich einen der Kräne hochklettern, um den ganzen Platz aus der Vogelperspektive zu sehen. Aber ich weiß ja, was da ist – und was da nicht ist. Dort ist ein Loch in der Welt, wo einmal die Zwillingstürme gestanden haben, und ich habe das Gefühl, da hineingezogen zu werden, wie von einem Strudel, der mich gleich erfassen wird.

Als Angehöriger der Gefallenen bin ich immer wieder darüber informiert worden, was sie sich alles überlegt haben, um den Opfern ein Denkmal zu setzen. Da, wo einst die Türme standen, werden zwei Wasserbecken entstehen. Der Überlebensbaum, der dort einst gepflanzt wurde, na ja, der Name sagt ja schon alles. Ein paar Monolithen, gespickt mit Stahl aus dem World Trade Center, das bei den Aufräumarbeiten geborgen wurde. Und natürlich werden da die Namen all derer stehen, die gestorben sind, in den Flugzeugen und in den

Türmen, im Pentagon. Auch die Namen all derer, die zuerst an Ort und Stelle waren, die vielen Rettungskräfte; aber das werde ich erst nächsten Herbst zu sehen bekommen, zum zehnten Jahrestag des Anschlags; wenn ich dann noch am Leben bin.

Ich spiele mit dem Gedanken, einen der Polizisten zu fragen, ob wir irgendwo hingehen können, wo man sich einen Eindruck von den Baumaßnahmen machen kann, aber in dieser Gegend ist einfach alles zu heftig gewesen. Es sind fast neun Jahre vergangen, und die Tatsache, dass hier noch immer überall Polizei ist, zeigt, wie ernst die Stadt das nimmt. Ich habe Geschichten von Anwohnern gehört, die nicht zurück in ihre Häuser konnten, weil sie nicht ausweisen konnten, dass sie da wirklich wohnen. Ich will nicht weggeschickt werden oder noch Schlimmeres, vor allem mit einem Todgeweihten an meiner Seite.

Irgendetwas stimmt nicht.

Nein, nicht irgendetwas.

Mit mir stimmt etwas nicht.

Ich fühle mich wie ausgeknipst, als hätte jemand an meinem Herzen den Schalter umgelegt.

»Ich hätte gedacht, dass ich weinen muss.«

»Vielleicht geht das nicht, weil ich dabei bin? Soll ich dich einen Moment allein lassen?«

»Nein, ich will dich bei mir haben.«

»Okay. Was ist es dann?«

»Die ganze Leere hier lässt mich an die Beerdigung denken.« Ich starre weiter auf die verborgene Gedenkstätte und warte darauf, irgendetwas zu fühlen. »Ich wollte keine Beerdigung, weil das bedeutet hätte, dass ich den Tod meiner Eltern akzeptiere, anstatt weiter zu hoffen, dass sie noch gerettet werden können. Wenn es keinen Leichnam gibt, gibt es auch keinen Beweis dafür, dass jemand tot ist. Genauso wie wenn man in einem Buch oder in einem Film nicht sieht, wie eine Figur stirbt, und dann auf eine überraschende Wendung wartet, die einen umhaut. Ich habe mir die wildesten Sachen ausgedacht, zum Beispiel dass meine Eltern an dem Morgen gar nicht in den Türmen waren, sondern eine neue Identität angenommen haben, und wenn sie nicht gestorben sind, dann leben sie noch heute. Und natürlich mussten sie mich zu meiner eigenen Sicherheit zurücklassen, also der Klassiker, tote-aber-dann-doch-nicht-tote-Eltern.«

Valentino versucht meine Gedanken zu erraten. »Aber die Vorstellung, dass deine Eltern dich einfach so zurückgelassen haben, war dann auch kein Trost, oder?«

»Mir damals diese Geschichte zu erzählen, hat mir geholfen, überhaupt mal eine Nacht durchzuschlafen.« Ich weiß noch, wie ich an dem Morgen aufgewacht bin, im Gästezimmer von Team Young, und mich so ausgeruht gefühlt habe, dass ich mich im ersten Moment gar nicht gewundert habe, warum ich da eigentlich bin. Ich dachte einfach, ich hätte mal wieder bei ihnen übernachtet. Für alle im Haus war das ein Segen, da ich in den anderen Nächten immer geschrien hatte; die arme kleine Dahlia musste deshalb sogar bei ihrer Abuela schlafen. »Und irgendwann war ich an einem Punkt, wo ich aufgehört habe, mir solche Geschichten zu erzählen, obwohl ihre Überreste nie gefunden wurden.«

Valentino starrt auf die Baustelle. »Tut mir leid, das zu sagen, aber ich glaube, deine Eltern sind in den Türmen gestorben. Vielleicht liegt es daran, dass ich kein Geschichtenerzähler bin wie du, aber ich kann mir nicht vorstellen, dass sie ein anderes Leben leben würden, ohne dich längst zu sich geholt zu haben. Ich kenne dich erst seit zwölf Stunden und ich könnte dich unmöglich in dieser dunklen, kalten, streng bewachten Ecke der Stadt allein lassen. Du bist einfach zu besonders, Orion.«

Der Typ sprengt gleich mein Herz in die Luft. »Das sagst du nur, weil du Angst hast, die Geister meiner Eltern könnten dich heimsuchen.«

»Können Geister andere Geister heimsuchen?«

Es hat nur eine Sekunde gebraucht – eine unglaublich lange Sekunde –, um zu vergessen, dass er sterben wird.

»Ich weiß es nicht, aber falls ihr euch trefft, sag ihnen, ich liebe sie.«

»Das mache ich. Und ich werde ihnen erzählen, was für ein toller Mann du geworden bist … der allerdings keine Ahnung von Geschichte hat.«

»Das wissen sie doch alles.«

»Dann muss ich mir was anderes einfallen lassen.«

Okay, der Scheiß klingt jetzt irgendwie so, als würde er mit mir flirten, aber was immer er da gerade vorhat, ich will nicht, dass er darüber mit meinen Eltern spricht.

Ich hole die Kamera aus meiner Manteltasche und mache ein Bild von Valentino.

»Wofür war das denn?«

»Du bist der erste Junge, den ich meinen Eltern vorstelle.«

Valentino wird rot, aber nicht weil er von der Sonne geküsst wurde. »Und hoffentlich nicht der letzte, Orion.«

Warum zerreißt es einem so das Herz, wenn man weitergeht?

Er ist nicht mein Freund und wir sind nicht verliebt.

Er wird heute sterben und ich werde leben.

All das beantwortet meine Frage.

Wir werden uns nicht ineinander verlieben.

Seine Reise endet hier, und ich werde weitermachen, bis ich nicht mehr kann.

In diesem Augenblick wärmt es mir nicht das Herz, am Leben zu sein.

Valentino nimmt mir die Kamera aus den Händen. »Komm, wir machen ein Foto von deinem Besuch bei deinen Eltern.«

Ich wehre mich nicht. Das wird eine Erinnerung sein, die ich mit Dalma und den Youngs teilen kann.

Ich wende mich wieder der Baustelle zu und muss daran denken, wie ich noch vor zwölf Stunden am Times Square war und Valentino erzählt habe, was 9/11 mit mir zu tun hat, und nun bin ich zum ersten Mal hier, seit mein Leben sich von Grund auf geändert hat.

In Gedanken baue ich die Türme wieder auf, Stockwerk für Stockwerk, Fenster für Fenster, und als ich fertig bin, blicke ich den Flugzeugen hinterher, die in sie hineingeflogen sind, doch nun einfach weiterfliegen, und meine Eltern kommen aus einem der Gebäude, zusammen mit jeder anderen Seele, die dort gestorben ist, und dann gehen alle nach Hause.

So hätte dieser Tag zu Ende gehen sollen.

Leider sind meine Erinnerungen stärker als meine Vorstellungskraft.

So viele sind nie nach Hause zurückgekehrt.

Die Flugzeuge sind nicht am Himmel geblieben.

Die Türme sind in sich zusammengefallen.

Und dann ist mein Leben ins Wanken geraten. Schlaflose Nächte. Schreianfälle. Bei jedem Klingeln an der Tür bin ich zusammengezuckt, weil ich dachte, das wären meine Eltern, von Kopf bis Fuß mit Asche überzogen. Die Geschichten, die ich mir erzählt habe. Beerdigungen mit leeren Särgen und einer Grabrede, die ich nie gehalten habe. Grenzenlose Wut. Der ganze Papierkram mit der Vormundschaft. Abschied von meinem alten Zuhause. Der Neuanfang im Haus der Youngs. Grenzenlose Traurigkeit. DNA-Proben, die mit den geborgenen Überresten verglichen wurden. Träume darüber, wo meine Eltern gerne ihre Asche verteilt gesehen hätten. Wie ich daran gedacht habe, dass ich ihre Asche immer bei mir behalten würde, auch wenn sie nur ein Stäubchen davon finden würden. Zu viele Beileidsbekundungen, als ich wieder zurück in die Schule ging. Schuldgefühle, als ich das erste Mal wieder gelacht habe. Wie ich mich vollkommen in Geschichten verloren und versucht habe, mich dort wiederzufinden. Scham, weil ich mich verknallt hatte. Bedauern, weil ich mich immer noch nicht geoutet hatte. Wie ich am ersten Jahrestag nicht zu Ground Zero gehen konnte, und auch nicht im Jahr danach und danach und danach.

Jetzt bin ich hier, jetzt bin ich am Leben – auch wenn es mir nicht immer gut geht.

Für meine Eltern werde ich weiter aufrecht bleiben und werde das Leben leben, das sie mit Freude begleitet hätten.

SCARLETT PRINCE
08:59 Uhr (Mountain Standard Time)

Der Pilot ist an einem Herzinfarkt gestorben und ohne den Todesboten hätte er möglicherweise das ganze Flugzeug mit in den Tod gerissen. Das ist schon Scarletts zweite Nahtoderfahrung diesen Sommer, und obwohl sie Mitgefühl mit der Familie des Piloten hat, liegt ihr doch vor allem ihre eigene Familie am Herzen. Sie ist am Boden zerstört, denn wenn der Todesbote bei dem Piloten recht hatte, bedeutet das vielleicht, dass er auch bei ihrem Bruder recht hat. Egal, wie es ausgeht, sie muss unbedingt zu Valentino. Das hat sie den Ermittlern und Polizisten gesagt, die allen Passagieren die Nachricht über den Piloten überbrachten und sie dann dankenswerterweise vor allen anderen rausließen, um ihr einen Vorsprung zu verschaffen.

Atemlos erreicht Scarlett den Infoschalter.

»Wann geht der nächste Flug nach New York? Der Todesbote hat meinen Bruder angerufen.«

VALENTINO
12:00 Uhr

In einem einzigen kostbaren Augenblick kann sich dein Leben verändern. Du kannst vom Einzelkind zum Zwillingsbruder werden. Du kannst anfangen zu laufen und nie wieder aufhören. Du kannst deine Leidenschaft entdecken. Du kannst beinahe wieder zum Einzelkind werden. Du kannst dich outen. Du kannst den Auftrag deiner Träume ergattern. Du kannst in eine neue Stadt ziehen. Du kannst einen Jungen kennenlernen. Du kannst dich von deiner Zukunft verabschieden, wenn der Todesbote anruft.

Inzwischen ist es zwölf Stunden her, dass ich zum ersten Todgeweihten wurde.

Zweifellos habe ich es nur wegen Orion so weit gebracht. Es fing damit an, dass er mir das Leben gerettet hat, und inzwischen hat er auch verändert, wie ich es lebe.

»Und jetzt?«, fragt Orion, die Gedenkstätte des World Trade Centers hinter uns.

»Warum fragen wir nicht den Todesboten?«

Die scheinen ja alles zu wissen. Joaquin Rosa selbst hat mir schließlich gesagt, ich soll auf der Website nach Veranstaltungen schauen, die heute stattfinden. Ich logge mich auf Todesbote.com ein, wähle New York aus der Städteliste aus und bekomme viele Vorschläge für den Tag. Es gibt einen Freizeitpark in Coney Island, da müsste man allerdings erst einmal viel Zeit in der U-Bahn verbringen. Eine Liste von Restaurants, in die ich gerne gehen würde, aber ich kann es einfach nicht riskieren, dass die Herztransplantation misslingt, nur weil ich ein leckeres italienisches Essen genießen wollte.

»O Mann, eine Broadway-Show?«, fragt Orion, der mir über die Schulter schaut.

»Ich kann gar nicht genau sagen, warum, aber aus irgendeinem Grund bin ich nicht so scharf darauf, noch mal zum Times Square zu gehen.«

»Hmm. Ja, ob es wohl mit dem Typen zu tun hat, der eine Waffe auf dich gerichtet hat?«

»Wahrscheinlich eher damit, dass es dort so voll war.«

»Guter Punkt, guter Punkt. Sonst irgendwas, das dich anspringt?«

»Nicht wirklich.« Ich schließe die Website, und gerade als ich Orion sein Handy zurückgebe, klingelt es. »Scarlett.«

»Nimm, nimm, nimm!«

Ich halte mir das Telefon ans Ohr und antworte. »Hey.«

»Ich hab einen Flug!«, ruft Scarlett atemlos. Sie klingt wie manchmal beim Joggen, wenn sie mir hinterherrief, ich solle langsamer machen, weil meine Gedanken mal wieder mit mir davonrasten.

»Echt?!« Mein Lächeln vermittelt Orion alles, was er wissen muss. »Und wann?«

»Das Boarding geht jeden Moment los ... Ich hab noch nicht mal mein Gepäck zurück!« Keuchend entschuldigt sie sich bei Leuten, an denen sie vorbeistürmt. »Offenbar ... wurde ein Todgeweihter aus dem Flug verbannt ... die Fluglinie sieht das als Risiko an ...«

Hoffentlich hat der Todgeweihte nicht versucht, nach Hause zu seiner Familie zu fliegen. Falls die Person allein ist, kann ich ihr nur wünschen, sie findet jemanden, der dem Tag Bedeutung verleiht. So wie ich.

»Es tut mir total leid für den- oder diejenige, aber ich bin froh, dass ich dich sehen werde.«

»Zwillingsgedanke. Ich bin da, jetzt steige ich ein. Ich hab dich lieb, Val. Pass auf dich auf, damit wir uns bald sehen.«

»Ich werde mein Leben mit meinem Leben verteidigen.«

Wir legen auf. Ich bin so froh, dass ich anfange zu zittern. Möglicherweise weine ich gleich sogar.

»Scarlett kommt!«, sagt Orion.

»Auf jeden Fall! Sie steigt gerade ins Flugzeug.«

Orion grinst mich schief an. »Wir müssen nur dein Leben mit deinem Leben verteidigen.«

Fünf Stunden Flug und dann noch eine Stunde, bis sie in Manhattan ist. Ich muss noch sechs Stunden überleben. Ich bin nicht gut in Mathe, deshalb weiß ich nicht, wie hoch die Wahrscheinlichkeit ist, Scarlett noch mal zu sehen, wenn mir höchstens noch zwölf Stunden bis zum Ende meines Abschiedstags bleiben, aber die Aussichten kommen mir sehr gut vor. Ich bin nicht mehr erschöpft, fühle mich nicht hungrig, sondern ausgeruht und zufrieden. Am liebsten würde ich sofort losrennen, die Arme hochgerissen, als durchliefe ich das Zielband bei einem Marathon, aber jetzt ist nicht der Zeitpunkt, um Orions Herz zu überreizen oder zu riskieren, in einen Schacht zu fallen.

»Was sollen wir machen? Wie wäre es mit irgendwas Kultigem? Dem Empire State Building vielleicht?«

Orion zuckt zusammen. »Ich werde dich nicht daran hindern, aber ich persönlich halte mich inzwischen lieber von kultigen Wolkenkratzern fern.«

»Schon verstanden.«

»Ich begleite dich gerne und warte einfach unten.«

Ich versuche zu kapieren, wie so was in dieser neuen Welt des Todesboten funktionieren würde. Wenn Orion – jemand, der heute nicht stirbt – mich nicht ins Empire State Building begleitet, erhöht das dann das Risiko für eine Katastrophe wie den Angriff auf das World Trade Center? Oder wenn er mit mir hochginge, würde das wiederum den Tod vereiteln? Ich bin sicher, eines Tages wird die Welt Antworten auf all diese

Fragen finden, aber ich werde ohne sie sterben. Alles in allem fühlt sich das aber nicht wie ein großer Verlust an, und dasselbe gilt für einen Besuch im Empire State Building.

»Keine Sorge. Es wäre cool gewesen, sich wie der König der Welt zu fühlen und wieder den Himmel zu verfluchen, aber das hebe ich mir einfach für ein nächstes Leben auf.«

Er schweigt und ich habe ein schlechtes Gewissen. Ich will nicht, dass er sich schlecht fühlt, denn er hält mich nicht zurück. Im Gegenteil.

»Tut mir leid. Das war nicht ernst gemeint.«

»Nee, klar«, sagt Orion und setzt erneut sein schiefes Grinsen auf. »Na komm schon, so ein Weichei bin ich nun auch wieder nicht.«

Witzig, wie gut ich ihn inzwischen zu kennen meine und wie viel es noch zu erfahren gibt. Das Gute daran, dass Scarlett nicht hier ist, ist, dass ich mehr Zeit mit Orion verbringen kann. Hoffentlich werde ich sie einander noch vorstellen können. Nicht nur, weil Orion mein Herz in sich tragen wird, sondern auch, weil ich hoffe, dass er sich um Scarlett in New York kümmern wird, wenn ich nicht mehr da bin.

»Was geht dir denn gerade durch den Kopf?«, frage ich.

»Ich denke an die nächsten beiden Stationen deines Abschiedstagsabenteuers. Die erste ist etwas, wo die meisten New Yorker noch nicht gewesen sind, und die zweite ist was ganz Typisches. Soll ich's dir verraten oder willst du dich überraschen lassen?«

Ich entscheide mich für die Überraschung. Liebend gern nehme ich dieses Geschenk entgegen.

Wo auch immer Orion mich hinbringt, es liegt jedenfalls im Zentrum von Manhattan und nur ein paar Minuten von der Straßenecke entfernt, an der Scarlett mit der besten Nachricht angerufen hat. Der besten Nachricht in meiner Situation, meine ich. Mir wird langsam klar, dass meine Eltern, selbst wenn ich mich jetzt sofort bei ihnen melden würde, praktisch keine Gelegenheit hätten, mich noch einmal persönlich zu sehen. Sollte ich Schuldgefühle haben? Verdienen sie diese Chance? Was schulde ich ihnen als der Sohn, den sie aufgezogen haben? Aber bevor ich irgendeinen dieser Gedanken laut aussprechen kann, fällt mir Orions Weisheit von letzter Nacht wieder ein. Ich werde mit meinen Eltern sprechen, wenn ich das Gefühl habe, dass ich dabei etwas zu gewinnen habe. Aber mehr, als ich ihnen irgendwas schulde, schulde ich mir selbst Frieden.

Der heutige Tag fühlt sich allmählich an, als würde ich Jahre des Erwachsenwerdens in ein paar Stunden abhandeln.

»Erde an Valentino«, ruft Orion. »Dein kleiner gedankenverlorener Moment ist ja wunderbar, aber ich muss dir leider schnell die Augen verbinden.«

»Warum?«

»Damit du später meine Organhändler nicht verraten kannst, natürlich.« Er verdreht die Augen.

»Cool. Ich wollte es einfach wissen.«

Orion nimmt seinen Hoodie ab – streng genommen ist es mein Hoodie – und wickelt ihn mir um den Kopf. Sein Lächeln ist das Letzte, was ich sehe, bevor die Ärmel um meine Augen gebunden werden. Der Hoodie ist ganz weich auf meinem Gesicht und die Dunkelheit friedlicher als erwartet. Als Orion meine beiden Hände nimmt, verspüre ich ein Kribbeln am ganzen Körper. Wenn allein das die Überraschung wäre, fände ich das schon wunderbar. Er führt mich auf unser Ziel zu, und ich gehe ganz unbeholfen, wie damals als Kind, als ich die Stöckelschuhe meiner Mutter anprobiert habe, langsam und ein bisschen ängstlich, dass ich eventuell hinfallen und mir den Knöchel verstauchen könnte.

»Vertrau mir«, sagt Orion.

»Das tue ich.«

»Wir betreten jetzt eine U-Bahn-Station, aber das Schild würde alles verraten.«

»Deshalb die Augenbinde.«

»Wir müssen ganz vorsichtig die Treppe runtergehen. Wir lassen uns Zeit, okay?«

»Okay.«

Am Kopf der Treppe legt Orion eine meiner Hände ans Geländer und hält weiter die andere fest. Er führt mich, Schritt für Schritt, wobei die ersten paar am nervenaufreibendsten sind. Meine Waden zittern, und es dauert ein wenig, bis meine Füße ihren Takt finden, als würden wir tanzen. Alles in allem fühlt es sich an wie in der Achterbahn, wo man unsicher und voller Zweifel beginnt und dann alles loslässt und die Fahrt genießt. Ich stoße einen tiefen Seufzer aus, als wir den Treppenabsatz erreichen, aber es stellt sich heraus, dass das nicht die einzige Treppe war. Orion lässt meine Hand nicht los, als er seine Hand in meine Tasche steckt, um die MetroCard herauszuholen, mit der er mich durch die Sperre lässt, bevor er dasselbe mit seiner eigenen Karte tut.

»Kann ich den Hoodie jetzt abnehmen?«

»Nein. Es gibt hier immer noch überall Schilder.«

Er führt mich die nächste Treppe hinab, und ich umklammere seine Hand, immer nervöser, weil das alles viel zu gut läuft und mein Wunsch, überrascht zu werden, ihn verletzen und mich töten wird.

»Gleich da?«, frage ich.

»Gleich da«, sagt Orion.

Aus den Lautsprechern ertönt eine Ansage, und Orion beugt sich zu mir und murmelt mir Blödsinn ins Ohr, um den Inhalt zu übertönen. Als ich seinen Atem auf meinem Gesicht spüre, bekomme ich Gänsehaut.

»Tut mir leid. Aber wir sind jetzt nicht so weit gekommen, damit Zugführer Nummer eins uns das Ende versaut.«

»Ich weiß deinen Einsatz zu schätzen.«

»Hast du einen iPod dabei? Oder ich kann die Songs nehmen, die ich auf dem Handy habe. Vielleicht noch mehr nervige Geräusche?«

»Kannst du nicht lieber mit mir reden?«

»Und was soll ich dir sagen?«

»Verrat mir ein Geheimnis.«

Orion schweigt, aber diesmal kann ich seine Miene nicht lesen. Ich weiß nur, dass er nicht weggegangen ist, weil er immer noch meine Hand hält, obwohl wir stehen geblieben sind.

»Was denn für ein Geheimnis?«, fragt er.

»Irgendwas Persönliches. Irgendwas, das du nie laut aussprechen würdest.«

»Leider bist du der perfekte Mensch, um ihm ein Geheimnis anzuvertrauen.«

Ich nehme alle Geheimnisse mit ins Grab. »Ganz genau.«

»Also gut, aber du musst warten, bis wir in der Bahn sitzen.«

Ich habe das Gefühl, dass mein ganzer Körper vibriert. Liegt das an dem einfahrenden Zug, der durch die U-Bahn-Station dröhnt? Stehe ich in Wirklichkeit auf den Gleisen? Oder ist es nur die Vorfreude darauf, was Orion mir mitteilen will, die stille Hoffnung, dass es das ist, was ich sagen würde, sollte er mich fragen?

Die Türen der Bahn gehen auf, und ich kann gerade noch ein »Endstation« hören, bevor Orion mir laut ins Ohr summt und mich reinführt, direkt zu einem Platz. Es ist mir inzwischen sogar egal, wo wir hinfahren. Ich will bloß wissen, was er mir über sich verraten wird. Er hört auf zu summen, um mir zu sagen, dass ich den Kopf senken soll, und ich beuge mich nach vorn, leicht benommen in der Dunkelheit. Wenn Orion nicht den Arm vor meiner Brust hätte, würde ich nach vorn kippen. Dann, gerade als der Zugführer den nächsten Halt anzukündigen beginnt, streifen Orions Lippen mein Ohr.

»Ich habe Angst zu sterben, ohne je verliebt gewesen zu sein.«

Es ist so still, dass ich höre, wie sich die Türen schließen.

Der Zug verlässt den Bahnhof.

Orion wickelt den Hoodie ab, und das plözliche Licht irritert mich, aber nicht so sehr wie sein Geständnis, das er doch unmöglich für wahr halten kann.

»Ich merke, dass du gerne was sagen würdest, aber wir haben nicht viel Zeit.«

»Viel Zeit wofür?«

Orion umfasst mit einer Geste den ganzen Waggon. Niemand sitzt auf den blauen und orangefarbenen Sitzen oder hält sich an den Stangen fest und spielt am Handy. Außer uns ist niemand da.

»Ist das ungewöhnlich für New York?«

»Überhaupt nicht, aber wir fahren an einen Ort, wo wir eigentlich nicht hindürfen …«

Kindheitserinnerungen an den Gedanken, in die Hölle zu kommen, steigen in mir auf. Dass ich allein mit einem anderen schwulen Jungen unterwegs bin, macht es nicht gerade besser. »Sollte ich nervös sein?«

»Du solltest vorsichtig sein und mich nicht loslassen.« Orion bindet sich den Hoodie um die Taille und schiebt eine der Türen auf, die einen Waggon mit dem nächsten verbinden. »Wir fahren gleich durch einen geheimen U-Bahnhof.« Er tritt auf die Metallbrücke hinaus und hält sich mit einer Hand an dem schwarzen Gummiwulst fest. Die andere streckt er mir entgegen.

An der Tür hängt ein Schild, auf dem steht: *Der Aufenthalt zwischen den Wagen ist untersagt*, und darunter sieht man eine schwarze Silhouette zwischen zwei U-Bahn-Waggons, die von einem roten Stopp-Symbol abgestraft wird. Ganz unten steht allerdings noch: *Außer im Notfall oder auf Anweisung der Polizei oder des Zugpersonals*, und ich erkläre meinen Abschiedstag zum Notfall.

Ich nehme Orions Hand, trete einen Schritt auf die Brücke hinaus und klammere mich an dem Gummiwulst fest. Das Quietschen der Räder ist hier draußen zehnmal lauter, und der Wind weht mir die Haare aus dem Gesicht, als stünden wir oben auf einem Hochhaus. Es ist aufregend, ohne so gefährlich zu sein wie Fallschirmspringen. Auch das ist ein erstes Mal, aber keiner von uns ist so dumm, das auf einem Foto festhalten zu wollen. Allein die Tatsache, dass wir das überhaupt machen, ist schon ziemlich dumm. Aber ich werde hier nicht sterben wie in einer sich selbst erfüllenden Prophezeiung der ganzen Panik, die ich schon hatte wegen all der verschiedenen Arten, wie ich abtreten könnte.

Der Zug wird etwas langsamer, als er sich in die Kurve legt und aus dem dunklen Tunnel fährt. Der geheime Bahnhof erstrahlt in der Sonne, die durch das Oberlicht fällt. Es haut mich um, wie anders diese U-Bahn-Station ist als die heute Morgen. Sie erinnert eher an die Grand Central Station, die ich nur aus Filmen kenne, in denen die Figuren zum ersten Mal nach New York kommen und dort diesen typischen Sprung einmal um die eigene Achse machen, der besagt: »Ich hab's geschafft!« Wenn ich nicht solche Angst hätte, auf die Gleise zu fallen, würde ich mich jetzt wahrscheinlich auch einmal um mich selbst drehen. Es ist zauberhaft, dieses versteckte Juwel von New York zu entdecken, und es erstaunt mich, dass es nicht mehr Leute gibt, die ihr Leben riskieren und das Gesetz brechen, um in diesem Wagenübergang zu stehen und es mit eigenen Augen zu sehen. Auf dem Schild an der Backsteinwand steht *CITY HALL* und die gewölbte Decke ist mit grünen und gelben Kacheln gefliest. Das überraschendste Detail sind wohl die echten Kronleuchter, die ausgeschaltet sind oder nicht funktionieren, aber der Gedanke, dass sie einst einen U-Bahnhof beleuchtet haben wie einen Ballsaal? Sensationell!

Als wir in die Dunkelheit zurückkehren, heult Orion begeistert auf, und ich tue es ihm nach. Unsere Stimmen hallen durch den Tunnel.

Ich sehne mich danach, hier draußen zu bleiben, aber Orion schiebt mich vernünftigerweise zurück in den Waggon.

»Und?«, fragt er und dreht den Daumen abwechselnd nach oben und unten.

Mir fehlen die Worte. Über diese Strecke kann man nur fahren, wenn man nicht dort aussteigt, wo man eigentlich sollte, und ich habe etwas erlebt, was die meisten New Yorker in ihrem ganzen Leben nicht erleben werden.

Ich beantworte Orions Frage mit einer Umarmung. »Danke, dass du der aufmerksamste Mensch der ganzen Welt bist.«

Orion erwidert meine Umarmung. »Machst du Witze? Diese Auszeichnung hast du dir verdient, als du mir dein Herz angeboten hast.«

Der Zug fährt in den nächsten Bahnhof ein und ich will Orion nicht loslassen. Es ist mir egal, wenn sich Tausende von Leuten in den Waggon drängen. Das bringt uns nur noch enger zusammen. Ich will Orion halten, weil er sich der absurden Idee hingibt, dass niemand ihn lieben wird in seinem, wie ich überzeugt bin, langen, langen Leben nach der Transplantation. Aber ich muss loslassen, weil Orion sagt: »Hier müssen wir raus.« Ich steige aus und folge ihm die Treppe hinauf und zum Bahnhof hinaus mit einer neuen Mission, bevor ich sterbe.

Dafür zu sorgen, dass Orion weiß, er verdient die ganze Welt.

GLORIA DARIO
12:15 Uhr

Gloria versucht zu atmen.

Ein, aus. Ein, aus.

Warum hat sie das Gefühl, einen Atemzug entfernt von einen Asthma-Anfall zu sein?

Es ist etwas stickig im Restaurant. Sie zieht ihre dünne Jacke aus und stopft sie in eine Ecke ihres Sitzes. Pazito sitzt ihr gegenüber und erzählt ihr gerade von einem der Bücher, die er über die Sommerferien lesen soll, aber Gloria hat Probleme sich zu konzentrieren, den Blick vom Eingang abzuwenden, wo Rolando jeden Moment reinkommen wird. Sie fragt sich, ob er einen Strauß Sonnenblumen in der Hand halten wird, wie beim ersten – und letzten – Mal, als sie hier im *Desiderata* waren, an dem Tag, an dem Rolando ihr gestanden hat, wie sehr er sie liebt.

An dem Tag, an dem Gloria zu ihrem Bedauern nichts darauf erwidert hat.

Die Wahrheit ist: Gloria wusste, dass sie Rolando auch liebt, aber sie war sich nicht sicher, ob sie auch in ihn verliebt war. Die Grenzen zwischen Liebe und Verliebtsein verschwimmen leicht, besonders wenn man jung ist und die Liebe noch nicht kennengelernt hat – oder wenn man in einer Beziehung feststeckt, in der nichts so ist, wie es sein soll.

Vielleicht sogar in einer Ehe.

Die erste Zeit mit Frankie war voller Leidenschaft gewesen, als würden sie beide über allem schweben, in ihrer eigenen kleinen Welt; das ging sogar so weit, dass, wann immer Gloria zurück auf der Erde landete, ihr dieses Gefühl fehlte. So sehr, dass sie alle Warnsignale, die um sie herum aufleuchteten, schlichtweg ignorierte.

Wer hätte gedacht, dass man sogar den Himmel berühren konnte, wenn man verliebt war.

Doch die Menschen haben keine Flügel, und nur wenn man mitten im Leben steht, nimmt man wirklich daran teil.

Mittendrin, ganz persönlich, unmittelbar.

Gloria bereut, nicht mit beiden Beinen auf dem Boden geblieben zu sein. Besonders da der Mann, der sie einmal in den Himmel gehoben hat, sie nun auf den Boden wirft.

Hier sitzt sie nun, in einem Restaurant, das nach ihrem Lieblingsgedicht benannt wurde, geschrieben von Max Ehrmann, als hätte er direkt in ihre Seele geguckt, während er die Worte zu Papier brachte. In *Desiderata* geht es darum, was man im Leben braucht, wonach man sich sehnt, und als die Tür aufgeht und Rolando hereinkommt, atmet Gloria ein, als wäre er der Sauerstoff, nach dem sie lechzt.

Es spielt auch keine Rolle, dass er keinen Strauß Sonnenblumen dabeihat.

»Onkel Rolando!« Pazito rutscht von seinem Sitz, stürzt auf Rolando zu und rennt dabei fast einen Kellner um.

»Hey, Paz-Man!« sagt Rolando so liebevoll und zärtlich, wie Frankie das nie macht.

Gloria glaubt – nein, weiß, tief in ihrem Herzen, dass Rolando eines Tages ein wunderbarer Vater sein wird. Am meisten macht sie traurig, dass sie das nicht bereits vor zwanzig Jahren verstanden hat, als er ihr seine Liebe gestanden hat, aber das ist schon in Ordnung. Glorias größtes Werk ist Pazito, und um nichts in der Welt würde sie irgendetwas an ihm verändern wollen, nicht ein Haar auf seinem Kopf, nicht einen Knochen in seinem Körper, und dazu gehört nun einmal auch, dass ein paar dieser Haare und Knochen auch von Frankie stammen.

Sie steht auf, lächelt, umarmt Rolando.

»Toll, dich zu sehen«, sagt er, als wären seit dem vierten Juli, als Rolando sich für die Stelle beim Todesboten beworben hat und sie sich zum Grillen im Althea Park getroffen haben, Jahre vergangen.

»Dich auch«, sagt Gloria. Obwohl sie sich am liebsten an ihn klammern würde, als hinge ihr Leben davon ab, lässt sie los und setzt sich wieder hin. »Na ... harter Tag?«

Der Ausdruck in Rolandos müden braunen Augen lässt das vermuten. »Ich hätte mir ja denken können, worauf ich mich bei dem Job einlasse.«

»Musstest du superviel weinen?«, fragt Pazito. »Ich glaube, ich würde die ganze Zeit weinen.«

»Weil du ein großes Herz hast«, sagt Rolando zu ihm. »Ich will ehrlich sein, ich habe nicht geweint.«

»Also ist dein Herz nicht groß«, sagt Pazito.

Rolando lacht leise in sich hinein. »Eigentlich hoffe ich das schon, Paz-Man.«

Gloria holt gerade Luft, um zuzustimmen, als ihr Sohn die nächste Frage rausschießt.

»Hast du schon rausgefunden, woher deine Chefs wissen, wann jemand stirbt?«

»Nein, habe ich nicht. Und werde ich ...«

»Ich glaube, jeder hat sein Schicksal«, unterbricht Pazito ihn. »Und der Todesbote weiß irgendwie darüber Bescheid. In den Scorpius-Hawthorne-Büchern spielt das Schicksal auch immer eine wichtige Rolle.«

»Möglicherweise hast du recht. Aber ich werde dieses große Geheimnis nie aufdecken. Ich habe heute Morgen gekündigt.«

Gloria lehnt sich nach vorne. »Wirklich? Warum?«

Gerade als Rolando antworten will, kommt der Kellner und fragt, ob er ihnen schon etwas bringen kann. Gloria kann sich noch erinnern, wie lange Rolando und sie letztes Mal gebraucht haben, um zu bestellen, wie sie der Kellnerin versprochen haben, dass sie gleich auf die Karte gucken werden, doch so sehr damit beschäftigt waren zu flirten und zu lachen, dass sie kaum noch Luft bekamen. Während sie Tee und Waffeln mit Ahornsirup bestellt, trauert sie um dieses ungelebte Leben voller Liebe und Lachen und Licht.

»Für mich nur einen schwarzen Kaffee«, sagt Rolando.

»Willst du nichts essen?«, fragt Gloria, bevor der Kellner das tun kann.

»Ich hatte gerade schon ... nennen wir es mal ein Treffen. Da habe ich schon gegessen.«

Ein Treffen? Normalerweise druckste Rolando nicht so herum.

Gloria möchte gerne fragen, mit wem, aber plötzlich hat sie Angst vor der Antwort.

Was ist, wenn Rolando eine Verabredung zum Frühstück hatte? Wer ist die glückliche Frau? Wird Gloria stark genug sein, um zur Hochzeit zu gehen? Wird sie ihre Tränen zurückhalten können, wenn sie sein Kind kennenlernt?

Wird sie.

Gloria plant immer alles ganz genau, und nun plant sie, sich für ihren besten Freund zu freuen.

Als der Kellner geht, hakt Gloria sofort bei Rolando nach: »Du hast gekündigt?«

»Das hat nicht zu mir gepasst. Aber vielleicht ist das jetzt auch ein zu schweres Thema«, antwortet er mit einem Blick auf Pazito. »Geht ihr nach dem Mittagessen sofort nach Hause? Vielleicht können wir noch zusammen in den Park? Dann können wir darüber reden.«

»Park!«, ruft Pazito und erschreckt die Gäste um sie herum.

»Sieht so aus, als würden wir in den Park gehen«, sagt Gloria.

Sie wird ihr Leben nicht mit Rolando verbringen können, doch sie haben den heutigen Tag.

ORION
12:38 Uhr

»Nächster Halt: Brooklyn Bridge«, verkünde ich mit meiner besten Schaffner-Stimme.

Die Brücke ist nur ein paar Minuten von der U-Bahn-Station entfernt, gleich das nächste Highlight auf Valentinos Stadtrundfahrt. Aber besonders zu freuen scheint er sich nicht, noch nicht einmal ein bisschen. Die Brooklyn Bridge ist Kult in New York, von dort aus kann er auf die gesamte Stadt blicken; ich kann ihm sogar zeigen, wo die Zwillingstürme einmal gestanden haben. Aber Valentinos Gesichtsausdruck ist ... gequält?

»Alles gut?«, frage ich. »Ich verspreche dir, dass die Brücke nicht unter uns zusammenbrechen wird.«

»Ich mache mir keine Sorgen wegen der Brücke. Das klingt super.«

»Okay, cool. Was ist dann los?«

»Ich denke an dein Geheimnis.«

»Das Geheimnis, das in der geheimen U-Bahn-Station bleibt?«

»Ich habe angedeutet, dass ich es mit ins Grab nehme. Aber ich habe nie gesagt, dass wir nicht darüber reden werden.«

Wir fangen an, die Brücke zu überqueren, die erste Minute einer Reise, die eine Stunde dauern könnte, während wir Richtung Brooklyn laufen, den East River unter uns. Das ist ganz schön viel Zeit, um sich durch diesen tiefen Schmerz zu graben, den man empfindet, wenn die Liebe außer Reichweite erscheint; als wäre sie in der Mitte der Welt vergraben und ich würde keine Schaufel haben. Aber wenn Valentino sich zusammen mit mir durch das Erdreich graben will, bin ich dabei.

»Was willst du denn wissen?«, frage ich, wickle mir den Hoodie von der Taille, ziehe ihn an und kuschele mich ein, so als würde ich wieder wie eben in der U-Bahn ganz nah bei Valentino sein.

»Warum glaubst du, dass dich niemand lieben wird, bevor du stirbst? Weil du damit rechnest, jung zu sterben?«

»Es ist krass, aber ich glaube, selbst wenn ich hundert Jahre alt werden würde, werde ich die Liebe nie kennenlernen. Also, die richtige Liebe. Diese Welt ist nicht für Jungen wie uns gemacht, weißt du.«

»Das heißt nicht, dass da draußen nicht jemand auf dich wartet.«

Ich will herausschreien, dass er doch dieser Jemand ist. »Ich habe mich letzten Monat auch geoutet, und es ist nicht so, als würden die Typen jetzt vor meinem Haus Schlange stehen.«

»Na, zum Glück!«

»Ich war auf der Highschool verdammt oft verknallt, und ich bin mir zwar nicht ganz sicher, aber ein paar von den Typen haben mir verkappte Andeutungen gemacht. Bestimmt standen sie auf mich, aber nicht einer hat sich vor mir geoutet.«

»Ich wette, der eine oder andere hätte es gern getan, Orion. Vielleicht waren sie aber noch nicht bereit dazu oder mussten erst mal selbst klarkommen.«

Es gibt eine Million Gründe, warum sich jemand nicht outen will. Was für den einen keine große Sache ist, kann für jemand anderen die ganze Welt bedeuten.

»Stimmt. Und dann gibt es ja noch beschissene Eltern«, sage ich und denke an Valentinos.

»Vielleicht wären sie zu Hause rausgeschmissen worden. Da hatte ich ja noch Glück.«

Dass Eltern ihren Sohn nicht von zu Hause rausschmeißen,

weil er schwul ist, sollte nichts mit Glück zu tun haben. Das sollte selbstverständlich sein, wenn du ein Kind auf die Welt bringst. Wenn du das nicht hinkriegst, dann verpiss dich, verpiss dich, verpiss dich. Ich habe diesen ganzen Scheiß so satt, warum sollen wir nett zu Menschen sein, die uns dafür hassen, wie wir lieben? Sie sind der Grund dafür, dass wir es so schwer haben, dass wir unsere Gefühle vergraben, obwohl das bedeutet, dass wir sterben werden, ohne das Glück gekannt zu haben, das für andere so leicht zu erreichen ist.

»Hattest du schon mal einen richtigen Freund?«, frage ich und in meinem leeren Bauch breitet sich ein Gefühl von Eifersucht aus.

»Nein, aber im März war ich total verknallt.«

»Wie war er denn so?«

Obwohl ich die Antwort, glaube ich, schon kenne: muskulös, wunderschön, strahlend weißes Lächeln.

»Er ist auch Model.«

Was du nicht sagst. Fuck.

»Wir haben uns vor ein paar Jahren bei einem Shooting kennengelernt. Ich musste so tun, als wäre ich ein Fahrschüler, der nicht Auto fahren kann, und George hat meinen Fahrlehrer gespielt, obwohl er noch nicht mal einen Führerschein hat. Das war denen egal. George hat die Rolle sehr überzeugend und freundlich gespielt.«

»War er aber eigentlich ein Arsch?«

Es ist blöd und unreif, so mit jemandem aus seiner Vergangenheit zu konkurrieren, mit jemandem, der nicht Valentinos Abschiedstag mit ihm verbringt. Aber ich bin halt blöd und unreif, wenn es um so was geht, na und?

»George war ein netter Kerl. Wir haben uns bei einem Casting wiedergetroffen und den Tag miteinander verbracht. Dann wurde es langsam dunkel, und als ich nach Hause wollte, hat er sich über mich gebeugt, um mich zu küssen.«

Ich will mich verdammt noch mal von dieser Brücke stürzen, weil ich so eifersüchtig bin.

»Ich bin zurückgewichen«, sagt Valentino.

Okay, dann doch nicht, stattdessen werde ich fliegen.

»Warum?«

Valentino guckt mich von der Seite an. »Ich wollte, dass mein erster Kuss unvergesslich wird.«

»Das gefällt mir«, sage ich. Auf manche Dinge lohnt es sich eben zu warten. »Glaubst du an Seelenverwandtschaft?«

Seine blauen Augen blicken auf den Fluss, dann auf die Skyline. »Ja, schon. Ich glaube, dass man auf Menschen trifft, die das Schicksal für einen bestimmt hat, aber schlussendlich ist man selbst dafür verantwortlich, etwas daraus zu machen. Und das kam mir bis jetzt immer so beängstigend oder sogar unmöglich vor.«

»Ich weiß, was du meinst. Ich liebe es, schwul zu sein, aber verdammt, diese Scheiße ist oft ganz schön hart.«

»Du sagst es. Wir dürfen noch nicht mal heiraten.«

Mein Herz bleibt stehen – nicht wirklich, aber wirklich, ihr wisst schon –, und es fängt erst wieder an zu schlagen, als mir klar wird, dass das *Wir* allgemein gemeint ist und sich nicht auf ein Orion&Valentino-*Wir* bezieht.

»Denkst du übers Heiraten nach?«, frage ich.

»Absolut. Ich habe mich schon darauf gefreut, den Mann meiner Träume zu treffen, ihm einen Antrag zu machen, die Hochzeit zu planen, mich wegen des Gelübdes verrückt zu machen. Scarlett wäre natürlich meine Trauzeugin. Erst habe ich mir vorgestellt, meine Eltern wären auch dabei, aber als mir klar wurde, dass es dazu nicht kommen würde, dachte ich, ich lade einfach so viele Freunde und Freunde von Freunden ein, dass mir ihre Abwesenheit gar nicht auffällt. Das ist mit das Traurigste daran, dass ich heute sterben muss: Ich werde nie wissen, ob sich das noch geändert hätte.«

»Ich wünschte auch, wir könnten wissen, ob deine Eltern eingelenkt hätten, es ist nur …«

Er legt seine Hand auf meine Schulter. »Tut mir leid, dass ich dich unterbreche. Mir ging es nicht darum, dass meine Eltern es sich anders überlegen. Sondern darum, ob die Regierung, die Kirche und die Gesellschaft irgendwann die Ehe für alle akzeptieren. Es hätte mich gefreut zu wissen, dass wenigstens die Möglichkeit dazu im Laufe meines Lebens besteht.«

Würde Valentino jetzt verliebt sein und dies zementieren wollen, indem er seinen Partner heiratet, bevor sein Tod sie heute scheidet, könnte er das nicht.

Dieses Problem haben die meisten Paare nicht, einschließlich meiner Eltern. Als Puerto-Ricaner haben meine Mom und mein Dad eine Menge Scheiß aushalten müssen, aber niemand hat sie daran gehindert, ihre Verbindung amtlich zu machen, niemand fand ihre Liebe ekelerregend, niemand hat ihren Traum, eine Familie zu gründen, zerstört. Wir hätten gemeinsam Jahrzehnt um Jahrzehnt um Jahrzehnt haben sollen, aber wer weiß, wie das ausgesehen hätte. Möglicherweise hätten sie ein ganzes Leben lang zugucken müssen, wie ich für etwas kämpfen muss, wofür sie nie kämpfen mussten, zugucken müssen, wie ich nie das bekomme, was sie hatten. In all den Jahren, in denen ich mir diesen fürchterlichen letzten Moment meiner Eltern vorgestellt habe, möchte ich gerne glauben, dass sie einander gehalten haben. Mein Dad hat seine Sitzung nicht verlassen, um mal wieder kurz aufs Klo zu gehen, meine Mom nicht, um sich schnell einen Tee zu machen. Sie standen so eng zusammen, dass sie jedes *Ich liebe dich* über die Schreie, über die Explosionen um sie herum hören konnten.

Sie waren zusammen, so wie ihnen die Welt das immer zugestanden hat.

»Was ist mit dir?«, fragt Valentino.

»Was ist mit mir *was*?«

»Hast du schon viel übers Heiraten nachgedacht?«

»Ehrlich gesagt, nein. Kam mir nicht mal in den Sinn, dass ich da je daran denken kann. Ich bin wahrscheinlich zu sehr damit beschäftigt, durch jeden Tag zu kommen, um von der Zukunft zu träumen. Irgendwie kann ich mir nicht vorstellen, wie ein alter Orion aussehen würde und wie kleine Orions um mich herumrennen.«

»Du könntest bestimmt super mit Kindern. Du bist immer so rücksichtsvoll.«

»Willst du ...« Ich halte inne, hasse es, dass Valentino sterben muss, bevor ich das richtig hinkriege. »Wolltest du Kinder haben?«

Valentino nickt. »Ich habe mir sogar schon Namen überlegt.«

»Sag mir jetzt bitte nicht, dass du das Valentinstag-Ding fortsetzen wolltest.«

»Aber klar! Ein Mädchen hätte ich Rose genannt und einen Jungen Amor.«

»Fuck! Da hättest du deinem Sohn ja was angetan. Wie wär's mit, ähm, wie heißt Amor noch mal in der griechischen Mythologie? Eros!«

»Schon klar, dass wir hier gerade nur Blödsinn reden, aber so übel sind die Namen Rose und Eros eigentlich gar nicht.«

»Finde ich auch. Was hast du dir denn wirklich ausgesucht? Da will ich mal besser hoffen, dass die diesmal besser sind.«

»Das setzt mich jetzt gar nicht unter Druck!« Mir die Namen zu sagen, scheint Valentino nervös zu machen. »Vale gefällt mir, weil das der Zwillingsbruder meines Namens sein könnte. Ähnlich, aber nicht genau gleich, weil sie anders ausgesprochen werden. Und außerdem finde ich es gut, dass der Name für Mädchen und Jungen funktionieren würde.«

Mir gefällt der Name auch total, aber vor Rührung bekomme ich kein Wort raus. Da hat er sich so viele Gedanken gemacht und es wird nie passieren. Am Abschiedstag kann man sich einiges vornehmen, aber manches ist eben unmöglich. Zum Beispiel, dass Valentino die Liebe seines Lebens heiratet und ein Kind namens Vale bekommt.

»Ich finde es schrecklich, dass du all diese Momente nicht erleben kannst.«

»Was für Momente?«

»Na ja, alles, was du dir gewünscht hast. Sich zu verlieben, gemeinsam zum Traualtar zu schreiten, dein Baby zum ersten Mal in den Armen zu halten, all das.«

»Ich finde es auch schrecklich. Aber es ist schön zu wissen, dass das alles nicht mit mir sterben wird. Du bist der erste Mensch, mit dem ich über Vale gesprochen habe.«

»Noch nicht einmal mit Scarlett?«

»Nein. Mir geht es wie dir, ich weiß nicht, wie realistisch das alles ist. Natürlich bin ich davon ausgegangen, dass ich mehr Zeit haben würde, um meine Träume zu verwirklichen, aber es gab auch so noch viele Hindernisse zu überwinden. Ich wollte nicht, dass Scarlett sich zu früh freut, und dann passiert das alles doch nicht. Besonders weil sie selbst gern eine große Familie hätte; sie hofft auf Drillinge. Sie hätte bestimmt angeboten, meinetwegen eins ihrer Kind Vale zu nennen, aber dann hätte ich meinen Vale ja aufgeben müssen. Jetzt würde ich das Angebot wohl annehmen.«

Idee für eine Geschichte: ein Friedhof für unerfüllte Träume, ein Grabstein für jeden von ihnen.

Ich hoffe, dass mir dazu ein glückliches Ende einfällt.

»Falls etwas passiert, erzählst du es dann Scarlett für mich?«, fragt Valentino.

»Natürlich. Es wird einen Vale Prince geben, selbst wenn ich mein eigenes Kind so nennen muss.«

Er lacht. »Das sagst du nur so.«

Ich bleibe stehen und greife nach seinem Handgelenk. »Verdammt, nein. Das meine ich ernst. Ich würde dich nie anlügen. Vorname: Vale. Zweiter Vorname: Prince. Nachname: Pagan.«

»Vale Prince Pagan«, sagt Valentino und probiert es aus. Er starrt auf die Skyline, als würde er sich vorstellen, wie dieses Kind in der Stadt aufwächst, in der er nie wirklich gelebt hat. »Dein Kind wird deine Locken und dein lautes Lachen haben.«

»Scheiße, dass er nicht auch deine blauen Augen abbekommt.«

»Haselnussbraune Augen sind aber auch schön«, sagt Valentino.

Er wendet sich mir mit einem irritierend intensiven Blick zu.

Ich drücke meine Hand an seine Brust und lasse meine Finger bis zu seinem Schlüsselbein wandern.

»Ich bin so froh, dass das Kind dein Herz haben wird.«

»Streng genommen wirst *du* mein Herz haben.«

In mir wächst ein Feuer, aber ein Herzinfarkt ist das nicht.

Es ist das Leben, das mich leuchten lässt.

»Du hattest von Anfang an mein Herz, Valentino.«

Ich brenne, brenne, brenne.

»Und du hast mir den schönsten aller Abschiedstage beschert, Orion.«

»Noch ist er nicht vorbei. Du hast noch eine Menge erste Male vor dir.«

»Da gibt es ein erstes Mal, das mir besonders wichtig ist.«

»Dann pflücke den verdammten Tag ...«

Valentinos herzförmige Lippen bringen mich verdammt noch mal zum Schweigen.

VALENTINO
13:01 Uhr

Erst eine Sekunde dauert mein erster Kuss, und ich hoffe bereits, dass es nicht mein letzter sein wird.

Er ist ganz zart, obwohl ich mich schon seit Jahren – und seit einem großen Teil meines Abschiedstags – nach einem solchen Moment sehne. Es ist, als würden Orion und ich einander kosten, bevor wir gierig werden. Der Kuss steigert sich von langsam zu schnell, von sanft zu heftig, wie mein Herzschlag. Er ist so leidenschaftlich, dass ich mit dem Kopf gegen sein Basecap stoße und es runterfällt. Halb denke ich, dass ich es einfach dort auf dem Boden liegen lassen sollte, aber es ist von seinem Vater und verdient größeren Respekt. Es gelingt mir irgendwie, mich von Orion zu lösen, und ich bücke mich nach der Kappe. Als ich mich wieder aufrichte, packe ich Orion unter den Oberschenkeln und er schlingt mir die Beine um die Taille. Schon immer wollte ich einen Jungen mal so tragen.

Orion küsst mich von oben und ich sehe Sterne.

Dieser Kuss gehört auf die Liste der Dinge, die niemals enden sollten. Aber sei es ein morgendlicher Lauf oder der perfekte Kuss, alle guten Dinge haben ein Ende, wenn man nach Luft schnappen muss.

Orion löst seine Beine und rutscht an mir herunter, bis wir uns gegenüberstehen. Ich setze ihm das Basecap wieder auf die Locken und er rückt es zurecht; nächstes Mal werde ich es richtig machen.

»Hi«, sagt er.

»Hi. Das war denkwürdig.«

»Hey. Ich bin vielleicht nicht gut in Geschichte, aber Geschichte schreiben kann ich!«

Die Brooklyn Bridge bietet viele Ausblicke. Ganz oben weht eine amerikanische Flagge im Wind. Da sind die Autos, die unter uns fahren, und der Fluss, der noch weiter unten fließt. Die Gebäude, die ich nicht mehr besuchen, aber von hier aus bestaunen kann. Und der graue Himmel über allem. Es ist alles schön, aber nichts im Vergleich zu dem Jungen, der mich hergebracht hat.

Ich seufze tief. »Du hast meinen Abschiedstag so hart gemacht, Orion.«

Erst sehe ich ein freches Aufblitzen in seinen haselnussbraunen Augen, dann Sorge, als er bemerkt, dass ich nicht lächele. »Scheiße, tut mir leid, habe ich …«

Ich lege meine Handflächen auf seine und drücke sie zusammen.

»Danke, dass du mir einen Blick auf das Leben, für das ich hergezogen bin, eröffnet hast. Es wird kein langes Leben sein, aber deinetwegen kann ich es leben.«

»Ich weiß auch nicht, wie lange ich noch habe, aber wenn du meine erste und einzige Liebe bist, dann könnte ich …«

»Sag jetzt nicht ›glücklich sterben‹.«

»Dann könnte ich … traurig sterben …«

»Das ist auch nicht gerade toll.«

»Wie hättest du's denn gerne?«

»Dass du dich nicht geschlagen gibst. Ich fühle mich geehrt, deine erste Liebe zu sein, will aber nicht deine einzige bleiben.«

»Es läuft nicht immer so gut bei mir. Du bist der beste Typ, den ich je gemocht habe, und …«

Ich lege seine Hand unter mein offenes Hemd, wo mein Herz an seiner Handfläche schlägt. »Nach der Transplantation wirst du mehr Zeit haben. Bitte nutze sie klug und versuche nicht alles in einen Tag zu quetschen. Schreib den längsten Roman aller Zeiten. Such nach Liebe. Gründe eine Familie.«

Orion bricht in Tränen aus. »Warum lässt du denn ausgerechnet jetzt so eine Abschiedsrede auf mich los?«

»Ich kann es einfach nicht länger zurückhalten.« Ich küsse ihn wieder. »Vor allem nicht nach meinem liebsten ersten Mal mit dir.«

»Das lässt sich noch steigern.«

»Wie das?«

»Ich werde dich zu deinem ersten Date ausführen, Valentino.«

JOAQUIN ROSA
13:11 Uhr

Joaquin ist ins Hauptquartier des Todesboten zurückgekehrt und starrt in das leere Callcenter. Die Heerscharen von Boten sind nach Hause gegangen, aber werden sie noch einen Job haben, wenn sie zurückkehren?

Er geht direkt in die Firmensuite, in der Erwartung, seine Familie dort am Tisch oder vor dem Fernseher vorzufinden, aber es ist niemand da. Er kann den Fernseher im Schlafzimmer hören und klopft sanft an die Tür, bevor er eintritt. Naya und Alano schlafen tief und fest auf dem übergroßen Bett, eine Anschaffung, die Joaquin nur zu gern getätigt hat, weil er wusste, dass seine Familie hier immer mal würde übernachten müssen. Der Welpe hüpft vom Bett und stürzt auf Joaquin zu. Joaquin nimmt Bucky in die Arme und kuschelt mit ihm und spürt sofort, wie sein Blutdruck sinkt. Das hat er dringend gebraucht.

Alles, was er durchgemacht hat, seit er gegangen ist, war einfach nur schwierig und frustrierend und enttäuschend und herzzerreißend.

Joaquin stellt den Scorpius-Hawthorne-Film aus und geht ins Bad, um sich frisch zu machen, wäscht sich das Gesicht und trinkt sogar direkt aus dem Wasserhahn. Immer wenn Joaquin Zeit im Tresorraum verbringt, verliert er irgendwie den Bezug zu sich selbst, aber nun fühlt sich Joaquin, tja, wieder wie Joaquin.

»Hi«, sagt Naya hinter ihm mit müden Augen. »Hast du was erreichen können?«

Sie sprechen nie offen über das, was sich im Tresorraum

befindet oder was dort passiert. Für den Rest ihres Lebens werden Joaquin und Naya – und vielleicht eines Tages auch Alano – so tun müssen, als wären, egal wo sie auch sind, überall winzige Kameras, die jemand aufgestellt hat, der unbedingt hinter das Geheimnis des Todesboten kommen will.

»Ein wenig, aber nicht genug. Hat es noch mehr Tote gegeben?«

Naya nickt. »Insgesamt elf. Sie waren alle registriert. Keiner von ihnen wurde benachrichtigt.«

Joaquin hat wieder das Gefühl, den Boden unter den Füßen zu verlieren. »Ich muss eine Pressemitteilung herausgeben.«

»War's das?«

Er hört die leise Hoffnung in ihrer Stimme, auf einen Traum, den er nicht erfüllen kann.

»Nein. Aber wenn ich den Sachverhalt richtig verstehe, dann sind wir mit der Störung noch nicht durch.«

»Wie meinst du das?«, fragt Naya. Sie hält die Hand hoch, weil sie versteht, dass er nicht allzu sehr ins Detail gehen kann.

Er informiert sie zu allem, was er sagen kann.

»So, wie ich die Situation einschätze, wird es mit zwölf getan sein.«

Das bedeutet, da draußen lebt noch ein Todgeweihter, der nicht weiß, dass heute sein Abschiedstag ist.

ORION
13:24 Uhr

Wie ein Liebespaar halten Valentino und ich uns an den Händen, während wir weiter die Brücke entlanggehen.

Wir werfen mit unterschiedlichen Ideen zu unserem ersten Date um uns, versuchen etwas zu finden, das später nicht die Herzoperation gefährden könnte, die er jetzt todsicher nicht aufs Spiel setzen will. In ein schönes, edles Restaurant zu gehen, wäre ein Klassiker, aber dann den Duft der warmen Mahlzeit riechen zu müssen, ohne etwas essen zu können, wiederum unerträglich. Und so gerne ich auch sehen würde, wie Valentino sich beim Barkeeper zum allerersten Mal einen Drink bestellt, wäre es wohl keine gute Idee, betrunken im Krankenhaus aufzuschlagen. Zum Glück gibt es weniger gefährliche Alternativen. Wie durch den Central Park zu spazieren und Karussell zu fahren, vielleicht sogar zusammen auf demselben Pferd oder Einhorn, wenn wir richtig schwul sein wollen. Außerdem gibt es noch Bryant Park, wo ein paar Veranstaltungen der New York Fashion Week stattfinden, aber das wäre für Valentino heute vielleicht nicht das Richtige.

»Ganz schön viele Möglichkeiten«, sage ich.

»Wir finden schon was«, sagt Valentino.

Auf dieser Seite der Brücke drängeln sich viel mehr Menschen. Und ich bin noch wachsamer, als würde irgendjemand hier ihn angreifen wollen, während Valentino selbst so entspannt ist, dass er sogar einen Fremden bittet, ein Foto von uns zu machen. Ich spüre, wie alle Blicke auf mich gerichtet sind, und denke, wie unwohl ich mich jetzt in der Bronx fühlen würde, mit einem Jungen so dicht an meiner Seite. Doch als Valentino mich zu sich ranzieht und küsst, so wie ich das schon unendlich oft bei Jungen und Mädchen gesehen habe, ist mir plötzlich alles scheißegal. Dass dieser Moment dokumentiert wird, ist gleichzeitig ein Klischee und ein Fickt-euch-ins-Knie an die, die sich vom Anblick zweier sich küssender Jungs gestört fühlen. Valentino und ich haben uns noch keins der Fotos angeguckt, die wir heute gemacht haben, und auf dieses hier freue ich mich ganz besonders.

Als wir am Zaun neben uns lauter bunte Vorhängeschlösser entdecken, werden wir langsamer.

»Ganz schön viele Schlösser.«

»Aber wirklich. Wir brauchen einen Sammelbegriff.« Ich denke einen Moment lang nach. »Ein Schlösser-Schwarm.«

»Sehr gut. Darf ich fragen, was es damit auf sich hat, sehr geehrter Herr Lieblings-Historiker?«

»Na, unter Geschichte kannst du das nicht verbuchen. Ich glaube, der Scheiß ging erst letztes Jahr los. Das sind Liebesschlösser. Da geben die Leute mit ihrer unzerstörbaren Beziehung an, und bla, bla, bla.«

»Du klingst ja begeistert.«

»Da trage ich wohl noch ein bitteres Gefühl mit mir rum.«

Auf den meisten Vorhängeschlössern ist etwas eingraviert: *LUIS & JORDIN*; *HOWIE + LENA*; *NICKI UND DAVE*; und *CARLOS AMA PERSIDA* und so weiter. Auf anderen steht ein Datum, Jahrestage, die ich nie kennen werde.

Aber es gibt nicht ein einziges Schloss mit den Namen von zwei Jungs.

Ich wünschte, ich hätte eins, in Regenbogenfarben.

»Das ist echt cool«, sagt Valentino und lässt seine Finger über den Zaun gleiten, bevor er weiter die Brücke runtergeht und mich wie eine Strömung hinter sich herzieht.

»Ich hätte für dich ein Schloss mitnehmen sollen. Verdammt noch mal, warum werden hier keine verkauft? Die könnten so was von absahnen.«

Valentino lacht. »Du kannst ja zurückkommen und mir zu Ehren eins aufhängen.«

»Nö, ich will gemeinsam mit dir Momente erschaffen, während du noch hier bist.«

Es ist nicht das Ende der Welt – Valentino und ich haben ja die Fotos –, aber ich will ein Andenken an unsere gemeinsame Reise über die Brücke. Von Anfang an, mit allen Unterbrechungen, bis hin zu dem Ende, auf das wir uns gefasst machen müssen. Hätte ich einen Permanentmarker dabei, würde ich unsere Namen auf den Stahl schreiben. Dann entdecke ich eine Bank, die dort für alle müden Reisenden steht. Ich nehme meinen Schlüssel in die Hand, gehe in die Knie und fange an zu schnitzen: *V-A-L-E-N-T-I-N-O*, während er ein Foto davon macht, wie ich öffentliches Eigentum zerstöre. Als ich mit seinem Namen fertig bin, zieht er Scarletts Wohnungsschlüssel raus und fängt an, meinen Namen in die Bank zu kratzen. Er braucht nicht lange, um fertig zu werden. Es liest sich wie ein einziges Wort:

VALENTINORION

Mir gefällt, wie sein O in meines übergeht, als würde er es, zusammen mit seinem Herzen, an mich weitergeben. Jeden Buchstaben, jeden Kuss, jeden Atemzug werde ich von ihm annehmen, bevor es Zeit sein wird, ohne ihn zu leben.

»Ich weiß, wohin ich für unser erstes Date gehen will«, sagt Valentino.

»Wohin?«

»Zum Times Square.«

»Aber da hast du ...«

»Da habe ich erfahren, dass ich sterben werde.«

»Und bist fast gestorben.«

»Und da haben wir uns kennengelernt. Ich will da noch mal hin.«

»Bist du sicher, dass es dir dabei um uns geht, oder willst du eigentlich dein Handy suchen?«

»Siehst du? So gut kennst du mich schon.«

Ich seufze. Ich kann einem Sterbenden keinen Wunsch abschlagen. »Dann gehen wir jetzt dorthin zurück, wo alles begonnen hat.«

JOAQUIN ROSA
14:00 Uhr

Joaquin steht vor der Kamera, ein Mikrofon am Revers.

Er befindet sich in einer der geschützten Kabinen, die eigentlich für die Todesboten gedacht sind, falls die mal einen Augenblick für sich brauchen, wenn die psychische Belastung ihrer Arbeit zu viel für sie wird. Joaquin selbst ist gerade sehr versucht loszubrüllen, nachdem er all die hässlichen Kommentare im Internet über sich und seine Firma gelesen hat. Nein, ihr Start war nicht fehlerfrei, aber all ihre Vorhersagen waren richtig. Bedauerlicherweise sind ihnen ein paar Menschen durchgerutscht, weil … darauf kann er nicht eingehen. Er muss sich zusammennehmen, bevor sein Auftritt auf der Website des Todesboten auf Sendung geht.

»Hallo. Ich bin Joaquin Rosa und wende mich aus den Büroräumen des Todesboten mit einer Nachricht an Sie. Wir sind darauf aufmerksam geworden, dass es eine Schwachstelle in unserem System gibt, und indes wir nicht sagen können, was diesen Fehler verursacht hat, muss ich einräumen, dass er passiert ist. Infolgedessen haben wir nicht nur unser Versprechen an unsere Nutzer gebrochen, sondern sind auch an unserem Auftrag gescheitert, ein neues Zeitalter einzuleiten, in dem sich niemand mehr Sorgen um ein unerwartetes Ableben machen muss. Bis zu meinem letzten Atemzug werden mich diese Verluste verfolgen. Ich möchte mich in aller Form dafür entschuldigen und werde in nächster Zukunft persönlich mit allen Betroffenen Kontakt aufnehmen. Natürlich nur, wenn sie das wünschen.«

Manche würden sagen, dass Joaquin sich nicht für etwas

entschuldigen muss, das nicht seine Schuld ist. Er ist selbst auch der Meinung, dass er nicht die volle Verantwortung für jeden in seiner Firma trägt, schließlich kann er nicht allen ständig über der Schulter hängen und ihre Arbeit überprüfen. Aber da er keine Details über die Schwachstelle preisgeben kann, muss er, genauso wie für die Erfolge des Todesboten, auch für die Fehler seinen Kopf hinhalten.

»Doch das ist nicht das Ende des Todesboten. Auch wenn es uns nicht gelungen ist, alle Todgeweihten heute über ihren Abschiedstag zu benachrichtigen, haben wir, was unsere Vorhersagen angeht, bis dato eine hundertprozentige Erfolgsquote. Bedauerlicherweise werden die, die wir angerufen haben, inzwischen tot sein oder werden es am Ende dieses Tages sein. Wir können hoffen, dass wir falschliegen, bitten aber alle, weiter so zu verfahren, als wäre es nicht so.«

Joaquin holt tief Luft und gibt allen, die ihm gerade zusehen, die Möglichkeit, das erst einmal zu verdauen.

»Was den heutigen Fehler angeht, glaube ich, dass wir das Problem für all unsere Nutzer gelöst haben, sodass wir ab morgen fehlerfrei agieren können. Ich bitte Sie, in den nächsten zehn Stunden wachsam zu sein. Genießt euer Leben in vollen Zügen, aber glaubt nicht, dass ihr unbesiegbar seid.«

VALENTINO
14:02 Uhr

Das Leben bewegt sich schnell, wenn man aufhört, auf das zu warten, was man will, und sich stattdessen aktiv darum bemüht.

Der Gedanke, dass Orion und ich unseren Gang über die Brooklyn Bridge mit einem Gespräch darüber begonnen haben, warum Liebe für Jungen wie uns schwer ist, um am anderen Ende Händchen haltend anzukommen, ist genauso erstaunlich wie unser erster Kuss.

Jetzt kann ich in Brooklyn vor meinem Tod nur noch so viel Zeit verbringen, wie es dauert, zum U-Bahnhof Court Street zu laufen, damit Orion und ich zu unserem ersten Date nach Manhattan zurückkehren können – zum Times Square, wo wir uns kennengelernt haben.

Mache ich mir Sorgen, dass es mein Schicksal ist, am Times Square zu sterben? Ein wenig vielleicht. Aber ich will Dingen, die ich nicht beeinflussen kann, nicht mehr so viel Macht über mich geben. Dies ist eine Entscheidung, die ich treffe. Und nicht Teil des Masterplans irgendeines höheren Wesens.

Ich kehre zum Times Square zurück, wo mein Leben hätte enden sollen, und werde mein erstes Date mit dem Jungen, der mir das Leben gerettet hat, genießen.

Anschließend können wir vielleicht noch mal zu mir nach Hause gehen, um ein bisschen Zeit für uns zu haben und gefahrlos auf Scarlett zu warten, während die Zeiger auf meiner Uhr unablässig vorrücken.

Wir steigen in die Linie R und der Waggon ist brechend voll. Ich stehe an die Tür gedrückt da, Orions Rücken an mich gelehnt, meine Hände um seine Taille. Er legt mir den Kopf auf die Schulter. Ich bin froh, dass er die Augen geschlossen hat, denn so kann er die Passagiere nicht sehen, die uns verstohlene Blicke zuwerfen, als täten wir etwas Verbotenes. Diese Stadt kann Furcht einflößend sein, aber ich werde keine Angst zeigen. Ich werde kein langes Leben voller kleiner Augenblicke wie diesem mit Orion haben, und ich will das Gefühl eines Körpers, der sich an meinen lehnt, genießen, solange ich kann.

»Meinst du, ich kriege endlich eine dieser Shows zu sehen?«, frage ich.

Er wirft einen Blick auf den U-Bahn-Plan. »Hoffen wir mal, dass jemand zwischen hier und deiner Haltestelle tanzt.«

»Ist es denn nicht zu voll?«

»Ja, Mann, sollte man meinen. Aber die Leute machen verdammt schnell Platz, sobald die Musik einsetzt.«

Die Fahrt ist auch so angenehm, obwohl ich natürlich jedes Mal, wenn die Verbindungstüren aufgehen, hoffe, dass jetzt Tänzer reinkommen. Aber bisher waren es nur andere Passagiere, die sich durch den Zug schieben, und ein Junge, der Süßigkeiten aus einem Schuhkarton verkauft, um Geld für einen Team-Pulli seiner Basketballmannschaft zu sammeln; ich gebe ihm mein letztes Kleingeld.

Nach ein paar Stationen sind genug Leute ausgestiegen, dass Orion und ich uns in der Ecke auf eine Bank setzen können. Er legt mir den Arm um die Schultern und ein Bein über meins. Ich küsse ihn, als er mich anlächelt, und denke, wie alles für uns gerade erst anfängt, genau wie es bei zwei Menschen sein sollte, die sich vor nicht einmal vierundzwanzig Stunden kennengelernt haben. Ich glaube nicht, dass das zwischen uns so schnell gegangen wäre, wenn ich alle Zeit der Welt hätte, aber das heißt nicht, dass ich den geheimen U-Bahnhof und die langen Spaziergänge auf der Brücke weniger genossen hätte. Ich hätte nur noch mehr gewollt, so wie jetzt.

»Ich glaube, ich muss mich für dich zum Affen machen«, sagt Orion an der nächsten Station.

»Was soll das heißen?«

Orion drückt meinen Oberschenkel. »Einen Augenblick, ich warte noch auf ein Zeichen.«

Ich sehe mich im Zug um und versuche zu erkennen, worauf er achtet. Dann verlassen wir den Tunnel und fahren in den nächsten Bahnhof ein und dort sehe ich das Zeichen, ein Schild mit der Aufschrift: *PRINCE STREET.* Ich schnappe nach Luft und mache schnell ein Foto davon. Hier muss Scarlett mal hinkommen. Aber ich verstehe immer noch nicht, wie Orion sich zum Affen machen will. Er steht auf und ich ebenfalls, weil ich denke, wir steigen schon aus, aber Orion drückt mich sanft zurück auf meinen Platz. Er nimmt den Hoodie ab und lässt ihn in meinen Schoß fallen.

»Und wehe, du weißt den Scheiß hier nicht zu schätzen«, sagt er.

»Was soll ich schätzen?«

Die Türen der Bahn gehen zu.

Orion holt tief Luft, dann ruft er das Zauberwort: »SHOWTIME!«

Mir klappt der Mund auf, während alle anderen im Zug aufblicken und eher genervt als erfreut wirken. Die meisten sind allerdings neugierig genug, um den Blick auf Orion gerichtet zu halten. Ich bin sprachlos, dass Orion sich das traut. Dafür braucht es ein großes Herz; und damit meine ich das Seelending, nicht das Organ.

»Showtime im Zug der Linie R! Diesen besonderen Auftritt widme ich unserem neuesten New Yorker!« Orion zeigt auf mich und ich werde rot. Er klatscht wie verrückt, damit auch die anderen Passagiere in seinen Applaus einstimmen. »Danke, vielen Dank!«

Orion holt sein Handy raus und lässt einen Technosong

laufen. Mir fällt auf, dass ich gar nicht weiß, auf was für Musik er steht, dass dies zu den kleinen Dingen gehört, in denen wir uns immer noch fremd sind. Aber hier ist er, kurz davor, diesen großen Auftritt für mich hinzulegen. Er platziert das Handy auf dem Boden und fängt an, sich langsam um die Stange in der Mitte des Waggons zu drehen, und als er zum ersten Mal an der Stange hochspringt, erkenne ich bereits, dass er kein verborgenes Talent hat, das nur auf den richtigen Moment gewartet hat, um sich zu zeigen. Das hier wird ein bezauberndes Desaster und ich werde jede Sekunde davon lieben. Orion lässt sich an der Stange hinabgleiten, marschiert im Krebsgang Richtung Tür und rollt dann linkisch wieder hoch. Ich muss dermaßen lachen, weil er so herrlich blöd aussieht, während andere Passagiere ihn anstarren wie einen Betrunkenen. Ich weiß nicht, was für eine Figur Orion im Vollrausch abgeben würde, aber es kann nicht weit von dem hier entfernt sein. Ich fange an, Fotos zu machen, als Orion an die Haltestange für die ganz besonders Großen unterhalb der Decke springt und dort hin- und herschwingt. Alle anderen Leute sind vollkommen unbeeindruckt, und ich bin überrascht und erleichtert, dass niemand ihn ausbuht.

»Höhepunkt!«, ruft Orion. Er nimmt sein Basecap ab, wirft es hoch und versucht es mit dem Fuß aufzufangen. Es geht schief: Beim ersten Mal, beim zweiten, dritten und vierten Mal. Beim fünften Mal schafft er es fast, aber dann doch nicht.

»Du kriegst das hin!«, rufe ich. Ich klatsche langsam und rhythmisch und erstaunlicherweise fallen einige Passagiere ein. »Los, Orion!«

Der nächste Moment ist nicht perfekt, obwohl Orion von Fremden angefeuert wird, aber trotzdem lächelt er mich verstohlen an. Dann konzentriert er sich, als er das Basecap hochwirft, mit dem Fuß direkt hineintritt und sich an der Stange festhält, bevor er hinfällt.

Meine Handflächen schmerzen, so fest klatsche ich.

Orion hebt sein Handy auf, dann geht er mit seinem Basecap im Waggon auf und ab, um Spenden zu sammeln. Er kehrt mit einem Ein-Dollar-Schein, ein paar Münzen und einem Kuss zu mir zurück.

»Ist es dir sehr peinlich, mich zu kennen?«, fragt Orion.

»Ganz und gar nicht. Das war die beste Show meines Lebens.«

»Das ist allerdings verdammt traurig«, scherzt er. Zumindest glaube ich, dass das ein Scherz sein soll.

»Vielen Dank, Orion. Das war echt alles für mich.«

»Ich glaube, das war gar nichts im Vergleich zu dem, was jetzt kommt.«

»Was denn?«

»Jetzt trittst du auf.«

»Ich glaube, für mich könnte es zu gefährlich sein, hier durch die Bahn zu schwingen.«

»Nee, das sollst du auch nicht. Ich will, dass du das hier zu deinem ersten Laufsteg machst.«

Orion grinst verschmitzt. Er ist wirklich der König der denkwürdigen Augenblicke.

Ich wende mich dem freien Gang zu, den ich mir problemlos als Bühne vorstellen kann. Statt Stühlen gibt es eben Bänke mit Publikum, das mir zuschaut. Auf keinen Fall lasse ich mir diese unglaubliche Gelegenheit entgehen. »Also los!«

Orion schüttelt aufgeregt meine Schultern. »Das wird gigantisch! Klar, die sind nicht leicht zu beeindrucken, aber ich kann das als einmaliges Event ankündigen. Ist es okay, wenn ich dich als Todgeweihten vorstelle, vielleicht sogar als den ersten Todgeweihten? Ich will, dass du all die Liebe bekommst, die du verdienst.«

Selbst wenn sonst keiner auf mich achtet, wäre ich schon mehr als zufrieden damit, wenn Orion mich auf meinem

Laufsteg hier in diesem Zug sieht. »Was du für das Beste hältst.«

Er reicht mir sein Handy. »Such dir einen Song aus.«

Ich wollte wissen, auf was für Musik Orion steht, jetzt habe ich die Gelegenheit dazu. Es ist eine riesige Bandbreite, von Linkin Park über Alicia Keys, Evanescence, Death Cab for Cutie, Carlos Santana, Celine Dion bis hin zu Eve und den Pussycat Dolls. Er hat so viele Songs von Frauen! Mir fällt meine persönliche Playlist ein, die ich immer gehört habe, wenn ich allein zu Hause war. In Anwesenheit meiner Eltern habe ich nie gerne Popmusik gehört, vor allem nicht, wenn die Sängerin eine Frau war. So war es vor und nach meinem Coming-out. Wenn sie zu Hause waren und ich meine von ihnen verachteten Lieblingssongs hören wollte, musste ich das heimlich auf meinem iPod tun; das fühlte sich so an, wie meine Pornovorlieben zu verstecken. Aber jetzt sind meine Eltern nicht da und ich hänge nicht in meinem Zimmer fest. Ich kann hören, was ich will, von wem ich will, wann immer ich will.

Ich finde einen Song in Orions Playlist, der auch auf meiner ist: »Release Me« von Agnes. Der scheint mir zu passen.

»Achtung, Achtung!«, ruft Orion. Er springt auf eine leere Sitzbank, die Arme ausgestreckt, als segle er an Deck seines Schiffes – meines Schiffes. Er ist wirklich ein genialer Co-Kapitän, genau wie ich gedacht hatte.

»Keine Angst, ich tanze nicht noch mal«, sagt er, als ein paar Passagiere aufstöhnen, als würde ihr ganzer Nachmittag von einer weiteren Unterbrechung zerstört. »Aber wir haben eine wahrhaft besondere Show für Sie. Das hier ist Valentino Prince, und er ist nicht nur todgeweiht, sondern der allererste Todgeweihte – er wurde von Joaquin Rosa persönlich angerufen!«

Jetzt hören wirklich alle aufmerksam zu.

Niemand ist am Handy, liest ein Buch oder unterhält sich.

Der Tod bringt die Menschen dazu, so aufmerksam zu sein.

Alle Blicke sind auf mich gerichtet.

Orions auch. »Valentino ist nach New York gezogen, um Model zu werden, aber nachdem heute sein Abschiedstag ist, fände ich es toll, wenn wir Valentino anfeuern könnten, wenn er diesen Zug zu seinem ersten und einzigen Laufsteg macht. Einen Riesenapplaus, bitte!«

Augenblicklich applaudieren alle, als wäre ich ihnen ein Begriff und sehnlichst erwartet.

Orion drückt auf *Play*.

Mit dem ersten Schritt mache ich meine ganze Nervosität platt und ich laufe auf meiner imaginären Linie, setze ein Bein vor das andere wie ein Akrobat auf dem Seil; ein falscher Schritt und man kann sterben. Ich schwinge lässig meine Arme und wiege mich in den Hüften, lehne mich zurück, die Brust herausgedrückt, den Kopf gereckt. Ich schaue starr geradeaus, während mir die Musik dank Orion folgt. Passagiere jubeln mir zu und machen Fotos mit ihren Handys, nehmen mich vielleicht sogar auf. Davon darf ich mich nicht ablenken lassen. Models sollten immer eine Vision haben, etwas, das sie ihren Zuschauern verkaufen. Meine Vision ist, dass man unter allen Umständen seine Träume verwirklichen soll. Am Ende des Waggons klappe ich das offene Hemd über meinem T-Shirt auf, stecke eine Hand in die Hosentasche und gehe durch den Gang zurück. Dann bleibe ich stehen und lege meine freie Hand mit großer Geste an dieselbe Stange, um die Orion vorher geschwungen ist. Er stößt einen Pfiff aus, und andere stimmen ein in dieses Lied, das ich bisher nur in meiner Vorstellung gehört habe, und ich bin in einem Traum, der genau in diesem Moment zum Leben erweckt wird.

Es spielt keine Rolle, dass ich nicht für eine der großen Fashion Weeks in New York, London, Tokio, Paris oder Mailand modele. Ich werde von echten Menschen angeschaut, von

Menschen, die mich auf eine Art haben hier entlangstolzieren sehen, wie es bei mir zu Hause nicht möglich war.

Ich drehe noch eine Runde durch den Wagen und stelle fest, dass wir schon eine Station vor dem Times Square sind. Einige Passagiere sprechen mir ihr Beileid aus, bevor sie aussteigen, während andere einsteigen.

»Dies ist Ihre letzte Station, um den einzigartigen Valentino Prince zu sehen!«, ruft Orion und macht Fotos.

Für meinen allerletzten Auftritt kommt alles runter.

Ich fange an, Kleidungsstücke auszuziehen, als wäre es ein altes Leben, das ich ablege.

Erst wird das Hemd über die Schulter geworfen, bis ich an Orion vorbeikomme und es ihm gebe.

Anschließend dürfen alle im Publikum *Fröhlicher Abschiedstag!* lesen, bevor ich mein T-Shirt über den Kopf ziehe.

Schließlich habe ich nichts weiter an als Jeans und Schuhe.

Alle jubeln und Orion sammelt Geld in seinem Basecap, als der Song zu Ende ist und wir den Times Square erreichen. Die meisten Passagiere geben mir Standing Ovations, und ich werfe allen eine dicke Kusshand zu, bevor ich meine Oberteile nehme, Orions Hand fasse und ihn aus dem Waggon auf den Bahnsteig ziehe. Ich werfe meine Kleider wieder hin und nehme Orion auf den Arm, genau wie auf der Brücke, und seine Fingernägel bohren sich in meinen verschwitzten Rücken.

Wir lachen beide über dieses berauschende Erlebnis, und dann liefern wir den New Yorkern eine dritte Show mit einem leidenschaftlichen Kuss, der deutlich macht, dass Orion und ich uns nicht fremd sind.

Keiner von ihnen weiß, dass ich am Times Square beinahe gestorben wäre und wie unglaublich es sich anfühlt, jetzt hier zu sein.

Nicht nur am Leben, sondern dieses Leben voll auskostend.

»Du warst der Wahnsinn«, sagt Orion. »Vielleicht solltest du Model werden.«

»Für einen neuen Agenten wäre ich zu haben. Aber als Erstes die Frage: Glauben Sie an den Todesboten?«

»Was? Nein!«

»Hervorragend. Sie haben den Job.« Ich wische mir mit meinem Hemd den Schweiß von der Brust, bevor ich mich anziehe. »Du hast meinen Traum wahr gemacht, Orion. Vielen Dank für alles.«

»Tut mir leid, dass du eine superschrottige Showtanzeinlage erwischt hast.«

»Das war ein Highlight.«

»Dann hast du einen miserablen Geschmack. Ich kann es immer noch nicht glauben, dass ich das durchgezogen habe.«

»Es war absolut hinreißend, aber falls es dir wirklich so schrecklich peinlich ist, sollst du wissen, dass ich es mit ins Grab nehme.«

»Und es in allen anderen New Yorkern, die es gesehen haben, weiterlebt!«

»Tja, das solltest du dir nächstes Mal vorher überlegen. Oder nein, überleg es dir besser nicht vorher. Ist das Leben nicht viel leichter, wenn man einfach draufloslebt?«

Orion überlegt nicht lange, bevor er mich küsst. »So, meinst du?«

»Genau so.«

Ich nehme seine Hand, als wir die Treppe hochgehen und auf den Times Square hinaustreten, als wäre es mein erstes Mal. Es ist anders als gestern Abend. Die Sonne steht hoch und die riesigen Bildschirme zeigen normale Werbung statt der Todesboten-Sanduhr. Touristen gehen in Geschäften aus und ein. Eine Menge umringt zwei Breakdancer, die aussehen wie Straßenballerinas, als sie sich in weißen Tanktops und Jogginghosen auf flach gelegten Pappkartons drehen. Autos kriechen so langsam über den Times Square, als müssten sie durch Sand fahren. Ein Hotdog-Verkäufer feilscht mit jemandem, und ich bin sicher, er könnte mich davon überzeugen, einen Hotdog für fünfzig Dollar zu kaufen, so einen Hunger habe ich. Aus einem Gettoblaster hinter mir dröhnt spanische Musik.

Am Times Square findet so viel Leben statt.

Obwohl hier gestern Nacht ein Mann getötet wurde.

Obwohl mir hier gesagt wurde, dass ich sterben werde.

Aber was der Todesbote wirklich wollte, war, dass ich lebe. Und das habe ich inzwischen ausgiebig getan.

Hoffentlich habe ich noch mehr vor mir.

SCARLETT PRINCE
11.15 Uhr (Mountain Standard Time)

Dieses Flugzeug muss unbedingt starten.

Es ist schon schlimm genug, dass Scarlett das Trauma des ersten Flugs noch mal durchlebt, aber das alles kann sie hinter sich lassen, solange sie in Bewegung ist, solange es vorwärtsgeht. Ihre Zeit mit Valentino ist bereits so begrenzt, und damit meint sie nicht nur, dass sein Abschiedstag schon halb rum ist. Scarlett und Valentino hätten sich gegenseitig durch ihr langes, erfülltes Leben begleiten sollen, und das wurde ihnen genommen. Scarlett weiß gar nicht, was sie mit Valentino machen soll, sobald sie angekommen ist, was überhaupt getan werden muss, außer Zeit miteinander zu verbringen, aber sie will endlich in New York sein, um das mit ihm zusammen herauszufinden.

Scarlett kann einfach nicht glauben, was heute alles passiert.

Warum steht das Flugzeug immer noch hier?

Was ist diesmal los?

Haben die Piloten noch keine Starterlaubnis erhalten? Oder sind sie nicht beim Todesboten angemeldet?

Sie will gerade in den Chor der Passagiere einstimmen, die die Flugbegleiter bedrängen, ihnen eine Erklärung zu liefern, als sich eine Pilotin an sie alle wendet.

»Liebe Fluggäste, ich bitte um Ihre Aufmerksamkeit.«

Als würde der Todesbote anrufen, weiß Scarlett tief in ihrem Herzen Bescheid – sie weiß es einfach.

ORION
14:37 Uhr

Valentino und ich werden allmählich unzertrennlich, als wären wir die Verkörperung unseres eingravierten Namens auf der Brooklyn Bridge – ValentinOrion, beide in einem Wort, mit einem großen O, das uns beiden gehört. Wenn ich nicht seine Hand halte, weil er gerade Fotos am Times Square macht, berühre ich seine Schultern oder hake mich in einer Gürtelschlaufe seiner Hose ein. Als würde ich wegschweben, wenn ich mich nicht an ihm festhalten kann. Aber das gilt wohl eher umgekehrt.

Wir halten uns an den Händen, während wir zurück zu der Ecke gehen, wo die Leute ihre Todesboten-Geschichten erzählt haben. Wo ich Valentino kennengelernt habe. Die Bühne, die ich nie betreten habe, ist verschwunden, aber die neuen roten Glasstufen bleiben jetzt wohl für immer und sind voller Menschen.

»Okay, also, ich war ganz schön enttäuscht, dass ich meine Geschichte nicht erzählen konnte, aber dann bist du an mir vorbeigegangen und ich war ... du hast mich vom ersten Moment an angezogen.«

»So schnell?«, fragt Valentino.

»So schnell. Fandest du mich eigentlich total schräg, als ich dich angesprochen habe?«

»Nein, ich fand dich auch süß. Im Übrigen habe ich dich zuerst gesehen.«

»Warte mal. Was?«

»Ich habe gerade den Platz über ...«

»Niemand nennt den Times Square Platz!«

»Du kannst ja zu meinen Ehren damit anfangen.«

»Ich werde es furchtbar finden, aber okay. Red weiter. Erzähl, wie du mich verdammt süß gefunden hast, während du über den Platz geschlendert bist.«

»Ich bin über den Platz geschlendert und mein Blick fiel auf diese Veranstaltung vom Todesboten ...«

»Und dann auf mich!«

»Soll ich die Geschichte erzählen, wie ich dich vom ersten Augenblick an süß fand, oder willst du?«

»Fragst du gerade tatsächlich einen Geschichtenerzähler, ob er ...«

»Jedenfalls, mein Blick fiel auf dich ...«

»Aber du hast nicht Hallo gesagt!«

»Wahrscheinlich, weil ich wusste, dass ich eh nicht zu Wort komme!«

Ich halte die Klappe und händige Valentino den imaginären Schlüssel aus, mit dem ich meine Lippen verschlossen habe. Er umschließt ihn mit seiner Hand.

»Wie ich mich kenne, verliere ich den genau wie mein Handy und ...« Valentino sieht über die Schulter, als würde sein Handy auf dem Boden liegen und nur darauf warten, von ihm gefunden zu werden. »Ich habe nicht Hallo gesagt, weil mir nicht klar war, dass Leute so was einfach machen. Aber ich bin so froh, dass du getan hast, was ich nicht übers Herz gebracht habe.«

Ich möchte ihm den Schlüssel zu meinen Lippen aus der Hand reißen, fragen, ob die Anspielung Absicht war, oder ihn damit aufziehen, dass er ganz bestimmt nicht mein kaputtes Herz haben will, doch dann öffnet Valentino meine Lippen mit seinen.

»Nur damit du Bescheid weißt, normalerweise spreche ich nie süße Typen an. Ich wollte nur einmal die Sau rauslassen.«

»Oha. Aber Gott sei Dank, dass du ... ich bin wirklich dankbar, dass du den ersten Schritt gemacht hast, Orion.«

»Und danke, dass du mich nicht arschkalt abserviert und für immer verletzt hast, Valentino.«

Sein Blick ruht auf mir, als wäre ich mit Abstand das Interessanteste in dieser Stadt.

Ich ziehe die Kamera aus der Tasche meines Hoodies und zeige auf die untere Ecke der Treppe. »Setz dich. Ich will ein Foto von der Stelle machen, wo ich dich kennengelernt habe.«

»Nicht ohne dich. Da gehören wir beide drauf.«

Valentino und ich setzen uns auf die Stufe, und ich strecke den Arm aus und hoffe, ich bekomme uns beide ins Bild. Gerade will ich abdrücken, egal wie scheiße es auch aussehen wird, als mir jemand auf die Schulter tippt. Ein älterer Latino sitzt neben einem Jungen mit lockigem Haar und einer Brille; bestimmt Vater und Sohn, auf jeden Fall aber sind sie verwandt.

»Braucht ihr Hilfe?«, fragt der Mann.

»Oh, äh, ja, klar. Wenn es Ihnen nichts ausmacht.«

»Überhaupt nicht.«

Wir rutschen zur Seite, damit der Mann und das Kind an uns vorbeikommen.

Der Junge wirkt etwas nervös, als wollte er sich am liebsten hinter dem Mann verstecken. Ich schätze, er ist etwa neun oder zehn Jahre alt.

»Alles gut, Mateo«, sagt der Mann.

Ich gebe ihm die Kamera. Ich fühle mich schlecht, weil wir diesem Mateo, der sich ständig umschaut, so eine Angst machen. Die Vorstellung, dass heute Mateos Abschiedstag ist und er furchtbare Angst hat zu sterben, aber vorher noch unbedingt am Times Square Leute beobachten wollte, zerreißt mir das Herz. Als Valentino mich ansieht, unsere Blicke sich ineinander verfangen, kriege ich mich wieder ein. Der Mann zählt von drei runter, doch anstatt zu lächeln, lehnt sich Valentino über mich und küsst mich. Es bedeutet mir alles, dass ich diesen Augenblick verewigt weiß, und als wir uns wieder trennen, lächelt Valentino mit geschlossenen Augen, als würde er sich diesen Moment für immer einprägen, weil er nicht mehr dazu in der Lage sein wird, sich die Fotos mit mir anzugucken.

»Wunderschön«, sagt der Mann und gibt mir die Kamera zurück. »Das perfekte Foto, eure Familien werden sich bestimmt darüber freuen.«

»Meine nicht«, sagt Valentino traurig.

»Tut mir leid, das zu hören«, sagt der Mann. »Wie gut, dass du trotzdem dein Leben lebst.«

»Danke.« Valentino schüttelt dem Mann die Hand und ich tue es ihm nach.

Ich wende mich an Mateo. »Tut mir leid, wenn wir dir Angst gemacht haben. Friede?« Ich halte ihm meine Faust hin, aber Mateo streckt seine Hand aus. Als ich dann meine Hand ausstrecke, macht er eine Faust. Er wird rot und scheint sich zu ärgern – ist aber nicht so hitzig wie dieser Rufus vorhin, bei dem Pfandleiher –, er wirkt eher so, als wäre er von sich selbst enttäuscht, weil er immer alles vermurkst. Ich kann das total nachvollziehen. Als ich versucht habe, mein Leben ohne meine Eltern auf die Reihe zu bekommen, musste ich mich andauernd mit ganz viel Wut und Schuldgefühlen rumschlagen. Steckte ich zu tief da drin, gab es nie das eine magische Wort, das dafür sorgen konnte, dass ich mich besser fühlte, und ich kenne diesen Jungen zu schlecht, als dass ich wüsste, welcher Zauber jetzt vonnöten wäre. Ich bleibe einfach bei der Wahrheit.

»Hey, alles okay«, sage ich zu Mateo.

Mateo scheint das nicht zu glauben.

»Na los, Sohnemann. Gehen wir in den Park«, sagt der

Mann. Er spürt wahrscheinlich, dass es für Mateo am besten ist, wenn sie jetzt einfach weiterziehen. »Schönen Tag noch.«

»Das ist das Ziel«, erwidert Valentino mit einem Lächeln, das nur ich verstehe. Wir gucken den beiden hinterher, sehen, wie der Mann Mateo den Arm um die Schultern legt. »Wie schön, dass ein Vater sich so um seinen Sohn kümmert.«

»Das erinnert mich an meinen Dad«, sage ich. Ich bin es so gewohnt, liebevoll über meine Eltern zu sprechen, dass ich wieder vergessen habe, auf Valentino Rücksicht zu nehmen, der nicht so viel Glück hatte wie ich. »Tut mir leid.«

»Entschuldige dich nicht dafür, dass du eine schöne Kindheit hattest. Klingt zwar komisch, aber die hatte ich eigentlich auch. Ich weiß noch, wie sich die Liebe meiner Eltern angefühlt hat. Berge von Geschenken unterm Weihnachtsbaum, riesige Geburtstagspartys, wie sie sich um mich gekümmert haben, wenn ich krank war. Wir haben Kinoabende veranstaltet, bei denen Scarlett und ich uns den Film aussuchen durften. Wenn wir uns nicht einigen konnten, ist unser Vater aufgeblieben und hat zwei Filme hintereinander mit uns geguckt.« Er sieht sich am Times Square um. »Ich glaube, wenn ich in New York aufgewachsen wäre, hätten meine Eltern mich überall mit hingenommen. Zur Freiheitsstatue, zum Weihnachtsbaum am Rockefeller Center, zur Radio City Music Hall, zum Empire State Building. Und hierhin natürlich.«

Vieles von dem, was Valentino da gesagt hat, macht mich traurig, ja sogar sauer. Eltern sollten dich nicht nur lieben, wenn du klein bist, aber ich bin auch froh, dass sein Leben nicht komplett die Hölle war. Wenn er Eltern wie meine gehabt hätte oder liebevolle Erziehungsberechtigte, wäre es so viel besser gewesen. Und wenn er in New York aufgewachsen wäre, hätten wir uns vielleicht früher kennengelernt. Es schmerzt, daran zu denken, wie viel leichter und schwieriger dieser Abschiedstag sich angefühlt hätte, wenn ich ihn schon seit Jahren kennen würde.

Ich darf jetzt nicht auseinanderfallen, ich muss stark bleiben.

»Was willst du sonst noch machen, während wir hier sind? Wollen wir einen der Künstler fragen, ob sie eine Karikatur von uns zeichnen? Nee, das ist Zeitverschwendung.«

»Neben dir zu sitzen ist keine Zeitverschwendung«, sagt er.

»Wenn du meinst …« Ich hole das Geld raus, das ich während seines Auftritts in der U-Bahn eingenommen habe, und zähle es. »Sechzig Dollar.«

»Mehr nicht? Ich dachte, das hätte ich besser hingekriegt.«

»Du verarschst mich, oder? Sechzig Dollar sind der Wahnsinn. Aber kein Wunder, schau dich nur an.«

»Mal schauen, wie ich aussehe, wenn der Karikaturist mit mir fertig ist.«

»Verdammt, ja.«

Ich küsse ihn und wir bleiben noch einen weiteren Augenblick an unserer Stelle sitzen.

Dann klingelt mein Telefon.

Einen ganz kurzen Moment lang glaube ich durchzudrehen, bis mir einfällt, dass das nicht der Klingelton des Todesboten ist und wir auch außerhalb des kritischen Zeitfensters liegen.

Ich lasse den allertiefsten Seufzer hören, als würde uns jemand stören wollen. »Wer das wohl ist?«, frage ich und greife nach meinem Handy. »Was meinst du? Dalma? Scarlett? Jemand ganz anderes?«

»Hoffentlich nicht Scarlett«, sagt Valentino.

Stimmt, denn sie sollte jetzt im Flugzeug sein.

»Es ist Dalma.« Ich gehe ran. »Hey, was ist los?«

»Ein Glück, dir geht's gut«, sagt Dalma.

Sofort habe ich das Gefühl, es ist wieder der 11. September, denke daran, wie erleichtert immer alle waren, wenn sie festgestellt haben, dass jemand noch am Leben ist. »Warum auch nicht? Was ist los?«

»Hast du die Nachrichten nicht gesehen, O-Bro?«

»Nein, habe ich nicht. Wir haben …« Ich halte inne, während mein Herz verrücktspielt. Valentino kann die Angst in meinen Augen sehen. »Dalma, sag mir endlich, was los ist. Ich flipp hier sonst verdammt noch mal total aus.«

»Es gibt Neuigkeiten zum Todesboten. Offenbar sind ihnen ein paar Todgeweihte durchgerutscht und sie werden das Problem erst morgen in den Griff bekommen. Und auch das scheint mir noch mehr als fraglich zu sein.«

Fast fällt mir das Handy aus der Hand.

Ich zittere.

Tränen steigen mir in die Augen.

»Was ist los?«, fragt Valentino. »Geht es allen gut?«

Das ist ja das verdammte fucking Ding: Darauf sollte ich eine Antwort haben.

Ich sollte wissen, dass es allen gut geht, weil der Todesbote dieses Rätsel lösen sollte, damit wir unsere Tage in Frieden leben können, wenn wir nicht gerade sterben müssen. Aber jetzt bin ich wieder genau da, wo ich gestern war und jeden verdammten Tag zuvor. Wenn mein Herz wie wild schlägt, könnte das tatsächlich der Beginn eines Herzinfarktes sein.

Ist heute auch mein Abschiedstag?

VALENTINO
14:51 Uhr

Orion sieht aus, als wäre ihm ein Geist begegnet, oder realistischer, als wäre er vom Todesboten angerufen worden.

Vermutlich zieht in beiden Fällen vergangenes Leben an einem vorbei.

Aber das ergibt keinen Sinn. Er ist schließlich kein Seher, der mit Geistern kommuniziert, und Dalma ist keine Todesbotin. Ich habe Angst, dass jemand, den er liebt, gestorben ist, zum Beispiel jemand aus Dalmas Familie, aber das ergibt auch keinen Sinn, weil ich den Eindruck hatte, dass alle bei ihnen zu Hause beim Todesboten angemeldet sind. Und dann hätte längst ein Bote angerufen, wenn heute ihr Abschiedstag wäre. Könnte es irgendwas mit Dr. Emeterio sein? Vielleicht hat sie noch weitere Tests durchgeführt und Orion und ich passen doch nicht zusammen? Oder sie findet niemanden, der die Transplantation rechtzeitig absegnet? Es gibt Hunderte von Fragen, und der Einzige, der sie mir beantworten kann, hat den Kopf verloren.

»Orion …«

Er ist erstarrt und hat den Blick auf die Riesenbildschirme gerichtet, als wäre dort wieder die Sanduhr zu sehen. Eine Träne läuft ihm über die Wange. »Und was ist mit den Todgeweihten, die sie schon angerufen haben?«

Es geht also um den Todesboten.

Es könnte um mich gehen.

Orion fängt an zu schluchzen. Ist das gut? Weint er vor Erleichterung? Werden wir noch mehr Zeit haben?

Werde ich leben?

»Ich ruf dich zurück … ich weiß nicht, Dalma, später rufe ich dich zurück …«

Er legt auf.

Ich sehe ihm an, dass er nicht vorhat, mir gleich eine todesverändernde Nachricht zu überbringen.

»Was ist los?«

»Der Todesbote hat Scheiße gebaut«, sagt Orion zitternd. »Es gibt Todgeweihte, die gestorben sind, ohne zu wissen, dass heute ihr Abschiedstag ist, und … es besteht die Möglichkeit, dass … es besteht immer noch die Möglichkeit, dass bis Mitternacht noch mehr sterben. Joaquin Rosa versucht, was auch immer da schiefgelaufen ist, in Ordnung zu bringen, aber er kann nichts versprechen – obwohl doch genau das die Aufgabe seiner beschissenen Firma war!«

Das bedeutet, dass Orion heute sterben könnte.

Scarlett auch. Sie ist dem Tod knapp entronnen, als der Pilot vor dem Start seinen Abschiedsanruf erhalten hat. Was, wenn alle in diesem Flugzeug auch zum Sterben bestimmt sind?

Und wenn der Todesbote heute Fehler gemacht hat, was bedeutet das dann für mich?

Orion scheint meine Gedanken zu lesen.

»Es tut mir leid«, sagt er, als wüsste er, dass er meine letzte Hoffnung zerstört.

»Muss es nicht.« Ich habe heute schon so viel Zeit damit verbracht zu akzeptieren, wie es enden wird. Orion dagegen hatte sich auf die Genauigkeit dieses Programms verlassen und wurde jetzt ins Ungewisse zurückkatapultiert. »Was kann ich für dich tun?«

»Ich weiß es nicht, ich … ich bin so müde.«

»Sollen wir zu mir gehen und uns ausruhen?«

»Ich bin nicht auf diese Art müde. Oder doch, schon, aber … ich bin es müde, so zu leben. Ich dachte, alles würde anders, und jetzt gibt es doch nur lauter schlechte Nachrichten. Wie kann der Todesbote denn überhaupt sicher sein, dass du sterben wirst, wenn sie nicht wissen, ob ich leben werde? Könnten sie uns nicht wenigstens ein bisschen Hoffnung geben?«

»Wir wissen nicht, was dort in den Büros los ist. Vielleicht sind sie sich nicht sicher, wollen aber nicht noch mehr Hysterie verbreiten.«

»Wenn ihr Scheißprodukt nicht funktioniert, sollten sie das gefälligst zugeben!«, schreit Orion und erschreckt damit Leute um uns herum. »Ich werde nicht versuchen, dich dem Tod zuzuführen, wenn du eigentlich gar nicht sterben sollst!«

»Lass uns woanders darüber reden.«

»Nein! Das ist unser erstes Date, und das müssen wir genießen, solange wir können!«

Ich stehe auf und ziehe ihn weg. Er wehrt sich nicht, was beunruhigend ist. Dass Orion sein Feuer verliert, heißt, dass sein Geist bricht an einem Tag, an dem er herausgefunden hat, wer er in einem Leben sein kann, in dem er sich nicht vor dem Sterben fürchten muss. Ich bin frustriert und enttäuscht, dass der Todesbote dieses Vertrauen ruiniert hat. Ich werde nicht mehr da sein, um Zeuge des Untergangs der Firma zu werden, aber verdient haben sie es.

Orions Handy klingelt erneut.

»Ich habe doch gesagt, dass ich sie zurückrufe …«, sagt Orion, als er danach greift. »Es ist Scarlett.«

»Darf ich?«

Orion nickt. Ich habe nicht damit gerechnet, dass er was dagegen hat, wollte mich aber nicht von ihm abwenden.

Ich gehe ran. »Hey, Scar.«

Scarlett weint sogar noch heftiger als Orion. »Die Fluglinie hat alle Flüge gecancelt.« In der Folge erklärt sie mir alles, was ich bereits über die Neuigkeiten in Sachen Todesbote weiß, ohne weitere Einsichten beizusteuern. »Sie können das

Risiko nicht eingehen, gerade nach dem, was in meinem letzten Flugzeug passiert ist. Ich habe versucht, ihnen meine Situation zu erklären, aber niemand kann irgendetwas tun.«

So endet es also.

Ich werde sterben, ohne meine Schwester noch mal zu sehen.

»Ich weiß nicht, was ich machen soll, Val!«

»Atme tief durch, okay?«

»Ich werde es bei einer anderen Fluglinie versuchen oder schauen, ob ich mir von unserer Miete und unseren Ersparnissen einen Privatjet leisten kann. Privatjets dürften doch noch fliegen, oder?«

Ich weiß nicht, wie der Luftverkehr funktioniert, aber ich weiß, ich muss mich um meine Schwester kümmern, wenn sie so hyperventiliert wie jetzt. »Scar, du musst tief durchatmen.«

Sie versucht, tief Luft zu holen, aber sie ist zu aufgeregt. »Vielleicht wirst du ja gar nicht sterben, nachdem der Todesbote bewiesen hat, dass sie keine Ahnung haben, was vor sich geht.«

Der Todesbote hat die Abschiedstage also nicht so im Griff, wie wir es gerne hätten. Dennoch konnten wir beobachten, wie viele der Vorhersagen heute eingetreten sind. Ich kann nicht damit rechnen, die Ausnahme zu sein.

Aber ich kann meiner Schwester zuliebe mitspielen, zumindest ein bisschen. »Vielleicht werde ich am Leben bleiben.«

»Dann kann ich dich morgen sehen, wenn man wieder gefahrlos fliegen kann.«

»Und ich kann dich mit zu diesem geheimen U-Bahnhof nehmen.«

»Es gibt einen geheimen U-Bahnhof?«

»Den hat Orion mir heute gezeigt. Das ist der Wahnsinn.«

»Was gibt es sonst noch zu sehen?«

»Von der Brooklyn Bridge hat man einen unglaublichen Ausblick und da hängen überall diese Liebesschlösser.«

»Liebesschlösser?«

»Die sind cool. Das erkläre ich dir, wenn wir uns sehen.«

»Ich kann es kaum erwarten. Was noch?«

»Du musst dir unbedingt den Times Square angucken. Das ist der Ort, an dem alles passiert.«

Ein Anruf hat mein Leben verändert. Ein weiterer verändert Orions.

»Natürlich gehen wir zum Times Square.«

»Orion kann uns noch ein paar Tipps für den Rest der Stadt geben.«

»Ich freue mich schon, ihn kennenzulernen.«

»Du wirst ihn mögen. Er ist der Beste.« Ich halte Orion an mich gedrückt. Ich habe gewusst, dass ich ihm helfen kann zu leben, nachdem ich nicht mehr da bin, aber jetzt, da ich weiß, dass er nicht so sicher ist, wie wir ursprünglich dachten, bin ich entschlossen, ihn zu beschützen. Das fängt damit an, ihn von diesen Straßen hier runterzukriegen, wo ich ihn nicht retten könnte, sollte er einen Herzinfarkt bekommen. »Scar, ich gehe zurück in unsere Wohnung. Von da aus rufe ich dich an.«

Scarletts Stimme bricht. »B… bitte ruf mich gleich an, sobald du zu Hause bist.«

»Das mache ich. Hab dich lieb.«

»Hab dich genauso lieb.«

Ich lege auf und stecke das Handy ein.

»Sie kommt nicht, stimmt's?«, fragt Orion.

»Nein.« Es laut auszusprechen, tut weh. »Es hat sich wirklich angefühlt, als wären wir die Könige der Welt, oder?«

Er nickt. Offenbar ist er so sprachlos, dass er noch nicht mal die Ungerechtigkeit dieser ganzen Sache verfluchen wird.

»Ich glaube, wir sollten von hier verschwinden. Willst du

mit zu mir kommen?« Ich weiß, dass wir in meinem winzigen Apartment in Sicherheit sind.

»Nimm's mir nicht übel, aber können wir vielleicht zu mir gehen? Es ist bloß … falls doch irgendwas schiefgeht, wüsste ich gerne, dass ich mich noch von Dalma und der Familie verabschieden kann … Wenn du nicht mitwillst, verstehe ich das, aber ich fände es natürlich toll, dich dabeizuhaben. Wir müssen auch nicht lange bleiben, wir …«

Ich gebe Orion einen kurzen Kuss, damit er innehalten und durchatmen kann. »Es wäre wirklich schön, jetzt eine Familie um sich zu haben. Vor allem, da ich nicht mit Scarlett zusammen sein kann.«

»Bist du sicher? Ich will auch kein Salz in deine Wunden streuen und so.«

»Nimm mich mit zu dir nach Hause, Orion.«

GLORIA DARIO
14:54 Uhr

Gloria ist zusammen mit ihrer Familie im Althea Park.

Nein, sie ist mit ihrem Sohn und ihrem besten Freund im Althea Park.

Das ist ein entscheidender Unterschied.

Egal, wie sehr Rolando Pazito liebt, er ist nicht sein Vater.

Und egal, wie sehr Rolando Gloria einst geliebt hat, er ist nicht ihr Ehemann. Selbst wenn sie sich wünscht, sie hätte ihn geheiratet. Aber nun muss sie mit dieser Entscheidung leben, die sie vor zwanzig Jahren getroffen hat, als sie seinem Herzen einen Korb gegeben hat.

»Geh spielen«, sagt Gloria zu ihrem Sohn.

Pazito rennt auf das Klettergerüst zu, als wären alle Kinder, die dort herumturnen, seine Freunde und nicht vollkommene Fremde. Er ist so unerschrocken, etwas, was Gloria schon immer an ihm geliebt hat und was ihm beim Vorsprechen sehr hilft. Pazito wird nie starr; er ist immer in Bewegung. Na ja, so ganz stimmt das nicht. Die Angst lässt Pazito erstarren, wenn Frankie die Stimme und die Hand gegenüber Gloria erhebt. Aber sie will diesen Gedanken jetzt keinen Raum geben. Ihr Tag ist gerade so schön.

Gloria sitzt auf der blauen Bank, nicht weit entfernt von der Stelle, wo sie am 4. Juli gegrillt haben. Sie blickt auf den Rasen, als könnte sie vor ihrem inneren Auge sehen, was sich an dem Tag dort abgespielt hat; Geister, die in der Vergangenheit feststecken: Glorias zwei Schwestern, die sich in ihren Liegestühlen mit einem Glas Sangria entspannen; Pazito, der mit seinen älteren Cousins Fangen spielt; Frankie am Grill, aber nur, weil sie eigentlich ausgemacht hatten, dass Rolando das übernehmen soll, und Frankie ihn vorführen will; und Gloria selbst, auf der Picknickdecke, die Hände um die Knie geschlungen, träumt sie vor sich hin, stellt sich vor, wie frei sich dieses Zusammensein anfühlen würde, wenn nur eine Person nicht mit dabei wäre.

Sie kehrt in die Gegenwart zurück, in eine Realität, in der Frankie tatsächlich nicht mit im Park ist.

In der Gloria allein mit Rolando ist.

»Tut mir leid, dass das mit deinem Job beim Todesboten nicht geklappt hat«, sagt Gloria.

»Muss es nicht. Ich bin richtig stolz darauf, dass ich gekündigt habe.«

»Wieso?«

»Anstatt auf den Tag zu warten, an dem ich angerufen werde und man mir sagt, dass ich sterben werde, weiß ich bereits, wie wichtig es ist, mein Leben jetzt zu leben.«

Diese Einsicht gefällt Gloria.

Man sollte nicht erst anfangen zu leben, wenn es auf das Ende zugeht.

»Das ist wirklich bewundernswert«, sagt sie und beobachtet, wie furchtlos ihr Sohn auf dem Klettergerüst turnt, wie ihr Sohn lebt, als wäre sein Leben unvergänglich.

»Meinst du nicht, du solltest das auch machen?«, fragt Rolando.

»Was machen?«, fragt Gloria.

»Leben, solange du es noch kannst.«

»Das tue ich doch.«

»Nimm es mir nicht übel, Glo, aber das nehme ich dir nicht ab.«

Mit ihrem Spitznamen hat er sie schon ewig nicht angesprochen und Glorias Herzschlag setzt für einen Moment aus. »Wie meinst du das, dass ich mein Leben nicht lebe?«

»Dann erzähl mir doch, wie dein Leben aussieht – und sag mir nicht, was du alles für Pazito machst.«

Es gibt eine Menge Dinge in Glorias Leben, die nichts mit ihrem Sohn zu tun haben und ihr dennoch Freude machen. Aber irgendwie kommen sie ihr vergleichsweise belanglos vor. So was wie gebratene Kochbananen mit Knoblauch nach dem Rezept ihrer Mutter zuzubereiten oder Gerichtsfilme zu gucken oder in der Wanne zu liegen mit nur einer leuchtenden Kerze im dunklen Badezimmer.

»Ein Kind großzuziehen, sollte auch was zählen«, sagt Gloria. »Mich macht das glücklich.«

»Das tut es, aber ...« Rolando rückt näher an sie ran. »Aber was wirst du machen, wenn Pazito erwachsen ist? Wie willst du dann deine Tage verbringen?«

Es ist traurig, aber für ein Leben ohne Pazito hat Gloria keinen Plan. Sie sagt nichts, da sie nichts zu sagen hat und nicht lügen will. Sie hat in ihrem Leben schon mehr als genug gelogen, hat immer so getan, als wäre alles gut.

»Dein Sohn ist wichtig«, sagt Rolando und ergänzt dann sanft: »Aber du auch.«

Das ist nicht das erste Mal, dass Rolando Gloria bittet, auch an sich selbst zu denken, aber es ist das erste Mal, dass er es mit Tränen in den Augen tut. Fast so, als würde er etwas wissen, was sie nicht weiß; als hätte der Todesbote Rolando gesagt, dass Gloria bald sterben muss, und er die Möglichkeit bekommen hat, ihr das persönlich mitzuteilen, anstatt dass sie von einem Fremden angerufen wird. Sie weiß es nicht, doch was Gloria weiß: Frankie hat ihr noch nie gesagt, dass sie wichtig ist. Und auch da ist sie sich nicht ganz sicher, aber Gloria würde alles darauf verwetten, dass ihr Ehemann ihrem Leben keine Bedeutung beimisst, höchstens als Hausfrau und als Hauptverantwortliche für ihren gemeinsamen Sohn.

Gloria ist wichtig.

Gloria ist von Bedeutung.

Gloria verdient ein besseres Leben.

Sie spürt das in ihrem Herzen, atmet tief ein, wie nach einem langen Tag, wenn sie von morgens bis spät auf den Beinen war und sich abends müde ins Bett legt. Aber sie will nicht mehr so weiterleben. »Es ist zu spät, um etwas zu ändern«, sagt sie.

»Ist es nicht, Glo.« Rolandos Hand auf der Bank zuckt, aber findet nicht den Weg zu ihr. »Denk mal an all die Menschen, deren Leben sich heute durch den Todesboten verändert hat. Es ist nur zu spät, wenn du bis zur letzten Minute wartest, um neu anzufangen.«

Eigentlich klingen diese Worte wie eine Warnung, doch für Gloria sind sie eher ein Segen.

»Ist deine Kündigung ein Neuanfang?«, fragt sie.

Rolando starrt ihr in die Augen. »Es ist mehr als das. Ich habe einem Leben gekündigt, das mich nicht glücklich macht.«

Gloria wünschte, sie könnte das auch tun. »Was macht dich nicht glücklich?«

»Du«, sagt Rolando.

Und reißt ihr mit einem einzigen Wort das Herz aus der Brust.

An diesem Nachmittag geht es anscheinend nur darum, sie wegzustoßen. Vielleicht frustriert Glorias Leben Rolando mittlerweile, und er erträgt es nicht mehr dabei zuzusehen, wie sie einfach immer weitermacht.

Bevor Gloria sich dafür entschuldigen kann, dass sie ihr Schiff so steuert, wie sie es für richtig hält, entschuldigt sich Rolando bei ihr.

»Es tut mir leid – du bist nicht der Grund dafür, dass ich unglücklich bin. Jedenfalls nicht so, wie du das vielleicht denkst«, sagt Rolando verlegen. »Ich habe den ganzen Vormittag mit einem Todgeweihten verbracht. Der alte Mann, der mein erster Anruf heute Nacht war.«

Glorias wundes Herz flickt sich wieder zusammen.

Dann war Rolando also nicht zum Frühstück verabredet. Er hat einen Mann getroffen, der heute sterben wird – oder vielleicht schon tot ist.

Und so erzählt Rolando Gloria von seinem langen Telefongespräch mit einem Mann namens Clint und wie es dazu kam, dass er an seinem Abschiedstag mit ihm gefrühstückt hat. »Warte nicht darauf, dass dein Leben endlich anfängt, Gloria, das möchte ich nicht. Und erst recht nicht, dass du auf deinen Tod wartest. Vielleicht geht es mich ja wirklich nichts an, aber ich will nicht eines Tages bereuen, dass ich nie etwas gesagt habe ... wenn Frankie die Kontrolle verliert.«

Gloria fröstelt, als würde sie vor ihrem inneren Auge sehen, wie sich die schlimmsten Szenen ihres Lebens noch einmal abspielen.

»Es tut mir leid, dass ich das sagen muss«, fährt Rolando fort. »Aber nicht so leid, wie wenn ich dich verlieren würde.«

»Ich weiß deine Besorgnis zu schätzen. Es ist nur komplizierter, als du denkst.«

»Ich glaube, das Gegenteil ist wahr. Es ist einfacher, als du denkst. Du solltest nicht mit jemandem zusammen sein, der der Grund für deinen Tod sein könnte. Nicht, wenn es so vieles gibt, wofür es sich zu leben lohnt.«

Gloria sieht nach Pazito, versteht aber, dass sie eigentlich in den Spiegel gucken sollte.

Sie erinnert sich daran, dass sie wichtig ist, dass sie von Bedeutung ist, dass sie ein besseres Leben verdient hat.

»Ich habe Angst«, gibt Gloria schließlich zu.

»Das verstehe ich. Frankie kann einem auch Angst machen.«

»Nein, es ist mehr als das … Ich habe Angst, wieder von vorne anzufangen.«

Gloria sieht sich im Park um und entdeckt ihren Sohn, der gerade die Rutsche runterrutscht. Er ist einer von vielen Kindern, die in dem Glauben aufwachsen, dass das Leben immer irgendwie weitergeht. Doch Glorias Weg war mühevoll, und sie ist sich sicher, dass sie nur Frieden finden wird, wenn sie ihren Ehemann über Bord wirft. Aber das ist nicht so einfach. Wie ein Amboss drückt Frankie sie nieder, sodass Frieden außer Reichweite scheint.

»Neu anzufangen kann einem Angst machen«, sagt Rolando. »Aber nur so kann es weitergehen.«

»Nur so kann es weitergehen«, wiederholt Gloria mit Tränen in den Augen.

»Neu anzufangen bedeutet für mich, dass ich nicht bis zu meinem Abschiedstag warte, um dir zu gestehen, dass ich dich immer noch liebe, Gloria. Das habe ich immer und das werde ich immer tun.«

Gloria schnappt nach Luft, als hätte sie gerade den wundervollsten Kuss ihres Lebens bekommen. Dabei hat Rolando sie noch nicht einmal berührt. Jedenfalls nicht körperlich. Sie sitzen weiter mit Abstand nebeneinander und starren sich an, während Gloria den Klang der spielenden Kinder im Hintergrund hört, den Klang ihres schlagenden Herzens. Rolando liebt sie also doch – das hat er immer und das wird er immer tun. Voller Inbrunst glaubt Gloria seinen Worten, während sie Frankie sein Eheversprechen nie abgenommen hat. Der Mann, den sie hätte heiraten sollen, war derjenige, der bei ihrer Hochzeit hinter ihrem Ehemann stand.

»Ich erwarte nicht, dass du dich meinetwegen von deinem Mann scheiden lässt«, sagt Rolando. »Aber ich hoffe, du lässt dich deinetwegen von ihm scheiden.«

Bevor Gloria entscheiden kann, ob sie ihr Leben zusammen mit Rolando neu beginnen will, muss sie ihr Leben mit Frankie beenden.

Platz schaffen für Neues.

Gloria muss sich von Frankie scheiden lassen – für sich selbst und für ihren Sohn, der immer das Herzstück all ihrer Entscheidungen sein wird, egal was alle sagen. Aber anders als früher denkt sie jetzt darüber nach, wie ihr Leben aussehen könnte, wenn Pazito erwachsen ist und auszieht, um sein eigenes Leben zu leben. Sie will weder das Sofa noch das Bett mit ihrem Ehemann teilen, will nicht mal in der Nähe des Mannes sein, den sie nie hätte heiraten sollen.

Des Mannes, den Gloria schon vor langer Zeit hätte verlassen sollen.

Vor langer Zeit, als er sie zum ersten Mal terrorisiert hat.

Als er zum ersten Mal Hand an sie gelegt hat.

Und nach jedem weiteren Mal.

Gloria kann die Vergangenheit nicht ändern, aber sie kann sich eine neue Zukunft erschaffen.

Und am Ende wird alles gut.

RUFUS EMETERIO
15:00 Uhr

Bei Rufus Emeterio hat der Todesbote nicht angerufen, weil er heute nicht sterben wird.

Im Gegenteil, Rufus hat die Zeit seines Lebens, als er mit seinem neuen stahlgrauen Fahrrad durch den Althea Park kurvt. Er hat vor ein paar Jahren Rad fahren gelernt, vor seiner großen Schwester Olivia, die kein Interesse daran hat, aber das macht nichts, denn Rufus hat genug Energie für sie beide zusammen und noch mehr. Während seiner kurzen Stützräderphase hat sein Vater ihn ermahnt, er solle langsam machen, aber Rufus hat alles schnell gelernt und war bereit: Los, los, los! Auf dem Parkplatz vor dem Drogeriemarkt nahm er Fahrt auf und fuhr mit dem Rad beinahe auf eine verkehrsreiche Straße, wo ihn leicht ein Auto hätte überfahren können, wenn er nicht gebremst hätte. Das war das erste Mal, dass sein Vater ihm eine riesige Standpauke hielt, und sicher nicht das letzte, aber seht nur, wo diese Lektionen und Standpauken sie heute hingeführt haben: Rufus fährt auf einem Rad, das – wie er glaubt – dazu bestimmt ist, ihn durch viele Abenteuer zu tragen, und sein Vater vertraut darauf, dass er seinen eigenen Weg finden wird.

Ehrlich gesagt ist Rufus gar nicht sauer darüber, dass sein Vater ihm heute Morgen dieses Gespräch aufgedrückt hat. (Und erst recht nicht sauer, dass er am Ende mit seinem Traumfahrrad überrascht wurde!) Die Sache ist die: Rufus liebt seinen Vater, aber in letzter Zeit sind sie einfach oft aneinandergeraten, wenn sie sich eigentlich hätten aussprechen müssen. Sein Vater hat ihm von seiner Vergangenheit erzählt, und obwohl Rufus eigentlich keine Lust auf eine Geschichtsstunde hatte, vor allem nicht in den Sommerferien, entpuppte sich das als ziemlich interessant. Rufus ist klar geworden, dass es in Ordnung ist, Gefühle zu haben, sogar Wut gegenüber seinen Eltern zu empfinden; seinem Vater ist es als Kind nicht anders ergangen. Aber Rufus darf nicht zulassen, dass die Wut überhandnimmt.

Während der Bahnfahrt zum Althea Park mit seinem Vater und seiner Schwester hat Rufus lange über das morgendliche Gespräch nachgedacht.

Vor einer Weile haben sich Rufus und Olivia ein Spiel namens *Reisende* ausgedacht. Dabei erzählen sie sich Geschichten über irgendwelche Leute, denen sie begegnen – in der Regel, wenn sie mit den Öffentlichen unterwegs sind. Heute in der U-Bahn war ein alter Mann, der eine Menge Kleingeld in den Geldbeutel einer jungen Salsatänzerin geworfen hat, und Rufus stellte sich vor, es wäre ein Todgeweihter, der sichergehen wollte, dass sein Geld vor seinem Tod die Richtigen erreicht, während Olivia sich stärker auf die Frau konzentrierte, von der sie glaubte, dass sie eine Spionin des Todesboten wäre, die sicherstellen sollte, dass die Leute wie vorgesehen sterben, um den Ruf der Firma nicht zu ruinieren.

Aber wenn jemand anders *Reisende* spielen würde und Rufus im Visier hätte, was würde er oder sie sehen? Wahrscheinlich einen Jungen, der dauernd Widerworte gibt und ständig versucht, einen Streit zu gewinnen. Sogar gegen die, die gar nicht mit ihm streiten wollen. Dabei ist Rufus eigentlich ein netter Junge, der seine Familie liebt, und er würde der Welt lieber diese Seite von sich zeigen.

Als dieser Tag begonnen hat, war Rufus nicht besonders glücklich, aber jetzt ist er es.

Mit seinem Vater versteht er sich gut.

Seine Schwester ist mitgekommen.

Und gerade ist seine Mutter zu ihnen gestoßen, weil sie alle sehen wollte, bevor sie ins Krankenhaus zurückmuss.

Rufus würde eigentlich gerne versuchen, nur auf dem Hinterrad zu fahren, obwohl er das bisher nie hingekriegt hat, aber er will seine Mutter nicht mit gebrochenen Knochen belasten, wo sie bei ihrer Arbeit als Chirurgin im Krankenhaus schon genug mit gebrochenen Herzen zu tun hat – im wahrsten Sinne des Wortes.

»Cooles Rad.« Seine Mutter gibt ihm High Five. »Womit hast du dir das denn verdient?«, fragt sie dann, schaut in Erwartung einer Erklärung allerdings eher seinen Vater an.

»Er hat widersprochen«, wirft Olivia ein.

»Im Prinzip hast du recht«, stimmt sein Vater ihr zu. »Aber Rufus hat respektvoll widersprochen, und ich auch.«

»Freut mich zu hören«, sagt seine Mutter.

Rufus mag es, wenn sie stolz auf ihn ist, und er will sich anstrengen, dass es häufiger dazu kommt. »Und ich habe im Laden geholfen.«

»Wie sieht es denn jetzt aus?«, fragt seine Mutter.

»Besser«, sagt sein Vater im selben Augenblick, als Rufus sagt: »Immer noch schlimm.«

Einen Moment lang rechnet Rufus damit, dafür getadelt zu werden, dass er die Wahrheit sagt, obwohl das, was er gesagt hat, wirklich die Wahrheit ist. Das Pfandleihhaus ist in keinem guten Zustand. Stimmt schon, sie haben alle Glasscherben zusammengekehrt und die Eingangstür verrammelt, aber als sie gegangen sind, herrschte immer noch Chaos. Und das scheint auch seinem Vater einzufallen, der mit einem leichten Lächeln nickt und einräumt: »Ziemlich schlimm.«

Rufus atmet auf, erleichtert, dass er sich nicht streiten muss.

»Es wird schon wieder«, sagt seine Mutter und setzt sich auf eine Parkbank.

Rufus weiß nicht, was seine Mutter im Krankenhaus durchgemacht hat, nur, dass sie total erschöpft nach Hause kam, versuchte, im Laden zu helfen, und dass alle sie gedrängt haben, sich besser auszuruhen.

»Alles okay, Mom?«, fragt Rufus.

»Es war eine lange Nacht.« Sie sieht sich im Park um, wo andere Kinder spielen und lachen. Diese fröhliche Stimmung scheint sie selbst gerade nötig zu haben. »Ich habe Bereitschaft für eine OP heute Abend. Für einen Todgeweihten, der sein Herz einem anderen Jungen überlassen will, den er gerade erst kennengelernt hat. Sie sind beide noch so jung und …«

Rufus' Vater unterbricht sie. »Moment mal. Hatte einer ein Yankees-Basecap?«

»Ich habe keins gesehen.«

Er schnippt mit den Fingern. »Valentino?«

Sie drückt den Rücken durch. »Woher weißt du das?«

»Wir haben heute einen Todgeweihten mit seinem Freund im Laden getroffen. Sie haben uns eine Kamera abgekauft.«

»Er war todgeweiht?!«, fragt Rufus. Er kann nicht glauben, dass er einen echten Todgeweihten getroffen hat und erst jetzt davon erfährt.

Seine Mutter seufzt. »Obwohl die Nachrichten berichten, dass der Todesbote heute einige Fehler gemacht hat. Dass sie mit einigen Vorhersagen recht hatten, bedeutet nicht, dass sie sich nicht noch irren können. Was die Sache mit der OP verkomplizieren könnte, aber wir müssen abwarten. Ich hoffe bloß, dass die beiden die Zeit ihres Lebens verbringen.«

Rufus juckt es, weiter Rad zu fahren, weil er sich bei diesem ganzen Todesgerede unwohl fühlt. Aber ihm fällt auf, dass sein Vater völlig abwesend wirkt. »Was ist los, Paps?«

»Es stand – steht – nicht zum Besten zwischen Valentino und seinen Eltern. Ich frage mich, was ihm sein Herz rät.« Er sieht seine Familie mit starrem, tränenverhangenem Blick an. »Wir sind alle nicht perfekt, aber wir sollten dafür sorgen, dass die Dinge zwischen uns nie so schlecht werden, dass wir nichts miteinander zu tun haben wollen, obwohl wir wissen, dass wir sterben werden. Abschied ist eine unmögliche Möglichkeit, weil man ihn eigentlich nie nehmen will, aber blöd wäre, es nicht zu tun, wenn man die Gelegenheit dazu hat.«

Rufus lässt die Worte seines Vaters auf sich wirken.

Er würde sich nie so sehr mit seiner Familie streiten wollen, dass er nicht alles versuchen würde, sie noch mal zu sehen, bevor er stirbt. Er weiß, dass der Tag kommen wird, an dem er erwachsen ist und seine Eltern alt sind und er sich verabschieden muss. Und es wird sich wahrscheinlich unmöglich anfühlen, aber Rufus' Vater hat recht, in Wirklichkeit wird es möglich sein. Nur sehr schwer. Aber das ist ein Problem, das ihn erst in ganz, ganz ferner Zukunft betreffen wird.

Bis dahin wird Rufus ein Kind sein.

Er wird Spaß mit seinem Fahrrad haben.

Er wird ein guter Sohn, Bruder und Freund sein.

Er wird leben.

MATEO TORREZ JR.
15:14 Uhr

Bei Mateo Torrez Jr. hat der Todesbote nicht angerufen, weil er heute nicht sterben wird.

Das heißt aber nicht, dass er angstfrei lebt.

Seit Mitternacht, als die Anrufe des Todesboten begonnen haben, hat Mateo Angst und ist die ganze Zeit in der Nähe seines Vaters geblieben. Er hat sogar bei seinem Vater im Bett geschlafen – auf der linken Seite, wo früher seine Mutter gelegen hat, die bei seiner Geburt gestorben ist. Vielleicht liegt es an all den Fantasyromanen, die er gelesen hat (vor allem die Scorpius-Hawthorne-Reihe, die voller Prophezeiungen steckt), aber Mateo hat sich immer vorgestellt, dass ihm ein früher Tod vorherbestimmt ist, weil bei seinem Eintritt in die Welt ein Leben endete. Er war sich so sicher, dass der Todesbote gestern Nacht seinen Vater anrufen und ihm die tragische Nachricht überbringen würde, dass Mateo sterben müsse, aber das Telefon hat nicht geklingelt.

Warum also bekommt Mateo keine Luft?

Inzwischen ist er mit seinem Vater im Althea Park. Hier gibt es massenhaft frische Luft, aber er hat trotzdem das Gefühl, dass hinter jeder Ecke der Tod lauert. Vielleicht stürzt sich eine fröhliche Hundemeute auf Mateo, was einigen Menschen bestimmt gefallen würde, aber er hat so schlimme Allergien, dass er Nesselsucht bekommen, seine Lunge sich in einem anaphylaktischen Schock verengen und er sterben könnte.

Er fände es furchtbar, seinen Vater allein zu lassen, insbesondere nachdem er schon dessen über alles geliebte Frau getötet hat.

Als Mateo Sr., der von seinen Freunden Teo genannt wird, zum ersten Mal mit Mateo über den Todesboten gesprochen hat, konnte Mateo an nichts anderes denken als daran, wie anders der Tag seiner Geburt verlaufen wäre, wenn sich sein Vater auf den Tod seiner Frau hätte vorbereiten können. Soweit Mateo weiß, hatte niemand damit gerechnet, dass seine Mutter bei der Geburt sterben könnte, ihr Tod traf seinen Dad völlig überraschend, als er zum ersten Mal ihr einziges gemeinsames Kind auf dem Arm hielt. Ihm blieb keine Gelegenheit, sich von der Frau zu verabschieden, mit der er sein Leben verbringen wollte.

Und jetzt sieh sich einer Mateo an.

Mit dem Geschenk des Lebens bedacht und zu ängstlich, es auszupacken.

Mateo versucht, mutig zu sein, aber das ist viel schwieriger, als die Leute denken. Er teilt nicht die Meinung derer, die glauben, dass Angst eine freie Entscheidung ist. Es gab viele Augenblicke, in denen er sich gerne aus den Verstrickungen einer selbst gewählten Angst freigekämpft hätte, aber gleichzeitig fühlte es sich so an, als hätte die Angst ihn in einem unglaublich festen Griff, wie Tentakel, die sich um seinen Hals, seine Hand- und Fußgelenke geschlungen haben und ihn zurückhalten. Einer der vielen Gründe, weshalb er seine beste Freundin Lidia bewundert, ist, dass sie sich ganz selbstverständlich bewegt, als wäre sie für diese Welt gemacht. Sie steht für sich ein, selbst wenn Leute ihr ein ungutes Gefühl vermitteln, und obwohl sie auch wählerisch sein kann, schließt sie leicht Freundschaften.

Manchmal fragt Mateo sich, warum jemand mit ihm befreundet sein wollte.

Warum ihn jemand auswählen sollte.

Das denkt er auch jetzt, als er all den anderen Kindern im Park zusieht. Die meisten von ihnen turnen am Klettergerüst herum, als bestünde keine Gefahr, runterzufallen und sich wehzutun. Da ist ein Junge auf einem Fahrrad, das zu groß für ihn wirkt, aber vielleicht wächst er noch, bis es passt. Als der Junge an ihm vorbeifährt, tritt Mateo einen Schritt zurück, weil er ganz genau weiß, dass er nicht unbesiegbar ist.

»Willst du nicht spielen gehen?«, fragt Teo.

Mateo will, weiß aber nicht wie.

Und er weiß wie, will aber nicht.

Eigentlich will er und weiß wie, aber er weiß nicht, wie er sein Gegrübel abstellen soll, um irgendwas zu machen. Er steckt immer fest.

Für jemanden, der oft für seine Liebenswürdigkeit und Großzügigkeit gelobt wird, ist Mateo sich selbst mit Abstand sein größter Feind.

»Schon okay, Dad«, lügt Mateo.

Er gibt anderen nicht gern ein ungutes Gefühl, vor allem nicht seinem Vater, der sich so anstrengt, um ihm ein gutes Leben zu bieten. Aber der heutige Tag war schwer. Soweit er weiß, will der Todesbote wirklich, dass die Menschen leben, aber Mateo ist trotzdem einigermaßen verwirrt darüber, wie viel am Leben jetzt auf freiem Willen beruht und wie viel Schicksal ist. Würden Leute sterben, wenn der Todesbote nicht anriefe? Leben die Leute jetzt unvorsichtiger, weil man ihnen gesagt hat, dass der morgige Tag für sie noch erreichbar ist? Oder ist jeder Tod in Stein gemeißelt? Er zerbricht sich den Kopf über diese Fragen, und keine Antwort zu finden bedrückt sein Herz.

Auch wenn sein Vater ihm ein großartiges Leben bietet, muss Mateo lernen, sein eigenes zu führen. Keiner weiß, wie viel Zeit ihnen noch bleibt – entweder hat Mateo recht damit, dass er dazu verflucht ist, jung zu sterben, oder sein Vater wird diese Welt vor ihm verlassen, so wie es sein sollte. Nie wird er das erste Mal vergessen, als er Teo von dem Fluch erzählt hat, und wie traurig sein Vater bei dem Gedanken wurde, ihn beerdigen zu müssen.

Warum können Menschen nicht ewig leben?

»Sprich mit mir«, sagt Teo sanft. Es klingt wie eine Einladung, die Mateo auch ablehnen könnte, ohne dass sein Vater böse wäre, aber Teo will seinen Sohn wissen lassen, dass er da ist und sich über Mateos Gesellschaft freut.

Staunend beobachtet Mateo alle anderen im Park. Alles, was sie tun, ist, sie selbst zu sein, und trotzdem gibt es für Mateo keine größere Magie auf der ganzen Welt. Warum kann er bloß keine Zauberworte sprechen?

»Ich gucke allen zu und weiß nicht, wie ich auch so sein kann.«

»Ich finde es wunderbar, dass du du bist«, sagt Teo. »Und ich glaube, dass du ein ganz besonderer Junge bist, Mateo.«

»Das *musst* du auch sagen. Du bist schließlich mein Vater.«

»Glaube hat weniger damit zu tun, was man sagt, als damit, was man fühlt. Seit dem Tag deiner Geburt verspüre ich eine große Liebe für dich und ein ebenso großes Bedürfnis, dich zu beschützen. Ich hoffe, dass ich dich jetzt beschützen kann, indem ich dir verspreche, dass du ganz und gar einmalig bist. Ich bin froh, dich nicht nur zu kennen, sondern auch meinen Sohn nennen zu dürfen. Du musst niemand anderes sein als Mateo Torrez Jr.«

Mateo blickt zum Himmel auf und muss an all die Male denken, die sein Vater mit ihm hier im Park war und ihm auf den Schaukeln etwas über die Wolken erzählt hat; das wäre jetzt eine deutlich attraktivere Alternative. Aber eine Frage klettert ihm die Kehle hinauf, zwingt seinen Mund auf und fliegt heraus: »Soll ich wirklich ich selbst sein, wenn mich keiner mag?« Und bevor Teo das Offensichtliche sagen kann, fügt er noch hinzu: »Bitte sag jetzt nicht, dass du mich magst. Das weiß ich schon.«

»Gut, dass du das weißt«, sagt Teo. »Und was ist mit Lidia?«

»Sie wird mich nicht ewig mögen. Sie findet mich nervig.«

»Wann hat sie das denn gesagt?«

»Na ja, sie hat nicht *nervig* gesagt, aber sie hat gesagt, ich würde zu viel nachdenken. Als wäre ich ihr zu viel.«

»Du bist sehr nachdenklich, Mateo. Manchmal kannst du auch übervorsichtig sein, aber das wissen wir ja.«

Immer wenn Mateo sich in den vergangenen Jahren einmal wehgetan hatte, unternahm er alles Menschenmögliche, um sicherzugehen, dass das nie wieder passiert. Zum Beispiel, als er mal bei einem kleinen Wettrennen im Pausenhof gestolpert ist und sich das Knie aufgeschürft hat, weigerte er sich daraufhin den ganzen Rest des Schuljahres über, im Hof zu spielen. Und selbst als er irgendwann den Mut aufbrachte, wieder zu rennen und Spaß zu haben, wollte keiner ihn in sein Team wählen, weil alle ihn für einen Spielverderber hielten. Das ist er auch. Warum ist es schlimm, sich nicht wehtun zu wollen?

»Es ist, als ob ...« Mateo starrt zu Boden, will nicht sehen, wie die anderen Kinder miteinander spielen. »Es ist, als ob niemand mein Leben teilen möchte, weil ich mich nicht in Gefahr begeben will. Ich versuche nicht, die Leute abzuschrecken, Dad.«

»Das weiß ich doch, Kumpel. Aber vielleicht kannst du mal was anderes probieren. Jemanden zu dir hinziehen, für dich interessieren.«

»Wie denn?«

»Sprich mit jemandem. Und vor allem: Sei dabei du selbst.«

Mateo weiß nicht recht. Aber andererseits, wie gefährlich können andere Kinder schon sein? Es ist ja nicht so wie bei den beiden älteren Jungen vorhin am Times Square, vor denen er zunächst Angst hatte. Mateo dachte erst, sie würden nichts Gutes im Schilde führen, einen Streich oder Schlimmeres, aber dann stellte sich heraus, dass sie sehr wohl Gutes im Schilde führten. Sie wollten einfach nur ein Foto von sich zusammen haben, und als Mateo sah, wie sie sich küssten, spürte er, dass sich in ihm irgendetwas öffnete, und er musste an das Gespräch denken, das er letzten Monat mit seinem Vater geführt hat.

»Wie findet man Liebe, Dad?«, hatte Mateo gefragt. »Wo ist sie?«

»Liebe ist eine Superkraft«, hatte sein Vater gesagt. »Eine, die wir alle in uns tragen, die man aber nicht immer kontrollieren kann. Je älter du wirst, desto schwieriger wird es auch. Hab keine Angst, wenn du feststellst, dass du jemanden liebst, bei dem du das nicht erwartet hättest. Wenn es richtig ist, ist es richtig.«

Mateo fragt sich, ob die beiden älteren Jungen Angst hatten, sich zu lieben.

Es sah nicht so aus.

Mateo steht auf, bereit für seine Aufgabe. Dann kehrt die Angst zurück und versucht ihn wieder auf die Bank zu drücken, doch er bleibt fest auf beiden Beinen stehen. »Ich werde es versuchen, Dad. Aber wenn ich keinen Freund finde, können wir dann nach Hause gehen?«

»Auf jeden Fall. Dann mache ich dir eine Tasse Tee und wir können einen Film gucken.«

Das würde Mateo gefallen.

Aber erst mal.

Mateo geht auf den Spielplatz zu und zu den Schaukeln. Je näher er kommt, desto bekannter kommt ihm ein Junge dort vor. Er trägt sein dunkles Haar glatt anliegend, aber wenn Mateo es sich hochgeföhnt vorstellt, erinnert es ihn an jemand anderen. Dann trifft es Mateo wie der magische blaue Blitz in seinen Lieblingsbüchern. Er weiß nicht, wie der Junge heißt, aber es ist der Schauspieler, der Larkin Cano in einer Rückblende im letzten Teil der Verfilmung gespielt hat. Es war eine kleine Rolle, aber Mateo findet das trotzdem total cool. Dieser Junge hat das Zauberschloss persönlich gesehen und die Leute kennengelernt, die Mateos Lieblingsfiguren gespielt haben. Das ist einfach, ganz einfach, Mateo kann über Scorpius-Hawthorne-Kram reden und sich mit ihm anfreunden. Er steht dort, als wartete er darauf, dass er mit Schaukeln dran ist, klappt den Mund auf ...

»Pazito!«, ruft eine Frau von einer Bank, die nicht weit von Teo entfernt steht. »Komm, wir holen uns ein Eis!«

Der Junge – Pazito – springt von der Schaukel und läuft weg, bevor Mateo sich vorstellen kann.

Schlechtes Timing.

Mateo ist kurz davor, die Sache abzublasen, als er beschließt, doch noch einen Versuch zu starten. Einige Mädchen turnen am Hangelgerüst oder springen Seil. Ein Junge rutscht rückwärts die Rutsche runter und lacht, als er auf der Matte aufkommt. Ein paar Teenager spielen mit vollem Einsatz Handball.

Dann fällt Mateo der Junge mit dem Fahrrad ins Auge. Er untersucht gerade die Kette, vielleicht ist er auch auf Sicherheit bedacht, so wie Mateo. Mateo geht auf den Jungen zu, als der gerade wieder aufsteigt und davonradelt.

»Paps, guck mal!«, ruft der Junge, als er sich über den Lenker beugt und unter den tief hängenden Zweigen eines Baums hindurchfährt.

»Gut gemacht, Rufus!«, antwortet der Vater.

Rufus ... der Name gefällt Mateo. Den hört man nicht oft, aber er ist schön.

Er glaubt nicht daran, dass aller guten Dinge drei sind, deshalb dreht Mateo sich um und läuft zu ihrer Bank zurück. »Ich hab's versucht.«

»Mehr kann ich nicht verlangen«, sagt Teo. »Nach Hause?«

»Nach Hause«, sagt Mateo.

Zu Hause ist der Ort, wo Mateo er selbst sein kann, dort kann er leben, leben, leben.

ORION
15:17 Uhr

Unser Weg nach Hause beginnt etwas holprig.

Zunächst diskutieren Valentino und ich, wie wir am sichersten dahin kommen. Ich finde, mit einem Taxi wären wir schneller da, aber nach Scarletts Unfall hat er Angst, Auto zu fahren, besonders an seinem Abschiedstag. Das kann ich ihm nicht absprechen. Aber die Sache ist ... heute ist vielleicht auch mein Abschiedstag. Doch ich lasse es ziehen, denn die Gewissheit seines Schicksals übertrumpft klar meine mögliche Bestimmung. Jetzt mit der U-Bahn nach Uptown zu fahren, macht mich deswegen aber nicht weniger nervös, denn dieser verdammte Sensenmann ist mir wieder auf den Fersen. Daran bin ich wohl auch ein bisschen selbst schuld, da ich Valentino gezeigt habe, was für ein Träumchen es sein kann, die U-Bahn zu nehmen, ob man nun von Wagen zu Wagen rennt, wie bei einem Wettrennen, oder ob man durch geheime U-Bahn-Stationen reist oder Standing Ovations für seinen Auftritt bekommt.

Wenn man aber die Kehrseite der Medaille betrachtet, dann kommt man auf den beschissenen Boden der Tatsachen zurück.

Als die U-Bahn Manhattan verlässt und durch die Bronx fährt, stelle ich sicher, dass auf unserer Eckbank genug Platz zwischen uns liegt. Nicht so viel Platz, dass wir einzeln angegriffen werden können, aber genug, um nicht als Paar Aufmerksamkeit zu erregen. Ich liebe die Bronx, deswegen will ich mein Viertel eigentlich nicht schlechtmachen, aber ich kann auch nicht so tun, als würde hier das Leben in geordneten Bahnen verlaufen, als würde schwul sein hier bei allen gut ankommen. In Manhattan ist es viel weniger riskant, wenn ich mein Bein auf Valentinos Schoß lege oder meinen Kopf an seine Schulter lehne und ihn küsse. Hier muss ich mich zurückhalten. Unser Leben könnte davon abhängen.

Die letzten paar Stationen sind besonders heftig, fühlen sich an wie die schwindenden Stunden eines Abschiedstages. Je näher man seiner Endstation kommt, desto wachsamer muss man sein, denn solange man noch Zeit hat, alles richtig zu machen, sollte man vermeiden, dass etwas schiefgeht.

Ich fühle die Anspannung in meinem Körper, als würde jemand mein Herz erwürgen. Ich habe sogar Angst, Luft zu holen, weil ich vielleicht zu schwul atmen könnte. Das mag übertrieben klingen, aber wer nicht jahrelang in der Bronx gelebt hat, soll sich seinen Kommentar bitte sonst wohin stecken. Körpersprache ist alles, wenn man versucht, am Leben zu bleiben. Denkt mal an all die Tiere in der Wildnis, die so tun, als wären sie so was von verdammt hart im Nehmen, dabei haben sie vielleicht noch nie um ihr Leben kämpfen müssen. Valentino ist muskulös, aber kann er auch kämpfen? Ich kann kämpfen, aber habe nicht genug Muskeln, um zu gewinnen, also versuche ich nicht aufzufallen, mich zu tarnen, wie ein Hase im Schnee, der als weiß durchgeht. Das bedeutet im Klartext, dass ich keine Aufmerksamkeit auf mich lenke, indem ich die Hand des Jungen ergreife, in den ich verliebt bin. Solche Gedanken haben zu müssen, bricht mir echt das Herz, aber so ist es hier nun mal.

Wir fahren unsere U-Bahn-Station an und erreichen Mott Haven, ohne angemacht zu werden. Auch in meinem Viertel halte ich mich zurück, denn hier gehen immer so viele Leute durch, die ich nicht kenne und die mich nicht kennen, und alle checken sich gegenseitig ab und die falschen Leute markieren schnell gern mal den Boss. Wir gehen an einem Typen vorbei, der nicht aufschaut, weil er ganz in seinen Hamburger versunken ist. Dann fragt uns ein anderer nach der Uhrzeit, und da werde ich schon wieder ganz nervös, weil die manchmal nur wollen, dass du dein Handy zückst, damit sie es klauen können. Ich lasse Valentino auf seine Armbanduhr gucken und sag dem Typen, dass es vierzig Minuten nach drei ist.

Ich weiß, meine Straße ist nichts Besonderes, aber ich liebe sie. In den Fenstern hängen überall die Flaggen von Jamaika, der Dominikanischen Republik und von Puerto Rico und erfüllen gleich eine doppelte Aufgabe: als Gardine und als stolzes Symbol der Anwohner. Ein *Parken verboten!!!*-Schild ist mit Graffiti auf einen Holzzaun geschmiert, was niemanden davon abhält, sein Auto in der Einfahrt dort abzustellen; dass das Schild nicht beachtet wird, ist inzwischen ein Running Gag im Team Young. In die Gemeindekirche direkt neben unserem kleinen Park habe ich noch nie einen Fuß gesetzt, aber mir gefällt, dass sie aussieht wie eine kleine Burg.

Dort steht unser Haus, in einer Reihe mit all den anderen, alle gleich, alle aus Backstein und doch sehr unterschiedlich im Hinblick auf Instandhaltung, individuelle Ausgestaltung und: die Farbe der Haustür. Unser Haus ist seit Generationen in Dalmas Familie, und obwohl es von außen betrachtet gut etwas Liebe gebrauchen könnte, sieht es innen drin genau umgekehrt aus. Ich bin so was von erleichtert, als ich mit Valentino die Stufen zur Haustür hochgehe, die genauso rot ist wie die Treppe am Times Square. Ich hole den Schlüssel raus, den ich benutzt habe, um Valentinos Name in die Bank auf der Brooklyn Bridge zu ritzen, und schließe auf.

Wir haben es geschafft.

Wir sind in Sicherheit.

Und zum ersten Mal habe ich einen Jungen mit nach Hause gebracht.

Vielleicht ist er auch der letzte.

»Ich bin zu Hause!«, rufe ich die Treppe hoch.

Das Haus hat drei Stockwerke. Dalmas und mein Zimmer sind im Erdgeschoss, mit Zugang zu einem kleinen Garten und mit einem eigenen Eingang – den benutzen wir aber eigentlich nicht, weil man den Flur dahinter eher als Lagerraum bezeichnen kann; zahllose Kästen und Kisten und Möbel stehen da rum, die Dalma braucht, um ihr Zimmer auf Vordermann zu bringen, nur ist sie bisher noch nicht dazu gekommen. Das Ganze ist ein Albtraum im Hinblick auf den Brandschutz und wir sollten hier so schnell wie möglich aufräumen. Dayana, Floyd und Dahlia haben ihre Zimmer oben und dann gibt es noch die Leiter, die aufs Dach führt, wo ich mich immer sonne und mir die Haut verbrenne.

Ich führe Valentino durch den ersten Stock zum Familienwohnzimmer.

»Schön hier!«, sagt Valentino.

Er bleibt vor der Wand stehen, an der all unsere Familienfotos hängen. Ich liebe die Schnappschüsse, aber aus den Familienbildern, die Team Young beim Fotografen machen lässt, halt ich mich lieber raus, weil ich mir da immer wie das fünfte Rad am Wagen vorkomme. Als hätten die Youngs eine Extraeinladung für mich ausgesprochen, damit ich mit ihnen dahin gehe, obwohl wahrscheinlich niemand außer mir so einen verqueren Scheiß denkt, denn von meiner neuen Familie bekomme ich nichts als Liebe. Trotzdem ist klar: Würde ich hier nicht wohnen, würde ich auch nicht mit ins Fotostudio gehen. Warum sollte ich also mitgehen, nur weil sie gezwungen waren, mich aufzunehmen? Mann. Da werde ich noch Jahre brauchen, um mich durchzuarbeiten, wenn ich denn noch Jahre dafür habe.

Valentino tippt gegen das Foto von mir aus der fünften Klasse, auf dem ich ziemlich ernst dreinschaue. »Hattest du da einen schlechten Tag?«

»Das erste Schulfoto ohne meine Eltern«, sage ich.

»Verstehe.«

Den Foto-Tag in der vierten Klasse hatte ich verpasst, weil meine Trauer noch zu groß war. Meine Mom hat es geliebt, mich für die Tage mit dem Fotografen aufzubrezeln. Sie hat meine Hemden gebügelt und mir eine Krawatte umgebunden, mit der ich richtig erwachsen aussah, und meine Locken mit einem Spray behandelt, damit sie schön glänzten. Als wir die Abzüge von den Fotos aus der fünften Klasse zugeschickt bekamen, habe ich mich mit Dayana zusammen hingesetzt und sie ihr Lieblingsbild aussuchen lassen – sie hatte drei zur Auswahl: das mit der Faust unterm Kinn, das mit den verschränkten Armen und das, auf dem ich keine Miene verziehe.

»Es ist irgendwie am ehrlichsten«, hatte Dayana gesagt und das Foto gewählt, das nun an der Wand hängt.

Mir hat gutgetan, dass wir uns nichts vormachen mussten, vor allem weil das Foto eine Woche nach dem einjährigen Todestag meiner Eltern aufgenommen worden war.

Von oben sind Schritte zu hören, und ich weiß gleich, dass das Floyd ist, der immer durchs Haus geht, als hätte er Backsteine unter den Füßen. Floyd trägt ein Polohemd und Jeans mit dem Gürtel, den er sonst für seine Schlabberhosen benutzt. Und wie immer ist sein braunes Haar zurückgegelt, obwohl Dalma alle mitten in der Nacht geweckt hat, damit sie vor meiner Operation die Rückreise antreten konnten.

»Hey, *garrochón*«, sagt Floyd, während er mir die Hand schüttelt. Er ist ein typischer Puerto-Ricaner alter Schule, da umarmen sich Männer nicht wirklich. Mein Dad war auch ein bisschen so. »Schön, dass du heil wieder zu Hause bist.«

»Du auch, Floyd. Das hier ist Valentino.«

Floyd mustert Valentino nicht ohne Skepsis. Ich will nicht lügen, man könnte seinen Blick echt missverstehen, denken, es wäre schwulenfeindlich, doch ich glaube, Floyd ist eher unsicher, da wir jetzt einen waschechten Todgeweihten hier im Haus haben. Er überspielt seine Verlegenheit mit einem Händeschütteln. »Nett, dich kennenzulernen, Valentino. Es tut mir leid, dass … du weißt schon.«

»Danke, Mr Young.«

»Nenn mich Floyd, bitte. Kommt mit nach unten.«

Bevor ich fragen kann, was alle unten zu suchen haben, wendet sich Valentino an mich. »Was ist ein *garrochón*?«

»Das sagt man zu einem, der groß und schlaksig ist.«

»So nenne ich Orion, seit er klein ist«, erklärt Floyd, während er die Treppe runtergeht. »Als er zwölf wurde, war er schon größer als ich.«

»Was auch nicht allzu schwer war«, sage ich.

Floyd lacht und will schon die Hand heben, um so zu tun, als wolle er mir eine reinhauen, aber – keine Sorge – das haben wir aus ihm rausgeprügelt. Okay, unter den gegebenen Umständen keine gute Wortwahl, mein Fehler. Korrektur: Aber den Scheiß haben wir ihm abgewöhnt, denn Dayana ist, was häusliche Gewalt angeht, sehr empfindlich, nachdem sie jahrelang zusehen musste, wie ihr Vater ihre Mutter misshandelt hat. Sie will nicht, dass ihre Mädchen in einem Umfeld aufwachsen, wo man über so was Witze macht, und sie will schon gar nicht, dass ich mir da was abgucke.

Wir erreichen das Erdgeschoss, und ich bitte Valentino über die Möbel und Kästen und Kisten hinwegzugucken. Das macht so einen schlampigen Eindruck, und ich bringe ihn schnellstens in unseren Wohnbereich, wo Dalma und ich einen Regenbogen-Teppich hingelegt haben, der voller Fußspuren ist. Ich erwarte, die Familie auf der Couch versammelt zu sehen, beim Filmgucken oder so, aber auf dem Sofa liegen nichts außer ein paar Decken und Kissen.

»Überraschung!«

Ich zucke zusammen, und dann sehen wir die drei Damen

vom Team Young draußen in dem winzigen Garten. Eine festliche Tischdecke ist über den aufklappbaren Gartentisch gebreitet. Dalma hat Rosen in der Hand, und Dahlia hält ein Schild hoch, auf dem steht: *WILLKOMMEN VALENTINO!* Nicht alle Buchstaben sind mit Glitzerstaub überdeckt, wahrscheinlich hat der Glitzer nicht gereicht oder vielleicht auch die Zeit. Dayana ist die Erste, die auf Valentino zukommt und ihn in den Arm nimmt wie eine Mutter.

»Ich freue mich so, dich kennenzulernen«, sagt sie, ihre Hand an seiner Wange.

»Ich mich auch, Ms Dayana«, sagt Valentino. Bei all den D-Namen bin ich echt beeindruckt, dass er sie auf Anhieb mit dem richtigen Namen angesprochen hat. »Jetzt ist mir klar, warum Orion immer so wunderbare Sachen von Ihnen erzählt.«

Dayana kneift mich in die Wange, etwas, was sie schon lange nicht mehr gemacht hat.

»Wusstest du davon?«, fragt Valentino.

»Verdammt, nein«, sage ich. Ich bin gleichzeitig total überwältigt und auch ein wenig geschockt. »Können wir in Zukunft auf weitere Überraschungen verzichten, vor allem wenn ein Typ involviert ist, der einen Herzfehler hat?«

»Ich habe dir eine Nachricht geschickt«, verteidigt sich Dalma.

Ich gucke auf mein Handy. Sie hat mir tatsächlich geschrieben, aber in der U-Bahn und auf dem Weg nach Hause habe ich mein Handy schön in der Tasche gelassen, um nicht ausgeraubt zu werden. »Meine Schuld.«

Dalma gibt Valentino die Rosen. »Tut mir leid, dass ich gestern Abend so unsensibel war.«

»Du hast das Herz am rechten Fleck«, sagt Valentino.

»Aber ich habe mich falsch verhalten. Ich hoffe, du kannst mir verzeihen.«

Valentino umarmt Dalma und ich würde mich am liebsten auf die Couch werfen und heulen.

Die kleine Dahlia – ja, sie ist dreizehn Jahre alt, aber für mich wird sie immer die *kleine* Dahlia bleiben, auch wenn sie im Vergleich zu ihrem Vater fast schon die *große* Dahlia ist – umarmt mich und ich stelle ihr Valentino vor.

»Es tut mir so leid, dass du … dass … du weißt schon …« Dahlia schüttelt den Kopf. »Danke, dass du Orion hilfst.«

»Er ist derjenige, der mir geholfen hat«, sagt Valentino.

»Das will ich auch hoffen, schließlich schenkst du ihm ein Herz!«, erwidert Dahlia mit einer Was-denn-sonst-Stimme, bevor sie sich an Dayana und Floyd wendet. »Können wir ihm jetzt seine Geschenke geben?«

»Geschenke?«, fragt Valentino und folgt Dahlia zu dem Tisch.

Dalma hält mich fest. »Hey, ich hoffe, dass das hier okay ist. Wir dachten, es wäre nett, wenn wir uns bei ihm für alles bedanken und er noch ein bisschen Liebe im Kreis der Familie abbekommt.«

»Es ist einfach perfekt«, sage ich. »Oder so perfekt, wie es nur sein kann für einen Abschiedstag mit lauter fremden Menschen.«

»Sieht so aus, als wärt ihr keine Fremden mehr.«

Leider, Schrägstrich, zum Glück sind wir das nicht mehr.

Egal, wie dieser Abschiedstag auch zu Ende geht, wird das noch viel schmerzhafter, als ich es mir überhaupt vorstellen kann.

VALENTINO
15:58 Uhr

Die Youngs verhalten sich mir gegenüber, als gehörte ich zur Familie.

Ich sitze am Kopf des Tisches mit meinen Rosen auf dem Schoß. In keiner denkbaren Welt würden meine Eltern mir je Blumen schenken, noch nicht mal am Valentinstag. Unweigerlich habe ich das Gefühl, als sei dies mein buchstäblich letztes Abendmahl – nur ohne das Essen und ohne Verrat. Stattdessen kommt Dalma mit einer Geschenktüte aus der Küche. Sie sagt, es sei nicht viel, aber ich bin so schon selig. Ich werfe Orion das Seidenpapier zu und hole eine Schneekugel von New York, einen Kühlschrankmagneten in Form eines gelben Taxis, einen Pizza-Schlüsselanhänger und eine kleine braune Tüte mit getrockneten Linguini heraus.

»Die koche ich persönlich für dich, wenn du willst«, sagt Dalma.

Das fühlt sich an wie das ultimative Friedensangebot. »Verlockend, aber ich verzichte besser.«

In Dalmas Augen ist traurige Erleichterung zu sehen. »Falls du es dir anders überlegst …«

»Dann sage ich's dir.« Ich schüttele die Schneekugel und das weiße Pulver rieselt auf die winzige Freiheitsstatue und einige silberne Gebäude herab. »Vielen Dank euch allen. Das war echt lieb von euch.«

»Wir wollten dich in der Stadt willkommen heißen«, sagt Dalma.

Orion sitzt still da. Ich kann spüren, wie viel ihm diese

Geste bedeutet, aber sie scheint ihn auch extrem traurig zu machen.

»Woher kommst du?«, fragt Dahlia.

»Aus Phoenix, Arizona«, antworte ich.

»Und warum bist du hergezogen?«

»Ich passte da irgendwie nicht mehr rein. Fühlte sich an, als hätte ich die ganze Zeit eine zu klein gewordene Jacke an.«

»Glaubst du, du würdest jetzt nicht sterben, wenn du dort geblieben wärst?«

Alle rufen: »Dahlia!«

»Dahl, das ist echt unsensibel«, sagt Dalma.

Dahlia zuckt beleidigt mit den Schultern. »Ich stelle doch bloß eine Frage!«

Okay, Zeit, die Anspannung zu lösen.

»Das ist eine großartige Frage. Ich habe auch schon überlegt, ob der Todesbote angerufen hätte, wenn ich nicht von zu Hause weggegangen wäre. Aber ich glaube lieber, dass meine Seele zerbrochen wäre, wenn ich in Arizona geblieben wäre, und dass der eine Tag, den ich hier hatte, seit langer Zeit mein lebendigster war.« Ich erzähle den Youngs, wie ich meinen Abschiedstag bisher verbracht habe. Wie uns die Absage der Modelagentur dazu gebracht hat, eine Kamera bei einem Pfandleiher zu kaufen und auf eine Reise der ersten Male zu gehen. Von den ganzen Fotos, die wir gemacht haben, damit meine Schwester und Orion sich an mich erinnern können. Von unserem Spaziergang über die High Line. Unserem Besuch an der Gedenkstätte des World Trade Centers. Davon, die Augen verbunden zu bekommen und an einer geheimen U-Bahn-Station vorbeigefahren zu werden. Von dem Gang über die Brooklyn Bridge. Unseren Auftritten in der U-Bahn. Der Rückkehr zum Times Square, wo wir unser erstes Date hatten, das unterbrochen wurde. »Ich kann mich nicht erinnern, wann ich das letzte Mal so viel an einem Tag unternommen habe.« Ich verschränke meine Finger mit Orions und weiß, dass die Familie, die mit uns am Tisch sitzt, nur stolz auf uns sein und uns nicht verurteilen wird. »Wenn ich in Arizona geblieben wäre, hätte ich meinen ersten festen Freund nicht kennengelernt.«

Orion bekommt große Augen – und er lächelt. »Deinen festen Freund?«

»Wenn das okay für dich ist.«

»Scheiße, ja, mein fester Freund.«

Wir küssen uns.

Dahlia flüstert: »Aber sie haben sich doch gerade erst kennengelernt!«, und Dalma entgegnet ebenfalls flüsternd: »Sei still!«, und Orion und ich unterbrechen unseren Kuss und lachen zusammen mit allen anderen.

Orion und ich erzählen abwechselnd noch weitere Anekdoten über meinen Abschiedstag und wie wir entschieden haben, was ungefährlich war und was ein gewisses Risiko wert. Dahlia will wissen, wie schlecht Orion in der Bahn getanzt hat; wir lassen das bei unseren Auftritten eingesammelte Geld für sich sprechen. Dalma bedankt sich bei mir dafür, dass ich Orion zum World Trade Center begleitet habe. Orion versucht darüber zu sprechen, aber er bekommt nicht viel heraus. Dayana springt ihm mit Geschichten über ihre gemeinsame Kindheit mit seiner Mutter Magdalena bei, während Floyd von den denkwürdigen Partys erzählt, die Ernesto immer veranstaltete, wenn die Yankees im Endspiel der Liga standen.

»Das mit Scarlett tut mir leid«, sagt Dalma. »Besteht irgendeine Chance, dass sie es doch noch schafft?«

»Ich rechne nicht damit«, gebe ich bedrückt zu. Heute geht es um Akzeptanz. Orion hat mich ermutigt zu kontrollieren, was ich kontrollieren kann, und zu akzeptieren, was nicht. »Ich finde es wirklich schön hier mit euch, aber wäre es in Ordnung, wenn ich Scarlett jetzt mal anrufe? Nachdem ich von euch so freundlich empfangen wurde, habe ich das Bedürfnis, ein paar Sachen mit meiner Familie zu klären.«

»Meinst du …?«, fragt Orion.

»Ja.«

Ich werde meine Eltern anrufen und ihnen sagen, dass heute mein Abschiedstag ist.

16:36 Uhr

Mich als schwul zu outen war eine Sache. Mich als todgeweiht zu outen ist etwas ganz anderes.

Scarlett gegenüber habe ich mich als schwul geoutet, als wir während ihres Krankenhausaufenthalts zum ersten Mal allein waren. »Hab dich lieb, Val«, war alles, was Scarlett laut aussprach, und ihr wissender Blick besagte alles andere. Meinen Eltern gegenüber wollte ich mich an jenem Nachmittag auch outen, aber sie beteten so viel am Krankenbett meiner Schwester, dass ich beschloss, besser zu warten. Ein paar Tage nachdem Scarlett wieder zu Hause war, wusste ich, dass ich den Schritt jetzt tun musste, um alle dazu zu bringen, sich an unsere neue Normalität zu gewöhnen, anstatt zu unserer alten Normalität zurückzukehren, in der ich mich verstellen musste. Ich bat meine Eltern, sich mit mir ins Wohnzimmer zu setzen, und outete mich direkt mit falscher Zuversicht. Es ist schwer zu sagen, ob sie bereits Bescheid wussten. Ich hatte über all die Male nachgedacht, als mein Vater sagte: »So eine Schwuchtel«, um jemanden zu beleidigen, oder darüber, dass meine Mutter jedem alleinstehenden älteren Mann, der nicht verheiratet war und Kinder hatte, unterstellte, schwul zu sein. Es gab keine wissenden Blicke von meinen Eltern wie von meiner Schwester. Aber es gab endlose Predigten – Tiraden mahnender Worte mit der klaren Botschaft, dass ich der Verdammnis geweiht sei, wenn ich mich gegenüber Christus versündigte.

Werden meine Eltern mir immer noch sagen, dass ich in die Hölle komme, sobald sie erfahren, dass heute mein Abschiedstag ist?

Bald werde ich es wissen.

Vor ein paar Minuten habe ich Scarlett angerufen. Sie unterstützt meine Entscheidung, unseren Eltern Bescheid zu sagen. Ich weiß nicht, wie sie das sonst gehandhabt hätte, wenn ich mich nicht selbst so entschieden hätte. Im Vergleich mit mir ist sie das Lieblingskind, aber hätten meine Eltern ihr vorgeworfen, ihnen nicht gesagt zu haben, dass heute mein Abschiedstag ist? Das werden wir wohl nie herausfinden müssen.

Ich bin oben im Wohnzimmer, direkt neben dem Modem, damit ich einen besseren Empfang für das Skypen mit Scarlett und unseren Eltern habe. Orion stellt seinen Laptop auf den Ecktisch, das Kabel in einer Steckdose, weil sein Akku nicht funktioniert. Auf dem Desktop befinden sich lauter Word-Dokumente mit Dateinamen wie *Ich seh dich, du siehst mich*, *Goldenes Herz*, *Geisel des Lebens* und *Nicht rechts, sondern links*.

»Du hast echt viele Geschichten geschrieben«, sage ich.

»Es sind alles bloß Entwürfe.« Orion zieht den Vorhang auf, um Licht ins Zimmer zu lassen.

»Es sind trotzdem viele.«

»Ich schmier die einfach so hin. Und korrigiere sie nicht mal auf Rechtschreibfehler.«

»Außer dir hat die bisher niemand zu Gesicht bekommen. Glaubst du ... Willst du immer noch, dass nur du deine Geschichten zu Gesicht bekommst? Falls ja, ist das okay.«

Orion lächelt. »Ich würde mich freuen, wenn du mein erster Leser wärst.«

Ich drücke seine Hand, bevor ich mich wieder dem Laptop zuwende. »Danke. Das wird eine schöne Belohnung, wenn ich diesen Anruf erst mal hinter mich gebracht habe.«

»Sicher, dass du nicht noch was brauchst? Ich kann hierbleiben, wenn du willst, ich muss ja nicht vor die Kamera oder so. Ich kann einfach bloß in der Nähe sein, falls du mich in der Nähe haben möchtest.«

Ich stehe auf und umarme Orion; es gefällt mir, dass ich inzwischen nicht mehr sagen kann, wie oft wir uns schon umarmt haben. Das heißt, dass wir verlorene Zeit und Zeit, die verloren sein wird, ausgleichen. »Du hast mich heute auf jedem Schritt meiner Reise begleitet. Diesen Weg hier muss ich allein gehen.«

Orion gibt mir einen Kuss. »Du hast es drauf, Valentino.«

Er geht wieder nach unten, während ich mich an den Tisch setze und mich auf Skype einlogge. Es dauert ewig, bis das Programm läuft, aber dann geht mein Anruf bei Scarlett durch.

Sie ist in ihrem Zimmer, den Laptop unserer Mutter mit der verschwommenen Webcam vor sich, weil ihre eigenen Sachen immer noch im ersten Flugzeug feststecken. Ihre Wimperntusche ist verschmiert, aber im Moment weint sie nicht. »Hey, Val.«

»Hey, Scar.«

Wir schweigen eine Weile, sind völlig davon gefangen genommen, wie unglaublich das alles ist.

Ich betrachte ihre verblassten Narben, so dankbar, dass sie noch lebt, und hoffe, dass es dabei bleibt.

»Wissen sie, warum du zu Hause bist?«, frage ich.

»Nur, dass ich wegen des Todesboten keinen Flug gekriegt habe.«

»Ich bin sicher, das hat ihnen gefallen.«

»Sie haben den Herzinfarkt des Piloten als Zufall bezeichnet. Ich hoffe immer noch, dass sie recht haben.«

Es ist bezeichnend, dass ich vor dieser Webcam sterben könnte und meine Eltern immer noch nicht glauben würden, dass der Todesbote mein Schicksal vorhergesagt hat, während Scarlett das irgendwann bewältigen wird. Zum Glück versuche ich niemanden davon zu überzeugen, dass ich heute sterben werde. Ich muss einfach bloß ein paar Dinge loswerden. Dazu gehört morbiderweise, dass ich auch mein Herz loswerden werde.

»Scar, da ist noch etwas, das du wissen solltest.«

Sie erschrickt augenblicklich, als hätte ich inzwischen eine medizinische Diagnose erhalten, die meinen Tod erklären wird. »Was denn?«

»Es ist was Gutes. Wenn ich sterbe, bekommt Orion mein Herz.«

Scarlett lächelt furchtbar traurig. »Das ist wirklich schön.«

»Hoffentlich irrt sich der Todesbote und ich kann euch persönlich einander vorstellen. Aber du sollst wissen, dass ich ihm mein Herz von Anfang an spenden wollte, auch als er noch ein wirklich netter Fremder war. Jetzt bin ich stolz darauf, eine wichtige Rolle dabei zu spielen, dass mein außergewöhnlicher Freund weiterleben wird.«

Sie drückt die Hände auf ihr eigenes Herz. »Ich freue mich schon darauf, etwas mit dir und deinem Freund zu unternehmen.«

»Das wäre schön.«

Ich glaube nicht, dass Scarlett und ich uns ganz traditionell verabschieden werden. Nicht, wenn sie immer noch die Hoffnung hat, mich morgen zu sehen.

Ich muss einen anderen Weg finden, meinem Lieblingsmenschen alles zu sagen, was ich zu sagen habe.

»Ich bin bereit«, erkläre ich.

Scarlett bringt den Laptop ins Wohnzimmer, wo Mom und Dad bei laufenden Ventilatoren mal wieder *Ist das Leben nicht schön?* gucken. Scarlett greift nach der Fernbedienung und schaltet den Fernseher aus.

»Was machst du da?«, fragt Dad.

»Mach den Film wieder an«, sagt Mom.

Scarlett stellt den Laptop auf den Polsterschemel meines Vaters. »Valentino muss mit euch reden.«

Meine Eltern starren mich an. Mom ist im Bademantel und hat ihren Haushaltsplaner auf dem Schoß. Sie ist der einzige Mensch, den ich kenne, der diese Kalender bis zur letzten Seite vollkritzelt. Dad trägt ein weißes Hemd, das in einer grauen Shorts steckt, und knabbert diese dänischen Kekse direkt aus der blauen Blechdose. Sie schweigen beide, obwohl sie viel sagen könnten. Sie könnten mich nach meinem Flug fragen. Mich fragen, wie ich mich einlebe. Mir sogar danken, weil sie mich los sind. Aber sie wenden den Blick ab, als hätte ihr Film schon wieder angefangen. Ich will sie eigentlich gar nicht sehen, wenn sie nur wieder dasselbe Verhalten an den Tag legen, wegen dem ich mich so lange so unwohl unter ihrem Dach gefühlt habe.

Schon will ich Scarlett bitten, mit dem Laptop zurück in ihr Zimmer zu gehen, damit wir die wertvolle Zeit dazu nutzen können, miteinander zu reden, aber nein – ich werde mich nicht noch einmal abwimmeln lassen.

Ich werde ein erstes Mal erleben – das erste Mal, dass ich offen über mein Leben spreche.

»New York war wie eine Achterbahnfahrt, danke der Nachfrage. Habt ihr die ganzen Nachrichten zum Todesboten verfolgt? Habt ihr von der Schießerei am Times Square gehört? Ich war einer derjenigen, auf die geschossen wurde, was besonders unheimlich war, weil mich kurz davor der Todesbote angerufen hatte, um mir zu sagen, dass ich sterben werde.«

Sie wenden sich beide dem Bildschirm zu, als hätten sie

ihre Bewegungen nicht unter Kontrolle, wie magnetisch angezogen.

»Wahrscheinlich fragt ihr euch, warum ihr das erst jetzt erfahrt, nachdem ich es doch schon seit Mitternacht weiß. Das liegt daran, dass ich eigentlich vorhatte zu sterben, ohne es euch zu sagen, weil ich nicht glaube, dass euch etwas an meinem Leben liegt. Ich bin euer einziger Sohn. Euer Erstgeborener, der Grund dafür, dass ihr Eltern geworden seid. Und ihr habt noch nicht mal einen Versuch unternommen, mich weiter zu lieben, nachdem ich euch gesagt habe, dass ich schwul bin.«

Sie zucken beide zusammen, als hätte ich ein böses Wort gesagt. Als wäre ich böse.

»Es wird eine Zeit kommen, in der ihr damit klarkommen müsst, dass ihr mir permanent das Gefühl gegeben habt, bei euch unerwünscht zu sein, bis ich schließlich ausgezogen bin. Aber ich will euch für eure Lieblosigkeit danken, weil die mich aus eurem Haus und in die Arme eines Jungen mit einem riesengroßen Herzen getrieben hat. Er hat dafür gesorgt, dass mein letzter Tag auf dieser Erde mit der Liebe und Güte angefüllt ist, die ich verdiene, und ich werde den Rest meines Lebens mit ihm verbringen, auch wenn das bedeutet, dass ich anschließend, wenn alles vorbei ist, in die Hölle komme.«

ORION
17:05 Uhr

Mein Freund – nein, mein *fester* Freund – und yeah! Was für einer! – ist bei mir zu Hause.

Das haut mich noch immer total um.

Ich hätte kein Geld darauf verwettet, dass ich mal einen süßen Jungen kennenlerne, der in weniger als einem Tag zu einem und dann zu *meinem* Freund wird. Ich sollte wohl mehr auf mich setzen. Gestern Abend hätte ich noch schwören können, dass jemand wie Valentino nicht in derselben Liga spielt wie ich, und wenn ich jetzt sage, dass das aber sehr wohl so ist, meine ich das keineswegs abwertend. Ich sorge nur gut für mich, denn das habe ich auch für einen Fremden gemacht, als er das gebraucht hat, ohne eine Gegenleistung zu erwarten – zuerst war unsere Beziehung ja noch keine Herzensangelegenheit. Und ja, wir spielen in derselben Liga – außer natürlich, was Auftritte in der U-Bahn angeht –, und ich bin genauso toll und geil wie er, und wir hätten noch so viel mehr tolle und geile Sachen gemacht, wenn wir genug Zeit gehabt hätten, zusammen toll und geil zu sein, aber die Sonne geht unter, und das heißt, dass es bald zu Ende geht.

Ich fange langsam an, nervös zu werden, als müsste ich dafür sorgen, dass unser Haus sicher für Todgeweihte ist, und für alle anderen auch: Ich sollte die Kabel vom Fußboden wegnehmen, vielleicht sogar alle Stecker ziehen, wo es möglich ist; mindestens viermal überprüfen, ob die Batterien in den Rauchmeldern auch wirklich funktionieren; den Flur freiräumen, damit wir einen Notausgang haben; Kissen auf die untersten Stufen der Treppen legen, falls jemand hinfällt; und die Fenster verbarrikadieren, falls Einbrecher kommen. Doch mit diesem ganzen Aktionismus würde ich nichts anderes tun, als das Unvermeidliche hinauszuzögern, anstatt mit Valentino unsere letzten gemeinsamen Stunden zu genießen. Ich habe die kurze Zeit allein genutzt, um mein Zimmer aufzuräumen und es für etwas ganz Wunderbares vorzubereiten, etwas, was vielleicht genau das ist, was er braucht, um sich nach dem sicherlich superharten Gespräch mit seiner Familie zu entspannen.

Und ich habe mich tausendmal bei meinen Leuten bedankt, dafür, dass sie so für Valentino da sind, dafür, dass sie ihm all die Liebe gezeigt haben, die seine Eltern ihm nicht geben konnten.

»Okay, fertig«, sage ich und setze mich wieder zu den anderen an den Tisch.

»Das wird ihm gefallen«, sagt Dalma.

»Ich hoffe es.« Ich klopfe auf den Tisch. »Im Ernst, danke für alles.«

Tausendundeins.

»Es war uns ein Vergnügen«, sagt Dayana. Sie guckt auf die Uhr. »Was für ein Zeitfenster haben wir denn eigentlich?«

»Ich weiß es nicht. Ich werde ihn jedenfalls nicht rausschmeißen.«

Floyd setzt sich aufrecht hin. »Natürlich nicht. Keiner wird dich bitten, Valentino in den Tod zu treiben.«

»Dann fangt bitte jetzt nicht damit an. Wir haben auch noch gar nichts von Dr. Emeterio gehört ...«

»Orion, hör mir mal gut zu«, sagt Dayana. »Wir lieben dich und wir wollen nur das Beste für dich.«

»Dann versucht nicht, mich dazu zu kriegen, seinen Abschiedstag zu verkürzen.«

»Wir wollen nur, dass du noch ganz viele Tage vor dir hast, *garrochón*«, sagt Floyd. »Der Todesbote bietet uns eine einmalige Gelegenheit, um dir das zu geben, was du brauchst, aber dazu gehört auch eine Menge Vorbereitung.«

»Der Scheiß könnte auch jetzt schon schiefgehen.«

»Ausdrucksweise«, sagt Dayana und wirft Dahlia einen Blick zu, als würde die nicht schon längst hinter ihrem Rücken fluchen.

»Hört zu, offiziell bin ich zwar nicht todgeweiht, aber auch ich könnte heute Abend sterben. Wie würdet ihr euch fühlen, wenn wir Valentinos Tod beschleunigen und ich dann auch sterbe?«

Alle sind still, und Dalma versucht ihre Worte zurückzuhalten, aber wie schon mitten in der Nacht im Krankenhaus verliert sie gegen sich selbst. »Hier geht es nicht um uns, Orion. Du und Valentino, ihr habt so eine fantastische Beziehung, und es bricht mir das Herz, dass ihr nicht mehr Zeit miteinander erleben könnt. Aber wie wirst du dich fühlen, wenn Valentino umsonst stirbt und du dann auch?«

Fast will ich ihr eine Klugscheißer-Antwort geben, dass ich nichts fühlen werde, weil ich dann ja tot bin, aber ich halte die Klappe, denn alle hier haben das Herz am rechten Fleck und sie wollen nur meins mit Valentinos tauschen. Sie verstehen nicht, wie schwer es sein wird zu leben, wegen Valentino und ohne ihn. Wie jeder Herzschlag für den Rest meines Lebens sein Flüstern sein wird. Ich will nur nicht, dass er mir bis in alle Zeiten sagen wird, dass ich ihn in den Tod getrieben habe, damit ich leben kann.

Valentino kommt die Treppe runter und ich stehe auf und gehe ihm entgegen. Er trägt meinen Laptop und je näher er kommt, desto lauter wird sein Weinen. Ich breite die Arme aus, anstatt eine Faust zu machen, wie ich das am liebsten tun würde, weil ich so was von wütend bin; er ist dem Tod so nahe und trotzdem konnten seine Eltern ihren Scheiß nicht geregelt kriegen. Valentino tritt nicht in meine Arme, sondern schmeißt den Laptop auf die Couch und nimmt mein Gesicht in seine Hände und küsst mich. Nicht leidenschaftlich wie beim ersten Mal auf der Brooklyn Bridge, was auch gut so ist. Es ist mir zwar egal, dass meine Familie uns zuguckt, aber trotzdem kann ich mich vor ihnen nicht so drauf einlassen. Valentino küsst mich, als hätte ich ihm ein Geschenk gemacht.

»Alles okay?«, frage ich und hole Luft. »Wie ist es gelaufen?«

»Sie haben nichts gesagt, aber ich schon. Alles, was ich loswerden wollte.«

»Das freut mich für dich. Und deine Eltern können mich mal …«

»Ich wünsche ihnen nichts Böses, Orion. Ihnen zu sagen, dass ich bereit bin, in der Hölle zu landen, damit ich mein Leben leben kann, war mein Triumph.«

»Du hast ihnen gesagt, du kommst in die Hölle? Was für ein geiler Scheiß.«

Er wischt sich die Tränen weg. »Wenn es die Hölle echt gibt, wird mir das wahrscheinlich noch leidtun.«

»Ja, dann kriegen sie dich am Arsch. Die Hölle klingt heiß.«

»Kann auch nicht schlimmer sein als eine Hitzewelle in Arizona.«

»Aber wirklich. Wie hast du dich verabschiedet? Haben sie gar nichts gesagt?«

»Kein einziges Wort, Orion. Ich hätte echt gedacht, sie würden sich entschuldigen oder mir zumindest sagen, dass sie mich lieben, oder meinetwegen etwas Pampiges von sich geben: dass ich das verdient habe, weil ich mich gegen Gott versündige, oder so. Aber ihr Schweigen war viel schmerzhafter, also habe ich aufgelegt. Ich wollte lieber allein weinen.«

Ich wünschte, ich wäre oben bei Valentino gewesen, als die ersten Tränen fielen. Die Vorstellung, dass er allein geweint hat, ist fürchterlich für mich, aber ich weiß auch, dass er mich nicht an seiner Seite brauchte, sondern lieber mit sich allein war. Valentino ist ein Überlebenskünstler, der an seinem Abschiedstag etwas Hilfe nötig hatte, aber sich immer auf seine eigene innere Widerstandskraft verlassen kann.

Ich nehme seine Hand und führe ihn wieder nach draußen, wo eine liebende Familie auf ihn wartet. Er erzählt ihnen nicht viel mehr als mir, aber auch sie sind sofort bereit, für ihn in den Krieg zu ziehen.

Dayana ist fassungslos. »Ich glaube an Gott, aber Gott würde sich nie zwischen mich und meine Kinder stellen. Wenn deine Eltern eine gesündere Einstellung zu Gott hätten, müsste das alles nicht sein.«

Valentino nickt. »Das bedeutet mir viel.«

»Es tut mir leid, dass du das nicht von deiner eigenen Mutter und deinem eigenen Vater hören konntest«, sagt Dayana.

»Wissen sie Bescheid ... über mich?«, frage ich. Dann wird mir klar, wie das klingen muss. »Nicht über mich als Mensch, als dein Freund. Ich meine, wegen der Transplantation.«

»Davon wissen sie nichts«, sagt Valentino. »Aber sie wissen von dir.«

»Da hast du hoffentlich noch lange genug abgewartet, um sicherzugehen, dass sie nach dieser Nachricht keinen Herzinfarkt bekommen.«

»Das ist jetzt echt makaber«, sagt Dalma.

»Ich darf darüber Witze machen, ich gehöre zur Infarkt-Gruppe.«

Dayana steht auf. »Okay, rauf mit euch. Geben wir den Jungs ein wenig Privatsphäre.« Sie scheucht Dalma, Floyd und Dahlia nach oben.

Aber Dalma kommt noch mal zurück. »O-Bro ...«

Mehr sagt sie nicht, dann lässt sie uns allein und schließt die Tür hinter sich. Aber ich weiß, was sie mir sagen wollte.

Oder nicht sagen wollte.

Lass Valentino nicht umsonst sterben.

Aber eins nach dem anderen. Zuerst noch ein paar erste Male.

VALENTINO
17:23 Uhr

»Willkommen in der O-Zone.« Orion macht die Tür zu seinem Zimmer auf.

»Cooler Name«, sage ich, als ich mit klopfendem Herzen das gemütliche Zimmer betrete, in dem ein Ventilator Luft umherwirbelt. Die Wände sind in einem ganz hellen Grau gestrichen, fast weiß. Über dem Schreibtisch aus Holz hängen Fotos von Orion und seinen Eltern mit Reißzwecken an der Wand. Das einzige Fenster geht auf den Garten hinaus, wo der Tisch jetzt wieder leer ist, nachdem alle reingegangen sind. Hinter mir steht Orions Bett mit einer weißen Bettdecke, genau wie bei mir in Arizona. Nur dass auf seinem Bett noch eine grau-schwarz karierte Decke liegt, auf der ein Tablett mit seinem Handy, meiner Kamera, zwei Sektgläsern und einer weißen Kerze steht.

»Was ist das denn?«

»Wir hatten noch kein richtiges erstes Date«, sagt Orion, nimmt meine Hand und führt mich zum Bett. »Ich dachte, das könnten wir hier nachholen.«

»Das heißt, du gehst buchstäblich schon beim ersten Mal mit deinem Date ins Bett.«

Orion lacht. »Nur wenn ich den Typen mag.«

»Gut für dich.«

»Gut für uns.«

Er tut so, als würde er ein Streichholz zum Brennen bringen, und zündet damit gespielt die Kerze an.

»Ich hoffe, die Kerze fällt nicht um und setzt das Bett in Brand«, sage ich.

»Seh ich ganz genauso, das wär echt scheiße.«

Wir lehnen uns an die Wand, halten Händchen, unsere leeren Sektgläser in der anderen Hand.

»Ich nehme an, dass wir nichts trinken werden«, sage ich.

»Wer behauptet das?« Orion nippt nichts und seufzt dann, als hätte er seit langer Zeit zum ersten Mal wieder einen Schluck Wasser getrunken. »O Mann, das hab ich jetzt echt gebraucht.«

Ich trinke Luft aus meinem Glas. »Das war wirklich gut.«

»Nein, nein, nein, nein, nein, nein. Du hast dich da bloß durchgemogelt.«

»Im Unterschied zu?«

»Mit ganzem Herzen dabei zu sein.«

Heute ist mein Abschiedstag und ich habe wegen der möglichen OP nichts weiter getrunken als schwarzen Tee, aber als ich das Glas erneut an die Lippen führe, denke ich an all die Getränke, die ich gern noch ein letztes Mal trinken würde, wenn ich könnte: Eistee mit viel Zitrone; Root Beer mit Vanilleeis aus einem Diner; die grünen Shakes und Vanille-Protein-Smoothies, die ich mir morgens oft gemacht habe; Apfelsaft, der mich daran erinnert, wie Scarlett und ich uns, als wir klein waren, eine Kindertasse geteilt haben; und literweise Wasser. Ich bin immer noch ziemlich ausgetrocknet, als ich mit dieser kurzen Übung fertig bin, aber voller Erinnerungen an die kleinen Dinge, die ich für selbstverständlich genommen habe. Ich stoße einen tiefen Seufzer aus, der Orion zufriedenstellt.

»Ein großartiger Auftakt unseres ersten Dates«, sage ich.

»Es wird noch besser ... hoffe ich.«

»Wenn du dasselbe denkst wie ich ...«

»Oh, ich denke dasselbe wie du, aber ich denke auch daran, wie gerne ich dir eine meiner Geschichten vorlesen will.«

»Das war es, woran ich gedacht hatte. Woran hast du denn gedacht?«

Orion sieht mich an, bevor er merkt, dass ich ihn aufziehe. »Ich hasse dich.«

»Nein, tust du nicht.«

»Nein, tue ich nicht.«

Zwischen uns knistert es, bis Orion nach seinem Handy greift. »Das habe ich geschrieben, bevor ich dich kennengelernt habe, aber es ging um eine Herztransplantation.«

Orion fängt an, mir seine Kurzgeschichte *Goldenes Herz* vorzulesen, die ich auch auf seinem Laptop gesehen habe. Es ist keine lustige Geschichte, doch ich muss trotzdem lachen, als Orion sagt, die Hauptfigur hieße Orionis. Aber es wird düsterer, als der Tod anfängt, Orionis' Herz altern zu lassen, und Orionis nur am Leben bleiben kann, wenn er mit dem Tod tanzt. Sein Leben verwandelt sich in diesen endlosen Tanz mit dem Tod, den er bereitwillig aufgeben würde, denn so zu leben ist kein Leben. Dann begegnet er einem älteren Mann mit einem goldenen Herzen, der sorglos lebt und alles tut, was Orionis nicht tun kann. Aber es bricht ihm das Herz, Orionis so traurig zu sehen, genau wie meins angesichts von Orion bricht. Der Alte gibt Orionis sein Herz, genau wie ich meins Orion.

Orion legt sein Handy weg. »Das ist das Ende.«

»Es ist hart, aber gut.«

»Ja. Ich hätte nicht gedacht, dass es noch trauriger werden könnte, aber du wirst nicht so lange leben wie der Alte.«

»Das ist traurig, aber es ist nicht das Traurigste. Der Alte kannte Orionis gar nicht. Ich konnte den Tag mit dem Menschen verbringen, der mein Herz bekommen wird.«

»Das stimmt allerdings. Zum Glück weiß ich jetzt, dass ich in Zukunft nicht von einem absoluten Scheißkerl am Leben erhalten werde.«

Orion versucht sich hinter seinem Humor zu verstecken. Ich glaube, wir sind jetzt an dem Punkt. An dem Punkt, an dem wir wissen, dass wir uns voneinander werden verabschieden müssen. Ich nehme seine Hand.

»Glaubst du, du wirst über mich schreiben?«

»Mir werden die Worte fehlen, aber du schenkst mir die Zeit, die ich brauche, um welche zu finden.«

Ich ziehe Orion auf meinen Schoß und wir sehen uns an.

»Danke, dass du mich in die O-Zone aufgenommen hast.«

»Danke, dass du in mein Leben getreten bist.«

»Danke, dass du meins gerettet hast.«

»Danke, dass du meins retten wirst.«

Wir küssen uns, als wollten wir versuchen, es so lange wie möglich durchzuhalten, bevor der Tod uns trennt.

Dann werden wir immer erregter und lassen uns auf ein ganz besonderes erstes Mal für uns beide ein.

Ich werfe Orion aufs Bett, und er gibt vor, sich Sorgen wegen der nicht brennenden Kerze zu machen, aber als ich mir das T-Shirt ausziehe, versagt ihm die Stimme. Seine Finger gleiten von meinem Schlüsselbein über meine Brustmuskeln und fahren meine Bauchmuskeln entlang, bevor sie meine Hose aufknöpfen. Das geht viel sanfter als mein Kampf mit seiner Skinny Jeans, die sich geradezu an seine Beine zu klammern scheint. Aber sobald wir beide ganz nackt sind, sehen wir uns lächelnd an.

»Der beste Tag aller Zeiten«, sage ich.

»Scheiße, ja, der allerbeste Tag aller Zeiten«, sagt Orion.

Dann bewegen wir uns, als könnte die Welt jeden Moment untergehen.

Er gibt mir ein Kondom, ich streife es über und bewege mich langsam in ihm. Es fühlt sich unwahrscheinlich gut an, und ich kann gar nicht glauben, dass ich diese Erfahrung nur ein einziges Mal machen werde.

Das Einzige, was ich tun kann, ist das, was ich schon den ganzen Tag tue: im Augenblick leben.

Unsere Hände liegen auf unseren klopfenden Herzen, während Orion und ich weiter dieses großartige erste Mal miteinander erleben.

Vierter Teil

DAS ENDE

Im Namen aller Mitarbeiter des Todesboten möchte ich Ihnen sagen, wie leid es uns tut, Sie zu verlieren.

Joaquin Rosa, Schöpfer des Todesboten

ORION
18:06 Uhr

Dieses erste Mal war besser, als ich mir das überhaupt vorstellen konnte – und ich bin ein verdammter Schriftsteller!

Im Ernst, ich bin überrascht, dass ich es überlebt habe. Ich will damit nicht sagen, dass der Sex total krass war oder so; aber mit all diesen Hormonen umzugehen, während es meinem Herzen immer schlechter geht, ist gar nicht so einfach. Ich hatte schon angefangen zu überlegen, ob Sex vielleicht zu riskant für mich ist, wie Fallschirmspringen oder Klettern. Ich bin weder daran interessiert, aus einem Flugzeug zu springen, noch, an einem Felsen hochzuklettern, aber Sex steht ziemlich weit oben auf meiner Liste und Valentino war der perfekte erste Partner. Es war langsam, so wie ich mir das immer auch vorgestellt habe, und er hat die ganze Zeit nach mir gesehen, wurde nie hastig, obwohl die Abschiedstags-Uhr immer lauter und lauter tickt. Er wollte in diesem einen ersten Mal genauso lange wie ich leben, und es war so, als hätten wir Minuten in Stunden verwandelt.

Aber in Wirklichkeit sprechen wir hier von Minuten.

Einige der schönsten Minuten in meinem Leben.

Jetzt stehe ich unter der Dusche, nur ein paar Meter von meinem Zimmer den Flur runter, und warte darauf, zu Valentino zurückzukehren. Während ich mir Kopf und Körper wasche, bin ich die ganze Zeit hin- und hergerissen: Wie gut sich das alles angefühlt hat und wie schlecht sich alles anfühlen wird, wenn er nicht mehr da ist.

Etwas, das gerade seinen Anfang genommen hat, wird auch gleich schon wieder zu Ende sein.

Er kann jeden Moment sterben.

Vielleicht sogar gerade jetzt.

Vielleicht ist er schon tot.

Der Gedanke, dass Valentino tot in meinem Zimmer liegen könnte, macht mir Angst.

Ich gehe aus der Dusche, trockne mich gar nicht richtig ab; obwohl ich gerade daran denken muss, wie Valentino heute Morgen in seiner Wohnung auf den Arsch gefallen ist, weil er vom Duschen noch so nass war; und dann fällt mir ein, dass ich ja auch noch nicht aus dem Schneider bin, dass heute auch mein Abschiedstag sein könnte, aber ich kann mich nicht davon abhalten, ihn sofort sehen zu müssen, und zwar lebendig, lebendig, lebendig, lebendig, lebendig, lebendig. Ich öffne meine Zimmertür und Valentino sitzt an meinem Schreibtisch und spricht in die Kamera.

Oder er hat in die Kamera gesprochen, bevor ich reingestürzt bin, als würde das Haus brennen.

»Was ist los?«, fragt er, Angst in den blauen Augen.

»Nichts, nichts.« Fast lass ich das Handtuch fallen, das ich mir umgeschlungen habe, was aber nicht das Ende der Welt bedeuten würde, jetzt, wo wir jeden Zentimeter voneinander kennen. »Ich wollte nur gucken, ob es dir gut geht. Ich hatte ein schlechtes Gefü ... ich bin plötzlich nervös geworden.«

Valentino atmet aus und setzt sich wieder hin. »Alles in Ordnung. Ich nehme gerade eine Nachricht für Scarlett auf. Etwas, das sie ... wenn ich ...« Ein kleines, sinniges Nicken. »Ist es okay, wenn ich das eben noch fertig mache? Ich brauche noch eine Minute.«

»Lass dir Zeit«, sage ich. Dann: »Und stirb nicht.« Dann-dann: »Du weißt, was ich meine!«

Ich verlasse mein Zimmer wieder und bin halb versucht, mir selbst eins in die Fresse zu geben, damit ich nie wieder so was Idiotisches von mir gebe. Stattdessen gehe ich zurück ins

Bad, wo ich mir die Haare trocken rubbele, denn den Fön zu benutzen, kommt mir jetzt, da mein eigenes Schicksal wieder in der Luft hängt, zu riskant vor; ich will mich nicht mit einem Stromschlag töten. Ich ziehe eine frische Jeans an, die etwas lockerer sitzt als meine Skinny, damit ich mich nicht noch mal rauskämpfen muss. Und über mein Unterhemd ziehe ich das graue Hemd von Valentino, atme den Duft des Kragens ein, der wie sein Hoodie nach Zitronen riecht. Wenn Valentino ein Problem damit haben sollte, dass ich sein Hemd anhabe, dann wird er es mir buchstäblich abringen müssen, und dann stirbt er vielleicht, und wir sterben zusammen wegen eines Kampfes um ein Hemd, das ich behalten will, wie einen Weltmeistergürtel, wie eine Trophäe, die mich immer an die Siege an diesem Abschiedstag erinnern wird.

Ich trete auf das Handtuch und schleife es vom Bad bis zu meinem Zimmer über den Fußboden, um die Pfützen aufzuwischen.

Dann klopfe ich an meine Tür, was sich komisch anfühlt. »Bist du fertig?«

Mit jeder Millisekunde, die er nicht antwortet, werde ich nervöser.

»Komm rein«, sagt er nach einer ganzen Sekunde, gesund und munter. Ich öffne die Tür, und als er mich in seinem Hemd sieht, lächelt er. »Das steht dir gut.«

»Dir steht es besser, aber ich will es behalten, und du sollst wissen, dass ich dafür einen Kampf um Leben und Tod eingehen würde.«

Valentino steht vom Schreibtisch auf, zieht mich zu sich heran und küsst mich. »Es gehört dir«, verspricht er mir.

Er scheint sich in seinem *Fröhlicher Abschiedstag!*-T-Shirt wohlzufühlen, obwohl ich ihm den Inhalt meines Kleiderschrankes anbiete, nachdem ich ihn gerade beraubt habe. Dann geht er doch meine Hoodies durch, während ich ein wenig aufräume – das Kondom und die Verpackung in meinen kleinen Mülleimer, Socken und Unterwäsche und die Skinny Jeans in den Wäschekorb.

»Alles gut mit deiner Nachricht?«, frage ich Valentino.

»Ich glaube schon.« Er zieht sich einen einfachen grauen Hoodie über den Kopf. »Ich hatte jetzt nicht so richtig viel Zeit, um es perfekt hinzukriegen.«

»Ich bin mir sicher, Scarlett wird deine Nachricht lieben, selbst wenn du nur schweigend dagesessen hast.«

»Da hast du wohl recht.«

Ich fange an, mein Bett zu machen. Irgendwie wird es sich so leer anfühlen ohne Valentino, obwohl ich es nur einmal mit ihm geteilt habe. Trauer ist ein hinterhältiger Scheißkerl, der versucht, mich k.o. zu schlagen, bevor Valentino überhaupt am Boden liegt. Ich kämpfe mit dem Spannbetttuch, versuche es über die Ecken zu ziehen, aber diesen Scheiß kriege ich nie hin. Valentino kommt mir zu Hilfe, und zum Millionsten Mal werde ich daran erinnert, dass er bald nicht mehr da sein wird, mir nicht mehr helfen wird, das Bett zu machen, mich nicht mehr halten wird, mich nicht mehr fragen wird, wie es mir geht.

»Wir sollten langsam mal los, Orion.«

Ich versuche zu sprechen, aber ich kann nicht. Ich bin nicht bereit dafür, dass es vorbei sein soll.

»Ich dachte, wir könnten noch ein letztes erstes Mal zusammen erleben«, sagt Valentino.

»Sag jetzt nicht so was wie ›unser erster letzter Abschied‹ oder so.«

Valentino hält die Kamera hoch. »Unsere erste kleine Reise in die Vergangenheit?«

»Das wäre schön«, hauche ich.

»Ich dachte, das machen wir bei mir. Dann kann ich die Kamera für Scarlett dalassen und anschließend können wir direkt ins Krankenhaus. Hoffentlich ist Dr. Emeterio etwas für mich eingefallen ...«

»Etwas« heißt in seinem Fall, friedlich zu sterben, anstatt was ihn da sonst erwartet.

Aber solchen albtraumhaften Vorstellungen gebe ich keinen Raum. Stattdessen werde ich meinen Traum leben.

»Nimm mich mit zu dir nach Hause, Valentino.«

FRANKIE DARIO
18:24 Uhr

Der Tag kann nicht mehr schlimmer werden.

Erst ist dieser todgeweihte Mieter von ihm verschwunden und gestorben und hat damit Frankies Traum getötet.

Dann hat der beste Freund seiner Frau seine Stelle beim Todesboten gekündigt und ist dadurch nutzlos für Frankies Zukunftspläne geworden.

Und dann hat sich Joaquin Rosa hingestellt und öffentlich verkündet, dass seine Firma nicht das Gottesgeschenk ist, das er der Welt versprochen hat, und damit Frankies Chance ruiniert, den Schock irgendeines überlebenden Todgeweihten festzuhalten.

Frankie hat den Eindruck, festzustecken, als wäre er unfähig, sich selbst aus seinem Leben zu werfen wie Mieter aus seinem Haus. Er wünschte, er könnte alle loswerden. Dann könnte er sich im ersten Stock verschanzen, wenn Gloria ihm auf die Nerven geht; das heißt im Klartext, er würde praktisch da unten wohnen. Dieses Haus … warum konnte sein Vater ihm nicht ein ordentliches Erbe hinterlassen, zum Beispiel ein erfolgreiches Unternehmen? Stattdessen muss Frankie Rohre reinigen, sich an Heizkörpern verbrennen und ist immer der Böse, wenn andere Leute ihre Rechnungen nicht pünktlich bezahlen können. Was kann er denn dafür? Entweder du zahlst oder du fliegst raus. Das ist hier schließlich keine Obdachlosenunterkunft.

Frankie schaut im Wohnzimmer die Abendnachrichten, Thema ist mal wieder der Todesbote. Was auch sonst! Seit heute Morgen steht die Wohnungstür offen, sogar als die

Mieterin von unten heute Nachmittag Bachata durchs ganze Haus dröhnen ließ; Frankie war kurz davor, ihr eine Kündigung an die Wohnungstür zu hängen, einfach so. Aber er hat gehofft, dass Valentino Prince an seinem letzten Tag vielleicht irgendwie bis jetzt überlebt hat, auch wenn das unwahrscheinlich ist, nachdem die Nachrichtensprecher über die erfolgreichen Vorhersagen des Todesboten bei den registrierten Nutzern, die sie auch angerufen haben, berichten. Trotzdem lässt Frankie die Tür weiter offen stehen, obwohl er weiß, dass es keine sechs Stunden mehr bis Mitternacht sind.

In dieser Zeit kann noch viel passieren.

Die Eingangstür im Erdgeschloss knallt zu. Darüber beschweren sich die Mieter im ersten Stock andauernd. Frankie behauptet dann jedes Mal, er würde sich darum kümmern, tut es aber nie und hofft, es auch nie tun zu müssen. Könnte das Valentino sein? Dann erkennt er die schnellen Schritte, die die Treppe heraufrennen, und seufzt.

Paz kommt hereingerannt. »Dad! Dad! Dad!«

»Ja?«, fragt Frankie.

»Ich habe den Auftrag für den Werbespot bekommen! Nächste Woche wird gedreht!«

Frankie wendet sich seinem Sohn zu, aber ohne ihm seine volle Aufmerksamkeit zu widmen. Wie kann es sein – ist das gerecht? –, dass ein Kind der Erfüllung seiner Träume immer näher rückt als sein eigener Vater? Erst war es eine kleine Rolle in diesem Film und jetzt wird es irgendein Werbespot sein und als Nächstes eine Hauptrolle in einer Fernsehserie. Warum ist die Welt bereit, diesem Kind mehr Liebe zu schenken als einem Mann, der hart gearbeitet, sich aufgerieben und abgerackert hat?

»Gut gemacht«, sagt Frankie bloß.

»Es war total toll!« Paz lässt sich neben ihn aufs Sofa fallen.

»Und dann waren wir alle Eis essen. Mir ist das Gehirn eingefroren.«

Alle?

Frankie kann Glorias Schlüsselbund klimpern hören, als sie wie immer ganz langsam die Treppe hochgeht, als würde sie einen steilen Berg besteigen. Wenn sie sich schon wieder darüber beschwert, dass der Aufzug nicht funktioniert, wird er auf eine Wand einschlagen. Er wird auch auf eine Wand einschlagen – vielleicht sogar auf Gloria selbst –, wenn sie keine gute Antwort darauf hat, wer heute mit seinem Sohn zusammen war.

Dann hört er die Männerstimme. Es ist Rolando.

Warum sind sie zusammen?

Wenn sie eine Affäre haben, dann gnade ihnen ...

Ja, Mann, Frankie hat Gloria ein paarmal mit der Tussi aus dem dritten Stock betrogen, aber das war was anderes. Gloria hat keine Ahnung und Frankie würde ihr das auch nie unter die Nase reiben. Aber Rolando mit nach Hause zu bringen? Als hätte Frankie Gloria nicht schon tausend Mal gesagt, dass er nicht glaubt, dass Rolando nur Freundschaft im Sinn hat.

Zum ersten Mal seit heute Morgen ist Frankie mehr als versucht, die Tür zuzuknallen – direkt vor Rolandos Nase.

VALENTINO
18:27 Uhr

Warum sollte man auf seinen eigenen Tod zugehen, wenn man auch fahren kann?

Floyd fährt uns den FDR Drive entlang, eine zehnmütige Strecke von ihrem Haus zu meinem. Aber es gibt einen Haken: Ich sitze allein auf der Rückbank und Orion auf dem Beifahrersitz. Diese Entscheidung beruht auf Sicherheitsbedenken, und ich habe sie respektiert, als ich ins Auto gestiegen bin und das großzügige Angebot angenommen habe.

Fortbewegung an einem Abschiedstag ist ein heikles Thema.

Orion und ich hatten eigentlich vor, die U-Bahn zu nehmen, aber seine Familie war dagegen. Es gab zu viele Risiken auf dem Weg zum U-Bahnhof und auch die Fahrt selbst barg ihre eigenen Gefahren. Ich dachte, wir könnten ein Taxi nehmen, aber Orions Erziehungsberechtigte trauen den Fahrern nicht, vor allem seit Floyd erst letzte Woche einen Taxifahrer wegen eines selbst verschuldeten Unfalls behandeln musste. Was, wenn das Schicksal so grausam wäre, diesen Mann wieder ans Steuer zu setzen, mit uns auf der Rückbank? Floyd bot an, uns zu fahren, weigerte sich aber, Dayana, Dalma und Dahlia auch einsteigen zu lassen. Er versuchte sich damit rauszureden, dass es nicht genug Platz gäbe, dabei fährt er einen Van. Wir hätten alle locker reingepasst. Ich weiß genau, dass er ihr Leben nicht riskieren will. Ich bin sicher, ihm wäre am liebsten, Orion säße mit den Mädchen hinten bei Dayana im Auto, aber das Beste, was er tun konnte, war vorzuschlagen, dass sich Orion zu ihm nach vorne setzt, damit er ihm helfen kann, den Weg über einen Freeway zu finden, auf dem man eigentlich nur geradeaus fahren muss.

Ich bin nicht sauer. Ich will selbst, dass Orion in Nähe der Airbags sitzt. Der beste Schutz, den ich hier hinten habe, sind die Bettdecken, Kissen und Bezüge, die Dayana mir für Scarlett mitgegeben hat. Jetzt wird Scarlett nicht unter meinen Klamotten schlafen müssen wie ich und Orion.

Die Erinnerung daran ist großartig. Das erste Mal, dass ich mir das Bett mit einem Jungen geteilt habe.

Ich beuge mich so weit vor, wie mein Sicherheitsgurt es zulässt, und halte mich an Orions Schulter fest, als wäre sie die Kante einer Klippe. Er dreht sich um und drückt einen Kuss auf meine Fingerknöchel, bevor er sie mit seiner Hand bedeckt.

Die ganze Fahrt verläuft schweigend. Man muss sich auch schon ohne einen bestätigten Todgeweihten auf dem Rücksitz ziemlich aufs Fahren konzentrieren. Ich bin sicher, Floyd macht sich Sorgen, dass jede liebevolle Geste mir gegenüber dazu führen kann, dass alle sterben. Orion achtet im Seitenspiegel auf mögliche aggressive Autos, die außer Kontrolle geraten könnten.

Egal, was passiert, ich habe das Gefühl, in einem Leichenwagen zu sitzen und zu meiner Beerdigung gefahren zu werden, obwohl mein Herz noch schlägt.

ORION
18:30 Uhr

Mein Handy klingelt und einen Moment lang denke ich, nicht rangehen zu können, als würde ich den Van fahren, anstatt auf dem Beifahrersitz zu sitzen. Zum Glück hat Floyd Nerven aus Stahl. Ich gucke auf das Display und es ist weder Dalma noch Scarlett. Ich kenne die Nummer nicht.

»Hallo?«

»Hallo, hier ist Dr. Emeterio vom Lenox Hill Hospital. Ich würde gern mit Orion Pagan sprechen.«

»O mein Gott, hey! Ich bin's.«

»Wie geht es dir?«

»Gut, wirklich gut sogar.«

»Heißt das, Valentino ist noch am Leben?«

»Ja, er ist bei mir.« Ich gucke über die Schulter und sage Valentino, dass Dr. Emeterio am Telefon ist. »Was ist los?«

»Könnte ich vielleicht mit Valentino sprechen?«

»Natürlich.« Ich reiche das Handy nach hinten.

Ich bin mir noch nicht darüber im Klaren, ob es eine gute Sache ist, dass Dr. Emeterio anruft, oder eine schlechte, und beobachte Valentino im Rückspiegel, in der Hoffnung, irgendeinen Hinweis zu bekommen. Doch er sagt nur »Ja« und »Nein« und »Aha« und dann schließlich »Danke, Doktor. Bis gleich«. Scheiße, das hilft mir auch nicht weiter, da wir ja sowieso vorhaben, ins Krankenhaus zurückzugehen.

Valentinos Blick begegnet meinem im Rückspiegel.

Und er lächelt.

Und nickt.

Und Tränen stehen ihm in den Augen.

»Die Kommission hat der Transplantation zugestimmt«, sagt Valentino.

Es wäre nicht gut, wenn mein Herz jetzt explodieren würde, aber ich platze geradezu vor Glück.

Wir können sein Leben nicht retten, aber wir können für einen sanfteren Tod sorgen.

Der Todesbote spielt auf Sieg.

GLORIA DARIO
18:34 Uhr

Gloria hat zeit ihres Lebens viel zu viel Angst gehabt.

Da war das erste Mal, als Frankie Hand an sie gelegt hat, voller Wut, weil er Geld beim Fantasy-Football verloren hatte – als wäre Gloria für die Zusammenstellung seiner Mannschaft verantwortlich. Dann hat Frankie Gloria während der Schwangerschaft so schlimm verprügelt, dass sie geblutet hat und dachte, ihr Kind wäre von seinem Vater getötet worden. Und Frankies Wutausbruch, als Gloria etwas vergessen hatte, keine Ahnung was, sie weiß nur noch, wie sie mit nichts als einem Handtuch bekleidet aus dem Badezimmer gerannt ist, sich den dreijährigen Pazito gegriffen und sich in der Wohnung eines Nachbarn versteckt hat, während Frankie nach ihr suchte; wie sich eine Pfütze um ihre nackten Füße gebildet hat und sie Pazito den Mund zuhielt, damit er nicht auf die Rufe seines Vater nach ihm reagieren konnte; das fürchterlichste aller Versteckspiele. Und Gloria wird auch ganz sicher nicht vergessen, wie sie auf Rolandos Geburtstagsparty war und Frankie wollte, dass sie nach Hause kommt, sie gesucht hat, als sie nicht an ihr Handy gegangen ist, als würde sie mit Rolando im Bett liegen, etwas, wonach ihr Herz sich immer gesehnt hat, aber dem sie nie nachgegeben hat, weil sie besser sein wollte als Frankie, der kein Problem damit hat, sie zu betrügen – als wüsste sie nicht über die Nachbarin unten Bescheid. Als Frankie sie aufgefordert hat, in das Taxi zu steigen, hat Gloria sich angesichts seiner Wut geweigert. Da ist Frankie aus dem Taxi gesprungen, als wäre es ein Käfig, und hat sich wie ein wildes Tier auf Gloria gestürzt und sie vor aller Augen, vor Pazito, der weinend auf der Rückbank saß, zusammengeschlagen. Während Frankie für nur eine Nacht ins Gefängnis musste, lag sie im Krankenhaus und hatte Angst zu sterben.

Und nun muss Gloria das tun, wovor sie am meisten Angst hat.

Sie muss gehen.

Nur so kann sie entkommen.

Der einzige Weg da raus ist durch, wie Robert Frost sagt.

Gloria geht mittendurch, betritt vielleicht zum letzten Mal ihre Wohnung. Die Tür steht noch immer offen, und Pazito sitzt neben Frankie, der Rolando, der zusammen mit Gloria reinkommt, keine Beachtung schenkt.

»Hi«, sagt Gloria. Wäre ihr Ehemann etwas schlauer, müsste er eigentlich jetzt schon merken, dass etwas nicht stimmt. Gloria und Frankie begrüßen sich nie. Sie stellt ihre Tasche auf den kleinen Küchentisch und will sich die Schuhe von den Füßen streifen, als ihr einfällt, dass sie nicht lange bleiben wird. Sie kann so viele Fußspuren in der Wohnung hinterlassen, wie sie will. Ausnahmsweise wird Frankie mal den Dreck wegputzen müssen. »Wie war dein Tag?«

Frankie grunzt. »Ich hab dir doch gesagt, dass der Todesbote nicht die Zukunft ist«, sagt er zu Rolando, ohne ihn anzugucken. »Bist du sicher, dass sie dich nicht gefeuert haben?«

»Ich habe gekündigt«, sagt Rolando.

Gloria spürt, dass Rolando eigentlich noch mehr sagen will, Frankie herausfordern will, aber das würde dessen Laune bloß verschlimmern. Sie nickt Rolando zu, der ihrer stummen Bitte folgt und den Flur hinunter zu Pazitos Zimmer geht.

»Komm, zeig mir mal deine neue Eisenbahn«, sagt Rolando.

Pazito hüpft mit dem größten Lächeln vom Sofa runter und rennt in sein Zimmer. Rolando schenkt Gloria einen Ich-bin-für-dich-da-Blick und schließt dann die Tür hinter sich.

Die Angst steigt weiter in Gloria auf, so wie die heiße Luft in diesem Haus. Aber bald wird Gloria schon wieder draußen sein, wird als freie Frau durchatmen können. Sie setzt sich nicht einmal hin, obwohl ihr die Füße wehtun. Sie möchte groß erscheinen, auch wenn sie das nicht ist, und stark, wie immer.

»Frankie, wir müssen reden.«

»Worüber?«

»Ich bin unglücklich. Und du auch.«

Unglücklich sieht Frankie nicht aus. Sie kann vielmehr Wut in seinen Augen sehen, eine Wut, der sie wieder und wieder ausgesetzt war. Allein sein Blick lässt sie zusammenzucken, weil sie weiß, wie schnell er aus dem Nichts auf sie losgehen kann.

»Für mich kannst du da nicht sprechen«, sagt Frankie.

»Du selber sprichst ja nie«, entgegnet Gloria. »Und ich letztendlich auch nicht.«

»Dann komm auf den Punkt. Was willst du mir sagen?«

»Ich will die Scheidung.«

So lange hat sie sich schon vorgestellt, diese Worte auszusprechen, aber jetzt kann sie nicht fassen, dass dieser Satz aus ihrem Mund kommt. Fast wünscht sie sich, sie könnte ihn zurücknehmen, aber die Worte sind raus, und sie muss auch hier raus, wenn sie frei sein will.

Frankie wirft ihr einen tödlichen Blick zu und wendet sich dann der Zimmertür zu, hinter der der größte Teil von Glorias Herzen zu finden ist.

»Ist es wegen ihm?«

»Es ist wegen mir.«

Unter Frankies Füßen wird der Stuhl weggetreten und fliegt auf den Fernseher zu.

Würde der Todesbote nur so funktionieren wie versprochen, denkt Gloria, dann wüsste sie wenigstens, wer hier lebend rauskommt.

VALENTINO
18:37 Uhr

Alles verläuft nach Plan.

Wir kommen unversehrt bei mir an und parken vor dem Haus, Dayana stellt ihr Auto hinter uns ab. Alle steigen aus und wir stoßen einen kollektiven Seufzer der Erleichterung aus. In einer Bar auf der gegenüberliegenden Straßenseite wird gefeiert, und Floyd behält den Häuserblock im Auge, als könnte jemand betrunken hier rübergewankt kommen und einen Streit vom Zaun brechen. Dahlia geht zur Pizzeria, atmet tief ein und fragt Dayana, ob sie ein Stück mit Peperoni bekommt. Dalma wirkt nervös, und ich überlege, ob ich sie reinbitten soll, damit sie sieht, dass alles in Ordnung ist, aber ich möchte wirklich noch ein bisschen mit Orion allein sein.

»Laut hier«, sagt Dalma.

»Ich find's toll«, entgegne ich.

Orion hat die Kissen im Arm und ich trage das Bettzeug. »Gehen wir hoch?«

Dayana wirft einen Blick auf ihr Handy. »Um sieben wieder hier unten, okay?«

»Wie lange ist es bis dahin?«, fragt Orion.

»Einundzwanzig Minuten.«

»Das reicht nicht.«

Sie wirft noch einen Blick auf ihr Handy. »Jetzt sind es noch zwanzig Minuten. Die Zeit läuft, also beeilt ihr euch besser.«

Ich greife nach meinem Hausschlüssel, an dem jetzt der Pizza-Anhänger hängt, den Orions Familie mir geschenkt hat.

»Wir sollten bei Frankie klingeln, bloß um ihn zu ärgern«, sagt Orion.

»Vielleicht auf dem Weg nach draußen.«

Ich schließe die Haustür auf und sie knallt hinter uns zu. Wir stapfen die Treppe hinauf.

»Tut mir leid, wenn die Fahrt komisch war«, sagt Orion hinter mir.

»Gar nicht. Floyd hat bloß versucht, dich am Leben zu erhalten.«

»Und dich auch.«

»Tut mir leid, dass ich durch meine bloße Existenz alle in Gefahr bringe.«

»Sei still, das Gefühl habe ich nicht. Ich hätte mir nur gewünscht, mit dir hinten sitzen zu können. Ich hatte den Eindruck, wir würden getrennt, damit wir nicht in der Öffentlichkeit rumknutschen, oder so 'n Scheiß.«

Auf dem ersten Treppenabsatz bleibe ich stehen. »Meinst du das?«

Ich küsse ihn, froh, dass unsere Lippen sich wiedergefunden haben, genau wie wir.

»Das meine ich«, sagt Orion. »Kannst du mir auf jedem Stockwerk einen heißen Kuss geben?«

»Was für ein Anreiz, am Leben zu bleiben.«

Wir gehen weiter.

»Du hast mir übrigens sehr gefehlt, als ich vorne saß«, sagt Orion.

»Geht mir genauso. Dich an der Schulter zu halten, hat mich ein wenig beruhigt.«

»So ein Zufall, mich hat es auch beruhigt, dass du mich gehalten hast.«

Zweiter Treppenabsatz, zweiter Kuss.

Irgendjemand auf dieser Etage kocht und mein Magen knurrt. Dabei weiß ich gar nicht, was da so lecker duftet.

»Das riecht großartig«, sage ich.

»Allerdings.«

»Was wirst du nach der OP als Erstes essen?«, frage ich.

»Ist es nicht eine Qual, jetzt darüber zu reden?«

»Ist ja eh bald vorbei«, erwidere ich mit Leichtigkeit in der Stimme.

»Such du was für mich aus«, sagt Orion.

Es fällt mir schwer, mir was einfallen zu lassen, denn ich würde inzwischen sogar dieses dreckige Treppengeländer oder einen menschlichen Fuß essen. »Du musst natürlich Linguini essen.«

»Ganz klar, auf jeden Fall.«

»Kartoffelbrei, der in Bratensoße schwimmt. Gebratene Möhren. Gedünsteten Spinat. Überbackene Käse-Makkaroni, die ein bisschen angebrannt sind.«

»Möglicherweise muss ich das auf mehrere Mahlzeiten verteilen.«

Dritter Treppenabsatz, dritter Kuss.

Über uns streitet sich jemand. Aber dieses Lärmproblem hat sich für mich bald erledigt. Ich bin froh, dass ich meine Aufnahmen schon bei Orion gemacht habe, ohne dieses Gebrüll im Hintergrund, auch wenn laute Nachbarn typisch für New York sind.

»Ich freue mich schon darauf, gleich die Fotos zu sehen«, sage ich.

»Auf welche freust du dich am meisten?«, fragt Orion.

Mit jeder Stufe habe ich eine andere Erinnerung.

Vor dem Pfandleiher.

Das erste Mal, dass ich eine *New York Times* gekauft habe, bevor mir klar wurde, welche Verbindung ich zu dem Titelbild von Joaquin Rosa am Telefon hatte.

Oben auf der High Line mit Orion.

Die Gedenkstätte.

Die Brooklyn Bridge.

In der U-Bahn, als wir unsere unvergessliche Show hingelegt haben.

Wie ich Orion am Times Square geküsst habe.

Es sind alles Lieblingsmomente.

»Die High Line«, beschließe ich am Kopf der Treppe. In diesem Moment höre ich ein Scheppern von oben, das ich nicht zuordnen kann und über das ich auch nicht näher nachdenke, weil ich in dieser Erinnerung schwelge. »Es ist unser erstes gemeinsames Foto. Ich will sehen, wie es geworden ist.«

»Ich wette, du siehst genial aus und ich voll scheiße.«

Vierter Treppenabsatz, vierter Kuss.

»Ich bin sicher, du siehst auch gut aus.«

»Ich habe aber von genial gesprochen! Jetzt machst du mir schon wieder ein Kompliment, das mich voll runterzieht.«

Ich lache. »Tut mir leid, mein genialer Freund! Du bist genial, und ich bin sicher, dass du genial aussiehst, und alles an dir ist genial und ich bin nicht genial genug für dich! Alles wieder genial zwischen uns?«

»Ja, ja, ja, klar, alles wieder genial zwischen uns, mein guter Freund.«

»Ich könnte dich diese Treppe runtertreten«, sage ich auf halbem Weg zum fünften Absatz.

»Dann lande ich doch bloß auf meinem Kissen. Aber im Ernst, gegen die Pause hätte ich nichts einzuwenden. Nicht gerade die beste Wahl, eine Wohnung im sechsten Stock ohne funktionierendem Aufzug.«

»Das wurde in der Anzeige natürlich nicht erwähnt.«

»Wenn du mich damals schon gekannt hättest, hätte ich das für dich checken können, Alter.«

»Setz das auf die Liste der Dinge, weshalb ich gerne durch die Zeit reisen könnte.«

Fünfter Treppenabsatz, fünfter Kuss.

»Dieser Augenblick ist doch eigentlich nicht schlecht«, sagt Orion.

Dieser nicht.

FRANKIE DARIO
18:40 Uhr

Frankie wird Rolando umbringen.

Er überlegt, ob er die Knarre aus dem Schrank holen soll, aber eine Kugel wäre zu gnädig. Er will Rolando höchstpersönlich zu Tode prügeln. Es gibt eine Menge Arten, das zu tun: mit dem Stuhlbein, das einfach abgebrochen ist, als der Stuhl im Fernsehmöbel gelandet ist, mit dem Fernseher selbst, den Stiefeln neben der Tür, dem aufgetauten Schinken, den Gloria zum Abendessen kochen wollte, einem Küchenmesser, ein paar guten Schlägen mit dem Schlüsselbund. Und seine Faust kriegt das bestimmt auch gut hin.

»Rolando, komm raus!«

»Was tust du da?«, fragt Gloria.

Frankie zeigt mit dem Finger auf seine Frau – auf die Frau, die nicht länger seine Frau sein will. »Du hast diesen Mann in mein Haus gebracht, also wollen wir mal sehen, ob er ein echter Mann ist.« Die Tür geht auf und Rolando kommt heraus. Paz versucht ihm zu folgen, aber Rolando schiebt ihn zurück in sein Zimmer. Rolando wendet sich an Gloria.

»Guck meine Frau nicht an!«, brüllt Frankie.

»Du musst dich beruhigen«, sagt Rolando.

»Du hast in meinem Haus nichts zu melden!«

»Wir sind alle froh, wenn wir hier raus sind.«

Frankie geht langsam auf Rolando zu. »Du kannst verdammt gern von hier verschwinden, aber meine Familie nimmst du nicht mit!«

»Ich bin nicht dein Eigentum«, sagt Gloria und stellt sich zwischen die Männer.

Frankie schubst sie in Rolandos Arme. »Dann könnt ihr beide machen, dass ihr hier wegkommt! Aber Paz bleibt hier!«

Er ist nicht scharf darauf, ein alleinerziehender Vater zu werden, aber er will verdammt sein, wenn ein anderer Mann seinen Sohn aufzieht.

»Pazito kommt mit mir!«, entgegnet Gloria und streicht sich die Haare aus dem Gesicht.

»Nur über meine Leiche!«, brüllt Frankie.

Er holt zum ersten Schlag aus.

VALENTINO
18:41 Uhr

Orion hält sich die Brust und holt tief Luft. »Wie geht's deinem Herzen, denn meins …«

Das Geschrei oben im sechsten Stock wird deutlicher. Es ist Frankie.

»Du kannst verdammt gern von hier verschwinden, aber meine Familie nimmst du nicht mit!«

Dann sagt eine Frau irgendwas über Eigentum oder so.

»Dann könnt ihr beide machen, dass ihr hier wegkommt! Aber Paz bleibt hier!«

»Pazito kommt mit mir!«

»Nur über meine Leiche!«

Dann ist ein Klatschen zu hören und ein Rums.

Die Frau ruft »HILFE!«, bevor sie vor Schmerz aufschreit.

Ich lasse das Bettzeug fallen und zittere vor Angst.

Alles in meinem Herzen sagt mir, dass das der Augenblick ist, den ich gefürchtet habe, aber nichts hält mich davon ab, die Treppe hinaufzurennen.

»Valentino, nicht!«

»Bleib da unten, Orion!«

Ich erreiche den sechsten Treppenabsatz ohne einen sechsten Kuss.

Die Tür zu Frankies Wohnung steht offen. Er hockt auf einem Mann und prügelt mit bloßen Fäusten auf ihn ein, während eine Frau – vermutlich seine Ehefrau – auf dem Boden liegt, die Hand auf ihr misshandeltes Gesicht gepresst. Dann geht eine Tür auf, und der kleine Junge, Paz, sieht entsetzt, wie sein Vater jemanden blutig schlägt. Ist dieser Mann todgeweiht? Ich erstarre, weil die ganze Situation so irreal ist.

Paz sieht mich. »Hilfe, bitte!«

Ich verschwende keine Zeit mehr, sondern renne in die Wohnung, schlinge die Arme um Frankie und ziehe ihn von dem anderen Mann weg. Frankie rammt mir so heftig den Ellbogen in den Magen, dass ich Säure in der Kehle schmecke, und drängt mich gegen die Wand.

So werde ich also sterben ... durch einen Mann, der um sein Leben kämpft.

Er starrt mich an, als wäre ich ein Geist, als ich ihm ins Gesicht schlage.

Ich werde auch nicht kampflos aufgeben.

Frankie massiert sich den Kiefer. Da sehe ich, dass Paz aus dem Türrahmen verschwunden ist. Ich hoffe, er versteckt sich irgendwo. Vielleicht kann ich Paz hier rausbringen, nach unten, wo er bei Orions Familie, die mich so lange wie möglich am Leben gehalten hat, in Sicherheit ist. Dann schnappt sich Frankie ein abgebrochenes Stuhlbein und schlägt damit immer wieder auf meinen Kopf ein ...

Ich bin benommen und stolpere rückwärts, verängstigt breche ich in Tränen aus, gebe mich geschlagen, werde geschlagen und ...

Er tritt mich direkt in den Bauch, aus seiner Wohnung raus und ...

Die Treppe runter, wo ich nach dem Geländer greife und ...

Es verfehle, mich stattdessen an Orion festhalte ...

Warum steht er hier auf der Treppe, ich habe ihm doch gesagt, er soll unten bleiben ...

Werde ich sterben, während ich ihn halte, oder ...

Die Erinnerung an unsere erste Umarmung, noch vor dem Anruf des Todesboten ...

Ich knalle mit der Stirn gegen eine Stufe und blute ...

Die Erinnerung daran, wie wir weggerannt sind, bevor ich auf den Bordstein gefallen bin …

Ich klammere mich an Orion, um den Sturz abzumildern …

Die Erinnerung an seine Hand auf meinem Herzen und an meine auf seinem …

Wir knallen gleich beide auf den Treppenabsatz, denke ich …

Die Erinnerungen kommen schnell und durcheinander …

Ich halte mich an Orion fest …

Ist das gemeint, wenn es heißt, dein Leben zieht an dir vorbei, bevor du …

PAZ DARIO
18:44 Uhr

Bei Paz Dario hat der Todesbote nicht angerufen, weil er heute eigentlich nicht sterben soll, und er ist ganz durcheinander, weil seine Mutter eigentlich auch nicht sterben soll, aber sein Vater sie verprügelt.

Es ist zwar nicht das erste Mal, aber das schlimmste Mal.

Normalerweise bekommt Paz nichts davon mit. Seine Mutter sagt ihm immer, er solle in seinem Zimmer bleiben und den Stuhl vor die Tür stellen, genau wie sie es früher gemacht hat, als er noch Angst vor den Monstern in seinem Schrank hatte. Der Stuhl ist so winzig, dass er zusammenbrechen würde, wenn sich ein Erwachsener darauf setzt. Er ist bemalt wie ein fröhlicher Dalmatiner, der seine Zunge auf der Lehne heraushängen lässt. Aber Paz weiß, dass der Stuhl niemanden draußen hält, weil seine Mutter irgendwann immer zurück in sein Zimmer kommt, ohne dass er vorher den Stuhl wegnehmen muss. Dann weint sie und hält ihn im Arm, bis sie beide in seinem Bett einschlafen. Manchmal kommt auch sein Vater in sein Zimmer und fragt, ob alles in Ordnung ist, und dann sagt Paz Ja und fragt, wie es seiner Mutter geht, und sein Vater sagt, mit ihr ist auch alles in Ordnung, und dann geht die Tür wieder zu.

Paz weiß nicht, wie oft das schon passiert ist.

Aber dass seine Mutter um Hilfe ruft, passiert zum ersten Mal, so viel weiß er.

Also hat Paz sein Zimmer verlassen, um seiner Mutter zu helfen, als sein Vater Rolando so wehgetan hat, dass der Nasenbluten bekam. Aber er wusste nicht, was er tun sollte, bis er den neuen Nachbarn sah, Valentino, und ihn um Hilfe bat. Dann lief Paz zum Schrank, nicht um sich dort zu verstecken, sondern weil er eine Idee hatte, wie er selbst auch helfen konnte.

Die Leute halten Paz für einen fiesen Kerl, weil er so einen in diesem Film gespielt hat, aber er ist ein Held.

Er ist ein Held, der seiner Mutter das Leben retten wird.

Paz läuft zurück ins Wohnzimmer, das sich nicht mehr wie ein Ort zum Wohnen oder Leben anfühlt, nachdem er die Waffe auf seinen Vater gerichtet hat und abdrückt.

FRANKIE DARIO
18:45 Uhr

Frankie will Gloria gerade noch einen Schlag verpassen, als er wie aus dem Nichts getroffen wird.

Er kippt zur Seite.

Paz steht über ihm, eine Waffe in der Hand, und schießt noch mal.

Auf einen solchen Tod hätte ihn nicht mal der Todesbote vorbereiten können.

DALMA YOUNG
18:46 Uhr

Schüsse.

Dalma fürchtet, gleich selbst einen Herzinfarkt zu kriegen.

Das ist genau wie letzte Nacht am Times Square.

Hat jemand auf Valentino geschossen? Auf Orion? Auf beide?

War die ganze Zeit über vorgesehen, dass Valentinos Leben mit einer Schießerei enden würde?

Wäre er letzte Nacht ermordet worden, wäre es dann vorbei gewesen? Möglicherweise. Aber es würde auch bedeuten, dass er nicht erst noch hätte leben können. Und dafür hat Orion auf einmalige Weise gesorgt.

Nur zu welchem Preis?

In ihrer Familie bricht Panik aus. Dalmas Mutter und Dahlia kommen mit leeren Händen aus der Pizzeria gerannt, springen ins Auto und schreien Dalma an, auch einzusteigen. Floyd hämmert gegen die Haustür und drückt auf alle Klingelknöpfe, damit ihn irgendjemand reinlässt. Einige Mieter im Erdgeschoss stürmen aus ihren Wohnungen, haben verständlicherweise Angst um ihr Leben, genau wie Dalma Angst um ihres haben müsste, aber sobald die Tür aufgeht, drängt sie sich an allen vorbei, sogar an Floyd, und rennt die Treppe hinauf.

Dalma hat das Gefühl, Ersthelferin zu sein; sie ist fest entschlossen, Orions Leben zu retten, da sie tief in ihrem Inneren weiß, dass er sich ohne Frage in jede Gefahr begeben würde, um das ihre zu retten.

ORION
18:47 Uhr

Alle ist krass verschwommen.

Ich sehe Sterne, aber ich bin nicht im Weltall.

Mein Kopf ruht auf einem Kissen, aber ich liege nicht im Bett.

Valentinos Arm liegt über meiner Brust, aber er hält mich nicht in seinen Armen.

Ich habe Schüsse gehört, aber ich bin nicht tot.

Mühsam öffne ich die Augen und bedaure es sofort, als ich das blutverschmierte schöne Gesicht meines Freundes sehe – wie in einem Horrorfilm. Ich möchte in die Dunkelheit zurück, wo ich mir vorstellen, nein, mich daran erinnern kann, wie ich mit Valentino in meinem Bett liege, während er mich hält und nichts zu hören ist, abgesehen von unserem Atem.

Ich versuche ihn wach zu rütteln, aber er versucht noch zu schlafen, was in Ordnung ist, ich kann das verstehen, wir haben uns an diesem Abschiedstag kaum ausgeruht, aber wir haben nicht mehr viel Zeit und wollten doch noch eine kleine Reise in die Vergangenheit machen. Valentino wollte – will sehen, wie das erste Foto von uns geworden ist, dieses verdammte Selfie, ein Wort, das wir beide total hassen, das ihn nicht überdauern soll.

Vielleicht kann ich ihn mit irgendeiner Art von Dornröschen-Kuss wecken, denn so darf es nicht enden, bitte lass es nicht so enden.

Ich drücke meine Lippen auf Valentinos, doch er wacht nicht auf, küsst mich nicht zurück.

Sein Brustkorb bewegt sich langsam auf und ab.

Es gibt Hoffnung, es gibt Hoffnung, Hoffnung, Hoffnung.

Etwas verstehe ich aber nicht.

Wenn sein Herz schlägt, warum fühlt es sich nicht so an, als wäre er noch am Leben?

DALMA YOUNG
18:47 Uhr

Dalmas Herz hämmert. Sie hat Angst, mit dem Mörder zusammenzustoßen oder die Leiche ihres besten Freundes zu finden.

Eins fühlt sich schlimmer an als das andere.

Sie kommt in den fünften Stock, Floyd direkt hinter ihr, und am Fuß der nächsten Treppe liegen Orion und Valentino, umgeben von den geschenkten Kissen und dem Bettzeug, als hätten sie beschlossen, auf der Treppe ihr Lager aufzuschlagen und sich auszuruhen. Sie ist erleichtert, dass Orion weint, denn Weinen bedeutet, dass er am Leben ist, aber es bricht ihr das Herz, was das für Valentino bedeutet.

»Orion …«

Er scheint sie gar nicht zu bemerken. Er fleht bloß Valentino an, aufzuwachen.

Dalma stellt sich vor, dass Orion auch so reagieren würde, wenn sie sterben würde, und sie kennen sich schon ihr ganzes Leben lang. Aber so heftig beweint ihr bester Freund einen Freund, den er erst einen Tag – noch nicht mal! – kennt, und sie weiß, dass dieser Schmerz genauso echt ist, als hätte er sie verloren.

Dieser Tod wird Orion für den Rest seines Lebens verfolgen.

Und hoffentlich wird es ein langes Leben sein.

»Er lebt noch«, sagt Floyd, der Valentino untersucht.

»Er wurde nicht erschossen?«, fragt Dalma.

»Nein, nein, nein, er wurde die Treppe runtergetreten«, sagt Orion.

Dalma sieht zum sechsten Stock hoch, wo sie eine offene Tür erblickt und Weinen hört.

Könnte der Mörder da oben sein? Könnte er woandershin geflüchtet sein, zum Beispiel über eine Leiter aufs Dach wie bei ihnen zu Hause? Oder kommt er jeden Moment hier runtergerannt? Wenn er keine gruselige Totenkopfmaske trägt wie der Mörder am Times Square, wird er dann Dalma und alle anderen abknallen, damit es keine Zeugen gibt?

Sie will Orion und Floyd hier rauszerren, aber solange Valentino noch atmet, wird Orion nicht von seiner Seite weichen, das weiß Dalma.

»Ich brauche Platz«, sagt Floyd und zieht Valentinos Augenlider hoch.

Orion weigert sich, seinen Freund loszulassen.

»Er versucht ihm das Leben zu retten«, sagt Dalma.

Um ehrlich zu sein, hat Dalma gelogen.

Sie kann nicht für Floyd sprechen, aber ihre Augen, ihr Kopf und ihr Herz verarbeiten, was hier wirklich los ist. Valentino kann nicht mehr gerettet werden. Er wird sterben, wie der Todesbote es vorhergesagt hat, wahrscheinlich jeden Moment. Aber für Orion ist es möglicherweise noch nicht zu spät. Es muss nicht auch *sein* Abschiedstag werden.

Alles ist auf diesen Augenblick zugelaufen, auf dieses Zusammentreffen zweier Leben.

»Wir müssen euch beide ins Krankenhaus bringen«, sagt Floyd, der Valentino auf den Arm nimmt – überraschend stark für jemanden, dessen beste Jahre schon vorbei sind.

Dalma hakt Orion unter, der seinen tränenverhangenen Blick nicht von Valentino abwendet, nicht ein einziges Mal, während sie die fünf Treppen runtergehen. Sie ist überrascht, dass sie es heil bis nach unten schaffen, und erleichtert, als sie es lebendig aus dem Haus schaffen.

Sie sind dem Mörder entkommen, und wenn alles gut geht, werden sie morgen noch am Leben sein.

Die meisten von ihnen zumindest.

GLORIA DARIO
18:48 Uhr

Glorias Sohn hat seinen Vater getötet, um sie zu schützen.

Tränen laufen Pazitos süße junge Wangen hinunter.

Schweiß glänzt auf Rolandos geschundenem Gesicht.

Um Frankie herum ist eine Blutlache, als hätte jemand einen roten Farbeimer umgekippt.

»Nicht bewegen, Pazito«, sagt Gloria, den Blick auf die Pistole gerichtet, die ihr Sohn noch immer umklammert.

Pazito zittert am ganzen Leib.

Eine falsche Bewegung und Gloria wird sich tot neben ihrem Ehemann wiederfinden. Sie weiß, dass Pazito ihr nichts antun will, nicht absichtlich, aber Unfälle sind vorprogrammiert, wenn jemand eine Waffe in der Hand hat, vor allem wenn dieser Jemand ein Kind ist. Diese Pistole hätte überhaupt erst gar nicht hier sein sollen, aber sie konnte Frankie nie dazu überreden, sie loszuwerden, und mit einem schlecht gelaunten Waffenbesitzer zu streiten, ist heikel. Gloria hat das Gefühl, Pazito im Stich gelassen zu haben, weil sie nicht mehr dafür gekämpft hat, weil sie nicht schon längst gegangen ist, weil sie ihn in die Lage gebracht hat, sie verteidigen zu müssen, obwohl es doch umgekehrt sein sollte. Nun wird Pazito für den Rest seines Lebens gezeichnet sein, heimgesucht von dem Geist seines Vaters, den er getötet hat, und es gibt keine Worte dafür, wie sehr das Gloria das Herz bricht.

Aber jetzt nimmt sie ihrem Sohn, mit liebevollen Händen, die Waffe ab.

Sie legt sie weg und nimmt ihn in ihre Arme und trägt ihn in sein Zimmer.

Sie hält ihm die Augen zu, als könnte er in der Dunkelheit seinen toten Vater nicht sehen.

Zusammen weinen sie in seinem Bett, die letzte Schlacht ist geschlagen.

ORION
18:56 Uhr

In der vergangenen Nacht hat sich mein Leben verändert.

In der vergangenen Nacht ist mein Leben auch fast zu Ende gegangen.

Am Times Square hatte ich einen Herzinfarkt und saß hinten im Taxi, zwischen Dalma und Valentino, als sie mit mir ins Krankenhaus gerast sind. Jetzt sind wir auf dem Weg in dasselbe Krankenhaus, aber diesmal ist es Valentino, den wir versuchen aufrecht zu halten, den wir versuchen zu retten. Noch hat er eine Chance, das weiß ich, besonders weil wir schnell im Lenox Hill Hospital sein werden, auch wenn diese drei Minuten sich anfühlen wie die längsten drei Minuten in der Geschichte aller drei Minuten. Wir bringen Valentino so schnell wie möglich rein, lassen das Auto einfach stehen. Wenn Dayana mit Dahlia nachkommt, kann sie sich darum kümmern. Ich bin zu benommen, um Floyd mit Valentino zu helfen, aber er hat das im Griff, und Dalma rennt voraus, um Dr. Emeterio Bescheid zu sagen, dass wir da sind.

Dr. Emeterio taucht mit einem Team auf, überrascht, Valentino in diesem Zustand zu sehen, wo wir doch alle auf ein friedliches Ende gehofft hatten. Sie weist die Krankenpfleger an, Valentino schnellstmöglich zu versorgen. Sie werden versuchen, sein Leben zu retten, so, wie sie es versprochen hat, aber falls das nicht gelingen sollte, bereite ich mich jetzt besser auf die Operation vor. Ich hatte den ganzen Tag Zeit, mich darauf vorzubereiten, aber jetzt, da das alles wirklich Wirklichkeit geworden ist, bin ich wirklich ganz und gar nicht darauf vorbereitet. Eigentlich war es Aufgabe des Todesboten, diese Ängste abzuschaffen, aber sie haben es verkackt, und jetzt habe ich keine Ahnung, ob wir beide am Ende sterben werden. Ich werde in die Notaufnahme gebracht. Floyd kommandiert die Pfleger rum, um sicherzustellen, dass ich nirgendwo blute; ganz inoffiziell bereitet Floyd mich auf die Operation vor, auf die wir seit Jahren warten.

Mir wird gesagt, dass es meinem Herzen gut geht, obwohl ich mich innen drin wie tot fühle.

Die Menschen glauben, wenn man die Möglichkeit hat, noch alles zu sagen, dann lebt man ein vollkommenes Leben. Aber die Wahrheit ist: Der Tod ist immer schneller als du.

Auch wenn du gewarnt worden bist.

Es gibt Dinge, die ich Valentino nie gesagt habe, Dinge, die Valentino mir nie gesagt hat.

Ein Leben voller Geschichten, die wir nie miteinander geteilt haben.

Ein ganzes Leben, das wir nie zusammen leben werden.

Ich hauche den Namen seiner Schwester, des Menschen, der sein ganzes Leben mit Valentino verbracht hat, aber nicht hier sein wird, um ihn in den Tod zu begleiten.

»Ich muss Scarlett anrufen«, sage ich.

Ich ziehe mein Handy aus der Tasche und das Display ist gesprungen.

Ich weiß, warum.

Das Ende hat seinen Anfang genommen, als dieses verdammte Arschloch Valentino die Treppe hinuntergetreten hat. Ich weiß nicht, was es mit diesen Schüssen auf sich hatte, aber falls dieser Scheißkerl tot ist, werde ich bestimmt nicht um ihn trauern. Verdammt gut, wenn wir ihn los sind, mir ist das scheißegal. Egal, wie lange ich wegen seines Verbrechens leben werde, ich werde nie Dankbarkeit verspüren, dass er Valentino das angetan hat.

Ich rufe Scarlett an.

»Endlich, Val«, sagt sie erleichtert und völlig überzeugt davon, dass ihr Bruder am anderen Ende der Leitung ist.

»Hier ist Orion«, sage ich mit schwacher Stimme.

»Oh.«

Mein Schweigen spricht ein wenig für sich.

Scarlett atmet aus. »Kann ich meinen Bruder sprechen?«

»Er wird gerade von den Ärzten behandelt. Er lebt, aber … es sieht nicht gut aus, Scarlett.«

Ich höre kein Schweigen, sondern nur qualvolles Schluchzen. »Was ist passiert?«

Ich habe nicht alles gesehen, aber ich sage ihr alles, was ich weiß.

Dalma bleibt in meiner Nähe, während ich mich durch diese Geschichte quäle. Dann tauchen auch Dayana und Dahlia auf und Floyd nimmt beide fest in den Arm.

»Valentino war wirklich ein Held«, sage ich. Ich sage nicht, dass er als Held gestorben ist.

Ich bleibe am Telefon und wir weinen zusammen.

Als die Tür aufgeht, hoffe ich auf ein Wunder. Aber Valentino kommt nicht rein, das ganze Blut ist nicht wieder zurück in seinem Körper, die Wunden und Verletzungen sind nicht plötzlich verschwunden, als hätte ihn jemand gephotoshopt. Es ist Dr. Emeterio, und sie spricht mit Floyd und Dayana, während sie zu mir rüberguckt. Ich will nach Dalmas Hand greifen und merke erst dann, dass sie meine Hand schon längst in ihrer hält. Ich drücke sie so fest, dass ich vielleicht gerade ihre Knochen zerquetsche.

»Ist mit Valentino alles in Ordnung?«, frage ich.

Scarlett unterdrückt ihr Schluchzen, wartet auch auf die Antwort.

Dr. Emeterios Gesichtsausdruck verrät schon alles. »Valentino zeigt Anzeichen, dass er hirntot ist.«

Ich habe das Gefühl, ein weiteres Mal die Treppe hinunterzufallen, bekomme keine Luft, und alles tut so weh, dass ich fast das Bewusstsein verliere. Sie redet irgendwas von Sauerstoffniveau und dass er jetzt an ein Beatmungsgerät angeschlossen wird und weitere Vorbereitungen getroffen werden müssen, und über lauter andere Sachen, die ich nicht aufnehmen kann, denn Valentinos Gehirn schaltet sich gerade ab, in anderen Worten, er ist im Prinzip tot.

»Bist du bereit, Valentinos Herz in Empfang zu nehmen, Orion?«, fragt Dr. Emeterio.

Ich bin völlig aus der Bahn geworfen, habe das Gefühl, das nicht verdient zu haben. Oder vielmehr fühle ich mich schuldig, weil das Schicksal von Anfang an bestimmt hat, dass er sterben muss, damit ich leben kann.

»Orion?«, sagt Scarlett durchs Telefon. »Du wirst doch wohl nicht das Herz meines Bruders verschwenden, oder?«

Ihre Frage ist doppeldeutig: Ich soll die Transplantation nicht ablehnen, und ich soll das Beste daraus machen, sobald sie es erfolgreich in mich reingepflanzt haben.

Ich werde das Herz nicht ablehnen und ich werde das Beste daraus machen.

Das ist, was Valentino wollte, und das ist, was ich auch will.

»Ich werde leben«, schwöre ich, selbst wenn der Todesbote sich in Bezug auf mich irren könnte.

Dann kommt das Ende ganz schnell.

Ich werde in ein anderes Zimmer gebracht, und während sie mich für die OP vorbereiten, wird es wohl Zeit, mich von meinem Herzen zu verabschieden, von dem Herzen, das mir meine Eltern geschenkt haben. Es sollte eigentlich immer da sein, aber nun ist es so, als würde mir jemand sagen, dass mein eigener Schatten mich nicht mehr verfolgen wird. Wegen eines plötzlichen Todesfalls wird sich mein Leben komplett verändern, jedenfalls wenn ich nicht auch sterbe.

Ich bekomme einen kurzen Augenblick mit Team Young,

bevor Dr. Emeterio die Narkose einleiten will, und es ist nicht genug Zeit, um allen alles zu sagen, was ich ihnen sagen könnte, und alles, was ich ihnen wünsche, deswegen ist alles, was ich sage: »Danke, dass ich Teil eurer Familie sein durfte.« In dieser Gruppenumarmung könnte ich ewig verweilen.

Aber das kann ich nicht.

Ich habe noch einen Zwischenhalt, bevor wir anfangen.

»Ich muss zuerst Valentino sehen.«

Davon lasse ich mich nicht abbringen.

Ich werde in den OP-Saal geschoben, wo Valentino liegt, sein Gesicht noch immer zerschunden.

Ich lehne mich über ihn und flüstere die Worte, die ich hätte sagen sollen, als ich wusste, dass er mich noch hören konnte, und dann küsse ich ihn ein letztes Mal.

Danach komme ich auf den OP-Tisch.

Wenn alles gut läuft, wird Valentino für den Rest meines Lebens in mir leben.

Aber noch weiß ich nicht, wie das hier zu Ende gehen wird.

Fünfter Teil

DER ANFANG

»Platz für etwas Neues schaffen« – diesen Ausdruck habe ich schon immer geliebt. Für jeden Einzelnen von uns bedeutet das etwas anderes. Es kann sich um alles Mögliche handeln. Einen neuen Liebhaber, ein neues Herz. Sogar um eine neue Art, zu leben – oder zu sterben. Was bedeutet es für euch?

Joaquin Rosa, Schöpfer des Todesboten

1. August 2010
ORION
01:19 Uhr

Der Todesbote ist wahrscheinlich gar nicht mehr in Betrieb, aber wenn doch, werden sie wohl jeden Moment anrufen, denn ich habe ein Loch in meiner Brust.

Im übertragenen Sinne, aber egal, es tut trotzdem sauweh.

Und ich kann auch keine Anrufe entgegennehmen, weil mir ein Schlauch im Hals steckt.

Ich bin so was von benommen, noch voller Drogen von der OP. Aber Beruhigungsmittel helfen nur bei körperlichen Schmerzen. Bei einem gebrochenen Herzen helfen sie kein bisschen.

Nicht einmal, wenn sie das Herz deines Liebsten in dich reingetan haben.

DALMA YOUNG
01:23 Uhr

Der Todesbote könnte Dalma Young anrufen, um ihr zu sagen, dass sie heute sterben wird, und sie kann nur hoffen, dass sie dann einen so zauberhaften Tag verbringen wird wie Orion mit Valentino.

Dr. Emeterio erklärt der Familie, dass die Operation gut verlaufen ist, aber die Freude ist getrübt. Denn dieser Sieg ist mit einem entsetzlichen Verlust verknüpft.

Dalma umarmt ihre Mutter fest und weint bei dem Gedanken, wie viele Jahre mit Orion vielleicht vor ihr liegen. Sie kann sich gefahrlos vorstellen, dass sie an ihren einundzwanzigsten Geburtstagen zusammen Shots kippen, wie ihre Mütter es getan haben, dass er ihr mit dem Rest der Familie bei ihrer Examensfeier zujubelt, dass sie sich gegenseitig Reden bei ihren Hochzeiten halten, und alles, alles andere, was dem vorausgeht und nachfolgt. Natürlich hat man nie eine Garantie fürs Leben, egal wie gesund man ist. Diese Lektion haben sie schon bei Orions Eltern und jetzt bei Valentino gelernt. Und selbst mit einem neuen Herzen hat Orion nicht dieselben Chancen wie jemand, der keine Transplantation braucht.

Aber Dalma kann hoffen und träumen.

Und vor allem kann sie dafür sorgen, dass keine Zeit der Welt jemals für selbstverständlich gehalten wird.

»Können wir O-Bro – Orion – sehen?«, fragt Dalma und wischt sich die Tränen ab.

»Bald«, sagt Dr. Emeterio.

»Vielen Dank für alles, Frau Doktor«, sagt Dayana. »Sie haben keine Ahnung, wie sehr …«

»Ich wünschte nur, ich hätte sie beide retten können.«

Bis jetzt war Valentinos Tod nicht offiziell bestätigt worden.

»Wir werden für seine Seele und seine Famile beten«, sagt Dayana.

»Nur für seine Schwester«, erwidert Dalma.

Valentinos Eltern sollen für sich selbst beten.

Dayana führt die Familie durch ein gemeinsames Gebet, in dem sie um Frieden für Valentinos Seele bitten, um Kraft für Scarlett und um Liebe und Licht für sie beide.

Als sie fertig sind, sucht Dalma Scarletts Nummer in ihrem Handy, die noch von letzter Nacht, als Valentino seine Schwester angerufen hat, gespeichert ist.

Unweigerlich fühlt sie sich wie eine Angestellte des Todesboten, als sie den Anruf tätigt.

SCARLETT PRINCE
22:29 Uhr (Mountain Standard Time)

Scarletts Telefon klingelt, und sie weiß, dass es nicht ihr Bruder ist. Sie ist Wundern gegenüber immer offen, aber sie rechnet nicht mit einem. Wahrscheinlich ist es die Fluggesellschaft, die wegen ihrer Koffer anruft, als kümmerte es sie, wo ihre Klamotten und ihre Kamera-Ausrüstung sind, nachdem sie ihre andere Hälfte verloren hat. Aber die ist es nicht. Zuerst erkennt sie Dalmas Namen nicht, aber dann erinnert sie sich schnell an Orions beste Freundin – einer der letzten Menschen, die ihren Bruder lebend gesehen haben.

Sie macht sich nicht die Mühe, sich zusammenzureißen. »Hi.«

»Hi, Scarlett. Hier ist Dalma Young. Ich bin Orions Freundin.«

»Ich weiß.« Scarlett fragt fast, was los ist, als wäre das nicht sonnenklar.

»Ja. Wahrscheinlich wird dich die Ärztin jeden Moment anrufen, aber …«

»Mein Bruder ist tot«, sagt Scarlett. Sie würde sich über die Nachricht freuen, dass Valentino in einem tiefen Koma liegt, solange das heißt, dass er noch lebt, aber sie hält nicht den Atem an.

»Es tut mir so leid, Scarlett.«

Sie ärgert sich über den Drang, aus ihrem Zimmer zu rennen, um sich in den Armen ihrer Eltern auszuweinen. Wenn sie Valentino zu Lebzeiten nicht anständig behandeln konnten, sollten sie nicht die Möglichkeit bekommen, ihn zu betrauern oder sie zu trösten. Aber Scarlett kann den Drang nicht verleugnen, so allein fühlt sie sich in diesem Moment. Valentino ist nicht da – ist nicht am Leben –, um sie in den Arm zu nehmen.

Die Einsamkeit, ein Einzelkind zu sein, hat bereits begonnen.

Scarlett fühlt sich hohl ... Kann man sich hohl fühlen?

Sie möchte an Valentinos Zimmertür klopfen und ihn fragen, was er dazu sagt.

»Kann ich irgendwas für dich tun?«, fragt Dalma.

Scarlett hat vergessen, dass sie noch telefoniert. »Sag mir, dass alles andere gut verlaufen ist.«

»Das ist es«, entgegnet Dalma mit einem Anflug von Schuldgefühlen in der Stimme.

Was für Scarletts Bruder schiefgegangen ist, ist für Dalmas Freund gut gegangen.

»Das freut mich«, sagt Scarlett. Es war Valentinos Wille. »Hast du seine Kamera?«

»Ja. Hast du weiterhin vor, nach New York zu kommen? Falls nicht, kann ich sie dir zusammen mit den anderen Sachen aus seiner Wohnung schicken.«

Scarlett kann sich nicht vorstellen, ohne Valentino in New York zu sein. »Es wird zu einsam ohne ihn.«

»Nein, wird es nicht«, sagt Dalma. »Wir kennen uns nicht, aber Orion und Valentino haben mir gezeigt, dass das keine Rolle spielt. Wenn du herkommst, wirst du nie allein sein. Meine Familie ist deine Familie.«

Das klingt nach schönen Worten, nach etwas, das man jemandem zum Trost sagt, der gerade seinen Nächsten verloren hat. Aber Scarlett entscheidet sich, dieser Fremden zu vertrauen. Das hat Valentino auch getan und es hat in allen entscheidenden Punkten funktioniert. Außerdem ist es nicht so, als sähe sie sich wirklich weiterhin in diesem verfluchten Haus bei ihren Eltern, die Valentino vertrieben haben.

Sie wird sich nach New York wagen, um Valentinos Seele die Ehre zu erweisen, und sie wird New York nicht als der Stadt begegnen, in der er gestorben ist, sondern stattdessen als sein neues Zuhause in Erinnerung behalten, als die Stadt, in der er gelebt hat.

In ihrer hohlen Brust flackert eine winzige Flamme auf, wie Hoffnung, die sie von innen wärmt, wie das Feuer eines Phönix, der wiedergeboren wird.

Ihr Leben verändert sich – hat sich verändert –, und sie wird einen Neuanfang brauchen, um ihren Kummer zu überwinden, sich eine Zukunft ohne ihren Zwillingsbruder wirklich vorstellen zu können.

Aber sie wird ihn nie vergessen.

Scarlett muss nicht das Herz ihres Bruders in sich tragen, damit er für immer in ihrem weiterlebt.

GLORIA DARIO
03:04 Uhr

Bei Gloria Dario hat der Todesbote nicht angerufen, weil sie heute nicht sterben wird, auch wenn es sich in ihr drinnen so anfühlt.

Nie in einer Million Jahren hätte Gloria damit gerechnet, dass der erste Abschiedstag so enden würde, mit dem Tod ihres Ehemanns – und noch unvorstellbarer, dass er von ihrem Sohn umgebracht wird. Verwirrend daran ist, dass der Todesbote Frankie nicht einmal angerufen hat. Ja, Gloria hat Frankie hinter seinem Rücken angemeldet, mit seiner Telefonnummer. Warum hat der Todesbote dann nicht angerufen? Werden solche Fehler in Zukunft auch passieren? Aber wenn der Todesbote angerufen hätte, dann hätte Frankie Gloria vermutlich auch in einem Gewaltausbruch umgebracht. Das hat er heute Abend sowieso fast gemacht. Dass sie noch lebt, verdankt sie allein ihrem Sohn, doch für den Preis seines Lebens, seiner Zukunft.

Auf der Polizeiwache hält Gloria Pazito fest im Arm.

Obwohl sein Handeln ein Akt der Selbstverteidigung war, wird Gloria allmählich klar, dass das nicht so einfach sein wird. Es wird Untersuchungen geben und Befragungen, und die Vorstellung, dass irgendjemand ihren wundervollen Sohn anders einschätzen sollte, bricht ihr das Herz. Was ist, wenn ein Gericht ihr Pazito wegnehmen will? Nur weil er ihr das Leben retten wollte? Rolando hat sie immer wieder damit beruhigt, dass das nicht passieren wird, weil Frankies Misshandlungen aktenkundig sind. Gloria will ihm so gerne glauben, aber wann war die Strafjustiz je gerecht? Und selbst wenn Pazito nicht ins Gefängnis muss, was wird das Ganze mit seiner Seele machen?

»Mrs Dario?«

Gloria sieht zu dem Beamten auf: »Ich heiße Ms Medina.«

Sie eignet sich ihren Mädchennamen wieder an, wird nie wieder den Namen eines Mannes annehmen, auch dann nicht, wenn er sie von ganzem Herzen liebt. Gloria muss erst einmal sie selbst sein, und nur sie kann bestimmen, was das bedeuten soll.

»Ms Medina, wäre es möglich, allein mit Pazito zu sprechen? Wir würden es begrüßen, wenn er zustimmt, aber verstehen auch, wenn Sie auf einen Anwalt warten möchten.«

Gloria weiß, dass es sinnlos ist, zu kämpfen, abgesehen davon, dass sie nichts zu verbergen haben. Sie hebt Pazitos Kinn an. Er starrt sie mit großer Angst an.

»Sie werden mich einsperren«, sagt Pazito.

»Sie wollen nur mit dir sprechen«, sagt Gloria. Es ist ihre Aufgabe, auf ihr Kind aufzupassen. Das hat immer bedeutet, ihn vor all seinen Ängsten zu beschützen, ob es die Monster in seinem Schrank waren oder nun dieser Albtraum, in dem er vielleicht leben muss. »Sei ehrlich, Pazito. Ich will nicht, dass du lügst.«

»Das tue ich nicht, Mom.«

Anstatt sich selbst weiter fertigzumachen wegen all der unterschiedlichen Dinge, die sie hätte tun können, um jetzt nicht hier sein zu müssen, zieht Gloria ihren Sohn zu sich ran und umarmt ihn fest. Ihnen bleibt nichts anderes übrig, als weiterzumachen, und wenn alles gut geht, können sie zusammen herausfinden, wie das gehen soll. Und wenn Gloria genug Platz in ihrem Kopf und ihrem Herzen findet, dann kann sie auch Rolando dazu einladen. Das wird keine leichte Entscheidung sein, vor allem wenn man bedenkt, wozu ihre letzte, unbesonnene Entscheidung geführt hat, nämlich zum Tod ihres

Ehemanns, ein Ehemann, um den sie bestimmt nicht trauern wird. Aber wer weiß. Trauer ist seltsam und kann dich auch dazu bringen, jemanden zu vermissen, der nie gut für dich war.

Pazito schleift mit den Füßen, und während er mit dem Polizeibeamten mitgeht, schaut er dabei die ganze Zeit zurück.

Gloria schafft es, sich zusammenzureißen, bis ihr Sohn in dem Raum für Verhöre verschwindet, und sobald die Tür zu ist, fängt sie an zu schluchzen.

»Er wird schon okay sein«, sagt Rolando.

Anstatt ihm vorzuwerfen, dass er sie dazu ermutigt hat, ihrem Herzen zu folgen, glaubt sie ihm einfach.

Dunkle Zeiten stehen bevor, aber sie wird den Horizont im Auge behalten, die aufgehende Sonne, deren Licht auf all das fallen wird, was genährt werden muss, und Gloria Medina wird weiter wachsen und wachsen und wachsen.

3. August 2010
ORION
14:04 Uhr

Der Todesbote hat weder gestern Abend noch vorgestern Abend angerufen.

Langsam fange ich wirklich an zu glauben, dass die Operation erfolgreich war.

Dass ich leben werde.

Endlich haben sie den Schlauch aus meinem Hals gezogen, und ich bin dazu in der Lage, allein zu atmen. Den Tropf werden sie später entfernen. Diese Maschinen, die mich überwachen, werden für jemand anderen benutzt werden. Ich glaube, heute Abend wird es so weit sein, dass ich von der Intensivstation auf eine kardiologische Überwachungsstation verlegt werde. Wenn dort auch alles gut geht, könnte ich bald zu Hause sein. Ich kann immer noch nicht wirklich begreifen, dass ich zeit meines Lebens immer wieder ins Krankenhaus musste, aber wenn ich diesmal entlassen werde, bestimmt eine ganze Weile lang nicht mehr hinmuss. Wahrscheinlich irgendwann schon wieder, aber meine Chancen sind krass besser als je zuvor.

In den letzten drei Tagen habe ich vor mich hin gedämmert, aber jetzt bin ich wieder bei Bewusstsein, rede mit meiner Familie, versuche, etwas zu essen. Nach der ersten Nacht sind Dayana und Floyd abwechselnd mit Dahlia nach Hause gegangen, um außerhalb der Besuchszeiten ein wenig Schlaf nachzuholen; Dalma aber hat sich geweigert, das Krankenhaus zu verlassen, falls ich aufwachen und sie brauchen sollte. Und ich brauche sie auch, selbst wenn sie nichts tun kann, es sei denn sie beherrscht inzwischen die Kunst der Totenbeschwörung.

Über alles, was ich versäumt habe, weiß ich inzwischen Bescheid.

Zum einen wurde Frankie von seinem Sohn getötet. Der kleine Junge, der Valentino an seinem ersten Abend begrüßt hat. Wie er an eine Waffe gekommen ist, ist mir schleierhaft, aber er hat zweimal abgedrückt, um seinen Vater daran zu hindern, seine Mutter umzubringen. Jetzt ist es in allen Medien und sie haben Ermittlungen eingeleitet. Der kleine Paz hat der Polizei gesagt, dass seine Mutter aussah, als würde sie gleich sterben, obwohl der Todesbote sie gar nicht angerufen hatte, also wollte er ihr das Leben retten. Ich bezweifle, dass ihm diese Aussage etwas nutzen wird, vor allem weil der Todesbote es total versaut hat.

Das ist die zweite große Nachricht.

In einer Pressekonferenz hat Joaquin Rosa der Öffentlichkeit erste Ergebnisse präsentiert. Alle ihre Voraussagen waren wohl richtig, aber zwölf Todgeweihte haben sie im Stich gelassen – und dazu gehörte auch Frankie. Rosa hat gesagt, dass ihn diese Verluste ein Leben lang verfolgen werden und dass er alles in seiner Macht Stehende getan hat, um zu verhindern, dass das je wieder passiert. Sieht so aus, als würden die Leute ihm das auch abnehmen, besonders nachdem sie seit meiner Operation keine Scheiße mehr gebaut haben. Das Programm des Todesboten wird wachsen und wachsen, vielleicht sogar auf der ganzen Welt angeboten werden. Vielleicht wird dieser Dienst manchen Leuten noch Angst machen, aber ich wette, wenn ich Valentinos Geschichte erzähle, kann ich jeden Einzelnen davon überzeugen, dass es sinnvoll ist, das eigene Schicksal zu kennen.

So ein Abschiedstag ist fürchterlich, doch wenn man sich dem Leben verschrieben hat, kann er auch wunderschön sein.

DALMA YOUNG
16:44 Uhr

Bei Dalma Young hat der Todesbote nicht angerufen, weil sie heute nicht sterben wird, aber endlich hat ihre bahnbrechende Idee das Licht der Welt erblickt.

»Ich weiß jetzt, was ich für eine App entwerfen will«, sagt Dalma, während sie allein mit Orion in seinem Krankenzimmer sitzt.

»Ach ja?«, fragt Orion leise.

Er klingt desinteressiert, aber Dalma weiß, dass er einfach nur in Gedanken woanders ist. Dieser Kummer ist nicht wie der eines Kindes, das seine Eltern verliert. Damals hat Orion nächtelang geschrien und war jedes Mal verwirrt, wenn er aufgewacht ist. Das konnte Dalma nachvollziehen, aber sie weiß nicht, wie es ist, einen Freund zu verlieren. Oder einen Geliebten. Doch sie erkennt jetzt, welche ungeheure Kraft es einem geben kann, Menschen zu finden, bevor es zu spät ist.

»Valentino und du, ihr habt euch gegenseitig verändert, obwohl ihr nur einen einzigen Tag miteinander verbracht habt. Du hast ihm Frieden vor seinem Tod geschenkt und er wird für den Rest deines Lebens bei dir bleiben«, sagt Dalma und denkt dabei eher an den Einfluss, den Valentino auf Orions Seele gehabt hat, als an das neue Herz in seiner Brust, aber das auch. »Ich glaube, ich kann eine App entwickeln, die dafür sorgt, dass kein Mensch allein stirbt.«

»Wie würde das funktionieren?«

»Jeder würde ein Profil in der App erstellen, damit man den bestmöglichen Partner findet, ich glaube, es sollte keine zufällige Auswahl sein. Das ist was sehr Persönliches, und die

Todgeweihten selbst sollten entscheiden, wen sie in ihr Leben lassen, vor allem wenn ihre Zeit so begrenzt ist. Ich könnte sogar die Möglichkeit einbauen, dass sich nur Todgeweihte untereinander finden. Wer dann die Ehre hat, ausgewählt zu werden, um dem Todgeweihten Gesellschaft zu leisten, hilft ihm, so gut er kann. Möglicherweise geht es nur um eine einfache Begleitung, um ihre Angelegenheiten in Ordnung zu bringen. Aber es könnte die Todgeweihten auch dazu anspornen, an ihrem Abschiedstag noch ein ganzes Leben zu leben.«

In Orions Augen blitzt es, fast so, als würde ein ganzer Film seiner gemeinsamen Zeit mit Valentino in seinem Kopf abgespult. »Das wird das Leben sehr vieler Menschen verändern, Dalma.«

»Das hoffe ich.«

Dalma ist sich nicht sicher, ob Orion die App je nutzen wird. Im Moment ist das schwer vorstellbar. Er ist stark, aber kann sein neues Herz noch mit weiteren gebrochenen Herzen umgehen?

Wenn es so weit ist, wird die Zeit diese Frage beantworten.

»Weißt du schon, wie deine App heißen soll?«, fragt Orion.

Der Name ist Dalma blitzartig eingefallen. »*Letzte Freunde*.«

ORION
16:54 Uhr

Ich war Valentinos *Letzter Freund*.

Dalmas App wird unglaubliche Verbindungen ermöglichen, doch sie ist ein zweischneidiges Schwert, das nicht von jemandem geschwungen werden kann, der schwache Nerven hat. Der letzte Freund muss sich darüber im Klaren sein, dass der Todgeweihte nicht nur sterben wird, sondern dass er als letzter Freund diesen Tod vielleicht auch mit ansehen muss. Das hinterlässt Narben. Aber nicht alle Narben sind schlecht. Ich blicke auf die auf meinem Brustkorb.

Diese Narbe bezeugt, dass ich mehr war als Valentinos letzter Freund.

17: 17 Uhr

»Wann ist er gestorben? Um wie viel Uhr?«

So wie ich alles über Valentinos Leben wissen wollte, will ich nun auch alles über seinen Tod erfahren.

Dr. Emeterio hört auf, meine Krankenakte zu studieren, und nimmt ihr Klemmbrett in die Hand. »Valentino ist um neun Uhr abends gestorben, genauer gesagt um 21:11 Uhr.«

Neun.

Elf.

Gerade als ich dachte, dass diese Zahlen mich nicht mehr verfolgen würden.

18:17 Uhr

»Du hast Besuch«, sagt Dalma und steht in der Tür meines neuen Zimmers.

Dann ist es wohl niemand aus der Familie. »Wer denn?«

»Scarlett.«

Mein Herz – Valentinos Herz – pocht wie verrückt.

»Ist dir denn nach Gesellschaft?«, fragt Dalma.

Nein, aber das kann ich nicht sagen.

Nicht zu dem Zwilling des Jungen, der mir sein Herz geschenkt hat.

Gut, dass mich Scarletts Besuch nicht unangekündigt trifft, denn sie erinnert mich mehr an Valentino, als ich gedacht hätte. Ihre Ausstrahlung ist ähnlich wie seine, als wir das erste Mal gestern Abend im Krankenhaus waren – nein, ich meine natürlich den anderen Abend; die Zeit ist so verrückt. Valentino hat versucht, sein Schicksal anzunehmen, und Scarlett versucht nun das Gleiche. Das wird seine Zeit dauern.

Ihr Haar ist zu einem Pferdeschwanz zusammengebunden und ihr Gesicht ist ungeschminkt, und sie sieht blasser aus als auf FaceTime.

»Ich lasse euch beide mal allein«, sagt Dalma und schließt die Tür hinter sich.

Ich versuche mich aufzusetzen, aber dazu fehlt mir noch die Kraft. »Hi. Wann bist du angekommen?«

Scarlett sagt lange nichts. Als sie dann endlich spricht, geht sie gar nicht auf meine Frage ein. Sie sagt nur: »Danke.«

»Oh, mir musst du nicht danken. Dein Bruder ist hier der Held.«

Ich korrigiere mich nicht, indem ich Valentino in der Vergangenheitsform darstelle.

»Du warst für Val da, als ich es nicht sein konnte«, sagt Scarlett, während sie einen Stuhl zu meinem Bett rüberzieht und sich hinsetzt. Sie holt Valentinos Kamera aus ihrer Tasche. »Valentino hat gesagt, die Idee mit der Kamera kam von dir.«

»Er hat es verdient, gesehen zu werden. Es tut mir leid, dass du nicht dabei sein konntest, um selbst alle Erinnerungen festzuhalten.«

»Das hätte mir gefallen. Ich fühle mich beraubt.«

»Du bist ja auch beraubt worden.«

Er war das Model, sie die Fotografin – zwei Seiten einer Medaille, die gegenseitig dafür gesorgt haben, dass sie fantastisch aussahen.

»Danke, dass du seinen letzten Tag dokumentiert hast.« Scarlett macht die Kamera an, und einen Moment lang habe ich Angst, dass sie nicht funktionieren wird, kaputt ist wie mein Handy. Sie scrollt zurück zum Anfang der Bilder. »Unternimmst du mit mir eine kleine Reise in die Vergangenheit?«

Ich habe es bisher noch nicht übers Herz gebracht – ja, ja, ja, ja, ja, ich weiß, lasst mich bitte mein Leben leben –, mir die Fotos anzugucken. Eigentlich sollte das hier eins der letzten ersten Male sein, die ich gemeinsam mit Valentino erlebe. Stattdessen mache ich nun mit seiner Schwester eine kleine Reise in die Vergangenheit und lasse kein Detail aus.

So werde ich Valentino das erste von unzähligen Malen meine Ehre erweisen.

6. August 2010
JOAQUIN ROSA
02:07 Uhr

Bei Joaquin Rosa hat der Todesbote nicht angerufen, weil er heute nicht sterben wird. Ebenso wenig wie seine Firma.

Was manche für ein Experiment gehalten haben, das von Anfang an zum Scheitern verurteilt war, wird nun als ein erfolgreicher Dienst angesehen.

Allein in der vergangenen Woche hat es einige Veränderungen gegeben: Fluglinien für Inlandsflüge haben dafür gesorgt, dass kein Flugzeug abhebt, bevor der Pilot nicht freigegeben wurde, und planen, dies in Zukunft auch auf die Passagiere auszudehnen; die Polizei will bei ihren Ermittlungen künftig mit dem Todesboten zusammenarbeiten, zum Beispiel bei Fällen von vermissten Personen, um Ressourcen einzusparen, sollte die vermisste Person nicht mehr zu retten sein; Wissenschaftler bereiten klinische Studien an Todgeweihten vor und bieten dafür Auszahlungen an die Familien der Verstorbenen oder an eine Wohltätigkeitsorganisation ihrer Wahl an; das Militär macht zunehmend Druck, weil sie wollen, dass der Todesbote allein in den USA agiert, doch Joaquin möchte in allen anderen interessierten Länder investieren, schließlich soll der Todesbote nicht als Waffe eingesetzt werden, sondern auf der ganzen Welt ein Heilsbringer sein; und ganz besonders berührend ist, dass Ärzte sich vermehrt fragen, ob es nicht neuer Verfahren im Umgang mit Patienten bedürfe, besonders nachdem ein Todgeweihter am ersten Tag des Todesboten einer anderen Person mit einer Organspende das Leben gerettet hat.

Das war nicht irgendein Todgeweihter.

Das war Valentino Prince, der allererste Todgeweihte, den Joaquin angerufen hat, als der Todesbote seinen Dienst aufnahm.

Natürlich ist nicht alles gut. Während sich nach dem Launch der Firma neue Abonnenten in Rekordhöhe angemeldet haben, zeigen die Umfragewerte weiterhin, dass sich Millionen mit dem Dienst nicht wohlfühlen. Manche glauben sogar, dass der Todesbote selbst den Killer mit der Totenkopfmaske engagiert hat, um am Times Square Amok zu laufen, als müsste die Firma mit Angst arbeiten, um erfolgreich zu sein. Joaquin hat keine Verbindung zu diesem Mörder – oder zu einem der anderen Angreifer mit Totenkopfmasken, die in jener Nacht für Chaos gesorgt haben –, und nachdem der Killer für den ersten dokumentierten Toten bei der Premiere verantwortlich war, fürchtet Joaquin, dass nicht zum letzten Mal ein solcher Angriff als Protest inszeniert wurde. Leider ist Joaquin noch immer nicht im Besitz einer Kristallkugel, um solche Dinge vorherzusagen, insofern wird das Rätsel weiter bestehen bleiben.

So wie auch der Todesbote.

Die viele Arbeit, die sich Joaquin gemacht hat, um dafür zu sorgen, dass die Menschen ihr Leben auch wirklich leben, hat zur Folge, dass er sein eigenes Leben nicht genießen kann. Was für eine tragische Ironie. Seine Frau und seinen Sohn sieht er nur beim Abendessen, das eigentlich sein Frühstück ist, da er tagsüber meistens schläft, um sich von den Nachtschichten zu erholen, oder unzählige Telefonate führt. Joaquin kann es sich schlichtweg nicht leisten, nicht im Hauptquartier anwesend zu sein, nicht nach dem Fiasko bei der Premiere, als zwölf eingetragene Todgeweihte sterben mussten, ohne vorher darüber informiert worden zu sein. Das verfolgt ihn nach wie vor. Joaquin schiebt den wachsenden Berg von Papierkram beiseite und verlässt sein Büro. Er muss sich darüber klar werden, dass er nicht alles erreichen kann, aber dass sich für andere neue Wege auftun.

Joaquin steht mitten im Callcenter, wo die Heerscharen von Boten seine Lebensaufgabe erfüllen.

Es hat so viel Kummer und Leid auf der ganzen Welt gegeben und auch in Joaquins eigener Welt, um an diesen Punkt zu kommen. Um diese schwindelnden Höhen zu erreichen, mit einer Aussicht, die keiner, der recht bei Sinnen ist, sich je hat vorstellen können.

Doch der Todesbote kann den Menschen nur sagen, wann sie sterben werden – er kann nicht voraussagen, wie ihr Leben sich an ihrem Abschiedstag verändern wird. Jeder Todgeweihte muss das alles für sich selbst entdecken, indem er aus vollem Herzen lebt, bis zum allerletzten Herzschlag.

7. August 2010
ORION
11:17 Uhr

Der Todesbote hat nicht angerufen, weil Valentino Prince mein Leben gerettet hat.

Ich bin endlich wieder zu Hause und wappne mich für die erste Nacht in meinem eigenen Bett, die erste Nacht, seit ich es mit ihm geteilt habe. Das ist einer dieser Momente, die gleichzeitig ein erstes und ein letztes Mal sind, und ich liebe und hasse es. Zum Glück werde ich nicht allein sein. Dalma und Scarlett werden mir in ihren Schlafsäcken Gesellschaft leisten.

Eine neue Familie ist nicht alles, was Valentino uns hinterlassen hat.

Als Scarlett heute nach Hause kam, hat sie mich mit einem Fotoalbum überrascht, mit all unseren Bildern vom Abschiedstag. Ich hatte sie ja bereits im Krankenhaus zusammen mit ihr angeschaut, ihr all die Geschichten von Valentinos Abschiedstag erzählt, aber nun gehört mir meine eigene Sammlung, da Scarlett die Kamera ihres Bruders behalten wird. Die gemeinsamen Fotos von uns liebe ich besonders, vor allem die von der High Line und vom Times Square, erste und letzte Male.

Und zwischendrin so viel Leben.

Ich starre auf die Fotos von Valentinos stolzierendem Auftritt in der U-Bahn. Fast bin ich versucht, sie an seine Agentin zu schicken, damit sie sehen kann, was die Welt verpasst hat, weil sie nicht an den Todesboten geglaubt hat, aber sie verdient es nicht, ihn in all seiner Herrlichkeit zu sehen.

Sogar über den Tod hinaus will ich Valentino beschützen.

Ich bin gerade mal eine Stunde zu Hause und wieder klopft jemand zum tausendsten Mal an die Tür.

»Ja?«

»Ich bin's«, sagt Dalma von der anderen Seite der Tür.

»Und ich auch«, sagt Scarlett.

Gerade habe ich keine Lust, mit anderen zusammen zu sein, einfach so. Man hat mir gesagt, dass Stimmungsschwankungen und Depressionen Nebenwirkungen einer Herzoperation sein können, als wäre es das, was mich runter, runter, runter, runter, runter, runter, runter, runter, runter, runterzieht. Bis heute Abend will ich irgendwie für mich sein, einfach im Bett liegen und schlechtes Fernsehen gucken und mein Fotoalbum ansehen. Später, wenn ich nicht werde schlafen können, kann ich Gesellschaft wirklich gebrauchen.

»Was ist los?«

»Ich hab was für dich«, sagt Scarlett.

»Noch was?«

Vielleicht sind es noch ein paar von Valentinos Klamotten, deren Duft ich einatmen kann, oder sein Rasierwasser.

»Können wir reinkommen?«, fragt Dalma. »Es geht ganz schnell.«

Ich gebe nach. »Okay.«

Dalma und Scarlett kommen in mein Zimmer. Scarletts Hand ist zur Faust geballt, aber ich wette, sie ist nicht hier, um mir eine reinzuhauen. Ich weiß nicht, was sie mir da bringt, vielleicht etwas von Valentino, wovon sie sich trennen kann, wovon sie meint, dass es mir gefällt. Vielleicht eine Fotokopie seiner Sterbeurkunde, was wohl etwas makaber erscheint, aber ich würde sie in meiner Schatzkiste aufbewahren, zusammen mit den Artikeln über die Geschehnisse in seinem New Yorker Haus und all den Berichten über 9/11, die ich über die Jahre gesammelt habe.

»Was ist es denn?«, frage ich.

Ich will nicht unhöflich sein, aber ich habe Schmerzen und fühle mich zerstört, auch wenn Valentinos Herz mich zusammenhält.

»Es war noch was auf der Kamera«, sagt Scarlett.

»Das Video, das er für dich aufgenommen hat«, sage ich.

Sie nickt. »Es ist nur vier Minuten und zweiunddreißig Sekunden lang, aber es hat ein paar Tage gedauert, bis ich es mir zu Ende ansehen konnte. Es hat einfach zu sehr wehgetan. Ein Leben ohne ihn ist so neu für mich und ... Valentino mag als Erster gekommen und gegangen sein, aber seine letzten Worte waren wunderbar. Sie helfen mir.«

Ich weiß nicht, was Valentino zu Scarlett gesagt hat. Das geht mich nichts an und wird es auch nie, außer sie möchte sich öffnen und mit mir darüber reden.

»Aber dahinter war noch ein Video«, sagt Scarlett. »Erst dachte ich, das ist auch für mich, aber dann hat Valentino deinen Namen genannt.«

Mein altes Herz würde jetzt stehen bleiben.

Mein neues Herz erwacht zum Leben.

Vielleicht etwas zu schnell, aber ich bleibe stark.

»Er hat ein Video für mich aufgenommen?«, frage ich.

Scarlett nickt wieder. »Ich habe es mir nicht angesehen. Natürlich nicht. Ich habe es erst gestern Abend entdeckt, aber ich wollte warten, bis du richtig zu Hause angekommen bist, bevor ich es dir gebe.«

»Aber was ist, wenn ich vorher gestorben ...«

Dalmas verblüffter Blick bringt mich zum Schweigen.

Hätte die Möglichkeit bestanden, dass ich sterbe, ohne Valentinos Video gesehen zu haben, hätte der Todesbote uns ja vorher Bescheid gegeben.

»Mein Fehler.«

»Es ist eine neue Welt«, sagt Dalma.

»Wir müssen uns noch daran gewöhnen«, ergänzt Scarlett.

In vielerlei Hinsicht.

Scarlett öffnet ihre Faust und enthüllt einen USB-Stick. Ich habe selbst einen, den ich früher für Hausaufgaben benutzt habe und um Sicherheitskopien von meinen Kurzgeschichten zu machen, falls mein Laptop endgültig abnippelt. Aber in diesem winzigen Hüter von Erinnerungen ist ein Video von Valentino, der meinen Namen sagt. Vielleicht sogar mehr, und falls nicht, wäre das auch genug.

»Danke«, sage ich.

Scarlett lächelt. »Dir auch.«

Fast frage ich sie, wofür, aber es ist klar, was sie meint.

Alles.

»Willst du es dir jetzt ansehen?«, fragt Dalma.

»Ja, klar.«

Mein ganzes Leben konnte ich nicht mit Valentino verbringen, noch nicht mal einen ganzen Tag. Ich brauche mehr von ihm, und zwar jetzt sofort.

Dalma stellt meinen Laptop aufs Bett, steckt den Stecker ein, damit er am Leben bleibt. »Ich liebe dich, O-Bro.«

»Ich dich auch, Schwester.«

Das ist das erste Mal, dass ich sie Schwester genannt habe und nicht auf eine Sie-ist-irgendwie-fast-wie-eine-Schwester-Art.

Dalma drückt meine Hand, bevor sie zusammen mit Scarlett das Zimmer verlässt.

Ich schiebe den USB-Stick in den Laptop, auf dem ich meine Geschichten über Valentino schreiben werde.

Um ihn unsterblich zu machen.

Aber jetzt klicke ich auf die Datei, die den Namen *Valentino an Orion* trägt.

Da ist er, eingefroren, in meinem Zimmer, an meinem Schreibtisch, als wäre er nur ein paar Meter entfernt und nicht in jeder Hinsicht außer Reichweite.

Ich drücke auf *Play* und Valentino Prince wird wieder zum Leben erweckt.

»Hallo, Orion.«

Seine blauen Augen, mein Name aus seinem herzförmigen Mund, sein verwuscheltes Haar, nachdem wir Sex hatten ...

Gäbe es nicht den Todesboten, würde ich schwören, dass dieses Video mich umbringt. Aber zu wissen, dass ich das überleben werde, gibt mir die Kraft, es mir anzugucken, es mir immer wieder anzugucken.

Es wird mich nicht umbringen. Aber es könnte mich heilen.

»Ich habe nicht viel Zeit«, sagt Valentino – nein, hat er gesagt. »Nicht nur, weil heute mein Abschiedstag ist. Das war ja eh klar. Aber du bist gerade unter der Dusche, nach unserem unglaublichen ersten Mal, und ich habe Angst, dass du gleich wieder ins Zimmer kommst. Ich bin gerade mit dem Video für Scarlett fertig geworden und alles ist so ungewiss, deshalb wollte ich noch ein paar Sachen loswerden, nur für den Fall, dass der Tod mich kalt erwischt.«

Gut, dass er so vorausschauend war. Aber ich will jetzt nicht an Valentinos geschundenes und blutiges Gesicht denken, nach diesem tödlichen Sturz die Treppen hinunter. Ich will mich daran erinnern, wie er an seinem Abschiedstag war. Mit einem Lächeln im Gesicht, wunderschön und lebendig.

»Ich weiß nicht, was ich ohne dich machen würde«, hat Valentino gesagt. »Das klingt vielleicht komisch, weil ich vor dir schon ein ganzes Leben gelebt habe, aber auch wenn ich dich da noch nicht kannte, weiß ich, dass du der Mensch bist, nach dem ich immer gesucht habe. Jetzt könnte man natürlich sagen, schlechtes Timing, aber es hätte schließlich noch viel schlimmer kommen können, stimmt's? Vielleicht hätte ich dich gar nicht kennengelernt, Orion.«

Valentino hat Tränen in den Augen, als wäre dieser Gedanke einfach zu schrecklich.

Ich stimme ihm eine Milliarden Mal zu.

»Du wirst weiterleben, Orion, doch du wirst das Leben ohne mich meistern müssen«, höre ich ihn sagen, dann zuckt er zusammen. »Tut mir leid. Das klang jetzt bestimmt total selbstgefällig, aber so war es nicht gemeint. Du hast mir ja erzählt, was Trauer mit dir macht, und auch wenn ich nicht die gleiche Bedeutung für dich habe wie deine Eltern, weiß ich, dass ich dir auch nicht unwichtig bin. Ich will nicht, dass du in ein schwarzes Loch fällst oder denkst, du müsstest das. Ich will, dass du auch an dunklen Tagen ein Licht findest und ...«

Dann ging die Tür auf, weil Valentino unterbrochen wurde, von mir, dem Vergangenen Orion, von dem ich ganz persönlich weiß, dass er im Türrahmen steht, mit nichts als einem Handtuch um die Hüften, weil ich das war – und es schmerzt, wieder die Angst in Valentinos Augen zu sehen, als würde gleich etwas Schreckliches geschehen.

»Was ist los?«, hat Valentino gefragt und ist von meinem Stuhl aufgesprungen.

»Nichts, nichts«, hat der Vergangene Orion gesagt. »Ich wollte nur gucken, ob es dir gut geht. Ich hatte ein schlechtes Gefü ... ich bin plötzlich nervös geworden.«

Erleichtert hatte Valentino sich wieder hingesetzt und tief ausgeatmet. »Alles in Ordnung. Ich nehme gerade eine Nachricht für Scarlett auf. Etwas, das sie ... wenn ich ... Ist es okay, wenn ich das eben fertig mache? Ich brauche noch eine Minute.«

»Lass dir Zeit ... Und stirb nicht. Du weißt, was ich meine!«

Der Vergangene Orion verschwand und Valentino lächelte in die Kamera.

»Tut mir leid, dass ich dich angelogen habe«, sagte er mit einem Schmunzeln. »Ich hoffe, du verstehst, warum ...«

Sollte ich je jemanden anlügen müssen, dann mache ich das hoffentlich genauso charmant.

»Was wollte ich gerade sagen?« Valentino sah nach oben, als würden die Worte an der Decke stehen, eine vorbereitete Ansprache. »Bitte lass dich nicht von deiner Trauer überwältigen. Warte nicht bis zu deinem Abschiedstag, um so zu leben, wie wir gemeinsam gelebt haben. Wenn du mal einen schlechten Tag hast, dann tu mir den Gefallen und geh laufen. Das würde ich machen. Das habe ich ehrlich gesagt sehr oft gemacht.« Er wurde still, als hätte er sich in seinen Gedanken verloren. Doch dann fing er sich wieder und lächelte. »Ich will, dass du noch mehr von deiner Stadt entdeckst und dass du so mutig bist, den ersten Schritt zu machen, wenn dir das nächste Mal jemand ins Auge fällt. Und das wird passieren, Orion. Bitte verzichte nicht darauf, nur weil du Angst hast, wieder jemanden zu verlieren, oder weil du Schuldgefühle hast, weil du weiterleben kannst und ich nicht.«

Valentino rückte näher an die Kamera heran, so nah, dass er nur einen Atemzug von mir entfernt ist.

»Bevor der Todesbote angerufen hat, hast du mir gesagt, was Trauer wirklich ist: Solange du noch da bist und weiter atmest, wirst du eines Tages auch wieder leben. Du musst leben, Orion.« Valentino tippte auf seinen Brustkorb. »Dieses Herz hier gehört nicht mir oder dir. Das ist *unser* Herz. Ich liebe dich, Orion. Leb für uns beide.«

Dann ist das Video zu Ende, aber meine Tränen fangen jetzt erst an zu fallen.

Valentino Prince hat mich geliebt – und er hat es mir auch gesagt. Ich kann es mir für den Rest meines Lebens anhören. Er hat es mir gesagt, auch wenn es nur das eine Mal war, das sich in alle Ewigkeit wiederholt.

Ich bin nicht länger eine Kurzgeschichte. Ich bin nun ein Roman.

Besser noch, ich bin in Arbeit.

Ich habe all diese neuen leeren Seiten, und ich werde ein Leben leben, über das es sich zu schreiben lohnt.

Valentino hat mich an seinem Abschiedstag seinen Co-Kapitän genannt und ich werde ihn mein Leben lang als Co-Autor betrachten.

Ich werde weitere erste Male entdecken und mich in diesen Momenten nie zurückhalten.

Ich werde rennen, als würde ich immer noch mit ihm zusammen durch unsere Stadt laufen.

Ich werde eine epische Geschichte über eine unsterbliche Figur namens Vale schreiben.

Und sollte ich mich vielleicht ein weiteres Mal verlieben, dann werde ich das ganz sicher aussprechen, bevor es zu spät ist.

Ich stehe ganz am Anfang und vor mir liegen viele weitere erste Male.

Ich drücke mir mein Lieblings-Foto von ValentinOrion an mein Herz.

An sein Herz.

An unser Herz.

DANKSAGUNG

Dieses Buch hat versucht, mir den Rest zu geben, aber ich bin noch da, YEAH!

Zunächst einen Riesendank an meine Lektorin Alexandra Cooper! Ein Prequel zu meiner liebsten Romanwelt zu schreiben war unglaublich schwierig, und Alex war extrem geduldig, verständnisvoll und unterstützend, selbst wenn ich sie anrief und so was sagte wie: »Hi, ich muss einen der Erzähler noch mal komplett umschreiben!«, und: »Rate mal, wessen Buch, das im Winter spielt, eigentlich im Sommer angesiedelt sein müsste!«, und: »Kann ich noch eine Woche länger Zeit haben, um mir das Lektorat anzusehen?«, obwohl es in Wirklichkeit mehr als eine Woche war. Dieses Buch ist nur zu dem geworden, was es ist, weil Alex Vertrauen in meinen chaotischen Prozess hatte und ihre Begleitung mir geholfen hat, zum Herzen des Textes durchzudringen – in jeder Version, die ich ihr vorlegte.

Danke an meine außergewöhnliche Agentin und Mit-Nachteule Jodi Reamer, die sich für mich eingesetzt und dieses Buch gelesen hat, obwohl ihr *Am Ende sterben wir sowieso* dermaßen zugesetzt hat, dass sie Angst hatte, das Licht bei sich zu Hause anzumachen. Im Ernst, ganz herzlichen Dank an Jodi, dass sie mir immer zugehört hat – wenn ihr mich kennt, wisst ihr, dass ich verdammt viel rede und ständig tausend neue Ideen habe.

Kaitlin López' Unterstützung war extrem hilfreich! Kaitlin war es, die gemerkt hat, dass dieses Prequel wegen zwei nebensächlicher Details in *Am Ende sterben wir sowieso*, die wahrscheinlich kein Mensch bemerkt hätte, nicht an Silvester / Neujahr spielen konnte. Und so gern ich mich über diese innere Logik hinweggesetzt hätte, weil es nicht einfach war, die Jahreszeit zu tauschen – insbesondere, da es genau um die Weihnachtszeit ging! –, würde es mich ewig verfolgen, wenn ich das nicht auf mich genommen hätte. Vielen Dank an Kaitlins Lektorinnen-Adlerauge, das dafür gesorgt hat, dass dieses Buch stimmig ist. (Und von den Zeitzonen will ich gar nicht erst anfangen.)

Danke an meinen Verlag HarperCollins! Ein herzlicher Gruß an Rosemary Brosnan, Suzanne Murphy, Michael D'Angelo (vor allem für den hervorragenden Titel, der den Verlauf der Geschichte verbessert hat!), Audrey Diestelkamp, Cindy Hamilton, Jennifer Corcoran, Allison Weintraub, Laura Harshberger, Mark Rifkin, Josh Weiss, Allison Brown, Caitlin Garing, Andrea Pappenheimer und die Vertriebsabteilung sowie an Patty Rosati und ihr Team, weil sie die Allerbesten sind. Und an Umschlaggestalterin Erin Fitzsimmons und Illustrator Simon Prades, die sich erneut zusammengetan haben, um diesen gleichzeitig romantischen und gruseligen Umschlag meiner Träume zu schaffen.

Danke an meine Agentur Writers House! Einen herzlichen Gruß an Cecilia de la Campa, Alessandra Birch und Rey Lalaoui für alles, was sie tun, um meine Bücher in die Welt zu tragen. Ihre Reichweite haut mich um.

Danke an meine Freunde! Luis und Jordin Rivera haben dafür gesorgt, dass ich nicht den Verstand verloren habe. Luis hat sich während meiner Entwürfe unendliche Male die jeweils neuste Version angehört, damit ich an der Geschichte dranblieb, und er hat mich mit großartigen Ideen versorgt, wie beispielsweise die geheime U-Bahn-Station. Elliot Knight war der Erste, der mich aus diesem Buch hat lesen hören, was auf eine Art, die für uns beide offensichtlich ist und hier nicht ausgebreitet werden muss, eine große Bedeutung hatte.

Becky Albertalli hat mich ertragen, während ich unzählige verschiedene mögliche Erzähler für dieses Buch durchspielte. Danke an David Arnold, dass er weiterhin mein Bruder / falscher Ehemann ist, und an Jasmine Warga, weil sie die Einzige ist, mit der ich (vegane) Süßigkeiten in der Badewanne essen würde. Danke an Arvin Ahmadi, der mein Schreiben in der dritten Person angepriesen hat, als wäre es das Allerbeste, was mir viel bedeutet, denn Arvin ist der Allerbeste, daher kann ich hier wirklich auch vom Allerallerbesten sprechen. Danke an Sabaa Tahir, die mich immer wissen lässt, wenn ich etwas gut gemacht habe, und mir hilft, wenn ich es nicht so gut gemacht habe. An Robbie Couch für den ganzen Kuchen, den ich immer vorfinde, nachdem er für mich das Haus gehütet hat (und auch für die anderen süßen Freundschaftsbeweise, aber vor allem für die veganen Snacks!). An Victoria Aveyard, die vermutlich gar nicht in Los Angeles wohnt, weil wir uns hier nie begegnen, aber ich finde es toll, dass wir uns oft schreiben. An Alex Aster, eine neue Freundin, die genauso schnell zu einer großartigen Freundin wurde, wie sie ein TikTok-Video aufnimmt, also superschnell. An Angie Thomas, die schon vor mir ein Prequel geschrieben hat, sodass ich sie mit Fragen, worauf es dabei ankommt, löchern konnte. An Marie Lu, Tahereh Mafi und Ransom Riggs – diese großartigen Menschen habe ich schon immer bewundert, und ich hatte das große Glück, ihnen während meiner Zeit in Los Angeles näherzukommen. Rebecca Serle, ich bin so stolz auf unsere Reisen, sowohl persönlich als auch beruflich. Und Nicola und David Yoon, ich liebe ihre großen Herzen – vor allem, weil die dazu beitragen, dass sie mir nicht die Freundschaft aufkündigen, obwohl ich verdammt oft fluche.

Dieses Buch wäre ohne meinen Gruppenchat, der in einen Zoom-Raum gewechselt ist, damit wir alle unsere Abgabetermine einhalten konnten, nie fertig geworden. Danke an Dhonielle Clayton, unsere Gastgeberin auf Zoom, die mich zu Schläfchen verpflichtete, wenn ich zu oft gähnte. An Mark Oshiro, unseren Zeitmesser, der die Sitzungen mit der Stimme einer göttlichen Masseurin beendete. (Im Unterschied zu dem einen Mal, als ich alle mit einem unheimlichen teuflischen Knurren zurückrief, das ich auf YouTube gefunden hatte.) An Patrice Caldwell, die den Gruppenchat nicht verlassen hat, als wir alle wegen unserer Abgabetermine kurz vorm Ausrasten waren. (Und ein herzlicher Gruß an Ashley Woodfolk und Zoraida Cordova für ihre Gastauftritte!)

Danke an meine Mutter, Persi Rosa, die viel Besseres verdient hat als das, was sie während meiner Kindheit erdulden musste. Auch wenn sie vieles bereut, gelingt es ihr immer noch, jenen, die es nicht wert sind, mit Anstand zu begegnen. Ich habe gewaltigen Respekt vor ihrer bemerkenswerten Kraft und ihrem riesigen Herzen. Und ich freue mich, berichten zu können, dass es zwar viele Gemeinsamkeiten zwischen ihr und Gloria aus diesem Roman gibt, meine Mutter jedoch eine zuverlässige und wahre Liebe gefunden hat.

Wie immer ein großer Dank an Buchhändler, Bibliothekarinnen und Lehrer! Die Entschlossenheit, mit der ihr euren Kundinnen, Besuchern und Schülerinnen den Zugang zu Büchern wie meinem ermöglicht, weiß ich gerade in diesen Zeiten außerordentlich zu schätzen. Danke, dass ihr diesen Kampf führt.

Ein neues erstes Mal: Danke an alle auf BookTok / TikTok, die *Am Ende sterben wir sowieso* ein unglaubliches zweites Leben geschenkt haben. Ein besonders herzlicher Gruß an Selene von @_moongirlreads, die als Erste dafür sorgte, dass das Buch viral ging, und die entscheidenden Türen für mich aufstieß, damit ich Weiteres aus dieser Todesbotenwelt schreiben konnte. Ich bin euch ewig dankbar.

Danke an meine Leserinnen und Leser, die mich kreativ auf Trab halten.

An meine Therapeutin, die mich mental auf Trab hält.

An meinen Hund Tazzito, der mich körperlich auf Trab hält. Bei Spaziergängen. Vielen Spaziergängen.

Und, last but not least, danke an Andrew Eliopulos, den Ersten, der sich in die Welt des Todesboten verliebt hat. Auch wenn er inzwischen weitergezogen ist – beruflich! Nicht in den Tod! Er lebt, YEAH! –, wird seine Genialität weiterleben. In allem, was mit dem Todesboten zusammenhängt, und darüber hinaus.

Q&A

Wie hat es sich angefühlt, in die Welt des Todesboten zurückzukehren?

Es war ein absoluter Traum! Von allen Welten, die ich erschaffen habe, hat mir diese immer am besten gefallen; man hat so viele Möglichkeiten, sie aus unterschiedlichen Perspektiven zu erkunden. Vor Jahren habe ich über einen anderen Roman innerhalb der Welt des Todesboten nachgedacht, über zwei Brüder, aber daraus ist dann nie was geworden. Ich dachte, ich würde nie wieder dahin zurückkehren, deswegen habe ich mich sehr gefreut, als ich grünes Licht bekommen habe, die nächste oder vielmehr die allererste Geschichte über den Todesboten zu schreiben.

Wann ist dir die Idee für die Ursprungsgeschichte des Todesboten eingefallen, wie bist du auf Orion und Valentino gekommen?

Ich habe mich mit meiner Agentin Jodi Reamer über neue Geschichten mit dem Todesboten unterhalten und ihr zwei Ideen vorgestellt. Eine für einen romantischen Thriller und die andere war für das Prequel. Von der Idee eines Prequels war sie sehr angetan, ebenso wie meine Verlage in Großbritannien und den USA, und dann haben wir gemeinsam entschieden, diese Idee umzusetzen, auch weil wir damit das fünfjährige Jubiläum von »Am Ende sterben wir sowieso« begehen konnten. Anders als bei dem romantischen Thriller, bei dem ich meine Protagonisten schon kannte, musste ich meine Helden für das Prequel erst entdecken. Ich habe monatelang rumprobiert, bis ich schließlich bei Orion und Valentino gelandet bin. Aber ich wusste von Anfang an, dass der Schöpfer des Todesboten eine große Rolle spielen sollte. Und ich freue mich sehr, dass er im dritten Todesboten-Roman, also dem romantischen Thriller, noch mehr Raum einnehmen wird.

Gibt es eine Szene in dem Buch, die dir besonders gefällt, und wenn ja, warum?

So viele! Ich glaube, ich habe noch nicht genug Distanz zu dem Buch, um mich für eine einzige zu entscheiden. Aus romantischer Sicht liebe ich alles, was auf der Brooklyn Bridge passiert, und den Auftritt in der U-Bahn. Die Szenen, in denen Orion Valentino seine Geschichte von 9/11 erzählt, waren für mich auch eine Form der Verarbeitung, weil viele der Details, die Orion aus der Schule schildert, meine eigenen Erfahrungen widerspiegeln. Und emotional schlägt mein Herz ganz besonders für das letzte Kapitel, denn ja, es ist voller Trauer, aber es ist auch ein Versprechen an das Leben.

Wenn du einen Anruf vom Todesboten bekommen würdest, was wären dann in den Stunden danach deine Prioritäten?

Diese Frage wird mir schon seit Jahren immer wieder gestellt, und die Antwort hängt jedes Mal davon ab, wo ich gerade stehe und was gerade in meinem Leben passiert. Jetzt, während ich das schreibe, bedeutet das also, dass ich mich an meine Mom, meine besten Freunde, meine Patenkinder und meine Familie wenden und alles tun würde, um sie finanziell zu unterstützen. Ich würde dafür sorgen, dass mein Hund zu jemandem kommt, dem ich vertraue, damit Tazzito ein wundervolles Leben hat. Ich würde eine Letzte Nachricht an meine Leserinnen und Leser verfassen, an alle, die mich unterstützen. Und ich würde etwas schreiben. Was, das weiß ich nicht so genau. Es könnte ein Liebesbrief sein oder ein Tagebucheintrag (nicht dass ich Tagebuch schreiben würde, aber vielleicht würde ich damit anfangen, wenn ich kurz davor wäre, zu sterben) oder eine Kurzgeschichte. Das würde ich dann mit einer kleinen Gruppe von geliebten Menschen teilen oder mit allen im Internet, oder ich würde es einfach mit ins Grab nehmen.

Gibt es etwas, was du den Leserinnen und Lesern sagen willst, die sowohl Fans von »Am Ende sterben wir sowieso« als auch von »Der Erste, der am Ende stirbt« sind?

Danke, dass ihr Mateo und Rufus so in euer Herz geschlossen habt und euer Herz auch für Orion und Valentino geöffnet habt. So viel Zuspruch zu bekommen, ist nicht selbstverständlich, und ich bin dankbar, dass mir immer mehr Türen offen stehen, sodass ich euch weiter Geschichten erzählen kann. Das ist ein Prozess, der für euch hoffentlich genauso schön ist wie für mich.

ZITATNACHWEIS (S. 87)

Alle übrigen Zitate (Robert Frost, John Shedd) wurden von den Übersetzerinnen frei aus dem Englischen übertragen.

Adam Silvera wurde 1990 in der Bronx, New York, geboren. Bevor er mit dem Schreiben begann, arbeitete er als Buchhändler und Rezensent für Kinderbücher. Sein Roman und TikTok-Hit *Am Ende sterben wir sowieso* stand monatelang auf Platz 1 der *New York Times*-Paperback-Bestsellerliste und erreichte auch in Deutschland die SPIEGEL-Bestsellerliste. Genau fünf Jahre nach Erscheinen dieses Erfolgsbuchs hat der Autor das lang erwartete Prequel *Der Erste, der am Ende stirbt* veröffentlicht. Adam Silvera lebt in Los Angeles und besitzt inzwischen eine riesige internationale Fangemeinde; sein Werk wurde bis dato in über 30 Sprachen übersetzt.

Katharina Diestelmeier studierte nach einer Buchhändlerlehre Germanistik, Hispanistik und Geschichte in Marburg, Santiago de Compostela und Berlin, anschließend arbeitete sie mehrere Jahre als Lektorin. Inzwischen übersetzt sie Literatur aus dem Englischen und Spanischen. Sie lebt mit ihrer Familie in Tübingen.

Barbara König, aufgewachsen in Asien, Irland und den USA, studierte Slawistik, Politik und Geschichte in Bonn und Moskau. Bücher begleiten sie schon ihr ganzes Leben lang, erst als Leserin, dann als Lektorin, Programmleiterin und Verlagsleiterin. Heute lebt sie als Literaturübersetzerin und Lektorin in Hamburg.

»Das Beste am Sterben ist deine Freundschaft.«

Stell dir vor, ein Todesbote teilt dir mit, dass du im Laufe des nächsten Tages sterben wirst, und rät dir, diesen letzten Tag zu nutzen. Wie würdest du ihn verbringen? Nicht allein, so viel ist Mateo und Rufus klar, als sie unabhängig voneinander ihre Todesbotschaft per Telefon erhalten. Die beiden haben in ihren jungen Jahren schon viel durchgemacht, doch noch längst nicht genug erlebt, um von einem erfüllten Leben sprechen zu können. Aus unterschiedlichen Gründen beschließen sie, an ihrem letzten Tag einen neuen Freund zu finden. Die gute Nachricht ist, dass es dafür eine App gibt: Sie heißt Letzte Freunde und durch sie werden sich Rufus und Mateo begegnen, um ein letztes großes Abenteuer zu erleben.

Über
150.000
deutschsprachige
Exemplare
verkauft

Der neue Star am Jugendbuchhimmel:
Adam Silvera bringt ganz #booktok zum Weinen – und Schwärmen.

»Leidenschaftlich, ehrlich und menschlich: Nur Adam Silvera konnte diese Geschichte schreiben.«

Becky Albertalli, Autorin von *Love, Simon*

Adam Silvera
Was mir von dir bleibt
Taschenbuch, 384 Seiten
€ 10,00 [D] | € 10,30 [A]
ISBN 978-3-03880-211-2

Arctis

Als Griffins erste Liebe und Exfreund Theo bei einem Unfall stirbt, bricht für ihn eine Welt zusammen. Denn obwohl Theo aufs College nach Kalifornien gezogen war und anfing, Jackson zu daten, hatte Griffin nie daran gezweifelt, dass Theo eines Tages zu ihm zurückkehren würde. Für Griffin beginnt eine Abwärtsspirale. Er verliert sich in seinen Zwängen und selbstzerstörerischen Handlungen, und seine Geheimnisse zerreißen ihn innerlich. Sollte eine Zukunft ohne Theo für ihn überhaupt denkbar sein, muss Griffin sich zuerst seiner eigenen Geschichte stellen – jedem einzelnen Puzzlestück seines noch jungen Lebens.